Katja Etzkorn

Pine Ridge
statt
Pina Colada

Roman

Pine Ridge statt Pina Colada

Roman

von

Katja Etzkorn

TraumFänger Verlag

Impressum

Pine Ridge statt Pina Colada, Katja Etzkorn
TraumFänger Verlag Hohenthann, 2018

ISBN 978-3-941485-64-8
Lektorat: Michael Krämer
Satz und Layout: Janis Sonnberger, merkMal Verlag
Druck und Bindung: CPI - Clausen & Bosse, Leck
Titelbild: Adobe Stock
© ginettigino (Pferde), © Erica Guilane-Nachez (Inuit)
1. Auflage Oktober 2018

Printed in Germany

Inhalt

Licht am Ende des Tunnels	7
Gerüchteküche	17
Cowboys und Kuhfladen	23
Schlangen und Fohlen	28
Reisefieber	30
Eisberg voraus	36
Tauwetter	45
Märchenstunde	57
Schlaflos	67
Erkenntnisse	79
Schweigen	95
Brot und Spiele	107
Luftschlösser	127
Donnervogel	142
Geduld ist eine Tugend	159
Tyler	183
Geister der Vergangenheit	203
Büffel und Maisbrei	221
Klapperschlangen küsst man nicht	240
Am seidenen Faden	257
Elch	273
Taté Sápa	300
Powwow	319
Micínkshi	341
Abschiede	363
Tiwáhe mitáwa	382
Frisch gefallener Schnee	401
O du fröhliche	427
Zukunft	443
Nomen est omen	458
Countdown	474
Alles oder nichts	488
Anyu	509
Die siebte Generation	532
Epilog	553

Licht am Ende des Tunnels

Frustriert zog sich Sannah die OP-Mütze vom Kopf. In den letzten drei Stunden hatte sie darum gekämpft, das Leben eines jungen Motorradfahrers zu retten, der nach einer wilden Hasenjagd auf der Autobahn an der Leitplanke gelandet war. Vergebens. Seine Verletzungen waren zu schwer gewesen, der Blutverlust zu hoch. Das Team hatte alles Menschenmögliche versucht, doch nun endete ein junges Leben hier auf ihrem OP-Tisch. „Shit“, fluchte Sannah. „Zeitpunkt des Todes zehn Uhr fünfzig“, verkündete der Anästhesist. Die OP-Schwester schaltete den enervierenden Dauerton, der den Herzstillstand des Patienten signalisierte, ab. Sannah warf ihr einen dankbaren Blick zu. Sie zog die Gummihandschuhe aus und überließ es dem Assistenzarzt, die Wunde zu schließen. Die Handschuhe warf sie in einen Eimer und drückte dann die Tür zum Vorraum auf. Eigentlich hatte sie schon seit drei Stunden Feierabend, aber danach fragte nicht mal sie selbst, geschweige denn jemand anders. Im Umkleideraum zog sie den OP-Kittel aus und warf ihn samt Mütze in einen Sammelbehälter.

Sannah riss den Mundschutz ab und begann sich Hände und Arme zu waschen. Sie schöpfte sich Wasser ins Gesicht und blickte in den Spiegel über dem Waschbecken. Eine widerspenstige Strähne ihres schwarzen Haars fiel in ihr schmales, ebenmäßiges Gesicht. Ihre dunkelbraunen, mandelförmigen Augen waren groß und nach dem Nachtdienst mit dunklen Ringen umrandet. Die geraden Augenbrauen und die hohen Wangenknochen ließen ihr Gesicht ernst, fast streng wirken. Nur die vollen Lippen milderten diesen Eindruck ein wenig ab. Alles ein Erbe ihres Großvaters, einem Kalaaleq, den es seinerzeit von Grönland über Dänemark nach Hamburg verschlagen hatte. Sannah stützte sich mit den Händen auf das Waschbecken und ließ den Kopf hängen. Sie hatte im Laufe ihres Berufslebens als Unfallchirurgin gelernt, emotional Abstand zu halten und nicht alles an sich heranzulassen, aber gerade bei jungen Menschen fiel es ihr immer noch

schwer. Nicht zuletzt, weil es ihr die eigene Vergänglichkeit vor Augen führte. Der Patient war jünger als sie gewesen, und nun war sein Leben vorbei.
„Raus hier!“, sagte sie zu ihrem Spiegelbild. „Nur schnell raus hier.“ Sannah schlüpfte aus den Gummilatschen, in denen man Schweißfüße bekam, und zog Hemd und Hose aus. Die Tür flog auf, und Jonas, der Anästhesist, kam herein. Er hatte ein bemerkenswertes Talent dafür entwickelt, immer dann im Umkleideraum zu erscheinen, wenn Sannah in Unterwäsche dastand. Sie warf ihm einen genervten Blick zu. Er hob die Hände, um seine Unschuld zu beteuern, und grinste jungenhaft. Während er selbst begann sich aus seinen OP-Klamotten zu schälen, beeilte Sannah sich Jeans und Pulli anzuziehen. Als sie auch ihre Schuhe anhatte, trat sie wütend gegen den Schrank.
„Hey“, sagte Jonas tröstend. „Nimm es nicht so schwer. Bei diesem massiven Trauma war nichts mehr zu machen, das weißt du so gut wie ich. Wir sind eben nur Halbgötter“, beendete er sarkastisch seinen Satz.
„Ich denke über eine Umschulung nach. Kennst du einen Job, der Spaß macht?“, fragte sie desillusioniert.
„Klar!“ Wieder blitzte dieses jungenhafte Grinsen über sein Gesicht. „Weihnachtsmann. Einen Tag arbeiten, dreihundert vierundsechzig Tage frei und der Chef weit weg.“ Sannah rang sich zu einem halbherzigen Lächeln durch.
„Also nichts für mich. Ich bin eine Frau.“
Jonas machte ein erstauntes Gesicht. „Ehrlich? Ist mir noch gar nicht aufgefallen.“
Sie warf ihm mit gespielter Entrüstung ihr Handtuch an den Kopf und musste nun doch schmunzeln. Das Leben ging weiter. Sie mochte seinen Humor und seine lockere Art. Gerade in solchen Augenblicken wie diesem. Trotzdem ignorierte sie seinen Hundeblick. Kollegen waren für Sannah tabu, und das wusste auch er. Der kurze Augenblick verging, und sie informierte den wartenden Beamten über den Tod des jungen Mannes. Bisher hatte man noch keine Angehörigen ausfindig machen können, und so blieb die traurige Pflicht an ihm, den Angehörigen die Nachricht zu überbringen. Sannah war erleichtert darüber.

Auf dem Weg zum Auto genoss sie die ersten warmen Sonnenstrahlen des Frühlings auf der Haut und verfluchte gleichzeitig ihren Dienstplan. Es versprach ein schöner Tag zu werden, und sie konnte ihn nicht nutzen. Nach ihrem Nachtdienst war sie völlig ausgelaugt und brauchte Schlaf. Während der Fahrt nach Hause grübelte Sannah über ihr Leben nach. Der Dauerfrust der letzten beiden Jahre machte ihr zu schaffen. Sie liebte ihren Beruf, aber an Tagen wie diesem wurde ihr manchmal alles zu viel. Schon als Kind war sie ehrgeizig gewesen und hatte sich selbst hohe Ziele gesteckt. Unterstützt von ihren Eltern und Lehrern hatte sie zwei Klassen übersprungen und fand sich als „Baby" auf dem Gymnasium wieder. Trotzdem war die Schule die Hölle für Sannah gewesen. Bedingt durch den Altersunterschied fand sie keine Freunde in ihrer Klasse. Niemand wollte mit dem jüngeren, aber altklugen Mädchen etwas zu tun haben. Die Hänseleien waren verletzend gwesen, und so zog sie den Stoff nur um so verbissener durch. Abitur mit siebzehn und Bestnoten. Das Studium und die Facharztausbildung absolvierte sie in Minimalzeit. Nun war sie neunundzwanzig und steckte in einer Sackgasse. Sie hatte alles erreicht. Oder fehlten ihr einfach nur neue Herausforderungen? Aber welche?

„Du brauchst dringend einen Mann!", dozierte Annegret, ihre Freundin aus Studienzeiten, immer, wenn die beiden Zeit fanden sich auf ein Glas Wein zu treffen. „Oder wenigstens hin und wieder mal Sex!"

Sannah verdrehte im Geiste die Augen, wenn dieser Spruch kam. Sollte sie etwa den erstbesten Kerl an der Krawatte ins Schlafzimmer zerren? Ihr limbisches System, zuständig für das Mixen von aphrodisierenden Hormoncocktails und die damit verbundene geistige Umnachtung in puncto Männer, lag schockgefrostet als Eismumie in ihrem Oberstübchen. Eine Tür weiter, im präfrontalen Kortex, hatte Fräulein Rottenmeier das Zepter an sich gerissen und regierte mit eiserner Selbstdisziplin, Askese und verkniffenen Mundwinkeln. Eine baldige Änderung dieses Zustandes war nicht in Sicht. Sannah verbrachte den Großteil des Tages in der Klinik. Abends hatte sie dann keine Lust mehr, sich in Schale zu schmeißen und auszugehen. Und alleine schon mal gar nicht.

Sie kam sich dann immer vor wie bestellt und nicht abgeholt. Männer und alles, was mit ihnen zusammenhing, waren nicht die Lösung, sondern das Problem. Ein Kollege kam auch nicht in Frage. Ihre letzte Beziehung mit einem Kollegen endete in einer hässlichen Scheidung. Das Trennungsjahr eingerechnet hatte ihre Ehe gerade mal drei Jahre gedauert.
‚So viel zum Bund fürs Leben', dachte sie bitter. Wieder Sackgasse, oder war das alles nur Jammern auf hohem Niveau? Sie brauchte dringend einen Tapetenwechsel, um auf andere Gedanken zu kommen. Sannah parkte vor ihrer kleinen Jugendstilvilla in einem der teuren Randbezirke Hamburgs mit Blick auf die Elbe. Nach den heutigen Immobilienpreisen war das Haus ein Vermögen wert, aber für Sannah noch viel kostbarer. Es war ihr Elternhaus. Hier war sie aufgewachsen und bis zum Unfalltod ihrer Eltern immer glücklich gewesen. Hierher war sie nach dem Scheitern ihrer Ehe geflüchtet und hatte sich eingeigelt. Sie besaß alles, was man sich nur wünschen konnte, aber dafür hatte sie einen hohen Preis zahlen müssen.
Sie stieg aus dem Auto und lief die kleine Treppe hoch, fischte die Post aus dem Briefkasten und schloss die Tür auf. Im Flur legte sie ihre Jacke auf einen Stuhl und nahm die Post mit in die Küche. Sie setzte Wasser für einen Tee auf und sah flüchtig die Briefe durch. Eine Karte von Annegret war dabei aus irgendeinem All-inclusive-Club samt Spa am Mittelmeer mit dem etwas protzig klingenden Namen Villa Palma. Sannah grinste. Ihre Freundin ließ es mal wieder krachen! Nächste Woche würde sie sich von Annes Urlaubseroberungen berichten lassen. Ein Brief von dem Förderverein, für den sie monatlich spendete, fiel ihr ins Auge. Es ging um ein Horsemanship-Projekt für Kinder und Jugendliche in der Pine Ridge Reservation in South Dakota. Alkohol und Drogenmissbrauch waren dort ein großes Problem. Durch den Umgang mit Pferden versuchte man, die Kinder von Drogen fernzuhalten und sie gleichzeitig ihrer alten Kultur wieder näherzubringen. Sannah wusste aus eigener Erfahrung, wie positiv sich Pferde auf die Entwicklung von Kindern auswirkten. Wenn man etwas von diesen schönen Tieren lernen konnte, dann Respekt, Verantwortung und Geduld. Geduld und noch mal Geduld.

Mal abgesehen davon, dass man dann sowieso keine Zeit mehr hatte, auf dumme Ideen zu kommen. Der Verein suchte jemanden, der drei Monate Zeit erübrigen konnte, um die Arbeit dort zu dokumentieren. Man wollte den Spendern gern zeigen, wofür die Spenden verwendet wurden, und sie an den Fortschritten der Kinder teilhaben lassen. Eine Unterbringung auf der Ranch sei kein Problem, die Kosten dafür musste man allerdings selber tragen.

Sannah war fasziniert von dieser Idee. Sie liebte Pferde, es wäre eine Art von Urlaub, in dem sie sich nicht wie bestellt und nicht abgeholt fühlen würde. Sie hätte eine sinnvolle Aufgabe, und es wäre der Tapetenwechsel, den sie so dringend brauchte. Aber drei Monate waren eine verdammt lange Zeit. Sie schlürfte ihren Tee und öffnete einen Brief von der Personalabteilung. Man machte sie darauf aufmerksam, dass ihr Resturlaub aus dem Vorjahr bald verfallen würde. Sannah war wie elektrisiert. Mit dem Resturlaub, den angehäuften Überstunden und einem Teil ihres diesjährigen Urlaubsanspruches könnte sie drei Monate zusammenbekommen. Blieb nur die Frage, ob man ihr das auch bewilligen würde. Entschlossen griff sie zum Telefon und rief die Personalabteilung an. Angespannt lauschte sie dem Klingelton und wartete darauf, dass sich jemand am anderen Ende an den Hörer bequemte.
„Personalabteilung, Jansen“, ertönte es mit einem unfreundlichen Unterton.
„Susannah Hammeken, guten Tag, Herr Jansen. Ich habe gerade Ihr Schreiben bezüglich meines Resturlaubs erhalten.“
„Dr. Hammeken“, antwortete Jansen nun bedeutend freundlicher – bei den Ärzten wurde immer geschleimt. „Worum geht es denn?“
Sannah zögerte einen Moment. „Das kommt jetzt etwas aus heiterem Himmel“, begann sie. „Ich würde gerne meinen Resturlaub, die Überstunden und einen Teil meines diesjährigen Urlaubs zusammenlegen und am Stück nehmen.“ Die Stille am anderen Ende der Leitung ließ nichts Gutes erahnen. Offenbar sammelte „Feldwebel“ Jansen gerade seine Truppen in Form von Vorschrif-

ten und Dienstanweisungen. Sannahs Kampfbereitschaft stieg. „Von wie viel Urlaub sprechen wir denn da?“, kam es schließlich misstrauisch von Jansen zurück. Sannah verdrehte die Augen. Sie hasste Jansens überhebliche Art, in der ersten Person Plural zu sprechen. Sie fragte ihre Patienten schließlich auch nicht: *Wie geht es uns denn? Haben wir heute schon Stuhlgang gehabt?*
„Drei Monate“, antwortete sie höflich, aber bestimmt. Sie wollte nicht kampflos vor Feldwebel Jansen die Waffen strecken. Der Stuhlgang der ersten Person Plural folgte prompt.
„Drei Monate?“, tönte Jansen nun deutlich lauter durch den Hörer, damit auch alle in der Abteilung mitbekamen, wie dekadent diese Halbgötter waren. „Na, wenn wir uns das denn leisten können.“ Jansen lief zur Höchstform auf. „ Aber ich kann Ihnen sagen, Frau Dr. Hammeken“, er machte eine Pause, um sicherzugehen, dass auch alle den Namen verstanden hatten. „Ein derart langer Urlaub ist bei uns nicht üblich. Das müssten Sie schon mit dem Chefarzt besprechen. Sollte sich Dr. Schröder damit einverstanden erklären, werden wir Ihren Urlaubsanspruch prüfen.“ Jansens Stimme triefte nur so von Schadenfreude.
Sannah kochte vor Wut, ließ sich aber nichts anmerken. Die erste Runde ging an den Papier fressenden Amtsschimmel.
Sie nahm noch einen Schluck Tee, rief im Büro ihres Chefs an und vereinbarte einen Termin für den nächsten Tag. Als sie abends unter der Dusche stand, ließ sie sich das heiße Wasser wohlig über die Schultern laufen und legte sich einen Schlachtplan für das bevorstehende Gespräch mit ihrem Chef zurecht. Priv. Doz. Dr. Dr. Hartmut Schröder, Chefarzt der Chirurgie. Er verlangte viel, auch von sich selbst, schätzte Einsatzbereitschaft und Professionalität und sah sich gern als väterlichen Förderer, solange niemand Mist baute. Was allerdings manchmal dazu führte, dass er seine ganze Abteilung behandelte wie einen Haufen unmündiger Teenager.
Sannah beschloss, genau dort anzusetzen. Sachliche Argumente, eine kleine Portion Kindchenschema und einen winzigen Hauch Sexappeal. Zufrieden drehte sie das Wasser ab und stieg aus der Dusche. Nach dem Abtrocknen fiel sie in ihr Bett. ‚Endlich Licht am Ende des Tunnels‘, dachte sie und schlief ein.

Am nächsten Morgen erwachte Sannah zum ersten Mal seit langem ausgeruht und frisch, hatte von Pferden geträumt und fühlte sich geradezu euphorisch. Sie hatte keinen Zweifel daran, dass ihre spontan getroffene Entscheidung die richtige war. Das bevorstehende Gespräch mit Dr. Schröder versetzte ihr nur einen mäßigen Dämpfer. Entspannt gönnte sie sich ein ausgiebiges Frühstück und genoss das Gezwitscher der Vögel in ihrem Garten. Nach dem Nachtdienst hatte sie einen Tag frei, und der Termin war erst am Nachmittag; sie konnte sich also Zeit lassen. Was wohl Anne von ihren Reiseplänen halten würde? Sannah erschrak, sie machte Pläne und hatte vor lauter Begeisterung darüber noch nicht einmal mit dem Verein telefoniert. Was, wenn ihr jemand zuvorgekommen war? Sie griff zum Telefon. Nach dem Gespräch lehnte sie sich beruhigt zurück. Es hatte sich bisher noch niemand gemeldet, und die Dame am Telefon war erfreut zu hören, dass sich nun doch jemand finden würde. Sie hatten sich darauf geeinigt, dass Sannah am späten Nachmittag noch einmal anrufen sollte. Ein paar Vorabinformationen hatte sie auch schon bekommen. Die Ranch, auf der alles stattfinden sollte, lebte von Pferdezucht und der Ausbildung von Jungpferden. Reitunterricht fand, wegen der strengen Winter in South Dakota, nur in den Sommermonaten statt. Sie würde ein Zimmer im Wohnhaus beziehen und dort auch verpflegt werden. Das Ganze für dreißig Dollar pro Tag. ‚Selbstkostenpreis', dachte Sannah. Dafür bekam man hier gerade mal ein Abendessen. Sie gönnte sich eine weitere Tasse Kaffee und träumte ein wenig vor sich hin.

Am frühen Nachmittag lief sie die Treppe hinauf und durchforstete ihren Kleiderschrank nach einem passenden Outfit. Sie entschied sich für ein dunkelblaues Etuikleid mit dazugehörendem Gehrock. Erzkonservativ. High-Heels sorgten für den winzigen Hauch Sexappeal und betonten ihre schlanken Beine. Ein Paar für den hanseatischen Stil obligatorische Perlenohrringe rundeten das Bild ab. Fertig war die Karriere-Barbie. Zufrieden betrachtete sie ihre Auswahl. Sannah konnte umwerfend aussehen, für den täglichen Weg zur Arbeit machte sie sich diese Mühe allerdings nicht. Aber heute ging es um die Wurst. Es galt ein Bündnis mit

„General" Schröder zu schmieden um dann mit fliegenden Fahnen die Personalabteilung zu stürmen. Sie schlüpfte in ihr Kleid und legte etwas Make-up auf. Eine helle Tagescreme ließ ihren dunklen Teint etwas blasser erscheinen, brauner Lidschatten und Mascara betonten ihre ohnehin schon ausdrucksvollen Augen, und ein farbloses Lippgloss vervollständigte die Kriegsbemalung. Ihr knapp schulterlanges Haar umrahmte ihr Gesicht. Zufrieden betrachtete sie ihr Spiegelbild. ‚Das würde Schröder gefallen', dachte Sannah. Sie suchte ihre Überstundenabrechnung aus einem Ordner und machte sich auf den Weg in die Klinik.

Vor Dr. Schröders Büro atmete sie noch mal tief durch und straffte die Schultern, bevor sie anklopfte. Sie betrat das Vorzimmer des Chefs. Es roch nach Kaffee und seinem markanten Aftershave.
„Hallo, Dr. Hammeken", wurde sie von der Sekretärin begrüßt. „Sie können gleich hineingehen, der Chef ist schon da."
Sannah lächelte dankbar und klopfte pro forma noch mal am Türrahmen zu Schröders Büro.
„Susannah, kommen Sie rein." Schröder hatte sich hinter seinem Schreibtisch, dem Bollwerk der Macht, verschanzt und lehnte selbstzufrieden in seinem Sessel. „Was kann ich für Sie tun?", fragte er lächelnd und deutete auf einen Stuhl.
Während Sannah auf dem angebotenen Stuhl Platz nahm, glitt sein Blick wohlwollend über ihre schlanke Gestalt.
„Vielen Dank, dass Sie sich Zeit für mich nehmen", begann sie. „Ich will Sie auch nicht lange aufhalten. Wie Sie sicher wissen, hatte ich in den letzten zwei Jahren einige persönliche Schicksalsschläge zu bewältigen."

Schröder nickte und wurde ernst. Das war ihm nicht entgangen. Erst die Scheidung von ihrem gewalttätigen Ehemann und kurze Zeit später der Verlust ihrer Eltern. Er hatte damals befürchtet, sie würde unter dieser Belastung zusammenbrechen. Aber sie hatte durchgehalten und sich zurück an die Oberfläche gekämpft. Dafür zollte er ihr Respekt und Hochachtung.
„Ich habe mich in die Arbeit gestürzt, um nicht darüber nachdenken zu müssen", fuhr sie fort. „Das hat mir bislang auch geholfen,

aber jetzt brauche ich dringend eine Auszeit, um durchzuatmen und den Kopf freizubekommen."

Schröders Gesichtsausdruck wurde nun besorgt, er unterbrach sie aber nicht.

„Die Personalabteilung forderte mich auf, meinen Resturlaub des vergangenen Jahres zu nehmen, und ich würde gern noch meine Überstunden und einen Teil meines diesjährigen Urlaubsanspruches dranhängen. Kurz: ich hätte gern drei Monate Urlaub." ‚So, nun war es raus', dachte sie erleichtert.

Dr. Schröder entspannte sich sichtlich und lachte kurz auf. „Jagen Sie mir nie wieder so einen Schrecken ein, Susannah. Ich hatte gerade befürchtet, Sie würden mir gleich Ihre Kündigung auf den Tisch legen."

Sannah lächelte verlegen. „Tut mir leid, wenn ich diesen Eindruck vermittelt habe. Nach dem Gespräch mit Herrn Jansen war ich etwas angespannt."

Schröder nickte und verdrehte dabei die Augen. Feldwebel Jansen war im ganzen Haus berüchtigt. „Nehmen Sie sich so viel Urlaub wie nötig", sagte er mit dem üblichen väterlichen Unterton. „Aber tun Sie mir noch einen Gefallen. Nächste Woche fängt ein neuer Kollege an, und es wäre mir sehr wichtig, dass Sie ihn noch einarbeiten, bevor Sie in den Flieger steigen. Halten Sie noch einen Monat durch?"

Sannah machte eine beruhigende Handbewegung und nickte eifrig. „Natürlich, kein Problem", versicherte sie.

Schröder erhob sich von seinem Sessel und begleitete Sannah ins Vorzimmer.

„Den Jansen überlassen Sie mal getrost mir. Um den werden wir uns schon kümmern", äffte er den Personalchef nach.

„Vielen Dank für Ihr Verständnis", sagte sie und schenkte ihm ein dankbares Lächeln.

„Lassen Sie noch Ihre Überstundenabrechnung hier", meinte Schröder und bat seine Sekretärin, bei Jansen anzurufen.

„Wo soll´s überhaupt hingehen?", fragte er Sannah.

„Nach South Dakota", antwortete sie.

„Was in aller Welt wollen Sie da denn? Da gibt es doch nur Gras und Himmel."

Sie strahlte ihren Chef an. „Genau! Ist das nicht toll?“ Auf dem Weg nach Hause jubelte Sannah. Nicht nur, dass ihren Plänen nun nichts mehr im Wege stand, Dr. Schröder hatte ihr auch die Schlacht mit Jansen abgenommen. Das war mehr als sie gehofft hatte. Zu Hause angekommen, gab sie dem Verein grünes Licht und man einigte sich schnell auf einen Reisetermin. Alle weiteren Einzelheiten würde man ihr per Post zusenden. Sie bestellte sich ein Abendessen beim Chinesen, schließlich musste der Triumph gefeiert werden. Während Sannah auf das Essen wartete, suchte sie im Internet die passenden Flugverbindungen raus, füllte das ESTA Online-Formular für ein Touristenvisum aus und buchte die Flüge. Fertig, nun gab es kein Zurück mehr. Sie brauchte nur noch den Koffer packen.

Gerüchteküche

Die nächste Woche verlief recht ereignislos. Der neue Kollege war nett und kompetent, so dass seine Einarbeitung gute Fortschritte machte. Sannah traf in der Kantine auf Jonas, der sein überladenes Tablett in ihre Richtung balancierte und sich neben ihr auf einen Stuhl fallen ließ. „Hallo Gasmann. Gab es bei euch mal wieder nichts zu essen?", begrüßte sie ihn fröhlich. Jonas lebte immer noch in seiner alten Studenten-WG. Der Immobilienmarkt in Hamburg war katastrophal, bezahlbare Wohnungen kaum zu bekommen. Da er weder Lust noch Zeit hatte, einen Maklertermin mit fünfzig anderen Interessenten zu absolvieren, war er einfach in seiner WG geblieben und mittlerweile der amtierende Dinosaurier.

Jonas sah sie überrascht an. „Machst du jetzt doch die Umschulung zum Weihnachtsmann, oder haben sie dir nur neue Batterien eingebaut?", fragte er und grinste mit seinem jungenhaften Charme. „Letzte Woche hast du noch Trübsal geblasen, und jetzt strahlst du wie ein Honigkuchenpferd."

„Ich habe bald Urlaub", erklärte sie erfreut.

Jonas begann sich mit seinem Nudelauflauf zu beschäftigen. Er kaute mit vollen Backen.

„Deswegen habe ich auch einen Anschlag auf dich vor", kündigte sie an.

„Ich soll mit?", nuschelte er und zwinkerte ihr zu.

Sie grinste schief. „Nein, du sollst bei mir einziehen", konterte sie.

Jonas verschluckte sich fast und grinste sie breit an. „Einziehen? Weißt du, Süße, ich wollte dich ja erst mal zum Essen einladen und abwarten, wie es sich so zwischen uns entwickelt. Aber wenn du es so eilig hast, dass ich zu dir ziehe, bitte!" Er hob ergeben seine Hände. „Verfüge über mich!"

Jetzt war es Sannah, die sich fast verschluckte. Fürsorglich klopfte ihr Jonas auf den Rücken und registrierte amüsiert, dass ihr Gespräch etliche neugierige Zuhörer gefunden hatte. Binnen einer halben Stunde würde die Gerüchteküche brodeln.

Er stopfte sich unbeeindruckt die nächste Ladung Auflauf in den Mund.
„Du wohnst doch immer noch in deinem kleinen WG-Zimmer“, fuhr Sannah fort. „Ich dachte, du passt ein bisschen auf mein Häuschen auf, gießt die Blumen und machst den Briefkasten leer. Dafür hättest du endlich mal genug Auslauf und ab und an ein Vollbad“, entgegnete sie mit einem kleinen boshaften Lächeln.
Jonas nahm nun den Nachtisch in Angriff. Vanillecreme, eine Krönung der chemischen Lebensmittelindustrie. Die Konsistenz erinnerte Sannah stark an Bauschaum. Zwischen zwei vollen Löffeln antwortete er: „Deine Topfpflanzen und ich werden in den drei Wochen viel Spaß haben.“
„Drei Monate“, verbesserte Sannah.
„Drei Monate?“, fragte er erstaunt. „Wo willst du denn hin? Zum Nordpol?“
Sie lachte. „Nein, auf eine Ranch in South Dakota. Heißt das also ja? Du spielst den Housesitter?“
„Na klar!“, meinte Jonas. „Wer weiß, ob ich je wieder die Gelegenheit erhalten werde, deine heiligen Hallen zu betreten. Außerdem bin ich es ja gewohnt, dass du meine Illusionen zerstörst“, jammerte er mit gespielter Leidensmiene.
Sie sah ihn erstaunt an. „Was denn für Illusionen?“
„Nun“, erläuterte Jonas sein Kopfkino. „Als du Urlaub gesagt hast, stellte ich mir vor, dass du deinen Luxuskörper in einen knappen Bikini steckst und dich lasziv an irgendeinem Tropenstrand aalst. Stattdessen habe ich jetzt das Bild von dir in derben Stiefeln und Kuhfladen vor meinem geistigen Auge. Bikini gefiel mir besser!“ Er grinste anzüglich.
Sannah stand auf und musterte ihn mit leichter Missbilligung. Dann beugte sie sich zu ihm herunter. „Bei mir läuft auch gerade Kopfkino. Dein muskulöser Body in einer eng anliegenden Badehose.“ Sie machte eine künstlerische Pause und schnurrte verführerisch: „Am Nordpol!“ Lachend verließ sie die Kantine und ließ Jonas frierend zurück.

Nach Dienstschluss beeilte sich Sannah noch, zum nahegelegenen Supermarkt zu fahren. Annegret war aus dem Urlaub zurück,

und Sannah freute sich auf einen Mädelsabend. Vorher musste sie allerdings noch dringend ihre Weinvorräte aufstocken und etwas zu essen besorgen. Es war Freitagabend, und es konnte durchaus eine lange Nacht werden, je nachdem, was Anne so alles zu berichten hatte. Von ihren eigenen neuen Plänen ganz zu schweigen. Sie lief durch die Gänge und lud eine Kiste Rotwein in ihren Einkaufswagen, dazu noch Käse, Baguettes, Oliven und Knabberkram. Als sie an der Tiefkühltheke stand, dachte sie über Eiscreme nach.
„Nein", entschied sie. Eiscreme gab es traditionell nur bei Liebeskummer, und der stand zum Glück nicht an.
„Ich mag Walnuss", tönte es über ihre Schulter. Es war Jonas. Er stand, beladen mit einer Wochenration Pizza, hinter ihr und warf erleichtert seinen Einkauf in ihren Wagen. „Hatte keinen Euro für den Wagen, und meine Hände frieren gleich ab", erklärte er.
„Und ich dachte, du akklimatisierst dich schon mal für die Arktis", gab Sannah zurück.
Er warf ihr wieder seinen Dackelblick zu. „Bin ich auch zu deiner Party eingeladen?", fragte er, nachdem sein Blick über ihre Einkäufe geschweift war.
„Sollte zwar ein Mädelsabend werden, aber warum nicht? Dann lernst du auch mal Anne kennen", stimmte sie zu.
Jonas strahlte sie an. Gemeinsam zogen sie weiter durch die Gänge, und Jonas komplettierte seinen Einkauf noch mit einer üppigen Auswahl an Süßigkeiten.
„Für die WG!", versicherte er, als er ihren Blick sah.

Als sie sich in Richtung Kasse begaben, lief ihnen eine der OP-Schwestern über den Weg. Sie sah die beiden mit wissendem Blick an und grüßte eine Spur zu freundlich. Die Gerüchteküche hatte Überstunden gemacht. Auch Sannah waren die Zuhörer in der Kantine nicht entgangen.
„Wieso habe ich gerade das Gefühl, einen Kinderwagen zu schieben?", murmelte sie Jonas zu und konnte sich ein Kichern nicht verkneifen.
„Weil am Montag unsere Verlobungsanzeige am schwarzen Brett hängt", raunte er zurück. Er legte ihr demonstrativ den Arm um

die Schultern und fragte laut und deutlich: „Ob die hier auch Ringe verkaufen, Schatz?"
Um Sannahs Fassung war es geschehen. Sie schüttelte sich vor Lachen, und die Schwester verschwand schnell um die Ecke des nächsten Gangs. Spätestens morgen früh würden in der Gerüchteküche die Sicherungen herausknallen.

Auf dem Parkplatz luden sie ihre Einkäufe gutgelaunt in Sannahs Auto. Jonas, der wie üblich zu Fuß unterwegs war, setzte sich auf den Beifahrersitz.
„Wann kommt denn Annegret?", wollte Jonas wissen.
„Ich denke so gegen acht", sagte Sannah. „Sie ist heute erst aus dem Urlaub zurückgekommen und hat sich bestimmt noch ein bisschen hingelegt."
„Und dann schmeißt ihr noch am gleichen Tag eine Party?", fragte Jonas erstaunt.
„Na klar!", bestätigte sie. „Urlaubserinnerungen müssen erzählt werden, solange sie frisch sind." Die pikanten Details würden allerdings erst zur Sprache kommen, wenn Jonas wieder weg war. Das behielt sie aber für sich.
„Dann nehme ich mir für deine Urlaubsparty wohl besser gleich eine ganze Woche frei", stellte Jonas fest. „Wie bist du eigentlich auf den Ranch-Aufenthalt gekommen?"
Sannah winkte ab. „Erzähle ich euch nachher! Anne weiß noch nichts davon. Sie wird mich heute sicher noch ins Kreuzverhör nehmen und mir den Prozess machen."
„Anwältin?", fragte Jonas.
Sie nickte. „Für Familien- und Eherecht, war damals echt hilfreich", meinte sie verbittert.

Jonas schluckte trocken. Sannahs Ehe war ein sehr sensibles Thema, das in der Klinik möglichst vermieden wurde. Sannahs Exmann Markus war ebenfalls ein Kollege gewesen. Selbstbewusst und egozentrisch hatte er die deutlich jüngere Sannah um den Finger gewickelt. Die Hochzeit folgte schnell, nicht zuletzt, weil er sich davon finanzielle Vorteile versprach. Ihr Vater war ein erfolgreicher Immobilienmakler für die oberen Zehntausend der

Hamburger Gesellschaft. Mit der Treue nahm es Markus nicht so genau, aber davon bemerkte Sannah zunächst nichts und hatte sich wie ein Opferlamm zur Schlachtbank führen lassen. Anfangs war noch alles gut, aber nach und nach kochte auch hier die Gerüchteküche hoch. Markus hatte mehrere Affären, und zwar so offensichtlich, dass auch Sannah nicht mehr die Augen davor verschließen konnte. Immer häufiger kam sie verheult zum Dienst, und ihre Kollegen mutmaßten, dass er sie auch schlagen würde. Eines Abends wurde daraus traurige Gewissheit, als sie mit Hämatomen, Platzwunden und einer schweren Gehirnerschütterung in der Notaufnahme eingeliefert wurde. Die Klinikleitung hatte Markus daraufhin fristlos gekündigt, und Sannah reichte die Scheidung ein. Jonas konnte nur zu gut verstehen, dass sie seitdem nichts von Männern im Allgemeinen und Kollegen im Besonderen wissen wollte. Er hatte das immer respektiert und ihr hilfreich zur Seite gestanden.

Bei Sannah angekommen, sah Jonas zum ersten Mal ihre kleine Villa. Sie war alt, mit verspielten Details, Gauben und Bogenfenstern. Eine kurze Treppe führte zur Eingangstür mit Schnitzereien und geschliffenem Glaseinsatz. Rosensträucher säumten den Weg und einen Großteil des Gartens. Idyllisch unter Kastanien gelegen, wirkte sie wie ein Relikt aus längst vergangenen Tagen, das die Zeit verträumt hatte. Jonas lächelte, dieses Haus passte zu Sannah. Sie luden die Einkäufe aus dem Auto, und Jonas folgte ihr in die Küche. Sie deutete auf eine Tür, hinter der sich der Tiefkühler verbarg. Er räumte seine Pizzen ein, während sie den Teekessel auf den alten Gasherd stellte.
„Hast du Lust auf eine kleine Führung?“, bot sie an.
„Führung ist wohl der richtige Ausdruck“, meinte er fasziniert. „Ich komme mir vor wie im Museum.“
Die Decken waren hoch, mit Stuck verziert. Die Böden bestanden aus Eichenholzdielen und in Flur, Küche und Bad aus weißen und schwarzen Steinfliesen. Die Badewanne hatte sogar noch Füße in Form von Löwenpfoten. Alle Räume waren liebevoll mit Antiquitäten möbliert. Jonas fühlte sich in eine andere Zeit versetzt. Im Wohnzimmer stand ein alter Flügel mit gedrechselten

Beinen und geschnitzter Notenablage. Überall standen Tiffany-Lampen und tauchten die Räume in ein gedämpftes, behagliches Licht.

Jonas deutete auf den Flügel. „Darf ich?“, fragte er vorsichtig. Sannah nickte nur stumm und strich mit ihren Fingern zärtlich über den schwarzen Lack. Jonas setzte sich und begann zu spielen. Als die melancholische Melodie von Claire de Lune durch die Räume schwebte, stiegen Tränen in ihre Augen, die seltsam entrückt in die Ferne blickten. Der scharfe Pfiff des Wasserkessels riss Sannah aus ihren Erinnerungen.

Nachdem sie gemeinsam das Abendessen vorbereitet hatten, saßen sie mit einer Tasse Tee vor dem Kamin, der wohlige Wärme verbreitete. Sannah hatte zu ihrer fröhlichen Art zurückgefunden.

„Ich wusste gar nicht, das du so gut spielst“, sagte sie lächelnd.

Jonas blickte betrübt zu Boden. „Wenn ich gewusst hätte, dass ich dich damit zum Weinen bringe, hätte ich es gelassen.“

Sannah schüttelte den Kopf. „Nein, schon gut. Der Flügel gehörte meiner Mutter. Seit ihrem Tod hat niemand mehr darauf gespielt. Es war schön, ihn wieder zu hören.“

Cowboys und Kuhfladen

Es klingelte an der Tür. „Jetzt geht es rund!“, rief sie gut gelaunt. Annegret stürmte, sonnengebräunt und eingehüllt in eine Wolke Parfum, durch die Tür. Annegret Marquardt, genannt Anne, war der Prototyp einer Karriere-Barbie: Groß, blond, attraktiv, erfolgreich, energisch und mit allen Wassern gewaschen, ließ sie sich kein X für ein U vormachen. Aber sie hatte auch eine verborgene Seite. Fürsorglich, mütterlich und stets besorgt wachte sie über die Menschen, die ihr lieb und teuer waren. Während Sannahs Scheidung hatte Annegret für sie gekämpft wie eine Löwenmutter um ihr Junges. Sie hatte Markus vor Gericht in der Luft zerfetzt und bluten lassen.
Stürmisch drückte sie Sannah an sich. „Ach, Süße, ist das schön dich zu sehen. Das nächste Mal musst du mitkommen. Es war todlangweilig. Nur Rentner und Quallen.“
„Nein, danke!“, wehrte Sannah lachend ab. „Ich habe andere Pläne.“
Annegret warf ihren Mantel auf den Stuhl und machte ein erstauntes Gesicht. „Habe ich in der kurzen Zeit etwas verpasst?“
In diesem Moment kam Jonas grinsend um die Ecke, und sie hob erstaunt die Augenbrauen.
„Wie es scheint, habe ich tatsächlich etwas verpasst“, stellte sie fest, lächelte gefährlich und musterte Jonas von oben bis unten. Er hielt ihrem Blick amüsiert stand.
„Das ist Jonas. Mein Kollege!“, sagte Sannah mit Nachdruck. „Geht ihr doch schon mal ins Wohnzimmer! Ich hole das Essen.“

Während des Essens berichtete Annegret von ihren Urlaubserlebnissen. Schrill, bunt und wortgewandt schilderte sie ihre Kämpfe mit Quallen und älteren Herrschaften, die bereits morgens um sechs die Liegestühle am Pool mit Handtüchern besetzten. Sannah und Jonas lachten Tränen, als sie berichtete, wie sie den Handtüchern den Garaus bereitet hatte.
Nach dem Essen erklärte sich Jonas freiwillig bereit, den Abwasch zu machen, und verschwand in der Küche.

„Erklärst du mir jetzt mal, was hier los ist?", fragte Annegret mit vielsagendem Blick.
Sannah machte ein unschuldiges Gesicht. „Nichts ist los. Jonas ist mir beim Einkaufen zugelaufen. Er war schon halb erfroren, da hab ich ihn mitgenommen", schilderte sie kichernd und erntete einen strafenden Blick von ihrer Freundin.
„Er ist ein lieber Kollege", fügte Sannah hinzu.
„Ist er Kollege McDreamy oder Kollege McSexy?", hinterfragte Annegret mit einem vielsagenden Grinsen, schenkte Wein nach und lümmelte sich aufs Sofa.
„Weder noch", antwortete Sannah bestimmt.
„Schade, ich hatte gehofft, du hättest endlich mal einen netten Kerl kennengelernt und würdest wieder anfangen zu leben", resümierte Annegret enttäuscht.
Sannah verdrehte die Augen. Da war er wieder, der Spruch. Diesmal in der Variante Nr. 256.

Jonas war mit dem Abwasch fertig und kam mit einer Schüssel voll Schokolade und Toffees wieder ins Wohnzimmer. Sannah schenkte ihm ein dankbares Lächeln, nicht nur für die geleistete Hausarbeit, sondern vor allem, weil er sie davor bewahrte, dass Anne dieses leidige Thema noch weiter vertiefen konnte. Dafür ließ er die nächste Bombe platzen.
„Jetzt erzähl doch mal von deinen Urlaubsplänen!", forderte er Sannah auf, während er anfing Schokolade zu futtern.
Annegret riss begeistert die Augen auf. „Du willst in Urlaub fahren? Es geschehen noch Zeichen und Wunder! Endlich hörst du mal auf meinen Rat", jubelte sie. „Wo willst du hin?"
Sannah nahm einen Schluck Wein. „Ich fahre für drei Monate auf eine Ranch in South Dakota."
Annegret entgleisten die Gesichtszüge. Sie hatte Mühe sich wieder zu sammeln. „Aha, und ich nehme mal an, dieser charmante Mensch", sie deutete auf Jonas, „ist dein behandelnder Ohrenarzt?"
„Wieso Ohrenarzt?", fragte Sannah irritiert.
„Weil ich dir drei Wochen Villa Palma empfohlen habe und nicht drei Monate Valla Pampa!"

Jonas fing schallend an zu lachen und ließ dabei fast die Schüssel mit der Schokolade fallen. Annegret rettete sie mit beherztem Griff und machte sich über die Toffees her.
„Um die Handtuch-Brigade in ihre Schranken zu weisen?", verteidigte sich Sannah. „Nein, danke! Du hast selber gesagt, es war langweilig. Nur Rentner und Quallen."
Jonas rang nach Luft. „Kein großer Unterschied zu Cowboys und Kuhfladen", bemerkte er lachend. Bei dem Wort „Cowboys" wurde Annegret hellhörig. Sie kannte Sannahs Vorliebe für Pferdeställe. Während der Studienzeit hatte sie oft genug ihre liebe Not gehabt, Sannah vom Misthaufen wegzuzerren oder sie aus dem Sattel zu bekommen.
„Wenn man auf Dreck und Schweiß steht", meinte sie und grinste schalkhaft in Sannahs Richtung.
Sannah betrachtete die beiden anderen auf dem Sofa. Da saß sie nun, die Rentner-auf-Qualle-Fraktion. Süßigkeiten futternd, mit der gleichen gespannten Haltung, gemeinsam die Schüssel haltend. Sie musste grinsen. Die zwei waren sich offensichtlich einig.
„Was zum Teufel willst du da?", fragte Jonas.
Annegret klopfte ihm zustimmend auf den Schenkel, was Jonas mit einem Lächeln quittierte.
‚Fehlt nur noch, dass er gleich Männchen macht', dachte Sannah amüsiert.
„McSweety und ich sind einer Meinung", bestätigte Annegret. „Was willst du da? Dort laufen lauter Hinterwäldler mit Waffen herum und schießen auf alles, was sich bewegt", gab sie mit besorgter Miene zu bedenken.
„Ich werde in der Pine Ridge Reservation eine Fotodokumentation machen. Kann, mit ein bisschen Glück, ab und zu mal reiten und mir die Gegend ansehen, und wenn ich zurück bin, halte ich einen Vortrag für den Spendenverein", erklärte Sannah sachlich.
„Mein Gott, Sannah, redest du etwa von einem Indianer-Reservat?", rief Annegret entsetzt. „Weißt du überhaupt, was für katastrophale Zustände dort herrschen?"
„Natürlich weiß ich das", erwiderte Sannah ruhig. „Die Arbeitslosenquote liegt bei rund achtzig Prozent, mehr als drei Viertel der Einwohner leben unterhalb der Armutsgrenze. Sie kämpfen

mit Alkohol- und Drogenproblemen und leiden, bedingt durch billige und schlechte Nahrung, an Diabetes. Die Selbstmordrate ist viermal höher als der normale Durchschnitt, die Lebenserwartung liegt bei etwa fünfzig Jahren und die Säuglingssterblichkeit ist ebenfalls deutlich höher als normal. Von den teilweise menschenunwürdigen Wohnbedingungen ganz zu schweigen. Immer wieder erfrieren in den harten Wintern einige Menschen, weil sie nicht genug Geld für das nötige Gas zum Heizen aufbringen können. Das ist nicht nur katastrophal, das ist auch beschämend für ein Land, das so arrogant ist, sich selbst die Nummer eins zu nennen", ereiferte sie sich. „Ich würde nie in den USA einfach nur Urlaub machen wollen, aber dort in Pine Ridge kann ich meinen Beitrag leisten und etwas Sinnvolles tun."

Annegret schwieg betroffen. Sannah wusste offensichtlich nur zu gut, worauf sie sich eingelassen hatte.

„Ist das dieses Horsemanship-Projekt, von dem du mal erzählt hast?", brach Jonas das Schweigen.

Sannah nickte.

„Finde ich super! Ist genau dein Ding!", meinte er.

Sannah lächelte ihn dankbar an.

Nach dem hitzigen Gespräch verabschiedete sich Jonas und rief sich ein Taxi.

„Jetzt schon?", maulte Annegret enttäuscht.

Er nickte. „Ich habe Wochenenddienst. Wenn man seine Patienten wohlbehalten schlafen legen will, sollte man selbst ausgeschlafen sein." Er gab Sannah einen Kuss auf die Wange. „Danke für den schönen Abend, wir sehen uns am Montag." Dann gab er auch Annegret einen Kuss. „Hat mich sehr gefreut dich kennenzulernen. Wir sehen uns, wenn wir die junge Dame in ihren Flieger setzten." Jonas griff noch mal beherzt in die Schokoladenschüssel. „Wegzehrung!" Er grinste und verschwand.

Nachdem Jonas gegangen war, machten es sich die Frauen gemütlich. Sie lümmelten vor dem Kamin und reduzierten die Bestände an Knabberkram und Wein. Ganz wie in alten Studentenzeiten. „Jetzt mal ehrlich", bohrte Anne neugierig nach. „Da läuft wirklich nichts zwischen dir und ihm?"

Sannah warf ein paar Erdnüsse ein und schüttelte den Kopf. „Nein, da läuft gar nichts. Ich weiß, was du jetzt sagen willst, er ist lieb und süß, er sieht gut aus, hat Charme und Humor. Aber es funkt nicht bei mir. Ich bekomme keine weichen Knie. Er ist einfach nicht mein Typ."
„Du hast doch überhaupt keinen Typ. Jedenfalls keinen klar erkennbaren", stichelte Annegret.
Sannah schmiss ihr zur Strafe ein Kissen an den Kopf. „Dafür ist dein Typ umso klarer erkennbar. Eine Kreuzung aus Antonio Banderas und Schwarzenegger. Gern auch mit gut gefüllter Badehose und Brusthaar-Toupet mit eingewebtem Goldkettchen", frotzelte Sannah lachend zurück.
„Besser als nichts!", stellte Anne kichernd fest. „Du würdest deinen Ritter in glänzender Rüstung ja nicht mal erkennen, wenn er dir laut scheppernd vor die Füße fällt!"

Schlangen und Fohlen

Zur gleichen Zeit saß Joshua White Cloud auf seiner Veranda und trank Kaffee. Er hatte die Füße auf den Tisch gelegt und starrte missmutig auf seine Stiefel. Nachdem er die Post durchgesehen hatte, näherte sich seine Laune dem Gefrierpunkt. Sie würden eine Frau schicken. Ausgerechnet. Bald würde eine Susannah Sowieso auf der Ranch auftauchen und seinen Frieden stören. Insgeheim hatte er gehofft, dass niemand im vielbeschäftigten Deutschland Zeit und Mühe investieren würde, um hierher zu kommen. Doch da hatte Josh sich offenbar getäuscht. Susannah. Er assoziierte diesen Namen automatisch mit einer biederen Hausfrau Mitte fünfzig, blond und im doppelten Sinne blauäugig. Sie würde den ganzen Tag, mit Kamera bewaffnet und in ungeeigneten Schuhen, hinter ihm herrennen und ihn mit diesem schrecklichen Akzent nerven. Tolle Aussichten. Mal abgesehen davon, dass Frauen ohnehin nur Ärger mit sich brachten.

Josh klassifizierte Frauen in zwei Kategorien: in die rötlichen Kornnattern, die zwar harmlos waren, aber eine echte Plage werden konnten, und die zwar unauffälligeren, aber dafür umso gefährlicheren Klapperschlangen. Letztere schlugen erst gewaltigen Krach und bissen dann zu, wenn man dumm genug war, ihnen nicht aus dem Weg zu gehen. Ihr Gift verursachte unerträgliche Schmerzen und bleibende Narben. Beide Arten wollte er nicht im Haus haben. Am liebsten hätte er die ganze Sache abgeblasen, aber den Kindern zuliebe tat er es nicht. Er wollte die Spender nicht verärgern. Das Projekt, das er im Bereich Manderson White Horse Creek betreute, war auf die Spenden angewiesen. Er bot für die Horsemanship kostenlosen Reitunterricht an. Leider hatte er keine Reithalle, sodass dies nur in den schneefreien Monaten möglich war. Es gab mehrere solcher Zentren über die ganze Reservation verteilt. Im Winter bastelte er mit den Kindern oder lehrte sie die alten Traditionen seines Volkes. Er arbeitete gern mit den Kids, nicht nur weil er hoffte, sie damit von den Drogen fernhalten zu können, sondern auch, weil er etwas weitergeben wollte, das für seine Vorfahren selbstverständlich gewesen war: die Liebe zu Pferden. Früher waren Pferde aus dem traditionellen Leben der Lakota nicht wegzudenken gewesen. Sein Volk hatte sie als Packtier, für die Jagd und für den Krieg genutzt. Ein Krieger hatte eine enge Bindung zu seinem Pferd, es war ein Teil seiner Familie. Er musste sich in jeder Situation auf sein Pferd verlassen können, oder er war tot. Diese Bindung entstand durch jahrelange geduldige Arbeit. Nur so bildeten sich gegenseitiges Vertrauen und Respekt. Ein solches Pferd war kostbar. Heutzutage nannte man es Horsemanship. Viele wollten es lernen, doch nur sehr wenige beherrschten diese Kunst. Josh hatte sich über die Grenzen des Reservates hinweg einen Namen gemacht. Etliche Kunden von außerhalb brachten ihm ihre Tiere zur Ausbildung und nahmen nicht selten selbst Unterricht. Davon konnte er ganz gut leben und sich seinen Traum von der eigenen Pferdezucht erfüllen. Diese Tiere waren sein Leben, seine Arbeit und seine Familie. Mehr brauchte er nicht. Sein Blick wanderte von den Stiefeln hinüber zur Weide, wo die ersten Fohlen des Jahres zwischen ihren Müttern herumtollten. Sein Ärger verflog, und er lächelte.

Reisefieber

Die letzten drei Wochen vor Sannahs Abreise vergingen wie im Flug. Sie brauchte dringend noch neue Stiefel zum Reiten, ihre alten fielen fast auseinander. In ihrem Schlafzimmer stapelten sich die Sachen für den Koffer. Die Auswahl würde schwierig werden, sie durfte ja nur zwanzig Kilo mitnehmen. Sannah beschloss, auf alles zu verzichten, was sie auch vor Ort kaufen konnte. Im Internet hatte sie einen Sprachführer für Lakota entdeckt und bestellt. Sie bildete sich nicht ein, diese Sprache in so kurzer Zeit lernen zu können, aber für ein paar Höflichkeitsfloskeln würde es schon reichen. Praktischerweise enthielt das Buch auch ein paar Benimmregeln. Jonas würde sich am Vorabend einquartieren, damit sie ihm noch einige Dinge erklären konnte. Mit jedem Tag steigerte sich ihre Vorfreude, und sie konnte es gar nicht abwarten endlich aufzubrechen.

Als Jonas schließlich mit Sack und Pack vor der Tür stand, flatterte sie herum wie ein aufgescheuchtes Huhn. Er sah sich dieses Schauspiel eine Weile lang an, dann drückte er sie in ihren Sessel.

„Jetzt komm mal wieder runter, du benimmst dich ja schlimmer als meine Schwester vor ihrer Hochzeit", mahnte er.

Sannah grinste schief. „Wenn das der Vorabend meiner Hochzeit wäre, säße ich jetzt im nächsten Flieger zum Südpol", versicherte sie ihm glaubhaft.

„Wie wäre es mit Abendessen?", wechselte er das Thema. „Mir hängt der Magen in den Kniekehlen."

Sie kochten zusammen. Nach dem Abendessen hatte sich Sannahs Aufregung auf ein Normalmaß reduziert. Sie packte die restlichen Sachen in ihren Koffer, während Jonas sich im Gästezimmer häuslich einrichtete. Danach gönnten sie sich noch ein Glas Wein vor dem Kamin.

„Du wirst mir fehlen", sagte Jonas.

„Und was genau wird dir fehlen? Meine Hektik oder meine schlechte Laune in den letzten Monaten?", spottete sie.

„Alles", antwortete er lakonisch. „Drei Monate sind eine lange Zeit."

Fräulein Rottenmeier, die Stimme der Vernunft in ihrem Oberstübchen, prüfte mit kritischem Blick den Thermostaten der Kühlkammer nebenan. Alles im grünen Bereich, stellte sie beruhigt fest. „Es ist gut, dass ich hier rauskomme", erklärte Sannah ernst. „Hier im Haus werde ich ständig an meine Eltern erinnert, und in der Klinik erinnert mich alles an Markus. Ist doch kein Wunder, dass ich kurz vorm Durchdrehen war. Ich konnte nie abschalten. Deswegen bin ich mir nicht mal sicher, ob drei Monate überhaupt reichen. Aber es ist ein Anfang. Ich muss endlich neu anfangen, wenn ich wieder auf die Füße kommen will, das ist mir jetzt erst klar geworden." Sie lächelte traurig. „Ihr werdet mir auch fehlen, du und Anne, aber drei Monate sind schnell vorbei und dann kann ich mich darauf freuen, euch wiederzusehen. Abgesehen davon, wird Anne schon dafür sorgen, dass dir nicht langweilig wird", stellte sie lachend fest.
Jonas schmunzelte. „Sie ist ziemlich schräg", meinte er.
„Manchmal", erwiderte Sannah. „Aber sie ist auch einer der warmherzigsten Menschen, die ich kenne. Als ich damals mit dem Studium angefangen habe, fühlte ich mich völlig verloren in der Uni. Sie hat mich in der Mensa aufgelesen und unter ihre Fittiche genommen. Daran hat sich bis heute nichts geändert."
Sannah konnte kaum noch die Augen offen halten.
„Ab ins Bett mit dir, junge Dame!", befahl Jonas. „Du hast zwei anstrengende Tage vor dir."
„Ja, Papa", entgegnete sie schelmisch.

Am nächsten Morgen wurde es dann doch wieder hektisch. Annegret erschien zur verabredeten Zeit mit frischen Brötchen und werkelte in der Küche herum. Sannah lief kopflos durch das Haus und suchte ihre Handtasche, und Jonas hatte seine liebe Müh' und Not, den aufgeregten Hühnerstall in geordnete Bahnen zu lenken. Zu guter Letzt saßen dann doch alle Hühner abgefüttert, samt Handtasche und Koffer, im Auto. Vor Sannah lagen drei Flüge und zwei Reisetage. Hamburg – Frankfurt, Frankfurt – Denver, eine Übernachtung in Denver und von dort aus noch ein Flug nach Rapid City. Anschließend noch eine etwa zweistündige Fahrt mit dem Auto. Sannah hatte sich online am Flughafen in

Rapid einen Langzeitmietwagen reservieren lassen. Irgendwann am späten Nachmittag Ortszeit würde sie dann ihr Ziel erreichen. Annegret nahm das zum Anlass, noch einmal darauf hinzuweisen, dass mehr Valla Pampa kaum noch möglich sei.
„Da ist man ja schneller am Amazonas!“, meckerte sie.
„Wenn du nicht gleich Ruhe gibst, setze ich dich vorher noch kurz da ab!“, drohte Jonas grinsend und erntete einen dankbaren Blick von Sannah im Spiegel. Als Kleinste war sie auf die Rückbank verbannt worden.
Am Flughafen Fuhlsbüttel angekommen, ging dann alles ziemlich schnell.
Begleitet von Annegrets Besorgnis – „Pass auf dich auf und tue nichts Unüberlegtes!“ – und begleitet von Jonas' unerschütterlichem Optimismus –„Viel Spaß beim Ausreiten!“ –, verschwand Sannah in der Abflughalle.
„Nun ist sie weg“, stellte Jonas fest.
Annegret trocknete ein paar Abschiedstränen. „Hoffentlich geht alles gut“, meinte sie seufzend.
Jonas legte tröstend einen Arm um ihre Schulter. „Na klar! Sie wird eine Menge Spaß haben und auf andere Gedanken kommen. Das wird ihr guttun. Mittagessen bei mir?“, fragte er und grinste wieder mit seinem jungenhaften Charme.
„Gern“, sagte Annegret.

Zwei Tage später erreichte Sannah Rapid City. In Denver hatte sie schon Geld umgetauscht und musste jetzt nur noch den Mietwagen abholen. Sie hatte sich für einen keinen Geländewagen entschieden, man konnte ja nie wissen. Der Papierkram war schnell erledigt, und sie verfrachtete ihr Gepäck in den Kofferraum. Straßenkarte und Wegbeschreibung legte sie sicherheitshalber auf den Beifahrersitz, für den Fall, dass das Navi den Dienst versagte. Sannah atmete noch mal tief durch und fuhr los. Rechts von ihr lagen die Black Hills, links konnte man in weiter Ferne die Badlands erahnen. Die weite Landschaft zog in großen, wellenförmigen Hügeln aus Gras an ihr vorbei. Immer wieder unterbrochen von schroffen Felsen und kleinen Baumgruppen. Nach einer Weile tauchte ein Diner am Straßenrand auf. Sannah war müde und beschloss einen Kaffee zu trinken. Das Diner sah etwas heruntergekommen aus, auf dem staubigen Parkplatz standen ein paar Autos, hauptsächlich die hier üblichen Trucks. Sie parkte und stieg aus. Das Diner bestand aus einem langgezogenen Raum. Vorne war eine Art Tresen, weiter hinten befanden sich Tische und gepolsterte Sitzbänke. Hinter dem Tresen stand eine ältere, rundliche Frau und lächelte Sannah freundlich an. Am anderen Ende des Tresens saßen zwei Männer mittleren Alters in schmuddeligen Jeans und mit der obligatorischen Baseballmütze auf dem Kopf. Einer von ihnen pfiff anzüglich, als Sannah den Raum betrat. Hillbillys mit einem IQ knapp über dem Gefrierpunkt, lautete ihr Urteil und würdigte die Typen keines Blickes.

„Hallo", sagte sie zur Kellnerin. „Einen Kaffee, bitte." Sannahs Englisch war fließend und akzentfrei.

„Gern", antwortete die Frau und goss den Kaffee in eine Tasse. Sie schob Sannah noch Milch und Zucker zu. „Bei Ihrer Figur können Sie sich das leisten", meinte sie lächelnd.

„Oh ja, Baby. Das kann sie!", grölte es vom andere Ende des Tresens herüber. Sannah reagierte sicherheitshalber nicht, stufte die Tresen-Bewohner aber um einige zehntausend Jahre zurück. ‚Neandertaler', dachte sie boshaft.

„Halt die Klappe, Jack!", schimpfte die Kellnerin und hielt Sannah solidarisch die Hand hin. „Ich bin Molly", stellte sie sich vor und lächelte. Sannah ergriff die angebotene Hand.

„Hallo Molly, ich bin Sannah", erwiderte sie freundlich.

„Auf dem Weg nach Pine Ridge?", wollte Molly nun wissen. Sannah schlürfte ihren Kaffee und nickte.

„Ja, noch etwa eineinhalb Stunden, dann hab ich es geschafft."

„Muss hart sein, nach Hause zu kommen, wenn man es aus der Rez raus geschafft hat", meinte Molly mit mitleidigem Blick.

Sannah sah sie irritiert an. Es dauerte einen Moment, bevor sie begriff. Ihre schwarzen Haare, die braunen Augen und ihr dunkler Teint. Molly hielt sie für eine Lakota. Eine, die es geschafft hatte, sich ein Leben außerhalb der Reservation aufzubauen. Da Sannah keine Lust hatte diesen Irrtum aufzuklären, weil das nur weitere Fragen nach sich gezogen hätte, antwortete sie ausweichend: „Ich freue mich darauf, endlich mal wieder zu reiten."

Molly gab sich damit zufrieden. Sannah trank ihren Kaffee aus und zahlte. „Schönen Tag noch, Molly“, wünschte sie.
„Gute Fahrt“, grüßte Molly zurück.
„Die würde ich nicht von der Bettkante schubsen“, grölte einer der Neandertaler sabbernd. Sannah drehte die evolutionäre Schraube um eine weitere Milliarde zurück. ‚Einzeller‘, dachte sie jetzt und wendete sich zum Gehen.
Die andere Amöbe lachte. „Träum‘ weiter, Jack. Die Kerle von der Rez würden dich nicht mal in ihre Nähe lassen.“
Na, das ließ ja hoffen. Sannah beeilte sich, zum Auto zu kommen und war froh, dass die Einzeller ihr nicht folgten.

Kurze Zeit später passierte sie ein Schild mit der Aufschrift „ENTERING PINE RIDGE INDIAN RESERVATION LAND OF THE OGLALA SIOUX.“ Durch Kaffee und Amöben wieder hellwach, bewältigte Sannah den Rest der Fahrt problemlos. Nur die Zufahrt zur Ranch hätte sie um ein Haar verpasst. Unkraut und Schlaglöcher stritten um die besten Plätze auf der Schotterpiste. Sie war heilfroh über den Geländewagen. Die Zufahrt nahm und nahm kein Ende. Nur die Stromleitung, die neben der Zufahrt an verwitterten Holzmasten hing, verriet ihr, dass irgendwo in der Nähe ein Haus sein musste. In der Umgebung wand sich ein kleiner Creek mäanderförmig durch die Landschaft. Deswegen blieb ihr größtenteils die Sicht durch Bäume und Büsche versperrt. Hinter einer Anhöhe tauchten endlich ein paar Gebäude auf. Das musste die Ranch sein. Im Norden durch eine schroffe Felsformation begrenzt, im Osten und Süden durch die Büsche und Bäume, lag sie versteckt, wie in einer Senke. Nur nach Westen war der Blick frei auf die offene, wogende Graslandschaft. Das Wohnhaus war alt und verwittert. Die Farbe blätterte ab, aber es war allem Anschein nach heil, was hier nicht selbstverständlich war. Auch die große Veranda und der verwilderte Garten waren ungewöhnlich. Die meisten Häuser, die Sannah auf ihrer Fahrt gesehen hatte, waren sogenannte Mobile Homes oder recht baufällige Holzhäuser, die mit Autowracks umstellt waren statt Garten. Bei der Wasserknappheit im Hochsommer wuchs hier ohnehin nicht viel. Hin und wieder sah man einen kleinen Gemüsegarten oder ein Feld, das bewirtschaftet wurde. Neben dem Wohnhaus war ein Hofplatz, dahinter lagen Stallgebäude und ein eingezäunter Reitplatz. Die Stallgebäude waren jüngeren Datums, doch niemand hatte sich die Mühe gemacht sie zu streichen. Hinter den Gebäuden lagen, nach Westen gelegen, die Weiden, auf denen etliche Pferde in der Sonne standen und grasten. Beim Anblick der Pferde schlug Sannahs Herz schneller vor Freude. Bis auf die Pferde wirkte die Ranch allerdings wie ausgestorben. Weit und breit kein Mensch zu sehen. Nur ein Truck parkte auf dem Hof. Sannah stellte ihr Auto daneben ab, stieg aus und sah sich um.

Eisberg voraus

Josh saß im Schatten seiner Veranda und beobachtete irritiert die junge Frau, die aus dem Wagen stieg. Das konnte unmöglich der angekündigte Besuch aus Deutschland sein. Aus der näheren Umgebung kam sie aber auch nicht. Er kannte hier jeden und hatte sie noch nie gesehen. Weil sich am Haus nichts rührte, ging die Frau erst einmal zu den Stallgebäuden.
„Mr. White Cloud?", rief sie fragend. Kein Akzent. Josh konnte nun nicht länger in seiner dunklen Ecke sitzen bleiben und ging widerwillig auf sie zu.
Sannah hörte seine Schritte auf der Veranda und drehte sich um. Der Mann, der auf sie zukam, war gut und gern eins neunzig groß. Er trug Jeans, Stiefel und ein schmutziges Unterhemd. Die langen schwarzen Haare waren zum Zopf zusammengebunden, ein paar Strähnen wehten in sein schmales, kantiges Gesicht. Er bewegte sich mit der Eleganz einer Raubkatze auf sie zu und fixierte sie mit seinen schwarzen Augen. Sein Gesichtsausdruck war finster, und Sannah verspürte das Bedürfnis wegzulaufen. ‚Angriff ist die beste Verteidigung', dachte sie und lächelte, als er vor ihr stehen blieb.
„Mr. White Cloud? Ich bin Sannah Hammeken." Die Worte blieben ihr fast im Halse stecken. Offensichtlich war sie diesem Eisberg nicht willkommen.
Josh musterte die Fremde skeptisch. Sie hatten ihm keine blonde Kornnatter geschickt, sondern eine dunkle Klapperschlange. Noch schlimmer. Nur mit den Schuhen hatte er recht behalten, stellte er fest, als sein Blick auf ihre weißen Turnschuhe fiel.
„Josh", sagte er knapp und drückte ebenso kurz, aber fest ihre Hand.
Beim Anblick seiner Oberarme musste Sannah unweigerlich an Anne denken. Er war groß, dunkel und muskelbepackt bis zu den Ohren. Brusthaartoupet und Goldkettchen fehlten, aber das gab schlimmstenfalls Abzüge in der B-Note. Annes limbisches System würde Tango tanzen, Hormon-Cocktails mixen und einen spontanen Eisprung auslösen. Annes Ritter in glänzender

Rüstung war ihr soeben, laut scheppernd, vor die Füße geknallt – nur halt im schmuddeligen Feinripp.
Sie verkniff sich ein Grinsen. Bevor das Schweigen peinlich wurde, deutete Josh mit vorgeschobener Unterlippe und Kinn auf das Wohnhaus. ‚Duckface', dachte sie, als sie seine merkwürdige Art, auf etwas zu zeigen, bemerkte.
„Dein Zimmer ist die Treppe hoch rechts. Ich muss jetzt die Pferde von der Weide holen", stellte er fest, um einen Grund zu haben, ihr aus dem Weg zu gehen.
„Darf ich mit?", bat sie mit großen Augen.
Er zögerte sichtlich. „Wenn du willst", brummte er mürrisch. Dann und wann verirrten sich Touristen für eine Reitstunde auf seinen Hof und stellten meist die gleiche Frage. Die wenigsten schafften es überhaupt auf ein ungesatteltes Pferd und wenn doch, waren sie nach den ersten Galoppsprüngen wieder unten. Josh lief wortlos an ihr vorbei und verschwand im Stall. Als er wieder herauskam, drückte er ihr Zaumzeug in die Hand und deutete, wieder mit der Unterlippe, auf eine braune Stute, die auf der kleinen Weide direkt neben dem Stall stand.

Sannahs Enttäuschung über den eisigen Empfang wich der Vorfreude auf einen Ausritt. Sie kletterte unter dem Zaun durch und kraulte der Stute den Hals. Das Zaumzeug hielt sie locker mit zwei Fingern über den Kopf des Pferdes und wartete geduldig, bis die Stute freiwillig das metallene Mundstück ins Maul nahm. Danach streifte sie sanft das Kopfstück über die Ohren, legte die Zügel um den Hals und führte es zum Paddock.
Josh beobachtete sie dabei, und ihm gefiel, was er sah. Er schwang sich auf sein Pferd und fragte von oben herab: „Schaffst du es allein rauf?"
Sannah ärgerte sich über seine überhebliche Art. Sie hatte jahrelang auf diese Weise ihr eigenes Pferd von der Weide geholt und würde sich jetzt sicher keine Blöße geben. Sie antwortete ihm nicht, nahm Schwung und saß oben, nicht so elegant wie Josh, aber immerhin.
Josh wendete sein Pferd und jagte im Galopp davon. Die Weide war riesig, und die Herde stand am anderen Ende; als Josh in

Sichtweite kam, stoppte er sein Pferd und drehte sich um. Er hatte nicht erwartet, Sannah hinter sich zu sehen, aber sie hatte aufgeholt und kam kurz hinter ihm zum Stehen. Sie war ganz offensichtlich in ihrem Element. Der Wind hatte ihr Haar zerzaust, die Wangen waren gerötet von dem scharfen Ritt, ihre großen Augen leuchteten und sie strahlte über das ganze Gesicht. Ihr Anblick raubte Josh den Atem, und er sammelte sich für einen Moment.
„Reite ruhig an die Herde heran“, erklärte er ihr. „Passe dich ihrem Tempo an, und flankiere sie nur. Wenn du hektisch wirst, werden sie es auch, und wir bekommen heute kein Pferd in den Paddock.“
Sannah nickte wortlos. Josh ritt langsam durch die Herde auf die andere Seite. Gemächlich setzten sich die Tiere in Bewegung. Zurück ging es nun deutlich langsamer. Sannah genoss das Bild, das sich ihr bot. Etwa zwanzig Pferde trotteten über einen Ozean aus Gras, der sich grenzenlos bis an den Horizont zu erstrecken schien. Der ewige Wind strich über die Plains, die Sonne stand schon tief und warf lange Schatten, die auf dem wogenden Gras ein Eigenleben entwickelten. Postkartenkitsch. Sannah seufzte glücklich. Genau dafür war sie hergekommen. Sie sah hinüber zu Josh, der sie nicht weiter beachtete. Er saß völlig entspannt auf seinem Pferd und ließ die Beine baumeln. Seine Aufmerksamkeit galt den Pferden. Nach einer Weile erreichten sie den Paddock. Sannah ließ sich vom Pferd rutschen und klopfte der kleinen Stute den Hals.
„Wie heißt sie?“, wollte sie wissen.
„Kimimila“ – Schmetterling, kam es knapp zurück.
‚Wie redselig‘, dachte Sannah. Und zum Lachen geht er bestimmt in den Keller! Sie brachte Kimimila zurück auf die kleine Weide. Als sie das Zaumzeug in den Stall bringen wollte, nahm Josh es ihr ab und drückte ihr einen Schlauch in die Hand. Er deutete auf die Tränke, vor der sich die Pferde versammelt hatten.
„Sie haben Durst“, brummte er, und für einen Moment huschte die Andeutung eines Lächelns über sein Gesicht, als Sannah etwas entgeistert mit dem Schlauch zur Tränke stapfte. Josh hatte beschlossen, die kleine Klapperschlange ein bisschen zu ärgern. Während sie die Tränke füllte, kümmerte er sich um seine Pferde.

Josh bewegte sich mit schlafwandlerischer Sicherheit zwischen den großen Tieren und sprach mit dunkler, sanfter Stimme zu ihnen. Es war fast, als würden sie ihm andächtig lauschen, während er die Hufe kontrollierte, ihnen die Augen sauberwischte und nach kleinen Blessuren sah. Jedes Pferd wartete geduldig, bis es an die Reihe kam, begrüßte ihn freudig und schnaubte zufrieden. Über allem lag eine unglaubliche Ruhe und Harmonie. Josh strahlte diese Ruhe aus.

Völlig gebannt starrte Sannah auf die Szene, die sich vor ihr abspielte. Sie begriff, dass dieser Mann vielleicht keine Menschen mochte, aber seine Tiere liebte er dafür umso mehr. Sannah füllte unaufgefordert auch die Tränke auf der kleinen Weide, brachte den Schlauch zurück und drehte das Wasser ab. Etwas unschlüssig, was nun zu tun sei, blieb sie am Stall stehen. Josh klopfte sich notdürftig den Dreck von der Hose und lief, wie üblich wortlos, an ihr vorbei in Richtung ihres Autos. Er knallte die Heckklappe auf, hob ihren Koffer heraus und trug ihn auf die Veranda. Dort blieb er mit missmutigem Gesicht stehen und wartete. Sannah beeilte sich hinterherzukommen. ‚Hellsehen stand nicht in der Stellenbeschreibung', dachte sie gereizt. Vor der Tür angekommen, hielt sie es für höflich, die dreckigen Schuhe auszuziehen, und erntete dafür prompt einen Rüffel von Josh.
„Wenn du deine Schuhe hier stehen lässt, solltest du sie morgen früh gründlich ausschütteln."
„Warum?", fragte sie ahnungslos.
„Wegen der Taranteln", sagte er trocken. „Für Schlangen sind deine Schuhe zu klein", fügte er hinzu, als er amüsiert ihren entsetzten Gesichtsausdruck bemerkte. Er öffnete die Fliegengittertür, Sannah ging hinein und stand in der Küche, die nahtlos ins Wohnzimmer überging. Dort war sogar ein Kamin, aus Natursteinen gemauert.
Josh ließ ihr keine Zeit sich umzusehen. „Die Treppe hoch und dann rechts", wiederholte er knapp seine Wegbeschreibung. Sie lief die Stufen hinauf, während er mit Kennerblick ihr Hinterteil begutachtete. Diamantklapperschlange, lautete sein Urteil, als sie oben angekommen waren. Er stellte ihren Koffer ins Zimmer.

„Danke", sagte Sannah und versuchte es noch mal mit einem Lächeln, doch es verwandelte sich in Schneeflocken, noch ehe es den Eisberg erreicht hatte.
Josh deutete mit unbeweglicher Miene auf eine Tür neben ihrem Zimmer. „Dort ist das Bad. Wenn du duschen möchtest, mach es bitte jetzt. Ich werde das Essen in den Ofen schieben und würde nach dem Essen selbst gern duschen. Der Boiler braucht eine Weile, bis das Wasser wieder heiß ist."
Sannah nickte.
Josh lief die Treppe hinunter und verschwand in der Küche. Die Tatsache, dass Josh sich um das Essen kümmerte, verriet ihr, dass wohl keine Mrs. White Cloud auftauchen würde, um die wortkarge Eiszeit etwas aufzutauen. Sie suchte sich ein Handtuch aus dem Koffer und kramte Duschgel und Shampoo-Fläschchen von dem Hotel in Denver aus der Handtasche. Im Badezimmer bestätigte sich ihre Vermutung. Auf der Ablage über dem Waschbecken befand sich Zahnpasta, eine Zahnbürste, Rasierschaum, Deo und ein Rasierer. In einem kleinen Regal lag noch eine Haarbürste. Kein Anzeichen eines weiblichen Wesens. Sie war allein mit diesem Eisberg. Beklommen schlüpfte Sannah aus ihren dreckigen Klamotten und drehte das Wasser auf.

Josh hatte unterdessen Tiefkühllasagne in den Ofen geschoben, saß nun auf der Veranda und trank kalten Kaffee vom Vormittag. Seine Laune hatte sich etwas gebessert. Sannah war nicht so schlimm, wie er anfangs befürchtet hatte. Dieser schreckliche Akzent war ihm erspart geblieben, außerdem redete sie ohnehin nicht viel. Beim Reiten hatte sie sich recht geschickt angestellt. Um ehrlich zu sein: Sie war die Erste, die es überhaupt geschafft hatte, beim gestreckten Galopp über die Weide oben zu bleiben. Aber trotz allem war sie eine Klapperschlange und keine Kornnatter, wenn auch nur eine kleine. Er grinste, „Sintéchla cik'ala" bedeutete „kleine Klapperschlange" in der Sprache seines Volkes. Ein passender Spitzname. Ihr Anblick auf dem Pferd ging ihm durch den Kopf. Er beschloss, sie weiter auf Abstand zu halten. Schöne Klapperschlangen waren, seines Erachtens, besonders gefährlich.

Sannah öffnete die Tür des Badezimmers einen Spalt und prüfte, ob die Luft rein war. Sie wollte nicht, nur mit einem Handtuch bekleidet, Josh in die Arme laufen. Schnell huschte sie in ihr Zimmer und schloss die Tür. Nachdem sie sich angezogen hatte, räumte sie den Inhalt ihres Koffers in den kleinen Schrank und rubbelte sich die Haare trocken. Den Föhn hatte sie zu Hause gelassen. Als sie sich aufs Bett setzte, versank sie fast in der weichen Matratze. Das Zimmer war klein und gemütlich, die Möbel alt, aber gepflegt. Zwei Fenstergauben gingen nach Osten und Westen hinaus und boten zur einen Seite einen Blick auf die Bäume und Büsche an der Zufahrt zur Ranch, auf der anderen Seite einen atemberaubenden Blick über die Weiden. Der gemauerte Schornstein des Kamins zog sich vom Erdgeschoss an der Wand hoch zum Dach. Im Winter wäre es hier bestimmt mollig warm. Ein kleiner Tisch und ein Stuhl standen unter dem Ostfenster. Das Bett stand unter der Dachschräge. Mehrere Traumfänger hingen an der Wand, einige von ihnen sahen uralt aus – handgeknüpft, mit Perlen aus Knochen und Horn verziert und mit Rohhaut umwickelt. Nicht wie dieser billige, kunterbunte Kitsch für Touristen, den man an jeder Ecke kaufen konnte. Auf dem Bett lag ein farbenfroher Quilt, eine Patchwork-Decke, mit einem komplizierten und sehr aufwändigen Sternmuster. Ebenfalls Handarbeit. Sannah streckte sich auf dem Bett aus und merkte, wie müde sie war. Aber auch hungrig. Ihre letzte Mahlzeit hatte aus einem Sandwich am Flughafen von Rapid bestanden. Der verlockende Duft des Essens hatte ihr Zimmer erreicht, und so rappelte sie sich mühsam aus dem Bett und ging in die Küche.

Durch die Fliegentür erspähte sie Joshs Stiefel auf dem Tisch und ging hinaus. Josh saß entspannt, mit geschlossenen Augen auf der Holzbank neben der Tür. Sein Kopf lehnte an der Hauswand, die Füße lagen auf dem Tisch. Er war mit der Kaffeetasse in der Hand eingeschlafen. Sannah lächelte. Schlafend sah er richtig friedlich aus. Sie wollte gerade wieder auf Zehenspitzen ins Haus schleichen, als er brummte: „Mit den Dingern solltest du besser nicht hier draußen rumlaufen."
Sie erschrak, weil er wider Erwarten wach war.

„Welche Dinger meinst du?“, fragte sie irritiert. Er hatte die Augen immer noch geschlossen.
„Na, die Plastik-Latschen.“
Sie blickte auf die Flipflops an ihren Füßen. Langsam wurde er ihr unheimlich. „Woher weißt du ...?“
„Man hört das Schlappen durchs ganze Haus“, erklärte er. „Hast du keine anständigen Stiefel?“
„Doch“, antwortete sie betreten.
„Dann zieh sie an!“, erwiderte er schroff und öffnete die Augen. Sie wollte an ihm vorbei ins Haus flüchten, als er nach ihrer Hand griff und sie festhielt.
„Sannah!“ Er nannte sie zum ersten Mal bei ihrem Namen, und seine Stimme klang um einiges milder, als er bemerkte, dass er sie völlig aus der Fassung gebracht hatte. „Es ist wichtig, das du auf mich hörst. Wir sind hier nicht in Disneyland, sondern in der Wildnis. Hier draußen gibt es Taranteln und Schlangen. Sie kriechen überall hinein. In deine Schuhe, wenn du sie draußen stehen lässt, und auch ins Haus. Achte darauf, dass die Tür immer geschlossen ist. Egal, wie heiß es draußen ist, trage deine Stiefel. Greife niemals in dunkle Ecken oder unter Steine. Meide Erdlöcher und Sträucher, sie verstecken sich überall. Wenn du ein scharfes Rasseln hörst, mache einen großen Bogen drumherum. Du musst immer Augen und Ohren offenhalten. Der Biss einer Klapperschlange kann dich töten, wenn du das Gegengift nicht rechtzeitig bekommst.“
Josh sah sie ernst und eindringlich an, dann ließ er ihre Hand los.

Sannah setzte sich auf die gegenüberliegende Bank. Sie fühlte sich wie ein Kind, das gefährlichen Blödsinn angestellt hatte und nun zurechtgewiesen wurde. „Tut mir leid“, entschuldigte sie sich. „Ich hab mich benommen wie ein dummes Huhn.“
„Du musst dich nicht entschuldigen“, sagte er ruhig. „Gibt es bei dir zu Hause Giftschlangen?“
Sie schüttelte den Kopf.
„Dann bist du auch kein dummes Huhn“, lautete seine bestechend einfache Logik. In der Küche ratterte eine Eieruhr.
„Essen ist fertig“, verkündete Josh.

Während des Abendessens nahm Sannah ihn verstohlen etwas genauer in Augenschein. Er hatte eine hohe Stirn, gerade Augenbrauen und sanfte, mandelförmige Augen. Ähnlich wie ihre eigenen, nur noch dunkler, fast schwarz. Seine Oberlippe war voller als die Unterlippe. Eine lange Narbe zog sich vom Nasenflügel über die Lippen bis zum breiten, kantigen Kinn. Eine weitere Narbe lief über die halbe Stirn und endete rechtwinklig über dem Auge. Viele kleinere Narben waren über den Hals und seine breiten Schultern verteilt. Es sah aus, als wäre er kopfüber durch eine Glasscheibe geflogen. Sannahs berufliches Interesse war geweckt. In der plastischen Chirurgie gab es den Grundsatz: Je dunkler die Haut, desto stärker die Narbenbildung. Dem Kollegen, der diese Wunden behandelt hatte, war es gelungen, die Narbenbildung auf ein Minimum zu begrenzen. Es waren nur noch feine, helle Linien zu sehen, die Joshs Gesicht nicht entstellten. Am Anfang musste es allerdings schrecklich ausgesehen haben.
Josh schaufelte unterdessen unbeirrt die Lasagne in sich hinein. Und da man ja bekanntlich mit vollem Mund nicht spricht, fiel das Essen, wie erwartet, wortkarg aus. Sannah hatte sich nur die Hälfte ihres Anteils auf den Teller gefüllt und kämpfte trotzdem schon mit dem wachsenden Völlegefühl.
Josh deutete auf die verbliebene Hälfte in der Aluschale. „Isst du das nicht mehr?"
Sannah schüttelte den Kopf. „Nein, vielen Dank. Ich platze gleich", versicherte sie stöhnend.
Josh füllte sich den Rest auf seinen Teller und aß weiter. Als er fertig war, schob er seinen Teller beiseite und stand auf. „Kein Wunder, dass du so klein und schmal bist, wenn du die Hälfte stehen lässt."
„Ich bin ein Mädchen, ich darf das", protestierte sie.
Josh musterte sie von oben bis unten mit diesem seltsamen Blick aus Verwunderung und Misstrauen. „Ist mir auch schon aufgefallen", bemerkte er mit einem gefährlichen Unterton. Da war es wieder: das Raubtier.
Sannah schluckte trocken. Er verschwand nach oben. Einige Augenblicke später hörte sie die Dusche rauschen. Da sie sich nicht

recht nach oben traute, beschloss sie, den Abwasch zu machen und die Küche aufzuräumen. Nach einiger Zeit kam er mit nassen Haaren und in Jogginghose und Shirt wieder runter, setzte sich auf das alte Sofa mit einem etwas fadenscheinigen Bezug und schaltete den Fernseher an. Da er keinerlei Anstalten machte, sich mit ihr zu unterhalten, fragte Sannah nur: „Wann fängst du morgens an?"

„Um sechs", brummte er zurück.

„Ich gehe schlafen, gute Nacht", sagte sie, erhielt aber keine Antwort. Als sie wenig später im Bett lag, schwor sie sich, niemals mit diesem mürrischen Eisberg zu kollidieren.

Tauwetter

Am nächsten Morgen war Sannah, Jetlag sei Dank, um halb fünf wach. Hellwach. Da sie, um Gewicht zu sparen, keine Bücher dabei hatte, mit Ausnahme des Sprachführers, fiel Lesen aus. Wieder einschlafen klappte auch nicht. Also zog sie sich an, nahm ihre neuen Stiefel in die Hand und schlich die Treppe hinunter, um Josh nicht zu wecken. In der Küche suchte sie Kaffee und Filtertüten und schmiss die Kaffeemaschine an. Kurze Zeit später saß sie auf der Veranda und schlürfte genüsslich die erste Tasse Kaffee. Draußen herrschte eine himmlische Ruhe. Ein paar Vögel, die mit ihrem Gesang den anbrechenden Tag begrüßten, waren zu hören, ab und an schnaubte eines der Pferde drüben auf der Koppel und der ewige Wind der Great Plains raschelte in den Bäumen, sonst nichts. Kein menschliches Geräusch war zu vernehmen. Man konnte den Eindruck gewinnen, der einzige Mensch auf Erden zu sein. Zuhause fuhr immer irgendein Auto, oder man hörte die Sirenen von Polizei- oder Rettungswagen. Manchmal trug der Wind die Motorengeräusche der Schiffe auf der Elbe bis in ihren Garten. Es war nie wirklich still. Hier konnte man die Stille fast körperlich spüren. Sie liebte diese frühen Morgenstunden, wenn die Natur die Oberhand hatte und die hektische Welt da draußen noch schlief.
Heute wollte sie Josh fragen, wann die Kinder kommen würden. Beim Gedanken an Josh bekam sie wieder ein flaues Gefühl im Magen. Sie bewunderte seine Art, mit Pferden umzugehen, und seinen offenkundigen Sachverstand. Er war bestimmt auch ein guter Lehrer, sonst würden die Kinder nicht kommen. Aber seine deutliche Abneigung ihr gegenüber konnte sie sich nicht erklären. Sie kam sich vor wie ein Eindringling. Genau genommen war sie das ja auch. Er lebte hier draußen wie ein Eremit, kein Nachbar weit und breit. Er war bestimmt so alt wie sie selbst, hatte aber weder Frau noch Kinder. Sannah ging plötzlich auf, dass sie nicht viel anders lebte. Seit der Scheidung hatte sie sich zurückgezogen. Annegret und Jonas waren von dem ursprünglich großen Freundeskreis übrig geblieben. Das reichte ihr völlig. Vielleicht

ging es Josh ja ähnlich? Sie beschloss, seine übellaunige Art nicht so ernst zu nehmen. Sie wollte hier eine ruhige und friedliche Zeit verbringen, also würde sie sich freundlich und höflich verhalten, wie es sich für einen Gast gehörte, und ihm ansonsten aus dem Weg gehen. Langsam, aber sicher knurrte ihr Magen. Sie ging in die Küche und durchforstete den Kühlschrank.
Schinken, Toastbrot, Majonäse, Eier, Milch und Cola. Ganz hinten in der Ecke fristeten ein paar Tomaten ein einsames Dasein. Im Küchenschrank entdeckte sie noch die obligatorische Packung Cornflakes. Den Bäcker um die Ecke würde sie hier wohl vergeblich suchen, und so überlegte sie, was Amerikaner, oder speziell amerikanische Ureinwohner, wohl zum Frühstück aßen. Halber Büffel auf Toast, schoss es ihr durch den Kopf und sie grinste. In Anbetracht der Lasagne-Berge vom Vorabend kam das mengenmäßig schon mal hin. In Ermangelung eines Büffels entschied sie sich dann doch für Eier mit Schinken, dazu Toast und Kaffee. Vielleicht würde ein Frühstück den Griesgram da oben etwas freundlicher stimmen.

Der Griesgram wälzte sich stöhnend in seinem Bett herum und schlug auf den wehrlosen Wecker ein. Josh war eine Nachteule, früh aufstehen gehörte nicht zu seinen bevorzugten Tätigkeiten. Aber ihm blieb nichts anderes übrig, denn die Tiere mussten versorgt werden. Völlig verschlafen quälte er sich aus dem Bett und rieb mit den Händen über sein Gesicht. Noch schlaftrunken tappte er gewohnheitsmäßig die Treppe runter und blieb wie erstarrt in der Küche stehen. Er hatte Sintéchla tschik'ala völlig vergessen. Sie stand am Herd und wendete ein Omelette, hatte den Tisch gedeckt und Kaffee gekocht.
Als sie ihn auf der Treppe hörte, sagte sie ohne vom Herd aufzusehen: „Guten Morgen, Frühstück ist ...", sie drehte sich zu ihm um, „ ... fertig."
Ihr Lächeln machte eine Vollbremsung und kippte vornüber. Josh hatte nicht nur die kleine Klapperschlange vergessen, sondern auch sich anzuziehen. Und so stand er, nur mit Unterhose bekleidet, in der Küche. Er drehte auf dem nicht vorhandenen Absatz um und ging zurück in sein Schlafzimmer.

‚Ups', dachte Sannah und rief sich selbst zur Ordnung. Sein Anblick in Shorts, mit Sixpack und offenen Haaren, die ihm bis auf die breite Brust fielen, hatte ihr limbisches System abrupt aus dem Winterschlaf gerissen. Es räkelte sich nun genüsslich auf der Satin-Bettwäsche in ihrem Oberstübchen und zückte Puderdose und Lippenstift.
„Das ist jetzt nicht dein Ernst!", schimpfte sie mit sich selbst. Die Rottenmeier konnte ihr da nur beipflichten und klopfte hektisch auf die Anzeige des Thermostaten, der jetzt mollige siebenunddreißig Grad anzeigte.
Einige Augenblicke später erschien Josh angezogen und mit Zopf wieder in der Küche. Seinem Gesichtsausdruck nach zu urteilen, hatte es ihm gründlich die Petersilie verhagelt. Notorischer Morgenmuffel, lautete Sannahs fachmännische Diagnose. Sie ließ sich nichts anmerken und stellte ihm wortlos das Omelette mit knusprigem Schinken vor die Nase und goss ihm frischen Kaffee ein. Er nahm einen Schluck Kaffee und fing an zu essen.
„Warum bist du schon auf?", wollte er wissen. Josh konnte nicht verstehen, warum jemand freiwillig so früh aufstand.
„Jetlag", erklärte sie. „Bei mir zu Hause ist es schon zwei Uhr Nachmittags."
Er nickte nur, an die Zeitverschiebung hatte er nicht gedacht. Aber immerhin hatte er diesem Umstand ein gutes Frühstück zu verdanken, und das versöhnte ihn ein wenig mit der Szene in Unterhosen. Josh konnte sich nicht daran erinnern, wann ihm zuletzt jemand Frühstück gemacht hatte. War verdammt lang her. Der ungewohnt starke Kaffee ließ ihn langsam wach werden.
„Ich will gleich bei einigen Pferden die Hufe schneiden, danach den Stall ausmisten, und heute Nachmittag muss ich einkaufen. Du kannst ja solange deine Fotos machen."
Er erläuterte ihr seine Pläne nur, weil er hoffte, dann für den Rest des Tages seine Ruhe vor ihr zu haben. Doch Josh machte seine Rechnung ohne die Wirtin.
„Nimmst du mich mit zum Einkaufen?", fragte Sannah. „Ich brauche Duschgel und ein paar andere Sachen. Dann kenne ich auch den Weg, fürs nächste Mal", fügte sie noch schnell hinzu, als sie sah, wie sich seine Miene verfinsterte.

Böse Falle! Der Supermarkt war im nächsten Ort und praktisch der Hauptumschlagplatz für Neuigkeiten, Klatsch und Tratsch. Der Moccasin Telegraph sorgte dafür, dass jeder auf der Rez bestens über alles und jeden informiert war. Wenn er mit Sannah im Schlepptau dort auftauchte, würde am nächsten Tag ganz Pine Ridge darüber Bescheid wissen, und so wie sie aussah, würde ihm niemand glauben, dass sie aus Deutschland kam, um Fotos zu machen. Man würde ihm wissende Blicke zuwerfen und die wildesten Spekulationen anstellen. Monatelang. Ganz böse Falle! Er stöhnte im Geiste. Auf der anderen Seite würden am Mittwoch die Kinder kommen und spätestens dann dafür sorgen, dass niemandem der Gesprächsstoff ausging. Es war nur eine Frage der Zeit.
‚Was soll's', dachte Josh. Er nickte ihr zu und schob den Teller beiseite. Als er seine Stiefel anzog, fiel sein Blick auf Sannahs neue Stiefel. „Wie ich sehe, hast du meinen Rat angenommen."
„Klar", erwiderte sie grinsend. Er war schon auf der Veranda, als sie ein „Danke fürs Frühstück!" hörte. Hoppla, da war doch nicht etwa ein Tröpfchen Tauwasser vom Eisberg gefallen? Oder gar zwei? Sannah grinste und betrachtete dann das Schlachtfeld in der Küche. Offenbar hatte Josh zum Ausgleich für die Eisschmelze eine neue Regel eingeführt: Einmal abwaschen, immer abwaschen.

Nachdem sie ihren Küchendienst geleistet hatte, ging Sannah vor die Tür. Josh hatte mit „einige" fast alle Pferde gemeint. Er war immer noch damit beschäftigt, die Hufe zu schneiden, und etwa zehn Tiere warteten noch auf ihre Pediküre. Sie überschlug die Zeit, die es noch dauern würde, und beschloss, die Wartezeit bis zum Einkaufen zu verkürzen, indem sie den Stall ausmistete. Sie suchte sich eine Mistgabel und eine Schubkarre und fing mit den Boxen der Ausbildungspferde an. Karre um Karre füllte sich mit Mist und wurde auf dem Misthaufen ausgeleert. Da Sannah normalerweise unter sterilen Bedingungen in gekachelten Räumen mit Kunstlicht arbeitete, machte es ihr Spaß, zur Abwechslung mal im Dreck zu wühlen. Als sie mit den Boxen fertig war, machte sie im Laufstall weiter. Eine große Halle, in der sich die Tiere gemeinsam frei bewegen konnten. Sie war damit beschäftigt, Mist zu schaufeln, und merkte nicht, dass Josh sie beobachtete. Grinsend lehnte er am Türrahmen und kaute auf einem Strohhalm herum. Er kletterte auf ein paar aufgestapelte Strohballen, streckte die Beine aus und gönnte sich eine Pause.

‚Doch kein schlechter Tag', dachte er sich. Erst machte sie Frühstück und nun seine Arbeit. Daran könnte er sich gewöhnen. Sie erstaunte ihn schon wieder. Offenbar hatte sie nicht zum ersten Mal eine Mistgabel in der Hand, und sie scheute sich auch nicht, sich die Hände schmutzig zu machen. Die meisten Frauen, die er kennengelernt hatte, hätten den Stall nicht einmal betreten. Ausmisten? Undenkbar! Dabei könnte man sich die Fingernägel abbrechen. Blöde Weiber. Sannah hingegen schien auf so etwas wie Fingernägel keinen gesteigerten Wert zu legen. Auch auf die übliche Kriegsbemalung verzichtete sie. Der ganze Firlefanz, der Frauen normalerweise so wichtig war, fehlte bei ihr. Hatte sie auch nicht nötig. Sie war hübsch. Er legte den Kopf schief und nahm genauer Maß: sogar sehr viel mehr als nur hübsch. Josh lehnte sich zurück und genoss die „schöne Aussicht".

Sannah wuchtete die schwere Schubkarre zum Ausgang. Als sie an den Strohballen vorbeikam, sprang Josh von seiner Aussichtsplattform und landete genau hinter ihr. Sie fuhr erschrocken zusammen.

„Oh, Gott!", keuchte sie. „Mir ist fast das Herz stehengeblieben!"

Er nahm ihr die Schubkarre ab und raunte unheilvoll: „Ist eine gefährliche Gegend hier! Viele Indianer!"

Sie bewarf ihn mit Stroh. „Dann vergiss beim nächsten Mal dein Messer nicht!", rief sie ihm lachend hinterher. „Vielleicht schreie ich dann hysterisch, das wirkt authentischer."

Und Humor hatte sie auch, stellte er auf dem Weg zum Misthaufen fest – ein paar abgebrochene Eisschollen im Kielwasser.

Josh verfrachtete sie, so wie sie war, in seinen Truck.

„Ich bin dreckig und stinke!", hatte Sannah protestiert, als sie auf dem Weg zum Supermarkt über die Zufahrt rumpelten.

„Stimmt!", meinte er trocken. „Aber das stört da niemanden, außerdem wirkt das so authentischer", äffte er sie nach. Insgeheim hatte er die Hoffnung, das die Gerüchte eine andere Richtung

nehmen würden, wenn Sannah nach Arbeit aussah. Sie erreichten die Hauptstraße, und das Rumpeln hörte auf.
In einiger Entfernung entdeckte Sannah auf einer Anhöhe ein paar Tipis.
„Lebt da jemand?", fragte sie ungläubig.
Josh nickte. „Ein paar Waschítschu vom Stamm der City Slicker."
„Was sind Waschítschu?", wollte sie wissen. Dieses Wort stand nicht in ihrem Sprachführer.
„Weiße", erklärte er. Irgendwie wurde ihm nicht bewusst, dass Sannah auch eine Waschítschu war. „Für siebzig Dollar pro Nacht bekommen die Wannabes, die Möchtegern-Indianer, echtes Wild West Feeling geboten. Inklusive Frühstück, Taranteln und kalter Füße", spottete Josh.
„Halber Büffel auf Toast?", scherzte sie.
„So ungefähr", erläuterte er feixend. „Aber dann kommst du mit siebzig Dollar nicht mehr aus. Büffelfleisch ist scheißteuer."
Er bog auf den Parkplatz vor dem kleinen Supermarkt ab. Direkt neben Joshs Truck standen ein paar von den Tipi-Bewohnern und machten Erinnerungsfotos. Auf einer Bank neben dem Eingang saßen einige Einheimische und hielten ein Schwätzchen. ‚Moccasin Telegraph vollständig anwesend', dachte Josh genervt. Die weiblichen City Slicker starrten ihn mit offenem Mund an.
Sannah grinste, er war ganz offenbar nicht nur Annes Typ. Sannah indes wurde die volle Aufmerksamkeit der Truppe auf der Bank zuteil. Man musterte sie überaus gründlich.
Josh grüßte mit einem Kopfnicken und beeilte sich, sie samt Einkaufskorb möglichst schnell durch die Tür zu schieben, um dem üblichen Palaver zu entgehen. Drinnen war es allerdings auch nicht besser. Er grüßte wieder und ignorierte die neugierigen Blicke. Nach und nach füllte sich der Einkaufskorb.

Als Josh einige Fertiggerichte aus der Tiefkühltheke nehmen wollte, meinte Sannah: „Ich könnte doch was Frisches kochen. Wenn du einverstanden bist", fügte sie noch hinzu, als sie seine finstere Miene sah. Seit dem Parkplatz spielte Joshs Laune wieder Verstecken im Keller, und sie wusste nicht, warum.
„Wenn du willst", brummte er.

Sie zogen weiter durch die Gänge. Josh schmiss ein Paket Kaffee in den Korb, Sannah legte ihren heißgeliebten Tee dazu.
Er verzog angewidert das Gesicht.
„Den gibt es doch wohl hoffentlich nicht zum Frühstück?“, fragte er entsetzt und stellte bei der Gelegenheit gleich klar, wer in den nächsten Wochen für den Küchendienst zuständig war.
Sannah setzte ein beleidigtes Gesicht auf. „Nein, mein Tee ist nur für nette Leute!“ Sie ließ ihn stehen und verschwand im nächsten Gang.
‚Aber hallo! Die Kleine kann ja doch klappern‘, dachte Josh und grinste in sich hinein. „Ich bin nett!“, versicherte er ihr, als er sie eingeholt hatte.
„Aber nur, wenn gerade keiner hinsieht“, gab sie zurück und legte Seife und Shampoo in den Korb. Duschgel gab es nicht. Er griff nach einer Dose Rasierschaum, Marke Moschus brutal, matt schwarz, die Schrift in Blau metallic, mit futuristisch designtem Sprühkopf.
‚Typisch Mann‘, dachte Sannah, selbst Rasierschaum kam nicht ohne Heckspoiler und Alufelgen aus. Er wollte gerade etwas erwidern, als sie mit einem kleinen boshaften Lächeln eine Packung Tampons genau daneben legte und damit den Kampf der Geschlechter im Einkaufskorb eröffnete. Josh war das sichtlich peinlich. Nicht nur, dass er jetzt vor aller Augen mit Tampons durch den Supermarkt lief, ihm ging auch für den Bruchteil einer Sekunde durch den Kopf, wo die Dinger landen würden. Er schluckte seinen Kommentar runter und maulte nun hauptamtlich vor sich hin. An der Kasse wurde Josh von der Kassiererin mit einem strahlenden Lächeln begrüßt. Die ältere Dame unterhielt sich mit ihm auf Lakota, während er seine Sachen auspackte. Sannah verstand kein Wort, aber der weiche, kehlige Singsang dieser Sprache gefiel ihr. Als Sannah an die Reihe kam und ihre Einkäufe auf den Tisch legte, schenkte die Kassiererin ihr ein wohlwollendes Lächeln. Sannah überließ es Josh, auch ihre Einkäufe einzupacken, und lächelte zurück. Als sie zahlte, sagte die ältere Dame: „Anpétu washté yuhá pe.“ – Habt einen schönen Tag. Sannah strahlte, das hatte sie, Sprachführer sei Dank, verstanden.

„Pilámaya ye, Tóksha aké" – Danke, tschüss, bis bald, antwortete sie wie aus der Pistole geschossen.
Josh knallte der Unterkiefer aufs Brustbein. Sie nahm eine der Tüten und ging Richtung Ausgang, er folgte ihr verblüfft mit dem Rest. Draußen wartete der Moccasin Telegraph schon auf die Neuigkeiten der Kassiererin. Persönliche Fragen zu stellen wäre unhöflich gewesen, und so blieben Josh und Sannah unbehelligt. Man begnügte sich damit, beide wieder gründlich zu mustern. Diesmal von hinten.

„Du sprichst Lakota, aber weißt nicht, was Washícu heißt?", fragte er erstaunt, als sie im Auto saßen.
Sie lachte und schüttelte den Kopf. „Nein, ich kenne nur ein paar Höflichkeitsfloskeln aus einem Sprachführer."
„Nicht schlecht!", meinte er anerkennend.
Zurück auf der Ranch machte sich Sannah im Bad etwas frisch. Als sie wieder herunter kam, hatte Josh den Kühlschrank geplündert und kaute mit vollen Backen. Er drückte ihr ein Käsesandwich in die Hand.
„Iff waf!", nuschelte er. Dann fischte er sich noch einen Apfel aus Sannahs neu angelegtem und sündhaft teuren Obstvorrat und verschwand nach draußen. Sie kochte sich einen Tee und setzte sich zum Essen auf die Veranda.
Josh führte gerade eins der Ausbildungspferde auf den Reitplatz – einen wunderschönen Appaloosa Wallach. Seine Grundfarbe war ein dunkles Kastanienbraun, die Kruppe war, für diese Rasse typisch, weiß mit schwarzen Sprenkeln, auch die Fesseln wiesen diese Einfärbung auf. Obwohl noch jung, war der Wallach schon stark bemuskelt und sah vom Gebäude her eher aus wie ein Quarter Horse – nur etwas größer und langbeiniger. Er hatte einen schönen, keilförmigen Kopf und ausdrucksvolle Augen. Ein echter Eyecatcher. Josh redete beruhigend auf das junge Pferd ein, kraulte ihm den Hals und klopfte sanft mit der Hand gegen den Bauch. Er stellte vorsichtig einen Fuß in den Steigbügel und zog sich langsam am Sattelhorn hoch. Allerdings setzte Josh sich nicht in den Sattel, sondern lehnte sich zunächst nur darüber und klopfte diesmal die andere Seite des Pferdes. Der junge Wallach

blieb ruhig stehen und lauschte Joshs Stimme. Erst jetzt hob Josh das andere Bein über den Sattel und setzte sich. Er ließ das Pferd zum Aufwärmen Schritt laufen und nahm nur ein klein wenig die Zügel an.

‚Eine gute Gelegenheit für die ersten Fotos', überlegte Sannah. Sie lief in ihr Zimmer und holte die Kamera.
Wieder draußen, näherte sie sich vorsichtig dem Reitplatz, um das Pferd nicht zu erschrecken. Sie hob fragend die Kamera, und Josh nickte zustimmend. Sannah begann ihre Fotos zu schießen, während er mit dem Pferd arbeitete. Der Wallach hatte viel Temperament und versuchte seine Grenzen auszutesten. Er fing an, hektisch zu tänzeln und riss den Kopf hoch. Josh zeigte sich unbeeindruckt, ritt einfach weiter und korrigierte die Kopfhaltung. Nie wurde er wütend oder grob, obwohl das Pferd es ihm nicht leicht machte. Der Wallach fing an zu buckeln und versuchte seinen Reiter loszuwerden, doch Josh blieb ungerührt im Sattel kleben und ließ zu, dass das Pferd seine Kraft verschwendete. Der vierbeinige Temperamentsbolzen merkte, dass seine Gegenwehr keinen Erfolg hatte und beruhigte sich. Geduldig wiederholte Josh die Lektion, ließ das Pferd Fehler machen, um diese dann wieder sanft zu korrigieren.
Sannah war völlig fasziniert, nicht nur von Joshs Reitkunst, sondern vor allem von der Ruhe, die dabei von ihm ausging. Sie war selbst keine schlechte Reiterin, aber verglichen mit ihm kam sie sich vor wie eine Anfängerin.
Als das Pferd eine Übung fehlerfrei absolvierte, stieg Josh ab, lobte den Wallach überschwänglich und gab ihm den Rest des Apfels. Das Pferd war schweißgebadet, Josh nicht.
„Reitest du ihn trocken?", fragte er. „Dann hab ich Zeit für das Nächste."
Sannah schluckte. Ebenso gut hätte er ihr eine brennende Dynamitstange in die Hand drücken können, mit dem Kommentar: „Halt mal fest!" Sie legte ihre Kamera beiseite und kroch zögernd unter dem Zaun durch. Er hielt das Pferd, während sie vorsichtig aufstieg. „Keine Sorge", meinte Josh grinsend. „Der hat sein Pulver für heute verschossen."

Sie sah ihn erstaunt an, konnte er jetzt auch Gedanken lesen? „Reite ihn einfach am langen Zügel, bis sich seine Atmung beruhigt hat“, wies er sie an und machte die Fender kürzer. Sie nickte und begann ihre Bahnen zu ziehen. Josh verschwand, um das nächste Pferd zu satteln.
Sannah wurde es etwas mulmig, als er sie allein ließ, aber der Wallach lief brav seine Runden, ließ entspannt den Kopf hängen und kaute zufrieden auf dem Gebiss. Sie beruhigte sich und genoss das Gefühl, wieder im Sattel zu sitzen. All die Jahre hatte sie es vermisst, ohne es zu merken. Kummer und Sorgen lösten sich hier oben in Luft auf, man konnte wieder frei atmen und einfach nur glücklich sein.
Josh schien es genauso zu gehen, seine Laune war wieder deutlich besser, seit er auf dem Pferd saß. Sannah lächelte, eigentlich waren sie gar nicht so verschieden.

Irgendwann kam Josh mit dem nächsten Pferd zurück. Sie stieg ab und brachte den Wallach nach dem Absatteln wieder auf die Weide. Dieses Prozedere wiederholte sich noch vier Mal. Sannah fotografierte, während Josh im Sattel saß, und ritt dann trocken, damit er das nächste Pferd holen konnte. Als alle Ausbildungspferde wieder auf ihrer kleinen Weide standen, sah Josh zufrieden auf seine Uhr. „Du hast mir heute eine Menge Arbeit abgenommen. Als Dankeschön lade ich dich beim nächsten Einkauf auf ein Eis ein.“
Sannah strahlte. „Hab ich gern gemacht. Hast du irgendwann mal Zeit, mir etwas Unterricht zu geben?“, fragte sie.
Er sah sie erstaunt an. „Klar! Aber du machst das doch gut“, stellte er fest.
Sannah schüttelte den Kopf. „Man lernt nie aus, und verglichen mit dir bin ich ein blutiger Anfänger.“
Josh lächelte, etwas verlegen über das Kompliment, das sie ihm gemacht hatte. „Ich hole jetzt die Herde von der Weide, möchtest du wieder mit?“, fragte er.
Sannah winkte ab. „Wenn du nachher was zu essen haben willst, sollte ich besser anfangen zu kochen“, sagte sie bedauernd.
„Selber schuld!“, meinte er.

Nach dem Abendessen saß Sannah am Küchentisch und speicherte die Fotos auf ihrem Laptop. Josh hatte geduscht und setzte sich dazu. Sein Haar war noch nass, und er roch nach Shampoo.
„Die sind gut geworden", lobte er anerkennend und rückte noch ein bisschen näher, um besser sehen zu können. Sie schob den Computer ein wenig zu ihm rüber; ihn so dicht neben sich zu haben, machte sie plötzlich nervös. Die Wärme, die von ihm ausging, spürte sie so deutlich wie eine Berührung. Ein heißes Kribbeln lief ihr über den Nacken. Fahrig lud sie die letzten Fotos von der Kamera und überließ ihm den Laptop.
„Sieh sie dir in Ruhe an, ich geh solange duschen", entschuldigte sie sich und flüchtete die Treppe hoch.
„Das Wasser ist noch kalt!", rief er warnend hinterher.
‚Kalt ist gut', dachte Sannah.
Einen Augenblick später vernahm er grinsend ihren kurzen Schrei aus dem Bad. Das Wasser war offenbar noch sehr kalt. Es war ihm nicht entgangen, dass er sie nervös machte.

Nach dem ersten Kälteschock ließ Sannah sich das Wasser über das Gesicht laufen und fluchte. Normalerweise hatte sie nie Probleme damit gehabt, potentielle Verehrer in die Wüste zu schicken. Sie war fertig mit dem Thema Männer. ‚Ein für alle Mal', dachte sie grimmig. Abgesehen davon war Josh kein Verehrer. Er machte sich weder mit absurdem Balzverhalten noch mit postpubertärem Imponiergehabe lächerlich. Hatte er auch nicht nötig. Aber genau das war der springende Punkt. Kaum war ihr Annegrets Traumtyp vor die Füße geknallt, der zudem noch notorisch schlecht gelaunt war, sie ignorierte und ganz sicher nie auf die Idee käme, ausgerechnet an ihrer Türschwelle zu kratzen, bekam sie weiche Knie und Nervenflattern wie ein Teenager mit hormoneller Dysfunktion. Ihr limbisches System saß währenddessen auf dem Bett im Oberstübchen und feilte sich gutgelaunt die Fingernägel. Sannah führte ihre Reaktion auf einen rudimentären Urinstinkt zurück, der ihr signalisieren wollte: Starker Mann schwingt Keule und schleppt Mammut in Höhle. Heutzutage waren Frauen, dank der Erfindung der Tiefkühlpizza und des Aussterbens der Mammuts, nicht mehr darauf angewiesen, dass ein Keule schwingender Typ das Essen ranschaffte. Sannah erklärte Pizza zur Krönung der Emanzipation und sich selbst zum irrationalen Hormonopfer. Ihr limbisches System schüttelte missbilligend den Kopf und lackierte sich derweil die Fußnägel knallrot.

„Blöde Kuh!“, schimpfte Sannah. Bibbernd vor Kälte rubbelte sie sich trocken und wickelte sich in das Handtuch. Nach dem Zähneputzen war sie noch ganz in Gedanken, als sie die Tür öffnete und gegen Josh prallte. ‚Auch das noch‘, dachte Sannah.

‚Gleiches Recht für alle‘, dachte Josh.

„Morgen gibt es Pizza“, stammelte sie völlig aus dem Zusammenhang gerissen und flüchtete mit roten Ohren in ihr Zimmer. Er erhaschte noch einen Blick auf ihre nackten Beine und schüttelte grinsend den Kopf. Frauen verstehen zu wollen, war seiner Meinung nach reine Energieverschwendung.

Sannah biss sich auf die Lippe. Jetzt hatte sie sich auch benommen wie ein Teenager. Sie steckte noch mal den Kopf durch die Tür. „Gute Nacht“, sagte sie.

Josh drehte sich um. „Schlaf gut!“

Märchenstunde

Am Morgen wachte sie erst kurz vor sechs auf. Der Jetlag verzog sich langsam. In der Küche angekommen, erkannte sie an einer Schüssel mit Cornflakes-Resten, dass Josh ihr zuvorgekommen war. Mit einer Tasse Kaffee ging sie auf die Veranda. Die Herde war schon auf der Weide, und sein Truck war weg. Sannah nippte an ihrem Kaffee und verzog angewidert das Gesicht. „Bodensehkaffee“ mit einer gefühlten Temperatur von zwanzig Grad.
‚Aber über meinen Tee meckern‘, dachte sie spöttisch. Er musste schon länger weg sein. Josh war ihr keine Rechenschaft schuldig, wann er kam oder ging, aber ein bisschen komisch fand sie es schon. Sie machte sich ein Sandwich zum Frühstück, anschließend wollte sie ausmisten. Sannah vertrödelte den ganzen Vormittag mit Stallarbeit. Nach dem Ausmisten schrubbte sie gründlich die Tränken. Josh blieb verschwunden. Sie dachte darüber nach, die Gegend mit dem Auto zu erkunden, gab diesen Plan allerdings schnell wieder auf. Ohne Schlüssel für die Tür konnte sie nicht abschließen, und sie wollte das Haus nicht unbeaufsichtigt offenstehen lassen. Vor lauter Langeweile fegte sie die Fußböden und schob einen Kuchen in den Ofen. Am Nachmittag wurde Sannah langsam unruhig. Sie hatte eins von Joshs Büchern über Pferdezucht gelesen und nicht weiter auf die Uhr geachtet. Es wurde Zeit, die Herde von der großen Weide zu holen.

Unschlüssig, was sie nun tun sollte, wägte sie die Möglichkeiten ab. Warten, bis Josh da war, die Pferde auf der Weide lassen oder sie alleine holen? Da sie nicht wusste, wann Josh wiederkommen würde, und die Tiere Wasser brauchten, fasste sie sich ein Herz und sattelte Kimimila. Sie ritt über die große Weide und hielt Ausschau nach der Herde. Die Weite der Landschaft war atemberaubend. Dr. Schröders Worte fielen ihr wieder ein: Dort gibt es nur Gras und Himmel. Er hatte recht behalten. Dieser Ozean aus Gras vermittelte ihr ein nie gekanntes Gefühl von Freiheit. Kein Wunder, dass die Lakota so erbittert für diese Freiheit gekämpft hatten. In einiger Entfernung entdeckte sie die Herde und ritt langsam auf sie zu. Sannah umkreiste die Tiere, um sie in Bewegung zu setzen. Es klappte besser, als sie erwartet hatte. Im Zickzack ritt sie hinterher, um eventuelle Ausreißer in Schach halten zu können. Nach einer halben Stunde erreichten sie den Paddock. Sannah schloss das Gatter hinter den Pferden und war stolz wie Oskar. Sie brachte Kimimila zurück auf die kleine Weide und kraulte ihr den Hals. „Feines Mädchen, hast du gut gemacht." Die Stute blubberte zufrieden, als Sannah ihr noch eine Möhre ins Maul schob.

Sannah füllte gerade die Tränken, als ein Wagen der Tribal Police auf den Hof fuhr. Ihr Magen krampfte sich zusammen. ‚Hoffentlich ist nichts passiert', dachte sie entsetzt. Der Officer, der ausstieg, warf seine Mütze ins Auto und fuhr sich durch sein kurzes schwarzes Haar. Als er sie entdeckte, strahlte er und kam auf sie zu. Sannah entspannte sich. So sah niemand aus, der schlechte Nachrichten brachte. Er hatte ein freundliches Gesicht und stemmte beim Laufen die Hände in die Hüften. Sein Gang erinnerte sie an John Wayne. Ein Bauchansatz wölbte sich über den Bund seiner Uniformhose, ansonsten hatte er in etwa die gleiche Statur wie Josh.

„Hau, ich bin Sam, ein Freund von Josh", stelle er sich vor.

Sie ergriff seine Hand. „Han, ich bin Sannah. Josh ist nicht da, und ich weiß leider auch nicht, wann er wiederkommt. Kann ich etwas ausrichten?"

Sam strahlte sie fröhlich an. „Eigentlich wollte ich nur mal auf einen Kaffee vorbeischauen und Hallo sagen."

Sannah lächelte. „Kaffee ist kein Problem. Ich bin hier fertig, muss nur schnell die Kaffeemaschine anwerfen." Sie drehte das Wasser ab und räumte den Schlauch weg.

Sam fischte eine Schachtel Zigaretten aus der Brusttasche seines Hemdes und zündete sich eine an. Während Sannah in die Küche ging um Kaffee aufzusetzen, wartete er auf der Veranda und schmunzelte vor sich hin. Der Moccasin Telegraph hatte nicht übertrieben. Sie war schön, höflich, freundlich und arbeitete offensichtlich hier. Sam war gekommen, um ein paar Einzelheiten

zu erfahren. Sannah kam aus der Küche und stellte Tassen und einen Teller mit frischem Kuchen auf den Tisch. Sam bekam große Augen. „Wow!", staunte er. „Kuchen hab ich hier noch nie bekommen."
„Ich auch nicht. Milch und Zucker?", bot sie an.
Er schüttelte den Kopf. „Nein. Schwarz wie meine Seele."
„Schwarz ist er jedenfalls", stellte sie fest.
„Wo treibt sich der Halunke denn herum?", wollte Sam wissen und pustete in seine Tasse.
„Ich habe nicht die leiseste Ahnung", antwortete sie ratlos.

Kaum stand etwas Essbares auf dem Tisch, fuhr Josh wie bestellt auf den Hof. Er bemerkte erstaunt, dass die Pferde an der Tränke standen und die Stammespolizei da war. Breit lächelnd griff er nach einem Aktenordner und stieg aus dem Auto. Sannah starrte ihn sprachlos an. Er trug ein weißes Oberhemd, eine schwarze Jeans und einen geflochtenen Zopf. Sie hatte ihn bislang nur in Arbeitsklamotten gesehen und war gar nicht auf die Idee gekommen, dass er sich auch in Schale schmeißen konnte. In diesem Aufzug sah er noch beeindruckender aus. ‚Er hat eine Freundin', schoss es ihr durch den Kopf. Wäre aber auch sehr verwunderlich gewesen, wenn ein Mann wie Josh frei herumlief.

„Hau, Kola!", begrüßte er Sam. „Hat Sannah dich gerufen, oder ist dir der Kaffee ausgegangen?", fragte er lachend und brachte den Aktenordner ins Haus. Mit einer Tasse kam er wieder heraus und setzte sich neben Sannah. Er sah sie an und grinste frech. „Kaum bin ich einen halben Tag weg, steht der Knüppelträger auf dem Hof und bekommt Kaffee und Kuchen. Sollte mir das zu denken geben?", frotzelte er gutgelaunt.
Sam fühlte sich irgendwie erwischt. „Ich kam zufällig vorbei und wollte mal sehen, wie es dir geht", erklärte er mit Unschuldsmiene und trat die Zigarette aus.
Sannah machte sich über den Kuchen her und schlürfte genüsslich ihren Kaffee. Erst jetzt merkte sie, wie hungrig sie war. Die beiden Männer griffen auch zu, und für einen Moment herrschte gefräßiges Schweigen.

Josh spülte den Kuchen mit einem Schluck Kaffee hinunter. „Nun mal ehrlich, Sam, du fährst doch nicht den ganzen Weg zu mir raus, weil mein Kaffee so gut ist", bohrte er weiter.
„Deiner nicht, aber ihrer!", frotzelte Sam zurück.
Sannah dachte an den „Bodensehkaffee" vom Morgen und kicherte. Dafür erntete sie ein schiefes Grinsen von Josh.
„Mir sind da ein paar Gerüchte zu Ohren gekommen, und nun wollte ich mal sehen, was an diesen Gerüchten so dran ist", erklärte Sam weiter.
Josh verdrehte theatralisch die Augen. „Was würden wir alle nur ohne Moccasin Telegraph machen?", stöhnte er genervt. „Ich sehe schon die Schlagzeilen in der Zeitung. Frauenraub am Wounded Knee Creek!", proklamierte er mit großer Geste.
Sannah konnte sich kaum noch halten vor Lachen, wogegen Sam sein dienstliches Gesicht aufsetzte. „Frauenraub?", fragte er ungläubig.
„Klar!", erwiderte Josh hämisch. „Ich habe die alte Tradition unserer Vorfahren wiederbelebt und sie drüben, in Cheyenne River, aufs Pferd gezerrt. Jetzt muss sie hier arbeiten und meine Jeans flicken."
Sam schüttelte lachend den Kopf und sah Sannah an. „Wie lautet denn deine Version?"
Sie lachte immer noch und rang mühsam nach Luft. „Ich bin der letzte Mohikaner und arbeite hier als Tellerwäscher." Sie wischte sich die Tränen aus den Augen und griff nach einem weiteren Stück Kuchen.
Jetzt fing Josh schallend an zu lachen und drohte von der Bank zu rutschen. „Ich dachte, der ist von der Klippe gefallen? Fast so wie er hier." Sam deutete höhnisch mit den Lippen auf Josh. Wieder dieses Duckface.
Sannah winkte ab. „Hollywood", sagte sie verächtlich und kicherte weiter vor sich hin.
Josh rappelte sich mühsam wieder hoch und nahm sich das letzte Stück Kuchen. „Der Kuchen ist gut, aber hattest du gestern nicht was von Pizza gesagt?", fragte er mit einem anzüglichen Blick.
„Die gibt es nachher", meinte sie knapp und stand auf, um Nachschub zu holen.

Josh machte keine Anstalten, ihr Platz zu machen, und grinste sie frech an. Sie kletterte umständlich über seine Beine. Sam beobachtete diese kleine Szene amüsiert. Sannah verschwand mit dem Kuchenteller um die Ecke.
„Sannah kommt aus Deutschland und ist Fotografin", versuchte es Josh jetzt mit der Wahrheit.
Sam warf seinem Freund einen strafenden Blick zu. „Klar! Sieht man auf den ersten Blick. Und wir sind Schweden", spottete er mit einem ironischen Grinsen.
Sannah kam mit Kaffee- und Kuchennachschub zurück und stellte den Teller demonstrativ auf Sams Seite des Tisches. Zur Strafe für diesen Verrat ließ Josh sie wieder über seine Beine klettern und amüsierte sich köstlich.
„Ich bin keine Fotografin", korrigierte sie ihn. „Ich bin Unfallchirurgin."
Josh sah sie erstaunt an. Im Gegensatz zu Sam glaubte er ihr.
„Das wird ja immer exotischer!", rief Sam mit gespielter Entrüstung.
Mit Sannahs Fassung war es endgültig vorbei. Sie saß hier, mitten in der Valla Pampa eines Reservates, umringt von Taranteln und Giftschlangen, bei Kaffee und Kuchen mit zwei Lakota, und die fanden eine langweilige Touristin aus Deutschland exotisch. Das war für sie so paradox, dass sie Tränen lachte. Josh begriff, warum sie lachte, und konnte nun auch nicht mehr an sich halten.
Sam gab auf. Aus den beiden würde er heute kein vernünftiges Wort mehr herausbringen. Er beobachtete amüsiert die Szene, die sich ihm bot und freute sich ehrlich für Josh. Er hatte seinen Freund schon lange nicht mehr lachen sehen.

Josh beruhigte sich langsam. „Jetzt erzähl doch mal, was der Moccasin Telegraph denn für Gerüchte verbreitet", forderte er Sam auf.
Auch Sannah wartete gespannt. Das konnte ja was werden!
Sam verdrückte genüsslich noch ein Stück Kuchen und ließ die beiden schmoren.
Als er fertig war, lehnte er sich zurück und sammelte die Fakten, als würde er in einem Fall ermitteln. „Mehrere Zeugen berich-

teten übereinstimmend, dass du kürzlich mit einer jungen Frau im Supermarkt aufgetaucht bist. Allein diese Tatsache erregte schon großes Aufsehen. Laut Aussagen der Zeugen trug sie eine schmutzige Jeans, genau wie du, und hatte Pferdemist an den Stiefeln." Sam zündete sich eine weitere Zigarette an und nahm einen tiefen Zug, bevor er weiter erzählte. „Daraus schloss man, dass sie bei dir arbeitet. Ihr habt besprochen, was sie kochen soll, und hattet einen kleinen Streit über Tee zum Frühstück. Sie sorgt dafür, dass du Obst isst, und du packst ihre Einkäufe ein. Also lebt ihr zusammen. Aber noch nicht lange, da ihr getrennt bezahlt. Sie ist eine Lakota, dem Akzent nach aber nicht aus Pine Ridge. Ein Baby ist noch nicht unterwegs", beendete Sam seine Ausführungen. „Für mich klingt das alles wesentlich glaubhafter als die Märchen, die ihr mir auftischt."
Josh köchelte auf kleiner Flamme vor sich hin, und Sannah kicherte. Wenn die Hersteller von Tampons wüssten, welche Signalwirkung der Erwerb ihrer Produkte hatte, würden sie ihre Werbestrategie ändern.
Sam versuchte ein letztes Mal sein Glück. „Welche von diesen ganzen Geschichten stimmt denn nun?"
„Ich bin nicht schwanger", bestätigte sie trocken.
Josh prustete in seinen Kaffee und wechselte hastig das Thema. „Was ist jetzt mit der versprochenen Pizza? Ich habe Hunger", quengelte er in Sannahs Richtung.
„Nach den Bergen von Kuchen?", fragte sie entsetzt.
„Ich hatte heute morgen nur Cornflakes und seitdem nichts mehr", stellte er nach Mitleid heischend fest.
‚Ah! Doch keine Freundin', dachte Sannah. Erstens fuhr Mann da abends hin und kam morgens wieder zurück. Nicht umgekehrt. Und zweitens hätte sie ihn nach geleisteten Diensten doch zumindest abgefüttert. Sie stand auf und blieb vor seinen ausgestreckten Beinen stehen. „Nur, wenn du mich diesmal durch lässt", forderte sie.
„Wie heißt das Zauberwort?", fragte Josh fordernd und erwartete ein „Bitte", doch seine Erziehungsmethoden fielen bei Sannah nicht auf fruchtbaren Boden.
„Kikta ye!" – Steh auf, scheuchte sie ihn resolut.

Beide Männer lachten, und Josh nahm seine Beine aus dem Weg.
„Isst du mit?“, fragte er Sam.
Der winkte ab. „Nein, danke! Hailey wartet bestimmt schon mit dem Essen auf mich. Kommt ihr am Sonntag zum Football?“
Sannah überließ Josh die Antwort und ging in die Küche.
„Ist das wieder diese unsportliche und schmerzhafte Fehde zwischen euch Knüppelträgern und den Jungs von der Feuerwehr?“, fragte Josh nach.
Sam nickte. „Gib dir einen Ruck und komm endlich aus deinem Schneckenhaus raus“, meinte Sam mit besorgtem Unterton. „Außerdem hat Stonefeather einen Büffel spendiert.“
„Na, wenn das so ist“, seufzte Josh. „Dann muss ich wohl.“
„Nimm Sannah mit, sonst kriegst du Ärger mit Hailey. Danke für den Kuchen“ , rief Sam zu ihr hinüber und ging zu seinem Auto. Sannah winkte fröhlich durch die offene Küchentür.

In der Zentrale angekommen, tauschte Sam den Dienstwagen gegen sein eigenes Auto und fuhr nach Hause. Auf der Fahrt grübelte er über Josh nach. Er hatte seinen besten Freund schon lange nicht mehr so entspannt und gut gelaunt erlebt. Wer oder was Sannah auch immer sein mochte, ihre Gesellschaft tat ihm gut. Er war mit Josh aufgewachsen und zur Schule gegangen. Sie hatten sich gegenseitig geholfen und beigestanden, wenn es schwierig wurde. Sam war regelmäßig zu Josh und dessen Vater geflüchtet, wenn sein eigener Dad betrunken zu Hause randaliert und um sich geschlagen hatte. Eine Kindheit auf Pine Ridge war hart und mitunter auch gefährlich. Besonders freitags, wenn die Sozialhilfe-Schecks für Alkohol eingelöst wurden. Bei den White Clouds hatte er sich immer sicher und willkommen gefühlt. Joshs Vater Joseph hatte keinen Alkohol geduldet. Er vermittelte den Jungen die alten Werte ihres Volkes, die sieben Tugenden der Lakota: Mitleid, Geduld, Weisheit, Tapferkeit, Bescheidenheit, Großzügigkeit und Respekt. Aber Joseph lehrte sie nicht nur die alten Traditionen, sondern sorgte auch dafür, dass sie in der modernen Welt bestehen konnten. Beide Jungen machten ihren Highschool-Abschluss, was bei den jungen Männern im Reservat eher selten vorkam. Sam fing danach bei der Tribal Police an, Josh ging nach

Aberdeen auf die Universität. Als er nach vier Jahren zurückkam, hatte er ein Mädchen im Schlepptau. Sam hatte Chloe nie gemocht, er hielt sie für eine falsche Schlange und er sollte recht behalten. Aber Josh war völlig vernarrt in sie gewesen. Sie versuchte, einen Keil zwischen die Männer zu treiben, und wollte mit der Gemeinschaft im Reservat nichts zu tun haben. Josh zog sich immer mehr zurück, ging nicht mehr auf Powwows, obwohl er das immer geliebt hatte und einer der besten Okchá witschá-scha – Sänger an der Trommel, war. Chloe hasste die Pferde und das Leben im Reservat. Sie träumte von einer schicken Wohnung in der Stadt. Als der alte Joseph starb, drängte sie Josh, die Ranch zu verkaufen, doch zum ersten Mal weigerte er sich. Als sie ihren Willen nicht bekam, war es mit dem Frieden auf der Ranch endgültig vorbei.

Sam fuhr auf die Einfahrt zu seinem Haus und parkte. Seine Frau Hailey wartete schon und begrüßte ihn an der Tür mit einem Kuss.
„Du bist spät, gab es Ärger?“
Sam legte ihr den Arm um die Taille und schüttelte den Kopf. „Nicht mehr als sonst, ich war nach Feierabend noch bei Josh.“
Hailey stellte das Abendessen auf den Tisch und setzte sich mit gespanntem Gesichtsausdruck.
„Stimmt es, was erzählt wird? Hat er endlich eine neue Freundin?“, fragte sie neugierig.
Sam begann zu essen und antwortete: „Es stimmt, dass eine junge Frau auf der Ranch arbeitet, aber ob sie seine Freundin ist, kann ich dir beim besten Willen nicht sagen. Aus den beiden war nichts rauszukriegen.“
„O nein!“, rief Hailey entsetzt. „Bitte nicht schon wieder so eine Hexe! Das hat Josh nicht verdient!“
„Ist sie nicht“, versicherte Sam. „Im Gegenteil, sie versorgte die Pferde, als ich kam, es gab Kaffee und selbstgebackenen Kuchen.“
Hailey machte große Augen. „Bei Chloe hättest du nicht mal ein Glas Wasser bekommen“, stellte sie bissig fest.
Sam gluckste. „Stimmt, aber vielleicht ein bisschen Rattengift.“

„Erzähl weiter!“, forderte sie ihren Mann auf.
„Sannah war mir sofort sympathisch. Sie hat Humor und bringt Josh zum Lachen.“
„Aber warum haben sie dir dann nicht erzählt, wer sie ist?“, fragte Hailey irritiert.
Sam grinste. „Die beiden haben mir nur Blödsinn aufgetischt – vom traditionellen Frauenraub über den letzten Mohikaner bis zur Chirurgin aus Deutschland. Fehlte nur die weiße Büffelkalb-Frau. Josh ist vor Lachen fast von seiner Holzbank gerutscht. So hab ich ihn seit Jahren nicht mehr erlebt.“
„Klingt aber, als wären sich die beiden einig“, stellte Hailey zufrieden fest.
„Vielleicht erfahren wir am Sonntag mehr, ich habe sie zum Football eingeladen“, meinte er.
„Sehr gut, ich hatte schon befürchtet, ich müsste mir das Spiel ansehen“, stichelte sie gutmütig.
Sam grinste schief und widmete sich seinem Abendessen.

Auf der Ranch schob Josh seinen Teller beiseite und hielt sich stöhnend den Bauch. Die Pizza war wirklich ein bisschen zu viel gewesen. Er lächelte Sannah an. „Du hast ganz allein die Pferde geholt?“
„Nicht ganz allein“, erwiderte sie. „Kimimila hat mir geholfen. Ich wusste ja nicht, wann du wieder da bist.“
Josh wurde ein wenig verlegen. Er hatte sie den ganzen Tag alleingelassen und eigentlich damit gerechnet, dass sie sauer sein würde. Stattdessen hatte sie die ganze Arbeit allein gemacht, war so mutig gewesen, die Pferde zu holen, und fragte jetzt nicht einmal danach, wo er gewesen war. Dafür hatte sie sich mehr als nur ein Eis verdient.
„Sannah, ich möchte nicht, dass du denkst, dass du hier arbeiten musst. Ich habe heute erst deine Überweisung auf meinem Konto entdeckt und war sehr erschrocken. Nicht nur über die hohe Summe, sondern auch, dass es von dir kam. Ich bin davon ausgegangen, dass der Verein eine Fotografin engagiert hat und natürlich auch dafür zahlt.“
Sannah schüttelte den Kopf. „Der Verein zahlt nichts davon.

Schließlich sind die Spenden für das Projekt und nicht für die Reisespesen von Mitgliedern. Sie haben mir geschrieben, dass Kost und Logis dreißig Dollar pro Tag kosten, und deine Kontonummer angegeben. Ich finde das mehr als fair, wenn man bedenkt, dass die Touristen deutlich mehr bezahlen und nicht mal ein Klo in ihrem Tipi haben." Sie grinste. „Ich weiß, dass ich hier nicht arbeiten muss. Es macht mir ganz einfach Spaß. Ich stehe normalerweise den ganzen Tag im OP, deswegen genieße ich es, an der frischen Luft zu sein. Früher habe ich meine komplette Freizeit im Stall verbracht, bis mein Quarter vor ein paar Jahren an Altersschwäche starb. Ich habe vor lauter Ärger und Kummer gar nicht gemerkt, wie sehr mir das alles gefehlt hat." Josh lächelte, sie liebte es genauso sehr wie er.
„Eins weiß ich sicher", sagte sie. „Wenn ich zuhause bin, kaufe ich mir ein Pferd. Darauf will ich nie wieder verzichten."
„Du kannst ja eins aus meiner Zucht kaufen, dann hast du eine bleibende Erinnerung", schlug er vor und beobachtete fasziniert, wie die Sonne in ihrem Gesicht aufging.
„Wirklich?", fragte sie erfreut und strahlte. „Das wäre wundervoll!"
Josh stand auf und räumte die Teller vom Tisch. „Ich habe jetzt nur ein Problem", sagte er, während er die halbe Pizza auf Sannahs Teller betrachtete. „Ich habe absolut keine Ahnung, wie ich Essen im Wert von dreißig Dollar in dich rein stopfen soll."
„Gib dir keine Mühe!", erwiderte sie lachend. „Das schaffst du nicht!"
Er stellte die Teller auf die Spüle und stand jetzt hinter ihr. „Was war eigentlich gestern Abend mit dir los?", fragte Josh mit sanfter Stimme. „War das Wasser zu kalt?"
Sannah fühlte sich eiskalt erwischt. Er hatte es bemerkt. „Nichts, ich war nur müde", antwortete sie fahrig.
Er strich ihr Haar aus dem Nacken und spürte, wie sie zitterte. Ihr wurde heiß, und ihr Herz schlug bis zum Hals, als er sich zu ihr herunterbeugte und seine Lippen ihr Ohr berührten.
„Du lügst", flüsterte er.

Schlaflos

Völlig übermüdet und schlecht gelaunt schmiss Sannah am nächsten Morgen die Kaffeemaschine an. Ihr limbisches System hatte die halbe Nacht eine wilde Hormon-Cocktail-Party in ihrem Oberstübchen gefeiert und lag jetzt verkatert im Bett. Nachdem die Bässe ihres Herzschlags leiser geworden waren, weil sich schon die Nachbarn beschwert hatten, war ein Gewitter aufgezogen und hatte sie mit Blitz und Donner wieder aus dem Schlaf gerissen. Mutter Natur hatte sich in jeder Hinsicht gegen sie verschworen.
Sie goss sich einen Kaffee ein, nahm ein Stück kalte Pizza und schlurfte auf die Veranda. Draußen roch es nach feuchter Erde und wildem Salbei. Die Vögel wetteiferten nach dem Regen mit ihrem Gesang. Sannah genoss die Ruhe, die sie längst wie ein Zauber in ihren Bann gezogen hatte. Dunstschwaden waberten über die Weiden und ließen die Pferde im fahlen Licht des Morgens wie Geister aus einer längst vergangenen Zeit erscheinen. Tautropfen glitzerten wie Edelsteine in ein paar Spinnennetzen unter dem Dach der Veranda. Sannah schloss die Augen und atmete die klare Luft und den wunderbaren Duft ein, den der Regen hinterlassen hatte. Wenn das Leben doch nur immer so sein könnte wie in diesem Moment.
Ein Poltern auf der Treppe holte sie zurück in die Realität. Einen Augenblick später ließ sich Josh neben ihr auf die Bank fallen und inhalierte seinen Kaffee.
„Wie viele Löffel knallst du da immer rein?", brummte er schlaftrunken. „Da fliegt einem ja das Hirn aus dem Schädel."
Sannah hatte, genau wie Josh, die Augen geschlossen und grinste schadenfroh. Zufrieden darüber, dass in seinem Oberstübchen auch nicht alles zum Besten stand. Auch wenn es nur ein Loch in der Decke war.
„Das, was ihr hier Kaffee nennt, serviert man in Europa bestenfalls im Altenheim", hielt sie dagegen.
Josh registrierte die Übellaunigkeit in ihrem Tonfall, den er bislang noch nicht von ihr kannte.

„Den Morgenmuffel habe ich abonniert, der steht dir nicht zu!", stellte er trocken fest und döste weiter vor sich hin.
Sannah war nicht gewillt, sich von Josh das Muffeln verbieten zu lassen, schließlich war er der Grund für ihre Schlaflosigkeit gewesen.
„Lieb sein!", rüffelte sie drohend. „Sonst gibt es Cornflakes statt Pfannkuchen!"
Josh warf ihr einen prüfenden Seitenblick zu, wog Pro und Contra ab und sein Magen gab schließlich klein bei.
„Für Pfannkuchen darfst du auch ein bisschen muffeln", gestand er ihr zu.
„Geht doch!", meinte sie lakonisch. Sie dösten noch eine Weile schweigend, als Joshs Magen knurrend gegen den Schlendrian protestierte.
„Ich geh ja schon", murrte Sannah im Halbschlaf und stand auf.
„Geht doch!", sagte Josh schmunzelnd. Er machte wieder keinerlei Anstalten sie durchzulassen.
Sannah versuchte es erneut mit dem Zauberwort: „Kiktá ye!"
Daraufhin legte Josh beide Füße auf den Tisch und sah sie herausfordernd an. Sie schenkte ihm ein betörendes Lächeln, legte die Hände auf seine Schultern und schwang ein Bein rittlings über ihn. Der Ausschnitt ihres Shirts war gefährlich nah vor seinem Gesicht, als sie sich zu ihm herunterbeugte und verführerisch schnurrte: „Ich verzeihe dir."
Sie sah, wie er die Luft anhielt. Dann schwang sie das andere Bein über ihn und verschwand in der Küche. Er hatte es so gewollt, sollte ihm doch zur Abwechslung auch mal heiß werden.

Josh blieb zum Abkühlen draußen sitzen. Er brauchte eine Weile, bis er Atmung, Herzschlag und Blutdruck wieder unter Kontrolle hatte. Die kleine Klapperschlange hatte ohne Vorwarnung zugebissen, und ihr Gift brannte wie Feuer in seinen Adern. Er hatte sie ein bisschen aufziehen wollen, als er gemerkt hatte, dass er sie nervös machte. Schließlich war er auch nur ein Mann aus Fleisch und Blut und stellte zu seinem eigenen Erstaunen fest, dass er nicht vergessen hatte, wie man Spielchen spielte. Aber er hatte sie unterschätzt. Sie war kein junges Mädchen, das nur rot wurde, wenn man mit ihr flirtete. Sie war eine Frau, mit der man tunlichst keine Spielchen spielen sollte, wollte man sich nicht die Finger verbrennen. Nun hatte sie ihn mit seinen eigenen Waffen geschlagen und ihm einen Satz heiße Ohren verpasst. Im wahrsten Sinne des Wortes. Er war sich nicht sicher, ob er dieses gefährliche Spiel weiter spielen sollte, und so legte sich das Raubtier, das Sannah geweckt hatte, auf die Lauer und harrte der Dinge, die da kommen würden.

Erst als das Frühstück fertig war, traute sich Josh in die Küche. Er ließ sich die Pfannkuchen mit Ahornsirup schmecken, während Sannah leise vor sich hin schmunzelte.

Seine Reaktion war auch ihr nicht entgangen. Was wohl ein männliches limbisches System im Oberstübchen so machte? ‚Wahrscheinlich das Loch in der Decke mit Brettern vernageln', dachte sie.

Mit vollem Magen hatte Josh dann wieder Oberwasser. „Wenn du weiter so kochst, werde ich den Frauenraub in die Tat umsetzten und dich einfach hierbehalten. Alte Traditionen sollte man pflegen", zog er sie breit grinsend auf. Es machte ihm, trotz der heißen Ohren, einfach zu viel Spaß, sie auf die Schippe zu nehmen.

„Das würde ich mir an deiner Stelle gut überlegen!", warnte sie. „Dann taucht meine Sippe hier auf und schwört Blutrache."

„Wenn du der letzte Mohikaner bist, können ja nicht allzu viele kommen", stellte er gelassen fest.

„Die vielleicht nicht, aber Annegret, und das reicht vollkommen."

„Wer ist Anneg...?" Der Name überforderte ihn.

„Meine beste Freundin, und sollte sie sich gezwungen sehen, hierher zu fahren, weil du alte Traditionen aufleben lässt, wird sie dermaßen pissed off sein, dass sogar die Klapperschlangen die Taranteln in den Koffer packen und nach Kanada auswandern. Glaub mir!" Sannah grinste, die Vorstellung von Annegret mit High Heels in der Valla Pampa war wirklich absurd.

Josh stand auf und verkündete mit stolzgeschwellter Brust: „Ein Lakota fürchtet nichts!"

Hah! Er kannte Annegret nicht. Sannah begann mit dem Abwasch, und Josh wandte sich zum Gehen.

Schon fast draußen, steckte er noch mal den Kopf zur Tür rein. „Die Jeans zum Flicken liegen auf dem Sofa", erklärte er unverschämt und schaffte es gerade noch, dem nassen Schwamm auszuweichen, der ihm entgegenflog. Laut lachend verschwand er in Richtung Weide.

Nachmittags kamen die Kinder, teilweise zu Pferd, und einige wurden mit dem Auto gebracht. Fröhlich schnatternd scharten sie sich um Josh, der Pferde an diejenigen verteilte, die ohne gekommen waren. Sie tuschelten und warfen Sannah verstohlene Blicke zu. Neuigkeiten blieben auf der Rez auch den Kindern nicht verborgen.
Josh hatte schon damit gerechnet und stellte sie vor: „Das ist Sannah. Sie wird in den nächsten Wochen Fotos von uns machen."
„Warum?", wollte eines der Mädchen wissen.
„Damit ich den Leuten, die für dieses Projekt spenden, zeigen kann, was für tolle Sachen ihr hier lernt", erklärte Sannah. „Aber nur, wenn ihr einverstanden seid", fügte sie noch hinzu.
„Dann musst du aber mit uns reiten", sagte einer der älteren Jungen. „Damit du auch etwas lernst." Er grinste verschmitzt.
Sie sah ihn fasziniert an, denn dieses Grinsen kam ihr nur allzu bekannt vor. Das schmale Gesicht, die Augen und Mundpartie, sogar die langen Haare, er sah aus wie die jüngere Ausgabe von Josh.
„Setz dich auf dein Pferd, Tyler!", mischte Josh sich ein. „Sannah reitet bestimmt gerne mit."
„Klar, aber ihr fangt jetzt erst einmal an, und ich mache Fotos", antwortete sie.
Tyler nickte zufrieden und stieg auf sein Pferd. Der Wind wehte ihm die Haare ins Gesicht.
„Binde deine Haare zusammen, Ty!", ermahnte ihn Josh.
„Ich bin doch kein Mädchen!", protestierte der Junge widerwillig.
Josh stemmte die Hände in die Hüften und streckte das Kinn vor. „Sehe ich etwa aus wie ein Mädchen?", fragte er herausfordernd. Sannah biss sich auf die Lippen, um nicht zu lachen, und die Kinder kicherten.

„Nein“, erwiderte Tyler kleinlaut. Verlegen blickte er auf seine Schuhe.
Josh kramte in seiner Hosentasche und hielt Tyler ein Lederband hin. „Dann binde deine Mähne zusammen, oder ich flechte dir Zöpfe!“ ‚Das klang doch sehr väterlich‘, dachte Sannah irritiert. Aber das konnte nicht sein, dafür war der Junge zu alt. Er war groß, fast so groß wie sie selbst. Sie schätzte ihn auf mindestens dreizehn, eher vierzehn. Oder etwa doch?
Josh ließ die Truppe zum Aufwärmen erst einmal traben. Er achtete dabei auf den Sitz der Kinder ebenso wie auf die Haltung der Pferde. Wieder war er ruhig und bewies unendliche Geduld. Sannah lächelte, denn Josh war wirklich ein guter Lehrer. Nach dem Aufwärmen nahm er den Pferden das Zaumzeug ab. Die Kinder sollten nur durch das Verlagern ihres Gewichtes und das Drehen des Oberkörpers ihre Pferde in eine bestimme Richtung dirigieren.
„Früher mussten unsere Krieger beide Hände frei haben, um den Bogen zu spannen. Die Pferde reagierten auf die kleinste Bewegung des Oberkörpers. Dreht euch in die Richtung, in die ihr möchtet, und verlagert euer Gewicht auf diese Seite. Euer Pferd wendet dann ab“, erklärte er ihnen.
Sannah schoss fleißig Fotos, und Josh winkte sie zu sich heran. „Bleib hier stehen, die Kids sollen um uns herumreiten“, bat er.
Sie nickte, und er stellte sich ein paar Meter weiter weg.
„Fangt erst mal im Schritt an“, rief Josh den Kindern zu. Einzeln ritten die Kinder, in Form einer Acht um sie herum. Sannah hatte Probleme, gleichzeitig zu fotografieren und dabei die Pferde im Auge zu behalten, damit sie nicht über den Haufen geritten wurde. Tyler wollte sich beweisen und ritt eine saubere Acht, inklusive Wechsel, im Galopp.
„Sehr gut, Tyler, aber ich sagte Schritt!“, rief Josh ihm zu.
Tyler grinste verwegen. Mit Zopf und auf dem galoppierenden Pferd sah er Josh noch ähnlicher, stellte Sannah fest.
Es dauerte eine Weile, bis alle Kinder diese Übung absolviert hatten, dann gab Josh ihnen das Zaumzeug zurück.
„Hast du genug Fotos für heute?“, fragte er Sannah. „Dann hab bitte ein Auge auf die Kinder, während ich dir ein Pferd hole“,

meinte er, ohne ihre Antwort abzuwarten. „Tut, was Sannah euch sagt!“, rief er den Kindern zu. „Sie wirft sonst mit Schwämmen!“ Die Kinder lachten, Josh zog den Kopf ein und lief in Richtung Weide. Sannah ließ die Kinder noch ein paar Runden auf dem Platz drehen und versuchte, sich an verschiedene Übungen aus ihrem eigenen Reitunterricht zu erinnern.

Als Josh wiederkam, rutschte ihr das Herz in die Hose. Er hatte die fleischgewordene Stange Dynamit am Zügel. Er hielt ihr die Zügel hin und streckte die Hand aus. „Kamera gegen Pferd?“, schlug er vor.
Sannah schluckte trocken. „Wozu der Tausch? Wenn der mit mir fertig ist, gehört dir beides“, prophezeite sie düster.
„Ich möchte ein paar Fotos von dir machen“, meinte er ruhig.
„Das ist gut, dann muss der Pathologe nicht so lange nach der Todesursache suchen“, spottete sie fatalistisch und zog vorsichtig den Sattelgurt nach.
„Vertrau mir!“, sagte er leise und legte seine Hand auf ihre. „Ich würde ihn dir nicht geben, wenn ich nicht sicher wäre, dass du das schaffst.“
Er hielt das Pferd fest, während sie behutsam aufstieg. Sie atmete tief durch und konzentrierte sich nun völlig auf die Handgranate unter ihr. Anfangs lief noch alles gut, der vierbeinige Jungspund fühlte sich unter den anderen Pferden wohl und zockelte artig hinterher. Sannah entspannte sich etwas. Josh machte Fotos und strahlte.
‚Na ja‘, dachte sie. Wenn ich das hier nicht überlebe, hat er wenigstens ein neues Hobby. Im Trab wurde es schon etwas brenzliger. Der Wallach riss wieder den Kopf hoch und fing an zu tänzeln. Sie versuchte, ruhig zu bleiben, korrigierte die Kopfhaltung und ritt weiter. Bei Josh hatte das leichter ausgesehen. Sannah bekam den Wildfang in den Griff, und Josh drückte weiter auf den Auslöser.
„Die letzten Runden im Galopp“, rief er und lehnte sich in der Ecke des Platzes an den Zaun. Bislang hatte sie das Temperament des vierbeinigen Rebellen noch zügeln können, aber als die ersten Pferde galoppierten, brach es aus ihm heraus. Er raste Runde

um Runde über den Platz. Sannah stemmte sich zwischen Steigbügeln und Cantle fest und versuchte, das Pferd wieder unter Kontrolle zu bringen. Die Kinder hatten sich mitsamt ihrer Pferde an der kurzen Seite des Platzes in Sicherheit gebracht. Josh blieb gelassen am Zaun stehen und hob gelegentlich die Kamera wie ein Kriegsberichterstatter im Urlaub. Sannah war mittlerweile sauer auf diesen Macho unter ihr. Sein ganzes Verhalten war nichts weiter als Imponiergehabe und Angeberei. Der Wallach war nicht bösartig, er benahm sich nur wie ein sechshundert Kilo schwerer, pubertierender Teenager. Er wollte gerade laut schnaubend und mit hoch erhobenem Kopf seine Showeinlage beenden, als sie ihn weitertrieb.

„Wenn du rennen willst, bitte! Aber ich sage, wann Schluss ist!", sagte sie zu dem Pferd. Sie galoppierte ihn weiter, korrigierte immer wieder die Kopfhaltung und ließ ihm seine Sperenzien nicht mehr durchgehen. Irgendwann wurde er langsamer und begann sich zu benehmen. Er senkte den Kopf und gab nach. Sannah parierte durch zum Schritt und lobte ihn. Der Wallach schnaubte und kaute zufrieden auf seinem Gebiss.

Die Kinder verließen ihre Ecke und ritten auch noch ein paar Runden im Schritt mit. Tyler gesellte sich zu Sannah und meinte anerkennend: „Nicht schlecht!"

„Habe ich für heute genug gelernt?", fragte sie ihn, völlig außer Atem.

Er nickte stumm. Sie sah rüber zu Josh, der immer noch entspannt am Zaun lehnte und lächelte. Er hängte die Kamera an den Zaunpfahl und ging in die Mitte des Platzes. „Schluss für heute", rief er. „Samstag machen wir einen Ausritt." Die Kinder jubelten. Sannah stieg mit zitternden Knien vom Pferd.

Josh stand neben ihr. „Wenn alle blutigen Anfänger so gut reiten würden, wäre ich arbeitslos", stellte er fest.

Sie lockerte den Sattelgurt. „Gut nennst du das?", erwiderte sie. Er stemmte seine Hände links und rechts neben ihr auf den Sattel. Sie drehte sich zu ihm um und war nun gefangen zwischen seinen Armen und dem Pferd im Rücken. Er sah sie mit seinen dunklen, sanften Augen an, und ihre Knie verwandelten sich endgültig in Pudding.

„Das war sogar sehr gut", sagte er ernsthaft.
"Warum hast du mir nicht geholfen?", fragte sie mit einem kleinen Vorwurf in der Stimme.
Josh lächelte. „Weil du meine Hilfe nicht gebraucht hast. Du bist ganz allein mit ihm fertig geworden und mit deiner Angst. Hätte ich dir geholfen, würdest du immer noch an dir zweifeln. Diese Lektion musstest du heute lernen. Beim nächsten Mal hast du keine Angst mehr vor ihm."
Sannah schluckte, aber er hatte recht. Seine besonnene weise Art, die Dinge zu betrachten und allem etwas Positives abzugewinnen, erstaunte sie immer wieder. Josh strahlte eine unglaubliche Ruhe aus, sie umgab ihn wie ein Energiefeld. In diesem Moment empfand sie ein tiefes Gefühl von Geborgenheit und nahm nicht mehr wahr, was um sie herum geschah. Die Kinder kicherten. Josh ließ die Arme sinken und wendete sich dem Pferd zu. Der Zauber war vorbei, das Gefühl von Geborgenheit blieb.

Nach dem Abendessen kochte sich Sannah einen Tee und setzte sich steifbeinig auf die Veranda. Nach der ungewohnten Anstrengung im Sattel fühlte sie sich wie handgeschnitzt. ‚Morgen ist das ein veritabler Muskelkater', dachte sie. Sie legte die Füße auf den Tisch und entspannte sich.
Josh erschien frisch rasiert und geduscht und entgegen seiner sonstigen Gewohnheit in Jeans statt in Jogginghose.
„Hast du noch ein Date?", rutschte es ihr raus.
Er lächelte sie erstaunt an, persönliche Fragen hatte sie bisher noch nie gestellt. „Wie kommst du darauf?", fragte er amüsiert und setzte ich neben sie.
„Da, wo ich herkomme, rasieren sich die Herren der Schöpfung am Abend nur, wenn sie noch verabredet sind: außerdem trägst du eine Jeans, da dachte ich, du willst noch weg. Warum auch nicht?", antwortete sie.
„Willst du alle schmutzigen Details wissen?", flüsterte er verschwörerisch.
Sie nickte neugierig.
„Die Jogginghose ist in der Wäsche, und ich bin morgens zu müde zum Rasieren", hauchte er ihr zu.

„Ich hatte ja keine Ahnung, dass du so eine romantische Ader hast“, seufzte sie theatralisch und kicherte.
„Man tut, was man kann“, gab er schmunzelnd zurück. „Und ich hatte keine Ahnung, dass du noch schlimmer bist als unser lokaler Nachrichtendienst.“
„Reine Übungssache. Klatsch und Tratsch sind bei uns in der Klinik an der Tagesordnung, wenn ich da einen Kollegen beim Einkaufen treffe, bin ich am nächsten Tag verlobt“, spottete Sannah.
Josh lachte.„Wann ist die Hochzeit?“
Sie hob abwehrend die Hände. „Na, hoffentlich gar nicht. Einmal reicht!“, stellte sie entschlossen fest.
Josh entgleisten die Gesichtszüge. „Du bist verheiratet?“, fragte er entgeistert. Die Hemmschwelle der persönlichen Fragen war nun endgültig überwunden.
Sannah griff nach ihrer Teetasse und nahm einen Schluck. „Nicht mehr, nachdem er seine Finger nicht von anderen Frauen lassen konnte und mich krankenhausreif geschlagen hat.“
Er starrte sie fassungslos an. Sie wirkte so klein und zerbrechlich neben ihm. Es war für ihn unvorstellbar, dass ein Mann dazu imstande war, sie zu schlagen. Er verachtete Männer, die sich nicht im Griff hatten. Josh widerstand nur schwer dem Impuls, sie in den Arm zu nehmen, und knurrte stattdessen: „Dreckschwein!“
Sannah lächelte über seine indirekte Sympathiebekundung. „Du hast es erfasst!“, bestätigte sie boshaft.
Josh nahm ihr die Tasse aus der Hand und nippte an ihrem Tee. „Gar nicht mal so schlecht!“, stellte er erstaunt fest. Als sie danach griff, hielt er die Tasse mit der anderen Hand zur Seite und damit außerhalb ihrer Reichweite.
„Erst über meinen Tee die Nase rümpfen und ihn mir dann wegtrinken, ist aber nicht die feine englische Art“, protestierte sie lachend.
„Könnte daran liegen, dass ich kein Engländer bin. Ich bin Lakota, und wir teilen alles. Sogar Tee“, bemerkte er, nahm einen großen Schluck und starrte nachdenklich in die Tasse. „Als man mir mitteilte, dass du hier auftauchen würdest, habe ich ja auch die Nase gerümpft“, gestand er.
„Warum?“

„Der Name Susannah ist hier ziemlich altmodisch. Ich dachte, es käme eine Mittfünfzigerin, blond und blauäugig, die den ganzen Tag hinter mir herrennt und mich mit diesem schrecklichen Akzent nervt. Deutschland heißt bei uns Iyáschitscha makchótsche, Schlecht-Sprecher-Land“, erklärte er.
„Das passt!“, stimmte sie zu und kicherte.
„Stattdessen bist du aus dem Auto gestiegen und hast mich eines Besseren belehrt, nicht nur was den Akzent angeht. Du hast so ziemlich all meine Klischees über den Haufen geworfen. Mittlerweile gefällt es mir, dass du da bist. Daran könnte ich mich gewöhnen, genauso wie an dieses Zeug hier“, fügte er scherzhaft hinzu und leerte die Tasse.
„Danke“, sagte sie nur, gerührt über das Kompliment, das er ihr gemacht hatte. „Als du am ersten Tag auf mich zugekommen bist, wollte ich weglaufen“, gab sie zu.
Josh sah sie erstaunt an und wartete auf eine Erklärung.
„Du hast ein Gesicht gemacht, als wolltest du mich gleich fressen. Jetzt weiß ich auch, warum“, sagte sie.
„Hatte ich auch vor“, räumte er ein und grinste hämisch. „Aber an dir ist ja nichts dran!“
„Oh, ein Feinschmecker! An mir ist genug dran!“, widersprach sie empört.
‚Das weiß ich jetzt auch‘, dachte Josh und hatte den Anblick, oder besser den Einblick, vom Morgen wieder vor Augen. Er sammelte sich für einen Moment, aber es gelang ihm nicht recht.
Er klopfte ihr auf den Oberschenkel und sagte: „Kiktá yo!“ – Steh auf! „Zeit zum Schlafengehen.“
Sannah versuchte, die Füße vom Tisch zu nehmen, und verzog schmerzhaft das Gesicht.
„Was ist?“, fragte Josh.
„Muskelkater“, jammerte sie.
Josh stand auf und hob sie einfach hoch. „Dann muss ich dich wohl ins Bett tragen“, stellte er mit einem anzüglichen Lächeln fest.
Sannah kreischte leise. „Wie gut, dass an mir nichts dran ist“, zitierte sie ihm schnippisch zu.
„Meinst du zum Tragen oder fürs Bett?“, konterte er.

Jetzt war es an ihr, rote Ohren zu bekommen. Er trug sie amüsiert die Treppe hoch und stellte sie artig vor ihrer Zimmertür ab. „Den Rest schaffst du allein", versuchte er möglichst neutral zu sagen.
„Danke dir. Schlaf gut." Sie schenkte ihm ein Lächeln und humpelte in ihr Zimmer.

Josh fand keinen Schlaf. Die Tatsache, dass Sannah von ihrem Ex verprügelt worden war, hatte seinen Beschützerinstinkt geweckt und machte ihn wütend. Er hatte nicht übel Lust, diesem Kerl den Hals umzudrehen. Die Tatsache, dass er wütend wurde, beunruhigte ihn wiederum. Sie war erst knappe zwei Wochen da, hatte sein Leben auf den Kopf gestellt, und überraschenderweise gefiel es ihm. Er mochte die abendlichen Gespräche auf der Veranda und die kleinen humorvollen Wortgefechte am Morgen. Sannah war so, wie er sich Chloe gewünscht hätte. Er hatte Chloe geliebt, jedenfalls dachte er das damals. Aber Chloe war ein Apple. Außen rot, innen weiß. Sie wollte ein „weißes" Leben führen, in irgendeiner großen Stadt mit Shopping Center, Kinos und Clubs. Weit weg von alten Traditionen und dem Elend im Reservat. Sie verleugnete ihre Herkunft und ihre Familie. Chloe hasste die Pferde, die Ranch, die Ruhe und Abgeschiedenheit. Sie hatte ihn verspottet für seine Art zu leben, seine Werte, die Powwows und seine traditionellen Ansichten. Sogar für seine langen Haare. Irgendwann hatte sie ihre Sachen gepackt und war verschwunden. Und das war gut so, aber er hatte lange gebraucht, um das einzusehen.
Sannah war ganz anders. Sie liebte die Pferde, strahlte von innen heraus, wenn sie im Sattel saß. Sie genoss die Ruhe, engagierte sich für soziale Projekte und behandelte jeden mit Respekt. Von dem Geld, das sie ihm gezahlt hatte, hätte sie sich einen Luxusurlaub leisten können, stattdessen war sie hier und mistete den Stall aus. Aber auch Sannah würde wieder gehen, denn sie gehörte trotz allem ebenso wenig hierher wie Chloe.

Er wälzte sich in seinem Bett herum und fluchte. Warum geriet er immer an Klapperschlangen? Sam hatte recht. Es wurde Zeit, endlich aus dem Schneckenhaus rauszukommen. Seine selbstgewählte Einsamkeit hatte aus ihm einen Außenseiter gemacht, und es wurde langsam Zeit, sich nach einer Kornnatter umzusehen. Aber besonders reizvoll fand er diesen Gedanken nicht. Er grübelte noch lange darüber nach, was er eigentlich wollte, kam aber zu keinem Ergebnis.

Erkenntnisse

Sannah machte Frühstück und wunderte sich, dass Josh noch nicht aufgestanden war. Seinen mörderisch lauten Wecker hatte sie auch noch nicht gehört. Dafür klingelte das Telefon. Oben rührte sich nichts, also nahm sie das Gespräch an.

„Bei White Cloud?" Es entstand eine kurze Pause, bis der Anrufer sich meldete.

„Mark Thompson hier, endlich erreiche ich Sie; ich versuche schon seit einer Woche, Josh zu sprechen. Ist er da?"

‚Blöde Frage', dachte Sannah, es war kurz nach sechs Uhr morgens. „Ich hole ihn, bleiben Sie bitte kurz dran, Sir", antwortete sie stattdessen höflich.

„Danke!", sagte Thompson erleichtert.

Sie legte den Hörer beiseite und lief etwas steifbeinig die Treppe hinauf. Der Muskelkater hatte sie voll im Griff. Auf ihr mehrfaches Klopfen reagierte Josh nicht, also öffnete sie die Tür einen Spalt breit.

„Josh? Telefon!" Nichts. ‚Nie hat man eine Handgranate, wenn man eine braucht', dachte Sannah schmunzelnd. Sie ging zu seinem Bett und rüttelte ihn sacht an der Schulter. „Josh? Wach auf! Telefon für dich!"

„Mitten in der Nacht?", brummte er ungehalten.

„Es ist Viertel nach sechs, du hast verschlafen. Ein Mr. Thompson möchte dich sprechen, scheint dringend zu sein."

Josh öffnete mühsam die Augen und quälte sich aus dem Bett. „Shit, den hab ich völlig vergessen", murmelte er zerknautscht und stapfte an ihr vorbei die Treppe runter. Dieses Mal wenigstens in Pyjamahose.

Sannah lief hinterher und kümmerte sich weiter ums Frühstück während er telefonierte. Ein paar Minuten später sank Josh schlaftrunken auf den Küchenstuhl und rieb sich die Augen.

„Ich brauche jetzt ganz dringend eine von deinen Koffein-Bomben", stöhnte er und stützte seinen Kopf auf die Hände.

Sie stellte ihm eine Tasse vor die Nase. „Schlecht geschlafen?", erkundigte sie sich.

Er schlürfte seinen Kaffee mit geschlossenen Augen. „Ich konnte nicht einschlafen, mir ging so viel im Kopf herum“, antwortete Josh ehrlich.
Sannah stellte French Toast auf den Tisch, setzte sich und sah ihn nur fragend an. Er machte sich nicht, wie gewohnt, über das Frühstück her, sondern starrte nachdenklich in seine Tasse.
„Kennst du das Gefühl, in einer Sackgasse zu stecken, aber du hast keine Ahnung, wie du da wieder rauskommst?“
„Oh ja“, versicherte sie lächelnd. „Das kenne ich nur zu gut.“
„Und was hast du dagegen gemacht?“, wollte er wissen.
Sannah lachte kurz auf. „Ich bin, zum Entsetzen von dir und Annegret, in den Flieger gestiegen und hierher gekommen.“
„Hat es dir geholfen, hier zu sein?“, fragte er.
„Für den Moment, ja“, meinte sie. „Allerdings bin ich mir nicht sicher, ob das immer noch so sein wird, wenn ich wieder zu Hause bin. Ich brauche einen Neuanfang, und ich fürchte mich ein bisschen davor, dass ich zu Hause wieder da ankomme, wo ich aufgehört habe. Ich hoffe, dass mir in diesen drei Monaten klar wird, was ich will. Bis dahin habe ich wenigstens meine Ruhe vor Annegrets gutgemeinten Ratschlägen.“
„Wieso war sie entsetzt darüber, dass du hierher kommst?“, fragte er erstaunt.
„Ich glaube, sie hat befürchtet, dass ich von irgendwem aufs Pferd gezerrt und verschleppt werde“, frotzelte Sannah mit einem Augenzwinkern. Sie wollte die katastrophalen Lebensumstände im Reservat nicht erwähnen, zumal es Josh deutlich besser ging, als dem Durchschnitt hier. „Annegret plädierte für Mittelmeer-Urlaub, Cocktails am Strand und braungebrannte Typen in engen Badehosen. Aber das ist ihre Vorstellung von Entspannung, nicht meine.“
Josh lachte und fing an zu essen. „Was hast du gegen braungebrannte Typen in Badehosen einzuwenden?“ Der Schalk blitzte in seinen Augen.
Sie durchschaute ihn. „Fragte der braungebrannte Typ in Pyjamahose“, gab sie zurück und grinste breit.
Josh warf ihr einen unschuldigen Blick zu. „Ich bin nicht braungebrannt, bei mir ist das Standard“, beteuerte er.

„Bei mir auch", erwiderte sie, als ließe sie diese Ausrede nicht gelten, und nahm sich noch ein Toast „Ich habe nichts gegen braungebrannte Typen", erklärte sie schmunzelnd. „Aber würdest du dich an einem überfüllten Strand, mit einem halben Eimer Alkohol in der Birne und lauter notgeilen Bikinimädchen um dich herum wohlfühlen?"
„Nein!", antwortete er ohne zu zögern. „Aber an einem Strand wäre ich trotzdem gern mal. Ich war noch nie am Meer."
„Es ist wunderschön", erzählte sie schwärmerisch.
„Deine Freundin scheint dich aber nicht besonders gut zu kennen", stellte er fest. „Ich kenne dich erst seit kurzem und weiß trotzdem, dass du nur im Sattel wirklich glücklich bist." Er lächelte und hatte wieder das Bild vom ersten Abend vor Augen.
„Genau wie du. Das können nur Menschen nachvollziehen, die mit dem Pferdevirus infiziert sind", stimmte sie ihm zu und strahlte.
Josh liebte diesen Ausdruck in ihrem Gesicht. Für ihn war es jedes mal wie ein zweiter Sonnenaufgang.
„Manchmal muss man etwas riskieren und neu anfangen", sagte Sannah nun ernst. „Auch wenn man Angst davor hat."
Josh schluckte; es war ihm anzusehen, was ihn beschäftigte, oder meinte sie sich selbst? Er wechselte sicherheitshalber das Thema.
„Ich muss mir wohl oder übel ein Cellphone zulegen, damit ich erreichbar bin. Verstehst du was von den Dingern?"
„Geht so", sagte sie. „Ein Experte bin ich nicht, aber ich weiß halbwegs, worauf es ankommt."
„Das reicht schon", meinte Josh. „Und wenn wir sowieso in Pine sind, können wir auch gleich noch einkaufen. Ich möchte am Samstag mit den Kids ein Picknick machen, und für das Football-Spiel am Sonntag brauchen wir auch noch was zum Mitbringen."
„Was bringt man denn da so mit?", erkundigte sich Sannah.
„Einen Salat oder Frybread. Es gibt Büffel. Mike Stonefeather hat einen spendiert", antwortete er und nahm sich noch einen Kaffee.
„Einen ganzen Büffel?", fragte sie erstaunt. „Hast du nicht gesagt, dass Büffelfleisch so teuer ist?"
„Er züchtet Büffel, außerdem ist das hier so üblich, wenn man heiratet, Vater geworden ist oder ein gutes Jahr hatte. Wir schen-

ken allen anderen etwas, um damit unsere Dankbarkeit zu zeigen und etwas zurückzugeben. Wir nennen das Wootuhan, Give away", erklärte Josh.

Sie lächelte. „Das ist ein schöner Brauch. Ist er denn Vater geworden?"

Josh schlürfte seinen Kaffee und nickte mit einem verzückten Lächeln. „Mike hat endlich seine langersehnte Tochter bekommen. Tashina. Eine süße kleine Maus. Sie wickelt ihren Vater jetzt schon um den Finger", schwärmte er.

Sannah hatte noch nie erlebt, dass ein Mann derart hingerissen von einem Neugeborenen sprach, erst recht nicht, wenn es nicht sein eigenes war. Mittlerweile hatte sie ihr vorschnelles Urteil über ihn revidiert. Er war weder ein Eisberg noch ein Griesgram, ganz im Gegenteil. Sie lächelte ihn versonnen an, irgendein Knoten war gestern geplatzt, sie waren sich nicht mehr so fremd.

Josh stand auf. „Ich sollte mich endlich mal anziehen, die Pferde müssen raus", schalt er sich selbst.

„Keine Panik", beruhigte ihn Sannah. „Die sind schon draußen."

Er beugte sich über sie und gab ihr einen Kuss auf die Wange.

„Womit habe ich den verdient?", fragte sie lächelnd.

„Für deine Hilfe", meinte er. „Ich halte das nicht für selbstverständlich. Außerdem hast du mir vorhin einen meiner besten Kunden gerettet. Er kommt morgen, um eins meiner Pferde zu kaufen, und bringt ein weiteres zur Ausbildung. Bis dahin habe ich noch einen Haufen Arbeit zu erledigen."

Der Vormittag verging schnell mit den üblichen Arbeiten. Josh war schweigsamer als sonst und grübelte immer noch vor sich hin, während er die Pferde, die für den Verkauf bestimmt waren wusch und Mähne und Schweif gründlich bürstete.

Sannah half ihm dabei; sie ahnte nicht, was ihn beschäftigte, aber sie respektierte, dass er nicht reden wollte. Er würde schon von allein damit anfangen, wenn er so weit war, und so arbeiteten sie schweigend Seite an Seite. Ab und an warf er ihr einen neugierigen Blick zu. Er schätzte ihr Feingefühl und ihre Zurückhaltung.

Es war ein heißer Tag, die Temperaturen waren schlagartig in die Höhe geschnellt und die Sonne brannte erbarmungslos vom

Himmel. In ihren schwarzen Jeans wurde es fast unerträglich heiß, und Sannah beneidete Josh um den Job, die Pferde zu waschen. Sie ließ die Bürste sinken und wischte sich den Schweiß von der Stirn. Josh hatte von vornherein auf ein T-Shirt verzichtet und war beim Waschen nicht darauf bedacht gewesen, trocken zu bleiben. Sie ging zu ihm und bat um den Schlauch.
„Dir ist doch nicht etwa warm?", fragte er grinsend.
Noch bevor sie ihm antworten konnte, drückte er den Schlauch mit dem Daumen zusammen und hielt ihn über ihren Kopf. Ein Schwall kalten Wassers ergoss sich über sie. Sannah kreischte und versuchte, Josh den Schlauch abzunehmen. Doch er hielt ihn einfach hoch, und sie reichte nicht heran. Sie hätte ebenso gut versuchen können, eine Burgmauer zu stürmen. Er schlang den anderen Arm um ihre Taille und hinderte sie an der Flucht, während er unablässig Wasser über sie laufen ließ. Josh lachte über ihre kraftlosen Versuche, sich aus seiner Umklammerung zu winden, und drückte sie nur noch fester an sich. Das Wasser spritzte in alle Richtungen. Mit ihren Händen stemmte Sannah sich gegen seine Brust und prustete vor Lachen. Sie hatte längst begriffen, dass sie gegen ihn keine Chance hatte. Sie balgten weiter unbeschwert wie Kinder, bis sie keuchend um Gnade flehte.
„Was bekomme ich dafür?", fragte er herausfordernd und ließ den Schlauch sinken, ohne jedoch seine Umarmung zu lockern. In seinen schwarzen Augen konnte Sannah lesen, woran er jetzt dachte. Das Raubtier war erwacht, und er konnte es nur mit Mühe im Zaum halten.
„Ich backe dir einen Kuchen", versuchte sie die Situation zu entschärfen.
Sein Griff verstärkte sich nur. „So billig kommst du mir nicht davon", sagte er lachend, doch es war ihm ernst.
Sie sah ihn nur an, zog ihn zu sich herunter und gab ihm einen unschuldigen Kuss auf den Mund.
„Darf ich mir jetzt was Trockenes anziehen, oder muss ich diesmal nass zum Einkaufen?", fragte sie ihn lächelnd, noch ehe er wieder ganz zur Besinnung gekommen war.
Sein Arm glitt von ihrer Taille, und er ließ sie gehen. Das Grübeln hatte ein Ende. Josh war gerade klargeworden, was er wollte.

Sannah lief patschnass zum Haus und zog auf der Veranda ihre nassen Sachen aus, während Limbisia, ihr limbisches System, schon mal shoppen ging. Damenunterwäsche und Dessous, erstes Obergeschoss, links hinterm Grabbeltisch. In besagter Unterwäsche lief sie die Treppe hoch in ihr Zimmer und trocknete sich ab. Sie versuchte vergeblich, sich etwas zu beruhigen. Er hatte es wieder herausgefordert, aber sie war diejenige, die zu weit gegangen war. Ein Kuss auf die Wange hätte auch gereicht, stattdessen hatte sie der Versuchung nicht widerstehen können. Sie zweifelte daran, das sie jemals würde widerstehen können, sollte er es wieder versuchen, und das würde er, dessen war sie sich sicher. Ihr Herz klopfte bis zum Hals.
Sannah schlüpfte in eine Shorts und ein Top. Es war noch nicht ganz Mittag und würde sicher noch heißer werden. Vom Fenster aus konnte sie sehen, wie Josh das letzte Pferd zurück auf die kleine Weide brachte und den Schlauch zusammenrollte. Ihr limbisches System verfiel in einen wahren Kaufrausch und wühlte sich durch halterlose Seidenstrümpfe und Push-up-BHs.
„Selber schuld!", hallte es per Lautsprecherdurchsage durch das Kaufhaus im Oberstübchen. Limbisia zuckte nur kurz zusammen und widmete sich dann enthusiastisch den Tangas.

Einige Augenblicke später hörte Sannah, wie Josh die Treppe heraufkam. Sie wartete einen Moment, schnappte sich die Flipflops und verließ ihr Zimmer. Seine Zimmertür war geschlossen. Sie ging in die Küche, gönnte sich eine kalte Cola und hielt sich das Glas an die Schläfe. Josh kam ebenfalls in trockenen Klamotten die Treppe runter. Sannah hielt die Flipflops hoch. „Sind die okay für den Supermarkt, oder gibt es da auch Schlangen?", fragte sie ohne darüber nachzudenken, um ja kein peinliches Schweigen entstehen zu lassen.
„Da gibt es auch Schlangen", meinte er trocken. „Die längsten vor der Kasse." Er grinste schief. „Was hast du gegen deine Stiefel?"
„Es ist so heiß, und die Stiefel sind nass", quengelte sie. „Außerdem sehen Shorts und Stiefel zusammen bescheuert aus", fügte sie noch hinzu.
Josh schwieg.

„Was soll's, ich bin ja nicht auf einem Model Contest", meinte sie kleinlaut, als er nichts erwiderte.
Sein Blick wanderte genüsslich über die Shorts und ihre langen Beine. „Da passt du auch nicht hin", bemerkte er knapp und tippte sacht mit seinem Finger an ihre Stirn. „Zu viel Hirn", stellte er fest.
„Danke für die Blumen" , erwiderte sie und war erleichtert darüber, dass er den Kuss nicht erwähnte.

Kurze Zeit später rumpelten sie wieder über die Zufahrt in Richtung Supermarkt. Sannah wackelte in ihren Flipflops zufrieden mit den Zehen. Josh wirkte entspannter als noch am Vormittag, allerdings schien er jetzt über etwas anderes nachzudenken. Er schwieg während der ganzen Fahrt. Sannah kaute auf ihrer Unterlippe. ‚Das hätte nicht passieren dürfen', dachte sie, während sie aus dem Fenster starrte und die Landschaft an sich vorbeiziehen ließ. Sein Schweigen sprach Bände, und diesmal war ihr ziemlich klar, was ihn beschäftigte. Die Straße zum Ort Pine Ridge führte an Wounded Knee vorbei. Auf einer Anhöhe lag der Friedhof mit den Opfern des Massakers vom 29. Dezember 1890. An diesem Tag nahm der Freiheitskampf der Sioux ein tragisches Ende, von dem sie sich bis heute nicht erholt hatten. Rund dreihundert wehrlose Männer, Frauen und Kinder wurden hier vom 7. Kavallerieregiment der US-Armee niedergemetzelt. Sannah erinnerte sich noch gut an das Foto des getöteten Häuptlings Spotted Elk, von den Soldaten abfällig Big Foot genannt. Es war das erste Foto eines Toten, das sie als Kind im Geschichtsunterricht zu Gesicht bekommen hatte. Sie fand es damals schon entwürdigend. Heute sah sie darin mehr eine stumme Anklage, stellvertretend für alle Gräueltaten die an den Ureinwohnern verübt worden waren.
Josh bog ab und fuhr die Anhöhe hinauf. Sannah schnürte es die Kehle zu. Sie fühlte sich gerade nicht dazu in der Lage, sich diesem Kapitel der Geschichte zu stellen. Oben angekommen parkte er den Wagen und öffnete das Handschuhfach. Er nahm zwei Zigaretten aus einer Schachtel und reichte ihr eine davon. Sie fragte nicht, sondern nahm sie nur an. Als er ausstieg, weh-

ten seine langen Haare im Wind. Er hatte sie nach der Wasserschlacht offen gelassen, damit sie schneller trockneten. Sannah folgte ihm zögernd und sah sich um. Der Eingang zum Friedhof war ein großes Portal aus rotem Backstein und weißem Putz. Ein Bogen aus Metall spannte sich über den steinernen Pfosten und wurde von einem Kreuz gekrönt. Dahinter lag, eingezäunt von einem Maschendrahtzaun, das Massengrab, in dem die Opfer damals bestattet worden waren. Viele bunte Bänder und Schnüre mit kleinen Tabakbeuteln waren von Besuchern daran befestigt worden, die jetzt im ewigen Wind der Great Plains flatterten. Ein paar Touristen wanderten umher und machten Fotos.

Sannah folgte Josh zum Mahnmal, das an der langen Seite des Grabes aufgestellt worden war. Damals in der Schule hätte sie sich nicht träumen lassen, dass sie eines Tages am Grab des Mannes stehen würde, dessen Foto und Schicksal sie so entsetzt hatte. Sie konnte spüren, wie die grausamen Ereignisse dieses kalten Dezembertages plötzlich wieder lebendig wurden. Josh fing an zu beten. Es war kein christliches Gebet, sondern ein altes Gebet seines Volkes.

„Mein Freund, ich sende meine Stimme zu dir, erhöre mich", sang er leise. Sannah verstand ihn nicht, denn er sprach sein Gebet auf Lakota. Aber es klang wunderschön und traurig. Er wendete sich nach Westen und hob die Arme zum Himmel. Dem alten Glauben der Lakota zufolge reisten die Geister der Verstorbenen zurück zu den Sternen, um eines Tages wiedergeboren zu werden. Alles war ein immerwährender Kreislauf. Josh betete weiter und wendete sich in alle vier Windrichtungen, zum Himmel und zum Boden. Wieder schnürte sich Sannahs Kehle zu, und sein Anblick trieb ihr die Tränen in die Augen. Er stand mit wehenden Haaren und erhobenen Armen am Grab seiner Ahnen und ehrte die Toten. Ihr war fast, als könne sie die verzweifelten Schreie der Menschen, die hier gestorben waren, hören.

Die Touristen waren auf ihn aufmerksam geworden und hoben ihre Kameras, um diese Szene festzuhalten. Sannah warf ihnen einen vernichtenden Blick zu. Betroffen ließen sie die Fotoapperate sinken, als wäre ihnen jetzt erst bewusst geworden, wo sie sich befanden. Josh hatte sein Gebet beendet und ließ den Tabak

der Zigarette vom Wind davontragen. Sie folgte seinem Beispiel. Als er sie ansah, bemerkte er die Tränen in ihren Augen und streichelte ihr zärtlich über die Wange.
„Eigentlich müsste ich dich trösten", sagte sie mit zitternder Stimme.
Er nahm sie in die Arme und murmelte leise: „Das tust du gerade." Sie standen noch einen Moment lang schweigend am Gedenkstein, immer noch beobachtet von den Touristen. Josh ging ein Stück weiter, an den Rand des Friedhofs, wo sich einzelne Gräber befanden. Ein kleiner Trampelpfad führte dorthin. Dort stand ein einfacher Stein, ohne Kreuz, mit einer schlichten Inschrift: Joseph White Cloud.
Sannah blieb abseits stehen, um Josh nicht zu stören. Der Gedenkstein war öffentlich, das Grab seines Vaters jedoch war etwas sehr Persönliches. Josh hockte sich davor und entfernte ein paar trockene Blätter, legte Salbei und Tabak vor den Stein und hielt stumme Zwiesprache. „Iyótancila" – Hab dich lieb, flüsterte er seinem Vater zu.
Sie wartete geduldig, bis er zurückkam.
Er legte ihr den Arm um die Schulter. „Danke", sagte er nur, und sie gingen langsam zurück zum Auto.

Sannah brauchte den restlichen Weg nach Pine Ridge, um ihre Fassung zurückzugewinnen. Erst der Anblick von genauso erschütternden, maroden Wohnhäusern holte sie zurück in die Gegenwart. Mitten im Herzen der USA fand sie sich in der Dritten Welt wieder. Man hatte diesen Menschen alles genommen. Ihr Land, die Büffel, ihre Kultur und Sprache und nicht zuletzt auch die Hoffnung auf eine bessere Zukunft. Alles, was geblieben war, war Trostlosigkeit und Resignation. Gemessen an dem, was sie hier sah, war Josh ein reicher Mann. Er verfügte über einen Stromanschluss und fließendes Wasser und musste auch nicht fürchten, dass sein Haus beim nächsten Sturm über ihm zusammenbrechen würde. Das bisschen abgeblätterte Farbe war da bestenfalls nur ein kleiner Schönheitsfehler.
Sannah kannte die Statistik, aber es mit eigenen Augen zu sehen, erschütterte sie bis ins Mark.

Josh parkte vor einem Laden für Handys, Computer und ähnlichen technischen Schnickschnack. „Was empfiehlst du mir?", fragte er und riss sie damit aus ihren Gedanken.
„Irgendein robustes Outdoor-Modell, wasserdicht, mit Gorilla-Glas und nicht zu groß, damit es in die Hosentasche passt", riet sie ihm.
Josh nickte. „Klingt vernünftig", sagte er und stieg aus.
Drinnen erlebte Sannah einen kleinen Kulturschock. Der Unterschied vom Elend draußen und der blau-weißen Hightech-Glitzerwelt im Laden erschien ihr geradezu obszön. Hinter dem Tresen stand ein weißer, pickeliger Jung-Yuppie und taxierte seine Kundschaft auf die zu erwartende Provision.
„Hi!", begrüßte er die beiden. „Mein Name ist Frank McDonald, Sie sind sicher an den neuesten Modellen unserer Smartphones interessiert."
„Nein", meinte Josh knapp und brachte damit die Verkaufsstrategie des Yuppies gewaltig ins Wanken.
Sannah grinste in sich hinein. Die gleiche Masche hatte auch sie am Anfang völlig verunsichert. Josh unterbreitete seine Wünsche und der Yuppie machte ein enttäuschtes Gesicht, als er Josh ein paar Modelle zeigte. Nach einem unauffälligen Seitenblick zu Sannah, die ihm zunickte, entschied er sich für ein handliches und solides Gerät der mittleren Preiskategorie.
„Das kostet mit Prepaid-Karte zweihundertneunundvierzig Dollar", erklärte McDonald. „Wenn Sie allerdings einen Vertrag mit zwei Jahren Laufzeit abschließen, gibt es das Gerät gratis."
Das Wort „gratis" erweckte, im Gegensatz zu den meisten anderen Menschen, bei Josh Misstrauen. Der Yuppie legte den Vertrag auf den Tresen und hielt Josh einen Kugelschreiber hin. „Eine Unterschrift, und Sie sind jederzeit und überall erreichbar", leierte er sein Sprüchlein herunter.
Josh nahm den Kugelschreiber, legte ihn demonstrativ beiseite und begann den Vertrag zu lesen. Er konzentrierte sich gezielt auf das Kleingedruckte. McDonald wurde sichtlich nervös. Als Josh fertig war, stemmte er seine Hände auf den Tresen. Nun war er mit seiner Statur ohnehin schon beeindruckend genug, da er aber wegen der frühsommerlichen Hitze nur ein Unterhemd

trug, war das Spiel seiner Oberarmmuskulatur nur schwerlich zu übersehen.
„Sie mögen mich vielleicht für einen Hinterwäldler halten, Sir", lächelte Josh süffisant. „Aber ich bin Geschäftsmann. Also tun Sie mir und sich selbst doch den Gefallen und lassen diesen Knebelvertrag ganz schnell unter dem Tisch verschwinden. Entweder machen Sie mir ein akzeptables Angebot, oder ich sehe mich gezwungen, zur Konkurrenz nach Rapid zu fahren."
Der Yuppie schluckte trocken und nestelte an seinem Schlips herum.
„Das ist doch kein Knebelvertrag, Sir", versuchte er zu widersprechen, was er allerdings gleich danach bereute.
Josh hob eine Augenbraue, und sein Gesichtsausdruck wurde eine Spur unfreundlicher. „Ach nein? Eine Preissteigerung von einhundert Prozent nach einem Jahr, auf die Sie mich nicht hingewiesen haben, nenne ich sogar Betrug! Haben Sie also ein anderes Angebot?", fragte Josh betont freundlich.
Sannah hatte ein diebisches Vergnügen daran, zu sehen, wie Josh den kleinen Möchtegern-Betrüger souverän und mit ausgesuchter Höflichkeit an die Wand nagelte. McDonald beeilte sich, einen anderen Vertrag auf den Tisch zu legen. Josh las diesen wieder aufmerksam durch und griff anschließend zum Kugelschreiber.
„Warum nicht gleich so?", fragte er zufrieden.
„Möchten Sie, dass ich ihnen das Gerät gleich einrichte?", bot der kleine Wicht nervös an.
„Nein, danke!", antwortete Josh. „Das erledige ich allein."
„Aber für geschätzte Vertragskunden gibt es doch sicherlich noch eine Wunschnummer und ein passendes Etui gratis?", mischte Sannah sich ein.
„Aber natürlich!", presste McDonald hervor, während Josh den Vertrag ausfüllte und grinste. Sie kaufte sich noch einen Internet-Stick für ihren Laptop, um ein paar E-Mails schicken zu können.
Als sie den Laden verließen, freute Sannah sich diebisch. „Der macht heute Abend noch einen Termin bei seinem Therapeuten. Nur gut, dass du das Kleingedruckte gelesen hast. Ich wäre glatt darauf hereingefallen", gab sie zu.
Josh grinste boshaft.

„Genau darauf spekulieren diese Geschäftemacher. Mit dem Wort Gratis wird der Kunde angelockt, und dann schnappt die Falle zu. Dass er im Endeffekt fast doppelt so viel bezahlt hat, merkt er erst hinterher. Immer das gleiche Scheißspiel. Mit miesen Verträgen kennen wir uns mittlerweile aus“, sagte er spöttisch.
„Woher kennst du dich damit so gut aus?“, fragte Sannah.
„Ich habe Betriebswirtschaft studiert. Da lernst du schon im ersten Semester, die Leute zu betrügen. Lass uns was essen gehen, ich habe Hunger“, antwortete er.
„Du hast immer Hunger“, stellte sie fest.

Nach einem Taco gegenüber vom Sioux Nation Shopping Center, erledigten sie die restlichen Einkäufe. Das Shopping Center war deutlich größer als der kleine Tante-Emma-Laden im Nachbarort. Aber auch hier waren die Preise gesalzen. „Warum ist das hier überall so verdammt teuer?“, wollte sie wissen.
„Ganz einfach“, erklärte Josh. „Angebot und Nachfrage. Es gibt auf der ganzen Rez nur diesen einen großen Supermarkt. Viele Leute haben kein Auto oder können sich die weite Fahrt nach Rapid nicht leisten. Sie sind also darauf angewiesen, hier einzukaufen. In den kleinen Läden bekommt man nur das Nötigste, aber längst nicht alles. Also werden hier die Preise hochgeschraubt, weil es keine Konkurrenz gibt. Und den Einwohnern bleibt nichts anderes übrig, als zähneknirschend zu bezahlen. Das war schon immer so und wird sich wohl auch nicht ändern.“
Sannah war fassungslos. Das Reservat war von der Fläche her etwa halb so groß wie das Bundesland Rheinland-Pfalz und hatte etwa vierzigtausend Einwohner; ein Supermarkt deckte nicht mal ansatzweise den Bedarf.
In ihr kochte die Wut hoch. Die Not anderer auszunutzen, um auch noch den letzten Cent aus ihnen herauszupressen, war in ihren Augen einfach nur widerwärtig.
„Hast du eine Idee, was wir zum Picknick mit den Kids mitnehmen?“, wechselte Josh das Thema.
„Wie wäre es mit Stockbrot und Würstchen?“, schlug sie vor.
„Was ist Stockbrot?“, fragte er erstaunt.

„Du nimmst Bambusstäbe oder schneidest Weidenruten, wickelst den Brotteig drumherum und röstest den langsam über dem Feuer, die Würstchen auch. Schmeckt klasse und macht riesigen Spaß. Ich habe das als Kind immer geliebt. Wir saßen am Feuer, haben gegessen und uns Geschichten erzählt."
Josh stellte sich Sannah als kleines Mädchen vor und lächelte.
„Klingt gut, den Kids wird das bestimmt gefallen", stimmte er zu und steuerte die Fleischtheke an.
Auch im Supermarkt stellte Sannah fest, dass die meisten Leute mit diesem eigenartigen Duckface auf etwas deuteten, statt mit dem Finger darauf zu zeigen.
„Man zeigt nicht mit nacktem Finger auf angezogene Menschen!", hatte ihre Großmutter sie immer ermahnt. Wie es aussah, war man im Reservat sogar noch höflicher und zeigte mit dem Finger nicht einmal auf nackte Würstchen. Sannah schmunzelte. Das ergab zumindest mehr Sinn als diese dämlichen Selfie-Grimassen. Ihrer Großmutter hätte das jedenfalls gefallen.

Eine halbe Stunde später machten sie sich auf den Weg nach Hause. Sannah war froh, wieder im Auto zu sitzen. Der Tag hatte sie aufgewühlt, und sie sehnte sich nach der Ruhe und Abgeschiedenheit der Ranch.
„Was hast du heute noch zu tun?", fragte sie Josh.
„Ich muss gleich noch die Ausbildungspferde bewegen und mein Telefon einrichten, was auch immer das bedeutet", führte er aus und grinste etwas hilflos. „Hilfst du mir?"
„Na klar!", meinte sie.
Auf der Ranch angekommen, teilten sie sich wieder die Arbeit mit den jungen Pferden und holten auch zusammen die Herde von der Weide. Beim Abendessen fielen Josh fast die Augen zu.
„Du solltest lieber gleich schlafen gehen", meinte Sannah. „Um dein Telefon können wir uns auch morgen kümmern."
Er nickte nur, zu müde, um noch einen klaren Gedanken zu fassen. Nach dem Essen schlurfte er die Treppe hoch und fiel ins Bett. Sannah kochte sich einen Tee und genoss die abendliche Ruhe auf der Veranda. Es war ungewohnt, allein hier draußen zu sitzen, und trotzdem seltsam vertraut. Sie stellte erstaunt fest, dass ihr

Hamburg nicht fehlte, sie die Ranch aber schmerzlich vermissen werden würde. Nicht nur die Ranch, sondern vor allem Josh. Diese Erkenntnis traf sie wie ein Blitz aus heiterem Himmel. Um sich abzulenken holte sie ihr Laptop, schrieb Annegret und Jonas eine Mail und speicherte die Fotos vom Reitunterricht der Kinder ab. Dabei entdeckte sie dann auch die Fotos, die Josh gemacht hatte. Sie waren gut geworden, bemerkenswert war allerdings, dass auf vielen davon nichts vom Pferd zu sehen war. Es waren fast nur Aufnahmen von ihr.

In Deutschland stand Annegret am Morgen vor Sannahs Haus in Blankenese und klingelte Sturm. Sie war mit Jonas zum Frühstück verabredet, aber der lag scheinbar noch im Bett. Endlich öffnete sich die Tür.
„Ist ja gut, ich bin doch schon da", beschwerte sich Jonas über das Klingelinferno.
„Schon ist gut", bemerkte Annegret schnippisch und rauschte mit einer großen Tüte vom Bäcker an ihm vorbei. „Hast du verschlafen?", fragte sie.
Er grinste sie mit seinem jungenhaften Lächeln an. „Nein, um ehrlich zu sein, hatte ich vergessen, dass du kommst. Ich war gerade im Garten." Sie bedachte ihn mit einem empörten Blick. Eine Annegret Marquardt vergaß Mann nicht ungestraft. „Soll das heißen, es gibt nichts zum Frühstück?", zeterte sie hinter ihm her, während er gelassen wieder in den Garten ging.
Ihr Blick fiel auf den Esstisch, wo sich nur ein Haufen Fachliteratur stapelte. Sie stöckelte in ihren High-Heels hinter ihm her. Als sie die Terrasse betrat, verrauchte ihre Empörung schlagartig. Jonas hatte die Gartenmöbel auf den Rasen gestellt, der Tisch war gedeckt und mit frischen Rosen dekoriert, eine Flasche Sekt stand in einem alten, silbernen Sektkühler. Bleikristall funkelte in der Morgensonne. Auf Tellern und in kleinen Schüsseln waren diverse Leckereien angerichtet und warteten nur auf Annegrets frische Brötchen.
„Wenn du mit Meckern fertig bist, zieh die Mordinstrumente aus und setz dich. Ich hole den Kaffee", konterte Jonas schmunzelnd. Annegret war sprachlos, und das passierte wirklich ausgespro-

chen selten. Sie zog ihre Schuhe aus und lief barfuß über den Rasen. „Womit habe ich das verdient?“, fragte sie, als Jonas mit der Kaffeekanne zurückkam.
„Na, mit Meckern jedenfalls nicht! Genau genommen hast du es dir noch gar nicht verdient. Das sind Vorschusslorbeeren. Aber ich bin mir sicher, deinem hübschen Köpfchen fällt noch etwas Schönes ein“, sagte er breit grinsend und stupste ihr mit der Fingerspitze an die Nase.
Ihr blieb der Mund offen stehen, sie war es gewöhnt, dass ihr die Männer zu Füßen lagen. Vielleicht war das auch der Grund, warum sie die meisten davon nicht sonderlich ernst nahm. Männer waren Spielzeug, wenn sie langweilig wurden, tauschte man sie aus.
Jonas war anders, er brachte sie in die Defensive, noch bevor sie überhaupt ihr Netz gesponnen hatte. Er dachte nicht im Traum daran, ihr zu Füßen zu liegen, sondern begegnete ihr auf Augenhöhe. Das war eine völlig neue und dementsprechend reizvolle Erfahrung für sie. Auch wenn Jonas so gar nicht ihrem Typ entsprach. Mit seinen blonden Haaren, dem rötlichen Vollbart und den grünen Augen hatte er absolut nichts Südländisches an sich. Viel eher sah er aus wie Hägar, der Wikinger, fehlte nur die Streitaxt. Sein Selbstbewusstsein war allerdings auch ohne Axt mehr als groß. Annegret schmunzelte. Er hatte sie herausgefordert und sie war mehr als bereit den Fehdehandschuh aufzunehmen.
„Vorsicht, mein Lieber, überlege dir genau, was du dir wünschst, es könnte in Erfüllung gehen!“, drohte sie geheimnisvoll und glaubte sich wieder vorn.
„Ich wünsche mir gar nichts. Ich bin nur gespannt darauf, ob du es schaffst, mich zu überraschen“, nahm er ihr den Wind aus den Segeln.
Annegret wollte etwas erwidern, aber Jonas kam ihr zuvor. „Fang an zu essen, das Frühstück wird welk!“, mahnte er und deutete lachend auf den Spargelsalat.
Annegret zerpflückte ein Croissant und ließ Honig darauflaufen.
„Was Sannah wohl macht? Mittlerweile mache ich mir Sorgen, sie hat sich immer noch nicht gemeldet“, sagte sie beunruhigt.
„Hast du deine E-Mails noch nicht gelesen?“, fragte Jonas über-

rascht. „Heute Morgen hat sie eine geschickt, und ein paar Fotos sind auch dabei. Hauptsächlich von Pferden, etlichen Kindern und einem Mann." Er griente verschwörerisch.
„Ein Mann?", rief Annegret und fing an, hektisch ihre Handtasche nach dem Handy zu durchwühlen.
„Allerdings. Und ein ziemlich auffallender dazu, jedenfalls für hiesige Verhältnisse", stellte Jonas fest und amüsierte sich über ihre Hektik. Sannah hatte recht, Annegret war wirklich wie eine fürsorgliche Glucke. Sie hatte endlich das Handy gefunden und rief fieberhaft ihre Mails auf. Bei der Durchsicht der von Sannah mitgeschickten Fotos bekam sie große Augen.
„O mein Gott!", entfuhr es ihr, und sie starrte völlig fasziniert auf ihr Handy.
Jonas war sich sicher, dass ihr Interesse nicht den Pferden galt.
„Machst du dir jetzt mehr oder weniger Sorgen?", fragte er sie.
„Wenn ich das nur wüsste", seufzte sie schwärmerisch. „So, wie ich Sannah kenne, hat sie noch nicht bemerkt, dass er ein Mann ist. Himmel, und was für einer! Falls doch, ignoriert sie es. Ich bin mir nur nicht sicher, ob das gut oder schlecht ist."
„Das ist fies, Annegret! Sie ist doch kein Trottel! Wäre er denn ihr Typ?", fragte er neugierig.
„Sannah hat keinen Typ, aber er sitzt auf einem Pferd, das reicht, um ihre Aufmerksamkeit zu wecken", stellte sie fest. Sie las noch mal die Mail durch. „Hat sie dir geschrieben, wer das ist? In meiner Mail steht nichts."
„Nein, auf die Beantwortung dieser Frage müssen wir wohl warten, bis sie wieder da ist", bemerkte Jonas schelmisch, der ganz genau wusste, dass Warten nicht zu Annegrets Stärken gehörte. Er traute Sannah durchaus zu, dass sie gerade dieses Foto nur geschickt hatte, um ihre Freundin auf die Folter zu spannen. Als kleine, perfide Rache für Annegrets Lästerei über die Valla Pampa. Bester Laune machte er sich an den frischen Spargel.

Schweigen

Ein Klopfen weckte Sannah. Noch bevor sie reagieren konnte, steckte Josh seinen Kopf durch die Tür. Hecktisch zog sie das dünne Laken hoch. Sie hatte nichts an, weil es in dem kleinen Zimmer unter dem Dach so heiß war. „Aufstehen, du Schlafmütze!“, sagte er und ging mit einem zufriedenen Grinsen die Treppe hinunter. Sie stand auf, zog sich an und sah auf die Uhr. Kurz vor sechs. Josh war ganz offenbar aus dem Bett gefallen. Aus der Küche duftete es nach Eiern mit Speck und Kaffee. „Wer bist du, und was hast du mit Josh gemacht?“, fragte sie, als sie die Treppe herunterkam.
Josh schenkte ihr einen Kaffee ein. „Ich habe tatsächlich ausgeschlafen“, gab er gut gelaunt zurück.
Sie setzte sich und schlürfte ihren Kaffee. Er stellte das Frühstück auf den Tisch und fing an zu essen. Josh als strahlende Hausfrau irritierte sie völlig. Als Jonas den Abwasch gemacht hatte, fand sie das normal, Josh hingegen wirkte auf sie gerade wie die Parodie von Freddie Mercury in dem Video „I want to break free“, fehlte nur die Küchenschürze und der Schnauzer. Sannah grinste vor sich hin, während sie die Rühreier vertilgte.
„Vielleicht sollte ich öfter mal früher schlafen gehen“, stellte er fest.
„Ach nein!“, protestierte Sannah. „Ich finde den Morgenmuffel mittlerweile ganz charmant, außerdem ist es langweilig, abends alleine draußen zu sitzen.“
„Du hast mich also vermisst“, stellte Josh breit grinsend fest.
Sannah wechselte lieber das Thema, sie hatte sich gestern schon zu weit aus dem Fenster gelehnt. „Hast du dein Smartphone schon aufgeladen?“
Er nickte mit vollem Mund und kaute zu Ende. „Wäre mir auch ganz lieb, wenn wir das gleich noch in Betrieb nehmen könnten, damit ich nachher Thompson meine Nummer geben kann.“
„Dauert nur ein paar Minuten“, versicherte sie.
„Was hast du gestern Abend denn ohne mich noch gemacht?“, griff Josh das Thema wieder auf.

„Ich habe Jonas und Annegret noch E-Mails geschrieben, hätte ich schon viel eher machen sollen. Die haben sich bestimmt schon Sorgen gemacht", sagte sie mit schlechtem Gewissen. Sie hatte sich zuletzt von Denver aus gemeldet und seit dem kein Lebenszeichen mehr von sich gegeben. Gerade Annegret nahm das sicher krumm, Jonas war da entspannter.
Josh spülte den letzten Bissen mit Kaffee runter. Der Name Jonas versetzte ihm einen Schlag in die Magengrube, er ließ sich aber nichts anmerken und stocherte in seinem Essen herum. Seine bislang gute Laune war schlagartig verflogen. „Kann ich mit dem Smartphone auch E-Mails empfangen?", fragte er ernüchtert.
„Sicher!", bestätigte Sannah, die seinem Stimmungsumschwung noch nicht bemerkt hatte.
„Vielleicht schreibst du mir dann auch mal, wenn du endlich wieder zu Hause bist", sagte er verbittert und stand auf.
Sie sah verwirrt von ihrem Teller auf. Josh sah sie nicht an und ging raus zum Stall. Seine Worte hatten ihr einen Stich versetzt. Gekränkt blieb sie sitzen und fragte sich, was so urplötzlich in ihn gefahren war.

Josh fing an, seine Verkaufspferde auf Hochglanz zu polieren. Er war auf sich selbst wütend. Wie hatte er so naiv sein können, anzunehmen, dass eine Frau wie sie allein lebte. Natürlich tat sie das nicht. Sie war jung, wunderschön und sprühte vor Leben. Sicher gab es einen Mann, und der hieß Jonas. Er war aber auch enttäuscht von Sannah. Warum hatte sie ihn geküsst, wenn zu Hause jemand auf sie wartete? Ihm hatte der Kuss etwas bedeutet, ihr offenbar nicht. Mieses Spielchen, und er war darauf hereingefallen. Verbissen putzte er weiter. Er hatte seine eigenen Vorsätze über den Haufen geworfen und war ihr nicht aus dem Weg gegangen, jetzt bekam er die Quittung dafür. Er war nur froh, dass ihm die Augen rechtzeitig aufgegangen waren. Außer diesem Kuss war nichts passiert, was er hätte bereuen müssen. Ab sofort wollte er sich an seine Prinzipien halten. Frauen machten nichts als Ärger. Das erste Pferd war fertig, und Josh brachte es in den Laufstall; als er das nächste von der Weide holte, hörte er, wie ihr Wagen davonfuhr.

Sannah hatte wie betäubt in der Küche gesessen. „Wenn du endlich wieder zu Hause bist" ... und der Tonfall in seiner Stimme. Als könnte er es nicht erwarten, dass sie ging. Nach all den Gesprächen und der Freundschaft, die zwischen ihnen entstanden war, verwandelte er sich ohne ersichtlichen Grund wieder in einen Eisberg. Wollte er ihr damit zu verstehen geben, dass sie zu weit gegangen war? Je länger sie darüber nachdachte, um so mehr tat es weh.
Kopflos lief sie in ihr Zimmer und griff nach ihrer Brieftasche und dem Autoschlüssel, der seit ihrer Ankunft unangetastet auf dem kleinen Tisch lag. Sie überlegte, ob sie mit ihm reden sollte, aber sein Gesichtsausdruck beim Rausgehen war mehr als deutlich gewesen. Er würde nicht reden. Also lief sie zum Auto und fuhr los. Einfach nur weg, wohin, war ihr egal. Nach der holprigen Zufahrt bog sie rechts ab auf die Hauptstraße. Auf der ebenen Straße musste sie sich nicht mehr so konzentrieren. Sannah verfiel in dumpfes Brüten. Was hatte sie nur gesagt oder getan, dass er so reagierte? Wenn der Kuss für ihn unangemessen gewesen wäre, hätte er ihn doch wohl kaum erwidert. Sie war an dem Tag zu weit gegangen, so viel war sicher, aber sie hatte nicht den Eindruck gehabt, dass er das genauso sah. Er war verblüfft gewesen, nicht verärgert, außerdem hatte er es herausgefordert. Es konnte auch kaum daran liegen, dass sie E-Mails an Freunde geschrieben hatte.
Sannah drehte das Radio auf. Der Sendersuchlauf startete automatisch und blieb bei Kili Radio hängen. Eine Frauenstimme sprach auf Lakota, anschließend folgte traditionelle Musik. Sie schaltete wieder ab. Momentan wollte sie nicht auch noch vom Radio daran erinnert werden, wo sie sich befand. Kurze Zeit später fuhr sie an Wounded Knee vorbei und spürte wieder diesen Stich in der Brust. Gestern hatte Josh sie dort oben in die Arme genommen, und sie hatte die Welt um sich herum vergessen. Noch nie hatte sie sich so geborgen gefühlt wie in diesem Moment. Der Stich bohrte sich tiefer, als ihr bewusst wurde, dass sie genau das wollte. Das Gefühl von Geborgenheit in seinen Armen. Wieder schnürte sich ihre Kehle schmerzhaft zu. Sannah rang um ihre Fassung und landete eine Viertelstunde später in

Pine Ridge. Da sie keine Ahnung hatte, was sie hier hätte machen können, fuhr sie zum Shoppingcenter. Schokolade und Eiscreme waren immer noch das bewährte Mittel als Seelentröster und Nervennahrung. Erst jetzt fiel ihr auf, dass ihr Wagen der einzige auf dem Parkplatz war. Der Laden öffnete erst um acht. Sie fuhr zu einem Sandwich-Laden zwei Blocks weiter. Ein paar Autos auf dem Parkplatz verrieten ihr, dass man hier um diese Uhrzeit schon etwas bekam. ‚Wenigstens etwas', dachte sie und stieg aus. Drinnen kaufte sie sich einen Kaffee und einen Schoko-Cookie und setzte sich in die hinterste Ecke. Der Kaffee war ganz okay und der Cookie klebrig und süß. Genau das brauchte sie jetzt. Sie starrte aus dem Fenster und beobachtete das Treiben auf der Hauptstraße, als ein Wagen der Tribal Police genau neben ihrem hielt. Sam stieg aus, schaute noch mal auf ihr Nummernschild und ging dann in den Laden.

„Hi, Sam", begrüßte ihn der junge Mann hinter dem Tresen. „Das Übliche?"

Sam nickte freundlich und rieb sich mit einer Hand über die Augen. Er sah sich im Gastraum um, und als er Sannah entdeckte, lächelte er und setzte sich zu ihr an den Tisch.

„Hey, hab ich deinen Wagen doch richtig in Erinnerung", stellte er fest und grinste fröhlich.

„Hallo, Sam", grüßte sie zurück und versuchte, ein möglichst neutrales Gesicht zu machen. Sie wollte nicht, dass er merkte, was mit ihr los war.

„Was machst du denn hier, um diese Uhrzeit?", fragte er erstaunt.

„Ich wollte nur schnell was einkaufen, bin aber zu früh dran", antwortete sie.

Der junge Mann vom Tresen brachte das Sandwich und den Kaffee an den Tisch.

„Stimmt so, Luke", sagte Sam und drückte ihm Geld in die Hand.

„Und wo ist Josh?", erkundigte sich Sam, bevor er seinen Kaffee trank.

„Der putzt die Pferde, denke ich", sagte sie arglos.

Sam sah sie entgeistert an. „Er lässt dich alleine hierher fahren?"

„Ich habe ihn nicht um Erlaubnis gefragt, warum sollte ich?", konterte Sannah etwas irritiert.

Luke spitzte hinter seinem Tresen die Ohren. Sie bemerkte das Interesse und ahnte schon, dass der Moccasin Telegraph wirklich überall war.
„Das ist ein freies Land“, erklärte sie trotzig. „Ich kann fahren, wohin ich will.“ Langsam verwandelte sich ihre Niedergeschlagenheit in Zorn. Das wäre ja noch schöner, wenn er ihr vorschreiben würde, was sie tun oder lassen darf.
„Weil es gefährlich ist, Sannah“, entgegnete Sam in der gleichen ruhigen Art wie Josh. „ Abends lassen sich viele drüben in White Clay volllaufen und fahren dann in den frühen Morgenstunden sturzbetrunken nach Hause. Frühmorgens ist immer die Zeit mit den meisten schweren Autounfällen. Heute Nacht waren es zwei allein hier in Pine Ridge. Du bist wirklich nicht von hier“, stellte er sachlich fest. „Was ist los bei euch, habt ihr Zoff?“, hakte er mit dem untrüglichen Gespür eines Cops nach.
Sannah beschloss ehrlich zu sein. „Zoff bedeutet, dass man sich streitet, aber Josh streitet nicht. Er ist sauer auf mich und mault herum. Und ich habe nicht die leiseste Ahnung, warum. Also hab ich mich ins Auto gesetzt und bin einfach weggefahren. Abgesehen davon ist alles bestens. Ich bin ja schließlich nur zu Besuch da. Ab Mitte August hat er dann wieder seine Ruhe vor mir. Ich wette, er zählt schon die Tage.“ Es klang resigniert.
Sam schüttelte nur den Kopf. Das war wieder typisch Josh. Er hatte gehofft, dass Josh durch Sannah zur Besinnung kommen würde. Vor ein paar Tagen hatte ja auch alles danach ausgesehen, aber ganz offenbar saß White Cloud jetzt wieder in der hintersten Windung seines Schneckenhauses und schmollte. „Dann stimmt die exotische Variante also?“, fragte er mit einem kleinen Grinsen.
Sie nickte. „Ist mir zwar ein Rätsel, was daran exotisch ist, aber ja.“
„Mir gefiel die Variante vom Moccasin Telegraph besser“, meinte Sam ehrlich. „Ich bin sein bester Freund und deswegen kann ich dir keine Einzelheiten erzählen, aber gib ihm ein bisschen Zeit, er kriegt sich schon wieder ein. Er mag dich, und du tust ihm gut, Sannah.“
„Das glaube ich nicht, Sam. Am Anfang hat er mich angesehen

wie etwas, in das man tunlichst nicht reintreten will. Abgesehen davon ist es ohnehin egal", antwortete sie.
Sam fing an zu lachen. „Du bist eine Klapperschlange!"
„Bitte?", fragte sie jetzt völlig irritiert.
Sam lachte immer noch. „Für Josh gibt es nur zwei Arten von Frauen: Kornnattern und Klapperschlangen. Kornnattern beachtet er nicht, weil sie ihm nicht gefährlich werden können. Klapperschlangen dagegen lassen ihn nicht kalt, sie können ihm gefährlich werden, und darum geht er ihnen aus dem Weg. Jedenfalls versucht er das. Dir kann er aber nicht aus dem Weg gehen. Ich denke, du hast ihn schon gebissen, und jetzt leckt er seine Wunden." Sam verspeiste die Reste seines Sandwichs und amüsierte sich weiter. Sein Funkgerät an der Schulter gab krächzende Geräusche von sich, und er meldete sich. Ein unverständliches Krächzen folgte als Antwort.
„Ich muss los, die Arbeit ruft. Wir sehen uns beim Football. Nicht vergessen!", verabschiedete er sich, schnappte sich seinen Kaffee, lief zum Auto und fuhr los.

Sannah war es durch die fröhliche Art von Sam ein bisschen leichter ums Herz. Seine Erklärung klang zumindest plausibel. Sie trank ihren Kaffee aus und ging ebenfalls. Im Supermarkt plünderte sie die Süßigkeitenabteilung und legte sich einen Vorrat Seelentröster an. Für den Fall, dass Joshs miese Laune länger anhalten würde. An der Fleischtheke waren Hähnchen im Angebot. ‚Chlorhuhn macht weiße Zähne', dachte sie boshaft und grinste. Kaufte dann aber doch eins. Sie hatte Appetit auf ihr Leibgericht bekommen. Hähnchen Ragout-Fin. In der Gemüseabteilung suchte sie noch die restlichen Zutaten zusammen und kaufte noch zwei Bücher, um gegebenenfalls die Zeit totschlagen zu können. Übelste Liebesschnulzen, aber das war ihr egal.

Um diese frühe Uhrzeit waren noch nicht viele Kunden da, und so war sie kurze Zeit später wieder auf dem Rückweg. Durch Sams Warnung aufmerksam geworden, fuhr sie vorsichtiger, aber es war nichts los. Wahrscheinlich hatten die Schnapsdrosseln alle schon nach Hause gefunden.

Als sie auf den Hof fuhr, parkte dort ein riesengroßer protziger Trailer, wie man ihn meist nur in den USA sieht. Eine Kombination aus Wohnmobil und Pferdetransporter. Mark Thompson war da. Er sah aus wie ein typischer Rancher aus dem Mittleren Westen. Angegraute Schläfen, leichter Bierbauch, Hemd mit Weste, Jeans, teure Stiefel und der nicht wegzudenkende Stetson-Hut auf dem Kopf. Neben ihm, genauer betrachtet neben Josh, eine lebende Silikon-Barbie, augenscheinlich die Tochter. Ihr Anblick erinnerte Sannah an eine gut sortierte deutsche Metzgerei. Eine prall gefüllte Fleischauslage, spärlich dekoriert mit Salatblättern aus Plastik. Die Dekoration im Gesicht der künstlichen Blondine war dafür umso üppiger. Mit dieser Menge an Konservierungsmitteln hätten die ägyptischen Mumien heute ausgesehen wie just verblichen. Sannah nannte diese Krönung der kosmetischen Industrie der Einfachheit halber Barbie.
Barbie hatte Josh offensichtlich zu ihrem Ken auserkoren und streifte um ihn herum wie eine rollige Katze. Josh war, angesichts der zur Schau gestellten Fleischauslage, zum Vegetarier mutiert, hatte die Hände in den Hosentaschen versenkt und die Schultern hochgezogen.
Trotz seiner eindeutigen Körperhaltung schoss Sannah augenblicklich ein anderes Gefühl durch den Magen: Eifersucht oder zumindest die Gift spritzende Vorstufe davon. Aus eigener schmerzlicher Erfahrung wusste sie nur zu gut, dass die Kerle früher oder später doch anfingen, die Steaks auf den Grill zu hauen. Auf einmal fiel es ihr wie Schuppen von den Augen. Sie hatte Jonas erwähnt, als Josh heute Morgen seine Show abgezogen hatte. Er war eifersüchtig oder befand sich zumindest in der besagten Vorstufe. Sie grinste boshaft.
‚Erwischt', dachte sie. Gestärkt durch diese Erkenntnis, hatte sie nun wieder Oberwasser und stieg, mit der großen Tüte voller Einkäufe bepackt, aus dem Auto. Da Sannah eine gute Kinderstube genossen hatte, ging sie auf die Gruppe zu, um guten Tag zu sagen.
Thompson strahlte sie mit einem breiten, freundlichen Lächeln an. „Wir haben bestimmt gestern Früh telefoniert", stellte er fest. Sannah schenkte ihm ein bezauberndes Lächeln und antwortete

höflich: „Ganz genau, Sir, freut mich Sie kennenzulernen."
„Nennen Sie mich Mark", bot er unkompliziert an.
„Ich bin Sannah", sagte sie und ergriff seine Hand.
„Das ist meine Tochter Pippa", stellte er die Barbie vor. Der britische Vorname verlieh ihr auch nicht mehr Stil, stellte Sannah im Geiste fest. Da Püppi, nein, Pippa, neben Josh stand, musste sie sich umdrehen, um ihr ebenfalls die Hand zu geben. Sannah hatte einen festen Händedruck, zugegebenermaßen vielleicht ein bisschen zu fest, als sie Pippa dabei mit einem eisigen Blick bedachte, zuckte diese leicht zusammen. Josh sah zuerst die Einkaufstüte vom Shoppingcenter, dann Sannah konsterniert an. Sie ignorierte ihn komplett und wendete sich nun wieder Thompson zu.
„Bitte, entschuldigen Sie mich. Das muss dringend in den Kühlschrank", erklärte sie, deutete mit dem Kopf auf die Einkäufe und verschwand in Richtung Haus. Sie lächelte hämisch über das ganze Gesicht. „Klapperschlange? Kann ich!", murmelte sie leise vor sich hin.

Nachdem sie die Einkäufe in den Kühlschrank verfrachtet hatte, warf sie noch einen Blick nach draußen. Da die Küchentür im Schatten der Veranda lag, konnte man sie vom Hof aus nicht sehen. Püppi hatte sich schmollend zu ihrem Daddy verzogen, und Josh hatte eine etwas entspannter wirkende Körperhaltung angenommen. Offenbar war die Verabschiedung in vollem Gange, als Josh auf die Küchentür zuging. Sannah zog sich zurück und suchte einen großen Topf für das Huhn aus dem Schrank. Er kam rein und schrieb die Telefonnummer seines Handys vom Karton ab. Sie würdigte ihn keines Blickes. Er sollte zur Strafe im eigenen Saft schmoren, bis er gar war, hatte sie beschlossen. Josh lief wieder nach draußen und drückte Thompson den Zettel in die Hand. Püppi saß schon im Barbiemobil. Einen Moment später rollte das Gefährt vom Hof.

Mittlerweile war es fast Mittag, und Sannah hatte begonnen, das Gemüse zu putzen und in kleine Würfel zu schneiden. Josh stand etwas unschlüssig auf dem Hof und wusste nicht so recht, was er nun machen sollte. Ihm war nicht entgangen, dass sie stinksauer war, und mit dieser Reaktion hatte er nicht gerechnet. Verletzt oder traurig, ja. Aber stattdessen kochte sie vor Wut. Sein Hunger siegte über seinen Stolz. Er ging in die Küche, öffnete den Kühlschrank und warf ihr einen vorsichtigen Blick zu. Sannah köpfte mit einem gezielten Schlag des Messers eine Stange Lauch. Er zuckte leicht zusammen. Das war deutlich! Er machte sich ein Sandwich und verzog sich damit auf die Veranda. So mussten sich seine Vorväter gefühlt haben, wenn ihnen die Frauen das Sattelzeug vor das Tipi gestellt hatten. Drinnen herrschte eisiges Schweigen, und Mann saß vor der Tür. Er aß sein Sandwich auf und ging mit dem neuen Ausbildungspferd eine Runde spazieren. Mittlerweile war er zu der Erkenntnis gelangt, dass seine Reaktion am Morgen wohl etwas zu heftig gewesen war. Vielleicht war dieser Jonas auch einfach nur ihr Bruder. Jedenfalls war er sich sicher, dass sie genau wusste, worum es ging. Sannah war weder dumm noch unsensibel. Wenn Chloe wütend gewesen war, hatte sie getobt und gezetert. Er hatte sie dann einfach stehen lassen und sich zu Sam verzogen, manchmal auch über Nacht. Sannah benahm sich dagegen wie eine echte Lakota. Sie drehte ihm den Rücken zu, würdigte ihn keines Blickes und schwieg. Sie zeigte ihm nicht nur deutlich ihre Missbilligung, sondern bewahrte sich auch Würde und Stolz. Damit konnte er nicht umgehen, weil er es nicht gewöhnt war. Ihr Verhalten brachte ihn in Zugzwang, denn so wie er Sannah einschätzte, war sie noch sturer als er selbst und würde das tagelang durchhalten. Aber er nicht. Ihre Energie war derart groß, dass man sie fast mit Händen greifen konnte. Frauen sind stärker als Männer, hatte sein Vater ihm immer gepredigt. Als Teenager hatte er das nicht begriffen. Mädchen waren in seinen Augen klein und schwächlich. Genaugenommen fing er jetzt erst an zu verstehen, was sein Vater gemeint hatte. Ein Volk ist erst besiegt, wenn die Herzen der Frauen im Staub liegen. So lautete ein altes Sprichwort der Cheyenne. Sie hatten alle recht. Trotzdem beschloss er, noch eine Weile zu warten, bis Sannahs Feuer weiter runtergebrannt war und sich der Rauch verzogen hatte. Er wollte sich nicht mehr Brandblasen einhandeln als unbedingt nötig.

Sannah verbrachte fast den ganzen Nachmittag in der Küche. Ragout-Fin brauchte Zeit. Als sie damit fertig war, bereitete sie noch den Teig für das Stockbrot vor. Josh war inzwischen von seinem Spaziergang zurück und ritt auf dem Platz, unter anderem auch die Dynamitstange. Sannah beseitigte das Chaos in der Küche und ging anschließend duschen. Als sie aus dem Bad kam, öffnete sie die Fenster in ihrem Zimmer, in der Hoffnung, einen kühlen Luftzug einfangen zu können. Mit Buch und Schokolade bewaffnet lümmelte sie sich aufs Bett und fing an zu schmökern. Das Buch war besser, als das Cover hatte erwarten lassen, und so merkte sie nicht, wie die Zeit verging. Erst als sie durch das geöffnete Fenster hörte, dass die Herde zur Tränke kam, wurde ihr klar, dass sie den restlichen Nachmittag mit Lesen vertrödelt hatte. Von der Schokolade war auch kaum noch was übrig. Sie legte das Buch beiseite und blickte aus dem Fenster.
Josh stieg gerade von der Dynamitstange und lobte das Pferd überschwänglich. Sie wollte sich lieber gar nicht vorstellen, welche Geschwindigkeit der Jungspund entwickelte, wenn man ihn machen ließ. Aber es musste gut gewesen sein, denn Josh strahlte übers ganze Gesicht. Er musste ihren Blick gespürt haben, oder es war Zufall, aber Josh sah zu ihrem Fenster hinauf und entdeckte sie. Das Strahlen verschwand augenblicklich von seinem Gesicht, und er wendete sich wieder dem Pferd zu. Beim Anblick der Pferde und durch das Buch abgelenkt, hatte sie die dicke Luft, die zwischen ihnen herrschte, fast schon vergessen. Jetzt wurde ihr schlagartig wieder klar, dass ihnen die Auseinandersetzung noch bevorstand. Sie gönnte sich den Rest der Schokolade und las weiter.

Eine Stunde später erschien Josh in der Küche, wusch sich die Hände und holte die Cola aus dem Kühlschrank. Um die Wogen etwas zu glätten, stellte er zwei Gläser auf den Tisch. Sannah füllte das Essen auf die Teller und stellte es Josh wortlos vor die Nase. Sie setzte sich und fing an zu essen, ohne ihm Beachtung zu schenken. Den ganzen Tag hatte sie sich auf das Ragout gefreut. Zuhause machte sie es meist nur, wenn Besuch anstand. Für sich allein war ihr der Aufwand zu groß. Josh machte sich mit großem

Appetit über seine Portion her und entspannte sich etwas. Das Feuer war anscheinend heruntergebrannt, also wagte er einen Versuch. „Das ist gut", stellte er fest. „Was ist das?"
„Klapperschlangen-Ragout", antwortete sie schnippisch.
Er sah sie entgeistert an, das konnte sie unmöglich wissen. Oder hatte er sich mal verplappert? Er schluckte und machte sich auf gewaltige Brandblasen gefasst.
Das weitere Abendessen verlief wortlos. Danach kochte Sannah sich einen Tee und ging damit nach draußen. Josh blieb noch in der Küche sitzen und versuchte, den nötigen Mut zusammenzukratzen. Er stand auf und ging ihr hinterher. Sie hatte sich nicht wie üblich auf die Bank gesetzt, sondern vorn auf die oberste Stufe der Verandatreppe, und sah hinüber zu den Pferden. Er fasste sich ein Herz und setzte sich direkt hinter sie, so dass sie sich zwischen seinen Knien wiederfand. Sannah schwieg weiter, machte aber auch keine Anstalten aufzustehen. Josh sah das als Zeichen, dass sie bereit war ihm zuzuhören. Er legte seine Arme um sie und zog sie an sich heran.
„Lakota entschuldigen sich nicht. Unbedachte Worte oder Taten lassen sich dadurch nicht ungeschehen machen. Ich hätte heute Morgen besser schweigen sollen."
Sannah erwiderte nichts, sondern dachte über seine Worte nach. Er hatte völlig recht. Es war sogar viel sinnvoller als die verlogenen Umgangsformen der heutigen Gesellschaft. Alle logen, betrogen und verletzten sich gegenseitig und glaubten, mit einem geheuchelten Sorry oder einer Beichte wäre das Sündenkonto dann wieder auf Null. Doch dem war nicht so. Die anderen blieben mit Wunden zurück, und manche davon heilten nie. Stattdessen sollte man vorher darüber nachdenken, was man sagt. Für Sannah war das besser als jede Entschuldigung. Sie stellte ihre Tasse beiseite, drehte sich ein wenig zu ihm um und legte ihre Hände auf seine.
„Jonas ist ein Kollege von mir, der so nett ist, auf mein Haus aufzupassen. Er mäht den Rasen, gießt die Blumen und macht den Briefkasten leer. Dafür hat er hin und wieder eine Mail verdient, finde ich. Das nächste Mal schweigst du nicht, sondern fragst mich einfach."

Josh zog sie noch dichter an sich und küsste sie auf den Hals. „Danke."
„Wofür?", fragte sie.
„Für deine Großzügigkeit. Ich hatte mich im Geiste schon auf Brandblasen und blaue Flecke eingestellt", gestand er.
Sannah lachte. „Du kannst von Glück reden, dass die Baseball-Schläger in Pine Ridge ausverkauft waren", frotzelte sie.
„Mach das bitte nicht noch mal. Ich hab mir Sorgen gemacht."
Sie nickte und gab den kläglichen Rest ihres Widerstandes auf. Josh fing an, sie ganz sacht hin und her zu wiegen. Sannah schloss die Augen und schlief fast ein vor Wonne. Sie saßen eine ganze Weile so auf der Veranda und genossen die Nähe des anderen. Irgendwann murmelte Josh in ihr Ohr: „Ich hätte noch eine Frage."
„Hm", brummelte Sannah schläfrig.
„Schläfst du eigentlich immer nackt?", flüsterte er anzüglich. Sannah war schlagartig wieder hellwach. Offenbar hatte sie das Laken am Morgen nicht schnell genug hochgezogen.
„Das wüsstest du wohl gern", antwortete sie verschmitzt.
Josh strich sanft eine Strähne aus ihrem Gesicht. „Ja, das wüsste ich gern", sagte er leise.
Sie schälte sich langsam aus seiner Umarmung. „Ich werde es dir aber nicht verraten. Gute Nacht und träume was Schönes, was auch immer." Sie lächelte zweideutig, gab ihm einen flüchtigen Kuss auf die Wange, stand auf und ging ins Haus. Auf dem Weg in ihr Zimmer startete ihr limbisches System eine wütende Demonstration und protestierte lautstark gegen ihren Rückzug.
„Klappe!", flüsterte Sannah energisch. Sie wollte sich nicht zu noch größeren Dummheiten hinreißen lassen. Die Versuchung war zugegebenermaßen groß, allerdings waren die daraus resultierenden Konsequenzen noch größer. Sie war schon viel zu weit gegangen. Limbisia zuckte zusammen, ließ ihr Protestschild sinken und schmollte, während die Rottenmeier mit einem selbstgefälligen Lächeln am Schreibtisch saß und Papiere abheftete.
Josh aber blieb noch einen Moment draußen, beobachtete die Pferde und versuchte vergeblich, sein Kopfkino abzustellen.

Brot und Spiele

Sannah kletterte mit geradezu ekelhaft guter Laune aus dem Bett. Der kindische Streit war aus der Welt geschafft, sie freute sich auf den Ausritt mit den Kindern, und vom Brotteig war mehr als genug da, um noch frische Brötchen zu backen und endlich mal wieder „richtig" zu frühstücken.
Obwohl es noch früh am Morgen war, war es schon recht warm, und so entschied sie sich für ein Frühstück auf der Veranda. Es war schließlich Wochenende, auch wenn das am Arbeitspensum auf der Ranch nichts änderte. Sie zog ihre Stiefel an, um als Erstes die Pferde zu tränken und auf die Weide zu lassen, danach machte sie sich an die Brötchen.
Bei Josh war auch Wochenende. Mit offenen Haaren und barfuß kam er die Treppe runter, verschlafen wie immer.
„Gott sei Dank, der Morgenmuffel ist wieder da", bemerkte Sannah grinsend. „Als gut gelaunte Hausfrau warst du mir unheimlich."
Er gab ihr einen Klaps auf den Hintern. „Danke für die Blumen!", knurrte er scherzhaft. „Was riecht hier so gut?"
„Brötchen", sagte sie auf Deutsch.
„Was für'n Ding?"
„Wirst du schon sehen, Frühstück gibt's draußen", meinte sie, schnappte sich die Kaffeekanne und schob ihn vor die Tür.
Josh sah auf den gedeckten Tisch und dann hinüber zur Weide. „Betrachte dich hiermit offiziell als geraubt", verkündete er breit grinsend und setzte sich an den Tisch.
„Hört, hört, White Cloud hat gesprochen!", rief sie im Originalton der Fünfziger-Jahre-Western.
„Ho, hécetu welo!" – Nun, so sei es, sagte er und griff nach einem Brötchen. „Aber das mit dem Jeansflicken, das üben wir noch mal!" Er lachte.
„Das mit dem Smartphone-Einrichten auch", frotzelte sie zurück. „Hast du denn gestern ein Pferd verkauft?", erkundigte sie sich.
Josh nickte zufrieden.„Sogar zwei. Prinzessin konnte sich nicht entscheiden, und da hat Daddy tiefer in die Tasche gegriffen."

Sannah prustete los. „Dich hätte sie am liebsten gleich mit eingepackt“, stellte sie lachend fest. „Frei nach dem Motto: Safe your horse, ride a cowboy.“
Er verzog angewidert das Gesicht. „Danke, verzichte! Vor dieser Kriegsbemalung hatte ich Angst!“
Sie kringelte sich vor Lachen. „Wo war denn da der furchtlose Lakota?“
„Der hatte gestern frei“, erklärte er beleidigt. „Deswegen musste ich ja auch die Schmach ertragen, mich von einer halben Portion wie dir retten zu lassen. Aber dein fieser Blick hat gesessen. Danach packte sie ihr Silikon ein und gab Ruhe.“
„Gern geschehen, aber die halbe Portion merke ich mir!“ Sie hob drohend ihren Zeigefinger.
„Dann solltest du vielleicht mal anfangen zu essen“, mahnte Josh und schwang dabei das Buttermesser.
Sie schmierte sich ein Brötchen und schlug ein Ei auf. Schmunzelnd fing sie an zu essen.
„Das letzte Mal gab es am Tag meiner Abreise Brötchen zum Frühstück. Vor lauter Aufregung hab ich kaum was runtergekriegt“, erzählte Sannah.
Josh lächelte und fragte: „Warum warst du aufgeregt?“
„Ich wusste ja nicht, was mich hier erwarten würde. Ich hatte mir irgendwie alles ganz anders vorgestellt. Ein älteres Ehepaar mit mindestens sieben Kindern, jede Menge Trubel und ich mittendrin.“
Josh fing an zu lachen.„Da wärst du bei meinem Freund Randall an der richtigen Adresse gewesen. Er leitet das Horsemanship-Projekt in Pine Ridge. Jede Menge Kinder und Enkel, aber er hätte Schwierigkeiten gehabt, dich unterzubringen, deswegen bist du jetzt bei mir. An den sieben Kindern muss ich aber noch arbeiten“, räumte er ein. „Bist du jetzt enttäuscht, dass du stattdessen bei einem einsamen knurrigen Wolf gelandet bist?“
Sie schüttelte den Kopf. „Ganz im Gegenteil. Ich liebe die Ruhe hier draußen und ich bin froh, dass ich noch was anderes zu tun habe als nur zuschauen und fotografieren. Außerdem bist du nicht knurrig. Jedenfalls meistens“, gab sie lachend zu.
Er starrte nachdenklich in seinen Kaffeebecher. „Na ja, jetzt ist

Frühsommer, alles ist grün, und hier ist viel zu tun. Aber die Winter hier draußen sind hart und einsam. Manchmal kommt man tagelang nicht raus, weil alles zugeschneit ist, und die Blizzards sind lebensgefährlich. Im Winter würde es dir hier nicht mehr gefallen", meinte er überzeugt. Schließlich konnte er nicht ahnen, dass es Sannah nie zu kalt sein konnte.
„Darf ich dich mal was Persönliches fragen?", wollte sie wissen. Die Geschichte mit den Klapperschlangen und Kornnattern hatte sie neugierig gemacht. Josh nickte zustimmend.
„Warum lebst du ganz allein hier draußen?"
Josh atmete tief ein und senkte den Blick. Ihm war klar, dass sie sich mit einer kurzen Antwort nicht zufrieden geben würde. „Meine Mom ist abgehauen als ich fünf war, sie hat es hier nicht ausgehalten. Deswegen habe ich auch keine Geschwister. Dad hat mich allein großgezogen, wollte aber nie wieder heiraten. Er hat sein ganzes Leben lang gespart, um mich auf eine Universität außerhalb der Rez zu schicken, damit ich rauskomme und ein anderes Leben kennenlerne. Aber je länger ich dort war, desto mehr vermisste ich das Leben hier. An der Uni lief mir Chloe über den Weg. Mein Verstand setzte aus, und es dauerte Jahre, bis er wieder funktionierte. Sie hierher zu bringen, war dann der nächste Fehler. Ich wollte keinen Job in irgendeiner Stadt, dafür hätte ich mich zu sehr verbiegen müssen. Ich wollte aus mir keinen Apple machen lassen."
„Was ist ein Apple?", fragte Sannah irritiert.
„Außen rot, innen weiß. Chloe war ein Apple, ich habe das zu spät erkannt. Ich bin sehr traditionell aufgewachsen und stolz auf das, was ich bin. Ein Lakota. Ich will mich nicht schämen müssen, wenn ich einmal im Jahr zu Besuch auf die Rez fahre und mich ein zweites Mal schämen, wenn ich sie wieder verlasse. Das hier ist mein Land. Es war schon immer unser Land, und das gebe ich nicht auf. Sie hat das nie begriffen. Vor ein paar Jahren starb dann mein Vater, kurz danach ist Chloe auch abgehauen, genau wie meine Mutter. Seitdem bin ich hier allein. Als ich zehn war hatte meine Unci, meine Großmutter, einen Traum. Sie sagte, ich würde nie die richtige Frau finden, sie würde mich finden." Er lächelte, als er an seine Großmutter dachte. „Und dann sagte sie noch

etwas, das ich bis heute nicht verstanden habe. Sie sagte, diese Frau käme aus dem ewigen Eis."

Sannah erstarrte.

„Was auch immer sie damit gemeint haben mag, der erste Teil stimmt jedenfalls, ich habe die Suche aufgegeben", beendete er seine Geschichte.

Sannah schwieg betroffen; sie konnte die Resignation in seiner Stimme hören, und es machte sie traurig.

Tröstend legte sie ihre Hand auf seine und meinte: „Wer weiß, vielleicht behält Unci ja recht." Dabei lief ihr ein kalter Schauer über den Rücken, als hätte sie einen Geist gesehen.

Josh lächelte versonnen und machte sich an das nächste Brötchen. Er war froh, das Thema wechseln zu können. „Die Dinger sind sehr gut. Ich freue mich schon auf die Stockvariante. Aber wir machen das Feuer besser hier auf dem Hof. Ich will keinen Flächenbrand auslösen, sonst brauche ich mich beim Footballspiel gar nicht erst blicken zu lassen."

„Was ist noch zu tun, bis die Kinder kommen?"

„Mein neues Spielzeug in Betrieb nehmen."

„Machen wir gleich – und sonst?", bohrte sie weiter.

„Nichts, heute faulenzen wir mal. Bei der Hitze könnten wir auch schwimmen gehen", schlug er vor.

„Daraus wird leider nichts, ich habe keinen Badeanzug dabei", meinte sie enttäuscht.

„Das stört mich nicht", versicherte er frech.

„Dachte ich mir. Aber mich!", stellte sie klar.

„Spielverderber!", murrte Josh. „Ich muss demnächst noch mal nach Rapid, ich nehme dich mit und setzte dich für ein paar Stunden im Shoppingcenter aus, dann kaufst du dir einen knappen Bikini und ich erledige meinen Kram." Josh hatte ein verräterisches Funkeln in den Augen.

„Badeanzug!", korrigierte sie ihn.

Er zog demonstrativ eine Flunsch und schmollte. „Du gönnst mir aber auch gar nichts."

„Ich bin auch sehr traditionell aufgewachsen, und das bedeutete, dass ein Mädchen nicht zu viel zeigen sollte. Weihnachtsgeschenke wickelt man ja auch nicht in Klarsichtfolie."

„Nein, aber die darf man auspacken", hielt er lachend dagegen. Dann stand er auf und holte sein Handy. Es dauerte keine fünf Minuten, und er saß zufrieden mit dem Ding auf der Bank und suchte sich den passenden Klingelton aus.
Sannah flüchtete vor dem Gedudel in ihr Zimmer und holte das Buch. Sie zeigte ihm noch, wie man seine Visitenkarte verschickt, und er begann damit, alle Telefonnummern abzuspeichern. Josh zauberte zwei alte Liegestühle aus dem Schuppen, und sie verbrachten den restlichen Vormittag faul im Schatten der Veranda. Mit einem skeptischen Blick schnappte er sich ihr Buch und verzog spöttisch das Gesicht. Er las ein paar Zeilen der Liebesschnulze und fing an zu lachen. „Du hattest schon lange keinen Freund mehr, oder?"
Sannah lief rot an. „Was anderes hatten sie im Supermarkt nicht", verteidigte sie sich empört.
„Ausrede! Man muss echt verzweifelt sein, um das zu lesen", frotzelte er weiter und amüsierte sich köstlich über ihren verkniffenen Gesichtsausdruck.

Gegen Mittag tauchte unvermittelt Tyler auf, zwei Stunden zu früh.
„Hey, Tyler, geht deine Uhr falsch?", fragte Josh.
Tyler schüttelte den Kopf und erklärte: „Nein, mein Dad hat schlechte Laune, da hab ich mich lieber verzogen."
Joshs Miene verfinsterte sich. Er wusste, was das bedeutete. Daryl war wieder betrunken.
Sannah sah die beiden verwirrt an. Sein Dad? Sie würde immer noch Stein und Bein schwören, dass Josh Tys Vater war.
Josh bemerkte ihren ratlosen Gesichtsausdruck. „Hast du heute schon was gegessen?", fragte er den Jungen, um Sannahs Augenmerk auf etwas Anderes zu lenken. Wieder schüttelte Tyler den Kopf.
Sie reagierte, wie Josh es erwartet hatte: Sannah stand auf und schob Tyler vor sich her. „Komm, Ty. Du bekommst jetzt erst mal einen Eistee, und dann kannst du mir beim Tisch decken helfen, wenn du magst."
Tyler lächelte dankbar und ging mit Sannah in die Küche.

Als die beiden um die Ecke verschwunden waren, ballte Josh die Fäuste und biss die Zähne aufeinander. Er kochte vor Wut.

Kurze Zeit später stand das Essen auf dem Tisch. Tyler futterte drauflos und strahlte. „Das ist lecker, was ist das?"
„Schlangenfraß", blödelte Josh mit einem Augenzwinkern.
Tyler, der den Wortwitz nicht verstanden hatte, sah Josh empört an. „Das ist doch kein Fraß!", protestierte er.
Sannah lächelte süffisant, solidarisierte sich mit Tyler und warf Josh einen pikierten Blick zu.
Der hob lachend die Hände und deutete auf Sannah. „Das ist nicht auf meinem Mist gewachsen!", beteuerte er unschuldig.
„Das ist Hähnchen-Ragout", erklärte sie.
„Schön, dass ich das jetzt auch weiß", stellte Josh grinsend fest.
Sannah spendierte noch ein bisschen Schokolade zum Nachtisch. Normalerweise war sie kein Freund davon, Kinder mit Süßigkeiten vollzustopfen, aber bei Tyler hatte sie den Eindruck, dass er so etwas sonst nicht bekam. Er hatte sich ausgehungert aufs Essen gestürzt, seine Kleidung war alt und verschlissen, die Schuhe kaputt. Der Junge lebte unterhalb der Armutsgrenze, wie so viele im Reservat.

Nach dem Mittagessen klopfte Josh Tyler auf die Schulter. „Du kannst mir helfen, ich will vor unserem Ausritt noch den Wallach bewegen, damit er nachher nicht mit Sannah nach Nebraska rennt." Er grinste breit, und die Jungs ließen sie konsterniert zurück.
Sannah sah den beiden hinterher und räumte mit einem mulmigen Gefühl im Magen den Tisch ab. Den sechshundert Kilo schweren Kindskopf auf dem Platz zu reiten, war *eine* Sache. Im offenen Gelände sah das schon ganz anders aus. Deswegen hatte Josh ihn wohl auch gestern mit auf die Weide genommen, vermutete sie, um zu testen, ob sich das Pferd benehmen würde.

Als sie auf der kleinen Weide angekommen waren, grinste Tyler Josh an. „Sie ist echt nett, ist sie deine Freundin?"
„Nein", antwortete Josh mit einem kleinen Lächeln im Gesicht.

„Schade!“, meinte Tyler, dem der leicht bedauernde Tonfall in Joshs Stimme nicht entgangen war. „Dann solltest du dich besser ranhalten, bevor ein anderer sie dir wegschnappt“, riet er altklug. Josh traute seinen Ohren kaum und sah Tyler verblüfft an. „So, so, und was macht dich zum Experten in puncto Frauen?“, fragte er schmunzelnd.
„Na, ich bin ja schließlich schon dreizehn und kein Baby mehr! In der Schule laufen mir alle Mädchen hinterher“, erklärte Tyler selbstbewusst.
Josh verkniff sich das Lachen und sah Tyler ernst an. „Lass dir aber noch ein paar Jahre Zeit, bevor du mit einem Mädchen ins Bett gehst, sonst hast du nämlich ganz schnell ein eigenes Baby!“
Tyler lief schlagartig rot an und nickte verlegen.
Josh drückte ihm ein Halfter in die Hand und schickte ihn los, den Wallach zu holen. Er grübelte vor sich hin, bis Tyler mit dem Pferd zurückkam.

Eine Stunde später setzte sich der ganze Trupp in Bewegung. Josh ritt voran, und Sannah bildete die Nachhut. Die Kinder hatten, trotz der Hitze, gute Laune und freuten sich auf einen schönen Nachmittag. Josh hatte ihnen noch nichts vom geplanten Lagerfeuer erzählt, das sollte eine Überraschung werden. Er sah immer wieder nach hinten, um sich zu vergewissern, dass Sannah mit der Dynamitstange zurecht kam. Aber das Pferd trottete vergnügt mit den anderen mit, und Sannah saß entspannt im Sattel und freute sich darüber, die Gegend zu erkunden. Die Gruppe ritt entlang des Baches und blieb daher meistens im Schatten der Büsche und Bäume.
Tyler ließ sein Pferd zurückfallen, bis er neben Sannah angelangt war. „Du bist mutig. Ich würde mit dem noch nicht ausreiten“, gab er offen zu, während er auf ihr Pferd deutete.
Sannah versuchte, ihr mulmiges Gefühl zu unterdrücken. „Josh hätte ihn mir nicht gegeben, wenn er sich nicht sicher wäre, dass ich das überlebe“, sagte sie und versuchte, möglichst überzeugt zu klingen.
Tyler warf ihr einen schelmischen Blick zu. „Du musst ihn sehr mögen, wenn du ihm dein Leben anvertraust.“

Ihr entging nicht sein neugieriger Gesichtsausdruck, aber sie wollte auch nicht lügen. „Ja, ich mag ihn", erwiderte sie schmunzelnd und fragte sich, was der Junge wohl im Schilde führte.
Tyler lächelte zufrieden. „Er mag dich auch", stellte er fest. „Zieh doch mal ein hübsches Kleid an, das würde ihm bestimmt auch gefallen."
Sannah fing an zu lachen.
„Hast du noch mehr gute Ratschläge?"
Tyler schüttelte mit einem frechen Grinsen den Kopf. „Erst mal nicht, aber mir fällt bestimmt noch was ein."
„Da bin ich mir sicher. Wohin reiten wir eigentlich?", fragte sie, um das Thema zu wechseln.
Tyler zog die Schultern hoch. „Keine Ahnung, ich kenne mich hier auch nicht aus."
„Aber du wohnst doch hier?", fragte sie erstaunt.
„Noch nicht lange. Wir sind erst im Winter von der Cheyenne River Reservation hierher gezogen. Erst wollte ich nicht, aber hier ist es besser. Ich muss nicht mehr so weit zur Schule laufen, und wir haben jetzt Strom und fließendes Wasser im Haus. Früher brauchte ich über eine Stunde zur Schule, und nachmittags musste ich Wasser holen. Jetzt habe ich Zeit für die Hausaufgaben und zum Reiten." Sannah versuchte sich nicht anmerken zu lassen, wie erschüttert sie war. Sie dachte an die Kinder zu Hause, die den halben Tag vor ihrem Computer saßen und sich gar nicht klar darüber waren, in welchem Luxus sie lebten. Für Tyler waren fließendes Wasser und Freizeit Luxus.
„Finde ich gut, dass dir die Schule wichtig ist", lobte sie.
Er nickte. „Seit ich weiß, dass in Kyle ein College ist, will ich dahin. Ich weiß noch nicht, ob ich das schaffe, aber ich will es wenigstens versuchen."
„Das schaffst du bestimmt, und ich bin sicher, dass Josh dir dabei hilft, wenn es mal schwierig wird".
„Hat er auch schon gesagt, und ich darf immer auf die Ranch kommen, wenn Dad miese Laune hat. Früher bin ich dann immer draußen herumgelaufen, auch im Winter." Er schluckte den Kloß im Hals runter. „Willst du nicht nach vorne zu Josh reiten?", schlug Tyler vor und deutete auf ihre Kamera, die Sannah sorg-

fältig am Sattel festgebunden hatte. „Dann kannst du wieder Fotos machen, wenn wir an dir vorbeireiten."
„Gute Idee! Dann bleibst du aber hier hinten und passt auf, dass die Jüngeren nicht verlorengehen." Sie trieb ihr Pferd vorwärts, an den Kindern vorbei, bis sie Josh erreicht hatte.
„Alles in Ordnung?", fragte er und strahlte sie an.
„Alles bestens. Ty hat vorgeschlagen, ein paar Fotos zu machen, während ihr an mir vorbeireitet."
„Das kannst du nachher machen", sagte er. „Jetzt wollen wir galoppieren."
Sie hatten offenes Gelände erreicht, und das Grasland breitete sich scheinbar endlos, in sanften Wellen vor ihnen aus. Der Anblick war unbeschreiblich schön.
„Wir galoppieren jetzt, bis wir die Furt am Creek erreichen", rief Josh den Kindern zu. „Bleibt möglichst zusammen." Er galoppierte an, hielt aber ein gemäßigtes Tempo.
Das ließ sich Sannahs Teenager auf vier Beinen nicht zweimal sagen. Beim Anblick der freien Fläche ging sein Temperament mit ihm durch. Josh sah sich gerade nach den Kindern um, als der Wallach Gas gab und über die Ebene auf den nächsten Hügel zu raste. Sannah geriet nicht in Panik, sondern ließ ihn laufen und versuchte gar nicht erst, ihn zurückhalten zu wollen. Sie wusste, er würde sich nicht bremsen lassen. Je schneller das Pferd wurde, desto flacher wurden die Bewegungen seines Rückens. Sie gab ihm mehr Zügel und ging in den leichten Sitz, um den Sattel zu entlasten. Der Wallach galoppierte fast ungebremst mit ihr den Hügel hinauf und verschwand hinter der Kuppe aus der Sichtweite der anderen.
Josh hatte erst im letzten Moment bemerkt, was los war, und wendete sich wieder nach vorn. Gerade noch rechtzeitig, um Sannah hinter dem Hügel verschwinden zu sehen. Panik erfasste ihn. „Ihr bleibt hier!", schrie er laut. „Ty passt auf!" Dann trieb Josh sein Pferd an und jagte ihr hinterher.

Sannah war wie im Rausch. Der Wind wehte ihr ins Gesicht und zerrte an ihrem Haar und der Mähne des Pferdes. Die Landschaft zog an ihr vorbei, und sie hörte nur noch das dumpfe Geräusch

der Hufe auf dem Grasboden, wie einen Herzschlag, der sie regelrecht in Trance versetzte. Sie hatte das Gefühl zu fliegen, frei wie ein Vogel. Die schier unendliche Landschaft vor Augen, wollte sie am liebsten nie wieder anhalten. Ihr Pferd jagte den nächsten sanften Hügel hinauf.
Josh war gerade auf der Kuppe des ersten angekommen, als er sah, dass sie mit unverminderter Geschwindigkeit schon wieder drohte, aus seinem Blickfeld zu verschwinden. Wenigstens war das Pferd nicht gestürzt, und sie saß noch im Sattel. Einen Augenblick später war sie nicht mehr zu sehen. „Verdammt", fluchte er und folgte ihr.

An der Furt holte er sie ein. Sannah hatte es geschafft, ihr Pferd vor dem Bach zum Stehen zu bringen, und sah völlig entrückt auf das glitzernde Wasser. Als sie Josh hinter sich hörte, wendete sie ihr Pferd und strahlte ihn an. Ihr Atem ging keuchend, das unbändige Gefühl von Freiheit stand ihr ins Gesicht geschrieben und ihre großen dunklen Augen funkelten wie die Wasseroberfläche des Bachs. Sie sprühte geradezu vor unerschöpflicher Lebensfreude.
„Das war himmlisch!", rief sie übermütig.
Ihr Anblick raubte ihm den Verstand. Er stieg vom Pferd, zog sie aus dem Sattel und drückte sie an sich, unendlich erleichtert, dass ihr nichts passiert war. Allein die Vorstellung, er hätte Sannah am Boden liegend gefunden, jagte ihm Schauer des Entsetzens über den Rücken. Josh sah sie an und strich ihr sanft das zerzauste Haar aus dem Gesicht. „Ich hatte Angst um dich", sagte er einfach, obwohl das längst nicht alles war, was in seinem Inneren an Gefühlen tobte.
Sannah war immer noch atemlos, und der Umstand, dass er sie im Arm hielt und sie mit seinen schwarzen Augen förmlich auffraß, trug auch nicht gerade dazu bei, dass sie sich beruhigte. Sie schluckte trocken.
„Wir sollten zurückreiten, die Kinder sind allein", appellierte sie an sein Verantwortungsgefühl.
Josh löste nur zögernd seine Umarmung. „Du hast recht", meinte er und steuerte auf Sannahs Pferd zu.

„Nichts da! Das ist meiner!“, protestierte sie energisch und schob ihn mit sanfter Gewalt von ihrem Pferd weg.
„Du willst da wieder drauf?“, fragte er freudig überrascht.
„Na klar!“, erwiderte sie, immer noch ganz euphorisch von dem wilden Ritt. „Wie hast du so schön gesagt? Der hat sein Pulver für heute verschossen. Außerdem war das besser als Sex!“
‚Ups, an diesem Freudschen Versprecher hätte Sigmund seine wahre Freude gehabt‘, dachte sie und biss sich auf die Lippe.
Josh war für den Bruchteil einer Sekunde das Lächeln aus dem Gesicht gekippt und hatte dem Erstaunen Platz gemacht, bevor er anfing schallend zu lachen. Seine ganze Anspannung löste sich und schüttelte ihn derart durch, dass er kaum noch dazu fähig war, in den Sattel zu steigen.
Sannah saß mittlerweile wieder auf ihrem Pferd und strafte ihn mit einem missbilligenden Blick. „Nun krieg dich mal wieder ein. So lustig war das jetzt auch nicht. Mit einem Kopfschütteln setzte sie ihr Pferd in Bewegung.
Josh japste nach Luft und rang vergeblich um Fassung. „Doch!“ Er lachte und hangelte sich am Sattel hoch. „Erst recht nach deiner Moralpredigt über knappe Bikinis! Wenn ich auch nur geahnt hätte, was in deinem Kopf vorgeht, hätte ich dich eben geküsst und dir die Klamotten vom Leib gerissen!“
Sannah lief rot an, was ihn nur zu einer neuerlichen Lachsalve anfeuerte. Sie ritten den Hügel empor und waren fast schon oben angekommen, als sich sein Lachen in ein hämisches Grinsen verwandelte und das Raubtier mit einem riesigen Satz aus ihm herausbrach. „Aber das kann ich ja nachholen“, drohte er amüsiert. Sannah kreischte und floh im Galopp vor ihm davon.

Die Kinder hatten inzwischen auf der Hügelkuppe Position bezogen, um einen besseren Überblick zu haben, als sie sahen, wie Sannah kreischend auf die andere Kuppe galoppierte. Einen Moment später jagte Josh mit einem wilden Kriegsschrei hinter ihr her.
Sie raste den Hügel hinab, direkt auf die Kinder zu, und rief: „Ómakiya pe! Tóka! Ómakiya pe!“ – Helft mir! Ein Feind! Helft mir! Dabei deutete sie auf Josh.

Die Kinder johlten vor Vergnügen und galoppierten auf Josh zu, um ihn von Sannah abzudrängen. Sannahs Wallach war schneller, weil er weniger Gewicht zu tragen hatte, und so erreichte sie die wilde Horde der Kinder, die nun anfingen Josh zu verfolgen. Der hatte, angesichts der Übermacht, die Sannah mobilisiert hatte, abgedreht und schlug nun mit seinem Pferd Haken, die nur ein gut ausgebildetes Cutting-Pferd fertigbrachte, um Rinder einzufangen.
Die Kinder hefteten sich entschlossen an seine Fersen und begannen eine wilde Hetzjagd auf Josh. Sannah ließ sich ein wenig zurückfallen, um den Kids nicht in die Quere zu kommen. Außerdem konnte sie sich vor Lachen kaum noch im Sattel halten. Sie wusste nicht, wann sie das letzte Mal so viel Spaß gehabt hatte. Die Kinder saßen ihm immer noch im Genick und trieben ihn, mit wildem Geschrei, über den Hügel. Sie beeilte sich hinterherzukommen. An der Furt hatten sie Josh umzingelt und zum Stehen gebracht. Sie stürzten sich begeistert auf ihn und zerrten ihn lachend vom Pferd. Er spielte amüsiert mit und ergab sich.

Sannah stieg aus dem Sattel und warf dem am Boden liegenden Josh einen verschmitzten Blick zu. Er konnte sich nur mit Mühe das Lachen verkneifen und spielte weiter den Gefangenen. Die Mädchen hatten mittlerweile einen Strick aus den langen Grashalmen geflochten und fesselten Josh kichernd die Handgelenke.
„Was machen wir jetzt mit ihm?“, fragte Tyler barsch. Seine Augen leuchteten vor Vergnügen.
„Wir machen hier Rast, bis sich die Pferde erholt haben, dann brechen wir auf und nehmen ihn mit in unser Lager. Dort werden wir am Feuer beraten, was mit dem feindlichen Krieger geschehen soll“, verkündete Sannah bierernst.
„Hécetu!“, stimmte Tyler zu.
„Kühlt euch ab und tränkt die Pferde“, sagte sie zu den Kindern. „Ich bewache ihn!“
Josh hatte sich hochgerappelt, und Sannah schob ihn vor sich her in den Schatten eines Baumes, während die Kinder vergnügt im Wasser planschten. Sie holte ihre Kamera und machte ein paar Fotos, unter anderem auch von Josh, der sich Mitleid heischend,

mit gefesselten Händen hingesetzt und an den Stamm gelehnt hatte. Die Kinder schöpften Wasser in ihre Hände, kamen nun auf Josh zu und spritzten ihn damit voll.
„Hécun schni po! – Tut das nicht, brüllte er grimmig und schlug die kichernden Kinder in die Flucht.
Sannah drückte lachend weiter auf den Auslöser und befestigte die Kamera dann wieder am Sattel. Ihr Wallach stand mittlerweile am Bach und löschte seinen Durst, und so kühlte sie sich auch ein bisschen ab und kehrte dann zu dem Gefangenen zurück. Sie setzte sich neben Josh unter den Baum, grinste frech und amüsierte sich köstlich bei diesem Spiel.
„Das wirst du mir heute Abend büßen!“, raunte er ihr schmunzelnd zu.
„Drohe mir lieber nicht, Machpíya-Ska!“, sagte sie und nannte seinen Namen, White Cloud, auf Lakota. „Du weißt nicht, wozu ich noch fähig bin“, drohte sie unheilvoll.
„Na, so langsam geht mir ein Licht auf, dass man kleine Mädchen nicht unterschätzen sollte. Jedenfalls ist dein Sprachführer bemerkenswert. Ich wusste gar nicht, dass „Helft mir, ein Feind!“ zu den Höflichkeitsfloskeln gehört.“
„Man muss für alles gewappnet sein, schließlich kann man ja nie wissen, ob das mal nützlich ist. Ich kann sogar nach dem Klo fragen“, versicherte sie stolz.
„Nur blöd, dass hier keins ist“, frotzelte er zurück.
Die Pferde zupften genüsslich das frische Grün am Bachufer, die Kinder hatten sich abgekühlt und lagen im Gras.
Josh sah auf seine Uhr. „Wir sollten allmählich zurück, sonst wird es für das Feuer ein bisschen spät.“

Sannah rief die Kinder zusammen und blies zum Aufbruch. Ein paar Minuten später setzte sich der Trupp in Bewegung. Tyler ritt voraus, Sannah und Josh bildeten das Schlusslicht. Er fummelte an seinen Fesseln aus Gras herum.
„Willst du dich befreien und flüchten?“, unterstellte Sannah.
Josh sah sie vorwurfsvoll an. „Hältst du mich für einen Feigling? Das hat sich vorhin schon in Wohlgefallen aufgelöst. Ich halte es nur fest, damit die Kids nachher nicht enttäuscht sind!“

Sie lächelte versonnen. „Der Ausritt erinnert mich an meine Kindheit. Ich habe mit den Kindern aus der Nachbarschaft immer Cowboy und Indianer gespielt, aber es hat mir noch nie so viel Spaß gemacht wie heute."
„Liegt vielleicht daran, dass du heute mit echten Indianern gespielt hast und nicht ein Cowboy dabei war", höhnte Josh lachend.
„Vielleicht" sagte sie. „Echte Pferde hatten wir damals auch noch nicht."
„Wer hat gewonnen?", wollte Josh wissen.
„Die Indianer natürlich! Die Cowboys wurden am Marterpfahl festgebunden, und wir tanzten laut schreiend drumherum und haben unseren Sieg gefeiert. Hinterher hat mein Vater dann ein Feuer gemacht und es gab Stockbrot und Würstchen."
Er fing an zu lachen und fragte ungläubig: „Marterpfahl?"
Sannah biss sich auf die Zunge und schalt sich selbst, weil sie den Fettnapf mal wieder zu spät erkannt hatte. „Entschuldige. Ich wollte nicht unhöflich sein. Wir waren Kinder! Alles, was ich über eure Kultur zu wissen glaubte, stammte aus Büchern von Karl May, und der hatte ja bekanntlich auch keine Ahnung!"
Josh lächelte versöhnlich. „Hab ich auch gelesen. Das Buch hat mir mal ein Tourist geschenkt. Ich konnte diesen weichgespülten Apachen nicht leiden. Er nannte uns die feigen Kröten der Ogallallahs. Oglala auch noch falsch geschrieben", spottete er. „Was hast du denn gespielt, den Cowboy oder den Indianer?"
„Wir haben uns immer abgewechselt, jeder musste mal den bösen Cowboy spielen, aber ich hatte als kleines Mädchen langes Haar. Es reichte mir fast bis zum Hintern. Deswegen war ich immer ein Indianer, ganz einfach, weil ich wie einer aussah", antwortete sie.
„Tust du immer noch, ich bin auch darauf hereingefallen, als ich dich zum ersten Mal sah. Nur schade, dass du die langen Haare nicht mehr hast." Dabei versuchte er sich vorzustellen, wie sie wohl mit langen Haaren aussehen würde.
„Als ich meine Facharztausbildung begonnen hatte, habe ich sie abgeschnitten. Sie passten nicht unter die OP-Haube", erklärte sie ein bisschen traurig.
„Scheiß Job!", stellte Josh grinsend fest.

Kurze Zeit später erreichten sie die Ranch. Sannah spielte, zur Begeisterung der Kinder, das Spiel weiter.
„Der Gefangene soll Feuer machen! Zwei von euch bewachen ihn dabei, die anderen bringen die Pferde zurück auf die Weide, eure eigenen Pferde stellt ihr auf den Reitplatz“, verkündete sie und nahm die Kamera vom Sattel, um später noch Fotos vom Lagerfeuer zu machen.
„Wie soll ich Feuer machen, wenn meine Hände gefesselt sind?“, warf Josh ein. „Schneidet mich los! Oder habt ihr Angst vor mir?“, fragte er provozierend und streckte stolz das Kinn vor.
Tyler hatte ein Einsehen und riss die Graszöpfe von Joshs Handgelenken, ohne zu bemerken, dass Josh die losen Enden festhielt. Josh machte einen Satz auf die Kinder zu und brüllte wie ein Stier. Die Kinder rannten lachend und kreischend davon und kümmerten sich dann um die Pferde.
Josh begann mit Tyler und einem anderen Jungen Feuer zu machen. Er hatte den Grillplatz schon am Vorabend vorbereitet, und so fehlte nur ein Feuerzeug und ein bisschen Papier, um das aufgestapelte Holz in Brand zu setzten. Er klopfte vorher noch auf den Stapel, um sicher zu gehen, dass sich in der Zwischenzeit keine Schlange darunter verkrochen hatte. Niemand wollte sich beißen lassen, aber eine Schlange verletzen wollte er auch nicht. Sannah kümmerte sich indessen um das Essen. Sie lud Würstchen, Brotteig, Getränke und die Stöcke in einen großen Wäschekorb und trug alles zum Grillplatz.
Nach und nach trudelten die Kinder wieder ein und setzten sich auf die Stämme, die im Quadrat um das Feuer herum lagen. Ihre Augen blitzten vor Neugier, was als Nächstes geschehen würde. Sannah verteilte die Stöcke, erklärte, wie man am besten die Würstchen aufspießt, und half den Jüngeren dabei, den Teig um die Stöcke zu wickeln. Die Kinder strahlten, plapperten fröhlich durcheinander und freuten sich auf das ungewöhnliche Essen. Bald saßen alle gespannt am Feuer und drehten sorgfältig ihre Spieße, damit die Würstchen nicht verbrannten.

Josh hatte sich in einer Ecke auf den Boden gesetzt, lehnte entspannt an einem der Stämme, die als Sitzbank dienten, und beobachtete das Treiben mit großer Zufriedenheit. Sannah hatte einen einfachen Ausritt in ein großes Abenteuerspiel verwandelt und ganz nebenbei auch noch dafür gesorgt, dass sich ein Sinn für Gemeinschaft und Zusammenhalt entwickelt hatte. Er liebte es zu sehen, wie herzlich sie mit den Kindern umging. Kinder ließen sich nicht so leicht hinters Licht führen, sie hatten ein natürliches Gespür dafür, ob es jemand ehrlich mit ihnen meinte oder seine Freundlichkeit nur vortäuschte. Sannah schenkte ihnen ihre ungeteilte Aufmerksamkeit, und dafür hatten die Kinder sie in ihr Herz geschlossen. Er hatte bemerkte, dass Tyler ihre Nähe suchte, und lächelte. Hatte Tyler versucht, Amor zu spielen, weil er wollte, dass sie dablieb?

„Was geschieht jetzt mit dem Gefangenen?“, fragte Sannah in die Runde und zwinkerte Josh zu. Der erwachte aus seinen Gedanken und bemühte sich, ein ängstliches Gesicht zu machen.

„Er wollte Sannah entführen, zur Strafe muss er sie jetzt heiraten, um ihre Ehre wiederherzustellen“, schlug Tyler vor und konnte sich das Lachen nicht verkneifen.

Die Kinder kicherten, und Sannah warf Tyler einen empörten Blick zu.

„Das ist doch keine Strafe, sondern eine Belohnung!“, stellte eins der älteren Mädchen kopfschüttelnd fest. Die anderen nickten zustimmend, und Josh griente still vor sich hin.

„Josh muss etwas für uns tun“, sagte der andere Junge, der beim Feuermachen geholfen hatte.

„Und was soll ich tun, damit Sannahs Ehre wiederhergestellt wird?“, fragte Josh grinsend.

„Olówan wan unkáhiyayapi ye!“, bat das ältere Mädchen.

„Ich soll singen?“, fragte Josh ungläubig.

„Ja, so wie früher auf den Powwows“, riefen die anderen begeistert.

Josh erhob sich. „Na schön! Olówan wan cicáhiyayapi kte lo“ – Ich werde ein Lied für euch singen. Er drückte der verblüfften Sannah, die nur Bahnhof verstanden hatte, seinen Spieß in die Hand und ging zum Haus. Kurze Zeit später kam er mit einer Handtrommel und einem kleinen Schläger zurück. Josh legte die Trommel vorsichtig neben sich auf den Stamm und setzte sich ne-

ben Sannah. „Jetzt essen wir aber erst mal", meinte er und nahm ihr den Spieß wieder ab.
Sannah machte noch ein paar Fotos, bevor auch sie sich mit Genuss über Würstchen und Brot hermachte. Alle aßen mit großem Appetit, und die Stöcke wurden ein zweites Mal mit Würstchen und Brotteig bestückt. Sannah hielt wieder den Spieß für Josh, während er sich die Finger an der Hose sauberwischte und nach seiner Trommel griff.
„Cicilowan kte lo" – Ich werde für dich singen, sagte er ernst zu ihr.
Sie verstand die Worte nicht, aber die Art, wie er es sagte, ließ sie ahnen, was er meinte. Josh schlug einen langsamen Takt, der sich wie ein Herzschlag anhörte und begann zu singen. In Sannahs Ohren klang es wunderschön und auch ein bisschen traurig. Die Kinder verstummten und lauschten andächtig dem alten Lied aus längst vergangenen Tagen. Der Takt der Trommel und Joshs dunkle, sanfte Stimme legten sich wie ein Zauber über die Feuerstelle. Es ergriff ihre Herzen, und bald blickten alle entrückt in die Flammen. Als ob die Schatten der Vergangenheit sich erhoben und langsam, gemessenen Schrittes, um das Feuer tanzten.

Den Abend ließen sie am Feuer ausklingen. Josh hatte noch ein wenig Holz nachgelegt. Die Kinder waren abgeholt worden oder mit ihren eigenen Pferden nach Hause geritten; er hatte die Herde zur Tränke gebracht, während Sannah aufgeräumt und Tee gekocht hatte. Nun saßen sie am Feuer und hielten die Reste des Abendessens am Spieß über die Flammen. Mit kindlicher Begeisterung wickelte Josh den Teig um den Holzstock und aß das fertige Brot mit ein bisschen Erdnussbutter. Von den Würstchen war nichts übrig geblieben.
Sannah trank ihren Tee und blickte versonnen in die Flammen. Die Sonne war im Begriff, unterzugehen, und das Feuer kam erst jetzt richtig zur Geltung. Sie saß neben Josh auf dem Boden, lehnte sich entspannt mit dem Rücken gegen den Stamm und ließ den Tag Revue passieren. So glücklich und losgelöst hatte sie sich schon seit langer Zeit nicht mehr gefühlt. Sie hatte sogar von ihrem Vater erzählt, ohne dass es wehgetan hatte. Zum ersten Mal

konnte sie sich einfach nur an die schönen Zeiten erinnern und dabei lächeln. Es war, als wäre eine Zentnerlast von ihr abgefallen, und sie atmete erleichtert durch.
Josh bemerkte ihre geistige Abwesenheit, aber er fragte nicht, was los war, sondern strich ihr nur zärtlich eine widerspenstige Strähne aus dem Gesicht und legte seinen Arm um sie.
Sannah kehrte gedanklich zurück in die Wirklichkeit und kuschelte sich wie selbstverständlich an seine Schulter. „Was für ein schöner Tag", seufzte sie glücklich und strahlte ihn an.
Die Reflexion des Feuers tanzte in ihren Augen, und das warme Licht ließ ihr Gesicht leuchten, ihre ernsten Züge wirkten weicher. Er versank in ihren Augen und drohte zu ertrinken. Sein Herz schlug schneller, und wieder wurde ihm bewusst, wie sehr er diese Abende mit ihr liebte. Er konnte und wollte sich nicht vorstellen, dass er in absehbarer Zeit wieder allein sein würde. Er drückte sie fester an sich und riss sich nur schwer von dem Bedürfnis los, sie zu küssen. Noch nicht, mahnte eine Stimme in seinem Kopf. Er schluckte trocken und widmete sich wieder dem Brot über dem Feuer.
Sannah hatte das Raubtier erwachen sehen, aber sie hatte auch bemerkt, dass er es mühsam zurückhielt. Fast ein bisschen enttäuscht darüber, goss sie ein klein wenig Öl ins Feuer. „Mir wurde heute dazu geraten, mal ein schönes Kleid anzuziehen, weil dir das gefallen könnte", verriet sie ihm und lächelte verschwörerisch.
Josh fing an zu lachen und schüttelte den Kopf. „Der Rat kam nicht zufällig von demselben jungen Mann, der mir heute geraten hat, mich ranzuhalten, bevor dich ein anderer wegschnappt?", erwiderte er.
Sie kicherte ausgelassen. „Dieser kleine Schwerenöter hat es mit seinen vierzehn Jahren aber faustdick hinter den Ohren", stellte sie amüsiert fest.
„Dreizehn", korrigierte Josh unwillkürlich. Sannah horchte erstaunt auf, sie war sich ziemlich sicher, dass Josh nicht wusste,wie alt die anderen Kinder genau waren. Bei Tyler wusste er es. „In der Schule laufen ihm alle Mädchen hinterher", ergänzte er grinsend.

„Das glaube ich gern. In drei Jahren werden sie ihm die Tür einrennen."
„Werden sie nicht, denn das gehört sich für Mädchen nicht", widersprach Josh. „Aber es gibt andere Wege. Heimliche." Dann wurde er ernst. „Ich hoffe nur, das er dann so vernünftig ist und dem aus dem Weg geht. Wir haben hier schon zu viele Mütter im Teenager-Alter."
Für Sannah hörte es sich an, als ob er genau wusste, wovon er sprach.
Er sah ihren erstaunten Gesichtsausdruck und wechselte das Thema. „Und? Wann ziehst du ein Kleid an?", fragte er herausfordernd.
„Ich habe gar keins dabei", stellte sie trocken fest.
Josh sah sie mit gespielter Empörung an. „Und was war dann alles in deinem schweren Koffer, wenn du die wichtigsten Sachen, wie Bikini und Kleider, vergessen hast?"
„Konnte ich ja nicht ahnen, dass hier gewisse Leute so darauf versessen sind, mich im Bikini oder Kleid zu sehen", frotzelte sie breit grinsend.
„Gewisse Leute?", fragte er drohend und beugte sich zu ihr herunter.
Sannah versuchte ihm auszuweichen, was nicht gelang, da er sie noch immer im Arm hielt.
„Genau! Gewisse Leute, die auch behaupten, an mir sei nichts dran!", stichelte sie weiter.
Josh schmunzelte hämisch, legte seinen Brotspieß beiseite und stürzte sich mit Gebrüll auf sie. Sannah kreischte und versuchte sich zu befreien, als er anfing sie zu kitzeln. Sie zappelte und strampelte unter ihm und hielt vergeblich seine Hände fest, während sie vor Lachen fast keine Luft mehr bekam.
„Hör auf!", flehte sie atemlos.
„Nur wenn du versprichst, einen Bikini zu kaufen!", forderte er und machte unvermindert weiter.
In ihrem Oberstübchen sprang Limbisia wie wild auf dem Bett herum, skandierte Frivolitäten und klatschte begeistert in die Hände. Sannah wurde es heiß, er lag fast auf ihr, und seine Hände waren überall. Fast wünschte sie, er würde sie streicheln und

nicht kitzeln. Doch das Warnglöckchen der Vernunft, aus der anderen Ecke des Oberstübchens, ließ sie zur Besinnung kommen.
„Versprochen!“, schwor sie und rang nach Luft, während Limbisia vor Wut in die Kissen boxte.
„Du kaufst dir einen Bikini und gehst mit mir schwimmen?“, hakte er nach.
„Jaaah!“
Josh half ihr hoch und grinste zufrieden. „Geht doch!“, stellte er fest. „Warum nicht gleich so?“
Sannah schüttelte sich den Staub aus den Haaren. „Na warte, Freundchen, das wirst du mir büßen“, knurrte sie scherzhaft.
„Nichts da! Du hast mir die ganze Kindermeute auf den Hals gehetzt! Wir sind quitt“, wehrte er ab und drohte mit dem Zeigefinger. Josh drückte prüfend auf das Brot und pflückte es vorsichtig vom Spieß. „Wenn du dir auch noch ein hübsches Kleid kaufst, führe ich dich zum Essen aus“, versuchte er möglichst beiläufig zu sagen.
„Ist das jetzt eine Drohung oder ein Versprechen?“ Sie kicherte albern und erntete dafür einen vorwurfsvollen Blick.
„Das ist eine Einladung!“, betonte Josh und spielte die beleidigte Leberwurst.
Sie winkte beschwichtigend. „Ziehst du dann auch das weiße Hemd und die schwarze Jeans an?“, fragte sie verschmitzt.
„Wenn du das vorher bügelst!“
Sannah schüttelte energisch den Kopf. „Bügeln kommt erst lange nach dem ersten Date!“
„Date?“, fragte er überrascht.
„Na klar! Essen gehen ist ein Date. Bei euch etwa nicht?“, wollte sie wissen.
„Doch“, sagte Josh mit einem zufriedenen Lächeln. „Dann haben wir wohl ein Date.“

Luftschlösser

Sannah lutschte an ihrem Finger und wühlte mit der anderen Hand in den Küchenschubladen, auf der Suche nach einem Pflaster. Nichts, jede Menge Krempel, sogar Hufkratzer, aber kein Pflaster.
Josh kam gerade frisch geduscht die Treppe herunter. „Suchst du was?“, fragte er.
‚Logische Schlussfolgerung‘, dachte Sannah leicht genervt. Der ganze Morgen war hektisch gewesen; um nachmittags Zeit für das Footballspiel zu haben, hatten sich beide schon früh in die Arbeit gestürzt. Das Faulenzen vom Vortag hatte auch nicht gerade dazu beigetragen, dass das Arbeitspensum geringer wurde. Josh hatte sich um die Ausbildungspferde gekümmert und sechs Stunden im Sattel gesessen, während Sannah den Rest erledigt hatte. Nun stand sie in der Küche und hatte noch schnell den Kartoffelsalat zum Mitbringen zusammenschnippeln wollen. Allerdings fiel ihr der flinke Umgang mit einem Zehner-Skalpell deutlich leichter, als Zwiebeln im Akkord zu hacken. Duschen wollte sie auch noch, aber nun war das Wasser kalt, und in Joshs Junggesellenhaushalt war absolut nichts zu finden, was man als Verbandsmaterial benutzen konnte.
„Pflaster“, nuschelte sie mit dem Finger im Mund.
„Im Bad“, meinte er und betrachtete die Schnittwunde, nachdem er ihr den Finger aus dem Mund gezerrt hatte. Er lief wieder nach oben und holte einen kleinen Verbandskasten. Schmunzelnd klebte er ihr das Pflaster über die Wunde.
„Soll ich noch pusten, oder willst du einen Lutscher?“, fragte er und hob ihr Kinn mit zwei Fingern an.
„Lutscher!“, murrte sie missmutig.

Zwei Stunden später rumpelte Joshs Truck über den provisorischen Parkplatz neben dem Spielfeld. Genaugenommen war es eine abgemähte Wiese. Etwas entfernt vom Spielfeld hatte man mehrere Grillplätze aufgebaut, wo große Teile des Büffels bereits an Spießen über dem Holzkohlefeuer gegart wurden. Daneben

standen Tische, auf denen die mitgebrachten Salate und andere Beilagen Platz fanden. Die Tribal Police hatte die Getränke spendiert, und viele Leute standen in kleinen Gruppen herum, hielten ein Schwätzchen und freuten sich auf ein gutes Essen und einen schönen Nachmittag. Eine willkommene Abwechslung vom grauen Alltag und dem eintönigen Speiseplan.
Sannah kletterte mit der Schüssel Kartoffelsalat im Arm aus dem Auto und lief neben Josh zu den Tischen. Er wurde von vielen Leuten begrüßt, ganz offensichtlich waren sie überrascht, ihn zu sehen. Sannah dagegen erntete wieder einmal neugierige Blicke, einige junge Frauen gifteten sie auch an. Der Moccasin Telegraph hatte mittlerweile alle erreicht. Sie versuchte die Blicke zu ignorieren, und steuerte einen der Tische an, um den Salat abzustellen. Dort stand auch Mike Stonefeather mit seiner Familie.
„Josh! Schön, dass deine Zufahrt noch nicht vollständig zugewachsen ist und du den Weg hierher gefunden hast", scherzte er.
Josh strahlte über das ganze Gesicht und nahm wie selbstverständlich Mikes kleine Tochter aus dem Arm ihres Vaters.
„Ich lasse mir doch eine Verabredung mit dieser kleinen jungen Dame nicht entgehen", beteuerte er verzückt und schäkerte mit dem Baby.
Mit einem erstaunten Lächeln betrachtete Sannah, wie Josh den Säugling vorsichtig in seinen großen Händen hielt und sich völlig hingerissen darüber amüsierte, dass die Kleine mit ihren winzigen Fingern versuchte, nach seiner Nase zu greifen. Mike und seine Frau fanden das offenbar völlig normal. Mikes Frau ergriff die Initiative und wandte sich an Sannah.
„Hi, ich bin June", stellte sie sich vor, da die Herren der Schöpfung nur Augen für das Baby hatten.
„Ich bin Sannah", erwiderte sie und nahm Junes Hand.
Die Kleine hatte mittlerweile eine Strähne von Joshs Zopf erwischt und zog begeistert an ihrem neuen Spielzeug. Mike musterte Sannah aus dem Augenwinkel und klopfte Josh auf die Schulter. „Wird langsam Zeit, dass du dir auch so etwas Kleines zulegst, White Cloud."
Josh verzog das Gesicht zu einem schiefen Grinsen. „Hab ich doch gerade", blödelte er zurück und ignorierte die Anspielung.

Mike lachte und löste die kleinen Finger seiner Tochter vorsichtig aus den Haarsträhnen. „Nichts da! Selbermachen!", protestierte er und nahm die Kleine wieder in den Arm.
Als er das Baby sicher in der Armbeuge verstaut hatte, reichte er Sannah mit einem Augenzwinkern die Hand. „Hallo Sannah, ich bin Mike und das ist Tashina." Stolz stellte er seine Tochter vor, und Sannah bekam nun endlich auch die Gelegenheit, die Kleine zu bewundern.
„Hallo, Süße", sagte sie und streichelte sacht über die kleinen Hände. „Du hast die Jungs ja schon richtig gut im Griff." Sie schmunzelte.
June fing an zu lachen. „Oh ja, das kann man wohl sagen! Aber nun wird es Zeit für eine frische Windel und ein bisschen Schlaf." Sie nahm ihrem Mann das Kind aus dem Arm. Dann verabschiedeten sie sich, und Josh hielt nach Sam Ausschau. Während sie am Spielfeldrand entlanggingen, legte er seine Hand auf Sannahs Rücken und bugsierte sie zwischen den Grüppchen hindurch. Die giftigen Blicke einiger junger Damen begleiteten die beiden.

Sam entdeckte die zwei zuerst. „Sieh mal, wer da kommt", sagte er zufrieden zu seiner Frau.
Hailey strahlte, als Josh und Sannah auf sie zukamen. Sannah musterte Hailey verstohlen, um nicht zu direkt zu zeigen, wie neugierig sie darauf war, Sams Frau kennenzulernen. Den bisherigen Gesprächen hatte sie entnehmen können, dass dieses zierliche Persönchen bei Familie Standing Bear die Hosen anhatte. Hailey war kaum größer als sie selbst, hatte ein schönes, herzförmiges Gesicht und leicht schräg gestellte Mandelaugen. Der in der Stirn spitz zulaufende Haaransatz verstärkte die Herzform noch. Wenn sie lächelte, zeigte sie ihre makellos weißen Zähne, und sie lächelte gern.
„Da seid ihr ja endlich. Ich hatte schon befürchtet, ihr kommt nicht mehr", rief Hailey und umarmte Josh. „Ich freue mich, dass du es geschafft hast, diesen sturen Büffel hierher zu bringen", sagte sie zu Sannah und umarmte sie kurzerhand auch.
Sannah lachte. „Ach, das war gar nicht so schwer, er hat heute Mittag nichts zu essen bekommen."

Josh zog eine Leidensmiene und ließ demonstrativ die Ohren hängen.
Sam fing an zu lachen. „Du hast mein tiefempfundenes Mitgefühl. Dich einfach auszuhungern ist wirklich herzlos. Du siehst auch schon ganz eingefallen aus", spottete er.
„Lach du nur. Das nächste Mal bekommst du keinen Kuchen mehr!", drohte Josh grinsend. „Ich hole mir jetzt Frybread, mir hängt der Magen in den Kniekehlen."
„Ich muss mich für das Spiel fertigmachen", entschuldigte sich Sam und verschwand eilig.
Hailey zog Sannah auf einen der Klappstühle, die sie mitgebracht hatte. „Magst du einen Kaffee?"
Sannah lächelte dankbar. „Gerne, den kann ich jetzt wirklich gebrauchen."
Hailey zauberte eine Thermoskanne und zwei Tassen aus ihrem Korb. Mit dem Kaffee in der Hand entspannte sie sich langsam. Haileys Begrüßung war so herzlich gewesen, dass sie sich auch ohne Josh an der Seite willkommen fühlte. Die abschätzigen Blicke einiger Leute hatten sie etwas verunsichert.
„Es freut mich, dich kennenzulernen", sagte Hailey. „Sam hatte schon von dir erzählt, und der Moccasin Telegraph hat mich neugierig gemacht."
„Der muss ja ziemlich üble Dinge über mich berichten", stellte Sannah fest.
Hailey sah sie erstaunt an. „Nein, ganz im Gegenteil. Wie kommst du denn auf so etwas?"
„Ach, als wir vom Parkplatz hierher gelaufen sind, haben mich etliche Leute ziemlich giftig angesehen. Ich fühlte mich etwas unerwünscht", meinte Sannah.
Hailey kicherte. „Du meinst einige Frauen? Du hast dir den begehrtesten Junggesellen auf der Rez geangelt, die sind nur eifersüchtig."
Sannah sah sie erstaunt an. Hailey war ihr sofort sympathisch gewesen, und sie war froh, mal offen mit jemandem reden zu können. „Ich hab ihn mir nicht geangelt. Ich bin doch nur zu Besuch", verteidigte sich Sannah und nahm einen großen Schluck aus der Tasse.

„Das wissen die ja nicht, und Josh macht am Haken auch keinen besonders unglücklichen Eindruck“, scherzte Hailey.
Sannah schüttelte nur ungläubig den Kopf.
„Alle jungen Frauen sind hinter ihm her, das war schon in der Schule so. Nur war er früher nicht so ein Trauerkloß und hat sich auch gerne mal einfangen lassen. Das änderte sich schlagartig mit Chloe. Er ließ sich nirgendwo mehr blicken. Als sie dann weg war, hat ihn das fertiggemacht. Da kam er nicht einmal mehr zu uns“, erklärte Hailey.
Diese Flut an Infos musste Sannah erst einmal verdauen. Er hatte zwar von Chloe erzählt, aber nicht, dass die Trennung ihm so zugesetzt hatte. Langsam ergab alles einen Sinn. Er war tatsächlich ein knurriger Eisberg gewesen, als sie angekommen war. Umso erstaunlicher war seine Verwandlung in der kurzen Zeit. Das hatte Sam also damit gemeint, als er sagte, sie tue ihm gut. Sie grübelte weiter. „Auf der Ranch merkt man aber nichts davon, dass er so begehrt ist“, stellte Sannah fest und sah Hailey fragend an.
„Keine Frau würde zu ihm auf die Ranch kommen, dass wäre zu offensichtlich und gehört sich nicht“, erklärte Hailey. „Man lernt sich auf Powwows kennen, oder auf Veranstaltungen wie dieser, nur die hat er gemieden wie der Teufel das Weihwasser, und kaum taucht er endlich aus der Versenkung auf, hat er dich im Schlepptau und grinst zufrieden wie ein Honigkuchenpferd.“
„Das erklärt dann wohl die bösen Blicke“, seufzte Sannah frustriert.
„Allerdings. Die ganze Rez rätselt darüber, wo er dich kennengelernt haben könnte. Sam und ich halten uns aus diesen Spekulationen raus“, versicherte sie und grinste verschwörerisch.
Sannah musste lachen. „So viel Aufregung um nichts. Wenn die wüssten!“
Hailey legte den Finger auf die Lippen und kicherte. „Wir halten alle schön den Mund! Heute begraben die Kornnattern ihre letzten Hoffnungen. Sie hatten sowieso nie eine Chance, Josh ist verwöhnt.“
Über die Kornnattern musste Sannah nun auch lachen, ihr war allerdings immer noch schleierhaft, was ausgerechnet sie zur Klapperschlange machte. Die Hänseleien in ihrer Schulzeit hatten

nicht gerade dazu beigetragen, ein gesundes Selbstbewusstsein zu entwickeln, und als sie dahintergekommen war, dass Markus sich mit anderen Frauen vergnügte, bestätigte das nur ihre latenten Minderwertigkeitskomplexe. Wirklich selbstsicher war sie nur in ihrem Job.
„Was meinst du mit verwöhnt?“, fragte sie Hailey kleinlaut.
„Chloe war sehr schön, aber nur äußerlich, sie hatte studiert, war weltgewandt. Charakterlich war sie allerdings ein abscheuliches, herzloses Biest.“ Hailey genoss es, Chloe zu verteufeln. Zu viel böses Blut war damals geflossen, und das würde sie dieser Hexe nie verzeihen. Doch davon wollte sie nicht sprechen, sie hatte ohnehin schon mehr erzählt als sie sollte. „Sannah, bitte verrate den Jungs nicht, dass ich aus dem Nähkästchen geplaudert habe. Normalerweise ist das nicht meine Art, aber irgendwie habe ich bei dir das Gefühl, dich schon ewig zu kennen.“
Sannah fuhr sich mit zwei Fingern über die Lippen und grinste verschwörerisch. Damit war ihre Freundschaft besiegelt.

Das Spiel fing an, und die beiden Mannschaften betraten das Spielfeld. Sannah hatte absolut keine Ahnung von Football. Sie wusste nur, dass der Ball eigentlich mehr wie ein Ei aussah und nicht getreten wurde, sondern geworfen. Deswegen ja Football! Logisch! Außerdem ging es recht hart her, um in den Ballbesitz zu kommen, und so wunderte sie sich, dass die Spieler nicht die üblichen Protektoren trugen. Wahrscheinlich zu teuer, mutmaßte sie. Trikots gab es auch keine. Die Spieler trugen nur Armbinden in zwei verschiedenen Farben, und so war es für sie als Außenstehende fast unmöglich, die Mannschaften in dem Gewühl auseinanderzuhalten. Hailey schien auch kein besonders großes Interesse am Spiel zu haben.
„Ich hole mir eine Kleinigkeit zu essen“, sagte sie zu Sannah und verschwand. Kurze Zeit später setzte sich ein junger Mann neben Sannah und musterte sie mit anzüglichen Blicken. Er roch nach Haschisch und hielt ihr verstohlen einen Joint hin.
„Hallo, Schönheit! Lust auf ein bisschen Abwechslung?“, fragte er und starrte mit glasigem Blick in ihren Ausschnitt.
„Nein!“, antwortete sie harsch und blickte sich hilfesuchend um.

„Hey, Kleine, jetzt hab dich nicht so, ich will nur ein bisschen Spaß mit dir haben", raunte er ihr zu und griff nach ihrem Arm. Sannah sprang auf und versuchte sich zu befreien. „Lass mich los!", rief sie und wurde langsam sauer. Aller Augen waren aufs Spielfeld gerichtet, und unter den lauten Rufen, um die Spieler anzufeuern, bekam niemand mit, was hier geschah. Einen Moment später packte jemand die Hand des Mannes und drehte ihm den Arm um. Der jaulte laut auf und sank auf die Knie.

„Verschwinde, Eddie! Sonst mach ich dir Beine!", grollte Joshs Stimme gefährlich. Durch den Schrei aufmerksam geworden, starrten nun alle auf die Szene, die sich ihnen bot.

Eddie rappelte sich hoch und hielt sich die Schulter. „Wusste doch nicht, dass sie dein Mädchen ist, White Cloud."

Josh schubste ihn angewidert beiseite und nahm Sannah besorgt in den Arm. Eddie verdrückte sich eilig.

„Bist du okay?", fragte Josh und strich ihr übers Haar.

Sie nickte. „Alles in Ordnung", versicherte sie und lächelte ihn dankbar an.

Hailey kam mit einem Teller voll Frybread angelaufen und machte sich Vorwürfe. „Ich hätte dich nicht allein lassen sollen."

Sannah beruhigte sie: „Ist ja nichts passiert. Man hat mir nur noch nie einen Joint unter die Nase gehalten. Deshalb war ich so perplex, sonst hätte ich schneller reagiert."

Sie setzten sich wieder, und Hailey spendierte noch eine Runde Kaffee auf den Schreck.

Josh sah auf den Teller mit Frybread. „Ich hole mir jetzt endlich etwas Essbares, bin gleich wieder da."

„Ich dachte, du hast schon gegessen, weil du so lange weg warst", sagte Sannah.

„Bin aufgehalten worden, Geschäfte" erwiderte er.

Als Josh weg war, warf Hailey Sannah einen vielsagenden Blick zu. „Du bist nur zu Besuch? Das sah aber eben ganz anders aus!", bemerkte sie und schmunzelte.

Sannah senkte verlegen den Blick. „Er hat sich nur Sorgen gemacht", versuchte sie die Sache herunterzuspielen.

Hailey lächelte. „Das hat er bestimmt, und er hat Eddie nicht widersprochen!"

‚Ein gefundenes Fressen für den Moccasin Telegraph', dachte sie belustigt.

Auf dem Spielfeld bekam Sam das Ei zugeworfen. Er fing es auf, klemmte es sich unter den Arm und rannte damit auf das Ende des Spielfeldes zu. Hailey fing an, ihren Mann lautstark anzufeuern, und Sannah stimmte mit ein. Sam rannte einen Gegenspieler über den Haufen und war nicht mehr aufzuhalten. Hinter der letzten Linie des Feldes ließ er sich fallen und knallte den Ball auf den Boden. Das Publikum jubelte begeistert.
Mit einem Plastikteller in der Hand kam Josh zurück. „Hab ich was verpasst?"
„Sam hat einen Home-run geschafft!", rief Sannah aufgeregt. Hailey und Josh sahen sich an und lachten los. Sannah sah verständnislos zwischen den beiden hin und her.
„Einen Touchdown. Home-run ist Baseball", erklärte Josh grinsend.
Sannah zuckte mit den Schultern. „Ich hab dir doch gesagt, dass ich davon keine Ahnung habe."
Josh setzte sich und fing an zu essen.
„Was ist das?", fragte Sannah.
„Frybread, unser Nationalgericht. Probiere mal", antwortete er und stopfte ihr fürsorglich einen Bissen in den Mund.
„Schmeckt gut", nuschelte sie mit vollem Mund.
Josh hielt ihr das nächste Stück hin, aber Sannah winkte ab. „Lass mal, sonst bleibt kein Platz für den Büffel, und den möchte ich unbedingt auch probieren."
Josh ließ sich nicht abwimmeln. „Du hattest auch nichts zum Mittag, und kleine Mädchen müssen essen, damit sie groß und stark werden", belehrte er sie amüsiert.
„Gib es auf. Größer werde ich nicht, höchstens breiter!", protestierte sie.
Er kasperte weiter herum und versuchte sie mit dem fetttriefenden Gebäck zu füttern.
„Mach nur weiter so!", drohte sie lachend. „Dann wird aus dem Bikini doch ein Badeanzug. Du weißt schon ... wenn die Hülle fällt, die die Fülle hält ..."

Josh sah sie gespielt empört an. „Du hast es versprochen!"
„Nur, wenn du aufhörst, mich mit dieser Kalorienbombe vollzustopfen!", konterte sie und spülte mit Kaffee nach.
Hailey beobachtete die beiden und lächelte zufrieden in sich hinein.

Das Spiel lief noch eine Weile weiter. Am Ende verlor die Mannschaft der Tribal Police dann doch knapp gegen die der Feuerwehr. Sam kam verschwitzt und durstig vom Spielfeld.
Josh klopfte ihm breit grinsend auf die Schulter und sagte: „Gratuliere zum Home-run!"
Sannah sah ihn strafend an. Sam trocknete sein Gesicht mit einem Handtuch, das Hailey ihm reichte.
„Was?", fragte er verwirrt.
„Sannah hat gesagt, du hast einen Home-run geschafft", klärte Josh ihn auf.
Sam fing an zu lachen. „Na, wenn Sannah das gesagt hat, bedanke ich mich für dieses Kompliment!" Er neigte den Kopf huldvoll in ihre Richtung.
Hailey knuffte Josh in die Rippen und meinte: „Siehst du! So geht das!"
„Willst du damit sagen, Frauen haben automatisch immer recht?", fragte Josh ungläubig.
„Natürlich haben wir immer recht. Und wenn ihr nochmal Golf spielt, kann ich bis dahin auch die Regeln", blödelte Sannah und sprang lachend beiseite, als Josh ihr einen Klaps auf den Hintern geben wollte. Sam und Hailey wechselten vielsagende Blicke und lachten auch.
Kurze Zeit später wurde bekanntgegeben, dass der Büffel fertig sei. Hailey und Sannah stellten sich an, um etwas zum Essen zu besorgen, während Sam sich vom Spiel erholte. „Ich bin froh, dass du wieder der Alte bist, Kola!"
Josh antwortete nicht, er wusste, was nun kommen würde.
„Sannah ist goldrichtig! Das hast du doch hoffentlich auch schon bemerkt?", setzte Sam nach.
Josh seufzte leicht genervt. „Mag sein, aber es bringt nichts, darüber nachzudenken! Sie wird wieder gehen, und wenn ich das zu

sehr an mich ranlasse, geht es mir wieder genauso beschissen wie vor drei Jahren und das will ich kein zweites Mal mitmachen."
Sam schüttelte nur den Kopf. „Wem willst du hier eigentlich was vormachen? Es hat dich doch schon längst erwischt! Das sieht ein Blinder bei Neumond. Es wird dir sicher wieder so dreckig gehen wie damals, aber nicht nur, weil sie vielleicht wieder geht, sondern weil du nicht alles versucht hast, damit sie bleibt!"
Josh biss gereizt die Zähne zusammen. „Meinst du nicht, dass es für derartige Spekulationen noch ein bisschen zu früh ist?" Sam hatte recht, aber so einfach, wie er sich das dachte, war die Sache nicht. „Sei nicht so naiv, Sam! Sie kommt aus Europa, für die da drüben sind die USA längst nicht mehr das gelobte Land. Sie ist Ärztin, hat höchstwahrscheinlich einen sehr gut bezahlten Job und alles andere, das Chloe immer wollte. Schickes Haus, schickes Auto und schicke Freunde. Glaubst du wirklich, sie würde das alles aufgeben, um ausgerechnet hier zu leben? Hier, mitten im Elend auf Pine Ridge? Sie gehört nicht hierher, ganz egal, was ich anstelle."
Sam sah Josh an und hatte nicht übel Lust, ihn zu schütteln. „Wann hörst du endlich auf, zu denken, dass alle Frauen wie Chloe wären? Hältst du Sannah wirklich für so oberflächlich und materialistisch? Ich nicht, und ich kenne sie nicht halb so gut wie du. Ich glaube nicht, dass sie so viel Wert auf Schickimicki legt, sonst wäre sie nämlich gar nicht hier. Ich kenne auch keine andere Frau, die den Mut gehabt hätte, allein die Herde hochzutreiben. Sie ist keine verwöhnte Terror-Tussi! Sie ist bodenständig und warmherzig, und das hättest du auch längst erkannt, wenn du endlich mal diesen Drachen aus deinem Hirn verbannen würdest. Chloe hätte niemals einem völlig Fremden einen Kaffee gekocht, und dir hätte sie den Kopf abgerissen, wenn du sie den ganzen Tag allein auf der Ranch gelassen hättest. Du Idiot hast mehr Glück als Verstand! Und jetzt reiß dich endlich mal zusammen und mach was!", ereiferte sich Sam und schubste Josh fast vom Stuhl, um seiner Standpauke Nachdruck zu verleihen. Er stand abrupt auf. „Ich gehe Getränke holen!"
Josh verfiel in dumpfes Brüten. Auch wenn er es ungern zugab, Sam hatte wieder mal recht. Er saß längst in der Falle. Was hatte

Sannah vor ein paar Tagen gesagt? Manchmal muss man etwas riskieren und neu anfangen, auch wenn man Angst davor hat. Er hatte eine Scheißangst.
Sannah balancierte zwei volle Pappteller zu den Klappstühlen und war erleichtert, als sie einen davon an Josh loswurde.
„Heiß!", rief sie und stellte den zweiten Teller auf dem Stuhl ab, um die Hände zu kühlen. Hailey folgte mit dem gleichen, leicht schmerzverzerrten Gesichtsausdruck.
Sam kam mit zwei Flaschen Cola und Plastikbechern zurück und nahm seine Portion Büffel mit Beilage begeistert entgegen.
„Gibt es auch Besteck?", fragte Josh und erntete einen mahnenden Blick von Hailey.
Sannah drehte ihm wortlos ihre Rückseite zu. Aus ihrer hinteren Hosentasche ragte das Besteck, in Papierservietten eingerollt. Josh grinste. „Siehst du? So geht das!", sagte er frotzelnd zu Hailey.
Er zog das Besteck aus Sannahs Hosentasche und reichte ihr eins. Als sie sich gesetzt hatte, gab er ihr einen Kuss auf die Wange. „Danke", sagte er artig.
Sam und Hailey sahen ihn verblüfft an. Sannah hatte längst gemerkt, dass irgendetwas in der Luft lag. Sie hatte mittlerweile ein Gespür dafür entwickelt, wenn Josh not amused war. Da seine Laune aber offenbar nichts mit ihr zu tun hatte, machte sie sich über das Essen her und dachte sich ihren Teil.
Nach der Hälfte des Essens kämpfte Sannah wie üblich mit dem aufkommenden Völlegefühl. „Uh", stöhnte sie.
„Hier wird nicht gekniffen!", rüffelte Josh sie mit vollem Mund, weil er genau wusste, dass sie nicht mehr konnte. „Büffel wird traditionell gegessen, bis man platzt."
„Und ab vier Unzen Füllmenge wird die Aussprache traditionell undeutlich", rüffelte sie zurück.
Josh hatte Mühe, gleichzeitig zu lachen und zu kauen.
„Wenn ich das alles essen soll, kannst du mich nach Hause rollen", stellte sie fest.
„Mach ich doch gern", gab er zurück.
Er warf Sam einen durchdringenden Blick zu und grinste frech. Der schüttelte nur noch den Kopf.

Nach dem Essen sah Josh auf seine Uhr. „Wir müssen langsam los“, stellte er fest. Sannah nickte zustimmend.
„Jetzt schon?“, fragte Hailey enttäuscht. Sie hätte gern noch ein wenig mit Sannah geplaudert.
„Die Pferde brauchen Wasser“, erklärte Sannah.
„Habt ihr nicht Lust, mal zu uns zu kommen?“, hakte Hailey nach. „Wir könnten grillen.“
Bei dem Wort „Grillen“ wurde Sannah schlecht.
„Kommt doch lieber zu uns“, meinte Josh. „Dann müssen wir nicht wieder so früh los.“
„Und ich muss nicht so weit ins Bett rollen“, ergänzte sie.
Auf dem Weg zum Auto legte Josh seinen Arm um Sannahs Schulter. Er konnte die Blicke von etwa einhundert Augenpaaren auf seinem Rücken spüren, aber es war ihm egal. Sollten sie doch alle denken, was sie wollten.

Auf der Heimfahrt hielt sich Sannah den Bauch und versuchte, nicht daran zu denken, dass ja noch Arbeit auf dem Hof wartete. Josh war schweigsam, wie immer, wenn ihm eine Laus über die Leber gelaufen war. Sam hatte recht mit dem, was er gesagt hatte, aber Josh ließ sich nicht gern wie ein dummer Junge behandeln. Auch nicht von seinem besten Freund. Er wollte keine Luftschlösser bauen, nur um dabei zuzusehen, wie sie wieder zerplatzten. Abgesehen davon gab es noch etwas anderes, dass seine volle Aufmerksamkeit forderte; davon wusste Sam allerdings nichts und das war auch besser so.
Als der Wagen auf dem Hof hielt, stand bereits die ganze Herde vor dem Paddock-Tor und wartete auf Einlass.
‚Eine Stunde Arbeit weniger‘, dachte Sannah erfreut, die sich momentan nicht in der Lage sah, noch in den Sattel zu steigen. Aus dem Auto steigen war schon fast zu viel. „Ich esse nie wieder was“, stöhnte sie und riss Josh aus seinen Gedanken.
„Doch, morgen Früh“, antworte er.
Josh stieg aus und ging zum Paddock, um die Pferde reinzulassen. Sannah folgte ihm und drehte das Wasser auf.
„Die haben wohl geahnt, dass wir uns heute kaum noch bewegen können“, vermutete Josh.

„Kluge Tiere“, meinte sie dankbar.
Nachdem die Pferde ihren Durst gelöscht hatten und die Tränken für die Nacht wieder aufgefüllt waren, ging Sannah zum Haus.
Josh zögerte. „Hättest du Lust auf einen Verdauungsspaziergang?“, fragte er.
Lust hatte sie eigentlich nicht, aber es war vernünftiger, als sich auf dem Sofa den Bauch zu halten.
„Aber bitte langsam und gemütlich. Zu schnellen Bewegungen bin ich heute nicht mehr fähig. Ich fühle mich wie eine Cannelloni mit Fleischfüllung“, stöhnte sie.
Er bot ihr galant den Arm an. „Na, dann los, du Nudel“, sagte er zufrieden und grinste frech.
Sannah hakte sich ein, und sie schlenderten am Ufer des Creek entlang. Im Frühsommer gab es noch genug Regen, und das Wasser plätscherte idyllisch im Bachlauf.
„Ich habe mich noch gar nicht richtig für deine Hilfe bedankt“, sagte sie. „Der Typ war mir unheimlich.“
„Keine Ursache“, erwiderte Josh zerknirscht „Ich hätte besser auf dich aufpassen sollen.“
„Josh, ich bin kein kleines Kind; das war doch nicht deine Schuld!“, widersprach sie ihm energisch.
Er schüttelte den Kopf. „Du bist eine wehrlose Frau, und du bist fremd hier. Solange du hier bist, bin ich für dich verantwortlich!“
Sannah sah ihn fassungslos an, weil sie nicht glauben konnte, dass er ernst meinte, was er da gerade von sich gegeben hatte. Einerseits fühlte sie sich etwas bevormundet, andererseits war sie gerührt von seiner Fürsorge. Ein einziges Mal hatte sie sich wirklich hilflos gefühlt. Als Markus, betrunken und schäumend vor Wut, angefangen hatte auf sie einzuschlagen. Sie war vor seinen brutalen Schlägen und Tritten zurückgewichen, gefallen und mit dem Kopf auf die Tischkante geknallt. Er hatte sie einfach liegen lassen. Als sie wieder zu sich gekommen war, hatte sie sich mit letzter Kraft zum Telefon geschleppt und Hilfe gerufen. Die Erinnerung daran ließ Übelkeit in ihr aufsteigen. Sie schmiegte sich enger an Josh. Er war anders als die Männer, die sie bislang kennengelernt hatte, und auf jeden Fall das genaue Gegenteil von Markus. Er hatte sich gerade auf eine etwas mittelalterliche Art

und Weise, zu ihrem Beschützer erklärt. Ihr Limbisches System spielte provokativ mit einem Haufen Blechbüchsen und grinste breit.
Sannah hörte plötzlich Annegrets Stimme im Hinterkopf. „Du würdest deinen Ritter in glänzender Rüstung nicht mal erkennen, wenn er dir laut scheppernd vor die Füße fällt." – Verdammter Mist. Musste ihre Freundin immer recht behalten? Allerdings hätte sich diese wohl auch nicht träumen lassen, dass der Held in der Konservendose ausgerechnet hier in der Valla Pampa herumlief. Und nun? Darauf hatte Anne bestimmt auch keine Antwort.
Sannah stellte sich auf die Zehenspitzen und gab Josh einen Kuss auf die Wange. „Danke", sagte sie nur.
Josh lächelte. „Gern geschehen."
Er ließ seinen Arm sinken und tastete verstohlen nach ihrer Hand. Sie spürte seine Finger an ihrem Handrücken und legte ihre Hand in seine.
Josh lächelte immer noch, als sie Hand in Hand weitergingen und die Ruhe des Abends genossen.„Hast du nicht manchmal Heimweh? Das Leben hier ist doch sicherlich ganz anders als bei dir zu Hause?", fragte er, nicht ganz ohne Hintergedanken.
„Stimmt, vollkommen anders, aber schön. Ich vermisse Hamburg nicht. Weder den Stress im Job noch die Hektik der Großstadt – und schon gar nicht die Einsamkeit zu Hause."
Josh horchte auf. „Einsamkeit?", fragte er vorsichtig.
Sannah nickte. „Genau genommen ist es hier gerade umgekehrt. Hier draußen ist es zwar einsam und abgeschieden, aber ich bin nicht allein. Zu Hause ist alles voller Menschen und Geschäfte, aber wenn ich die Tür hinter mir schließe, ist da niemand außer mir. Diese Variante hier gefällt mir besser, aber meine Arbeit fehlt mir. Nicht der damit verbundene Stress, aber das gute Gefühl, jemandem helfen zu können."
Josh streichelte ihre Hand und schwieg. Warmherzig und bodenständig. Sam hatte recht, und das wurmte ihn ein wenig, aber es ließ auch ein Fünkchen Hoffnung zu, denn mit dieser Antwort hatte Josh nicht gerechnet. „Weißt du, was wir morgen machen?", fragte er und freute sich darauf, wieder die Sonne in ihrem Gesicht aufgehen zu sehen. Sie sah ihn erwartungsfroh an.

„Morgen suchen wir dir endlich ein Pferd aus“, verkündete er und versank wieder in ihren strahlenden Augen.

Donnervogel

Josh befüllte gerade die Kaffeemaschine, als Sannah im Nachthemd die Treppe herunterkam. Im Hintergrund dudelte Kili Radio. Über Nacht war es kaum abgekühlt, dafür war die Luftfeuchtigkeit merklich angestiegen, und es war jetzt, am frühen Morgen, schon drückend warm. Sie war völlig verschwitzt aufgewacht und fühlte sich wie in der Sauna. Der sonst übliche Wind hatte sich vollkommen gelegt, nicht mal ein leiser Hauch brachte Abkühlung.

„Kannst du den Kaffee mit Eiswürfeln machen?", fragte sie ausgelaugt und pustete sich eine Haarsträhne aus dem Gesicht.

Josh grinste vergnügt, als er sie in dem kurzen Hemdchen sah.

„Wärme ist nicht so dein Ding, oder?", fragte er überflüssigerweise.

„Nein, ich stehe mehr auf Eis und Schnee", stöhnte sie.

Joshs Blick wanderte über ihre nackten Schultern. Er konnte der Versuchung nicht widerstehen und schob einen Spaghettiträger langsam von ihrer Schulter. „Dann solltest du vielleicht etwas weniger anziehen." Er feixte und schob nun auch den anderen Träger runter.

„Na, na! Wo bleiben denn deine Manieren?", fragte sie pikiert mit Fräulein-Rottenmeier-Miene, gab ihm einen kleinen Klaps auf die Finger und konnte gerade noch verhindern, dass sie ohne Hemd dastand.

Josh lachte, als sie sich mit einem Kichern verriet. „Wenn du hier im Hemdchen herumhüpfst, vergesse ich die schon mal. Was willst du zum Frühstück?", fragte er und steckte den Kopf in den Kühlschrank.

„Nur Kaffee", lautete ihre Antwort.

Er füllte sich ein paar Cornflakes und Milch in eine Schüssel und fing an zu essen.

Sannah nahm sich einen Kaffee und sehnte sich nach einer kalten Dusche. „Heute wäre der perfekte Tag, um zum Schwimmen zu gehen", meinte sie und bedauerte, dass sie nicht an ihren Badeanzug gedacht hatte.

Josh schmunzelte. „Bald habe ich den Termin in Rapid, bin schon gespannt, was für einen Bikini du dir aussuchst.“
„Ich hoffe, die haben ein paar von diesen altmodischen Dingern mit Rollkragen“, stellte sie klar und grinste frech.
Josh zog eine Grimasse und schüttelte den Kopf.
„Falls du eines Tages mal eine Tochter haben solltest, wirst du garantiert nicht mehr nach knappen Bikinis fragen“, prophezeite sie lachend.
Er sah sie nur an, und ein feines Lächeln huschte über sein Gesicht. Josh aß weiter seine Flakes, und sie schlürfte ihren Kaffee, als er aufmerksam der Durchsage im Radio lauschte.
„Wir müssen uns beeilen, bald zieht ein Unwetter auf“, meinte er und stellte die leere Schüssel auf die Spüle.
„Woher weißt du das?“, fragte sie überrascht.
„Kam gerade im Radio“, sagte er und deutete auf das uralte Transistorradio im Küchenregal.
„Davon habe ich gerade mal ‚Guten Morgen‘ verstanden“, sagte sie. „Gibt es ein Gewitter?“
Das Radio beantwortete ihre Frage, denn die Tornado-Warnung kam jetzt auch auf Englisch. Sannah wurde blass.
„Keine Angst“, meinte Josh beruhigend. „Die sind hier recht selten, weiter im Südosten kommen sie häufiger und schlimmer vor. Aber es wird auf jeden Fall ungemütlich. Zieh dich an, ich lass die Pferde raus.“
„Ist das nicht gefährlich für sie?“, fragte Sannah besorgt.
„Wenn sie eingepfercht sind, bekommen sie Panik. Es ist besser, wenn sie flüchten können“, erklärte er und lief nach draußen.

Sannah ließ ihren Kaffee stehen und flitzte die Treppe hinauf. Nachdem sie sich in Windeseile angezogen hatte, schloss sie die Fenster in ihrem Zimmer und ging auch in Joshs Schlafzimmer, um nachzusehen, ob alles geschlossen war. Anschließend lief sie rüber zum Stall. Es roch bereits nach Regen, und der Himmel hatte sich verfinstert und eine merkwürdig grüne Färbung angenommen. Josh trieb nun auch die Ausbildungspferde zusammen mit den anderen Pferden von der kleinen Weide hinüber auf die große Weide, damit alle genug Platz zum Flüchten hatten.

Sannah verrammelte die Stalltüren und schob die Riegel davor. In der Ferne war schon Donnergrollen zu hören, und die ersten Windböen rauschten heran. Der Himmel verdunkelte sich zusehends, der Wind wurde stärker und das Gewitter zog rasch näher. Als ein Blitz ganz in der Nähe einschlug, zuckte Sannah zusammen, der darauf folgende Donner war ohrenbetäubend.

„Schnell ins Haus!", brüllte Josh durch den Lärm, lief auf sie zu und zog sie mit sich. Sturzflutartig setzte der Regen ein, und sie erreichten das schützende Haus völlig durchnässt. Der nächste Blitz zuckte am Himmel und tauchte die Umgebung für Bruchteile von Sekunden in ein gespenstisch grelles Licht. Nun war es fast so dunkel wie in der Nacht, und Sannah bekam es langsam mit der Angst zu tun. Ein Gewitter von solch einer Gewalt hatte sie noch nie erlebt. Josh hatte Handtücher von oben geholt und reichte ihr eines. Mit zittrigen Fingern trocknete sie sich ab. Draußen tobte das Inferno weiter. Der Donner ließ die Gläser im Küchenschrank klirren, und die Blitze erleuchteten unablässig den fast schwarzen Himmel. Starkregen prasselte aufs Dach, so dass man sein eigenes Wort nicht mehr verstehen konnte. Josh drehte das Radio lauter, um zu hören, ob noch Schlimmeres zu erwarten war. Der Wind hatte noch zugenommen und rüttelte nun in Sturmstärke an Türen und Fenstern. Auf der Veranda gab es ein lautes Poltern, als die Liegestühle gegen die Wand knallten.
Sannah verkroch sich aufs Sofa und zog die Beine an. Nicht, dass das sicherer gewesen wäre, aber irgendwie fühlte sie sich so wohler.
Josh setzte sich zu ihr und nahm sie in den Arm. Sie kuschelte sich an ihn, und er konnte fühlen, wie sie sich etwas entspannte.
„Ist gleich vorbei", beruhigte er sie. „Das dauert meist nicht lange. Die Donnerwesen ziehen schnell weiter."
‚Donnerwesen ist ein passender Begriff', dachte sie. Derart entfesselte Naturgewalten konnte man mit dem harmlos klingenden Wort Wetter einfach nicht mehr beschreiben. Wie ein fauchendes Ungeheuer tobte das Gewitter über das Haus und verlangte brüllend Einlass. In seinem Arm fühlte sie sich sicher, und nach einer Weile ebbte der Sturm ab und das Gewitter zog weiter.

Als hätte jemand das Licht angemacht, wurde es draußen wieder hell und die Sonne kam durch. Sie wollten rausgehen um den Schaden zu begutachten, aber einer der Liegestühle hatte sich vor der Fliegentür verkeilt, so dass sie sich nicht öffnen ließ. Josh kletterte aus dem Küchenfenster nach draußen und räumte den Stuhl beiseite. Auf dem Hof stand alles unter Wasser, der Sturm hatte Blätter und Zweige von den Bäumen und Büschen gerissen und überall verteilt. Das Haus und der Stall waren heil geblieben, nur der Zaun um den Reitplatz hatte gelitten, als ein Ast daraufgekracht war. Sie gingen zur Weide, um nach den Pferden zu sehen. Die Tränken waren randvoll mit Regenwasser gefüllt, und der Paddock glich einem See. Von den Pferden war nichts zu sehen.
„Die haben sich bestimmt hinten in der Senke in Sicherheit gebracht", meinte Josh. „Dort ist es etwas windgeschützter."
Sannah nickte nur. Josh watete durch die knöcheltiefen Pfützen in den Stall und kam mit einer Werkzeugkiste wieder. Danach holte er noch ein paar Bretter aus dem Schuppen und begann den Zaun zu reparieren. Als wäre nichts geschehen, ging er zur Tagesordnung über.
Sannah folgte seinem Beispiel und fing an, die Zweige und Äste einzusammeln. Wenigstens war es nun nicht mehr so heiß und schwül. Um den Kleinkram zusammenzuharken, war es noch zu nass; das würde warten müssen, bis die Pfützen getrocknet waren. Josh hatte die Bretter am Zaun ausgetauscht und brachte die Werkzeugkiste zurück in den Stall. Er kam mit Zaumzeug, Halftern und Stricken wieder heraus. „Lass uns die Pferde suchen!"
Zu Fuß machten sie sich auf den Weg über die Weide und hielten nach der Herde Ausschau.
Sannah hoffte im Stillen, dass die Tiere nicht bis zum Ende der Weide gelaufen waren. Falls doch, würde es ein paar Stunden dauern, bis sie sie erreichen würden. Sie stapfte weiter durch das nasse Gras und schwor sich, beim Kauf der nächsten Stiefel auf Wasserdichtigkeit zu achten. Moment mal, nächste Stiefel? Sannah stutzte überrascht über ihren Gedankengang. Dass sie in zwei Monaten nicht mehr hier sein würde, hatte sie mittlerweile völlig verdrängt. Es versetzte ihr einen Stich, als sie daran dachte. Erst am Vorabend hatte sie sich mit Josh über Hamburg unterhal-

ten, aber dass sie die Ranch verlassen musste, war ihr gar nicht in den Sinn gekommen. Mit einem Mal wurde ihr klar, warum sie kein Heimweh hatte. Das Heimweh würde sie erst in Hamburg in Empfang nehmen. Zusammen mit den Erinnerungen und der Einsamkeit, die ihr erst vor kurzem bewusst geworden war. Sie versuchte, die dunklen Gedanken zu vertreiben und ihren neugewonnenen Erkenntnissen etwas Positives abzugewinnen. Zumindest wusste sie jetzt, was sie nicht wollte. Ihr altes Leben.

Eine knappe Stunde später entdeckten sie die Herde. Wie Josh vermutet hatte, hatten sich die Tiere in eine Senke zurückgezogen. Die Panik hatte sich gelegt, und sie grasten friedlich. „Ich will nur die Ausbildungspferde zurück auf die kleine Weide bringen, die anderen können wir heute Abend sortieren", sagte Josh.
Die Pferde hatten die beiden bemerkt und hoben die Köpfe. Nachdem sie sich vergewissert hatten, dass nichts Gefährliches auf sie zukam, grasten sie entspannt weiter. Die Dynamitstange schnaubte kurz und trottete langsam auf sie zu. Josh machte große Augen, denn normalerweise ging der Wallach ihm gerne aus dem Weg. Josh roch nach Arbeit, und die wollte das Pferd zu vermeiden. Er ging auch nicht auf Josh zu, sondern auf Sannah. Bei ihr angekommen, schnaubte er zufrieden und rieb seinen Kopf an ihrer Schulter. Gerührt kraulte sie seinen Hals.
Josh schmunzelte und klopfe den Hals des Tieres. „Kluger Junge, du weißt, was gut für dich ist", sagte er mit sanfter Stimme. „Da hat dir wohl jemand die Entscheidung abgenommen", meinte Josh an Sannah gewandt.
Sie sah ihn entgeistert an.
„Ist das dein Ernst?", fragte sie überwältigt. „Du würdest mir dieses Prachtstück verkaufen?"
Josh lächelte. „Als du sagtest, du willst dir ein Pferd kaufen, dachte ich sofort an ihn. Er passt zu dir, und ganz offensichtlich ist er da mit mir einer Meinung. Du bist also überstimmt", stellte er fest.
Sannah konnte ihr Glück kaum fassen und strahlte ihn an. „Ich hätte nie gewagt, nach ihm zu fragen, er ist eines deiner besten Pferde."

„Warum denn nicht? Schließlich lebe ich davon. Allerdings hätte ich ihn nicht jedem gegeben. Pippa Thompson wollte ihn auch haben, da habe ich abgelehnt“, erklärte er breit grinsend.
Sannah streichelte liebevoll die Nüstern des Wallachs. „Wie hast du Püppi und ihren Daddy vom Gegenteil überzeugt?“, wollte sie wissen.
„Ganz einfach“, bekannte Josh mit einem Augenzwinkern. „Ich habe gesagt, das Pferd gehört meiner Freundin.“
Sannah fiel ihm um den Hals vor Freude.
Er nahm sie in die Arme und drückte sie an sich. „Bekomme ich dafür einen Kuss?“
Sie legte eine Hand auf sein Gesicht und gab ihm einen Kuss auf die Wange.
„Vielleicht auch einen richtigen?“, wollte er ein wenig verlegen wissen.
Sannah lächelte und wünschte sich, er würde nie damit aufhören, sie mit seinen dunklen, sanften Augen anzusehen. Er beugte sich zu ihr hinunter und küsste sie zärtlich und voller Leidenschaft. Sie legte ihre Arme um ihn und verlor den Halt unter den Füßen. Langsam löste er seine Umarmung und sah sie liebevoll an.
„So habe ich noch nie ein Pferd gekauft“, flüsterte sie atemlos.
„Das will ich doch hoffen“, raunte er sanft und küsste sie noch mal. „Wie willst du ihn nennen?“, fragte Josh, als er sie langsam wieder losließ.
Sannah überlegte kurz, dann fiel ihr etwas Passendes aus ihrem Sprachführer ein. Ihr Pferd sollte einen Namen bekommen, der sie an diesen Tag erinnern würde.
„Wakinyan“ – Gewitter, antwortete sie.
Joshs Gesichtsausdruck war eine Mischung aus Erstaunen und Bewunderung. „Das ist ein guter Name für ihn. Starke Medizin“, stellte er fest.
„Wie meinst du das?“, fragte sie.
„Wakinyan agli yelo bedeutet eigentlich: Die Donnerwesen kehren heim. Wir glauben, dass alle Menschen und Tiere, die vom Blitz erschlagen oder anders durch ein Gewitter ums Leben kommen, zu Donnerwesen werden. Ihre Geister reisen mit dem Donnervogel über das Land. Wenn ein Gewitter aufzieht, kehren sie

nach Hause zurück, um nach ihren Verwandten zu sehen und die Bösen zu strafen. Sie wachen über uns, aber sie werden auch gefürchtet. Deswegen ist sein Name, Donnervogel, starke Medizin. Sie wird ihn schützen und dich auch. Du hast sehr weise gewählt", erklärte er ernst.
Sannah dachte über seine Worte nach, während sie den anderen Pferden die mitgebrachten Halfter anlegten. Sie war nicht nur ergriffen von der eigentlichen Bedeutung des Namens, sondern auch von Joshs tiefer Spiritualität, die er so unerwartet offenbart hatte. Sein Glaube war verankert in einer Jahrtausende alten Kultur, älter als alle Kulturen Europas. Eine Kultur, die fast ausgelöscht worden war, weil die einfallenden Europäer den Ureinwohnern keine Kultur zugebilligt hatten. Fanatische Missionare hatten nur ihre eigene religiöse Überzeugung gelten lassen und Nahrungsmittel nur an diejenigen verteilt, die auch regelmäßig den Gottesdienst besuchten. Erpressung statt Überzeugung. Dennoch hatte die Kultur überlebt, durch Menschen wie Josh.
Sannah streifte Wakínyan das Zaumzeug über den Kopf. Donnervogel. Das war so viel mehr als nur ein Name.
Sie schwang sich auf seinen Rücken und hoffte, dass auch dem Pferd bewusst war, dass heute ein ganz besonderer Tag war, der nicht damit enden sollte, dass sie im hohen Bogen im Dreck landete.
Der Wallach blieb ruhig stehen, und sie lobte ihn überschwänglich. Stolz saß sie auf ihrem Pferd und strahlte mit der Sonne um die Wette.

Ihr Anblick brannte sich in Joshs Herz, und ihm wurde wieder bewusst, dass er nichts so sehr wollte wie diese Frau. Er wusste nur noch nicht, wie er das anstellen sollte. Er hielt Sannah die Stricke von zwei Pferden hin. „Traust du dich, beide zu führen? Dann nehme ich die anderen beiden", fragte er.
Sie nickte. „Ich versuche es. Wird schon gehen", antwortete sie und nahm die Stricke. „Was ist mit Kimimila?"
„Die kommt von alleine mit. Sie steht auf deinen Donnervogel", stellte er grinsend fest.
Sannah kicherte. „Kluges Mädchen, sie weiß auch, was gut ist."

Josh schwang sich ebenfalls auf sein Pferd und warf ihr einen schelmischen Blick zu. „Ich wünschte, alle Frauen wären so entschlussfreudig."
Sannah lächelte und schwieg. An diesem Vormittag war mehr passiert als im kompletten vergangenen Jahr. Sie musste das alles erst verarbeiten.
Es war gut gewesen, hierher zu kommen. Sie hatte angefangen, ihre Trauer zu bewältigen, hatte erkannt , wo ihre Probleme lagen. Sie wusste nun, dass sie nicht in ihr altes Leben zurückwollte. Wie es allerdings weitergehen sollte, war ihr vollkommen schleierhaft. Sie hatte sich gerade ein Pferd gekauft und war sich nicht einmal sicher, ob sie nach ihrer Rückkehr in Hamburg bleiben würde. Die Zuneigung zu Josh machte die ganze Sache noch komplizierter. Die Gedanken rasten immer schneller durch ihren Kopf, und während Limbisia seit seinem Kuss schnurrend und selbstzufrieden auf der Satin-Bettwäsche lag, führte Fräulein Rottenmeier hinter ihrem Schreibtisch im präfrontalen Kortex Selbstgespräche über angemessenes Verhalten und emotionale Selbstkontrolle. Verdammt! Irgendwann würde sie endlich lernen müssen, den Kopf einfach auszuschalten und auf ihren Bauch zu hören. Doch der war eher schlicht gestrickt und meldete sich lediglich mit Hunger. Jedenfalls vorerst.

Im Schritttempo zockelten sie mit den anderen Pferden im Schlepptau zurück zur Ranch. Kimimila folgte ihnen tatsächlich. Josh spürte, dass Sannah mit den Gedanken woanders war, und ließ sie in Ruhe. Sie schien einen inneren Kampf auszufechten, und er hielt das für ein gutes Zeichen. Es war schon fast Mittag, als sie den Stall erreichten und die Pferde auf die kleine Weide stellten. Sannah drückte Wakínyan einen Kuss auf die samtweichen Nüstern und strahlte wieder. Sie hatte beschlossen, nicht mehr über die Zukunft zu grübeln, sondern einfach zu leben. Im Hier und Jetzt. Vielleicht kamen die Antworten auf ihre Fragen von ganz allein, wenn es so weit war, und bis dahin wollte sie jeden neuen Tag einfach nur genießen.
„Pferd müsste man sein", stellte Josh schmunzelnd und mit einer Spur von Neid fest.

„Du hast heute schon zwei bekommen, also hör auf zu jammern“, entgegnete sie.
Er grinste nur frech und sammelte die Halfter und Stricke ein.
„Bist du glücklich?“, fragte er sie an der Stalltür.
Sannah lächelte ihn an und nickte. „Ja, sehr.“
„Das ist schön“, sagte er zufrieden und streichelte ihr über die Wange, bevor er in der Sattelkammer verschwand.

Sannah ging ins Haus und machte ein paar Brote zum Mittagessen. Josh folgte kurze Zeit später und vernichtete neben den Broten auch die Kaffeereste vom Morgen. Sannah machte sich ebenfalls hungrig über die Brote her. Die Vorstellung, dass die Donnerwesen nach Hause zurückkehrten, ließ sie nicht los. Wie würden wohl ihr Großvater und ihre Eltern über sie wachen? Im Schneesturm? Der Gedanke ließ sie lächeln. Das hätte ihnen gefallen, als Schneesturm übers Land zu fegen – besonders ihrem Großvater. Er hatte ihr alles über Schnee erzählt, wie viele verschiedene Arten es gibt, wie sie entstehen und wie sich Eis bildet. Sie hatten im Winter draußen im Garten gestanden und Schneeflocken auf einer schwarzen Pappe mit einer Lupe betrachtet. Die Sehnsucht nach seiner Heimat war groß, aber die Liebe zu seiner Familie war größer gewesen. Sannah hatte sich immer gewünscht, eines Tages mit ihm nach Grönland zu fliegen und den Schnee auf ihren Gesichtern zu spüren. Es war nie dazu gekommen. Aperlaaq Hammeken sollte seine Heimat nie wiedersehen. Er starb, als Sannah siebzehn war. Aperlaaq bedeutet in der Sprache der Kalaallit: Frisch gefallener Schnee.

Josh strich ihr behutsam die widerspenstige Strähne aus der Stirn und weckte sie aus ihren Erinnerungen. „Was ist mit dir? Du siehst aus, als wärst du weit weg.“
„Ich dachte gerade an meinen Großvater, ob er wohl auch über das Land fegt und nach mir sieht?“, fragte sie.
Josh konnte kaum glauben, was sie da eben gesagt hatte, und hob verwundert die Augenbrauen.
Sannah war sich sicher, dass man sie zu Hause, in ihrer rationalen und sachlichen Welt, dafür ausgelacht hätte.

Annegret würde nur irritiert den Kopf schütteln, ihr einen Cocktail mixen und feststellen, dass sie dringend Urlaub bräuchte, um auf andere Gedanken zu kommen. Jonas war zwar deutlich toleranter, aber auch er würde derartige Spekulationen in das Reich der Sagen und Mythen verbannen und ihr erklären, dass der Tod das Ende war. Punkt. Sie glaubte ja selbst nicht wirklich an so etwas. Religion war ihr suspekt, und mit dem göttlichen Bodenpersonal tat sie sich besonders schwer. Religion wurde von jeher dazu missbraucht, um Kriege anzuzetteln, Menschen anderer Kulturen zu unterdrücken und einigen wenigen zur Macht zu verhelfen. Angefangen bei der Inquisition und Hexenverbrennung über die Kreuzzüge bis hin zum Auslöschen ganzer Völker im Namen Gottes. Von der Unterdrückung und Misshandlung von Frauen und den terroristischen Selbstmordattentaten der heutigen Zeit ganz zu schweigen. Religionen hatten immer nur Angst, Schrecken und Intoleranz verbreitet, statt Trost zu spenden. Ein Gewitter war keine Gewalt, die von Menschen ausgeübt wurde, es war eine ehrfurchtgebietende Naturgewalt, auf die Menschen keinen Einfluss hatten. Den Gedanken, dass die Verstorbenen in Form eines Gewitters heimkehrten, um nach ihren Verwandten zu sehen, fand sie tröstlich. Gleichzeitig nahm es dem Gewitter ein wenig den Schrecken.

Josh lachte sie nicht aus, sondern erklärte nur in seiner ruhigen Art: „Sicher tut er das; sprich zu ihm, er wird dich hören."
„Ich bin kein religiöser Mensch", meinte sie zögernd.
„Ich auch nicht", erwiderte Josh. „Ich glaube nicht an einen rachsüchtigen Gott, der schlechte Menschen in die Hölle verbannt. Wakán tánka ist nicht rachsüchtig, er ist in allem, was uns umgibt. Den Menschen, Tieren, Pflanzen, er ist in den Felsen, der Erde, dem Himmel und der Sonne. Alles ist miteinander verbunden. Mitákuye oyás'in. Das bedeutet: alle meine Verwandten.Wir betrachten den Menschen nicht als die Krone der Schöpfung. Wir sind nur ein Teil des großen Ganzen, und alles ist mit uns verwandt. Es ist ein Gebet, mit dem wir das große Ganze ehren und eine Verbindung eingehen zu allem, was uns umgibt, und wenn du eine Verbindung zu allem hast, dann auch zu den Ahnen. Du

kannst zu ihnen sprechen, und manchmal antworten sie auch, du musst nur lernen zuzuhören. Manchmal kommen sie in unseren Träumen zu uns; wir verstehen nicht immer, was es bedeutet, also denken wir darüber nach und lernen dabei etwas über uns selbst. Manchmal brauchen wir die Hilfe eines Witschásch wakhán, eines heiligen Mannes, um klarer zu sehen, und für einige Träume gibt es erst eine Erklärung, wenn tatsächlich geschieht, was wir geträumt haben."

Sannah warf ihm einen vorsichtigen Blick zu und dachte an den Traum seiner Großmutter, von dem er ihr erzählt hatte. So, wie es aussah, schien sich dieser Traum zu bewahrheiten. Josh ahnte nichts davon, dass Sannah die Erklärung für diesen Traum hatte, doch noch zögerte sie. Sie wollte ihm keine Hoffnungen machen, bevor sie nicht selber wusste, was sie wollte oder tun würde. Er glaubte an seine Bedeutung, und es würde ihn tief verletzen, wenn sie ging. Wieder beschlich sie dieses Gefühl, einen Geist gesehen zu haben. Es war unheimlich und gleichzeitig schön, denn es bedeutete, dass es wohl möglich doch mehr Dinge zwischen Himmel und Erde gab, als die Schulweisheit sich träumen ließ. Vielleicht fegte ihr Großvater ja wirklich im Schneesturm über das Land, glücklich lachend, mit einem Hundeschlitten. Daran wollte sie gern glauben.

Sie gönnten sich noch ein wenig Ruhe nach der ganzen Aufregung des Vormittags. Die Temperatur stieg wieder an, und Sannah tauschte die lange Jeans gegen eine Shorts. Die Arbeit war durch das Gewitter liegengeblieben, und so machten sie sich wenig später daran, den Stall auszumisten und den Hof von dem restlichen Gestrüpp zu befreien. Danach verschwand Josh für eine Weile in der Küche, um noch Papierkram für den Termin in Rapid zu erledigen, wie er es nannte.

Um ihn nicht zu stören, ging Sannah zur Weide, holte Wakínyan und begann ihn ausgiebig zu putzen. Strähne für Strähne seines vollen Schweifs wurde sorgfältig verlesen und durchgebürstet. Ebenso die lange Mähne. Das Pferd genoss ihre Zuwendung und döste entspannt in der Sonne. Seit ihrem wilden Ausritt liebte sie dieses Tier. Wakínyan hatte ihr ein nie gekanntes Gefühl von Freiheit geschenkt. Er war wirklich ein Donnervogel, denn er war mit ihr über das Land geflogen. Langsam beruhigte sie sich, und die Freude über ihr Pferd machte sich breit. Als Wakínyan glänzte wie eine Speckschwarte, belohnte Sannah ihn mit den restlichen Möhrchen für seine Geduld und brachte ihn zurück auf die Weide. Josh hatte sich mit seinem Papierkram auf die Veranda verzogen.

„Was machst du da eigentlich?", fragte sie ihn, als sie von der Weide zurückkam.

„Nichts Besonderes", antwortete er. „Ich mache Kalkulationen für Kleinbetriebe, kümmere mich um deren Bilanzen, helfe bei Anträgen für Kleinkredite zur Existenzgründung, und so weiter." Sannah machte ein erstauntes Gesicht.

„Na ja, für irgendetwas muss mein Studium ja gut gewesen sein", erklärte er. „Einige hier auf der Rez haben recht gute Ideen und versuchen, sich mit kleinen Geschäften selbständig zu machen, um ihre Situation zu verbessern. Der Lakota-Fonds bewilligt Kleinkredite zur Förderung, allerdings sind viele mit dem Papierkrieg völlig überfordert. Dazu kommt noch, dass wir auf der Rez keine Bank haben. Viele Banken in Rapid weigern sich aber, unseren Leuten ein Konto zu eröffnen. Da ich durch das Studium ganz gute Kontakte außerhalb habe, erledige ich das für sie. Inklusive Papierkrieg. Ich bin quasi der inoffizielle Unternehmensberater", erklärte er bescheiden.

Sannah lächelte ihn bewundernd an. Wie sehr sie ihn am Anfang falsch eingeschätzt hatte, merkte sie jeden Tag mehr. Josh war nicht der grobschlächtige, mürrische und wortkarge Rancher im schmutzigen Unterhemd, für den sie ihn gehalten hatte. Er war feinfühlig, warmherzig, hilfsbereit, engagiert und tiefgründig. Sie nahm sein Gesicht in ihre Hände und küsste ihn.

„Du bist ein ganz besonderer Mensch", sagte sie nur und ging in die Küche.

Josh schluckte, und sein Herz schlug bis zum Hals, während er die restlichen Papiere abheftete.

Sannah machte einen Eistee. Sie hatte am Vorabend noch Tee gekocht und kalt gestellt und Unmengen an Eiswürfeln in dem kleinen Gefrierfach des altersschwachen Kühlschranks produ-

ziert. Nun mischte sie Limettensaft mit Zucker und Tee in einem großen Glaskrug und ließ die Eiswürfel hineinfallen. Bewaffnet mit zwei Gläsern und dem Krug ging sie wieder auf die Veranda. Beim Anblick des bernsteinfarbenen Tees seufzte Josh zufrieden.
„Wenn du so weitermachst, bin ich bald hoffnungslos verwöhnt", stellte er fest.
„Wie ich aus zuverlässigen Quellen weiß, warst du das schon vorher", erwähnte sie mit einem verschwörerischen Grinsen.
Josh griff sich mit erstaunter Unschuldsmiene an die Brust. „Wer? Ich? Nie!", widersprach er lachend. „Wer hat mich verpetzt?"
Sannah fuhr sich mit zwei Fingern über die Lippen, als würde sie einen Reißverschluss schließen. „Kein Kommentar!", sagte sie und goss den Tee in die Gläser. Die Eiswürfel klirrten verführerisch und ließen die Gläser beschlagen. Sie gönnte sich einen großen Schluck und legte die Füße auf den Tisch. Josh stapelte seine Aktenordner am anderen Ende des Tisches und hielt sich das Glas an die Schläfe.
„Wollen wir nach dem Abendessen noch einen Ausritt machen?", schlug er vor.
Sie strahlte. „Was für eine Frage!"

Drei Stunden später, nachdem sie die Pferde geholt und das Abendessen beendet hatten, machten sie sich hoch zu Ross in Richtung Creek auf. Wakínyan hatte Sannah den Gefallen getan und sich nach dem Putzen nicht wieder im Dreck gewälzt, so dass sein Fell immer noch glänzte. Ihr Blick fiel auf eine zusammengerollte Decke, die Josh an seinem Sattel befestigt hatte.
„Hast du vor, da draußen zu übernachten?", witzelte sie und deutete mit einer Kopfbewegung auf die Decke.
„Wer weiß?", erwiderte er geheimnisvoll. „Lass dich doch einfach überraschen." Sie ritten weiter am Creek entlang, dieselbe Strecke wie schon beim vorangegangenen Ausritt. Als sie das offene Grasland erreichten, galoppierten sie bis zur Furt. Wieder hatte Sannah das Gefühl, auf Wakínyan über die Landschaft zu fliegen. Es gab nichts, das schöner war. An der Furt stieg Josh nicht ab, sondern durchquerte den Bach und ritt weiter. In diesem Gebiet schlängelte sich der Creek in vielen kleinen Windungen

durch ein kleines Tal und ließ allerlei Pflanzen gedeihen. Pinien, die dem Reservat den Namen gegeben hatten, wuchsen hier in kleinen Gruppen, gelbe asternartige Blumen blühten in dichten großen Büscheln, Kuhschellen bedeckten große Flächen und bildeten mit ihren Blüten ein wahres Blütenmeer in Violett. Prärierosen setzten noch rosafarbene Tupfer dazwischen. Es roch nach den würzigen Pinien, wildem Salbei, und ganz zart nach Wildrosen. Der Anblick war atemberaubend. Insekten summten von Blüte zu Blüte. Durch dieses kleine Paradies wand sich der Bach plätschernd über einige Steine in seinem Bett. Sannah seufzte hingerissen und konnte sich an der Pracht gar nicht sattsehen. Sie bereute, dass sie ihre Kamera nicht dabeihatte. Josh lächelte zufrieden, als er sah, dass sie wieder strahlte. Er stieg ab und breitete die Decke unter einer Pinie aus. Sein Pferd ließ er einfach in der Nähe grasen. Er setzte sich auf die Decke, lehnte sich gegen den mächtigen Stamm der Pinie und klopfte einladend auf den freien Platz neben sich. Sie ließ sich neben ihm nieder, und ihr Blick schweifte über die Blütenpracht. „Es ist wunderschön hier!"

„Das ist mein Lieblingsplatz", erklärte Josh. „An diesen Ort komme ich immer, wenn ich Ruhe brauche oder nachdenken will. Deshalb habe ich dich hierher gebracht. Ich dachte, es hilft dir vielleicht."

Sie sah ihn erstaunt an.

„Du warst in den letzten Tagen sehr nachdenklich, ganz besonders heute. Du musst mir nicht erzählen, was dich beschäftigt, aber du kannst es dem Wind anvertrauen. Er wird dir zuhören. Mir hilft es für gewöhnlich", sagte er lächelnd und strich ihr mit einer zarten Geste über die Wange.

Sie sah ihm tief in die dunklen Augen, offenbar gab es nicht viel, was sie vor ihm verbergen konnte. Seine feinen Antennen registrierten jede noch so kleine Stimmungsschwankung. Trotzdem bedrängte er sie nicht mit Fragen, sondern bot ihr eine andere Möglichkeit, sich den Ballast von der Seele zu reden.

Jedem Leiter eines Esoterik-Workshops hätte sie jetzt einen veritablen Dachschaden bescheinigt, aber hier, aus Joshs Mund, klang dieser Vorschlag plötzlich nicht mehr albern oder abgedreht. War das vielleicht das Geheimnis hinter seiner unerschütterlichen Ruhe? Sannah legte ihren Kopf auf seine Schulter und atmete tief durch.

„Ich möchte es dir erzählen, vielleicht hört mich der Wind dann ja auch“, begann sie.

Josh nahm sie behutsam in den Arm und schwieg.

„Ich habe ein paar unschöne Jahre hinter mir. Als ich dahinter kam, dass mein Mann mich betrog, brach eine Welt für mich zusammen. Ich war so naiv gewesen, zu glauben, dass diese Ehe ewig halten würde. Ich stellte ihn zur Rede und verlangte eine Erklärung von ihm. Dieser Dreckskerl hat dann allen Ernstes gesagt, wenn ich ihm zu Willen wäre, müsste er sich keine anderen Schlampen suchen. Er hat das wirklich genau so formuliert. Wir leben doch nicht mehr im Mittelalter! Daraufhin wollte er Sex. Ich habe mich geweigert, weil er mich dermaßen angewidert hat und ich nur noch Verachtung für ihn übrig hatte. Betrunken, wie er war, ist er dann völlig ausgerastet, ist über mich hergefallen und hat auf mich eingeschlagen und -getreten. Danach hat er mich liegen lassen wie Abfall.“

Josh biss vor Wut die Zähne aufeinander und ballte die freie Hand zur Faust.

Sannah versuchte ruhig zu bleiben, als sie diese Erinnerungen heraufbeschwor. „Als ich aus dem Krankenhaus entlassen wurde, habe ich die Scheidung eingereicht und bin zurück zu meinen Eltern gezogen. Dort kam ich zur Ruhe und fühlte mich sicher. Annegret hat mit ein paar Freunden meine Sachen aus der Wohnung meines Mannes geholt und sich um die Scheidung gekümmert. Ohne sie und meine Eltern hätte ich das wohl alles nicht geschafft. Ein halbes Jahr nach der Scheidung fuhren meine Eltern in den Urlaub nach Italien zum Skifahren. Ich wollte mit, habe aber keine freien Tage bekommen. Eines Abends standen dann zwei Beamte vor meiner Tür und teilten mir mit, dass meine Eltern bei einem Autounfall tödlich verunglückt seien. Ich musste nach Italien, um ihre Leichen zu identifizieren und die Überführung zu organisieren. An diesem Tag wäre ich am liebsten auch gestorben. Sie waren alles, was ich noch hatte. Ich kann mich kaum noch daran erinnern, ich habe nur noch funktioniert wie eine Maschine.“

Josh drückte Sannah an sich und strich ihr tröstend über das Haar. Es fiel ihm schwer, seine Gefühle zu kontrollieren.
„Die Wochen danach fühlte ich nichts mehr, ich bin jeden Morgen zur Arbeit ins Krankenhaus und wurde dort an meinen Exmann erinnert und bin abends nach Hause, wo mich die Einsamkeit und die Erinnerungen an meine Eltern quälten. Es gab keinen Ausweg aus diesem Teufelskreis. Ich habe Monate gebraucht, um zu begreifen, dass ich da raus muss, wenn ich nicht vor die Hunde gehen will. Ich muss neu anfangen, ich weiß nur nicht, wie. Erst seit ich hier bin, komme ich langsam zur Ruhe. Die Erinnerungen verfolgen mich nicht mehr, aber ich habe Angst davor, dass sie mich zu Hause wieder einholen." Sie atmete wieder tief durch. „Jetzt weißt du, warum ich hier bin. Ich bin ein Wrack auf der Flucht."
Josh bettete ihren Kopf an seine Brust und begann, leicht hin und her zu wiegen. Er kannte dieses Gefühl nur zu gut. Er war nicht geflüchtet, weil er gar nicht gewusst hätte, wohin. Stattdessen hatte er sich in sein Schneckenhaus verzogen, wie Sam es zu nennen pflegte, und hatte dort versucht, Ruhe zu finden. Erst Sannah hatte es, ohne es zu wissen, geschafft, ihn dort wieder rauszuholen. Josh war der festen Überzeugung, dass es für alles, was geschah, einen Grund gab, auch wenn man meistens nicht objektiv genug war, um diesen zu erkennen. Doch diesmal schien es ihm klar und wurde mit jedem Tag, den sie bei ihm war, klarer.
Sannah ließ sich fallen und gab sich völlig der Geborgenheit in seinen Armen hin. Es lag so viel Wärme und Trost in dieser Umarmung, und sie wünschte, es würde nie aufhören.
„Es gibt einen Ort der inneren Ruhe in uns. Einen Ort wie diesen hier", begann er. „In meinem ersten Jahr auf der Uni in Aberdeen hatte ich manchmal das Gefühl, mir platze der Kopf. Überall Menschen, Lärm und Hektik. Nirgendwo fand ich einen Ort, um zu flüchten und wieder einen klaren Gedanken zu fassen. Wenn du Stille gewöhnt bis, kann dich das geradezu verrückt machen."
„Du hast in Schottland studiert?", fragte sie verblüfft.
Josh schüttelte den Kopf. „Nein, Aberdeen, South Dakota", antwortete er und erzählte weiter. „Irgendwann habe ich mir einen Baum wie diesen gesucht. Bäume geben dir Kraft und Schutz, sie

verbinden die Erde mit dem Himmel, und über sie kannst du in Verbindung zu den Ahnen treten. Ich setzte mich unter den Baum und hörte den Wind in den Blättern, schloss die Augen und blendete die Welt um mich herum einfach aus. Mitakuye oyas'in. Ich fühlte diese Verbindung zu allem, was uns umgibt, und die Ruhe, die davon ausging. Alles, was ich noch hörte, war der Wind, der die Blätter zum Singen brachte, sonst herrschte Ruhe. Ich konnte durchatmen, wieder klar denken und meine Gedanken dem Wind anvertrauen. Das gab mir die Kraft, um weiterzumachen. Dieser Ort innerer Ruhe ist auch in dir. Es wird dir helfen, den richtigen Weg zu finden."
„Hilft es dir immer noch?", fragte Sannah.
Josh lächelte, weil es in letzter Zeit eher sie gewesen war, die dazu beigetragen hatte, ihm klarzumachen, was er wollte. Aber das behielt er für sich.
„Du solltest dir vielleicht einen weniger belebten Ort aussuchen als ich", erklärte er grinsend. „Nach kurzer Zeit hieß es an der Uni nur noch: Der verrückte Indianer hockt schon wieder unterm Baum."
Sannah schloss die Augen und ließ die Stille auf sich wirken. In seinen Armen erschien plötzlich alles so einfach. War Josh die Antwort auf ihre Fragen?

Etwas später ritten sie zurück. Sannah fühlte sich von einer Zentnerlast befreit, es hatte ihr gutgetan über die Vergangenheit zu sprechen. Es ließ diese unseligen Gespenster verblassen. Vergessen würde sie es nie, aber es belastete sie nicht mehr.
Josh spürte ihre Erleichterung. „Wer zuerst zu Hause ist!", rief er ihr zu und trieb sein Pferd an.
Sannah lachte begeistert. Im gestreckten Galopp jagten sie über das offene Grasland. Als sie die Ranch erreichten, strahlten beide um die Wette. Sie sattelten die Pferde ab und brachten sie auf die kleine Weide zurück.
Sannah vergrub ihr Gesicht tief in Wakínyans Mähne.
„Schlaf gut, mein Schöner", flüsterte sie glücklich.

Geduld ist eine Tugend

Um fünf Uhr morgens riss der Wecker Josh erbarmungslos aus dem Schlaf. Er stöhnte, stellte ihn aus und ließ sich zurück in die Kissen sinken.
‚Nur noch zehn Minuten', dachte er sich und schloss die Augen, als er Sannah im Bad hörte. Nur langsam verzog sich der Nebel in seinem Kopf, und ihm fiel wieder ein, dass heute die Fahrt nach Rapid City auf dem Plan stand. Er beschloss, Kaffee zu kochen, solange sie im Bad war, und rappelte sich mühsam aus dem Bett. Bis auf die dreckigen Sachen vom Vorabend befand sich die gesamte saubere Wäsche noch draußen auf der Wäscheleine. Sannah hatte am Tag zuvor alles gewaschen, dessen sie habhaft werden konnte. Er lief in Unterhosen in die Küche, setzte Kaffee auf und zog sich seine Stiefel an, um die Klamotten reinzuholen. Josh war einmal mehr froh darüber, keine direkten Nachbarn zu haben. Das Einsammeln der sauberen Wäsche zog sich etwas in die Länge, da Sannah wegen des Windes alles mit Wäscheklammern gesichert hatte. Mit dem übervollen Wäschekorb ging er wieder ins Haus.
„Na, wenn das nicht Mr. Juni aus meinem Kalender für gelangweilte Hausfrauen ist!", stellte Sannah kichernd fest und musterte ihn frech von oben bis unten.
Josh verfrachtete den Korb aufs Sofa im Wohnzimmer und grinste schief. „Gib es doch einfach zu: Das hast du geplant", erwiderte er und zog die Stiefel wieder aus.
„Wer weiß?", flötete sie.
Josh baute sich vor ihr auf und lächelte diabolisch. „Heute Nachmittag fliegst du im hohen Bogen mit deinem neuen Bikini ins Wasser. Mal sehen, wer dann lacht", raunte er ihr ins Ohr.
„Heute schon?", fragte sie erstaunt und versuchte, sich den heißen Schauer, der ihr durch den Leib fuhr, nicht anmerken zu lassen. Dabei beobachtete sie, wie er Jeans und Hemd aus dem Korb fischte und sich anzog.
„Klar", antwortete er. „Wenn wir sowieso in Rapid sind, können wir einen Abstecher in die Black Hills machen. Dort gibt es

etliche schöne Seen zum Baden. Ist mir lieber als die Chlorbrühe im Schwimmbad", meinte er.
Sannah strahlte, auch sie hatte für Schwimmbäder nicht viel übrig. Zu Hause bevorzugte sie die Ostsee, wenn sie mal Zeit dafür hatte und der norddeutsche Sommer sich zu ein paar heißen Tagen durchringen konnte. „Dann packe ich noch ein paar Handtücher und was zu essen ein!"
„Wir können in Rapid essen oder direkt am See. Da gibt es genug Hotdog-Buden", sagte Josh und nahm sich einen Kaffee.
Sannah flitzte die Treppe hinauf, um Handtücher aus dem Bad zu holen. In ihrem Zimmer suchte sie noch ihre Brieftasche, Kamera und die Sonnencreme zusammen und stopfte alles in ihre kleine Reisetasche, die sie als Handgepäck mitgenommen hatte. Josh hatte derweil noch eine große Decke rausgesucht und aß nun Cornflakes zum Frühstück. Sannah setzte sich dazu und machte sich ein Sandwich.
„Denk an dein Versprechen!", mahnte Josh und grinste anzüglich.
„Denk du lieber an deine Badehose!", entgegnete sie lachend.
„Was für eine Badehose?", fragte er mit Unschuldsmiene und amüsierte sich köstlich über ihren verdatterten Gesichtsausdruck.
Nachdem die Pferde auf der Weide waren und sie alles im Auto verstaut hatten, machten sie sich auf den Weg nach Rapid. Josh war noch zu müde, um sich zu unterhalten, und so genoss Sannah anfangs einfach den Ausblick auf die Landschaft. Josh fuhr eine andere Strecke, als Sannah bei ihrer Ankunft genommen hatte. Die Straße führte mitten durch die Badlands. Schroffe, verwitterte Felsen türmten sich vor ihnen auf, dazwischen lagen große Flächen offener Prärie. Auf dem Gebiet des Reservates hieß die Straße Big Foot Trail.
„Die beiden südlichen Teile der Badlands gehören zum National Tribal Park und werden von unserem Stamm verwaltet. Das hat etliche Arbeitsplätze geschaffen. Als Park Ranger werden bevorzugt Oglala eingestellt, und auch einige unserer Studenten haben hier einen Job als Biologen, Paläontologen und Archäologen gefunden", erklärte Josh.

Sannah machte ein erstauntes Gesicht. „Archäologen? Was graben die denn hier aus?"
„Es gibt hier viele Fundstätten für Fossilien, T-Rex und Co., aber auch Reste von menschlicher Zivilisation, etwa elftausend Jahre alt. Lange bevor die Lakota die hier lebenden Stämme der Arikara verdrängt hatten, lebten hier Paläoindianer in festen Siedlungsgebieten. Sie zogen wohl nicht wie wir nomadisch über die Plains, sondern blieben das ganze Jahr über hier. In geschützten Tälern mit Bächen und Seen in der Nähe. Es gab hier das ganze Jahr über gute Jagdmöglichkeiten, die Gegend ist heute noch sehr reich an Wild. Hier gibt es auch wieder freilebende Bisonherden. Streng geschützt, versteht sich. Die anderen Fossilien sind das größere Problem. Weiter südlich, auf dem Stronghold Plateau fand im Herbst 1890 der letzte Ghost Dance statt. Sitting Bull, der aus Kanada zurückgekehrt war, unterstützte diese Bewegung. Der Ghost Dance sollte die Bisons zu uns zurückbringen, damit wir wieder unser altes, gutes Leben führen konnten. Es war ein letzter, verzweifelter Aufschrei unseres Volkes. Den Weißen war der Ghost Dance ein Dorn im Auge; sie fürchteten sich davor, weil sie seine Bedeutung nicht verstanden, also wurde der Tanz verboten. Unsere Leute haben sich davon nicht abhalten lassen und heimlich in den Badlands getanzt. Für die Weißen der Reservatsverwaltung kam das einem Aufstand gleich, sie schickten die Home Guard, die heutige Nationalgarde, um den Tanz zu unterbinden. Siebzig Männer, Frauen und Kinder wurden erschossen, die anderen steckte man ins Gefängnis. Sitting Bull wurde daraufhin bei seiner Festnahme im Standing Rock Reservat ebenfalls ermordet. Die Leichen am Stronghold wurden einfach über den Abhang geworfen. Heute ist dort eine heilige Begräbnisstätte. Als der National Park Service 2002 eine große Ausgrabung in diesem Gebiet beginnen wollte, regte sich Widerstand. Einige junge Leute, darunter auch Anhänger des American Indian Movement, das in den Siebzigern schon Wounded Knee besetzt hatte, bildeten so genannte Widerstands-Camps auf dem Stronghold Plateau und an den Zugängen zu diesem Gebiet. Sie wollten damit nicht nur die geplante Grabung verhindern, sondern auch die Begräbnisstätten vor illegalen Fossiliensammler und Touristen schützen.

Die Camps bekamen immer mehr Zulauf und Unterstützung von anderen Stämmen, sodass sich der National Park Service genötigt sah, Verhandlungen anzustreben. Kurz vor Beginn der geplanten Grabung fand einer von unseren Leuten den Oberschenkelknochen einer jungen Frau, die damals unter den Getöteten war. Man sah das als Zeichen, dass sie aus ihrem Grab zurückgekehrt war, um die heilige Stätte zu schützen."

Sannah bekam eine Gänsehaut. Mythos und Wirklichkeit, Tradition und politisches Kalkül lagen hier so eng beieinander. Man hatte den Lakota schon alles genommen, aber die nicht enden wollende Gier machte nicht einmal vor Gräbern halt. Fossilien waren ein lohnenswertes Geschäft, mit dem viel Geld zu verdienen war.

„Ich möchte gar nicht wissen, welch einen Sturm der Entrüstung es auslösen würde, wenn jemand auf dem Friedhof von Arlington eine Ausgrabung machen wollte", sagte sie empört.

Josh nickte grimmig. „So in etwa. Aber hier liegen ja „nur" ein paar Indianer und keine sogenannten Nationalhelden. Jedenfalls nicht ihre. Für uns sind sie Helden", stellte er fest.

Sannah nickte. „Und wie ging es weiter?"

Josh fuhr fort: „Nach jahrelangen zähen Verhandlungen wurde dann vor kurzem der Tribal National Park gegründet. Die südlichen Teile der Badlands, die sich auf dem Gebiet des Reservates befinden, werden jetzt vom Stamm verwaltet; Ranger sorgen dafür, dass sich Unbefugte von den heiligen Stätten fernhalten. In Kooperation mit dem National Park Service, der die ganze Sache hochgelobt und bejubelt hat. Unsere Leute sehen das skeptisch, es sind dadurch zwar Arbeitsplätze entstanden, aber niemand will dem Frieden so recht trauen. Wir sind schon zu oft verarscht worden. Eine ganz ähnliche Geschichte kann ich dir nachher noch über die Black Hills erzählen. Da dauert das Tauziehen allerdings noch an."

„Ziehst du auch mit am Tau?", wollte Sannah wissen.

„Nein", antwortete Josh. „Aus den Angelegenheiten der Stammesregierung halte ich mich raus. Seit der Schreckensherrschaft von Dick Wilson, einem korrupten Vorsitzenden Mitte der siebziger Jahre, traut man auch dem Stammesrat nicht immer über

den Weg. Die einen mehr, die anderen weniger. Aber ich will mich damit ganz sicher nicht in die Nesseln setzen und für die unterschiedlichen Splittergruppen des Stammes zur Zielscheibe werden. Ich helfe ganz privat den Kleinunternehmern. Viele haben zwar eigenes Land, aber kein Kapital, um es selber zu bewirtschaften. Da Land zum Glück nur an Stammesmitglieder verkauft werden darf, verpachten sie es an weiße Rancher und Farmer, um damit ein bisschen Geld zu verdienen. Wenn man sich die Grundsteuer nicht leisten kann, wird das Land von der BIA, dem Bureau of Indian Affairs, verwaltet. Rund sechzig Prozent des Weidelandes wird von der BIA zu Spottpreisen an weiße Rancher verpachtet. Das große Geld verdienen hier, wieder einmal, die Weißen mit unserem Land. Ein Spendenverein sammelt auch hier Geld, um Pachtverträge zu kündigen und das nötige Startkapital zur Eigennutzung zusammenzubekommen. Ich kümmere mich um den ganzen Papierkram, aber nicht um Politik. Wer mich um Hilfe bittet, bekommt sie. Mühsam, aber es geht mit kleinen Schritten voran. Ähnlich wie mit den kleinen Unternehmen. In Kyle gibt es mittlerweile ein Motel, einen Coffeeshop und einen Burrito-Laden. Sogar ein kleines Kino. Das bringt zwar nicht viele Arbeitsplätze, aber es entwickelt sich langsam", sagte er verhalten optimistisch.
„Ich bewundere dich für dein Durchhaltevermögen. Ich hätte vor lauter Frust sicher schon alles hingeschmissen", gab sie zu.
„Wenn ich aufhöre, für mein Volk zu kämpfen, wer bin ich dann?", fragte Josh.
‚Mit dem Spruch könntest du Präsident werden – wenn du weiß wärst', dachte Sannah.

Als sie in Rapid City ankamen, setzte er sie an einer Shopping Mall ab. Sie wollten sich dort ein paar Stunden später wieder treffen. Sannah studierte am Eingang erst mal den Lageplan. Ohne Kompass und GPS würde sie sich hier hoffnungslos verirren. Sie kam zu der Erkenntnis, dass ihre Überlebenschancen deutlich größer wären, wenn sie sich die Lebensmittelabteilung im Erdgeschoss einprägen würde. Bei der Größe und der immensen Anzahl der Geschäfte wunderte sie sich nicht, dass Mütter hyste-

risch wurden, wenn die lieben Kleinen auf Nimmerwiedersehen verlustig gingen.
Der vielzitierte Ariadnefaden würde in dem Gedränge allerdings auch nicht helfen. Ein roter Punkt fiel ihr auf dem Plan ins Auge. Sie befinden sich hier, stand da. Wundervoll. Sie hoffte nur, dass noch mehr dieser Pläne von einem Ortskundigen verteilt worden waren. Todesmutig, weil sie Shopping ohnehin hasste wie die Pest, wagte sie sich in den Konsumtempel. Kaum drinnen, fiel ihr zunächst einmal auf, dass sie für diesen Anlass offenbar völlig ungenügend zurecht gemacht war. Ungeschminkt, unfrisiert, underdressed. Setzen, sechs!!! ‚Super! Wie in der Schule', dachte sie. Annegret wäre hier voll auf ihre Kosten gekommen. Langsam wurde Sannah auch klar, dass High Heels weit mehr als nur Schuhe waren: Es waren Waffen!
Allein die Tatsache, dass ihre Kurven alle noch dort angesiedelt waren, wo sie hingehörten, statt sich aufgrund der Masse und der darauf einwirkenden Schwerkraft ein Stockwerk nach unten zu verlagern, wie bei etlichen anderen Anwesenden, gab ihr einen winzigen Rest von Selbstbewusstsein. Ihre Jeans saß eng, das Shirt auch, und so straffte sie die Schultern und dachte dabei: ‚Ihr seid alle zu fett!' Mit einer ähnlichen Strategie hatte sie damals auch die Pausen in der Schule überstanden.

Die Damen-Ober-, Unter-, Drüber- und Drunter-Bekleidung befand sich im ersten Stock. Treppen suchte man hier vergebens, was auch erklärte, warum die Schwerkraft hier besonders viel zu tun hatte. Also Fahrstuhl, voll klimatisiert. Bing. Auf ins Getümmel. Sie dachte darüber nach, auf welche Weise sie sich an Josh dafür rächen könnte. Unschlüssig schlenderte sie an den Boutiquen vorbei. Bikini und Kleid. Am besten alles in einem Laden und dann den geordneten Rückzug antreten. Panik nach Möglichkeit vermeiden, die führte nur zu Orientierungsverlust.
Auf der Suche nach dem geeigneten Laden wurde sie immer wieder mit mehr oder minder abschätzigen Blicken bedacht. „Fett", schrieb Fräulein Rottenmeier in die Akte Selbstkontrolle und saß besenstielgleich auf der äußersten Kante ihres Stuhls. Haltung bewahren, lautete die Parole.

Kurze Zeit später entdeckte sie einen geeigneten Laden. Ein paar Bademoden waren im Schaufenster ausgestellt, und im hinteren Bereich hingen Kleider auf verschiedenen Ständern.
‚Ave Caesar, morituri te salutant', dachte Sannah und ging hinein. Eine aufgedonnerte Blondine, Marke Tiffany, musterte sie herablassend.
„Kann ich Ihnen helfen?", fragte Tiffy etwas gepresst.
‚Nein, danke. Wo die Tür ist, weiß ich schon', dachte Sannah.
„Vielleicht können Sie das", antwortete sie mit einem Lächeln und war sich sicher, dass Tiffy diesen Seitenhieb nicht verstanden hatte. „Ich suche nach einem Bikini und einem Cocktailkleid."
Wieder dieser abschätzende Blick. Diesmal allerdings wohl um Maß zu nehmen, stellte Sannah fest, als Tiffy sie zu einem Ständer mit Bikinis führte, die nicht den Oberbegriff Zwei-Mann-Zelt verdient hatten.
„Hier hätten wir ein paar Modelle", meinte die Verkäuferin knapp. Genauso knapp war auch die Stoffmenge bemessen, aus der diese Bikinis hergestellt worden waren.
„Haben sie auch Modelle mit Rollkragen?", wagte Sannah scherzend zu fragen. Der Schuss pfiff haarscharf an Tiffys Tellerrand vorbei und verschwand in den Tiefen des Alls. Jeder, der in Astrophysik aufgepasst hatte, wusste, dass dort ein Vakuum herrschte. Nachdem das offensichtlich noch analog betriebene Denksystem der Verkäuferin sich eine Weile mit diesem Scherz auseinandergesetzt hatte, zeigte das damit verbundene Messgerät für IQ und Humor ein eher enttäuschendes Ergebnis in Form eines dümmlichen Gesichtsausdruckes an. Die Messwerte tendierten gen null.
‚Schade, Pulver umsonst verschossen', dachte Sannah. Bitte begeben sie sich jetzt alle zum Lachen in den Keller, natürlich mit dem Fahrstuhl. Bing. Also kein Rollkragen. Josh würde seinen Willen bekommen, wie es aussah. Sie entdeckte einen Bikini mit Balconette-Oberteil in Knallrot. Die obere Naht war jeweils mit weißem, gerafftem Stoff abgesetzt. Sehr hübsch, fand sie. Die Farben würden gut zu ihrer braunen Haut passen, und der Schnitt war deutlich hochwertiger als die labberigen Stoffdreiecke mit Bändchen. Das lief ja besser als gedacht. Sannah hielt sich das Oberteil an den Busen. Passt, stellte sie fest, um Zeit zu sparen.

Punkt zwei auf der Liste: ein Kleid. In puncto ‚Rache ist Blutwurst', dachte Sannah über den Erwerb eines Gutscheins für eine Krawatte nach, am besten in einer der gehobenen Herrenboutiquen, in denen sich, aufgrund von Kundenmangel, die Verkäufer zu Tode langweilten. Schließlich sollte auch Josh einmal in seinem Leben in den fragwürdigen Genuss dieses Einkaufserlebnisses kommen. Doch dann fiel ihr ein, dass Josh höchstwahrscheinlich auch am Etikett der männlichen Halszierde etwas Kleingedrucktes finden würde, das es zu beanstanden galt. Abgesehen davon, dass der Schlips vermutlich nicht zum Unterhemd passen würde. Farblich natürlich.

Also beschloss sie, ein Kleid zu kaufen, das ihn aus den Stiefeln hauen würde. In diesem Falle war Rache dann eben mal süß.

Mit dem Bikini über dem Arm durchforstete sie die Auswahl an Kleidern. Ihr Blick fiel auf ein schwarzes Taftkleid, das geheimnisvoll in einem tiefen Dunkelrot changierte. Bleistiftschnitt mit einem schmalen, aber tiefen, herzförmigen Ausschnitt, knielang und hauteng. Bingo. Hier kam sie um die Anprobe allerdings nicht herum.

„Wo kann ich das anprobieren?", fragte sie die geistige Blindschleiche.

Ob Sannahs Auswahl hob Tiffy erstaunt die zu stark nachgezogenen Augenbrauen und deutete auf den hinteren Bereich des Ladens. Sannah verschwand mit dem Kleid in der Kabine. Tiffy, nun doch neugierig geworden, folgte ihr; vielleicht befürchtete sie aber auch nur, Sannah könnte etwas mitgehen lassen. Sannah zog ihre Klamotten aus und schlüpfte in den lasziv-verführerischen Traum aus Seidentaft. Der Preis war allerdings weniger verführerisch. Sie überlegte kurz, ob ihre süße Rache so viel wert war, aber nach dem Blick in den Spiegel waren ihre Bedenken vergessen. Der Fummel saß wie angegossen. Sie öffnete den Vorhang und trat in den besser beleuchteten Vorraum der Ankleide, um sich erneut zu betrachten. Tiffy blieb die Spucke weg. Das Kleid schmiegte sich wie eine zweite Haut an Sannahs schlanken Körper, der raffinierte Ausschnitt verlieh ihr einen zarten Schwanenhals à la Audrey Hepburn und betonte reizvoll das Dekolleté. Der dunkelrote Schimmer war das I-Tüpfelchen.

„Hätten Sie noch die passenden Schuhe dazu? High Heels, Größe sieben?“, fragte sie Tiffy, die sie fassungslos anstarrte. Diese nickte nur und verschwand, um ein paar Minuten später mit zwei Schuhkartons wieder zu erscheinen. ‚Braves Hündchen‘, dachte Sannah boshaft. Das erste Paar probierte sie gar nicht erst an. Hochglanz-Lackleder in Dunkelrot. Dieser Fauxpas machte aus Mata Hari eine Bordsteinschwalbe. Das zweite Paar gefiel ihr deutlich besser. Schlicht, schwarz und mörderisch hoch. Der Absatz war zwar schmal, benötigte aber noch keine Ölbohrlizenz. Mit den Mordinstrumenten an den Füßen betrachtete sie sich erneut, und nun blieb auch ihr die Spucke weg. ‚Josh wird bei diesem Anblick in Ohnmacht fallen‘, dachte sie, weil das gesamte Blutvolumen schlagartig in der Peripherie versacken würde. Sehr süße Rache. Sannah grinste wie eine Katze, die gerade einen Kanarienvogel gefressen hatte. Zufrieden schnurrend zog sie sich wieder um und ging mit ihrer Auswahl zur Kasse.
„Wie möchten Sie zahlen?“, fragte Tiffy mit schnippischem Unterton.
‚Mit Rabattmarken‘, dachte Sannah gereizt und legte kalt lächelnd ihre Kreditkarte auf den Tisch.
Während Tiffy die Karte durch den Scanner zog, fragte sie boshaft: „Trägt man das dieses Jahr auf der Rez?“
Sannah war fassungslos, daher wehte also der Wind. Rassismus war das Letzte, an das sie gedacht hätte. Augenblicklich verwandelte sich Sannah von einer Klapperschlange in eine fauchende Kobra.
„Nein“, entgegnete sie zynisch und vernichtete die Verkäuferin mit einem verachtenden Blick. „Wir bevorzugen immer noch Lendenschurz. Aber die Hirschleder-Modelle waren schon vergriffen, und Büffel macht mich immer so schrecklich blass“, zischte sie und hob die Tasche mit ihren Einkäufen hoch.
„Na ja, besser als nichts!“, meinte sie herablassend zur sprachlosen Tiffy. Hoch erhobenen Hauptes nahm sie ihre Karte samt Quittung an sich und verließ den Laden. So ein Miststück!

Auf diesen Ärger brauchte sie erst mal einen Kaffee. Im Erdgeschoss, gleich neben dem Eingang, befand sich die Fastfood-Meile

der Mall. Dort wollte sie sich später auch mit Josh treffen. Also wieder in den Fahrstuhl. Bing. Immer rechts halten, dann sollte der Eingang bald in Sicht kommen. Geschafft! Sannah kaufte sich einen großen Latte mit Karamell und extra Schaum. Jedem Italiener, der etwas auf sich hielt, hätten die Haare zu Berge gestanden. ‚Was soll's', dachte sie. ‚Den hab ich mir jetzt verdient'. Sie genoss ihren klebrig-süßen Kaffee und überlegte, wie sie die verbleibende Zeit totschlagen konnte. Ein Buchladen wäre schön. Wenn schon shoppen, dann bitte mit Niveau. Am liebsten stöberte sie in Antiquariaten. Wenn man die alten Bücher las, konnte man ihre Vergangenheit förmlich riechen. Allerdings konnte sie sich kaum vorstellen, dass sie so etwas hier finden würde.
In good old Britain gab es Antiquariate an jeder Ecke, meistens überfüllt, mit alten Sesseln ausgestattet und selbstverständlich mit einer Teestube. Das Ganze garniert mit dem Staub der Vergangenheit und einem Hauch Harry Potter. Herrlich! Da spielte der Rest der Welt nur noch eine untergeordnete Rolle. Sannah beobachtete die vorbeiziehenden Besucher der Mall, während sie ihren Latte leerte.
Danach studierte sie nochmals den Plan am Eingang. Bücherläden befanden sich etwas abseits, im hinteren Teil des Komplexes. Mutig machte sie sich auf den Weg. Dort angekommen, bestätigte sich ihre Vermutung: kein Antiquariat, dafür aber ein wirklich großer und überaus gut sortierter Laden. Sie stöberte eine Weile und entschied sich für ein Buch von Craig Johnson. Sie liebte seinen staubtrockenen Humor. Von ihm stammte auch der Spruch, dass Indianer Appaloosa ritten, weil sie danach wütend genug gewesen waren, um zu kämpfen, wenn sie den Kampfplatz denn endlich erreicht hatten. ‚Sicher kein Lieblingsspruch von Josh', dachte sie grinsend. Ein paar Regale weiter entdeckte sie einen reich bebilderten Hochglanzband über Appaloosa-Zuchtpferde. Da sie wusste, dass dieses Buch nicht in seinem Bücherregal stand, kaufte sie es für Josh und ließ es als Geschenk einpacken.

Bester Laune verließ sie den Laden und blieb vor einem Second-Hand-Geschäft stehen. Im Schaufenster stand ein Paar Stiefel, so gut wie neu, mit herrlichen Stickereien am Schaft und dem üb-

lichen schrägen Western-Absatz. Herrenstiefel, für sie selbst zu groß, aber sie dachte sofort an Tyler. Die Größe könnte passen, und der Preis war noch verlockender.
Kurzentschlossen ging sie hinein und wurde zur Abwechslung mal freundlich begrüßt. Sie begutachtete die Stiefel genauer, stellte fest, dass sie bestenfalls zweimal getragen worden waren, und kaufte sie auf gut Glück. Sie freute sich schon auf Tys Gesicht, wenn er die Stiefel auspacken würde. Das war ihr die zwanzig Dollar allemal wert. Außerdem konnte er nicht mehr viel länger mit seinen kaputten Turnschuhen rumlaufen. Nach einem Blick auf ihre Uhr stellte sie fest, dass es Zeit wurde, zum Eingang zurückzukehren. Mittlerweile schwer bepackt machte Sannah sich auf den Weg.

Es war Mittagszeit, und viele der Tische in der Systemgastronomie waren bereits besetzt. Sannah ergatterte einen der letzten und wartete auf Josh. Sie bemerkte zu spät, dass Tiffy mit einer Kollegin am Nachbartisch saß und ihr giftige Blicke zuwarf. Ihr Leben musste wirklich langweilig sein, wenn sie sich mit derartig primitiven Nichtigkeiten beschäftigte, stellte Sannah fest. Sie ignorierte die Blicke und hielt nach Josh Ausschau. Kurze Zeit später entdeckte sie ihn. Groß wie er war, überragte er die meisten Leute fast um Haupteslänge.
Er fing ihren Blick auf und pflügte durch die Menschenmenge, wie ein Öltanker durch eine Flotte kleiner, dicker Ausflugsdampfer, als er auf Sannah zuging. Sie strahlte ihn an, und er begrüßte sie wie selbstverständlich mit einem innigen Kuss.
„Hast du dich gut amüsiert?", fragte er und setzte sich.
Tiffy starrte ihn mit offenem Mund an. Da sie scheinbar mit etwas Ähnlichem wie Denken beschäftigt war, erschlaffte die Kiefermuskulatur. Ein Nachteil des analogen Betriebssystems. ‚Fehlt nur, dass sie anfängt zu sabbern', dachte Sannah.
„Sehr", beantwortete sie seine Frage „Besonders über das Verhalten einiger Leute hier", stellte sie fest, bezweifelte allerdings, dass diese Bemerkung die Empfängerin erreichen würde.
Josh schmunzelte. „Wollen wir hier etwas essen oder am See?", fragte er und studierte das Fastfood-Angebot.

„Wenn es dir nichts ausmacht, lieber am See. Ich brauche dringend frische Luft", entschied sie und sammelte ihre Taschen zusammen.
„Ist mir auch lieber", sagte er lächelnd und erhob sich.
Tiffy starrte immer noch wie gebannt auf Josh, der gar nicht bemerkte, was vor sich ging. Sannah stand auf und warf der Verkäuferin einen triumphierenden Blick zu. ‚Jetzt hättest du wohl auch gern einen Lendenschurz, du Miststück', dachte sie und ging an Joshs Seite hinaus.

Draußen war es mittlerweile wieder brütend heiß, was nach der vollklimatisierten Mall besonders unangenehm war. Erst jetzt bemerkte Josh ihre vielen Taschen.
„Was hast du denn alles gekauft?", fragte er erstaunt.
„Ach, so dies und das, dir hab ich auch etwas mitgebracht", versuchte sie ihn abzulenken.
Er lächelte. „Ich habe aber erst im Dezember Geburtstag", erwiderte er.
„Dann musst du wohl mit dem Auspacken warten", vertröstete sie ihn lächelnd.
Er fischte nach ihren Taschen. „Da ist doch hoffentlich auch ein Bikini drin?" Er lachte, als sie ihm einen kleinen Klaps auf die Finger gab, um seinen neugierigen Übergriff zu bremsen.
„Vielleicht, aber auch in diesem Punkt wirst du dich noch gedulden müssen, bis wir am See sind. Denkst du eigentlich auch noch an etwas anderes?", fragte sie amüsiert.
„Nein", gab er unverblümt zurück und grinste anzüglich.
„Geduld ist eine Tugend", flötete sie kichernd und lief vor ihm her, während sie die Taschen schwenkte und übertrieben mit dem Hintern wackelte. Josh schüttelte lachend den Kopf und schloss das Auto auf.

Nachdem sie aus Rapid raus waren, bog Josh auf eine Straße ab, die direkt in die Black Hills, die heiligen Berge der Lakota, führte. Nadelwälder und bizarre Felsformationen prägten das Landschaftsbild. Langsam bekam Sannah eine Vorstellung davon, warum den Lakota auch Felsen heilig waren und als Verwandte betrachtet wurden. Die Erosion hatte schroffe Felsnadeln und wild zerklüftete Granitblöcke geformt, die je nach Lichteinfall und Schattenspiel ein faszinierendes Eigenleben entwickelten. Sie erhoben sich majestätisch zum Himmel und boten einen atemberaubenden Anblick.

Josh erzählte ihr während der Fahrt von der Geschichte der Pahá Sápa, wie die Lakota diese Berge nannten.

Im Vertrag von Fort Laramie hatte die US-Regierung 1868 die Black Hills den drei Völkern der Sioux als Jagdgebiet zugesprochen. Es dauerte gerade mal sechs Jahre, bis die Regierung vertragsbrüchig wurde, als Custer auf einer illegalen Expedition in den Black Hills, am French Creek, Gold entdeckte. Wie üblich siegte die Gier über Verträge und Versprechungen. Die Regierung versuchte, die im Reservat lebenden Lakota zur Herausgabe der Berge zu bewegen, was diese, unter der Führung von Red Cloud, ablehnten. Ohne die Zustimmung der anderen Häuptlinge wollte er diesen Vertrag nicht unterzeichnen. Die Führer der noch frei lebenden Gruppen, wie Crazy Horse und Sitting Bull, wurden gar nicht erst gefragt, weil sie sich geweigert hatten, an dieser Versammlung teilzunehmen. Auch sie hätten abgelehnt. Goldsucher strömten zu Tausenden in das Gebiet, was zu weiteren Konflikten führte.

1875 wurde von der US-Regierung beschlossen, den Sioux das Gebiet mit Gewalt zu entreißen. Man suchte einen Grund, um ihnen den Krieg zu erklären. Sie sollten sich, mitten im Winter, mit Frauen und Kindern in den Agenturen einfinden, falls nicht, bedeutete das Krieg. Das Land brauchte angesichts der Wirtschaftskrise Geld. Über bestehende Verträge wurde sich einfach hinweggesetzt. Letztendlich führten diese Auseinandersetzungen am 25. Juni 1876 zur Schlacht am Little Big Horn, in der Custer vernichtend geschlagen wurde. Einer der wenigen Siege der Ureinwohner über die US-Armee. Geholfen hatte dieser Sieg leider nicht. Danach wurden die Stämme nur noch erbarmungsloser gejagt. Mit den Milliardengewinnen aus der Ausbeutung der Black Hills hatten sich die USA seinerzeit gesundgestoßen. Auf Kosten der Lakota, die den Vertrag bis zum heutigen Tag als gültig ansehen.

„Bis heute hält das zähe Ringen um die Black Hills an, allerdings mit juristischen Mitteln", erzählte Josh. „Jimmy Carter erklärte die Black Hills zur National Sacrifice Area, was bedeutet, dass unsere heiligen Berge den industriellen Interessen der USA zu opfern sind. 1978 wurde dann der Native American Religious Freedom Act unterzeichnet. Wenn sich die Regierung daran halten würde, wären die Black Hills unantastbar. Aber sie haben sich noch nie an Verträge oder Vereinbarungen gehalten. Ihre Gier ist immer noch unersättlich. In einem Prozess, der von 1921 bis 1980 andauerte, wurde der Vertragsbruch anerkannt und die Inbesitznahme der Black Hills durch die US-Regierung als Zwangsenteignung bezeichnet. Eine Summe von 17,5 Millionen Dollar plus 105 Millionen Dollar an Zinsen, gerechnet ab 1877, wurde dem Stamm als Entschädigung zugesprochen. Wenn man bedenkt, dass allein eine einzige Goldmine bis heute etliche Milliarden Dollar eingebracht hat, ein lukratives Geschäft für die Regierung und ein erneuter Betrug an unserem Volk. Vom Uran- und Kohleabbau ganz zu schweigen. Der Stamm lehnte ab und bestand auf die Einhaltung der Verträge von 1868. Die Black Hills stehen nicht zum Verkauf. Sie sind das spirituelle Zentrum unseres Volkes, sie sind heilig. Es verkauft ja auch niemand den Vatikan – und schon gar nicht für lumpige 122 Millionen", stellte Josh fest.
Sannah bewunderte so viel Rückgrat und Beharrlichkeit.
„Dieses Urteil hat den Stamm in verschiedene Lager geteilt. Es gibt die Traditionalisten, darunter viele Full blood, die eine vollständige Rückgabe verlangen. Dann gibt es diejenigen, die zwar anerkannt sehen wollen, dass die Black Hills unser Eigentum sind, aber mit Pachtzahlungen und der Rückgabe von Staatsland einverstanden wären. Und außerdem einige, die der Meinung sind, wir sollten das Geld nehmen und es damit endlich gut sein lassen. Die anfallenden Zinsen eingerechnet, hat sich die Summe mittlerweile auf etwa 350 Millionen Dollar erhöht. Solange diese drei Gruppen keinen gemeinsamen Nenner finden, geht nichts voran", erklärte er die Misere.
„Was meinst du mit Full blood?", fragte Sannah erstaunt.
„Es gibt nur noch sehr wenige, die nicht irgendwo einen Weißen oder einen anderen Nicht-Lakota in der Ahnenreihe haben, die

also Vollblut-Lakota sind. Alle anderen sind mixed blood. Das nimmt gelegentlich geradezu groteske Züge an: wenn zum Beispiel jemand einen Full blood Lakota Vater und eine Full blood Cheyenne Mutter hat, ist er zwar genetisch gesehen ein reinblütiger Indianer – da man aber nur Mitglied eines Stammes sein kann, gilt er lediglich als Halbblut oder mixed blood. Es gibt nur drei Arten von Lebewesen, die in den USA auf ihren Blutanteil getestet werden: Hunde, Pferde und Indianer", sagte Josh zynisch, und seine Stimme klang verbittert.
Sannah traute ihren Ohren kaum, das hörte sich an wie die Hetzparolen aus den Propagandafilmen der Nazis. Sie war sprachlos vor Fassungslosigkeit.

„Es gibt schätzungsweise nur noch fünf Prozent Full blood, und wenn man bei denen ein bisschen tiefer graben würde, fänden sich bestimmt auch ein paar Ururgroßmütter, die nicht Lakota waren, sondern vielleicht Crow, Arapahoe oder Cheyenne", fuhr er fort.
„Warum ist das überhaupt so wichtig?", wollte sie wissen.
Josh lächelte diabolisch. „Damals war das eine Maßnahme der BIA, Bureau of Indian Affairs; erst ab einem bestimmten Blutsanteil wird man als enrolled Member, als Stammesmitglied eingetragen und hat dann Anspruch auf eine Unterkunft, kostenlose medizinische Versorgung, und andere Zuwendungen. Unter anderem auch einen leichteren Zugang zu Hochschulen. Nicht, dass irgendetwas davon gut wäre, aber für die meisten von uns ist das besser als nichts, und das gilt auch nur für die, von der US-Regierung anerkannten Stämme. Damit versucht man, die Kosten für die Sozialleistungen seitens der Regierung so gering wie möglich zu halten. Die kostenlose medizinische Versorgung durch den Indian Health Service wurde allen anerkannten Stämmen vertraglich zugesichert. Als Entschädigung für den Landraub sozusagen, allerdings steht nirgendwo geschrieben, dass sie hochwertig sein muss. Dafür wird man dann in anderen Krankenhäusern abgewiesen mit der Begründung, dass für uns der IHS zuständig wäre, egal wie weit der weg ist", seine Stimme triefte nur so vor Hohn.

Sannah ballte die Fäuste vor Wut, als sie erkannte, das die Bekämpfung und Unterdrückung der Ureinwohner nie aufgehört hatte; es hatte sich lediglich auf eine andere Ebene verlagert, politisch korrekt, aber nicht weniger menschenverachtend. Wen wunderte es da noch, dass viele, angesichts dieser zum Himmel schreienden Ungerechtigkeiten, resigniert hatten. Sie schwieg betroffen und schämte sich dafür, weiß zu sein.

Den Rest der Fahrt schwiegen sie. Josh konnte spüren, wie aufgebracht sie war über das, was sie gehört hatte. Er ließ ihr Zeit, sich zu fangen, und lächelte still in sich hinein. Ihr Mitgefühl und ihr ausgeprägter Gerechtigkeitssinn rührte ihn. Als sie den See erreichten, riss der Anblick Sannah aus ihren trüben Gedanken.
„O mein Gott, ist das schön hier“, entfuhr es ihr.
Mächtige Felszinnen begrenzten den See auf einer Seite und reichten direkt ins Wasser. Gewaltige Granit Brocken lagen im Wasser und am Ufer und bildeten so eine kleine Halbinsel. Der Rest des Ufers wurde von Weißfichten und Kiefern gesäumt. An einigen kleinen Buchten bildete der sandige Untergrund fast so etwas wie einen Strand. Das Ganze war atemberaubend schön und wirkte wie die Kulisse eines Abenteuerfilms. Über allem lag die flirrende Hitze der Mittagszeit. Da noch keine Sommerferien waren, gab es nur einige Touristen am See, keine Einheimischen mit Kindern. Josh lächelte und fuhr auf den Parkplatz. Sannah freute sich, diesmal nicht die Kamera vergessen zu haben. Sie stiegen aus dem Auto, und sie fischte den Bikini aus der Tasche auf dem Rücksitz und stopfte alles in die Reisetasche. Josh hielt seine Badehose in der Hand und wies auf eine kleine Hütte mit Umkleidekabinen.
Der Bikini passte perfekt, allerdings bemerkte sie erst beim Umziehen, dass sie ein Push-up-Modell erwischt hatte. Sannah hatte für diese Mogelpackungen nicht viel übrig, aber die Polster waren festgenäht, und es ließ sich nicht ändern. Als sie die Kabine verließ, wartete Josh bereits gespannt vor der Tür.
„Bist du nun zufrieden?“, fragte sie schmunzelnd.
Josh musterte sie mit Kennermiene und grinste verschmitzt. „Wie Weihnachten und Ostern zusammen“, stellte er fest.

Sannah sah an sich herunter und blickte leicht genervt auf die ungewohnte Fülle. „Ich weiß, was du mit Ostern meinst", sagte sie trocken.
Josh prustete los und stopfte seine Klamotten in die kleine Tasche. „So hab ich das nicht gemeint", versicherte er lachend. „Wo möchtest du hin?"
Sie sah sich um und deutete auf eine kleine sandige Einbuchtung in der Nähe der Felsen. „Vielleicht da drüben? Da kann ich bestimmt schöne Fotos machen", schlug sie vor.
Er nickte zustimmend. Sie gingen am Ufer entlang und zogen die Blicke der Touristen auf sich.
Sannah grinste still in sich hinein, in seinen engen Badeshorts und mit den breiten Schultern sah Josh einfach unwiderstehlich aus. Ausgelassen lief sie durch das flache Wasser und konnte kaum noch erwarten, sich in das herrlich klare Nass zu stürzen. In der Nähe der Felsen breitete Josh die Decke auf dem Sand aus, während sie die Handtücher aus der Tasche nahm. Sie legte alles auf die Decke und ging zum Wasser, um sich abzukühlen. Der See schimmerte verführerisch blau-grün und spiegelte den umliegenden Wald und die Felsen. Sannah war hingerissen und hatte nur Augen für die Landschaft, während sie Arme und Beine mit Wasser benetzte.
Joshs Blick wanderte über ihren Körper. Die Fantasie ging mit ihm durch und brachte seine Selbstbeherrschung zum Einsturz. Noch bevor sie bemerkte, dass er hinter ihr stand, griff er nach ihr, hob sie hoch und warf sie mit Schwung ins Wasser. Sannah schaffte es gerade noch, Luft zu holen, ehe sie versank. Als sie wieder an die Oberfläche kam, sah sie nur noch, wie Josh ihr hinterher sprang. Er tauchte neben ihr auf und drückte sie an sich. Trotz des kühlen Wassers spürte sie die Wärme seines Körpers auf ihrer nackten Haut. Seine Hände wanderten langsam über ihren Rücken und ihren Po, als er sie küsste. Feuer loderte in seinen Augen, und ihr letztes bisschen Widerstand erstarb. Sie legte die Arme um ihn, öffnete die Lippen und erwiderte seinen Kuss. Josh presste sie noch fester an sich und fühlte, wie sie vor Erregung zitterte. Ihre Hände streichelten seinen Rücken. Er keuchte und schob seine Hand verlangend unter ihr Bikini Oberteil; sein Herz

raste, und seine Küsse wurden fordernder. Sannah stöhnte leise, ließ den Kopf nach hinten sinken und schloss die Augen, während er ihre Brust streichelte. Sie gab sich seinen Zärtlichkeiten hin und vergaß den Rest der Welt.

Am Ufer waren Stimmen zu hören, als eine kleine Gruppe Touristen sich ihrer Badestelle näherte. Sie hatten die beiden im Wasser noch nicht entdeckt.
„Verdammt", fluchte Josh leise und zog nur widerwillig seine Hand zurück. Sannah öffnete die Augen, rückte ihr Bikini-Oberteil zurecht und fühlte sich wie ein ertappter Teenager.
„Lass uns raus", seufzte sie bedauernd.
Josh zögerte. „Ich kann nicht aus dem Wasser", deutete er verlegen an.
Sie brauchte einen kleinen Moment, bevor sie begriff, was er meinte. „Dann lasse ich dich jetzt besser allein." Sie kicherte und pflügte durchs Wasser ans Ufer.

Er schwamm noch einige Bahnen im See. Mit pochendem Herzen trocknete sie sich ab und legte sich zum Sonnenbaden auf die Decke. Ihre Gedanken kreisten um Josh, und sie versuchte sich zu beruhigen, doch es fiel ihr schwer. Noch immer konnte sie seine Hände auf ihrem Körper spüren. Die Touristen hatten ein Stück weiter im Schatten ihr Lager aufgeschlagen und begannen ein Picknick. Durch das Bad abgekühlt, genoss sie die warmen Sonnenstrahlen auf der Haut. Sannah musste an Annegret denken und grinste. Sonnenbaden und gut gefüllte Badehosen gab es auch in der Valla Pampa. Langsam ebbte ihr Herzschlag ab, und ihr Magen meldete sich mit Hunger zu Wort. Sie hielt nach Josh Ausschau, der sich mit kräftigen Zügen dem Ufer näherte. Imposant wie Poseidon entstieg er den Fluten, sein Zähneklappern war allerdings weniger göttlich.
Sannah lachte und machte eine Geste mit Daumen und Zeigefinger. „Lass mich raten: Das Wasser ist sooo kalt."
Josh nahm das Handtuch, das sie ihm hinhielt, und grinste schief. „Zum Glück", antwortete er augenzwinkernd und trocknete sich ab.

Dann ließ er sich neben sie auf die Decke fallen und streckte die Beine aus.
„Soll ich uns was zu essen holen?", schlug sie vor. „Ich bekomme langsam Hunger."
Er öffnete den Zopf und trocknete sich das Haar. „Gib mir zehn Minuten zum Aufwärmen, dann gehen wir zusammen." Er legte seine kalte Hand auf ihren Bauch und amüsierte sich über ihr Quieken.
Sie griff nach seiner Hand.
„Du bist ja völlig ausgekühlt", stellte sie fest. „Je weiter man in die Mitte schwimmt, desto kälter wird es", antwortete er und ließ seine Hand genießerisch über ihre Taille gleiten.
Sie zog ihn zu sich herunter und küsste ihn. „Ist dir jetzt warm genug für Hot Dogs?", wollte sie wissen und schmunzelte.
„Ich hab noch kalte Füße", quengelte er, um noch einen Kuss zu bekommen.
Sie legte ihre Finger auf seinen Mund. „Nur in homöopathischen Dosen, sonst musst du wieder schwimmen gehen", bremste sie ihn.
Josh fischte seine Autoschlüssel aus der Tasche und stand auf. „Na, dann los, bevor du mir noch verhungerst", gab er klein bei.
Sie gingen am Ufer entlang zur Hot-Dog-Bude, die in der Nähe vom Parkplatz stand.

Wenig später brachten sie ihre große Portion Pommes und Hot Dogs samt Getränken zurück zu ihrem Platz an den Felsen. Während des Essens betrachtete Sannah die Felsen genauer. Sie wären eine perfekte Kulisse für ein paar Fotos, um Annegret ein wenig neidisch zu machen. Sie hatte sich damals etwas über Annegrets abfällige Bemerkungen geärgert, und mit den Fotos, die ihr vorschwebten, konnte sie ihr zeigen, dass es hier alles andere als öde war. „Würdest du nachher ein paar Fotos von mir machen?", fragte sie Josh.
Er sah sie erstaunt an. „Klar", stimmte er zu. „Wenn ich davon auch Abzüge bekomme! Wofür brauchst du die?"
„Ich möchte sie meiner Freundin schicken und ihr damit zeigen, dass es nicht nur am Mittelmeer schön ist."

Josh grinste. „Dann musst du mich aber auch ablichten, sonst fehlen die braungebrannten Typen in Badehose!", gab er zu bedenken.
Sannah fing schallend an zu lachen. „Schade, dass ich Annegrets Gesicht nicht sehen kann, wenn sie die Bilder bekommt", bedauerte sie.
Josh sah hinüber zu der Gruppe Touristen. „Wir könnten die da drüben bitten, uns gemeinsam zu fotografieren", schlug er vor.
Sannah ahnte, dass auf diesen Bildern mehr zu sehen sein würde als Landschaft, aber das war ihr mittlerweile egal. Schlimmstenfalls würde Anne hier aufschlagen und versuchen, sie zur Besinnung zu bringen. Aber sie scheute diese Konfrontation nicht. Ihr wurde immer klarer, was sie wollte – und das war Josh. Sannah hatte keine Ahnung, wie es weitergehen sollte, aber sie wusste, dass sie sich verliebt hatte, und sie würde gegen alle Widerstände kämpfen, so wie Josh für seine Überzeugungen kämpfte. Alles andere würde sich ergeben. Jedenfalls hoffte sie das. Leicht würde sie es ihm aber trotzdem nicht machen. Sie wollte erst noch genauer feststellen, wie ernst es ihm war.

Nach dem Essen ging Josh zu den Touristen und bat sie, ein paar Fotos zu schießen. Er wurde mit großem Interesse beäugt, und eine junge Frau erklärte sich bereit, als Fotografin zu fungieren. Zu dritt kletterten sie auf die Granitbrocken, bis im Hintergrund die gewaltigen Felszinnen und der See gut zu sehen waren. Es wurde eine ganze Serie von Bildern, die meisten davon Arm in Arm. Sie bedankten sich herzlich und kletterten wieder zurück. Sannah machte noch einige Fotos von Josh und ein paar Landschaftsaufnahmen. Er lag schon wieder auf der Decke und döste, als sie sich dazusetzte. Zum Schwimmen war es noch zu früh, sie wollte erst noch das Essen sacken lassen, und so cremte sie sich mit etwas Sonnenmilch ein.
„So braun, wie du bist, brauchst du das doch gar nicht", meldete sich Josh aus seinem Schlummer zurück.
„Doch", sagte sie. „Ich habe dieses Jahr noch nicht viel Sonne abbekommen. Für meine Verhältnisse bin ich gar nicht so braun."
Josh ließ seinen Blick erstaunt über ihre Haut gleiten. Erst jetzt

fiel ihm bewusst auf, dass sie überall braun war und nicht nur dort, wo sie tagtäglich der Sonne ausgesetzt war.
„Du bist eine reichlich eigenartige Waschitschu", stellte er fest. Sie drückte ihm die Sonnenmilch in die Hand und drehte ihm den Rücken zu, um ihn abzulenken. Das ließ er sich nicht zweimal sagen und streifte ihr genüsslich die Träger von den Schultern. Mit sanften, kreisenden Bewegungen verteilte er die Creme auf ihrer Haut. Sannah schloss die Augen und genoss das Gefühl seiner Hände auf ihrem Körper. Ohne Vorwarnung öffnete er den Verschluss ihres Oberteils am Rücken, und sie konnte im letzten Moment noch verhindern, dass sie oben ohne dasaß.
„Schade, dass wir nicht allein sind", flüsterte er ihr ins Ohr und der heiße, wohlige Schauer schoss wieder durch ihren Leib. Er cremte auch den Rest ihres Rückens ein und schloss dann das Oberteil mit sichtlichem Bedauern.

Sie dösten eine ganze Weile in der Sonne, bis es Sannah endgültig zu warm wurde. Josh war neben ihr eingeschlafen, und sie studierte lächelnd sein entspanntes Gesicht. Er wirkte zufrieden und glücklich. Sanft strich sie ihm eine Strähne seines Haars aus der Stirn. Verschlafen blinzelte er sie an und zog sie zu sich hinunter in seine Arme.
„So würde ich gern immer aufwachen", brummte er verträumt. Sie küsste ihn. „Gib mir noch ein kleines bisschen Zeit", bat sie und streichelte zärtlich über sein Gesicht. Er sah ihr verliebt und voller Hoffnung in die Augen und nickte.
Wenig später gingen sie noch mal schwimmen und planschten ausgelassen im Wasser. Sie genossen die Nähe des anderen, und die Abkühlung war eine Wohltat. Es war im Laufe des Tages schwül und drückend geworden. Josh sah in den Himmel, über den harmlos wirkende Schleierwolken zogen. Ein neuerliches Gewitter war nicht zu erwarten, aber es wurde langsam Zeit für die Heimfahrt.

Zwei Stunden später erreichten sie die Ranch. Sannah schleppte ihre Einkäufe ins Haus, und auch Josh kramte etliche Einkaufstüten mit Lebensmitteln und eine Kühlbox aus dem Truck.

„Wo war das denn versteckt?", fragte sie überrascht, als sie sah, dass er auch einkaufen war.
„Unter dem Rücksitz ist noch ein Stauraum", erklärte er. „Auf der Ladefläche fliegt nur alles durcheinander." Sie räumten die Einkäufe weg und gingen dann zur Weide, um die Pferde zu holen. Wakínyan begrüßte Sannah freudig und rieb seine Nase an ihrer Schulter.
„Na, mein Schöner, hast du mich vermisst?", fragte sie lächelnd und kraulte seinen Hals.
„Wer würde das nicht?", stellte Josh fest. Die Zweideutigkeit seiner Worte entging ihr nicht. Sie wechselte das Thema. „Wir haben uns noch gar nicht über den Preis unterhalten. Was bekommst du für ihn?", fragte sie.
Josh zuckte mit den Schultern.
„Darüber habe ich noch gar nicht nachgedacht", gab er zu. Wenn sie blieb, war der Kaufpreis unerheblich. Nur wenn sie ging und Wakínyan mitnehmen würde, wäre es in seinen Augen ein Verkauf, und daran wollte er nicht denken. Er zäumte sein Pferd auf und schwang sich auf den Rücken.
„Kommst du?", fragte er und ging damit dem unliebsamen Thema aus dem Weg.
Sannah drängte ihn nicht länger nach einer Antwort, als sie seinen Stimmungswechsel bemerkte, und folgte ihm mit Wakínyan auf die Weide. Sie beschloss, einfach eine angemessene Summe zu überweisen.

Nach dem Abendessen holte sie das Geschenk für Josh aus ihrem Zimmer und nahm auch die Stiefel für Tyler mit. Josh saß wie üblich mit den Füßen auf dem Tisch auf der Veranda und ließ den Tag Revue passieren. Nach allem, was heute zwischen ihnen passiert war, war er nicht mehr bereit und erst recht nicht imstande, sie gehen zu lassen. Sie sollte sich dafür entscheiden, zu bleiben, und wenn er dafür Himmel und Hölle in Bewegung setzen musste.
„Hast du dir ein schönes Kleid gekauft?", fragte er lächelnd und nicht ohne Hintergedanken, als sie mit einer Einkaufstasche auf die Veranda kam.

„Unter anderem", meinte Sannah beiläufig und zog das Buch aus der Tasche. „Das ist für dich", sagte sie und setzte sich neben ihn.
Josh machte große Augen.
„Ernsthaft? Ich dachte an Schokolade, als du sagtest, du hast mir was mitgebracht."
„Fast", meinte sie nur.
Er wickelte mit kindlicher Vorfreude das Geschenkpapier ab und strahlte übers ganze Gesicht, als er das Buch in den Händen hielt.
„Sannah, das ist großartig! Pilámaya", bedankte er sich begeistert und küsste sie. Er begann zu blättern und blieb mit großem Interesse bei den Zuchthengsten hängen. Seine Freude war groß, als er einen ganz bestimmten Hengst gefunden hatte.
„Von dem kommt bald noch ein Fohlen. Aus meiner besten Stute, in etwa vier Wochen ist es so weit", erzählte er begeistert und freute sich, nun in dem Buch eine besonders schöne Porträtaufnahme des Vaters gefunden zu haben.
„Dann habe ich ja, ohne es zu wissen, genau das richtige Buch erwischt", freute sie sich. „Hoffentlich kommt Tylers Geschenk genauso gut an."
Josh sah sie erstaunt an. „Wieso hast du etwas für Ty?", fragte er.
„Das war Zufall", erklärte sie und zog die Stiefel aus der Tüte. „Ich fand sie in einem Second-Hand-Laden in der Mall und dachte an Tys kaputte Turnschuhe. Ich hoffe nur, sie passen auch. Meinst du, er freut sich?"
Er begutachtete die Stiefel mit Kennermiene und meinte: „Das sind gute Stiefel. Du bist ausgesprochen großzügig, wenn du die an einen Jungen verschenkst, den du kaum kennst. Er wird sich sicher riesig freuen, aber sag ihm, du hättest sie für dich gekauft und sie passen dir nicht, sonst schämt er sich für seine abgetragenen Sachen", erklärte er ihr.
Sannah lächelte verständnisvoll. „Ich lüge nicht gern, aber in diesem Fall werde ich es tun."
Josh sah sie liebevoll an und streichelte ihr über die Wange. „Du bist auch ein ganz besonderer Mensch", stellte er fest. „Zeigst du mir auch dein neues Kleid?", fragte er neugierig.
„Nein", antwortete sie knapp.
Er seufzte.

„Ich ahne, was jetzt wieder kommt. Geduld ist eine Tugend!", äffte er sie nach und lachte, als sie ihr Fräulein-Rottenmeier-Gesicht machte.
Gemeinsam betrachteten sie noch die Bilder des Badeausfluges. Es war, wie Sannah erwartet hatte: jeder, der sie kannte, würde es sofort sehen, es sprang einem förmlich ins Gesicht. Das waren nicht nur Fotos von zwei Leuten auf einem Felsen. Es waren Bilder von einem Paar. Eins davon war besonders schön. Sie standen sich gegenüber, sie selbst glücklich lächelnd, mit den Händen auf seiner Brust. Josh lehnte, etwas nach vorn gebeugt, seine Wange an ihre Stirn und hatte die Augen geschlossen. Auf seinem Gesicht lag ein Ausdruck tiefer Zufriedenheit und Ruhe, er hatte seine Arme um sie gelegt, und die Geborgenheit, die sie immer in seinen Armen empfand, war plötzlich sichtbar geworden. Dieses Bild sagte alles. Für ihn gab es nur sie.

Tyler

Josh schlich barfuß die Treppe herunter, weil er Sannah nicht wecken wollte, setzte Kaffee auf und zog seine Stiefel an, um die Herde auf die Weide zu lassen. Danach ging er zurück in die Küche, zog die Stiefel wieder aus und schlich mit einer Tasse Kaffee die Treppe hoch in Sannahs Zimmer. Vorsichtig öffnete er die Tür und ging auf Zehenspitzen zu ihr ans Bett. Den Kaffee stellte er auf den Nachttisch. Sie schlief entspannt unter einem dünnen Laken, das ihre Brust nur knapp bedeckte. Das Haar war zerzaust, ein Arm ruhte über ihrem Kopf auf dem Kissen und ihre vollen Lippen waren leicht geöffnet. Mit einem liebevollen Lächeln ruhten seine Augen auf ihr, und er konnte sich von ihrem Anblick nur schwer losreißen. Josh beugte sich über sie und weckte sie mit einem Kuss. Sannah streckte sich verschlafen mit einem wohligen Brummeln, legte einen Arm um seine Schulter und erwiderte seinen Kuss.

„Guten Morgen, Dornröschen. Kaffee ist fertig“, flüsterte er.

„Das ist lieb von dir“, schnurrte sie und küsste ihn noch mal. Sie richtete sich etwas auf und schlürfte ihren Kaffee.

„Ich mache jetzt Frühstück“, sagte Josh und ging wieder in die Küche.

Sie hatte um Zeit gebeten, und die sollte sie auch bekommen, was allerdings nicht bedeutete, dass er nicht sämtliche Register ziehen würde. Kaffee ans Bett war nur eins davon. An den anderen musste er noch arbeiten, und dafür blieb heute kaum Zeit. Die Ausbildungspferde warteten, und nachmittags würden die Kinder wieder da sein. Vielleicht würde er es am Abend schaffen noch einmal kurz bei Sam vorbeizufahren. Nach Sams Standpauke hatten die beiden noch nicht wieder miteinander gesprochen, und Josh war der Meinung er hätte noch was gut. Außerdem hatte ihm Sam ja mehr als deutlich zu verstehen gegeben, dass Josh handeln sollte; dann konnte er ihm auch dabei helfen.

Sannah kam die Treppe herunter, stellte ihre leere Tasse auf den Tisch und griente still vor sich hin. „Daran könnte ich mich gewöhnen“, stellte sie fest.

Josh lächelte verschmitzt. „In meinem Schlafzimmer gibt es auch Frühstück“, stellte er mit einem begehrlichen Gesichtsausdruck in Aussicht.
„So, so!“, entgegnete sie mit vielsagendem Blick und versuchte, das nervtötende Glöckchen, das Fräulein Rottenmeier empört läutete, abzustellen. Limbisia hingegen drehte sich in ihrer Satin-Bettwäsche genüsslich auf die andere Seite und schlummerte siegessicher noch mal ein. Manchmal wünschte sich Sannah einen anderen Kopf.
Ihr Bauch meldete nur den üblichen Hunger, und so machten sich beide über Toast und Eier her.
Sannah beobachtete Josh amüsiert. Er war heute wieder schweigsamer als sonst, aber nicht auf die übliche morgenmuffelige Art. Er war regelrecht aufgekratzt, verriet aber nicht, womit er gedanklich beschäftigt war. Früher oder später würde er schon damit rausrücken.

Nach dem Frühstück machten sie sich an die Arbeit. Sannah kümmerte sich um den Stall, da bei zwei Stuten bald die Geburt anstand und diese dann von der Herde abgesondert im Stall stehen würden. Josh saß die nächsten sechs Stunden wieder im Sattel und trainierte die Ausbildungspferde, auch Wakínyan.
„Das kannst du in Zukunft eigentlich selber machen“, stellte er fest.
Sannah sah ihn mit großen Augen an. „Von mir lernt er doch gar nichts, ich habe noch nie ein Pferd komplett selbst ausgebildet“, gab sie zu bedenken.
„Dafür hast du ja mich. Ich zeige dir, wie es geht, und du machst das dann selbst. Ist viel effektiver, er lernt dich zu respektieren, und dir muss ich dann keine Gebrauchsanleitung schreiben.“
Sannah fing an zu lachen. „Gebrauchsanleitungen liest doch sowieso niemand. Wer kann schon Chinesisch?“
„Meine schreibe ich auf Lakota, die kannst du dann mit deinem Sprachführer übersetzen“, drohte er belustigt und stieg ab. „Jedenfalls reitest du nachher schön wieder im Unterricht mit und dieses Mal drückt ihr euch nicht mit wildem Galopp vor der Arbeit!“

Sannah wusste, dass er sie besonders kritisch beäugen würde. „Dann kann ich aber gar nicht fotografieren", versuchte sie sich herauszureden.
„Keine Sorge, die Fotos mache ich." Er grinste breit und ließ sie nicht vom Haken. Sie seufzte und ergab sich ihrem Schicksal, der Muskelkater war garantiert.
Nach dem Mittagessen schickte Sannah eine weitere Mail an Annegret und Jonas und hängte wieder ein paar Fotos an, unter anderem auch das Foto von Josh und ihr auf dem Felsen. Sie schmunzelte bei dem Gedanken, dass dieses Foto Annes Weltbild gründlich durcheinanderbringen würde. Josh setzte sich dazu und sah ihr über die Schulter.
„Wenn deine Freundin das sieht, fährt sie zukünftig nicht mehr ans Mittelmeer, sondern kommt hierher." Er lachte und überflog den deutschen Text der Mail auf der Suche nach seinem Namen.
„Hast du ihr gar nicht geschrieben, wer ich bin?", fragte er, als er nicht fündig wurde. Sie sah ihn überrascht an.
„Nein. Ich finde, das Bild spricht Bände, oder etwa nicht?", meinte sie und lächelte.
„Genaugenommen zeigt es etwas, das gar nicht existiert", bemerkte Josh säuerlich und ging in den Stall.
Sannah blieb ratlos zurück. Er war wieder einmal verärgert, und sie wusste nicht, warum.

Jonas stand spät am Abend in der Küche und versuchte, aus den spärlichen Vorräten im Kühlschrank eine Mahlzeit zu zaubern. Er war erst spät aus der Klinik gekommen und hatte es nicht mehr geschafft einzukaufen. Als es an der Tür klingelte, sah er überrascht auf die Uhr und ging in den Flur, um zu öffnen. Annegret stürmte wie üblich an ihm vorbei und warf ihre Tasche auf den Stuhl.
„Du hast nicht zufällig was zu essen dabei?", fragte er mit Mitleid heischendem Blick.
Sie sah ihn irritiert an. „Wer interessiert sich schon fürs Essen?", gab sie zurück und kramte ihr Handy aus der Tasche. „Hast du deine Mails gelesen?", fragte sie aufgebracht.
Jonas ging zurück in die Küche. „Nein, ich bin gerade erst nach

Haus gekommen, und jetzt habe ich Hunger. Was ist denn los?"
Annegret hielt ihm ihr Handy vor die Nase. „Das ist los!"
Jonas nahm ihr das Gerät ab und betrachtete das Foto auf dem Bildschirm genauer. Sannah und der geheimnisvolle Mann mit dem Pferd. Sie strahlte und trug einen atemberaubenden Bikini, er hielt sie beschützend im Arm.
„Offenbar hat sie mittlerweile bemerkt, dass er ein Mann ist. Sie sieht glücklich aus, wo ist das Problem?", stellte er fest und gab Annegret das Handy zurück. „Freue dich doch für sie, schließlich wolltest du doch, dass sie endlich mal jemanden kennenlernt", fuhr Jonas fort und öffnete den Tiefkühler.
Annegret verdrehte angesichts seiner Begriffsstutzigkeit die Augen. „Ja, aber doch nicht den da!", erwiderte sie.
Jonas sah sie entgeistert an. „Wenn ich es nicht besser wüsste, würde ich denken, du wärst rassistisch."
„So ein Quatsch!", empörte sie sich. „Das hat doch nichts damit zu tun, dass er offensichtlich Indianer ist. Er lebt tausende Kilometer von hier entfernt. Sannah ist verliebt, das sieht ein Blinder mit Krückstock. Hast du eine Vorstellung davon, in welche Depression sie fallen wird, wenn sie wieder zu Hause und dieser Mann weit weg ist? Ich habe Angst, dass sie sich ins Unglück stürzt!"
Erfreut hatte Jonas endlich die Pizzen entdeckt, die er vor Wochen hier vergessen hatte. Mit nachdenklicher Miene nahm er zwei davon heraus und drehte den Ofen an.
„Wer weiß, ob sie wirklich verliebt ist, vielleicht verstehen sie sich einfach nur gut", versuchte er Annegrets Bedenken zu zerstreuen, auch wenn er jetzt ihre Sorgen nachvollziehen konnte. Einen weiteren Tiefschlag konnte Sannah wirklich nicht gebrauchen. Annegret hielt ihm noch mal das Handy vor die Nase.
„Das sieht nicht nach Freundschaft aus. Das ist viel mehr!" Sie betrachtete das Foto und seufzte. „Ich kann sie sogar verstehen, den hätte ich auch nicht von der Bettkante geschubst."
Jonas entfernte die Verpackung von den Pizzen und schob sie in den Ofen. „Billigst du Männern eigentlich auch noch eine andere Existenzberechtigung zu?", fragte er mit einem leicht verärgerten Unterton.

Annegret biss sich auf die Unterlippe und verfluchte nicht zum ersten Mal ihr loses Mundwerk. „Jetzt sei nicht beleidigt. So habe ich das nicht gemeint“, beschwichtigte sie ihn. „Aber du musst zugeben, dass er verdammt gut aussieht.“
Jonas lächelte schief. „Sannah ist auch verdammt sexy, allerdings reibe ich dir das nicht unter die Nase“, stellte er fest.
Annegret machte ein erstauntes Gesicht. „Ist da vielleicht jemand eifersüchtig?“,wollte sie schmunzelnd wissen.
„Vielleicht“, räumte Jonas ein.

Nun, dafür gab es auf der Ranch gerade keinen Grund. Sannah klappte verärgert ihren Laptop zu. Langsam aber sicher hatte sie die Nase voll von seinen Launen. Diese Unart, sich beleidigt zu verziehen, wenn ihm etwas nicht passte, ohne zu sagen, was eigentlich los war, wollte sie ihm ein für alle Mal abgewöhnen. Ihr war durchaus bewusst, dass sie es hier mit einer typischen Verhaltensweise zu tun hatte. Hier herrschten in gewisser Weise immer noch archaische Gesellschaftsstrukturen. Männer waren niemandem Rechenschaft schuldig, sie gingen einfach weg und erklärten auch nicht, warum und wohin. Frauen fragten nicht danach, sie akzeptierten einfach, dass es so war. Aber Sannah war nun mal keine Lakota und dachte gar nicht daran, sein Verhalten zu akzeptieren. Diesen Zahn würde sie ihm ziehen. Sie stand auf und ging in den Stall, um ihn zur Rede zu stellen.
Josh war auf dem Heuboden und stapelte die schweren Ballen mit einem verbissenen Gesichtsausdruck. Spätestens bei diesem Anblick fragte sie sich nicht mehr, woher er seine Muskeln hatte. Sie kletterte die letzten Sprossen der Leiter hoch und wartete ab, ob er innehalten würde. Er bemerkte sie, fuhr aber fort die Ballen zu stapeln.
„Kannst du mir vielleicht mal verraten, warum du jetzt schon wieder sauer bist?“, fragte sie herausfordernd und stemmte die Hände in die Hüften.
Josh ignorierte sie und griff nach dem nächsten Ballen. Sie setzte sich demonstrativ auf das Heu und verschränkte die Arme. Er erkannte, dass sie diesmal nicht schweigen würde, und ließ von dem Ballen ab.

„Bin ich für dich nur ein Urlaubsvergnügen, mit dem du zu Hause angeben kannst?“, fragte er schnippisch.
Sannah schnappte hörbar nach Luft vor Empörung. „Wie kommst du denn auf diesen Schwachsinn?“, schimpfte sie und funkelte ihn zornig an.
„Du schickst das Foto von uns, um deine Freundin zu beeindrucken, ohne ihr zu erklären, wer ich bin. Was denkt sie dann wohl? Dass ich die Hintergrunddekoration bin? Oder eine Trophäe für dein Sammelalbum?“, fragte er provokativ und streckte das Kinn vor.
Wutentbrannt sprang Sannah auf und stellte sich vor ihm hin. „Woher willst du überhaupt wissen, was ich geschrieben habe? Du konntest das doch gar nicht lesen“, stellte sie fest.
„Mein Name kam jedenfalls nicht vor“, gab er trotzig zurück.
„Und was soll ich deiner Meinung nach schreiben?“, fragte sie pampig. „Das ist Joshua White Cloud; wenn er nicht gerade auf Jonas eifersüchtig ist, benimmt er sich gern wie ein bockiger Teenager, dem man nicht genug Beachtung schenkt?“ Peng! Das saß!
Ihre Stimme wurde bedrohlich ruhig, während sie das sagte, und Josh zog den Kopf ein und wurde kleinlaut.
„Ich sammle keine Trophäen!“, erklärte sie beleidigt. „Für gewöhnlich halte ich mich von Männern fern, weil sie nur Ärger bedeuten. Im Gegensatz zu dir weiß Annegret das. Wenn sie dieses Bild von uns sieht, wird sie genau wissen, was das bedeutet! Deswegen muss ich ihr auch nicht erklären, wer du bist! Das erkennt sie sofort.“
Josh verfluchte im Geiste seinen Hitzkopf und überlegte fieberhaft, wie er das Ruder herumreißen könnte.
„Hornochse!“, wetterte Sannah auf Deutsch und stampfte wütend in Richtung Leiter.
Josh griff nach ihrer Hand und zog sie in seine Arme, während sie weiter schimpfte. Er unterbrach ihre Schimpfkanonade mit einem Kuss und drückte sie auf die Ballen.
Ihre Wut verrauchte mit jedem Kuss mehr, aber als er seine Hand unter ihr Shirt schob, wimmelte sie ihn ab. „So haben wir nicht gewettet! Sonst wirfst du mir morgen früh vor, du wärst nur eine

Kerbe an meinem Bettpfosten", stichelte sie, schob ihn weg und kämpfte sich aus dem Heu.
„Bin ich wirklich so schlimm?", fragte er mit Dackelblick.
„Du bist noch viel schlimmer. Gib mir Bescheid, wenn du erwachsen geworden bist, dann reden wir vielleicht weiter", erwiderte sie, stieg die Leiter runter und ging auf die Weide zu Wakinyan.

Nach und nach trudelten die Kinder ein, und auf dem Hof herrschte fröhliches Geplapper. Die Pferde wurden geputzt und gesattelt. Tyler gesellte sich zu Sannah, die Wakínyan die Hufe auskratzte. „Machst du heute gar keine Fotos?", fragte er erstaunt.
„Das erledigt Josh heute. Ich soll den Unterricht mitreiten", antwortete sie.
„Du sollst?", fragte er mit großen Augen und grinste verschmitzt.
„Ich habe Wakínyan gekauft, und Josh ist der Meinung, dass ich ihn selbst ausbilden sollte", erklärte Sannah und bemerkte einen großen Riss in Tylers Shirt. Die Naht war aufgerissen, als wäre er irgendwo hängen geblieben.
„Der Name gefällt mir, passt zu ihm", meinte Tyler bewundernd. Sannah lächelte, sie mochte den aufgeweckten Jungen und freute sich schon darauf, ihm die Stiefel zu geben. Josh trommelte alle auf dem Reitplatz zusammen. Tyler und Sannah stiegen auf ihre Pferde und ritten auf den Platz. Josh hatte sich ihre Kamera um den Hals gehängt und mehrere große Holzscheite auf dem Platz verteilt. Sannah schwante nichts Gutes. Ohne Zaumzeug zu reiten, traute sie sich bei Wakínyan noch nicht zu. Es kam, wie es kommen musste: Nach dem Aufwärmen nahm Josh allen das Zaumzeug ab und ließ seine Reitschüler immer wieder neue Figuren um die Holzscheite drehen. Er schoss währenddessen Fotos, korrigierte die Haltung und den Sitz der Reiter, gab Tipps und forderte von Sannah und Tyler besonders viel. Er ließ nicht locker, bis Sannah genauso gut wie Tyler um die Scheite galoppieren konnte. Wakínyan arbeitete brav mit, als würde er spüren, dass es hier um Sannahs Ehre ging. Begeistert klopfte sie seinen Hals, um ihn zu loben.

Josh nickte zufrieden. „Ich wusste doch, dass du das hinbekommst“, sagte er zu ihr. „Nächstes Mal machen wir das mit Pfeil und Bogen“, kündigte er an. Die Kinder jubelten.
„Cool!“, rief Tyler begeistert. „Wie echte Krieger.“
Sannah lächelte. Josh hatte wirklich Talent dafür, den Kindern zu zeigen, dass sie stolz auf ihre Kultur sein konnten und es etwas anderes gab, als Klebstoff zu schnüffeln und vor sich hin zu vegetieren.
Sie ritten noch eine Weile im Schritt, um die Pferde abkühlen zu lassen, dann stiegen sie ab. Die Kinder mit eigenen Pferden ritten nach Hause, während die anderen absattelten und die Tiere zurück auf die kleine Weide brachten.
„Bist du am Sattelhorn hängengeblieben?“, fragte Sannah Tyler und tat so, als hätte sie den Riss im Shirt jetzt erst bemerkt. Er sah auf sein Shirt und schwieg.
„Passiert mir auch ab und zu“, versicherte sie ihm, als sie seine Verlegenheit bemerkte.
„Ich kann das schnell nähen, wenn du möchtest.“
Tyler lächelte schüchtern. „Das wäre toll, danke!“ Er zog sein Shirt aus, um es ihr zu geben.
Josh kam dazu und hängte Sannah die Kamera um den Hals.
„Ich hole jetzt die Herde, kommst du mit?“, fragte er sie.
Sannah schüttelte den Kopf. „Nein, nimm doch Ty mit. Ich nähe solange sein Shirt und mache was zu essen.“
„Oh ja“, rief der Junge begeistert.
Josh lächelte Sannah dankbar an. „Hó wo!“ – Dann mal los, sagte er und ging mit Tyler in die Sattelkammer.
Sannah verschwand im Haus und machte sich an die Arbeit.

Josh und Tyler rasten im gestreckten Galopp auf frischen Pferden über die große Weide. Als sie die Herde gefunden hatten, stoppten sie und ritten langsam an die Tiere heran. Josh beobachtete Tyler und stellte zufrieden fest, mit welcher Ernsthaftigkeit der Junge bei der Sache war. Er nahm sich zurück und zügelte sein jugendliches Temperament, um die Tiere nicht zu verschrecken.
Die Herde setzte sich langsam in Bewegung und machte sich, gefolgt von Josh und Ty, auf den Weg zur Tränke.

„Ich bin froh, dass wir hierher gezogen sind, in Cheyenne River konnte ich nie so tolle Sachen machen“, erklärte er.
Josh lächelte. „Wenn du Zeit und Lust hast, kannst du gern öfter kommen und reiten“, bot er dem Jungen an.
„Ich helfe auch gern bei der Arbeit mit“, erwiderte Tyler und freute sich über das Angebot.
„Das musst du nicht, Sannah hilft schon genug, und du solltest dich um die Schule kümmern“, gab Josh zurück.
„Das hat meine Mom auch immer gesagt. Kümmere dich um die Schule, damit du es mal besser hast“, sagte der Junge und schluckte traurig einen dicken Klos im Hals herunter.
Josh biss die Zähne zusammen und nickte nur. Er hatte Tyler nicht an seine tote Mutter erinnern wollen.
„Sannah erinnert mich manchmal an sie“, fuhr Ty fort. „Vielleicht mag ich sie deswegen so gerne.“
Josh lächelte versonnen und schwieg.

Nachdem die beiden die Tränken gefüllt hatten, gingen sie zum Haus, wo Sannah schon mit dem Essen wartete. Das geflickte Shirt hatte sie über eine Stuhllehne gehängt.
„Pilámaya yelo“, bedankte sich Tyler und zog das Shirt wieder an.
„Gern geschehen“, erwiderte sie und schickte die beiden zum Händewaschen. „Wir essen draußen“, sagte sie und trug einen großen Topf mit Gemüsesuppe und Rindfleisch raus. Die Jungs wuschen sich die Hände und folgten ihr mit Tellern und Löffeln. Sannah füllte Ty eine ordentliche Portion Fleisch auf den Teller und schöpfte die Suppe dazu. Der Junge hatte bestimmt wieder nicht viel zu essen bekommen. Auf der Bank neben ihr stand schon die Tüte mit den Stiefeln bereit. Josh lächelte verschwörerisch und begann heißhungrig zu essen.
„Ich muss nachher noch mal schnell zu Sam“, erwähnte er beiläufig zwischen zwei Bissen, damit sie keinen Verdacht schöpfte.
„Dann fahre ich Ty nach Hause“, schlug Sannah vor. „Du musst mir nur den Weg weisen.“
Sie lächelte Ty an. Der hatte dem Mund voll und nickte nur eifrig. Sie freute sich, weil er mit vollen Backen kaute. Josh hatte seinen

Teller wie üblich in Rekordzeit geleert, hielt sich den Bauch und genoss still die kleine Idylle, die sich ihm am Tisch bot. Sie beobachtete ihn verstohlen aus den Augenwinkeln. Er war sichtlich zufrieden, sie wirkten fast wie eine kleine Familie, die am Ende eines Tages gemeinsam zu Abend aß, und das gefiel ihm.
Sannah schmunzelte in sich hinein. Der einsame, knurrige Wolf hatte scheinbar keine Lust mehr allein zu sein.
Tyler stapelte die Teller und trug sie in die Küche, als sie fertig waren, und Josh nahm den Topf mit rein. Dann schnappte er sich die Autoschlüssel, versenkte sie in seiner Hosentasche und ging wieder raus. Auch Ty stand nun abfahrbereit auf der Veranda. Sannah griff nach der Tüte und zog die Stiefel heraus. „Ich habe diese Stiefel gekauft, mich aber in der Größe vertan. Sie sind mir zu groß. Ich dachte, sie könnten vielleicht dir passen?“, erklärte sie und hielt dem Jungen die Stiefel hin.
Tylers Augen wurden so groß wie ein Silberdollar, und es verschlug ihm förmlich die Sprache. „Wirklich?“, brachte er mühsam hervor.
Sannah nickte. „Probier sie mal an.“
Tyler setzte sich neben sie auf die Bank, zog die alten Turnschuhe aus und schlüpfte in die Stiefel.
„Nur ein bisschen zu groß, mit dicken Socken geht's“, meinte er und lief probehalber ein paar Schritte hin und her.
„Toll! Du wächst da aber auch noch rein, ich nicht“, sagte sie erfreut und strahlte ihn an.
„Ich darf die behalten?“, fragte er ungläubig.
„Na klar! Ich freue mich, dass sie dir passen.“
Ty zögerte kurz, dann umarmte er Sannah ganz kurz. „Danke“, rief er. „Ich habe noch nie so schöne Stiefel bekommen.“
Josh lächelte breit, als er sah, wie Ty sich freute, und zwinkerte Sannah zu. „Ich muss jetzt los, sonst wird es zu spät!“, sagte er und ging zu seinem Truck.
Sannah lief in ihr Zimmer und holte die Autoschlüssel, um Ty nach Hause zu fahren.
Auf der kurzen Fahrt nach Manderson strahlte Ty immer noch vor sich hin und betrachtete stolz seine neuen Stiefel. Die Turnschuhe hatte er in die Tüte gesteckt und mitgenommen.

„Gehst du hier zur Schule?", fragte sie ihn interessiert.
Tyler nickte. „Ja, jedenfalls noch. Hier kann ich nur bis zur achten Klasse hingehen, danach muss ich nach Pine Ridge auf die Highschool. Dann wird der Weg zur Schule wieder länger, aber dahin fährt ein Schulbus. Wenn meine Noten so gut bleiben, schaffe ich es auch, sagt mein Lehrer", antwortete er.
„Das ist toll, Ty", lobte sie ihn lächelnd. „Du kannst stolz auf dich sein."
„Noch nicht", sagte er ernst. „Erst wenn ich mit der Highschool fertig bin und die Zulassung fürs College bekommen habe. Mom wollte immer, dass aus mir mal etwas wird, und das ist alles, was ich für sie noch tun kann." Seine Stimme versagte, und er starrte traurig aus dem Fenster.

Sannah schwieg betroffen; sie konnte sich aus den wenigen Bruchstücken, die der Junge erzählt hatte, die tragische Wahrheit zusammenreimen. Hier im Reservat starben viele zu jung, sei es durch Drogen oder Alkohol, Diabetes und Tuberkulose oder aufgrund schlechter Ernährung und katastrophaler Lebensbedingungen, Autounfällen oder Suizid. Gerade viele Teenager trieben die Hoffnungslosigkeit und die fehlenden Perspektiven für die Zukunft in den Freitod. Die Selbstmordrate lag im Reservat viermal höher als der Durchschnittswert im Rest des Landes. Sie schluckte trocken und drosselte vor der Ortschaft das Tempo.
„Wohin jetzt?", fragte sie und weckte Tyler aus seinen trüben Gedanken.
„Erst mal geradeaus und hinter Pinky's dann rechts", antwortete er.
Sannah fuhr weiter, hinter dem Tante-Emma-Laden, wie sie den kleinen Supermarkt nannte, bog sie rechts ab auf eine schmale, geteerte Straße, die leicht bergauf führte. Viele der Häuser waren hellblau gestrichen, alle besaßen nur ein Erdgeschoss und sahen nicht wirklich stabil aus. Fertighäuser, mit dünnem Holz verschalt. Wenigstens waren alle an die Stromleitung angeschlossen, wie Sannah an den in den USA üblichen Strommasten erkennen konnte. Das war hier nicht selbstverständlich. In Manderson gab es auch einen Wasserturm, der die umliegenden Häuser mit Was-

ser versorgte. Viele der Haushalte, die außerhalb der Ortschaften angesiedelt waren, hatten nicht einmal das.
„Hier jetzt links rein“, lotste Tyler sie weiter. Er blickte aus dem Fenster und sah vor einem winzigen, heruntergekommenen Haus einen Mann in einem Campingstuhl sitzen. Ty rutschte tiefer in den Sitz, damit man ihn nicht sah.
„Fahr bitte noch ein Stück weiter“, bat er und wartete ab, bis sie das Haus passiert hatten. Weiter oben an der Straße hielt Sannah an.
„War das dein Dad?“, fragte sie unsicher.
Der Junge nickte nur.
„Er soll nicht mitbekommen, dass ich mich rausgeschlichen habe. Ich bin heute Nachmittag aus dem Fenster geklettert, und jetzt laufe ich hintenherum und klettere wieder hinein.“
Sie fragte nicht, warum er das getan hatte, um ihn nicht verlegen zu machen. Es war auch so deutlich zu sehen gewesen, dass der Mann vor dem Haus seinen Rausch ausschlief. Ihr war nicht wohl bei dem Gedanken, Tyler mit dem Kerl allein zu lassen, aber sie wusste auch nicht, was sie sonst tun sollte.
Ty sah ihr ihre Gedanken wohl an, denn er meinte: „Keine Sorge, wenn er schläft, ist er friedlich. Danke fürs Herfahren und die Stiefel.“
Er strahlte, nahm seine Tüte und verschwand durch den Garten der Nachbarn. Sie sah ihm hinterher, fuhr bis zum Ende der Straße, um zu wenden und kam erneut an dem Haus vorbei. Statt eines Zauns, wie bei einigen anderen Grundstücken, lagen alte Autoreifen um die magere, verwahrloste Rasenfläche herum, die Regenrinne hing an einer Seite herunter und ein kaputtes Fenster war provisorisch mit Brettern vernagelt. Unrat und Schrott stapelte sich an der anderen Seite des Hauses, das so klein war, dass es höchstens zwei winzige Zimmer haben konnte. Die Vorstellung, dass Ty hier lebte, brach ihr fast das Herz. Umso mehr bewunderte sie die Zielstrebigkeit des Jungen. Andere hätten längst resigniert und sich in Drogen und Alkohol geflüchtet.

Josh hatte inzwischen das Haus seiner Freunde erreicht und parkte auf der Einfahrt vor Sams Haus am Rande von Pine Ridge.

Die beiden saßen auf der kleinen Veranda und winkten fröhlich, als sie erkannten, wer sie so unverhofft besuchte. Josh stieg aus.
„Hau Kola, was treibt dich denn noch so spät hierher?“, rief Sam ihm zu. Hailey war schon aufgestanden, um Josh zu begrüßen und ihm ein Glas Eistee zu holen. Josh setzte sich und nahm dankbar den Tee entgegen, den Hailey ihm reichte.
„Wo hast du Sannah gelassen?“, fragte sie.
„Sie fährt noch eins der Kinder nach Hause“, erklärte er und trank einen Schluck. Sam steckte sich eine Zigarette an und grinste in sich hinein. Er wusste genau, dass sein Freund etwas auf dem Herzen hatte, fragte aber nicht,was es war, sondern wartete geduldig ab, bis Josh von allein damit herausrückte.
„Schade“, bemerkte Hailey. „Ich hätte gern mit ihr geplaudert.“
„Das kannst du ja nachholen, wenn wir uns zum Grillen treffen“, meinte Sam. „Bis dahin hat sich auch wieder genug Klatsch und Tratsch angesammelt.“
Hailey verzog das Gesicht. „Wer von uns die größte Tratschtante ist, wissen wir doch alle.“ Sie lachte und erntete ein zustimmendes Grinsen von Josh.
Sam fasste sich mit gespielter Empörung an die Brust. „Das ist mein Job“, versuchte er sich zu rechtfertigen.
„Genau“, stellte Josh fest. „Dein Traumjob. Da wirst du für deine Neugier auch noch bezahlt.“
Hailey kicherte und schenkte allen Eistee nach. Sam nickte gutmütig, er hatte genug Humor, um diese kleinen, harmlosen Sticheleien nicht ernstzunehmen.
„Wenn ihr Zeit habt, könnten wir morgen Abend grillen. Morgen ist nicht ganz so viel zu tun“, schlug Josh vor.
„Klingt gut“, stimmte Sam zu. „Morgen hab ich frei.“
„Sollen wir was mitbringen?“, fragte Hailey erfreut.
Josh druckste ein bisschen herum. „Es gibt da allerdings etwas, das ihr mitbringen könntet.“
„Nun red schon, deswegen bist du doch hergekommen“, forderte Sam ihn mit verschwörerischer Miene auf. Er kannte Josh einfach schon zu lange, als dass der ihm noch etwas vormachen konnte.
„Würdest du mir deinen Anzug leihen?“, fragte Josh etwas verlegen.

„Du meinst seinen Hochzeitsanzug?", wollte Hailey begeistert wissen. „Willst du etwa heiraten?" Sie strahlte und war kaum noch zu bremsen. Josh hob abwehrend die Hände hoch.
„Whoa! Darf ich Sannah vielleicht erst mal zum Essen ausführen?", stoppte er ihren Enthusiasmus.
Sam lehnte sich zufrieden grinsend in seinem Stuhl zurück und zog an der Zigarette. „Wo willst du mit ihr hin?", fragte er.
„Das wäre meine nächste Frage gewesen", entgegnete Josh. „Kennt ihr ein gutes Restaurant, in dem auch unsereiner was zu essen bekommt?" Seine Frage war nicht unberechtigt. Es gab viele Restaurants und Hotels außerhalb des Reservates, in denen Natives nicht erwünscht waren.
„In Rapid ist ein Steak House, das auch Büffel serviert. Denen ist die Hautfarbe egal, solange man da nicht in Jeans und Turnschuhen auftaucht. Das Essen ist sehr gut, allerdings sind da ein bisschen zu viele Touristen für meinen Geschmack", sagte Hailey.
Josh wusste, was sie meinte. Man würde sie die ganze Zeit neugierig anstarren, aber das war allemal besser als von Einheimischen angepöbelt zu werden. Josh wollte nicht, dass Sannah derartig unangenehme Erfahrungen machte. Dass ihr genau das schon beim Shopping passiert war, hatte sie ihm verschwiegen.
„Hört sich gut an", sagte er zufrieden.
„Brauchst du auch ein Hemd?", fragte Hailey aufgekratzt.
Josh schüttelte den Kopf. „Nein, hab ich. Ich habe nur keinen Anzug und weder Lust noch Zeit loszufahren, um mir einen zu kaufen."
„Dann hoffen wir mal, dass der auch passt", gab Sam zu bedenken und grinste.
„Sollte passen, im Gegensatz zu dir bin ich in den letzten Jahren nicht mehr gewachsen", konterte Josh und klopfte Sam frech auf den Bauch.
Der zog eine Flunsch. „Das ist jetzt der Dank!"
„Hat Sannah denn auch ein passendes Kleid dabei?", erkundigte sich Hailey. „Es wäre peinlich für sie, wenn du im Anzug dastehst, und sie hat vielleicht nur ein einfaches Sommerkleid."
Josh lächelte. Er hatte zwar immer noch keine Ahnung, was sie sich gekauft hatte, aber er war sich sicher, das sie aus einem

Blümchen-kleid nicht so ein großes Geheimnis gemacht hätte.
„Hat sie. Wir waren gestern in Rapid, und sie hat sich in der Mall ein Kleid gekauft. So wie ich sie einschätze, bestimmt keines mit Blümchen." Er lächelte versonnen.
Sam amüsierte sich über den verträumten Ausdruck in Joshs Gesicht.
„Probiere den Anzug mal an, du willst doch keine böse Überraschung erleben." Er drückte seine Zigarette aus, klopfte seinem Freund auf die Schulter und bedeutete ihm, mit ins Haus zu kommen.

Sannah stand gerade in der Küche und machte den Abwasch, als Josh mit einem zufriedenen Gesichtsausdruck nach Hause kam. Er begrüßte sie mit einem Kuss, schnappte sich ein Geschirrtuch und begann abzutrocknen. Sannah grinste still in sich hinein. Sie hatte durchaus bemerkt, dass er versuchte Eindruck zu schinden.
„Morgen Abend kommen Sam und Hailey zum Grillen", erzählte er.
„Das ist schön", meinte Sannah und freute sich. Sie mochte die beiden sehr.
„Und ich dachte, dass wir am Freitag vielleicht essen gehen?", fragte er und versuchte, dabei möglichst beiläufig zu klingen.
Sie strahlte ihn an. „Gern, ich freue mich schon!"
Josh lächelte sie an und war erleichtert, dass sie ihre kleine Auseinandersetzung auf dem Heuboden offenbar wieder vergessen hatte. Etwas später saßen sie auf der Veranda und ließen den Tag ausklingen. Sannah schlürfte wie üblich ihren Tee und hatte sich in Joshs Arm gekuschelt. Sie war nachdenklich und still.
„Bedrückt dich etwas?", fragte er vorsichtig.
Sannah seufzte. „Ich dachte an Tyler. Als ich vorhin sah, wo und wie er wohnt, wollte ich ihn am liebsten wieder mitnehmen. Sein Dad saß betrunken vor dem Haus und Ty ist heimlich durchs Fenster geklettert. Ich mache mir Sorgen um ihn. Er ist so ein lieber Junge."
Josh biss die Zähne zusammen und drückte Sannah fester an sich. Genau das war es, was er so sehr an ihr liebte. Ihr großes, mitfühlendes Herz.

„Ty hat es nicht einfach, aber das geht den meisten Kindern hier so", sagte er verbittert.
Sannah nickte nur und nahm allen Mut zusammen, um die Frage zu stellen, die sie schon seit einiger Zeit beschäftigte: „Seid ihr eigentlich irgendwie miteinander verwandt?"
Josh zuckte merklich zusammen und sah sie fast schon erschrocken an. „Wie kommst du darauf?", hakte er nach, ohne ihre Frage zu beantworten.
„Nun, er sieht dir erstaunlich ähnlich. Das ist mir gleich am ersten Tag aufgefallen; wenn ich es nicht besser wüsste, würde ich ihn für deinen Sohn halten. Aber dafür ist er wohl ein bisschen zu alt", erklärte sie ihre Vermutung.
Josh zuckte etwas zurück, versuchte seine Reaktion zu überspielen und schwieg. Aber seine Gedanken überschlugen sich. Er holte tief Luft und fragte: „Würdest du mir auch einen Tee machen?" Er brauchte einen Moment Zeit, um nachzudenken.
Sannah spürte, dass sie einen wunden Punkt erwischt hatte und stellte keine Fragen, sondern ging in die Küche.
Josh wischte sich mit den Händen über das Gesicht. Wenn er wollte, dass sie zu seinem Leben gehörte, dann musste er jetzt reden, ob er wollte oder nicht. Er sah rüber auf die Weide und versuchte sich zu beruhigen.
Sannah brachte die Tasse aus der Küche und setzte sich wieder neben ihn. Sie wartete geduldig, bis er einen Schluck getrunken hatte und bereit war zu sprechen.
Wieder holte er tief Luft. „Du hattest recht mit deiner Vermutung. Ty ist mein Sohn", erklärte er leise und starrte in seine Tasse.
Sie sah ihn etwas erstaunt an, sagte aber nichts.
„Er weiß nichts davon und auch sonst niemand. Bis er hier auftauchte, wusste ich es selber nicht. Seine Mom, Niya, hat es mir nie erzählt."
Er nahm einen weiteren Schluck Tee und drehte die Tasse in seinen Händen. „Wir sind zusammen zur Schule gegangen, Niya war meine erste Freundin. Ihre Familie, besonders ihr Vater, war strikt dagegen."
„Warum?", fragte Sannah erstaunt. Es gab in ihren Augen nichts, was an Josh zu beanstanden wäre.

Josh lächelte boshaft. „Ich war vermutlich nicht gut genug für Gray Eagles Tochter."
Sie sah ihn reichlich verständnislos an.
„Die Gray Eagles sind Full-bloods, genauso wie meine Mutter. Allerdings war der Urgroßvater meines Vaters nur ein Halbblut. Das macht mich, um ein paar Ecken, zu einem Mixed-blood und damit war ich inakzeptabel für Niyas Vater. Es gab einen riesigen Krach zwischen den Familien, und uns wurde verboten, auch nur miteinander zu sprechen. Wir haben uns natürlich nicht daran gehalten und uns heimlich getroffen. Über Verhütung haben wir nicht nachgedacht, wir wussten es einfach nicht besser. Eines Tages war sie plötzlich weg. Ich habe sie gesucht, aber niemand konnte oder wollte mir sagen, wohin man sie gebracht hatte, und ich habe nie wieder von ihr gehört. Ich wusste nicht, dass sie von mir schwanger war. Damals waren wir sechzehn." Josh rang um Fassung, als er die alten Erinnerungen wieder aufleben ließ.
Sannah nahm seine Hand und hielt sie ganz fest.
Er drückte sie dankbar und fuhr fort. „Als Ty im letzten Winter hier auftauchte und ich seinen Namen erfuhr, war mir sofort klar, wen ich vor mir hatte, und begann Nachforschungen anzustellen. Niya hatte sich wohl geweigert, eine Abtreibung vornehmen zu lassen, und daraufhin hatten sie ihre Eltern zu ihrer Schwester ins Nachbarreservat Cheyenne River verfrachtet, damit niemand hier von der Schande erfuhr", spottete Josh. „Als wären wir die ersten Teenager gewesen, die ein Kind erwarteten. Sie wollte dieses Baby, und ich hätte es auch gewollt, wenn ich es gewusst hätte."
Sannah lächelte ihn liebevoll an, sie hatte nichts anderes angenommen.
„Woher weißt du, dass sie es wollte? Hast du mit ihren Verwandten gesprochen?"
Josh schüttelte den Kopf. „Von denen würde keiner mit mir reden. Ich habe Niya einmal erzählt, dass ich meinen Namen nicht besonders mag. Ich fand Tyler damals viel cooler als Joshua. Die Tatsache, dass sie unseren Sohn so genannt hat, sagt mir, dass sie ihn wollte, und sie gab ihm den Namen, der mir am besten gefiel."

Josh machte eine Pause und kämpfte gegen die aufsteigenden Tränen. Beide tranken ihren Tee und schwiegen eine Weile bis er sich wieder im Griff hatte.
„Niya hat ein paar Jahre später dann Daryl geheiratet. Er ist mittlerweile ein versoffener Tunichtgut, aber Full-blood. Das Einzige, was ihre Eltern je interessiert hat. Dadurch ist er offiziell Tys Stiefvater und hat die Vormundschaft. Niya ist letztes Jahr gestorben. Sie wurde von einem Auto angefahren und einfach liegengelassen. Sie haben den Kerl nie gekriegt, vielleicht haben sie es auch nie versucht", sagte er verbittert. „Daryl zog dann mit Tyler hier her. Hatte sich wohl Unterstützung von seinem Schwiegervater erhofft, aber dem ist Tyler egal. Für ihn ist er nur ein Mixed-blood-Bastard. Deswegen ist der Junge dazu verdammt, bei diesem versoffenen Scheißkerl zu leben, der nicht einmal dafür sorgt, dass genug zum Essen im Haus ist. Zum Glück bekommen die Kinder Frühstück und Lunch in der Schule, aber das reicht nicht. Er braucht ein liebevolles Zuhause, jemanden, der sich um ihn kümmert." Die Verzweiflung in seiner Stimme war nicht zu überhören.
„Sind das nicht genug Gründe, um ihm den Jungen wegzunehmen? Du bist schließlich sein leiblicher Vater", fragte sie.
„So einfach ist das leider nicht. Ich habe bereits mit der Jugendfürsorge und einem Anwalt unseres Stammes geredet, der hat Akteneinsicht beantragt. Ich bin nicht als Vater in seiner Geburtsurkunde eingetragen. Da steht nur ‚unbekannt'. Wahrscheinlich hat Niyas Vater dafür gesorgt, damit der Schandfleck durch meinen Namen nicht noch größer wurde. Dadurch sind mir aber die Hände gebunden. Ein Vaterschaftstest wird nur anerkannt, wenn er gerichtlich angeordnet wurde. Dazu gibt es aber keine Veranlassung, solange niemand Daryl wegen Vernachlässigung anzeigt."
„Dann zeig' ihn doch an", meinte Sannah energisch.
Josh lächelte sie traurig an. „Damit riskiere ich, dass Tyler in ein Heim der Foster Care kommt, und da krieg ich ihn dann überhaupt nicht mehr raus. Viele unserer Kinder im Reservat werden aus den gleichen Gründen ihren Familien weggenommen, und weiße Richter beschließen, dass sie es in weißen Familien besser

haben. Aber das ist nicht so. Es entwurzelt sie völlig. Dabei sind die Kriterien, die zu diesen Entscheidungen führen, völlig an den Haaren herbeigezogen. Fließendes Wasser und ein Klo im Haus sind ihnen wichtiger als Verwandte, die sich liebevoll um die Kinder kümmern. Das will ich Ty nicht antun, er musste schon genug durchmachen."
„Das heißt aber, dass du nie die Vormundschaft beantragen kannst, ohne dieses Risiko einzugehen", stellte Sannah fest.
Josh senkte traurig den Kopf. „Er ist mein Sohn und ich liebe ihn. Ich will, dass er bei mir lebt und er das Zuhause bekommt, das er verdient", sagte er mit seiner dunklen, sanften Stimme. Tief in seinem Inneren weinte er, aber er gab keinen Laut von sich.
Sie war erschüttert, ihn so hilflos zu sehen und nahm ihn tröstend in die Arme. „Wenn ich dir dabei irgendwie helfen kann, werde ich es tun", flüsterte sie, um ihm Mut zu machen, und streichelte behutsam über sein Haar.
Nach einer Weile löste er sich langsam aus ihrer Umarmung und wischte sich fahrig über das Gesicht.
„Es gibt vielleicht noch eine Möglichkeit, die mein Anwalt gerade prüft. Ich brauche einen gerichtlich angeordneten Vaterschaftstest, solange Ty noch bei Daryl lebt. Dann habe ich etwas in der Hand, um zu verhindern, dass sie Ty ins Heim stecken. Dafür müsste ein anderer Anwalt mich im Namen von Tyler auf Unterhalt verklagen. Dann würde mein Anwalt einen Test beantragen, der vom Gericht angeordnet wird. Sobald ich den habe, zieht der gegnerische Anwalt seine Klage zurück, und ich kann mit dem Ergebnis des Vaterschaftstests die Vormundschaft beantragen. Da ich nachweislich besser für Tyler sorgen kann, habe ich gute Chancen, die Vormundschaft zu bekommen, ohne dass Foster Care überhaupt ins Spiel kommt. Auch auf die Gefahr hin, dass Daryl schon vorher von der Sache Wind bekommt. Bis das alles in die Wege geleitet ist, muss ich aber die Füße stillhalten. Ty darf vorerst nichts davon erfahren, auch niemand anders. Du kennst ja mittlerweile den Moccasin-Telegraphen", beschwor er sie und lächelte schwach.
„Keine Sorge, ich werde kein Wort darüber verlieren", versicherte sie ihm. „Aber wie wollt ihr den gegnerischen Anwalt dazu be-

kommen, die Klage zurückzuziehen?", fragte sie etwas irritiert.
„Ganz einfach", erklärte Josh grinsend. „Er ist ein Studienkollege von mir. Die ganze Paragraphenreiterei dient nur dazu, die richterliche Anordnung für den Test zu bekommen."
Sannah lachte leise. „Das klingt doch vielversprechend. Lass den Kopf nicht hängen, es wird schon klappen, schließlich hast du sogar ein Klo", witzelte sie, um ihn ein wenig aufzumuntern.
Es gelang. Er atmete tief durch, erleichtert darüber, sich alles einmal von der Seele geredet zu haben, und lächelte befreit.
„Sobald Ty hier zu Hause ist, lasse ich das Ding vergolden", kündigte er an.
Als sie wenig später schlafen gingen, umarmte er Sannah. „Danke fürs Zuhören", murmelte er. Sie streichelte liebevoll über seine Wange.
„Alles wird gut. Ganz bestimmt", sagte sie zuversichtlich und gab ihm einen zärtlichen Gute-Nacht-Kuss.
Nachdem Sannah in ihr Zimmer gegangen war und die Tür geschlossen hatte, flüsterte er leise: „Tecíhila." – Ich liebe dich.

Geister der Vergangenheit

Sannah flitzte nach der Stallarbeit am Vormittag schnell unter die Dusche, damit sie abends mehr Zeit für die Vorbereitung des Barbecues hatte. Vorher musste sie noch nach Pine Ridge zum Einkaufen. Josh hatte zwar die Vorräte beträchtlich aufgestockt, allerdings gehörten Gemüse und Salat, typisch Mann, nicht unbedingt zu seinem üblichen Einkaufs-Repertoire und fehlten dementsprechend. Dafür konnte jetzt aber eine ganze Familie wochenlang von den neu erworbenen Cornflakes leben. Es erinnerte sie ein wenig an die Vorratshaltung, die ihre Großmutter immer betrieben hatte. Da gab es sogar Milchpulver für schlechte Zeiten, haltbar bis zum Sanktnimmerleinstag. Grinsend stieg sie aus der Dusche und wickelte sich in das Badelaken. Nass, wie sie war, öffnete sie die Tür vom Bad und rannte prompt wieder Josh in die Arme. Der amüsierte sich bei ihrem Anblick köstlich und versuchte in keinster Weise zu verbergen, was ihm gerade durch den Kopf ging.
„Denk nicht mal dran!“, mahnte sie ihn kichernd und flüchtete in ihr Zimmer.
„Du bist grausam“, jammerte er theatralisch hinter ihr her.
„Bin ich nicht! Ich muss noch einkaufen“, tönte es aus ihrem Zimmer zurück.
‚Na warte‘, dachte er grinsend

Wenig später stand Sannah an ihrem Wagen und hörte sich seine besorgten Ermahnungen an. „Fahr vorsichtig, denk dran, dass hier einige Autos keine Bremsen haben und die Fahrer stattdessen nur wie verrückt hupen!“
Sie verdrehte leicht genervt die Augen. „Ich bin schon ein großes Mädchen“, versicherte sie.
„Dann hätte ich dir vorhin ja doch das Handtuch wegreißen können“, stellte er lachend fest.
Sie machte ein empörtes Gesicht. „Noch vor dem ersten Date? Das steht so aber nicht in dem Kurz-Knigge meines Sprachführers!“, entrüstete sie sich und grinste verschlagen.

„Soso! Was steht da denn?“, fragte er mit einem amüsierten Lächeln.
„Da steht, dass ich bei gegenseitigem Gefallen fragen kann: Aké wanmáyalaka yatschín he?“, gab sie zum Besten.
Josh fing an zu lachen. „Ja, ich möchte dich wiedersehen! Diesen Sprachführer muss ich wohl dringend auch mal lesen“, stellte er fest.
„Nützt dir nur nichts, der ist auf Deutsch.“ Sie drehte ihm eine lange Nase, stieg ins Auto und fuhr los.

Josh nutzte die „Sannah-freie“ Zeit, um, unbemerkt von ihr, sein Hemd zu bügeln. Der Anzug von Sam hatte gepasst und lag noch in seinem Auto. Während er bügelte, stellte er sich vor, was sie wohl für ein Gesicht machen würde, wenn er plötzlich im Anzug vor ihr stand. Er spielte mit dem Gedanken, sich in ihr Zimmer zu schleichen und einen Blick auf ihr Kleid zu werfen. Was, wenn Hailey recht hatte und es tatsächlich nur ein einfaches Sommerkleid war? Nein. Selbst der Bikini hatte kein Blümchenmuster gehabt und war ziemlich exklusiv gewesen, dann war es ihr Kleid mit Sicherheit auch. Er wollte sich nicht selbst die Überraschung verderben. Josh hielt inne und erkannte sich kaum wieder. Noch vor ein paar Wochen hätte er diesen ganzen Zirkus, den er gerade veranstaltete, kategorisch abgelehnt und jeden ausgelacht, der ihm erzählt hätte, er würde jemals so etwas tun. Dabei erwartete Sannah diesen Aufwand nicht mal. Aber vielleicht war es gerade das, was ihn jetzt anspornte. Im Gegensatz zu Chloe forderte sie nichts von ihm, sie hatte nicht ein einziges Mal nach Kino, Party oder Essengehen gefragt. Sannah freute sich über einen einfachen Ausritt, und genau deswegen wollte er sie jetzt überraschen und sich von seiner besten Seite zeigen.

Inzwischen düste Sannah gut gelaunt über die Landstraße und hatte Kili Radio voll aufgedreht. Nach einer Ankündigung für das große jährliche Powwow im August wurde traditionelle Musik gespielt. Der Rhythmus der Trommeln ging ihr ins Blut, der Gesang dazu klang in ihren Ohren etwas fremd. Sie war sich nicht ganz sicher, ob dieses Lied einen Text hatte oder nicht. Ein

Sänger stimmte den Gesang in einer extrem hohen Tonlage an, wobei sich seine Stimme häufig überschlug. Ähnlich wie beim Jodeln, nur schneller. Die Tonlage schraubte sich dann immer weiter runter und wurde ruhiger, während weitere Sänger mit einstimmten und die Strophe sich wiederholte. Dann ging das Ganze von vorne los. Es gefiel ihr immer besser, und sie drehte die Lautstärke noch ein bisschen höher. Mit dieser rollenden Stereoanlage fuhr sie auf den Parkplatz vom Sioux Nation Shopping Center. Das Radio schaltete sich nicht automatisch aus und dröhnte noch weiter, als sie die Tür öffnete. Einige Leute sahen zu ihr rüber. Sie beugte sich noch mal in den Wagen, drehte die Musik ab und grinste verlegen.

Drinnen schob sie den Einkaufswagen durch die Gänge und steuerte die Gemüsetheke an. Ein paar frische Zuckermaiskolben landeten als Erstes im Wagen, beim Salat packte sie allerdings die Wut. Drei Dollar fünfzig für einen Salatkopf war in ihren Augen mehr als Wucher. Kein Wunder, dass so viele an Diabetes litten, wenn gesunde Nahrungsmittel unerschwinglich waren. Dann eben nicht. Sie legte noch Tomaten, Kartoffeln und Zwiebeln in den Einkaufswagen, die auch nicht unbedingt günstiger waren, auf die man bei einem Barbecue aber nicht verzichten konnte.

„Toníktuka he?“ – Wie geht es dir, fragte eine Stimme hinter ihr. Sannah drehte sich um und sah eine strahlende Hailey vor sich.

„Líla washté kschto.“ – Sehr gut, erwiderte Sannah und umarmte sie.

„Dein Lakota ist wirklich bemerkenswert“, stellte Hailey fest. Sannah winkte kopfschüttelnd ab. „Solange ihr nur die gängigen Redewendungen verwendet, geht es. Wenn Josh mit den Kindern Lakota spricht, verstehe ich kein Wort mehr.“

Hailey lächelte und legte ebenfalls ein paar Kartoffeln in ihren Wagen. „Da bist du nicht die Einzige. Josh spricht noch fließend das alte Lakota, dafür reicht das bisschen, das ich in der Schule gelernt habe, auch nicht aus. Wo hast du den sturen Büffel versteckt?“ Sie sah sich suchend um.

„Zu Hause. Er hat sich nach einigen Diskussionen davon überzeugen lassen, dass ich schon groß genug bin, um allein einkaufen zu fahren, wenn auch nur widerstrebend. Ich glaube, er

braucht Zeit für seine Heimlichtuereien", meinte Sannah kichernd mit einem Augenzwinkern.
Hailey fing an zu lachen. „Lass ihn nicht merken, dass du ihn durchschaut hast, sonst ist der ganze Spaß dahin."
„Ich weiß nicht, was er vorhat, aber er war gestern schon so aufgekratzt, und als er dann noch so auffällig unauffällig zu euch gefahren ist, wurde mir klar, dass er etwas plant", vermutete Sannah mit einem verschwörerischen Grinsen.
„Hast du noch viel einzukaufen? Wir könnten nebenan einen Kaffee trinken gehen", schlug Hailey vor und hoffte darauf, noch ein paar Einzelheiten zu erfahren.
„Ich wollte noch irgendetwas zum Nachtisch besorgen", meinte Sannah.
„Brauchst du nicht, den bringen wir mit", erwiderte Hailey und steuerte die Kasse an. „Dann bleibt Josh genug Zeit, um mit seinen Heimlichkeiten fertig zu werden."

In dem großen Gebäude des Supermarktes war noch ein Diner untergebracht. Beladen mit ihren Einkäufen ließen sie sich an einem Tisch in der Nähe der großen Fenster nieder und genossen entspannt ihren Kaffee. Auch hier dudelte im Hintergrund Kili Radio. Sannah wippte mit dem Fuß zum Takt der Trommel.
„Was ist das für eine Musik?", fragte sie.
„Das sind Powwow-Gesänge, dazu wird auf den Powwows getanzt. Die Männer sitzen um eine große Tschántschecha, eine Trommel, herum, schlagen gemeinsam den Rhythmus und singen dazu. Es gibt verschiedene Lieder für die jeweiligen Tänze. Lässt sich schwer erklären. Bald findet hier das große Powwow statt. Komm doch einfach mit und sieh es dir selbst an, vielleicht bekommst du Josh ja dazu, endlich wieder zu singen", erklärte Hailey
„Er hat schon mal gesungen, allerdings nur mit einer kleinen Handtrommel. Ich wusste nicht, dass er das auch auf den Powwows macht", sagte Sannah und begriff jetzt erst, was die Kinder nach dem Ausritt gemeint hatten.
Hailey machte ein erstauntes Gesicht. „Er hat gesungen?", fragte sie fassungslos.

„Ja, die Kinder haben ihn dazu gebracht, aber sie sprachen viel Lakota, deswegen habe ich nicht verstanden, worum es ging." Sannah lächelte versonnen, als sie sich an diesen schönen Tag erinnerte. „Er sagte zu mir: ‚cicilowan kte lo'. Aber das konnte ich mit dem Sprachführer nicht übersetzen, und ich habe mich nicht getraut zu fragen", gab sie etwas betreten zu.
Hailey stand zunächst der Mund offen, dann grinste sie verschwörerisch über das ganze Gesicht.
„Das bedeutet so viel wie: Ich singe für dich, oder ich singe dir zu Ehren", übersetzte sie. Sannah wurde rot und blickte verlegen zu Boden, aber Hailey entging nicht das verträumte Funkeln in ihren Augen.
„Hast du dich verliebt?", fragte sie hoffnungsvoll.
Sannah nickte nur, und ein leises Lächeln huschte über ihr Gesicht. „O Hailey, was mache ich jetzt nur? Du bist der einzige Mensch, mit dem ich darüber reden kann", wandte Sannah sich vertrauensvoll an sie. Es klang fast schon ein bisschen verzweifelt.
Hailey sah sie mit einem warmen, wohlwollenden Lächeln an und meinte beruhigend: „Josh hat schon länger nicht mehr auf Powwows gesungen, jetzt singt er für dich. Ich finde, dazu gibt es nicht viel zu sagen, es spricht für sich. Genieße die Zeit mit ihm und warte ab, was passiert. Irgendwann kommt der Tag, an dem du wissen wirst, was zu tun ist. Er weiß es offenbar ziemlich genau, und wenn dieser altmodische Träumer anfängt, vor deiner Tür Flöte zu spielen, ist das übrigens so viel wie ein Heiratsantrag", fügte sie noch schmunzelnd hinzu. Mittlerweile traute sie Josh alles zu.
Sannah lachte. „Jetzt werden wir erst mal essen gehen, hübsch auf dem Teppich bleiben und nichts überstürzen."
Hailey spielte die Ahnungslose. „Hast du ein passendes Kleid dafür? Du weißt schon, eines bei dem ihm die Spucke wegbleibt?", hakte sie nach und kicherte.
„Na und ob! Es wird ihn aus den Stiefeln hauen!", erwiderte Sannah breit grinsend. „Ich zeig es dir heute Abend. Wir müssen nur vorher die Männer irgendwie beschäftigen", versprach sie und freute sich umso mehr auf das Barbecue.

Das Gespräch mit Hailey hatte ihr gutgetan. Auf der Fahrt nach Hause dachte Sannah darüber nach und kam zu dem Schluss, dass sie recht hatte. Abwarten, was passieren würde, und jede Minute genießen. Die Frage, was sie tun sollte, wenn die drei Monate vorbei waren, stellte sich genaugenommen sowieso nicht. Das Visum war auf neunzig Tage befristet – sie musste zurück nach Hamburg, ob sie wollte oder nicht. Aber das bedeutete ja nicht, dass sie nicht wiederkommen könnte. Vorausgesetzt, Josh wollte es auch. Sie war sich immer noch nicht sicher, ob er in ihr nur einen Flirt sah oder mehr dahinter steckte. Ihre schlechten Erfahrungen hatten sie misstrauisch gemacht – oder zumindest vorsichtig. Ihm ging es nicht anders, und sie fragte sich, ob ihr nicht noch mehr entgangen war als die Tatsache, dass er für sie gesungen hatte. Er verhielt sich so ganz anders, als sie es bei Männern gewöhnt war. Es war hier nicht üblich, mit der Tür ins Haus zu fallen, und bei seinen ständig wechselnden Launen war es noch schwerer einzuschätzen, was wirklich in ihm vorging. Wenn er ihr in die Augen sah oder sie im Arm hielt, war alles so klar, und wenn er sich aus einem unerfindlichen Grunde verzog, kamen wieder Zweifel in ihr auf. Warum musste immer alles so verdammt kompliziert sein? Sein Kummer und die Sorgen um Tyler machten die ganze Sache auch nicht einfacher. Wahrscheinlich wusste Josh selber nicht, was er wollte. Aber wenn sie eines gelernt hatte, dann, dass eine Frau in dieser Macho-Gesellschaft nicht den ersten Schritt machte. Also blieb ihr nichts anderes übrig als abzuwarten.

Auf dem Hof stand ein alter Geländewagen, dessen Reserveradabdeckung mit einem riesigen Büffelkopf bemalt war. Neugierig stieg Sannah aus und fischte die Einkaufstüte vom Beifahrersitz. Josh saß mit Mike Stonefeather auf der Veranda und trank Kaffee.
„Ich wollte schon eine Vermisstenanzeige aufgeben", sagte Josh, stand auf und begrüßte sie mit einem Kuss.
Sie erwiderte den Kuss und wandte sich Mike zu. „Hallo Mike, schön dich zu sehen. Wie geht es Tashina?" Sie reichte ihm höflich die Hand.

„Hey Sannah! Na, sie wächst und gedeiht und produziert jede Menge volle Windeln“, erwiderte er lachend.
„Wo hast du so lange gesteckt?“, wollte Josh wissen und setzte sich wieder.
„Ich habe mit Hailey noch einen Kaffee getrunken“, gab sie zurück und setzte sich neben ihn. „Wir haben uns beim Einkaufen getroffen. So lange war ich doch gar nicht weg.“
„Für Josh lange genug, um sich Sorgen zu machen“, stellte Mike mit einem Augenzwinkern fest.
Josh grinste schief.
Sannah konnte sich ein Schmunzeln nicht verkneifen. „Jetzt stell dir mal vor, du hättest eine Tochter. Dürfte die überhaupt das Haus verlassen?“, frotzelte sie.
„Nicht, bevor sie dreißig ist“, meinte Josh trocken.
Mike fing an zu lachen. „Wenn deine Tochter auch nur annähernd den gleichen Dickschädel haben sollte wie du, dann wird sie dich sehr schnell eines Besseren belehren!“, stellte er fest.
„Sprichst du aus Erfahrung, Mike?“, frotzelte Josh zurück.
Mike lachte immer noch und erhob sich. „Schaff dir erst mal Kinder an, White Cloud, dann sprechen wir uns in ein paar Jahren wieder! Ich muss los, wir müssen den Zaun noch fertigkriegen.“
„Danke für das Fleisch, Mike. Wir sehen uns dann morgen“, sagte Josh.
Sannah stand auf und winkte zum Abschied, dann brachte sie die Einkäufe in die Küche. Josh folgte ihr mit einem großen Paket Fleisch. „Heute Abend gibt es Büffel-Burger“, sagte er zufrieden und legte das Hackfleisch in den Kühlschrank.
„Ist Mike extra gekommen, um das Fleisch zu bringen?“, fragte sie.
„Nein, er braucht morgen früh noch ein paar Leute zum Treiben der Herde und hat gefragt, ob wir nicht helfen könnten. Hast du schon mal Rinderarbeit gemacht?“
Sie nickte. „Ich hatte ein paar Cutting-Kurse – aber nur mit Kälbern“, gab sie zurück.
Josh strahlte. „Bestens! Mit Büffeln läuft das nicht viel anders, sie sind nur größer“, meinte er leichtherzig.
Sannah schluckte trocken und sah ihn entsetzt an.

„Ich soll morgen Büffel treiben?“, fragte sie ungläubig mit großen Augen.
„Klar! Du treibst doch auch alleine Pferde. Dafür kannst du allerdings nicht Wakínyan nehmen, das kann er noch nicht. Aber Kimimila ist ein gutes Cutting-Pferd. Klappt schon, wirst sehen!“, zerstreute er ihre Bedenken und zog sie in seine Arme. „Ich hab mir Sorgen um dich gemacht“, flüsterte er in ihr Ohr und küsste sie.
Sannah musste zwangsläufig anfangen zu lachen.
„Was ist daran so komisch?“, fragte er verwirrt.
„Ganz einfach: Du hast keine Bedenken, mich morgen sechs Fuß großen Büffeln gegenüberzustellen, aber wenn ich allein Auto fahre, hast du Angst um mich! Du musst zugeben, dass das schon ein bisschen komisch ist.“
Er sah sie erstaunt an und versuchte ernst zu bleiben. „Das ist überhaupt nicht komisch. Wie viele Verkehrstote gibt es pro Jahr bei euch?“, fragte er.
„Ich weiß nicht genau“, antwortete sie irritiert. „Etwa viertausend.“
Josh verzog immer noch keine Miene.
„Und wie viele Tote durch Büffel?“
„Keine. Aber ...“
„Siehst du!“, unterbrach er sie und grinste frech, weil sie ihm auf den Leim gegangen war.
„Bei uns ...“, setzte sie an und wurde wieder unterbrochen.
„Siehst du!“, sagte er energisch. „Und du wunderst dich, warum ich mir Sorgen mache.“ Er lachte und erstickte weitere Widerworte mit einem Kuss. Dann verschwand er im Bad.

„Hast du eine Tischdecke?“, fragte sie etwas später, als Josh nach dem Duschen die Treppe herunterkam.
„Unten im Schrank“, antwortete er. „Wofür?“
„Ich möchte den Tisch ein bisschen nett herrichten“, erklärte sie und stöberte im Schrank. Das Essen hatte sie so weit vorbereitet; Eistee stand im Kühlschrank, und eine Lichterkette, die sie in der Schublade mit dem Krimskrams gefunden hatte, schmückte nun die Dachbalken der Veranda. Sie wurde fündig und verzog sich

mit ihrem Raub nach draußen. Neugierig folgte er ihr, während er sich die Haare trocknete. Als er sah, was sie in so kurzer Zeit aus der Veranda gezaubert hatte, machte er große Augen. Die Bänke waren mit gefalteten Decken ausgelegt, die Lichterkette leuchtete unter dem Dach, auf dem Tisch und der Balustrade standen Kerzen, und frisch gepflückte Blumen aus dem verwilderten Garten warteten nur darauf, passend in Szene gesetzt zu werden. Sannah deckte den Tisch und betrachtete stolz ihr Werk.
„Gefällt es dir?", fragte sie.
„Sehr!", versicherte er. „Wie nennt ihr das in Deutschland? Gemutlichkeit?" Er hatte kein Problem, das „ch" auszusprechen, da es im Lakota auch viel verwendet wurde.
„Üüüü. Gemütlichkeit." Sie strahlte und gab ihm einen Kuss.
„Das lerne ich auch noch. Wie hieß das andere Dings? Brötchen?", erweiterte er grinsend sein deutsches Vokabular.
„Genau", bestätigte sie bewundernd.
„Und was bedeutet Hornochse?", hakte er mit einem süffisanten Lächeln nach.
„Das erkläre ich dir ein andermal!", wich Sannah kleinlaut aus und schwor sich, in Zukunft vorsichtiger mit deutschen Kraftausdrücken zu sein.

Wenig später trafen Hailey und Sam ein und staunten ebenfalls nicht schlecht.
„Wow, was ist denn hier passiert?", fragte Sam begeistert und ließ sich auf der gepolsterten Bank nieder.
„Sannah ist passiert." Josh griente mit einer Spur von Besitzerstolz und legte Sannah den Arm um die Schulter.
„Macht ihr mal das Feuer, ich helfe Sannah in der Küche", verkündete Hailey, die es nicht abwarten konnte, das Kleid zu sehen. Sie hatte einen Plastik-Behälter mit Eiscreme in der Hand. „Der muss schnell ins Gefrierfach", sagte sie zu Sannah, um ihnen ein Alibi zu verschaffen. Die Männer machten sich daran, den altersschwachen Grill in Gang zu setzen.

Sannah verfrachtete das Eis in das Kühlfach und machte drei Kreuze im Kalender, dass es kein gasbetriebener Grill war. Das

ließ ihnen ein bisschen Zeit. Sie flitzten die Treppe hinauf in Sannahs Zimmer und schlossen sicherheitshalber die Tür ab.
„Ich komme mir gerade vor wie ein Teenager vorm Abschlussball", meinte Sannah kichernd.
„Na, so ein bisschen kommt das ja auch hin. Nur ohne die besorgten Väter im Hintergrund", stellte Hailey fest und schlug dann die Hände vor dem Mund zusammen, als sie das Kleid sah. „Oh mein Gott, ist das schön!", rief sie begeistert.
„Du müsstest es mal angezogen sehen. Sitzt hauteng. Ich hoffe nur, es ist nicht ein bisschen zu viel des Guten?", fragte Sannah verunsichert. Für sie gab es nichts Schlimmeres, als irgendwo völlig überkandidelt aufzutauchen.
„Das Kleid ist perfekt! Er wird auf die Knie sinken, wenn er dich damit sieht. Hoffentlich vergisst er bei dem Anblick nicht, dass ihr essen gehen wollt", zerstreute Hailey ihre Bedenken und konnte sich ein anzügliches Grinsen nicht verkneifen. Im Geiste lobte sie sich selbst für ihre weise Voraussicht, noch ein paar Krawatten für Josh mitgenommen zu haben.
„Und welche Schuhe dazu?", fragte sie.
Sannah holte grinsend die Mordinstrumente aus der Tasche. „High Heels, Modell Genickbruch", scherzte sie. „ Dann kann ich ihm zur Abwechslung vielleicht mal in die Augen sehen, jedenfalls fast, statt immer nur auf das Brustbein."
Hailey kicherte. „Lass uns zurück in die Küche gehen, sonst merken die zwei noch was."
Sannah nickte zustimmend, hängte das Kleid zurück in den Schrank und lief Hailey hinterher.
„Schade, dass ich sein Gesicht morgen nicht sehen kann.", flüsterte die.

Das Holzkohlefeuer brannte, und die Frauen brachten das Essen nach draußen. Das Grillen überließen sie den Männern. Sannah hatte sowieso keine Ahnung, wie man die Hackrohlinge grillte, ohne dass sie auseinanderfielen. Die Backkartoffeln legte sie in die Holzkohleglut und schenkte dann allen Eistee ein. Die Krawatten hatten in Abwesenheit der Frauen bereits den Besitzer gewechselt und lagen nun in Joshs Auto. Den Anzug hatte er am

Mittag in seinen Schrank gehängt. Mit Unschuldsmiene standen die beiden Männer nun am Grill und wendeten die Büffelburger. Sam lief schon das Wasser im Mund zusammen.
„Das war eine sehr gute Idee von dir", lobte er Josh.
„Eigentlich wollte ich Steaks grillen, aber Mike kam heute Mittag und brachte das Fleisch als kleinen Arbeitsanreiz vorbei", erzählte Josh. Sannah holte die Maiskolben und legte sie dazu.
„Arbeitsanreiz?", hakte Sam nach.
„Wir treiben morgen ein paar Büffel auf eine andere Weide", erklärte Sannah.
Sam fiel die Kinnlade runter. „Du willst doch nicht wirklich dieses zarte Geschöpf zu den Büffeln lassen?", fragte er Josh ungläubig und deutete auf Sannah.
Josh legte den Kopf schief und warf ihr einen abschätzenden Blick zu. „Wenn ich ehrlich bin, hatte ich auch erst Bedenken, aber Mike meinte, seine Büffel sind robust, die können das ab", gab er zu, und sein lässiger Gesichtsausdruck verzog sich immer mehr zu einem frechen Grinsen.
Sannah sah ihn entrüstet an und gab ihm kommentarlos einen Klaps auf den Hintern.
„Weißt du jetzt, was ich meine?", fragte Josh laut lachend.
Sam schüttelte nur den Kopf, während Sannah zurück zur Veranda ging und sich zu Hailey an den Tisch setzte.
„Im Ernst, Sam, sie kann das. Sie jagt mit dem jungen Wallach im gestreckten Galopp übers Grasland, dass dir schlecht wird vor Angst, und sie lacht nur und findet das himmlisch. Sannah wirkt nur klein und zerbrechlich, unterschätzen sollte man sie besser nicht. Erst recht nicht, wenn sie wütend ist." Josh schmunzelte und sah verträumt zu ihr hinüber.
„Und jetzt erzähl mir doch noch mal, dass es dich nicht erwischt hat!", spottete Sam gutmütig.

Die erste Runde Burger landete auf dem Tisch, und alle griffen mit großem Appetit zu. Sannah pulte eine Kartoffel aus der Alufolie und gab einen Klacks Sour Cream drauf. Sie brach die Kartoffel auf und genoss mit geschlossenen Augen den samtigen Geschmack. Himmlisch.

„Wie schmeckt dir der Büffel?“, erkundigte sich Josh.
„Großartig“, versicherte sie zwischen zwei Bissen. „Ich war schon beim Footballspiel begeistert davon. Schmeckt ganz anders als Rind, nicht so nüchtern und viel zarter. Kaum zu glauben, dass diese Idioten damals Millionen von Büffeln nur der Felle wegen abgeschlachtet haben und das Fleisch verrotten ließen“, sagte sie ohne nachzudenken und biss sich dann auf die Lippe, als sie begriff, wie unangemessen ihre Bemerkung war. In erster Linie waren die Büffel ausgerottet worden, um den Stämmen der Plains die Nahrungsgrundlage zu entziehen.
„Entschuldigung“, sagte sie betreten. „Ich hab nicht nachgedacht.“
Sam lachte und meinte: „Ist schon gut, Sannah, du hast sie ja nicht abgeschossen. Ich betrachte dich sowieso nicht als Waschítschu.“
Hailey nickte zustimmend, und Josh schmunzelte.
„Ich hab dich am Anfang auch für eine von uns gehalten, weil du so gar nicht dem gängigen Klischee entsprichst. Mittlerweile hab ich gemerkt, dass du da drinnen auch keine Washícu bist“, stellte er fest und klopfte sacht auf ihr Herz.
Sannah schluckte gerührt einen dicken Kloß im Hals herunter. Hier war das ein Kompliment. „Danke!“ Sie lächelte verlegen.
Josh widmete sich wieder seinem Burger, und Hailey zog los, um die Maiskolben vom Grill zu holen. Sam grübelte vor sich hin, während sie weiter aßen. Nach einiger Zeit fasste er sich ein Herz und stellte die Frage, die ihm schon so lange auf der Zunge lag.
„Hast du indigene Wurzeln?“, formulierte er es vorsichtig und erntete von seiner Frau einen Knuff in die Rippen.
„Sam! Sei nicht so neugierig!“
„Tut mir leid, ich will dir nicht zu nahe treten, aber es ist ja nicht nur die gesunde Sommerbräune und dein schwarzes Haar. Es sind deine Gesichtszüge, die Form der Augen, die kleine Nase und die hohen Wangenknochen. Das wirkt alles so gar nicht europäisch“, versuchte Sam sein Interesse zu erklären.
Hailey war sprachlos angesichts der unhöflichen Neugier ihres Mannes. Josh sah Sannah interessiert an und wartete auf ihre Antwort. Auch er hatte sich diese Frage schon öfter gestellt, zuletzt beim Baden am See.

Sannah sammelte sich und versuchte zu lächeln, sie empfand seine Frage nicht als unhöflich, aber sie wusste, dass gleich eine andere Bombe platzen würde.
„Schon gut, Hailey", winkte sie ab. „Ich kann das verstehen." Sie holte tief Luft. „Mein Großvater war ein Kalaalleq aus Qaanaaq am nordöstlichen Ende der Baffin Bay. Ich bin ihm sehr ähnlich, deswegen sehe ich nicht typisch europäisch aus. Das heißt: Ja, ich habe indigene Wurzeln."
Für einen Moment herrschte Schweigen. Josh und Sam starrten sich fassungslos an, Hailey suchte ihre Geographiekenntnisse zusammen.
„Baffin Bay Kanada?", fragte sie irritiert.
„Nein", sagte Sannah. „Grönland. Das liegt da oben am Polarkreis alles ziemlich dicht zusammen. Kanada ist auf der westlichen Seite der Baffin Bay, Grönland liegt östlich davon. Kalaallit sind grönländische Inuit." So, nun war es raus.
„Aus dem ewigen Eis!", stammelte Sam, und Sannah erkannte, dass auch Sam von dem Traum wusste. Josh rührte sich nicht. Er starrte perplex ins Leere und war mit seinen Gedanken ganz weit weg.
„Und wie ist dein Großvater nach Deutschland gekommen?", fragte Hailey, um das Schweigen zu brechen.
„ Ach, das lief ganz ähnlich wie bei euch. Grönland war mal dänische Kolonie, genaugenommen ist es das auch heute noch. Innenpolitisch ist es mittlerweile autonom, aber außenpolitisch wird es immer noch von Dänemark vertreten. Die Dänen sind angeblich die glücklichsten Menschen der Welt, also wollte man auch die Grönländer zu glücklichen dänischen Staatsbürgern erziehen ,und so brachte man viele Kalaallit-Kinder in dänische Internate. Scheinbar ist es eine typisch europäische Unart, Menschen anderer Kulturen belehren und umerziehen zu wollen. Man entriss sie ihren Familien und ihrer Kultur. Nicht viel anders als die Boarding Schools, in die man die Kinder eurer Völker steckte. Mein Großvater gehörte auch dazu. Er kam mit sechs nach Dänemark; als er achtzehn war, ist er aus dem Internat abgehauen und hat auf einem Schiff angeheuert, in der Hoffnung, er würde irgendwann wieder nach Grönland kommen. Stattdessen lernte er ein

paar Jahre später, bei einem Aufenthalt in Hamburg, meine Großmutter kennen. Es war wohl die ganz große Liebe, denn sie wartete auf ihn, bis er von seiner Fahrt zurückkehrte, und so blieb er in Hamburg. Er hatte später ein eigenes Schiff, mit dem er zum Fischfang raus aufs Meer fuhr. Er hat seine Heimat nie wiedergesehen. Vielleicht auch besser so. Grönland hat mittlerweile eine ganz ähnlich tragische Statistik wie viele Reservate. Arbeitslosigkeit, Alkoholismus, Identitätsverlust und alles, was damit verbunden ist", sagte sie traurig. „Tut mir leid, ich wollte euch nicht die Stimmung verderben."
Josh hatte sich gefasst und nahm sie in den Arm. „Hast du nicht. Damit haben wir etwas gemeinsam", stellte er fest und küsste sie, ohne darauf zu achten, was wohl Sam und Hailey davon denken würden. Doch die beiden lächelten nur, ganz besonders Sam.
„Wer will noch einen Burger?", fragte Josh und erhob sich, um die nächste Ladung Hackfleisch auf den Grill zu legen. Sannah nagte mit Genuss an einem Maiskolben mit Butter und beobachtete Josh am Grill. Äußerlich schien er ruhig zu sein, doch sie kannte ihn mittlerweile gut genug, um zu wissen, dass es tief in ihm ganz anders aussah. Das würde noch ein sehr langer Abend werden.
„Sprichst du auch Grönländisch?", wollte Hailey wissen, als Josh mit den Burgern zurückkam.
Sannah schüttelte den Kopf.
„Nur ein paar Brocken Kalaallisut; er konnte selbst nicht mehr viel davon, aber ich kann ein bisschen Dänisch", erzählte sie.
„Sag mal was auf Dänisch.", forderte Josh sie auf.
„Ich kenne ein altes Sprichwort, das dich ziemlich gut beschreibt." Sie grinste ihn an. „Om aften som en biörn, em morgen som en skudt örn."
„Und was heißt das?", fragte Sam.
„Am Abend wie ein Bär, am Morgen wie ein geschossener Adler. Besser kann man einen Morgenmuffel nicht beschreiben", bemerkte sie kichernd und fing an zu kreischen, als Josh ihr zur Strafe einen Eiswürfel in den Ausschnitt schob.
„Ein geschossener Adler!", empörte er sich und stimmte in das Lachen der anderen ein.

Sannah fischte sich fröstelnd den Eiswürfel aus der Bluse. „Und abends ein Eisbär!“, stellte sie fest und ließ den Eiswürfel auf den Boden fallen.
Josh grinste über das ganze Gesicht. „Du musst es ja wissen, als Inuit bist du Spezialistin für Eisbären. Was heißt Eisbär auf Kala... dings?“
„Nannoq, aber ich bin eher Spezialistin für Eisbecher.“
„Das ist das Stichwort!“, rief Hailey und stand auf, um das Eis zu holen. „Hilf mir mal, du Eisbär“, forderte sie Josh auf und verschwand mit ihm in der Küche.
„Den Spitznamen hat er jetzt weg!“, verkündete Sam und wurde dann ernst. „Hat er dir von seiner Granny erzählt?“, fragte er leise, damit ihn in der Küche niemand hörte.
Sie nickte nur, weil sie nicht wusste, was sie darauf hätte antworten sollen.
„Dann weißt du ja, was er jetzt denkt“, sagte er ein wenig prophetisch.
„Glaubst du auch daran?“, wollte sie wissen.
„Wenn du seine Granny gekannt hättest, würdest du das auch. Sie war noch eine ursprüngliche, traditionelle Lakota, sprach kaum Englisch und hatte die Gabe, Dinge zu sehen. Schade, dass sie das hier nicht mehr erlebt. Sie hätte dich gemocht.“
Hailey und Josh kamen mit Eisbechern beladen zurück auf die Veranda. Sie hatten das Eis einfach in große Gläser gefüllt, mit Karamellsoße übergossen und mit Sprühsahne gekrönt. Seitlich am Rand steckten Schoko-Cookies.
„Wow! Das sieht verführerisch aus“, stellte Sannah mit leuchtenden Augen fest.
„Bin ich auch verführerisch?“, raunte ihr Josh ins Ohr.
Sie betrachtete ihn mit prüfendem Blick. „Nicht so ganz, da fehlt noch was“, meinte sie kichernd, fuhr mit dem Finger durch die Sahne und schmierte ihm den Klecks auf die Oberlippe.
„Perfekt. Eisbär mit Sahne. Unwiderstehlich!“, schwärmte sie und klimperte mit den Wimpern.
Sam und Hailey konnten sich kaum halten vor Lachen.
„Ablecken!“, protestierte Josh und kam Sannahs Gesicht bedrohlich nahe.

Die quietschte vor Vergnügen und versuchte, sich Josh vom Leib zu halten. Er zog sie noch dichter an sich heran, dann küsste sie ihm die Sahne von den Lippen.
„Den Trick merke ich mir für zu Hause“, entschied Hailey augenzwinkernd.
Sam schmunzelte still vor sich hin und tauchte einen Cookie in die Karamellsoße.

Auf dem Weg nach Hause seufzte Hailey zufrieden. „Ach, war das ein schöner Abend, aber was war vorhin mit euch beiden los, als Sannah von Grönland erzählte?“, wollte sie irritiert wissen.
„Kannst du dich noch an Joshs Granny erinnern?“, fragte er.
„Oh ja, ich hatte immer ein bisschen Angst vor ihr, weil ich sie nicht verstanden habe“, sagte sie.
„Schade eigentlich, ihr Großvater hat noch als freier Krieger gelebt, Büffel gejagt und gegen die Soldaten gekämpft. Sie konnte unglaublich spannende Geschichten von ihm erzählen und von unserem alten Leben. Unchi hatte wahre Schätze aufbewahrt – Waffen, Kleidung mit Perlenstickerei, Puppen, Alltagsgegenstände und sogar ein paar Skalps. Josh hat das alles noch, lass es dir von ihm mal zeigen, wenn wir wieder da sind. Eine wahre Fundgrube für jedes Museum. Für uns Kinder war das immer ein großes Abenteuer, wenn sie die alten Geschichten zu den verschiedenen Sachen erzählte. Sie war nie in einer Boarding School, weil ihre Eltern sie versteckt hielten, als die Kinder abgeholt wurden. Deshalb lernte sie auch nie richtig Englisch. Schon irgendwie komisch, dass ihr Enkel jetzt einen Hochschulabschluss hat. Die Zeiten ändern sich“, sagte Sam wehmütig.
„Was hat das jetzt mit Sannah zu tun?“, fragte Hailey.
„Unchi hatte Träume, Woihanble, du weißt schon, Visionen. Die Geister sprachen noch mit ihr. Sie hat einmal zu Josh gesagt, er würde nie die richtige Frau finden, sie würde ihn finden und sie käme aus dem ewigen Eis. Ich konnte vorhin förmlich Unchis Geist um mich herum spüren, als Sannah von der Baffin Bay erzählte. Ich glaube, Josh ging es genauso. Verstehst du jetzt, warum wir wie erstarrt waren? Das war wakhán“, schauderte Sam.
Hailey erstarrte ebenfalls. Sie war anders aufgewachsen als Sam

und Josh, die Geschichte ihrer Familie hatte sich in den Wirren des Umbruchs verloren. Leider. Doch ein Funke des Geistes der alten Lakota glomm auch in ihr. Träume wurden nicht angezweifelt, sie bedeuteten immer etwas; nur die meisten hatten vergessen wie man sie deutet. Die Bedeutung dieses Traums war klar, jetzt, nach so langer Zeit.

Nachdem sie aufgeräumt und abgewaschen hatten, saßen Sannah und Josh wie üblich noch auf der Veranda. Die Lichterkette hatten sie ausgeschaltet, weil sie zu viele Insekten anlockte, und so brannten nur noch die Kerzen auf dem Tisch. Sie hatte sich an ihn gekuschelt und genoss die Wärme seines Körpers.
„Warum hast du nichts gesagt, als ich dir von dem Traum erzählte?“, fragte er leise, aber ohne Vorwurf.
Sie hatte geahnt, dass diese Frage kommen würde, und beschlossen ehrlich zu sein. „Ich musste das erst mal verdauen. Kannst du dir vorstellen, wie es ist, wenn dir jemand erzählt, dass die Großmutter von dir geträumt hat? Jahrzehnte vorher? Ich hatte das Gefühl, einen Geist zu sehen. Außerdem wollte ich, dass du mich unvoreingenommen siehst und nicht als die Frau aus dem Traum“, erklärte sie ihr Schweigen.
„Hättest du es mir erzählt, wenn ich gefragt hätte?“, bohrte er weiter.
„Ja, das hätte ich, aber du hast nicht gefragt“, stellte sie fest. „Jetzt weißt du es, aber was ändert das?“, fragte sie unschlüssig.
„Genaugenommen nichts, es ist nur eine Bestätigung dessen, was ich schon vorher wusste. Aber ich zweifle jetzt nicht mehr“, sagte er ruhig. „Ich habe dich nicht gefunden, du hast mich gefunden und du bist eine Inuit. Alles, was Unci geträumt hat, ist wahr. Du bist Cach'óthila-win, die Eskimo-Frau, von der sie sprach; und bevor du mich jetzt für völlig verrückt hältst, Unchi hatte zwar recht, aber ihr Traum sagte nichts darüber, wie es ausgeht. Das liegt jetzt ganz bei dir, denn ich für meinen Teil wusste schon vorher, dass ich dich liebe.“
Sie sah ihn mit großen Augen an und wollte etwas sagen, aber er legte nur die Finger auf ihre Lippen. „Ich weiß, dass du noch Zeit brauchst, und die sollst du auch bekommen, aber vielleicht

hilft es dir bei deiner Entscheidung. Thechíhila." Er gab ihr einen flüchtigen Kuss, stand auf und ging über den Hof in Richtung des Creeks.

Sie wusste, dass er jetzt Ruhe brauchte, um den Kopf freizubekommen. Genauso wie sie selbst. Ihr Herz raste, und die Gedanken überschlugen sich. Thechíchila. Sie dachte an ihren Großvater im Schneesturm, schloss die Augen und atmete tief durch.

Büffel und Maisbrei

Sannah war noch im Nachthemd, als sie zur Abwechslung mal Josh den Kaffee ans Bett brachte. Leise schlich sie sich in sein Zimmer. Er war erst mitten in der Nacht nach Hause gekommen, sie hatte ihn auf der Treppe gehört. Die halbe Nacht hatte sie wach gelegen und über seine Worte nachgedacht; ihre Zweifel, die sie gestern noch hatte, waren wie weggewischt. Es war ihm ernst. Je länger sie darüber nachdachte, umso klarer wurde ihr, was er gemeint hatte. Sie musste irgendwann eine Entscheidung treffen, nicht, ob sie ihn liebte, sondern, ob sie diesen Sprung ins kalte Wasser wagen sollte. Es wäre eine Entscheidung gegen ihren sicheren Job, die Karriere als zukünftige Oberärztin, ihre Freunde und ihr Zuhause. Alles, was so selbstverständlich war und auf sie wartete. Wenn sie ehrlich war, vermisste sie es nicht, aber es bedeutete auch Sicherheit, solange es existierte. All das würde sie aufgeben müssen, wenn sie sich für ein Leben mit Josh entschied. In ihren Gedanken hatte sie sich ausgemalt, was Annegret wohl dazu sagen würde, und die Worte ihrer Freundin am Flughafen waren ihr wieder eingefallen: „Tue nichts Unüberlegtes."
Aber auch eine andere Stimme hatte sich dazugesellt. Die von Hailey: „Warte ab, was passiert! Irgendwann wirst du wissen, was zu tun ist."
Sannah setzte sich an sein Bett und betrachtete sein schmales Gesicht, das im Schlaf nicht mehr so kantig wirkte, sondern friedlich und ruhig. Sie wusste noch nicht, was zu tun war, aber in einem Punkt war sie sich sicher. „Ich liebe dich auch", flüsterte sie fast unhörbar und strich ihm sanft über die Wange.
Josh brummte etwas Unverständliches und öffnete verschlafen die Augen.
„Guten Morgen, Wanblí!" – Adler, flüsterte sie.
Josh zog sie zu sich ins Bett und legte die Arme um sie. „Ich schlafe jetzt noch mal ein, und dann weckst du mich richtig", murmelte er und döste wieder weg.
Ihr Herz schlug bis zum Hals, weil sie sich nicht sicher war, wie weit er gehen würde, aber nichts geschah. Josh schlummerte

harmlos weiter. Sie kuschelte sich an ihn, und ein kleines Lächeln huschte über sein Gesicht. Am liebsten wäre sie in seinen Armen eingeschlafen. Konnte es noch etwas Schöneres geben? Doch dann fiel ihr ein, dass Arbeit auf sie wartete. Sie weckte Josh noch mal, diesmal mit einem Kuss, auf den er nur gewartet hatte. Er erwiderte ihren Kuss, und seine Hand wanderte genießerisch über ihre Kurven. Es fiel ihr schwer, seinem Drängen zu widerstehen, doch sie schälte sich langsam aus seiner Umarmung.

„Ich würde ja auch viel lieber hierbleiben, aber da warten ein paar Büffel auf uns", erinnerte sie ihn und schmunzelte.

Josh stöhnte unwillig. „Jetzt weiß ich auch, warum wir die Viecher früher gejagt haben", brummte er mürrisch.

Sie kletterte aus dem Bett und reichte ihm die Tasse. „Werd' erst mal wach, ich mache solange Frühstück."

Josh setzte sich auf und schlürfte seinen Kaffee. „Brauchst du nicht. Gibt bei Mike was zu essen", meinte er und rieb sich die Augen.

„Okay, dann ziehe ich mich jetzt an", sagte sie und ging aus dem Zimmer.

„Schade", brummte er und lächelte versonnen hinter ihr her.

Etwa eine Stunde später machten sie sich, mit den Pferden im Anhänger, auf den Weg zu Mikes Ranch. Sie staunte nicht schlecht, als er mit seinem Wagen die Zufahrt in Richtung der Tipis einschlug.

„Die Tipis gehören Mike?", fragte sie. Josh nickte.

„Das war genaugenommen Junes Idee. Ein willkommenes Zubrot zu den Büffeln. Angefangen hat sie mit einem, jetzt sind es schon fünf. Die Wannabes reißen sich darum, hier Urlaub zu machen. Indianer, Büffel, Pferde und Tipis. Was will man als Hobby-Indianer mehr?" Er grinste spöttisch.

Du hast die kalten Füße und die Taranteln vergessen!", ergänzte sie lachend.

Sie fuhren an den Zelten vorbei. Aus der Nähe betrachtet wirkten sie enorm groß, waren aus stabilem Segeltuch gefertigt, und Sannah fragte sich neugierig, wie es wohl im Inneren aussehen würde. Etwas weiter hinten stand das Wohnhaus der Stone-feathers.

Etliche Leute hatten sich bereits versammelt und standen, mit Kaffeebechern in der Hand, in kleinen Gruppen herum und hielten ein Schwätzchen. Josh parkte am Rand des Hofes und stieg aus, Sannah folgte ihm und machte sich am Hänger zu schaffen, um die Pferde auszuladen. Die Anwesenden hoben die Hand zum Gruß und steckten bei Sannahs Anblick die Köpfe zusammen.

„Wer ist denn das?", fragte einer der anderen Nachbarn Mike.

„Das ist Sannah, White Clouds neue Freundin. Hast du das noch nicht mitbekommen?", gab Mike die Frage zurück.

Sein Gegenüber schüttelte nur den Kopf. „Nein. Hoffentlich ist das nicht wieder so ein hysterischer Apple wie die letzte", meinte der.

Mike lachte. „Ich glaube kaum, sonst hätte Josh sie wohl nicht mitgebracht", stellte er fest und ging auf Josh und Sannah zu, um sie zu begrüßen.

Josh hatte die Türen des Anhängers geöffnet, während sie die Pferde langsam rückwärts rausschob.

„Ihr könnt eure Pferde da drüben anbinden", sagte Mike und deutete mit der Unterlippe auf den Stall neben dem Wohnhaus. Dort standen bereits mehrere andere Pferde und warteten auf ihren Einsatz. Josh und Sannah stellten ihre Tiere dazu und gesellten sich dann zu den Anderen. Sannah fühlte sich unter den ganzen Männern, die hier versammelt waren, etwas fehl am Platz. Josh stellte sie vor, und sie schüttelte diverse Hände. Die Touristen, die in den Tipis wohnten, fanden sich auch ein und wollten sich das Schauspiel, das sich ihnen demnächst bieten würde, offenbar nicht entgehen lassen.

Von einigen der Anwesenden wurden sie etwas skeptisch beäugt und dann nicht weiter beachtet.

Sannah hatte schon des Öfteren bemerkt, dass man Fremden gegenüber sehr zurückhaltend reagierte. Nicht direkt unhöflich, aber mit einer gewissen Distanz. Mike drückte Sannah und Josh einen Kaffeebecher in die Hand.

„June bringt gleich das Frühstück, setzt euch doch schon mal", rief er allen zu. Langsam wanderte die illustre Gesellschaft zu den Tischen, die auf dem Hofplatz vor dem Haus aufgestellt wor-

den waren. Jeder suchte sich ein Plätzchen, auch die Touristen.
„Reitet ihr auch mit?", wollte einer der Lakota wissen. Nun blickten alle rüber zu den fremden Gästen.
Einer von ihnen schüttelte den Kopf und meinte grinsend: „Nein, dass überlassen wir besser euch. Wir würden nur vom Pferd fallen."
Alle fingen an zu lachen, die bescheidene Antwort hatte ihnen gefallen und das Eis war gebrochen. June schleppte einen übergroßen Topf nach , und Sannah stand auf, um ihr zu helfen. Gemeinsam wuchteten sie das schwere Ding auf den Tisch.
„Danke, Sannah", sagte June und lächelte ihr zu.
„Gern. Ist drinnen noch mehr?", fragte Sannah und folgte June ins Haus, um den Rest zu holen.

Mike nutzte die Gelegenheit und sah Josh fragend an. „Ist sie Lakota?"
Josh schmunzelte nur und schüttelte den Kopf. Die anderen um sie herum wurden neugierig und lauschten gespannt.
Mike sah ihn überrascht an. „Eine Cheyenne?", bohrte er weiter.
„Nein, auch keine Cheyenne", erwiderte Josh und machte es spannend.
„Nun sag schon, White Cloud!", forderte Mike ihn auf.
Josh nahm einen Schluck Kaffee. „Sie ist Inuit", offenbarte er lächelnd und amüsierte sich über die verblüfften Blicke.
„Wán! Wo in aller Welt hast du sie denn kennengelernt?", fragte Mike erstaunt. In puncto Neugier war er ähnlich schwer zu bremsen wie Sam.
„Am Straßenrand. Ihr Hundeschlitten hatte einen Platten", erklärte Josh bierernst und erntete Gelächter von den meisten Zuhörern und einen missbilligenden Blick von Mike, der nicht bereit war, sich einen Bären aufbinden zu lassen.
„Der Spendenverein hat sie geschickt. Sannah macht Fotos von dem Horsemanship-Projekt", antwortete Josh ehrlich, vermied aber die Einzelheiten.
„Und du behältst sie jetzt einfach da", stellte Mike fest und schlug ihm freundschaftlich auf die Schulter.
„Vielleicht", entgegnete Josh.

Die anderen lachten auch und nickten ihm wohlwollend zu. June und Sannah brachten gerade Schüsseln mit Kompott, Teller und Löffel nach draußen und begannen den warmen, süßen Maisbrei zu verteilen. Als alle ihr Frühstück hatten, setzten sich die Frauen an den Tisch. Sannah löffelte ihren Maisbrei und wunderte sich ein wenig über die gutmütigen Blicke, die man ihr zuwarf, aber sie hatte gelernt, besser keine Fragen zu stellen.

Während des Essens war das Gespräch in vollem Gange, teils auf Lakota, teils auf Englisch wurden Neuigkeiten ausgetauscht, gelacht, diskutiert und der neueste Klatsch an den Mann gebracht. Plötzlich wurde Sannah von hinten unsanft an die Schulter gestoßen. Sie fiel fast nach vorne, drehte sich empört um und sah völlig entgeistert in die kleinen braunen Augen eines riesigen Bison-Bullen. Sein Wiederrist war gut und gern so hoch wie Josh, der gewaltige Schädel mit den bedrohlichen Hörnern und dem zottigen Fell wiegte auf halber Höhe leicht hin und her. Sannah war wie erstarrt und rührte sich keinen Millimeter. Sie wagte kaum zu atmen. Das Gespräch am Tisch war verstummt, und gebannt sahen alle auf die Szene, die sich ihnen bot.
Josh grinste, während Mike eine beruhigende Handbewegung machte. „Keine Angst, das ist nur Misúnkala – mein kleiner Bruder, er will deinen Maisbrei."
Die bläuliche Zunge des Bullen leckte über die breite, blanke Nase, und Sannah spürte seinen heißen Atem auf ihrer Schulter. Etwas beruhigt von Mikes Worten entspannte sie sich und hielt dem Bullen ihren Teller hin.
„Er wurde als Kalb von seiner Mutter nicht angenommen, da haben wir ihn mit der Flasche großgezogen. Er lebte mit uns im Haus und ist jetzt nur deshalb nicht mehr da, weil er nicht mehr durch die Tür passt", erklärte Mike lachend, während das zottige Ungetüm hingebungsvoll den Maisbrei vom Teller lutschte.
Sannah starrte unverwandt dieses mächtige Tier an und war ergriffen von seiner Größe und seiner Kraft. Sie hob langsam die Hand und kraulte ihn behutsam an der lockigen Stirn.
„Wird Zeit für einen neuen Namen", meinte sie. „Klein ist der ja nun wirklich nicht mehr."

Alle lachten, der Bulle zeigte sich davon völlig unbeeindruckt und zog, leise brummend, weiter, um noch mehr Maisbrei zu ergattern. Josh sah sie liebevoll an, und Stolz blitzte in seinen Augen.
„Mutig, die Kleine", sagte jemand und die Anderen nickten zustimmend. June reichte Sannah einen neuen Teller mit einer frischen Portion Brei, und sie setzte ihr Frühstück fort. Misúnkala verzog sich nach seinem Raubzug auf eine angrenzende Wiese und fing an zu grasen. ‚Das glaubt mir zu Hause kein Mensch', dachte Sannah.
Nach dem Frühstück wurde es ernst. Die Pferde wurden gesattelt und alle, die sich an dem Viehtrieb beteiligen wollten, saßen auf.
„Das Prinzip ist das gleiche wie bei den Pferden. Nur keine Hektik. Aber halte dich von den Hörnern fern, besonders die Kühe mit einem Kalb können ziemlich aggressiv werden, wenn du den Kleinen zu nahe kommst", erklärte Josh ihr, nachdem sie in den Sattel gestiegen war.
„Kimimila kennt das, sie macht das nicht zum ersten Mal. Im Zweifelsfall überlasse es ihr, was zu tun ist, und bleib nur oben sitzen."
„Schaffen wir schon", meinte Sannah zuversichtlich.
„Ich bin stolz auf dich!", sagte er lächelnd.
Mike ritt voran, und der Trupp folgte ihm auf die Weide. Der Anblick war der gleiche wie auch auf Joshs Weide. Ein schier unendliches Meer aus Gras, das über die sanften Hügel im Wind wogte.
„Warum will er die Herde überhaupt auf eine andere Weide bringen?", fragte sie. „Hier ist doch mehr als genug Futter und Platz für die Büffel."
„Mike hat eine neue Weide dazubekommen. Bis vor kurzem war das Land noch an einen weißen Rancher verpachtet, der seine Rinder hier hielt. Der Boden ist von den Rindern völlig festgetreten und hart, nimmt kaum noch Wasser auf und verödet langsam", erklärte Josh.
Sannah verstand nicht ganz, was an den Büffeln nun besser sein sollte.
„Die trampeln doch auch alles nieder – oder nicht?", fragte sie irritiert.

Josh schüttelte den Kopf. „Nein, ganz im Gegenteil. Büffel haben andere Hufe als Hausrinder, sie sind an der Unterseite etwas hohl, fast wie ein Löffel. Damit graben und lockern sie den Boden auf, wenn sie darüber laufen. Der Boden kann so mehr Feuchtigkeit aufnehmen und speichern, dadurch wächst das Gras wieder besser. Außerdem fressen Büffel schonender das Gras ab, sie reißen nicht die Grasnarbe auf wie die anderen Rinder. Wenn eine Weide durch Zuchtrinder völlig zunichtegetrampelt wurde, sind Büffel die einfachste Lösung, um den Boden zu verbessern. Jetzt regnet es noch viel, dann geht es am schnellsten."
Wieder einmal bestätigte sich Sannahs Ansicht, dass die Natur sich am besten selbst zu helfen wusste, man musste ihr nur die Chance dazu geben und nicht versuchen, sie nach seinem eigenen Willen zu formen.
Sie ritt weiter an seiner Seite und genoss den Ausblick auf die Landschaft. Josh wirkte wieder ruhig und ausgeglichen. Die Stille, die er am Vorabend gesucht hatte, hatte ihm gutgetan. Sie hatte seinen Kopf klar werden lassen und die Sorgen aus seinen Gedanken vertrieben. Er strahlte wieder diese zuversichtliche Gelassenheit aus, die Sannah so sehr an ihm liebte. Entspannt saß er auf seinem Pferd, ließ die Beine baumeln und hielt Ausschau nach den Büffeln, wie schon die Männer vieler Generationen vor ihm.
Endlich kam die Herde in Sicht. Beim Anblick dieser gewaltigen Tiere stockte Sannah der Atem. Knapp einhundert dieser urtümlichen Geschöpfe standen verteilt über eine große Senke und grasten friedlich. Die zottigen, dunkelbraunen Leiber der erwachsenen Tiere hoben sich deutlich von dem hellen Zimtbraun der Kälber ab. Hin und wieder war ein dunkles Brummen zu hören. Schon diese kleine Gruppe wirkte imposant. Was für ein unvergesslicher Anblick musste es gewesen sein, als noch abertausende von ihnen die Prärie bevölkerten. Stolz, mächtig und unbeugsam wie das Volk, das ihnen gefolgt war und sich ihren Namen gegeben hatte. Thathánka oyáte, das Büffelvolk. Heutzutage teilten sie das gleiche Schicksal. Eingepfercht in ein Reservat fristeten sie nun ihr Dasein. Die endlose Freiheit der weiten Ebenen war längst Geschichte.

Langsam umkreisten die Reiter die Herde, um sich hinter sie zu bringen, doch zunächst ließen sich die Büffel beim Grasen nicht aus der Ruhe bringen. Nur widerwillig wichen sie vor den Reitern, und diese mussten nun ein wenig Druck machen, um die Herde in Gang zu bekommen. Allerdings wohldosiert, denn niemand wollte eine Panik unter den Tieren auslösen. Diese reagierten darauf und nahmen die Kälber schützend in ihre Mitte. Sannah hielt sich in der Nähe von Josh auf, zusammen mit einigen anderen begrenzten sie die Flanke der Herde, um ein Ausbrechen zur Seite zu verhindern. Wenn erst mal ein Tier ausbrach, folgte meist die ganze Herde.
Kimimila war nun in ihrem Element. Als Quarter Horse war sie genau dafür gezüchtet und ausgebildet worden. Die Cutting Pferde dieser Rasse hatten so etwas wie einen natürlichen Jagdinstinkt, waren auf kurzen Distanzen unglaublich schnell und wendig und wussten genau, wie man mit schnellen Wendemanövern die Rinder im Zaum hielt. Der Reiter musste meist nicht mehr viel dazu tun. Diese intelligenten Pferde trafen ihre Entscheidungen allein. Cutting bedeutete nichts anderes als „Weg abschneiden", und genau das beherrschten sie perfekt.
Sannah bemerkte, wie Kimimila aufmerksam die Büffel im Auge behielt und jede ihrer Bewegungen registrierte. Diese sonst so ruhige und gutmütige Stute verwandelte sich plötzlich in eine gespannte Sprungfeder, jederzeit bereit, einem der Wildrinder hinterherzusetzen. Mit gesenktem Kopf trabte sie leichtfüßig und leicht seitlich hin und her. Sannah ließ sie machen und gab ihr etwas mehr Zügel, damit sie im Zweifelsfall mehr Bewegungsfreiheit hatte. Sie selbst saß wie ein Fragezeichen im Sattel. Jeden klassischen Reitlehrer hätte das verzweifeln lassen, aber nur so konnte man die schnellen Wendungen und Stopps abfangen und locker im Sattel sitzen bleiben. Der verschluckte Besenstiel war hier wenig hilfreich. Das war eben der große Unterschied zwischen dem Arbeitsreiten und der klassischen Reitweise, die nur nett aussehen sollte, aber keinen Zweck erfüllte. Da die Pferde dazu ausgebildet waren, schnell zu reagieren, nahmen sie, wenn sie erst mal Blut geleckt hatten, wenig Rücksicht darauf, ob ihr Reiter mithalten konnte. Sannah hatte einmal bei einem Cutting-

Wettbewerb gesehen, wie ein Pferd weiter arbeitete, obwohl der Reiter längst unten lag. Daraufhin hatte sie etliche von den seltenen Unterrichtskursen bei versierten Trainern mitgemacht, unter anderem auch auf einer Hobby-Ranch im Allgäu, wo am Ende des Kurses noch ein Viehtrieb auf die Alm stattfand. Sie wusste nun zumindest, worauf es ankam. Allerdings hätte sie sich damals nicht träumen lassen, dass sie das Erlernte jemals auf einer richtigen Ranch würde anwenden können, geschweige denn mit einer ganzen Büffelherde. Sie konzentrierte sich voll und ganz auf die Büffel und Kimimilas Bewegungen und blendete den Rest einfach aus.

Die Herde trottete jetzt zügig in die anvisierte Richtung. Hin und wieder versuchte, eines der Tiere zu entwischen, aber die Reiter waren aufmerksam und wussten es zu verhindern. Sie hatten alle Hände voll zu tun, um die Herde auf Kurs zu halten. In einiger Entfernung kam die Ranch in Sicht. Die Touristen standen am Zaun und machten Fotos. Mike setzte sich wieder an die Spitze der Herde und bedeutete den Reitern an der Flanke, langsam zu ihm aufzuschließen. Die Herde musste über einen abgesperrten Teil des Hofes getrieben werden und dann die Hauptstraße überqueren. Zu diesem Zweck hatte man die Tribal Police um Unterstützung gebeten, damit die Straße für den Verkehr gesperrt wurde. Weil auf diesem Teil der Strecke kein begrenzender Zaun gezogen werden konnte, war es nötig, dass die Reiter an der Flanke vor den Büffeln auf der Straße waren, damit nicht einige Tiere an den Wagen der Polizei vorbei das Weite suchten. Der Rest der Reiter sorgte für den nötigen Druck von hinten, um die Herde durch dieses Nadelöhr zu treiben.

Sannah beeilte sich, um zusammen mit Josh und den anderen noch vor der Herde den Hof zu erreichen. Ein Ausbrechen der Büffel war nun nicht mehr möglich, da sich die Weide zur Farm hin verjüngte. Sie erreichten den Hof und ritten weiter zur Straße, um sich in Stellung zu bringen. Mitten auf der Auffahrt stand Misúnkala im Weg und wartete auf seine Großfamilie. Mike schimpfte wie ein Rohrspatz mit dem „kleinen Bruder". „Iyáya yo!" – Geh weg, rief er und trieb den Bullen mit dem Pferd vor sich her. Doch der rund eine Tonne schwere Bulle war stur und

stellte sich quer. Niemand kam an ihm vorbei, und von hinten drängte die Herde immer näher heran. Es wurde brenzlig für die Reiter dazwischen.
June erkannte die prekäre Situation und handelte geistesgegenwärtig. Sie schnappte sich einen Teller mit Maisbrei und wedelte damit vor Misúnkalas Nase herum. Der ließ sich nun nicht mehr bitten, sondern eilte im Schweinsgalopp seiner Leibspeise hinterher. Die Reiter folgten zügig, um der nachrückenden Büffelherde zu entkommen. Als sie die Straße erreichten, bot sich den Officers der Tribal Police und den wartenden Autofahrern nun folgendes Bild: Eine junge Frau, mit Maisbrei bewaffnet, gefolgt von einem riesigen naschhaften Bisonbullen, ein paar nervös dreinblickenden Reitern, einer hundertköpfigen, gehörnten Großfamilie und den restlichen Reitern, die das Schlusslicht bildeten, überquerten die Straße und ließen im Eifer des Gefechtes jede Menge Büffeldung zurück.
Sannah konnte sich nur schwer das Lachen verkneifen, erinnerte sie das Ganze doch nur zu lebhaft an einen Karnevalsumzug. Fehlte nur, dass jemand Kamelle warf und „Alaaf" brüllte. Mike zog auf der anderen Seite der Straße seine Frau zu sich in den Sattel, um sie vor der Herde in Sicherheit zu bringen. Josh nahm im Vorbeireiten den Maisbrei an sich und lockte Misúnkala weiter hinter sich her, damit der Bulle nicht wieder stehen blieb und mit ihm die ganze Herde. So erreichten sie kurze Zeit später die neue Weide. Als sich das Weidetor hinter den Büffeln schloss, kam Mike mit June dazu.
„Ohne dich wären wir alle zu Brei zertreten worden", sagte Mike erleichtert und drückte June an sich.
Josh hielt immer noch den Teller mit Maisbrei in der Hand und meinte breit grinsend: „Hat jemand einen Löffel dabei?" Das Lachen aller Beteiligten konnte man noch auf der Straße hören.

Am frühen Nachmittag erreichten Josh und Sannah wieder die Ranch. Ziemlich ermüdet setzte sie einen Kaffee auf, während Josh die Pferde zurück auf die Weide brachte. Er rieb sich die Augen, als er zurückkam und nahm dankbar den Kaffee entgegen.
„Ich glaube, ich halte heute mal Mittagsschlaf", sagte er und

schlürfte vorsichtig den heißen Kaffee. „Sonst schlafe ich im Restaurant ein."
Sannah nickte.
„Macht sich nicht so gut, wenn man schnarchend im Suppenteller liegt", bemerkte sie amüsiert. „Wo geht es denn hin?"
Josh nahm noch einen Schluck Kaffee. „Verrate ich dir erst, wenn ich dich in deinem Kleid sehe", meinte er und gab ihr einen Kuss; dann lief er die Treppe hoch und verschwand in seinem Bett.

Sannah ging duschen, damit sie später mehr Zeit hatte, sich fertigzumachen. Anschließend bürstete sie sich am Fenster die Haare in der Sonne trocken, um sie etwas in Form zu bringen. Seufzend betrachtete sie ihre Fingernägel, die schon lange keine Pflege mehr bekommen hatten und schwer nach Arbeit aussahen. Sie kramte in ihrem Kosmetikbeutel nach einer Feile und beschloss, einen Kosmetiknachmittag einzulegen. Das war dringend nötig, schließlich sollte am Abend alles perfekt sein. Eine Feuchtigkeitsmaske im Gesicht, brachte sie die Fingernägel in Form und verpasste ihnen einen French-Manicure-Lack, der sich hell von ihren braunen Händen abhob. Während der Lack trocknete, döste sie ein wenig auf ihrem Bett und freute sich auf den bevorstehenden Abend. Danach cremte sie sich mit einer Bodylotion ein, die einen seidigen Schimmer auf ihre Haut zauberte und einen zarten Duft von Maiglöckchen hinterließ. Zum Schluss entfernte sie die Reste der Gesichtsmaske und betrachtete sich in dem kleinen Spiegel ihrer Puderdose. Fertig. Die Haut wirkte wieder frisch und rosig, und sie war froh, dass Josh von dieser Grundsanierung nichts mitbekommen hatte.

Sannah verließ ihr Zimmer und ging in die Küche, um noch einen Kaffee zu trinken. Vor lauter Sanierungsarbeiten hatte sie gar nicht gemerkt, wie viel Zeit vergangen war. In Joshs Zimmer klingelte der mörderisch laute Wecker, gefolgt von einem Poltern, das immer zu hören war, wenn er auf den Wecker einschlug. Kurz danach kam er gut gelaunt die Treppe herunter. Er umarmte sie von hinten und vergrub sein Gesicht in ihrem Haar. „Mmh, du riechst gut", brummte er lächelnd und küsste ihren Hals. Sie zog

die Schultern hoch, weil seine Bartstoppeln kratzten, und drehte sich zu ihm um.
„Ausgeschlafen?", fragte sie und strahlte ihn an.
„Zumindest schlafe ich jetzt nicht mehr bei der Vorspeise ein, sondern erst im Pudding." Er grinste und trank ihren Kaffee. „Ich hole schnell die Pferde, füllst du schon mal die Tränken?"
„Klar", sagte Sannah und ging mit ihm zum Stall.

Nachdem die Tiere versorgt waren, beeilte sich Josh, unter die Dusche zu kommen. Währenddessen ging Sannah wieder in ihr Zimmer, schlüpfte in ihr Kleid und legte ein dezentes Abend-Make-up auf, was sich mit dem kleinen Spiegel, der ihr zur Verfügung stand, etwas schwierig gestaltete. Ein feiner Lidstrich betonte die oberen Augenlider, zusammen mit dunklem Lidschatten und Mascara. Ihre Augen wirkten nun noch größer und ein wenig geheimnisvoll. Sie rundete das Make-up mit einem zart weinrot schimmernden Lippgloss ab und betrachtete sich zufrieden im Spiegel.

Josh stieg aus der Dusche und schlang sich ein Handtuch um die Hüften. Während er den Rasierschaum im Gesicht verteilte, dachte er darüber nach, ob er Haileys Rat folgen und eine Krawatte tragen sollte. Er fand das übertrieben. Außerdem erinnerten ihn Krawatten immer an diese Business-Typen in der Bank – und das war er nun mal nicht, wollte er auch gewiss nicht sein. Kein angepasster Apple, der versuchte zu verleugnen, wer er war. Er grübelte weiter, während er sich rasierte, und entschied sich dann doch für den Schlips, allerdings nur, weil er nicht riskieren wollte, dass man ohne vielleicht nicht ins Restaurant kam. Es war eine gefühlte Ewigkeit her, dass er zum Essen ausgegangen war. Damals, während seiner Studienzeit in Aberdeen, hatte er sich einmal diesen Luxus gegönnt und sich nicht recht wohlgefühlt, aber er wollte mit Sannah einen schönen Abend verbringen und ihr zeigen, dass er kein Hinterwäldler war. Josh wusch die Schaumreste ab und ging in sein Schlafzimmer.
Die Schuhe in der Hand, eingehüllt in eine Wolke ihres Lieblingsparfums, lief Sannah die Treppe hinunter, weil sie fürchtete, sich

den Hals zu brechen, falls sie in den Mordinstrumenten den Halt verlieren sollte. Sie stand sie in der Küche und versuchte, den Reißverschluss des Kleides zu erwischen, um es vollständig zu schließen, aber sie bekam das blöde kleine Ding einfach nicht zu fassen. Stattdessen schlüpfte sie in ihre Schuhe und ging auf die Veranda. Jetzt fühlte sie sich wie ein nervöser Teenager beim ersten Date. Genaugenommen war es das auch. Das erste Date mit Josh, das erste seit ihrer Scheidung. Sie konnte sich nicht recht daran erinnern, wann sie ihr letztes Date gehabt hatte. War wohl auch nicht besonders gewesen, wenn es ihr nicht in Erinnerung geblieben war.

Josh stürmte die Treppe hinunter und nestelte an seiner Krawatte. Ihr Parfum zog ihm angenehm in die Nase und hinterließ ein warmes Prickeln auf seiner Haut. Sein Herz schlug bis zum Hals, und sein Mund wurde trocken vor Aufregung. Er trank den letzten Schluck Kaffee aus der Tasse auf dem Tisch und sah hinaus zur Veranda.

Da stand sie und wartete auf ihn, anmutig und zart in einem aufregenden Kleid mit einem noch aufregenderen Dekolleté. Ihm stockte der Atem, als er hinausging und die Tür hinter sich schloss. Sannah strahlte ihn an, und er versank in ihren großen Augen.

„Du bist wunderschön!“, flüsterte er, weil seine Stimme versagte, und schloss sie in die Arme.

„Du siehst großartig aus. Alle Frauen werden mich heute Abend glühend um dich beneiden“, gab sie lächelnd sein Kompliment zurück. „Bist du so lieb und machst mir das Kleid zu?“, fragte sie und drehte ihm ihren schmalen Nacken zu.

Josh schob zärtlich ihr Haar beiseite und küsste sie auf den Hals und die zarte Haut hinter ihrem Ohr. Seine Hand suchte den Verschluss des Kleides und zog ihn langsam herunter. Er streichelte über ihren Rücken und ließ seine Hand tiefer in das Kleid gleiten. Sannah schloss die Augen und zitterte leicht, sein schneller Atem verriet ihr, dass ihm der gleiche, heiße Schauer durch den Leib fuhr wie ihr.

Fräulein Rottenmeier läutete empört das Glöckchen, und Sannah gab ihr, wenn auch zögerlich, recht. Schließlich hatte sie nicht vier

Stunden in diesem fürchterlichen Shopping-Center verbracht, nur um sich das Kleid nach fünf Minuten wieder ausziehen zu lassen, und so bremste sie ihn etwas aus.
„Zu – nicht auf“, wisperte sie und bemühte sich, ihre Atmung unter Kontrolle zu bringen, während Limbisia wutentbrannt die Fäuste gegen Rottenmeiers Bürotür schmetterte. Ihre Gefühle zu unterdrücken, würde ihr ohnehin nicht mehr gelingen.

Es widerstrebte ihm sehr, seine Hand zurückzuziehen und den Reißverschluss zu schließen. „Ich bin auch nur ein Mann aus Fleisch und Blut, falls du das schon bemerkt hast“, murmelte er in ihr Ohr.
„Habe ich“, bestätigte sie und schmunzelte anzüglich, als sie zum Auto ging. „Gleich am ersten Morgen.“
Josh fing an zu lachen. „Oh Mann, war mir das peinlich.“ Er grinste verlegen, als er daran dachte, öffnete ihr galant die Tür des Wagens und ließ sie einsteigen.
„Ihr Amerikaner seid immer so schrecklich prüde“, spottete sie, als er sich auf den Fahrersitz setzte. „Was ist denn bitte so schlimm daran? In Europa liegen die Leute im Sommer oben ohne im Stadtpark oder am Strand und niemand regt sich darüber auf. Hier schreien immer gleich alle Zeter und Mordio und machen sich ins moralische Hemd, nur weil vielleicht mal ein Stückchen Haut mehr zu sehen ist“, echauffierte sie sich.
Josh sah sie erstaunt an. „Oben ohne? Du auch?“
„Nein, ich nicht, aber es stört mich nicht, wenn es andere tun“, sagte sie.
„Und was hast du gedacht, als ich fast nackt vor dir stand?“, wollte er wissen, und der Schalk blitzte in seinen Augen.
„Nettes Sixpack!“ Sie grinste verschmitzt.
„So, so und ich hatte schon befürchtet, dass du mich für einen Sittenstrolch hältst“, meinte er erleichtert.

Durch das Thema neugierig geworden, fragte Josh sie über Europa aus. Sie erzählte ihm von Hamburg, ihrer Arbeit, diversen Reisen, schwärmte von Frankreich und dem entspannten Lebensstil dort, ein paar Anekdoten aus ihrer Kindheit und Jugend, und

schließlich entbrannte eine hitzige, aber freundschaftliche Debatte über Reitunterricht, nachdem sie ihm erzählt hatte, wie sie zum Westernreiten gekommen war. Sie lachten viel, und die Zeit, bis sie Rapid City erreichten, verging wie im Fluge. Gut gelaunt und entspannt betraten sie das Restaurant und wurden freundlich begrüßt. Sie zogen, wie Josh erwartet hatte, alle Blicke auf sich. Nicht zuletzt auch, weil er sein Haar offen trug, mit Zopf wäre er sich in dem Anzug endgültig wie ein Apple vorgekommen. Aber auch Sannah wurde mit bewundernden Blicken bedacht, besonders von einigen Männern, bemerkte Josh. Er legte mit einer sehr vertraut wirkenden Geste, seine Hand auf ihren Rücken, während sie zu ihrem Tisch geführt wurden.
Sannah schmunzelte in sich hinein, noch viel deutlicher hätte er sein Revier kaum abstecken können. Gleichzeitig genoss sie, dass er nur Augen für sie hatte und die begehrlichen Blicke der anwesenden Frauen gar nicht registrierte. Nachdem sie sich gesetzt hatten, brachte der Kellner die Karte und fragte nach ihren Getränkewünschen.
„Unsere Spezialitäten finden sie auf der ersten Seite“, erklärte er weiter. „Sehr zu empfehlen ist heute das Filet vom Büffel, mit gerösteter Polenta und grünem Spargel.“
Sannah kicherte verhalten. „Büffel und Maisbrei hatte ich heute zur Genüge.“
„Ich auch“, meinte Josh.
Der Kellner sah sie etwas verständnislos an und wartete auf ihre Bestellung. Sie entschieden sich für ein saftiges Steak mit Beilagen und einem frischen Salat. Auf eine Vorspeise verzichtete Sannah, als sie einen Blick auf die Dessert-Karte geworfen und Crème Brûlée entdeckt hatte. Sie wollte nach dem Steak noch ihrer Leidenschaft für Karamell frönen.

Während sie auf ihr Essen warteten, sah Josh sie verträumt an und lächelte. „ Ich war heute sehr stolz auf dich, du hast das gut gemacht. Die anderen hatten nicht damit gerechnet, dass du den Mut haben würdest, mitzureiten.“
„Ich habe schon mit Rindern gearbeitet, deshalb hatte ich keine Angst davor. June war mutig, zu Fuß eine ganze Herde hin-

ter sich her zu locken. Ohne sie hätte das übel enden können“, meinte sie, und ihr wurde erst jetzt wirklich bewusst, in welcher Gefahr sie sich alle kurzfristig befunden hatten. Sie erinnerte sich an ein Sprichwort, das sie irgendwann einmal gehört hatte: Der Ängstliche fürchtet sich vor der Gefahr, der Feige in der Gefahr und der Mutige nach ihr. War sie tatsächlich mutig? Im Geiste schüttelte sie ungläubig den Kopf. Während ihrer Beziehung mit Markus hatte er ihr immer das Gefühl vermittelt, klein und hilflos zu sein. Wichtige Entscheidungen hatte er ihr abgenommen mit der Begründung, sie solle sich darüber nicht ihr hübsches Köpfchen zerbrechen. Er hatte sich grundsätzlich in den Vordergrund gestellt, weil sie, seiner Meinung nach, nicht ohne ihn auskam. Sie war für Markus immer nur das hübsche kleine Frauchen zum Vorführen und Angeben gewesen. Eine nette Dekoration auf jeder Cocktailparty. Ein Statussymbol, frei nach dem Motto: Mein Haus, mein Auto, meine Yacht, meine Frau. In eben dieser Reihenfolge. Dass sie überaus intelligent, kompetent und erfolgreich war, hatte nicht in sein chauvinistisches Weltbild gepasst. Blauäugig, wie sie damals war, hatte sie ihn gewähren lassen und schlussendlich die Quittung dafür bekommen.
Josh war völlig anders. Er traute ihr mehr zu als sie sich selbst. Er hatte ihr die Angst genommen und damit ihr Selbstbewusstsein gestärkt. Für ihn war sie nicht nur eine hübsche Begleitung. Er zog sie ins Vertrauen, suchte ihren Rat, spürte genau, wenn ihr etwas zu schaffen machte. Begegnete ihr auf Augenhöhe, mit Achtung und Respekt. Er liebte sie, war stolz auf sie und machte keinen Hehl daraus, sondern sagte ihr das offen ins Gesicht, ohne etwas dafür zu fordern oder sie ändern zu wollen. Bedingungslos. Nichtsdestotrotz machte er sich Sorgen um sie, fühlte sich für sie verantwortlich und hütete sie wie seinen Augapfel, aber ohne sie zu bevormunden oder einzuengen. Liebe zeigte sich in den Kleinigkeiten und nicht in großen Gesten, seine Worte waren kein leeres Gewäsch, er liebte sie wirklich. Aus tiefstem Herzen. Sie nahm seine Hand und sah ihn an. „Thechíhila“, sagte sie unvermittelt.
Joshs Blick wurde weich, und seine Augen strahlten vor Glück. Wie immer in solch besonderen Momenten des Lebens, tauchte

der Kellner auf und servierte ihnen das Essen. Das gab Limbisia und Fräulein Rottenmeier die Gelegenheit, sich zu versöhnen und auf den gemeinsamen Erfolg anzustoßen. Limbisia ließ den Champagner-Korken knallen, die Rottenmeier bevorzugte Eierlikör.

Josh und Sannah genossen den Abend, das Essen bei Kerzenlicht und die Gesellschaft des anderen. Sie sahen sich verliebt in die Augen, während die Créme Brûlée auf der Zunge zerging wie ein sanfter Kuss.

Es war schon spät am Abend, als sie die Ranch erreichten. Die Rottenmeier lag im seligen Eierlikör-Rausch und schlief den Schlaf der Gerechten; das Moralglöckchen blieb stumm, während Limbisia noch eine weitere Flasche Schampus köpfte.

Hand in Hand schlenderten Josh und Sannah ins Haus, die Treppe hoch und blieben im Flur vor den Zimmern stehen. Josh klopfte das Herz bis zum Hals, er wollte und konnte nicht mehr länger warten. Das Raubtier war erwacht und ging begierig auf die Jagd. Der Ausdruck in seinem Gesicht wurde gefährlich, seine schwarzen Augen bohrten sich förmlich in ihre und ihr wurde klar, dass sie ihm nicht mehr entkommen konnte. Er legte seine Hand in ihren Nacken, während seine Lippen an ihrem Hals entlang glitten. Sie spürte seinen heißen Atem auf der Haut und begann zu zittern. Er zog sie an sich und küsste sie leidenschaftlich. Wieder tastete er nach dem Reißverschluss ihres Kleides und zog ihn langsam herunter. Seine Hände wanderten über ihren Rücken und glitten unter ihr Kleid, er drückte sein Becken gegen ihre Hüfte und sie konnte spüren, wie sehr er sie wollte. Sein Atem wurde schneller, und er schob ihr das Kleid von den Schultern, bis es, der Schwerkraft folgend, über ihre seidige Haut zu Boden glitt. Behutsam griff er nach ihrer Hand und zog sie sacht mit sich in sein Schlafzimmer.

Es war keine Aufforderung, sondern eine wortlose Frage. Sie hätte immer noch Nein sagen können, doch das wollte sie nicht. Ihr Herz raste vor Aufregung, als sie in seinen dunklen Augen versank und ihm folgte. Sein Kuss wurde fordernder. Sie spürte, dass er längst über die Grenze hinaus war und ihn nichts mehr würde stoppen können. Ihre letzte Liebesnacht war über zwei Jahre her, und etwas nervös öffnete sie ihre Lippen, um seinen Kuss zu erwidern, während sie mit zitternden Fingern sein Hemd aufknöpfte. Josh stöhnte leise, als sie zärtlich über seine Brust strich. Sie spürte die festen Muskeln unter seiner warmen Haut, und heiße Wogen brandeten durch ihren Leib. Er öffnete den Verschluss ihres BHs und streifte ihr ungeduldig die Wäsche vom Körper. Sie wehrte sich nicht, sondern ließ es geschehen. Seine Hand streichelte ihre Brust, und er bedeckte ihren Hals mit zarten Küssen. Eilig befreite er sich von seiner Kleidung und drückte sie auf sein Bett. Jetzt! Jetzt würde sie endlich ihm gehören. Seine Hände wanderten verlangend über ihre zarte Haut, liebkosten ihre festen Brüste und glitten fiebernd über die Innenseite ihrer Oberschenkel nach oben. Wieder küsste er ihren Hals und wanderte dann tiefer, bis seine Lippen die kleinen, dunklen Spitzen ihrer Brüste fanden. Sannah erschauerte und bog sich ihm entgegen. Ihre Finger krallten sich in seine Schultern, längst hatte auch sie den Punkt erreicht, an dem es kein Zurück mehr gab. Sie wollte mehr von ihm, alles, jetzt. Atemlos zog sie ihn zu sich herunter und öffnete ihre Beine für ihn. Er begrub sie unter sich und drang sanft und doch fordernd in sie ein. Als sie ihn tief in sich spürte, schloss sie die Augen und ließ sich fallen. Die Welt um sie herum versank in Bedeutungslosigkeit. Es gab nur noch ihn.

Josh lag noch wach und blickte in die Dunkelheit. Sannah hatte sich an ihn gekuschelt und schlief schon tief und fest. Er spürte die Wärme ihres Körpers, lauschte ihren Atemzügen und vergrub sein Gesicht in ihrem Haar, das immer noch zart nach ihrem Parfum duftete. Er dachte daran, dass er noch vor einigen Wochen gewünscht hatte, sie würde nicht auf die Ranch kommen. Mittlerweile konnte er sich sein Leben ohne Sannah nicht mehr vorstellen. Sie hatte es gründlich durcheinandergewirbelt und seine selbstgewählte Einsamkeit vertrieben. Alles, was er sich je erträumt hatte, bevor Chloe ihn in dieses dunkle Loch hatte fallen lassen, hielt er nun in seinem Arm, und er fürchtete sich fast davor einzuschlafen, aus Angst, sie könnte am nächsten Morgen nicht mehr da sein. Noch wagte er nicht, sich die Zukunft auszumalen. Eine Zukunft mit ihr und hoffentlich auch mit Tyler. Noch war alles zu empfindlich, zu zart und fragil. Fast wie ein Schmetterling, der drohte davonzufliegen, den man aber auch nicht festhalten konnte, ohne ihn zu zerdrücken. Mit einem kleinen Seufzer drehte sich Sannah im Schlaf auf die andere Seite und drückte ihm höchst unprätentiös ihr nacktes Hinterteil in den Bauch. Josh lächelte versonnen und wischte seine Gedanken beiseite. Sie war hier, ganz dicht bei ihm, und er legte behutsam auch den anderen Arm um sie und hielt sie fest, ohne den Schmetterling zu zerdrücken.

Klapperschlangen küsst man nicht

Am nächsten Morgen stellte Sannah lächelnd fest, dass es noch etwas Schöneres gab, als in Joshs Armen einzuschlafen, nämlich in den selbigen aufzuwachen. Er lag an ihrem Rücken, einen Arm um sie geschlungen, und an seinen ruhigen Atemzügen erkannte sie, dass er noch schlief. Wieder empfand sie dieses tiefe Gefühl von Geborgenheit, erst recht nach der vergangenen Nacht. Er hatte sie mit seinen Zärtlichkeiten förmlich überschüttet, verspielt und behutsam und dennoch wild und voller Leidenschaft. Niemals zuvor hatte sie sich völlig fallen lassen, hatte sich einem Mann ganz und gar hingegeben und ihm so grenzenlos vertraut, wie sie es bei Josh getan hatte. Wie zwei Ertrinkende hatten sie sich, fast verzweifelt, aneinander geklammert und gemeinsam den erlösenden Atemzug getan. Sie konnte sich nicht erinnern, jemals so glücklich gewesen zu sein wie in diesem Moment. Einzig der Gedanke, dass sie ihn, zumindest kurzfristig, würde verlassen müssen, trübte dieses Glücksgefühl, das sie immer noch empfand. Sie wusste nach wie vor noch nicht, wie sie ihm diese Tatsache beibringen sollte. Wie würde er reagieren? Würde er das Vertrauen aufbringen, ihr zu glauben, dass sie zurückkehren würde? Ihr so sehr vertrauen, wie sie ihm vertraute? Irgendwann, in absehbarer Zeit, würde sie es wissen. Sie seufzte, drehte sich in seinem Arm vorsichtig zu ihm um und kuschelte sich an seine breite Brust. Josh brummte etwas Unverständliches und blinzelte verschlafen.

Als er ihr in die Augen sah, lächelte er breit und murmelte: „Es war doch kein Traum." Er schloss seine Augen wieder, seine Hand glitt über ihren Körper und blieb auf ihrer Brust liegen. Sie küsste ihn wach und betrachtete ihn mit einem zärtlichen Blick. Seine morgenmuffelige Art machte ihn noch liebenswerter. Schlaftrunken, wie er war, wirkte er wie ein Kind, das im Halbschlaf seinen Teddy an sich drückte. Josh hatte zwar keinen Teddy, aber dafür drückte er jetzt sie an sich. Langsam wurde er wach und erwiderte ihren Kuss, seine Hand erkundete erneut jeden Zentimeter ihres Körpers, während sein Atem schneller ging.

Sannah gab sich nur zu gern seinen Zärtlichkeiten hin und hob sich ihm ungeduldig entgegen. Sie konnte es nicht erwarten, wieder in seinen Armen zu ertrinken.

Gegen neun rappelte Sannah sich aus dem Bett und erntete dafür ein missmutiges Brummen von Josh. „Wo willst du hin?"
„Aufs Klo, dann lasse ich die Pferde raus und mache Frühstück", erklärte sie resolut und lief, nackt wie sie war, ins Bad.
Josh grinste breit bei ihrem Anblick. „Machst du das auch nackt, oder ziehst du dich vorher noch an?", rief er amüsiert hinter ihr her.
Sie antwortete nicht. Stattdessen hörte er die Spülung und anschließend die Dusche. ‚Eigentlich keine schlechte Idee', dachte er bei sich, hatte aber keine Lust, kalt zu duschen. Also zog er sich an und trabte, nein, schwebte in die Küche, um Kaffee zu kochen. Gutgelaunt stellte er das Radio an und summte vor sich hin, während er die Kaffeemaschine befüllte. Am Nachmittag würden die Kinder wiederkommen, und er musste bis dahin versuchen, das verräterische Dauergrinsen aus seinem Gesicht zu verbannen, sonst würde sein Naseweis von Sohn sofort Lunte riechen. Es gelang ihm allerdings nur kurzfristig, viel lieber hätte er die ganze Welt umarmt.
Der Kaffee lief durch, und er steckte den Kopf in den Kühlschrank um nach Essbarem zu stöbern. Mittlerweile war es schon wieder ziemlich warm draußen, und sein Appetit auf etwas aus der Pfanne hielt sich in Grenzen. Kurzentschlossen stellte er nur Milch und Cornflakes auf den Tisch, als Sannah angezogen und mit nassen Haaren die Treppe herunterkam.
„Ich habe dir heißes Wasser übriggelassen", meinte sie und strahlte ihn an.
Auch sie hatte ein Dauergrinsen im Gesicht, stellte er belustigt fest. „Ich dusche nachher", meinte er und drückte ihr einen Kuss auf den Mund. „Ich will erst noch die Ausbildungspferde bewegen."
Sie zog sich ihre Stiefel an. „Wo willst du jetzt hin?", fragte er.
„Nur die Pferde rauslassen, die denken bestimmt schon, wir hätten sie vergessen."

„Die sind schon draußen. Ich habe gestern das Tor offen gelassen“, erklärte er verschmitzt. Sannah machte ein erstauntes Gesicht, dann lächelte sie süffisant.
„So, so! In weiser Voraussicht?“ Er hob mit Unschuldsmiene die Schultern.
„Was denn? Ich wollte mal ausschlafen.“ Er lachte augenzwinkernd und ließ die Cornflakes in die Schüssel fallen. „Konnte ja nicht ahnen, dass du mich nicht lässt!“

Nach dem Frühstück arbeitete Josh wie üblich mit den Berittpferden. Da die Tiere die Nacht draußen verbracht hatten, gab es im Stall nichts zu tun, und so kümmerte sich Sannah um die schmutzige Wäsche und bereitete das Mittagessen vor. Sie plante etwas mehr ein für den Fall, dass Tyler mitessen würde. In der Woche bekam er Schulessen, aber am Wochenende blieb er meist hungrig, und das wollte sie auf keinen Fall zulassen. Sie hatte längst einsehen müssen, dass sie an den katastrophalen Lebensbedingungen, der Armut und der Hoffnungslosigkeit nichts würde ändern können. Aber sie konnte dafür sorgen, dass dieser eine Junge nicht hungrig ins Bett musste und die Spendengelder für das Projekt weiter fließen würden. Das war zwar nicht viel, aber besser als nichts. Es kam ihr in den Sinn, dass es für die Mitglieder des Spendenvereins auch interessant sein könnte, mehr über die unwürdigen Lebensbedingungen zu erfahren, in denen die Kinder hier teilweise vegetieren mussten. Ohne allerdings die Eltern zu verunglimpfen. Niemand hier konnte etwas für Armut und Arbeitslosigkeit. Es war das System, das marode war. Genauso marode wie alles andere hier. Josh vertrat die Meinung, dass die hohe Arbeitslosigkeit und die damit verbundene Armut von der Regierung systematisch forciert wurde, um die Menschen im Reservat klein zu halten. Wer seine Lebensbedingungen verbessern wollte, musste das Reservat verlassen. Damit versuchte man, den Zusammenhalt der Stämme zu unterminieren. „Sie fürchten uns immer noch!“, hatte er mit einem boshaften Lächeln erklärt.
Von Josh wusste sie auch, dass einige Häuser derart mit gefährlichem Schwarzschimmel, dem „black mould“ oder Stachybotrys, befallen waren, dass man diese eigentlich niederbrennen

müsste. Aber dann würden fünfzehn oder zwanzig Personen pro Haus kein Dach mehr über dem Kopf haben. Neue Häuser waren rar und die Wartelisten lang. Der Stamm hatte kein Geld, und so blieb alles beim Alten; die Menschen erkrankten an Asthma und litten an Vergiftungserscheinungen durch die Sporen und die hochtoxischen Stoffwechselprodukte des Pilzes. Niemand in Europa konnte sich vorstellen, dass es in einem der reichsten Industriestaaten dieser Welt Gebiete gab, die den Slums der Dritten Welt glichen. Sie selbst war fassungslos gewesen, als sie zum ersten Mal mit diesen Tatsachen konfrontiert wurde. Nur gab es hier keine Entwicklungshilfe, weil es, mit einigen löblichen Ausnahmen, den Leuten egal war, was innerhalb der Reservatsgrenzen vor sich ging. Der vielzitierte amerikanische Traum sah jedenfalls anders aus und hatte die Lakota nie erreicht. Sie hoffte nur, dass es Josh gelingen würde, Tyler zu sich zu holen, damit es wenigstens diesem Jungen besser ging.

In Gedanken versunken schob sie den Auflauf in den Backofen und ging hinaus zu Josh. Der war mit den Pferden fertig und nun damit beschäftigt, Strohballen auf dem Reitplatz zu stapeln.

„Was wird das denn?", fragte sie erstaunt. „Sollen wir heute springen?"

Josh schüttelte den Kopf. „Nein, heute reitet ihr gar nicht, sondern schießt mit Pfeil und Bogen. Das übt ihr besser erst einmal vom Boden aus, ehe noch jemand zu Schaden kommt." Er zog sie in seine Arme, umfasste ihre Taille und setzte sie mit Schwung auf einen der Ballen. Sie saß nun etwas höher und sah lachend zu ihm hinunter.

„Jetzt weiß ich endlich, wie gut die Luft hier oben ist", scherzte sie.

Er lächelte sie an. „So übel ist meine Aussicht aber auch nicht", bemerkte er verschmitzt und ließ seinen Blick in ihren Ausschnitt wandern.

Sannah beugte sich zu ihm herunter, nahm zärtlich sein Gesicht zwischen ihre Hände und küsste ihn, dann bettete sie seinen Kopf an ihre Brust und legte ihre Arme um ihn.

„Hier bleibe ich bis heute Abend", brummelte er verträumt und schloss die Augen.

Tyler kam, wie Sannah erwartet hatte, die Zufahrt entlang und schlenderte mit einem breiten, unverschämten Grinsen über den Hof.
Sie musste kichern. „Erwischt!“, sagte sie nur.
Josh drehte sich erstaunt um und sah, was sie meinte. ‚Was soll's‘, dachte er. Er hätte sich das selige Grinsen sowieso nicht verkneifen können.
Josh hob Sannah wieder von den Ballen herunter und begrüßte Ty.
„Ich wollte nicht stören“, meinte Ty etwas verlegen, als er die beiden erreicht hatte.
„Tust du nicht. Ich muss nach dem Essen sehen. Du kannst schon mal den Tisch decken.“ Sannah legte Tyler die Hand auf die Schulter und nahm ihn mit ins Haus.
„Hat mein Tipp mit dem Kleid funktioniert?“, erkundigte er sich interessiert, als Josh außer Hörweite war.
„Sei nicht so neugierig“, mahnte sie mit einem leichten Lächeln.
Josh sah den beiden mit leuchtenden Augen hinterher. Genau das war es, was er wollte. Ein ganz normales Leben mit einer ganz normalen Familie. Seiner Familie.

Während des Essens war Tyler etwas wortkarg und wirkte bedrückt. Josh betrachtete seinen Sohn eine Weile und versuchte dann herauszubekommen, was ihm auf den Magen schlug. Er befürchtete, dass es wieder Ärger mit Daryl gab.
„Habt ihr nicht bald Ferien?“, fragte er harmlos und traf damit unvermutet den Nagel auf den Kopf.
„Zum Glück!“, antwortete Ty knapp und stocherte in seinem Auflauf herum.
„Wieso zum Glück?“, schaltete sich Sannah ein. „Ich dachte, es gefällt dir dort?“
Tyler wand sich sichtlich und rang sich dann doch zu einer Erklärung durch. „Wir haben einen neuen Schüler in der Klasse. Er kann mich nicht leiden und zieht mich ständig auf. Nennt mich Streber und Arschkriecher, weil ich meine Hausaufgaben mache, um gute Noten zu bekommen. Ich versuche ihn zu ignorieren, aber dann wird er nur noch fieser.“

Sannah verdrehte genervt die Augen. Diese erbärmlichen Typen, die einem die Schulzeit zur Hölle machten, starben wohl nie aus. Josh verzog verärgert das Gesicht. „Wird er auch handgreiflich?", fragte er.

Ty schüttelte den Kopf. „Nein, er ist einfach nur ein Großmaul", sagte er betrübt.

„Solche Typen kenne ich zur Genüge", meinte Sannah. „Ignoriere ihn weiter, irgendwann macht es ihm keinen Spaß mehr, dich zu ärgern, und er hört von alleine auf."

„Woher willst du das wissen?", fragte der Junge frustriert. „Bisher hat es jedenfalls nichts genützt."

Sannah lächelte und strich Ty über den Kopf. „Mir ging es früher ganz genauso. In der Schule haben alle über mich gelacht und mir das Leben schwer gemacht. Ich hab sie einfach ausgeblendet und verbissen den Lehrstoff durchgezogen. Das war nicht leicht, und oft genug hab ich mir zu Hause die Augen ausgeheult, aber irgendwann hörten die Beleidigungen auf und sie ließen mich in Ruhe."

Sowohl Josh als auch Tyler sahen sie verblüfft an. Keiner von beiden konnte so recht glauben, was sie da erzählte.

„Aber hübsche Mädchen sind doch immer beliebt", entfuhr es Tyler.

Josh grinste, weil er etwas Ähnliches gedacht hatte.

„Ich war zwei bis drei Jahre jünger als die anderen. In deren Augen war ich kein Mädchen, sondern nur ein kleines Kind. Sie schimpften mich Eskimo und Robbenfresser, weil ich anders aussah, oder Pinguin, weil ich kleiner war als sie. Es war sehr verletzend. Im Nachhinein denke ich, es hat sie nur gewurmt, dass ich trotzdem die besseren Noten hatte. Es war blanker Neid. Irgendwann ist das alles nicht mehr wichtig. Es kommt nur darauf an, sein Ziel nicht aus den Augen zu verlieren", erklärte sie tröstend.

„Hast du dein Ziel erreicht?", fragte Ty.

„Ja – und das schaffst du auch! Es wird immer Menschen geben, die dir Steine in den Weg legen wollen, aber die verschwinden auch wieder", stellte sie fest und lächelte.

Josh warf ihr einen dankbaren Blick zu. Doch Ty wollte sich nicht so recht davon überzeugen lassen.

„Er nennt mich Tylah, weil ich mit den langen Haaren aussehe wie ein Mädchen, sagt er. Aber ich schneide mir die Haare ganz bestimmt nicht ab!", sagte der Junge trotzig.
„Das wäre ja noch schöner!", verkündete Josh, der sich nun selbst bei seiner Ehre gepackt sah. „Wir sind Lakota! Nur Pawnee scheren sich die Köpfe!" Herausfordernd warf er seine langen Haare über die Schulter.
Sannah und Tyler mussten unwillkürlich kichern, denn viele Männer im Reservat hatten kurze Haare, vermutlich weil es einfach praktischer war. Selbst Sam trug kurze Haare. Erst dachte Sannah, dass es für die Polizei vorgeschrieben wäre, aber dann hatte sie einen Kollegen von Sam gesehen, der wie Josh auch einen langen Zopf hatte.
„Warum hast du lange Haare?", wollte Ty von Josh wissen.
Josh wurde ernst und holte ein bisschen aus, um zu erklären, welche Bewandtnis es damit hatte. „Als unser Volk in die Reservate gezwungen wurde, hat man uns nicht nur unser Land, sondern auch unsere Kultur und unsere Lebensweise genommen. Es gab Kühe statt Büffel, die Kleidung des weißen Mannes statt Lederhemden und Moccasins und Alkohol statt Gebeten und Zeremonien. Sie haben uns damals unsere Sprache verboten und uns gezwungen, die Haare abzuschneiden. Wir haben so viel verloren, aber die langen Haare lasse ich mir nicht nehmen. Für mich ist das nicht nur eine alte Tradition, die ich pflege, sondern auch ein Protest und ein Zeichen, dass ich mich nicht besiegen lasse. Die langen Haare sind ein Symbol dafür, wer ich bin, und jeder soll sehen, dass ich stolz darauf bin, ein Lakota zu sein!"
Sannah bekam eine Gänsehaut. In diesem Moment wirkte Josh wie ein Krieger aus längst vergangener Zeit. Stolz und unbeugsam, bereit zu kämpfen.
Tyler sah ihn bewundernd an, und seine Augen leuchteten. Er nahm sich vor, diesem aufgeblasenen Steven mit genau diesem Argument den Marsch zu blasen, wenn der ihn wieder Tylah nennen würde.
„Warum hast du lange Haare?", fragte Sannah den Jungen.
„Hatte ich schon immer. Mom hat sie mir nie abgeschnitten, nur ab und zu mal die Spitzen. Ihr gefielen die langen Haare besser."

Josh schmunzelte kaum merklich. Mit deutlich besserer Laune widmete Tyler sich nun wieder seinem Mittagessen, und Josh nahm sich noch einen Nachschlag.

Josh verschwand nach dem Essen unter der Dusche, und Sannah bastelte währenddessen mit Ty eine Zielscheibe für die Strohballen. Nach und nach trudelten die Kids ein, und Josh brachte mehrere Bogen und viele Pfeile nach draußen und legte sie auf die Strohballen. Er klemmte sich jeden Bogen zwischen die Füße und spannte mit einigem Kraftaufwand die Sehnen. Die Jungs bekamen leuchtende Augen beim Anblick der Waffen und konnten es kaum erwarten, einen davon in die Finger zu bekommen. Doch Josh dämpfte ihren Enthusiasmus.

„Das ist kein Spielzeug! Das sind Waffen, mit denen man andere schwer verletzen oder auch töten kann, und deswegen gibt es ein paar Regeln, an die ihr euch halten werdet! Falls nicht, dürft ihr nur noch zusehen!“

Die Jungs maulten still, wagten aber nicht, Joshs Autorität anzuzweifeln. Sie wussten, dass er keinen Spaß verstand, wenn man sich nicht an seine Regeln hielt. Etwa zwanzig Meter vom Ziel entfernt zog er mit seinem Absatz eine Linie in den Sand und forderte alle auf, sich dahinter aufzustellen.

„Immer nur einer von euch darf schießen, dazu tretet ihr zwei Schritte nach vorn. Alle anderen bleiben hinter der Linie und damit hinter dem Schützen. Erst wenn ihr vorn seid, dürft ihr den Pfeil auf die Sehne legen und den Bogen spannen. Hat das jeder verstanden?“, fragte er eindringlich in die Runde.

Die Kinder nickten eifrig. Sannah stand etwas abseits und machte bereits wieder die ersten Fotos. Josh hielt einen Bogen in der Hand und spannte ihn.

„Wenn ihr keinen Pfeil auf der Sehne habt, dürft ihr auf keinen Fall die Sehne loslassen. Die Kraft der Sehne überträgt sich normalerweise auf den Pfeil und beschleunigt ihn auf bis zu 125 Meilen pro Stunde. Ist kein Pfeil eingelegt, um diese Kraft aufzunehmen, bleibt die Kraft im Bogen und die Wurfarme brechen. Dann fliegt euch der Bogen samt Sehne um die Ohren.“ Langsam nahm er die Spannung wieder von der Sehne.

„Wenn ihr mir das nicht glaubt, könnt ihr das gerne mit eurem Physiklehrer nachrechnen", forderte er sie auf. Josh zeigte ihnen, wie der Pfeil richtig auf die Sehne gelegt wird, und holte dann die anderen Bogen und Pfeile, die noch auf dem Strohballen lagen.
„Ihr fangt erst mal mit diesem Bogen an; er hat zwanzig Pfund Zuggewicht, wer mehr Kraft in den Armen hat, kann sich an dem anderen mit dreißig Pfund versuchen."
„Was ist mit dem Bogen, den du in der Hand hast?", wollte einer der Jungen wissen.
Josh grinste. „Das ist mein Jagdbogen, der hat neunzig Pfund Zuggewicht. Das schafft nur ein ausgewachsener Mann."
Die Kinder und auch Sannah machten große Augen. Neunzig Pfund waren so viel wie zwei volle Koffer. Sannah konnte sich nicht vorstellen, ein so großes Gewicht mit nur drei Fingern zu heben. Das bekam sie nicht mal mit zwei Armen hoch.
Josh legte einen Pfeil auf die Sehne seines Bogens. „Der Ellenbogen und die Schulter des Armes sollten auf gleicher Höhe sein, wenn ihr spannt, möglichst weit nach hinten ziehen, bis eure Finger am Kinn sind. Kurz zielen und die Sehne loslassen." Er spannte seinen Bogen.
Sannah fing diesen Moment mit ihrer Kamera ein. Josh sah großartig aus. Die Muskeln seiner Arme zeichneten sich deutlich unter seiner braunen Haut ab, sein Blick konzentrierte sich auf das Ziel und der Wind spielte mit seinen offenen Haaren. Ein furchterregender Krieger. Er ließ die Sehne los, und mit einem sirrenden Geräusch flog der Pfeil ins Ziel. Mit einem dumpfen Schlag versank er fast bis zur Hälfte des Schaftes im Strohballen, auf dem die Zielscheibe befestigt war. Spätestens jetzt begriff jeder, wie tödlich dieser Schuss für einen Menschen oder ein Tier gewesen wäre.
„Ho wanná!" – Lasst uns anfangen, verkündete Josh und befestigte einen Armschutz am Unterarm des ersten Kindes.
„Wenn ihr schießt, kann die Sehne auf den Arm oder das Handgelenk knallen. Das tut höllisch weh", erklärte er.
Einer nach dem anderen versuchten sich die Kinder an der archaischen Waffe, die schon vor tausenden von Jahren den Menschen im Krieg und durch die Jagd das Überleben gesichert hatte. Wie-

der korrigierte Josh geduldig jeden seiner Schüler. Mit der Zeit erhöhte sich die Trefferquote deutlich, und ein kleiner Wettbewerb entstand unter den Kindern. Jeder fieberte, bis er wieder an der Reihe war, und bemühte sich geradezu verbissen, möglichst präzise das Ziel zu treffen. Josh erhöhte daraufhin den Schwierigkeitsgrad. Die Kinder sollten nun an der Linie entlang laufen, während sie schossen.
„Irgendwann schießt ihr im Galopp vom Pferderücken aus. Aber bis dahin müsst ihr noch viel üben."
So langsam wurde allen klar, wie schwierig das sein musste. Den Bogen spannen, zielen und schießen, dabei ein galoppierendes Pferd nur mit den Beinen kontrollieren, ohne runterzufallen, und dann auch noch das Ziel treffen. Das war schon auf einem ruhigen Reitplatz schwer genug. Auf diese Weise, in einer panisch davonjagenden Herde Büffel zu jagen, war damals lebensgefährlich gewesen und hatte den Jägern alles abverlangt. Konzentration, Kraft, Ausdauer und vor allem Mut. Die Kinder empfanden plötzlich Hochachtung für ihre Vorfahren, die so ihre Familien ernährt hatten. Wie angeordnet liefen sie an der Linie entlang, und die Treffer wurden wieder seltener.
„Wishwí!" – Knapp daneben, riefen sie, wenn wieder mal ein Pfeil neben der Scheibe landete. Auch Sannah schoss ein paar mal, nachdem sie genug Fotos gemacht hatte. Man brauchte viel Kraft in den Armen und den Schultern, und mit der Zeit schnitt die Sehne schmerzhaft in die Finger. Trotzdem machte es riesigen Spaß. Als Josh die Übungen beendete, hatten alle leuchtende Augen und sie freuten sich auf die nächste Stunde.

Als die Kinder sich verabschiedet hatten, sammelte Sannah die Pfeile ein, während Josh die Sehnen von den Bogen nahm und die Ballen wegräumte. Tyler war auch gegangen, er wollte das Wochenende bei einem Freund verbringen.
Gegen Abend widmete sich Sannah endlich wieder mal Wakínyan. In den vergangenen Tagen war sie nicht dazu gekommen, und der junge Wallach genoss die Zuwendung, während sie ihn gründlich bürstete. Josh hockte auf einem Strohballen, lehnte entspannt an der Wand des Stalls und war fast ein bisschen neidisch

auf das Pferd, das nun Sannahs volle Aufmerksamkeit bekam. Er schmunzelte bei diesem Gedanken. Jetzt war er schon auf ein Pferd eifersüchtig. Er musste sich endlich zusammenreißen, wenn er sich nicht völlig lächerlich machen wollte. Josh holte eins seiner Pferde und fing ebenfalls an, es zu putzen.
„Hast du Lust auf einen Ausritt?", fragte Sannah und schenkte ihm ein warmes Lächeln.
„Mit dir immer", antwortete er und holte die Sättel.
Sie hatte den Abend im Restaurant genossen, aber ihm war klar geworden, dass sie auf die Frage: essen gehen oder ausreiten, immer mit ausreiten antworten würde. Einer der vielen Gründe, warum er sie liebte.

Wenig später ritten sie am Creek entlang in Richtung des blumenbedeckten Pinienwäldchens. Sannah strahlte wieder von innen heraus, und er betrachtete sie verliebt. Noch hatte er nicht gewagt, mit ihr über die Zukunft zu sprechen, auch weil er selbst nicht so recht wusste, wie diese aussehen würde. Er ging einfach davon aus, dass alles so blieb, wie es gerade war, und dennoch sagte ihm eine Stimme in seinem Hinterkopf, dass diese Annahme reichlich naiv war. Plötzlich wurde ihm bewusst, dass er genaugenommen nichts über sie wusste. Sie war geschieden – würde sie eine neue Beziehung überhaupt wollen, nach dem, was sie hatte mitmachen müssen? Sie erreichten das Wäldchen, und er erinnerte sich an Sannahs Erzählungen über die schockierenden Erlebnisse, die sie erst hierher geführt hatten. Sie war noch gar nicht darüber hinweg, sie hatte gerade erst angefangen, das alles zu verarbeiten. War er vielleicht doch nur ein Trostpflaster für sie, nur irgendein Mann, der sie auf andere Gedanken brachte und bei dem sie sich ausweinen konnte? Joshs Gedanken verfinsterten sich immer mehr, und das Glücksgefühl wurde auf einmal von nagenden Zweifeln überschattet. Hatte er sich schon wieder verrannt in die Annahme, dass eine Frau ihn einfach nur um seinetwillen liebte? Er hatte ihr nicht viel zu bieten, viel Arbeit auf einer kleinen Ranch mitten im Elend und in der Armut der Reservation. Wenn er mit seinem juristischen Schachzug Erfolg haben sollte und das Sorgerecht für Tyler erhalten würde, wäre er ein alleinerziehender Vater mit einem Teenager-Sohn. Das machte alles noch schwieriger; vielleicht wollte sie gar keine Kinder – und falls doch, sicher nur ihre eigenen. Es brauchte mehr als nur ein paar verliebte Momente, um sich für dieses Leben zu entscheiden. Sehr viel mehr. Seine Hoffnungen und Träume lagen mit einem Mal im Staub, ebenso wie sein Herz.

Sannah hatte seinen Stimmungswechsel nicht bemerkt. Sie saß glücklich auf ihrem Pferd und genoss den Duft des Blütenmeeres um sie herum. Es war ein sehr warmer Abend, und ihr Blick wanderte über die verschwenderischen Farben und die Schönheit der Umgebung. Wieder hatte sie ihre Kamera vergessen, aber plötzlich wurde ihr klar, dass sie hier niemals Fotos machen würde. Keine Kamera könnte je diesen Zauber einfangen. Dieser Ort war wakhán, heilig. Sie wollte ihn nicht entweihen, indem sie Fotos davon herumzeigte. Sie lächelte still vor sich hin und wunderte sich über sich selbst. Wie sehr hatte all das hier sie verändert, Josh hatte sie verändert, ihre Gedanken und ihre Sichtweise auf die elementaren Dinge des Lebens. Alles, was sie umgab, hatte mittlerweile eine völlig andere Wertigkeit erhalten. Die Aussicht, Oberärztin zu werden, war ihr inzwischen egal. Ihr Elternhaus war, wie der Name schon sagte, das Haus ihrer Eltern, doch sie waren nicht mehr da und so war es nur noch ein Haus. Zuhause ist dort, wo das Herz wohnt und ihr Herz wohnte nun hier, bei ihm. Nur das war wichtig, alles andere zählte nicht mehr. Dieser Ort hatte ihr klargemacht, wohin sie gehörte. Sie fühlte sich befreit, atmete tief durch und fühlte, dass es richtig war.

Sannah stieg ab und ließ Wakínyan grasen. Gedankenverloren und gleichzeitig verzaubert schlenderte sie am Creek entlang zu den Stämmen der Pinien. Josh war ebenfalls abgestiegen und folgte ihr, nicht weniger in Gedanken versunken.
Sie drehte sich zu ihm um und strahlte ihn an, doch er brütete düster vor sich hin und bemerkte es nicht.
„Was ist los?“, fragte sie ihn verwundert, als sie sah, dass er im Gegensatz zu ihr alles andere als glücklich wirkte.
Er setzte sich neben sie. „Nichts“, murmelte er.

Sie hatte keine Ahnung, was in ihm vorging, und so nahm sie seine Stimmung nicht sonderlich ernst.
„Nun sag schon", forderte sie ihn lächelnd auf.
Josh seufzte und setzte alles auf eine Karte. Er brauchte Gewissheit und wollte nicht länger grübeln müssen.
„Ich habe mich gefragt, wie es jetzt mit uns weitergeht", sagte er vorsichtig. Ein winziger Funke Zuversicht war geblieben, dass sie doch die Antwort geben würde, auf die er hoffte.
Sannah drehte die Blüte einer Kuhschelle zwischen ihren Fingern. „Mitte August muss ich zurück nach Hamburg. Erst mal", begann sie leichthin mit ihrer Erklärung. Sie kam gar nicht auf die Idee, wie diese Feststellung in seinen Ohren klingen musste, war sie doch mit ihren Gedanken längst weiter und betrachtete die Rückkehr nach Hamburg nur als kurzfristige Notwendigkeit, um Papierkram und andere Formalitäten zu erledigen. Weiter kam sie allerdings nicht mit ihren Ausführungen.
Josh erstarrte, und alles in ihm zerbrach in tausend Stücke. Fassungslos und am Boden zerstört hatte er die Worte „erst mal" nicht registriert. Er nahm nur zur Kenntnis, dass Sannah, scheinbar unbeschwert, davon sprach, wieder zu gehen. Sie sprach davon, ihn zu verlassen. Seine schlimmsten Befürchtungen hatten sich bewahrheitet. Eine eiserne Faust drückte ihm die Kehle zu und hinderte ihn am Atmen. Er war zu keinem klaren Gedanken mehr fähig, sprang auf und floh förmlich zu seinem Pferd, schwang sich in den Sattel und stob davon.
Wakinyan lief ein kurzes Stück mit. Sannah rief völlig verwirrt Josh hinterher und versuchte, ihr Pferd wieder einzufangen, doch bevor es ihr endlich gelang, war er längst außer Sichtweite.

Josh jagte einfach nur über die weite Grasebene, er achtete nicht darauf, wohin. Blind vor Enttäuschung und Wut trieb er sein Pferd voran und wurde von den sanften Hügeln des endlosen Ozeans aus Gras verschluckt. Niemand hörte, dass er seinen Schmerz hinausbrüllte wie ein waidwundes Tier.

Sannah stand immer noch völlig perplex neben Wakínyan und versuchte zu verstehen, was gerade eben passiert war. Er hatte ihr wie üblich nicht zugehört, sondern stürmte mit seinem Hitzkopf wieder zielstrebig auf die nächste Betonwand zu, um sich den Schädel einzurennen. Sie hatte ihm erklären wollen, dass sie zwar zurück musste, aber doch nur, um ihre Zelte in Hamburg abzubrechen. In ihrer gelösten Stimmung hatte sie nicht bemerkt, wie angespannt er gewesen war. Sie wusste nicht, mit welchen Zweifeln er sich herumschlug. Ahnte nicht, welche Geschichte diese Zweifel verursachte. Sie sah nur sein überschäumendes und unüberlegtes Temperament, mit dem er sich immer wieder selbst ein Bein stellte. Ihre gute Stimmung war verflogen und machte zunehmendem Ärger Platz. Wahrscheinlich war Josh jetzt auf den Piloten des Flugzeugs eifersüchtig, dachte sie mürrisch. Aber auch eine andere Erkenntnis machte sich in ihrem Kopf breit: Er vertraute ihr nicht genug, um auch nur auf den Gedanken zu kommen, dass sie zurückkehren wollte. Sie stieg in den Sattel und ritt zurück zur Ranch.

Dort angekommen, stellte sie fest, dass Josh nicht da war. Sie brachte Wakínyan zurück auf die Weide und füllte die Tränken. Die Herde würde schon kommen, wenn sie Durst hatten.
Wie ein Puma im Käfig lief sie aufgewühlt hin und her. Unschlüssig, was sie nun tun sollte, wartend, ungeduldig. Doch Josh tauchte nicht auf. Es war schon nach Mitternacht, als sie beschloss duschen zu gehen, in der Hoffnung, einen klareren Kopf zu bekommen. Mit zittrigen Fingern schlüpfte sie aus ihren Sachen und drehte das Wasser auf. Sie schloss die Augen und ließ sich das heiße Wasser über das Gesicht laufen, lauschte, ob sie ein Geräusch in der Küche oder auf der Treppe hörte. Als sie fertig war, ging sie in ihr Zimmer und zog sich eine bequemere Bermudashorts mit Gummizug und ein sauberes Shirt an. Sie hörte Hufgetrappel auf dem Hof, schlüpfte hastig in ihre Flipflops und rannte die Treppe hinunter. Doch beim Blick aus der Küchentür musste sie feststellen, dass sie nur die Herde auf dem Paddock gehört hatte. Die Enttäuschung ließ ihr Herz tiefer sinken. Langsam machte sich Verzweiflung in ihr breit. Sie fürchtete, es könnte ihm etwas passiert sein, oder noch schlimmer, er könnte sich etwas angetan haben. Quälend langsam verstrich die Zeit, und

das Warten auf Josh machte sie fast verrückt. Die schlimmsten Horrorvisionen erschienen vor ihrem geistigen Auge, in denen er schwer verletzt und bewusstlos irgendwo in der Dunkelheit lag. Sie war den Tränen nahe, als sie um kurz nach drei endlich sein Pferd auf dem Hof hörte. Sannah stürzte erleichtert auf die Veranda und versuchte, ihn in der schwarzen Nacht auszumachen. Seine Schritte kamen näher, und plötzlich stand er vor ihr. Mit einem verzweifelten Seufzen fiel sie ihm um den Hals und drückte ihn an sich. Josh rührte sich nicht, stattdessen löste er ihre Arme von seinen Schultern und schob sie von sich weg. Seine sonst so sanften Augen waren nur noch schmale Schlitze, sein Gesichtsausdruck versteinert.

„Ich will, dass du deine Sachen packst und gehst", sagte er mit kalter Stimme.

Sannah sackten die Knie weg, sie konnte nicht glauben, was er sagte. Ein bohrender Schmerz schnürte ihre Kehle zu und nahm ihr die Luft.

„Josh! Du hast das falsch verstanden! Lass es mich erklären", flehte sie atemlos.

„Ich will deine Erklärungen nicht hören!" Seine Stimme klang wie das Fauchen eines Raubtiers. „Das hätte nie passieren dürfen! Du hast nur mit mir gespielt, um dann wieder nach Hause zu verschwinden! Du bist noch schlimmer als die anderen! Ich habe kein Herz mehr, das du mir herausreißen kannst, also gibt es hier nichts mehr für dich zu tun. Geh mir aus den Augen!" Er ging ins Haus und knallte die Tür zu.

Sannah war unfähig, sich zu bewegen; sie rang nach Luft, weil sie diesen Schmerz nicht mehr ertrug. Als hätte er ihr ein Messer in die Brust gerammt. Die Schläge und Tritte von Markus hatten sie nicht so verletzt wie Joshs Worte. Blind vor Tränen lief sie in die Dunkelheit.

Josh rang um Fassung, ging ins Bad und ließ sich am Waschbecken kaltes Wasser über das Gesicht laufen. Danach sah er in den Spiegel und erkannte sich selbst nicht wieder. Mit letzter Kraft hatte er sie weggeschickt, den Giftzahn der Schlange aus seinem Fleisch gerissen. Das Einzige, was ihn da draußen in der Dunkelheit aufrechterhalten hatte, war der Gedanke an Tyler. Wenigstens Tyler sollte glücklich werden, dafür wollte er leben. Eine Familie konnte auch aus zwei Menschen bestehen. Er brauchte nur seinen Sohn und seine Pferde, alles andere war endgültig nicht mehr von Bedeutung. Josh ging in sein Schlafzimmer und hielt inne. Auf dem Boden lagen noch immer Sannahs Kleid und ihre Unterwäsche, dort, wo er es ihr ausgezogen hatte. Ein schwacher Hauch ihres Parfums lag in der Luft, und sicher würde die Bettwäsche auch danach riechen. Er biss die Zähne zusammen, und seine Hand krampfte sich um den Türknauf. Wieder kämpfte er gegen die aufsteigenden Gefühle und schloss die Tür. Er lief die Treppe hinunter, löschte das Licht in der Küche und legte sich aufs Sofa. Eigentlich war er zu aufgewühlt, um zu schlafen, nicht zuletzt, weil er erwartete, dass sie jeden Moment durch die Tür kommen würde, doch nichts geschah. Irgendwann fiel er in einen unruhigen Schlaf.

Sannah stolperte auf der endlos scheinenden Zufahrt durch die Nacht. Sie konnte kaum die Hand vor Augen erkennen, lediglich die Holzmasten der Stromleitung wiesen ihr im fahlen Licht der dünnen Mondsichel den Weg. Immer noch liefen ihr Tränen über das Gesicht, und sie hatte keine Ahnung, wo sie überhaupt hin sollte. Am liebsten wäre sie zu Hailey und Sam gelaufen, aber sie wusste nicht, wo genau die beiden wohnten. Es wäre auch zu weit bis nach Pine Ridge. Sie erreichte die Anhöhe, von der aus sie damals das erste Mal die Ranch gesehen hatte. Sie warf einen Blick zurück auf das Haus und sah, wie das Licht im Küchenfenster erlosch. Nun war nichts mehr von der Ranch zu sehen, sie versank im undurchdringlichen Schwarz. Es war, als würde Josh ein weiteres Mal die Tür zuknallen. Sannah wischte sich die Tränen vom Gesicht und lief weiter. Das war nun der Abschied. Sie wollte ihm nicht mehr unter die Augen treten, wünschte sich, sie würde schon im Flieger sitzen. Nach einiger Zeit erreichte sie die Hauptstraße und setzte sich auf einen Stein. Noch immer wusste sie nicht, wohin sie nun gehen sollte. Sie hatte sich etwas beruhigt und dachte angestrengt darüber nach. Die frische Nachtluft tat ihr gut und klärte ihre Gedanken. Es gab kein Zurück, er wollte nicht reden, er wollte, dass sie ging. Alles nur, weil er glaubte, er wäre für sie nur ein Urlaubsabenteuer. Josh hatte alles weggeworfen; wenn sie ging, wäre es endgültig zu Ende. Sie würde ihn nie wiedersehen. So weit hätte es nicht kommen müssen, wenn sie nicht so gedankenlos gewesen wäre, wenn er zugehört hätte, wenn, wenn, wenn ... Sie spielte mit dem Gedanken, ihm einen Brief zu hinterlassen, in dem sie ihm alles erklärte, aber er würde ihn ohnehin nie lesen. Es war vorbei. Nur ein Traum.

Kurz vor Tagesanbruch beschloss sie, zurück zur Ranch zu gehen. Sie wollte unbemerkt ihre Sachen packen und gehen, bevor er aufwachte. In Rapid würde sie dann ihre Flüge buchen und weitersehen. Unendlich traurig blinzelte sie in das blasser werdende Licht der Sterne und suchte Trost, dann machte sie sich auf den Rückweg. Zwischen den Büschen und Bäumen, die an der Zufahrt wuchsen, wurde es wieder stockfinster, und sie versuchte, sich an den Strommasten zu orientieren. Der Wind rauschte im Laub, und sie nahm das scharfe Rasseln direkt neben sich zu spät wahr. Ein stechender Schmerz schoss durch ihren Fuß und wurde mit jeder Sekunde unerträglicher. Niemand hörte Sannahs Schrei. Mit letzter Kraft schleppte sie sich zurück zur Straße, bevor der rasende Schmerz sie bewusstlos werden ließ und sie am Straßenrand zusammenbrach.

Am seidenen Faden

Mike küsste seine schlafende Frau, trank in der Küche noch einen Schluck Kaffee und machte sich dann auf den Weg nach Rapid City. Er hatte einen Termin mit einem Restaurantbesitzer, der Büffelfleisch von ihm beziehen wollte. Er fuhr aus seiner Ausfahrt und rumpelte über den Büffelmist, der dort immer noch lag, dann bog er auf die Hauptstraße. Eher zufällig entdeckte er ein paar Minuten später im Lichtkegel seiner Scheinwerfer eine leblose Frau am Straßenrand. Sein Magen krampfte sich zusammen, als er anhielt und zu ihr eilte. Betrunkene Männer lagen öfter mal irgendwo herum, aber eine Frau war meist das Opfer eines Gewaltverbrechens. Mike kniete neben ihr und drehte sie um. Entsetzt erkannte er Sannah und tastete panisch nach ihrem Puls. Sie lebte, und im Licht der Scheinwerfer fiel sein Blick auf ihren Fuß mit den deutlichen Bissspuren einer Schlange. Der Fuß war schon bedrohlich angeschwollen, und Mike wusste aus Erfahrung, dass jetzt jede Minute zählte. Behutsam trug er Sannah in sein Auto und legte sie auf den Rücksitz, dann wendete er und raste mit ihr zum Krankenhaus nach Pine Ridge.

Sam saß in seinem Dienstwagen und fuhr Streife. Samstagnachts hatte er meist mit Autounfällen und häuslicher Gewalt zu tun, Auswirkungen des Alkohols, die er aus seiner Kindheit zur Genüge kannte. Er sah auf die Uhr: kurz vor halb fünf, bald würde es hell werden und in zweieinhalb Stunden hatte er Feierabend. Er hoffte, dass ihm bis dahin weitere Katastrophen erspart bleiben würden. Langsam fuhr er durch die Wohnviertel von Pine Ridge, mit offenem Fenster, um eventuelle Schreie besser hören zu können. Ein paar Jugendliche waren noch unterwegs, grölend und lachend, aber scheinbar nicht betrunken, und so ließ er sie ziehen. Er wollte gerade auf die Straße, die zum Krankenhaus führte, abbiegen, als ein Wagen mit überhöhter Geschwindigkeit an ihm vorbeiraste. Sam erkannte Mikes Wagen und raste hinterher. Mike trank nicht, und normalerweise fuhr er auch vernünftig. Sam ahnte, dass es sich nur um einen Notfall handeln konnte.

Mike stoppte vor der Notaufnahme, die er unterwegs telefonisch benachrichtigt hatte. Ein Arzt und eine Schwester warteten schon mit einer fahrbaren Trage vor der Tür. Er stürzte aus dem Auto und hob Sannah aus dem Wagen. Erleichtert stellte er fest, dass sie noch atmete. Sie ließ ein leises Stöhnen hören, erwachte aber nicht aus ihrer Bewusstlosigkeit. Die Schwester schob Sannah ins Gebäude, gefolgt vom Arzt, als Sam mit quietschenden Reifen hinter Mikes Wagen hielt. Auch Sam stürzte nun aus seinem Auto. Er hatte gerade noch sehen können, dass eine Frau auf der Trage lag. „Um Gotteswillen, Mike! Ist June etwas passiert?", rief er, während er auf Mike zulief.
„Nein, es ist Sannah!", antwortete Mike. „Sie lag am Straßenrand. Eine Schlange hat sie erwischt. Ruf White Cloud an!"
Sam wich das Blut aus dem Gesicht, und er wurde aschfahl. Beide Männer rannten in die Notaufnahme.

Nach einem kurzen, unruhigen Schlaf erwachte Josh fröstelnd. Es war noch dunkel draußen, und das sagte ihm, dass er nicht mehr als ein oder zwei Stunden geschlafen hatte. Er machte Licht und schmiss die Kaffeemaschine an. Seine Wut war verraucht und hatte einer tiefen Traurigkeit Platz gemacht. In ihm war nichts als Leere, und er fühlte sich völlig ausgelaugt. Während der Kaffee durchlief, fiel sein Blick verwundert auf Sannahs Stiefel, die neben der Tür in der Küche standen. Er hatte nicht mitbekommen, dass sie ins Haus gekommen war. Plötzlich beschlich ihn ein ungutes Gefühl. Josh lief die Treppe hinauf, um zu sehen, ob sie schlief. Ihre Zimmertür stand offen, und ihr Bett war unberührt, auch ihre Sachen lagen noch wie am Vortag da. Er hastete in sein Schlafzimmer, obwohl er sich nicht vorstellen konnte, dass sie dort sein könnte. Wieder nichts. Sannah war nicht da, hatte auch nicht gepackt. Langsam ging ihm ein Licht auf, dass sie das Haus ohne ihre Stiefel verlassen hatte und noch gar nicht zurückgekehrt war. Sie war die ganze Nacht draußen gewesen! Panik befiel ihn, und er lief hinüber zum Stall. Ihr Auto stand auf dem Hof, aber vielleicht war sie im Stall oder bei Wakínyan. Josh durchsuchte jeden Winkel des Stalls, während drinnen im Haus das Telefon klingelte. Er hoffte sie schlafend im Heu zu finden, sah in den Boxen nach und kletterte auf den Heuboden. Nichts. Hektisch leuchtete Josh mit der Taschenlampe in die Sattelkammer und über die kleine Weide, wo die Pferde noch im Gras lagen und überrascht die Köpfe hoben. Keine Spur von Sannah. Einer letzten Hoffnung folgend, lief er zu ihrem Auto und leuchtete ins Wageninnere. Leer. Sie war wie vom Erdboden verschluckt. Angst schnürte sein Herz zusammen, und er rannte zurück ins Haus, um seine Autoschlüssel zu holen, als er das Telefon hörte. So früh am Morgen konnte das nichts Gutes bedeuten. Beklommen hob er den Hörer ab und vernahm, starr vor Entsetzen, Sams Stimme.

Im Behandlungsraum kämpften Ärzte und Schwestern um Sannahs Leben. Man hatte sie mittlerweile intubiert und einen venösen Zugang gelegt, über den das Gegengift in einer Kochsalzlösung langsam in ihren Körper tropfte. Aufgrund der starken Schwellung ihres Fußes hatte man den Biss einer Klapperschlange vermutet. Es würde ein paar Stunden dauern, bis sie Gewissheit haben würden, ob das Gegengift anschlug. Vorausgesetzt, die Patientin hielt noch so lange durch. Die Ärzte versuchten angestrengt, ihren Kreislauf zu stabilisieren, und beobachteten die immer weiter wachsende Schwellung mit zunehmender Besorgnis. Dr. Michaels, der diensthabende Arzt, betastete Sannahs Fuß und schüttelte den Kopf. Er verfügte nicht über die nötigen Geräte, um den Gewebsdruck zu messen, und so musste er sich auf seine Erfahrung und seinen Instinkt verlassen.
„Lasst den OP fertigmachen und bereitet sie vor; ich rede mit den Angehörigen", ordnete er an und verließ den Behandlungsraum.

Josh raste voller Panik zum Krankenhaus. Sam hatte ihm nur die nötigsten Informationen geben können, weil er noch nicht wusste, wie es um Sannah stand. Vor der Klinik angekommen, stellte er seinen Wagen ab, rannte durch die Tür der Notaufnahme und suchte Sam. Draußen zwitscherten die Vögel und begrüßten die ersten Sonnenstrahlen des anbrechenden Tages. Sam stand nervös und angespannt vor den Behandlungsräumen und wartete auf Neuigkeiten, als Josh bleich und fahrig dazustieß.

„Wie geht es ihr?“, rief er atemlos.
„Ich weiß noch nichts, sie wird noch behandelt“, antwortete Sam.
In diesem Moment erschien der Arzt an der Tür und sah sich suchend um. „Sind Sie die Angehörigen der jungen Frau mit dem Schlangenbiss?“, fragte er.
Josh nickte. „Wie geht es ihr?“, fragte er mit tonloser Stimme.
Der Arzt blickte kurz betreten auf seine Schuhe. Diesen Teil seines Jobs hasste er. „Zur Zeit ist ihr Zustand kritisch. Der Fuß ist massiv angeschwollen, das führte zu einem Kompartmentsyndrom. Das heißt, durch den Druck werden Nerven und Blutgefäße abgedrückt. Wir werden sie jetzt operieren und einen Faszien-Schnitt setzen, um den Druck im Gewebe des Fußes zu senken; andernfalls besteht die Gefahr, dass sie den Fuß verliert. Ich kann Ihnen momentan leider nicht viel mehr sagen. Wir müssen abwarten, bis das Gegengift wirkt. In ein paar Stunden wissen wir mehr. Nimmt sie irgendwelche Medikamente?“
Josh schüttelte den Kopf. „Nicht, dass ich wüsste“, brachte er mühsam hervor.
„Konsumiert sie regelmäßig Alkohol oder Drogen?“, fragte der Arzt weiter.
„Nein, nichts dergleichen“, empörte sich Josh. Sannah hatte sich zum Abendessen nicht einmal ein Glas Wein bestellt.
„Sie ist Ärztin und nimmt sicher keine Drogen.“
Dr. Michaels hob erstaunt die Augenbrauen. „Nichts für ungut. Ist eine reine Routine-Frage. Ich wollte damit nichts unterstellen.“ Sam legte beruhigend seine Hand auf Joshs Schulter.
„Vielen Dank, Doktor“, sagte er, weil Josh nicht mehr fähig war zu sprechen.
Dr. Michaels nickte und verschwand im OP-Bereich.
Sam schob Josh nach draußen, wo dieser auf einer Bank in sich zusammensank.
„Wie ist sie hierher gekommen?“, fragte er Sam.
„Mike wollte nach Rapid und hat sie am Straßenrand gefunden. Er ist dann mit ihr hierher gerast wie ein Irrer. Hätte mich fast über den Haufen gefahren. Ich habe ihn nach Rapid geschickt, er hätte nicht mehr tun können, als er ohnehin schon getan hat. Er will sich heute Nachmittag noch mal bei dir melden“, erklärte

Sam kurz. „Aber jetzt erzähl du mir doch mal, was sie mitten in der Nacht an der Straße zu suchen hatte."
Josh wurde grau im Gesicht, hastete zur nächsten Grünanlage und erbrach sich. Tränen liefen über sein Gesicht, während sein Magen immer wieder rebellierte. Sam ließ ihn in Ruhe und holte zwei Becher Kaffee aus dem Automaten am Eingang. Als Joshs Magen sich beruhigt hatte, setzte er sich wieder auf die Bank und nahm dankbar den Kaffee entgegen.
„Das ist alles meine Schuld", sagte er mit zitternder Stimme. „Wir hatten Streit, und ich hab sie rausgeworfen."
Sam schlug die Hände vor dem Gesicht zusammen. „Bist du noch zu retten?", rief er fassungslos. Ein Krächzen seines Funkgerätes an der Schulter erinnerte ihn daran, dass er noch im Dienst war. „Ich muss los! Bin in einer guten Stunde wieder da. Kommst du solange allein klar?", fragte er bedauernd.
Josh nickte und schloss die Augen. Er saß noch einen Moment vor der Tür und trank den Kaffee, dann ging er wieder in den Wartebereich.

Auf dem Weg zur Wache rief Sam zu Hause an und bat Hailey, ins Krankenhaus zu kommen. Ihm war es lieber, wenn Josh jetzt nicht alleine blieb. Währenddessen machte sich June, ebenfalls von ihrem Mann alarmiert, auf den Weg zu Joshs Ranch, um die Pferde zu versorgen. Der Moccasin Telegraph diente schließlich nicht nur dazu, Klatsch und Tratsch zu verbreiten.

Josh starrte auf die Tür, die zum OP-Bereich führte. Mit jeder Minute, die verstrich, wurde seine Angst um Sannah größer. In der vergangenen Nacht hatte er sich einreden wollen, dass er ohne sie leben konnte, sie nicht brauchte. Jetzt erkannte er, dass er nicht bei Sinnen gewesen war. Er liebte sie, und das ließ sich nicht einfach so abstellen. Er hatte sie verletzen wollen, so wie ihre Worte ihn verletzt hatten, aber niemals hatte er gewollt, dass ihr etwas passiert. Nun lag sie irgendwo hinter dieser Tür und kämpfte um ihr Leben, und wenn Mike nicht gewesen wäre, könnte sie nicht einmal mehr das. Dann wäre sie jetzt tot. Es war seine Schuld, und er hasste sich dafür.

Hailey kam auf ihn zu und legte ihre Hand auf seine Schulter. Erst jetzt bemerkte er, dass sie da war.
„Gibt es schon was Neues?“, fragte sie ruhig.
Josh schüttelte den Kopf.
„Sie wird es schaffen“, versicherte sie mit unerschütterlicher Ruhe. Josh huschte ein trauriges Lächeln über das Gesicht. Immer wenn es hart auf hart kam, war Hailey der Fels in der Brandung. Sie wurde nicht hysterisch, sondern machte Mut und brachte Ordnung in das Chaos. Das war schon in der Schulzeit so gewesen. Sam hätte keine bessere Frau finden können. Sie kramte ein eingepacktes Sandwich aus ihrer großen Tasche und drückte es Josh in die Hand.
„Iss!“, befahl sie.
Josh war überhaupt nicht nach Essen zumute, aber er wagte nicht zu widersprechen.
Sam hatte ihr die Einzelheiten mitgeteilt, und so stellte sie keine Fragen, sondern wartete geduldig ab. Josh aß das Sandwich und starrte weiter auf die Tür. Seit Hailey da war, hatte er allerdings das Gefühl, dass die Welt vielleicht doch nicht untergehen würde.
Eine Frau von der Anmeldung kam und reichte ihm ein Klemmbrett mit einem Formular. „Wenn Sie das bitte schon mal ausfüllen könnten? Wir brauchen die Personalien Ihrer Frau für die Akten“, sagte sie und ging.
Josh blieb verdattert zurück und las das Formular. „Meine Frau“, stammelte er verwirrt. „Ich weiß noch nicht einmal genau, wie Sannah mit Nachnamen heißt, geschweige denn, wann und wo sie geboren wurde. Ich weiß gar nichts!“ Frustriert warf er das Klemmbrett auf den Boden und stürmte hinaus.
Hailey hob das Klemmbrett auf und griff nach ihrem Handy, um Sam anzurufen. Er sollte zur Ranch fahren und Sannahs Brieftasche und Pass suchen.
Danach ging sie zu Josh. „Komm wieder rein, falls jemand kommt, der uns sagen kann, wie es ihr geht. Das Formular erledigen wir nachher.“
Sie blieb ruhig und sachlich, alles andere hätte Josh nur noch mehr explodieren lassen. Hailey kannte ihn seit ihrer gemeinsa-

men Schulzeit und wusste, dass er sich wie Plastiksprengstoff verhielt. Harmlos, formbar und sehr geduldig, aber wehe er bekam den zündenden Stromschlag, dann flog einem die geballte Ladung White Cloud um die Ohren.

Eine Stunde später erschien Sam und brachte Sannahs Brieftasche mit. „Gibt es schon was Neues?“, fragte er.
Hailey schüttelte nur den Kopf. „Ich war so frei, deine Kaffeemaschine auszustellen“, versuchte Sam die Stimmung aufzulockern. „June hat die Pferde getränkt und nach dem Rechten gesehen“, ergänzte er noch.
„Danke euch“, murmelte Josh ein wenig erleichtert.
Sam bedeutete seiner Frau, auf den Arzt zu warten, und zog Josh mit sich vor die Tür.
„Jetzt erzähl mal, was los war“, forderte er seinen Freund auf, als sie draußen auf der Bank saßen. „Was in aller Welt, hat dich dazu gebracht, sie mitten in der Nacht rauszuschmeißen?“
Josh stöhnte gequält. „Ganz so war es nicht. Ich sagte ihr, sie soll ihre Sachen packen und gehen. Ich meinte damit nicht sofort. Ich dachte, sie sitzt auf der Veranda; konnte ja nicht ahnen, dass sie mitten in der Nacht zur Straße läuft.“
Sam sah ihn missbilligend an. „Du dachtest? Mit Denken hatte das wohl wenig zu tun! Erst führst du sie aufwändig zum Essen aus, und dann wirfst du sie raus. Warum? Was ist passiert?“, bohrte Sam nach.
„Das musst du Sannah fragen. Ich verstehe es nicht. Als wir im Restaurant waren, sagte sie mir, dass sie mich liebt. Zuhause hat sie mit mir geschlafen, wir waren glücklich, und als ich sie ein paar Stunden später fragte, wie es mit uns weitergeht, erklärte sie mir ohne eine Spur von Bedauern, dass sie im August nach Hamburg zurückgehen wird. Das hat mich so sehr verletzt, dass ich sie nicht mehr sehen wollte und ihr gesagt habe, dass sie gehen soll. Aber ich wollte ganz sicher nicht, dass sie leiden muss“, beteuerte er verzweifelt.
Sam grübelte einen Moment, denn Sannahs Verhalten ergab tatsächlich keinen Sinn.
„Was hat sie genau gesagt?“, hakte er nach.

„Sie sagte, sie muss Mitte August zurück nach Hamburg“, gab Josh zurück.
Sam seufzte, als ihm aufging, was passiert war. „Josh! Sannah hat ein Touristenvisum für neunzig Tage, danach muss sie das Land verlassen oder sie gilt als illegaler Einwanderer. Dann wird sie abgeschoben und darf für zehn Jahre nicht mehr einreisen. Sie will dich nicht verlassen! Sie muss! Vielleicht solltest du sie einfach bitten zurückzukommen“, stellte Sam fest.
Erschüttert begriff Josh, dass sein Hitzkopf eine Katastrophe ausgelöst hatte. Rasend vor Wut über sich selbst drosch er mit der blanken Faust auf die Betonfassade ein. Sam hielt ihn mit Gewalt zurück und rief beschwichtigend: „Jetzt reiß dich mal zusammen, Mann! Es hilft ihr nicht, wenn du hier ausrastest!“
„Es ist meine Schuld!“, wimmerte Josh und brach in sich zusammen. „Wenn sie stirbt, ist es meine Schuld!“
„Sie wird nicht sterben!“, herrschte Sam ihn an.
Hailey erschien in der Tür. „Der Arzt will mit dir sprechen“, sagte sie ernst.
Josh wischte sich über das Gesicht und atmete tief durch, bevor er zurück in den Wartesaal ging. Dr. Michaels wartete am Kaffeeautomaten, ein erleichtertes Lächeln im Gesicht.
„Es ist uns gelungen, den Druck zu senken, momentan wird der Fuß wieder gut durchblutet. Auch ihren Kreislauf konnten wir stabilisieren. Das Gegengift scheint anzuschlagen, und wir sind vorsichtig optimistisch. Sie ist allerdings noch nicht ganz über den Berg. Zur Zeit liegt sie im künstlichen Koma, um ihr Herz zu schonen. Das Gift der Klapperschlange verursacht extrem starke Schmerzen, das kann die Herzfrequenz so stark erhöhen, dass es zum Herzstillstand kommen kann. Deshalb ist ein künstliches Koma für die nächsten Tage die bessere Option. Auch die Nierenfunktion müssen wir noch sehr genau kontrollieren. Das klingt sicher beängstigend, aber fürs Erste ist sie stabil. Sie braucht jetzt Ruhe, um sich zu erholen, und wenn die Schwellung des Fußes abgeklungen ist, können wir die Schnitte wieder schließen. Sie wird ihren Fuß nicht verlieren. Zum Glück ist sie gerade noch rechtzeitig gefunden worden“, beendete der Arzt seine Ausführungen.

Josh hatte wie betäubt zugehört und entspannte sich etwas. „Kann ich zu ihr?", fragte er.
Dr. Michaels schüttelte den Kopf. „Im Moment leider nicht. Morgen sollte sich ihr Zustand so weit verbessert haben, dass ich Ihnen Genaueres sagen kann. Hinterlassen Sie am besten Ihre Telefonnummer, dann kann der diensthabende Arzt Sie erreichen, wenn sich ihr Zustand verändert." Er klopfte Josh wohlwollend auf die Schulter. „Sie sollten nach Hause fahren und etwas schlafen."
Josh nickte. „Vielen Dank."
Michaels lächelte ihm zu, warf ein paar Münzen in den Automaten und machte sich dann mit seinem Kaffee auf den Weg.

Sam und Hailey hatten das Gespräch mitangehört und wirkten sichtlich erleichtert. „Na los, wir bringen dich nach Hause", sagte Sam.
Josh schüttelte den Kopf. „Ich muss noch die Anmeldung ausfüllen."
„Hab ich schon erledigt", beruhigte ihn Hailey und gab ihm Sannahs Brieftasche. „Gab ein bisschen Ärger, weil Sannah kein eingetragenes Stammesmitglied ist, aber ich habe ihre Kreditkarte gefunden, damit waren sie dann zufrieden. Deine Telefonnummern habe ich auch angegeben."
Josh nickte dankbar. „Ihr braucht mich nicht nach Hause zu bringen, ihr habt schon genug für mich getan. Danke."

Auf der Fahrt zur Ranch gewann Josh langsam wieder etwas Zuversicht. Sannah würde sich erholen. Wut und Trauer waren verflogen, was blieb, war das nagende Schuldgefühl. Hätte er ihr zugehört und sie zu Wort kommen lassen, wäre das alles nicht passiert. Und dann war da noch die Angst, dass sie ihm nicht verzeihen würde. Nach dem, was er sich geleistet hatte, wollte sie sicher nur noch nach Hause. Als er an Mikes Zufahrt vorbeikam, wollte er abbiegen und sich bedanken, zögerte dann aber im letzten Moment. Worte reichten hier nicht aus. Er fuhr weiter. An der Zufahrt zu seiner Ranch lag einer von Sannahs Flipflops. Sie hatte ihn verloren, als Mike sie in sein Auto getragen hatte. Dort lag er

nun, wie ein Mahnmal aus Plastik und Gummi. Josh hielt an und nahm ihn mit, dann rumpelte er das letzte Stück des Weges nach Hause. Still und friedlich lag die Ranch in der Vormittagssonne, die Pferde standen auf der Weide und der ewige Wind ließ die Büsche und Bäume hin und her wiegen. Aber es fehlte etwas. Sie! Er stieg aus seinem Wagen und ging ins Haus. Sannahs Brieftasche legte er auf den Küchentisch. Er trat zum Kühlschrank und holte sich eine Cola. Dann nahm er ihren Ausweis aus der Brieftasche und begann ihn zu studieren. Dr. Susannah Hammeken, geboren in Hamburg. Sie war also nur ein halbes Jahr jünger als er. Traurig stellte er fest, dass sie vor zwei Tagen Geburtstag gehabt hatte. Sie war dreißig geworden, und er hatte es nicht gewusst. Statt Kerzen auf einer Torte auszublasen, hatte sie Büffel getrieben ohne etwas zu sagen. Er dachte plötzlich daran, ob er irgendwelche Angehörige verständigen sollte, aber er wusste nicht, wen. Ihren Exmann bestimmt nicht. Ihre Freundin Annegret fiel ihm ein, allerdings würde er dafür erst mal die Nummer finden müssen.
Josh las Sannahs Adresse, zog sein Handy aus der Hosentasche und gab die Adresse bei Google Earth ein. Fasziniert blickte er auf das Satellitenbild, das sich öffnete. Eine Villa mit einem großen Garten, parkähnlich angelegt, alte Bäume, eine gepflegte Rasenfläche und unzählige Rosensträucher, soweit er das erkennen konnte. Das Grundstück lag an einer vielbefahrenen Straße, dahinter ein Park und ein großer Fluss mit riesigen Containerschiffen. Josh klickte auf Street view und konnte nun virtuell an ihrem Haus vorbeifahren. Bei dem Anblick wurde ihm flau im Magen. Gegen diese Villa wirkte sein Holzhaus wie eine Bruchbude. Genau das hatte er immer befürchtet. Er hatte genug gesehen, mehr als ihm lieb war. Dann fiel ihm ein, dass Sannahs Kollege ihr Haus hütete. Wenn er ihre Telefonnummer finden würde, könnte er ihn verständigen. Er googelte ihren Namen und wurde fündig. Josh speicherte die Nummer ab und legte sein Handy beiseite, trank die Cola aus und ging duschen.

Wenig später betrat er sein Schlafzimmer, und wieder fiel sein Blick auf Sannahs Kleid und ihre Unterwäsche. Sorgsam hängte er das Kleid auf einen Bügel in ihrem Schrank und legte ihre Wäsche auf den Stuhl in ihrem Zimmer. Als er in sein Bett fiel, haftete noch immer ein Hauch ihres Parfums an dem Kissen. Er drückte es an sich und schlief ein.

Am Nachmittag rief Josh im Krankenhaus an und erkundigte sich nach Sannahs Befinden. Es ging ihr, den Umständen entsprechend, gut. Komplikationen waren ausgeblieben, und sie lag weiterhin im künstlichen Koma, das dafür sorgte, dass sie sich schneller erholte und keine Schmerzen hatte. Beruhigt legte er den Hörer auf und wandte sich seinen neu gefassten Plänen zu. Sie würde sicher noch eine Weile im Krankenhaus bleiben müssen, und bis zu ihrer Rückkehr wollte er fertig haben, was er sich vorgenommen hatte.
Er ging zur kleinen Weide und sattelte sein Pferd, dann ritt er auf die große Weide, wählte einen seiner Jährlinge aus, halfterte das junge Pferd auf und zog es sanft hinter sich her. Mit dem Jährling im Schlepptau machte er sich auf den Weg zu Mike und June.
Dort angekommen hielt er dem erstaunt dreinblickenden Mike den Strick mit dem Jährling hin und sagte nur schlicht: „Líla wópila tánka héca!“ – Ich danke dir vielmals.
Es war so Brauch, zu verschenken was man erübrigen konnte, um seinen Dank auszudrücken, und das Pferd war in Joshs Augen nur ein kleiner Dank für die Rettung von Sannah.
Mike schluckte gerührt. In seinen Augen war das viel zu viel für die Selbstverständlichkeit, jemandem in Not zu helfen, aber auch er kannte die alten Bräuche, und so nahm er das Pferd an.
„Chantéwashteya!“ – Herzlich gern, erwiderte er und brachte den Jährling auf eine kleine Koppel. „Komm rein und iss mit uns“, sagte Mike und deutete auf die Tür.

Josh aß mit den Stonefeathers zu Abend und hielt die meiste Zeit davon die kleine Tashina im Arm, die mit einem fröhlichen Kreischen wieder an seinen Haaren zog. Josh lächelte. Dieses Baby tröstete ihn mehr über das Geschehene hinweg, als alle Worte es jemals vermocht hätten.
„Wie geht es Sannah?“ fragte June besorgt.

„Noch nicht gut, aber dank Mike wird sie überleben", antwortete er.
„Chántemawáshte" – Das freut mich, sagte Mike. Weitere Fragen stellte er aus Höflichkeit nicht.

Zurück auf der Ranch versorgte Josh die Pferde und zerrte danach einen uralten Rasenmäher aus dem Schuppen. Das Ding war mit Sicherheit so alt wie er selbst. Sein Vater hatte ihn angeschafft, weil seine Mutter viel Freude an der Gartenarbeit gehabt hatte. Seit sie weggegangen war, hatte sich niemand mehr intensiv um den Garten gekümmert, und so sah dieser auch aus. Josh füllte Benzin und Öl auf, wechselte die Zündkerze und schmiss das Ding versuchsweise an. Stotternd und mit einer Rußwolke erwachte der alte Motor zum Leben und schien gewillt zu sein, seinen Dienst wieder aufzunehmen. Josh mähte den Rasen im Garten und um das Haus herum und vertrieb damit gleichzeitig giftiges Viehzeug aus den umliegenden Beeten. Dann fing er an, Unkraut zu jäten, Büsche zu schneiden und die wenigen Rosen in Form zu bringen. Es wurde schon dunkel, als er schweißgebadet innehielt und sein Werk betrachtete. Es sah wieder ordentlich aus, aber von gepflegten Rasenflächen und üppig blühenden Blumenbeeten war er noch weit entfernt. In Gedanken ergänzte er seine Einkaufsliste für den morgigen Tag und ging schlafen.

Mit einer generalstabsmäßigen Planung begann Josh am nächsten Morgen mit seiner Arbeit. Er versorgte die Pferde, trainierte die Ausbildungspferde und mistete aus. Dann rief er wieder in der Klinik an und erhielt die Nachricht, dass man Sannah am nächsten Tag versuchsweise aus dem Koma holen wollte. Er dürfte sie dann nachmittags besuchen. Erfreut wählte er danach die Nummer in Hamburg und berichtete einem völlig entgeisterten Jonas, was passiert war. Jonas wollte sich mit Annegret besprechen und sich dann wieder melden. Man tauschte Handynummern aus, und Jonas bedankte sich bei Josh für den Anruf.

In der Nacht hatte es wie aus Eimern geregnet, und so entfiel der nächste Punkt auf Joshs Liste: Garten wässern. Er schmiss eine

Fertigpizza in den Ofen, schrieb eine Einkaufsliste und schickte Hailey und Sam eine Nachricht über Sannahs verbesserten Zustand. Nach dem Essen fuhr er nach Rapid und stürmte den Baumarkt. Mit eimerweise Farbe, Pinseln, Farbroller und Klebeband auf der Ladefläche seines Trucks fuhr er weiter in eine Gärtnerei. Dort ließ Josh sich beraten und verließ diese mit Dutzenden, üppig mit Knospen besetzten Rosensträuchern aller Art. Der Chef der Gärtnerei lachte freundlich, als er von Joshs Plänen gehörte hatte. Er klopfte ihm väterlich auf die Schulter und meinte: „Früher habt ihr eurem zukünftigen Schwiegervater ein paar Ponys vors Tipi gestellt, jetzt stellt ihr eurer Angebeteten dutzendweise Rosen in den Garten. Gefällt mir!“
„Irgendeinen Vorteil muss es ja haben, wenn ihr Washíchu nun schon mal da seid. Außerdem wären Rosen vor dem Tipi unpraktisch gewesen“, stellte Josh mit einem Augenzwinkern fest.
Der alte Gärtner lachte herzhaft. Josh hatte sich auch noch eine ganze Palette Lavendel aufschwatzen lassen, allerdings nur, weil ihn der Duft an Sannahs Parfum erinnerte. Schlussendlich machte er noch vor einem Juwelier halt und ging mit einer kleinen Schachtel und einem breiten Lächeln wieder hinaus. Auf dem Rückweg legte er einen Stopp bei Mike ein und lieh sich einen Hochdruckreiniger. Fertig. Plan abgearbeitet.
Zu Hause angelangt lud er seine Einkäufe vom Truck und goss die Rosen, als Sam und Hailey auf den Hof fuhren. Hailey hatte einen großen Topf voll Chili dabei und machte sich in der Küche daran, das Essen aufzuwärmen. Sam staunte nicht schlecht über den frisch gestutzten Garten und das ganze Grünzeug, das Josh angeschleppt hatte.
„Was hast du denn vor?“, fragte er beim Essen.
„Wird eine Überraschung für Sannah, und die Arbeit hält mich vom Grübeln ab“, erwiderte Josh.
Hailey lächelte. „Gute Idee“, meinte sie augenzwinkernd, weil sie wusste, dass meist nichts Gutes dabei herauskam, wenn Josh in seine Grübeleien verfiel.

In Hamburg legte Jonas nach dem Anruf von Josh mit einem beklommenen Gefühl das Telefon beiseite. Annegret werkelte in der Küche. Er machte sich Sorgen um Sannah, allerdings hatte das, was ihm Josh über die medizinische Behandlung erzählt hatte, ihn etwas beruhigt. Sie schien in der Klinik in guten Händen zu sein, man hatte dort Erfahrung mit Schlangenbissen. Auch Josh war ihm sympathisch gewesen, er war besorgt, fürsorglich und umsichtig; sonst hätte er nicht angerufen und nach Angehörigen gefragt. Was Jonas wirklich Sorgen machte, war, wie er das Annegret beibringen sollte, ohne dass die ganze Sache zu einem riesigen Drama wurde.

„Wer war das?", erkundigte sich Annegret und lief mit einer Salatschüssel in der Hand an Jonas vorbei ins Esszimmer.

„Josh White Cloud", antwortete er sachlich.

„Wer ist das denn?", fragte sie erstaunt über den seltsamen Namen.

„Das ist der geheimnisvolle Mann auf dem Pferd", druckste Jonas herum. Gleich würde die Hysteriebombe platzen, und er zog im Geiste schon mal den Kopf ein. Annegret sah verdutzt auf.

„Sannahs Seepferdchen? Warum ruft der hier an?" Plötzlich ging ihr ein Licht auf. Es konnte nur einen Grund dafür geben, warum dieser Mann angerufen hatte. Sie wurde blass, und die Salatschüssel knallte auf den Tisch.

„Was ist ihr passiert?", hauchte sie tonlos und sank auf den Stuhl. Jonas eilte zu ihr, um sie zu beruhigen. „Sannah wurde von einer Schlange gebissen. Sie ist im Krankenhaus, und es geht ihr nicht besonders gut, aber sie ist auch nicht in Lebensgefahr. Hörst du? Sie wird es überstehen. Josh kümmert sich um sie. Er hat angerufen, um zu fragen, ob es Angehörige gibt, die er benachrichtigen sollte."

Wider Erwarten blieb Anne recht ruhig, nachdem sie wusste, dass Sannah nicht in Lebensgefahr war.

„Oh nein, meine arme Kleine!", klagte Annegret fassungslos mit Tränen in den Augen. „Sie wird das ganz sicher gut überstehen?"

Jonas nickte zuversichtlich. „Josh meldet sich morgen wieder, wenn er sie besucht hat. Wir haben die Nummern ausgetauscht. Er hat angeboten, dass wir kommen könnten, wenn wir möchten. Ich habe ihm gesagt, dass ich das mit dir bespreche und mich dann melde."

Das künstliche Koma hatte er ihr bewusst verschwiegen. Als Anästhesist war er mit dieser Maßnahme bestens vertraut, und er begrüßte diese Entscheidung seines Kollegen, aber Anne würde das Wort „Koma" nur verängstigen.

Annegret seufzte. „Ich würde ja gern, aber ich stecke mitten in einer Verhandlung. Ich kann den Gerichtstermin unmöglich absagen, dann platzt der ganze Prozess."

„Ich bekomme sicherlich auch nicht frei. Es sind Ferien, da sind alle Leute mit Kindern im Urlaub. Er hat es uns ja auch nur angeboten, falls wir kommen möchten. Es ist nicht notwendig, denke ich. Aber ich finde sein Angebot sehr nett", meinte Jonas, öffnete eine Flasche Wein zur Beruhigung und füllte die Gläser.

Anne nickte und trank einen Schluck Wein. „Stimmt, ich hoffe nur, dass es ihr bald besser geht. Das passiert, wenn man in die Valla Pampa fährt!", stänkerte sie.

Jonas verdrehte genervt die Augen. „Jetzt fang nicht schon wieder damit an! Ich bin sicher, dass hier pro Tag mehr Menschen bei der Hausarbeit verletzt werden als dort von Schlangen. Das war einfach Pech."

Annegret maulte: „Am Mittelmeer wäre ihr das nicht passiert. So viel ist mal sicher!" Sie dachte gar nicht daran, klein beizugeben.

„Nein, stattdessen hätte sie sich dort Salmonellen eingefangen!", konterte Jonas. Auch er war stur.

Anne schwieg; in den letzten Wochen hatte sie angefangen zu begreifen, dass sie in Jonas ihren Meister gefunden hatte. Erstaunt stellte sie immer wieder fest, dass ihn das nur interessanter machte, langweilig wurde es jedenfalls nie mit ihm.

„Wie ist das überhaupt passiert?", fragte sie, um unauffällig vom Thema abzulenken.

„ Hat er nicht erzählt", sagte Jonas und begann zu essen. Die Salatschüssel hatte dem Aufprall auf den Tisch standgehalten.

„Und wie klang er so?", bohrte Annegret.

„Sympathisch", meinte Jonas knapp und kaute weiter.

Anne verdrehte die Augen. „Wie klang seine Stimme? Männlich, dunkel, jung?"

„Hmh", brummte Jonas.

„Jetzt sag schon!", nervte Anne neugierig.

Jonas legte das Besteck beiseite und grinste frech. „Wenn du unbedingt wissen willst, wie sich Sannahs Freund anhört, schlage ich vor, du rufst ihn morgen an und sprichst selbst mit ihm. Ich gebe dir gern seine Nummer", bot er an.
„Du glaubst jetzt also auch, dass zwischen den beiden was läuft?" Annegret klang nun wieder besorgt.
Jonas nickte. „Denke schon, er hörte sich jedenfalls reichlich mitgenommen an."
Anne schüttelte bekümmert den Kopf. Jonas schwieg, er wollte sich nicht wieder auf diese Diskussion einlassen. Das war allein Sannahs Entscheidung.

Josh saß allein auf der Veranda und vermisste Sannah. Plötzlich störte ihn diese Stille um ihn herum, die ihm allzu deutlich vermittelte, dass er allein war. Er hoffte darauf, dass es Sannah morgen besser gehen würde und er mit ihr sprechen und sie um Verzeihung bitten könnte. Das Schuldgefühl nagte beharrlich weiter an ihm; nur wenn er mit seinen Plänen beschäftigt war, hörte er manchmal auf, sich Vorwürfe zu machen. Sein Blick wanderte über die üppigen Rosensträucher.
„Nicht grübeln, arbeiten!", ermahnte er sich selbst, ging in den Garten und begann, die Rosen zu pflanzen. Erst spät am Abend, als es dunkel wurde, hörte er damit auf. Müde ging er ins Haus, fiel ins Bett und hoffte auf einen traumlosen Schlaf.

Elch

Grüner Nebel zog an Sannah vorbei und ließ sie frösteln; es wurde zunehmend kälter und sie begann erbärmlich zu frieren. Gesprächsfetzen waren zu hören, kamen näher und wurden dann wieder undeutlicher. Sie konnte nichts sehen, kämpfte gegen diese wabernde grüne Masse. Verzweifelt versuchte sie, die Augen offen zu halten, um die Menschen zu sehen, die sie eben noch gehört hatte. Jetzt waren sie verschwunden, und sie konnte sie nicht rufen, wusste nicht wie. Immer weiter lief sie durch ein Labyrinth aus grünem Nebel. Sie fror so sehr, dass sie zitterte, unfähig das Zittern in den Griff zu bekommen. Ihre Beine zuckten unkontrolliert. Irgendwo in dem Nebel war Licht, aber sie konnte nicht erkennen, wo. Es war überall, wurde aber nicht heller. Dieses Zwielicht machte ihr Angst, sie öffnete den Mund und schrie, doch es kam kein Laut über ihre Lippen. Die Zähne klapperten, aber nicht aufeinander, sondern auf etwas, das dazwischen war und das sie nicht entfernen konnte, weil sie ihre Hände nicht spürte. Wieder waren die Stimmen zu hören, diesmal kamen sie näher. Immer noch konnte sie niemanden in diesem grünen Nebel sehen, und sie weinte vor Verzweiflung, fürchtete, für immer in diesem Zwielicht gefangen zu sein. Fremde Hände bemächtigten sich ihrer, zogen ihr etwas aus dem Mund. Sie musste würgen und husten. „Einmal ausatmen, Dr. Hammeken“, hörte sie. Sie verstand die Worte, aber nicht ihren Sinn, auch ihr Name klang auf einmal eigenartig. Redete da jemand mit ihr? Das Zittern hatte nach wie vor nicht aufgehört. Wieder musste sie würgen, und plötzlich war ihr Mund wieder frei und ihre Zähne klapperten aufeinander. Es wurde heller, und sie bemerkte, dass ihre Augen gar nicht offen waren; die Lider waren bleischwer, und es kostete Sannah unendlich viel Kraft sie zu öffnen. Schemenhaft nahm sie ihre Umgebung wahr, die Stimmen waren jetzt ganz dicht bei ihr. Gestalten standen vor ihr, ein grelles Licht schien ihr direkt in die Augen und verursachte einen stechenden Schmerz.

„Pupillenreaktion beidseitig normal“, sagte jemand in einer fremden Sprache, die sie dennoch verstand. Ihr Mund war staub-

trocken. Man legte eine weitere Decke über sie. Eine neue Gestalt kam zu ihr, und ein Gesicht erschien, erst schemenhaft, dann immer klarer.
„Hallo Susannah, wie geht es Ihnen? Ich bin Dr. Michaels“, stellte er sich freundlich lächelnd vor.
„Wasser“, presste sie mühsam in der fremden Sprache hervor, ihr Hals fühlte sich wund an, wieder musste sie husten. Ein Trinkhalm wurde ihr zwischen die Lippen gepresst, und sie brauchte ihre volle Konzentration, um daran zu ziehen. Nach ein paar Schlucken verließen sie ihre Kräfte, und sie schloss matt die Augen. Dr. Michaels klopfte sacht auf ihre Hand, die sie auf einmal wieder spürte. „Nicht einschlafen“, sagte er. „Haben Sie Schmerzen?“
Sannah schüttelte nur leicht den Kopf, für mehr reichte ihre Kraft nicht. ‚Ich will schlafen‘, dachte sie und glitt sanft zurück in die Dunkelheit.
Michaels ließ sie schlafen, die Narkose schlich sich langsam aus und ihr Zustand hatte sich deutlich verbessert. Er warf noch einen Blick auf die Laborwerte in ihrem Krankenblatt und verließ das Zimmer.

Josh brachte das letzte der Ausbildungspferde zurück auf die Weide. Sein vormittägliches Arbeitspensum war damit erledigt. Danach gönnte er sich lediglich eine kurze Pause und einen Kaffee auf der Veranda. Am Vorabend war er nicht ganz mit dem Garten fertig geworden, und so fing er wieder an, die verbliebenen Rosen zu pflanzen. Nur ein paar Kletterrosen blieben noch in ihren Töpfen. Sie konnten erst in die Erde, wenn er das Haus gestrichen hatte. Als er fertig war, lächelte er zufrieden. Um zu verhindern, dass die neuen Pflanzen in der erbarmungslosen Mittagshitze gleich die Köpfe hängen ließen, holte er den Gartenschlauch vom Stall herüber und wässerte die Beete und auch den frisch geschnittenen Rasen. Während er mit dem Schlauch durch den Garten wanderte, stellte er fest, wie befriedigend er diese Arbeit fand. Er dachte an seine Mutter, von der er nie wieder etwas gehört hatte, seit sie fortgegangen war. Er wusste nicht mal, ob sie noch lebte. Für Josh und seinen Vater war sie gestorben an die-

sem Tag. Er hatte nicht verstanden, warum sie ihn verlassen hatte. Spürte nur diesen unsäglichen Schmerz und die gleichzeitige Wut über ihren Verlust. Sein Vater hatte ihm verbittert untersagt, je wieder über sie zu sprechen. Er hatte gehorcht, viel zu klein, um zu verstehen, was das alles bedeutete. Zu klein, um zu verstehen, dass auch sein Vater gelitten hatte. Doch zum ersten Mal seit dieser Zeit begriff Josh, wie sehr auch seine Mutter gelitten haben musste, um diesen drastischen Entschluss zu fassen.
Hier in ihrem Garten fühlte er sich ihr auf einmal wieder nah, erinnerte sich daran, wie sie jeden Morgen durch den Garten gegangen war und sich an dem Duft der Rosen erfreut hatte. Genauso wie er es jetzt tat.
Josh drehte das Wasser ab und seufzte. Selbst in ihrer Abwesenheit brachte Sannah ihn dazu, sich an alte Geschichten zu erinnern. Es war fast so, als sei das der Grund, warum sie hierher gekommen war. Um aufzuräumen und mit der Vergangenheit abzuschließen. Neuerdings brachen viele seiner alten Wunden wieder auf, aber merkwürdigerweise tat es nicht mehr so weh, und sie begannen zu heilen. Sannah hatte eine völlig neue Qualität in sein Leben gebracht. Er haderte nicht mehr mit dem Schicksal, redete sich nicht mehr ein, dass alles so kam, wie es kommen musste. Diese passive Haltung seines Vaters, die er kritiklos übernommen hatte und die dafür gesorgt hatte, dass er in seinem Schneckenhaus fast vor die Hunde gegangen war, ohne es zu merken. Joseph hatte nicht gekämpft, er hatte damals alles stoisch und verbittert hingenommen. Erst durch Sannah hatte Josh bemerkt, dass es sich lohnte, auch für sein eigenes Glück zu kämpfen. Dass es sich lohnte, um sie zu kämpfen und um seinen Sohn. Er vermisste ihr Lachen und ihre Lebensfreude, die sie so selbstverständlich mit ihm geteilt hatte, das Strahlen in ihren Augen. Sie war das Licht in seinem Leben. Sein Vater hatte ihn die alten Traditionen gelehrt, Granny hatte ihm den Weg gewiesen, Niya hatte ihm einen Sohn geschenkt, Sam hatte ihm ein paar heilsame Tritte in den Hintern verpasst und ihm zur Seite gestanden, aber Sannah war die Sonne, die sein Herz erwärmte. Er war froh darüber, dass er gerade noch rechtzeitig aus seiner Winterstarre erwacht war.

Josh schloss den Schlauch an den Hochdruckreiniger an und begann die alte, abblätternde Farbe von den Hauswänden zu schälen und mit ihr auch die Vergangenheit. Es wurde Zeit für ein bisschen Zukunft.

Sannah erwachte mit klarem Kopf, als die Schwester ihr das Mittagessen ans Bett stellte. Sie blinzelte verschlafen und sah sich erstaunt um. Sie war offensichtlich in einem Krankenhaus. Ihr linker Fuß lag erhöht auf einem Gestell und war mit sterilen, grünen Tüchern abgedeckt. Sie selbst steckte in einem Fliegenhemd, hinten am Hals zusammengebunden. Eine Infusion lief, langsam und stetig, in einen venösen Zugang auf ihrem Handrücken, und das wunde Gefühl in ihrem Hals sagte ihr, dass sie wohl intubiert gewesen war. Langsam kehrte nun auch die Erinnerung zurück. Das scharfe Rasseln und der beißende, unerträgliche Schmerz. Bei dem Gedanken daran spürte sie nun wieder einen pochenden Schmerz in ihrem Fuß, gleichzeitig bedeutete das aber auch, dass er noch da war. Erleichtert ließ sie sich in ihr Kissen sinken. Etwas zittrig tastete sie nach einem Becher Wasser auf dem Nachttisch neben ihrem Bett und trank durstig, dann warf sie einen Blick auf das Essen. Es war nur etwas warme Suppe, ebenfalls in einem Becher mit Trinkaufsatz. Sie war ganz dankbar dafür, denn für mehr fehlte ihr einfach die Kraft. Vorsichtig nippte sie an dem Suppenbecher und leerte ihn schlückchenweise. Die warme, würzige Suppe brannte in ihrem Hals, doch sie bekämpfte auch die leichte Übelkeit, die von ihrem leeren Magen herrührte. Erschöpft stellte sie den Becher wieder auf den Tisch und sah sich erneut um. Wie war sie hierher gekommen? Wie lange war sie schon hier? Hatte Josh sie gefunden und hergebracht? Josh!
Erst jetzt traf sie die vollständige Erinnerung mit geballter Macht. Sie sah wieder das erlöschende Licht im Küchenfenster seiner Ranch. Er war es wohl nicht gewesen, der sie an der Straße gefunden hatte. Wusste er überhaupt, dass sie hier war? Wie lange war sie schon hier? Hatte er vielleicht noch gar nicht gemerkt, dass sie nicht da war? Schlagartig wurde ihr bewusst, dass er ja genau das gewollt hatte; sie sollte gehen, und nun war sie fort. Er würde nicht nach ihr suchen. Tränen liefen ihr über die Wangen, als

sie die scheinbare Ausweglosigkeit ihrer Situation erfasste. Ihre Hand tastete nach dem Hebel, der an jedem Krankenbett zu finden war, um das Kopfteil flacher zu stellen. Sie sank nach hinten und weinte sich zurück in den erlösenden Schlaf.

Annegret saß abends an ihrem Schreibtisch in der Kanzlei und spielte unschlüssig mit dem Zettel, auf dem Joshs Nummer stand. Den ganzen Tag hatte sie sich nicht konzentrieren können, weil ihre Gedanken um Sannah kreisten. Auch wenn Jonas sie halbwegs beruhigt hatte, machte sie sich Sorgen. Doch die Zeitverschiebung eingerechnet, war es für einen Anruf noch zu früh, erst Mittag in South Dakota, also würde dieser White Cloud noch nichts Neues berichten können. Wenn sie jetzt anrief, wäre das nichts als blanke Neugier. Spionage hatte Jonas es lachend genannt, und sie wusste genau, dass er ihr das noch monatelang aufs Brot schmieren würde, wenn sie jetzt zum Hörer griff. Also würde sie warten bis morgen, und der geheimnisvolle Mann würde weiterhin geheimnisvoll bleiben. Genaugenommen wäre es ohnehin sinnvoller, direkt mit Sannah zu sprechen, aber sie hatte sich schon seit den Fotos am See nicht mehr gemeldet, auch nicht auf die Mail, die Jonas und sie ihr zum Geburtstag geschickt hatten. Normalerweise nicht ihre Art. Jonas hatte gewitzelt, dass Sannah wahrscheinlich damit beschäftigt war, ihr „Geschenk“ auszupacken. Seine Spekulationen trugen nicht gerade dazu bei, Annegret zu beruhigen. Seufzend klebte sie den Zettel an ihr Telefon. Morgen würde sie mehr wissen.

Josh stellte den Hochdruckreiniger aus und drehte das Wasser ab. Die Farbe hatte sich relativ gut lösen lassen, nun musste das Holz erst mal gründlich trocknen, bevor er weitermachen konnte. Er ging duschen und machte sich dann mit einem flauen Gefühl im Magen auf den Weg ins Krankenhaus.

Dort warf Dr. Michaels einen Blick auf die immer noch offenen Schnitte in Sannahs Fuß. Die Schwellung hatte sich gut zurückgebildet. „Ich denke, wir können morgen die Faszienschnitte schließen, dann wird alles ein bisschen leichter“, erklärte er lächelnd und legte einen neuen Verband an.

Erleichtert lächelte sie zurück. „Schön, wenn ich endlich aus diesem Bett rauskann", stellte sie fest.
Michaels lachte kurz. „Nicht so eilig! Entlassen werde ich Sie noch nicht, auch wenn die Behandlung gut angeschlagen hat, und morgen verpasse ich Ihnen erst mal ein hübsches Paar Schnürsenkel. In Zukunft machen Sie bitte einen großen Bogen um Klapperschlangen."
Sie nickte und lächelte traurig. Nochmal würde ihr das sicher nicht passieren. In Hamburg gab es keine Klapperschlangen.
Michaels war mit dem Verband fertig und zog die Gummihandschuhe aus. „Man erzählte mir, Sie seien eine Kollegin?"
Wieder nickte sie.
„Welche Fachrichtung?", wollte er wissen.
„Unfallchirurgie", antwortete sie etwas knapp. Sie war immer noch müde, obwohl sie schon den halben Tag verschlafen hatte. Die Nachwirkungen der Narkose und die Schmerzmittel forderten ihren Tribut.
„In welchem Assistenzjahr?", hakte er nach.
„In gar keinem, ich bin Facharzt", sagte sie.
Michaels hob überrascht die Augenbrauen. „Wow! Sie sind nicht zufällig auf der Suche nach einem Job?", entfuhr es ihm spontan.
Sannah sah ihn überrascht an. „Eigentlich nicht, wieso fragen Sie?"
Michaels setzte sich auf den Stuhl neben ihrem Bett. „Wissen Sie, wir sind hier chronisch unterbesetzt, erst recht mit Fachärzten. Wir bekommen hauptsächlich Assistenzärzte im ersten und zweiten Jahr, die notgedrungen ihren Dienst hier verrichten, um einen Teil ihres Studiendarlehens abzuarbeiten. Danach verschwinden sie wieder und bewerben sich lieber in den renommierten Kliniken. Es fehlt ihnen an Fachkenntnis, Erfahrung und nicht zuletzt auch an Engagement. Aber was sollen wir machen? Wir müssen, nehmen was wir kriegen können. Man wird hier nicht reich, das ist nur was für Leute mit einer guten Portion Altruismus. Ein Facharzt für Unfallchirurgie wäre für uns wie ein Lottogewinn", seufzte er.
Sannah hatte aufmerksam zugehört. Lottogewinn! Noch vor ein paar Tagen wäre dieses Angebot die Antwort auf ihre Fragen ge-

wesen. Doch jetzt würde sie Pine Ridge verlassen. Oder sollte sie vielleicht doch bleiben? Die Zukunft in Hamburg lockte sie nicht. Hier würde sie gebraucht, könnte helfen, einen Neuanfang wagen, auch ohne Josh. Vielleicht war das die Möglichkeit, nach der sie gesucht hatte, eine sinnvolle Aufgabe, eine neue Herausforderung. Neu anfangen, die Vergangenheit hinter sich lassen und sich endlich auf die eigenen Füße stellen. Allein. Hoch erhobenen Hauptes. „Klingt interessant!“, hörte sie sich sagen und war selbst überrascht. „Ich werde darüber nachdenken.“
Michaels strahlte sie an, denn mit dieser Antwort hatte er nicht gerechnet.
„Ernsthaft? Das wäre großartig! Aber jetzt werden Sie erst mal wieder gesund!“ Er erhob sich, hängte das Krankenblatt ans Fußende ihres Bettes und verließ gutgelaunt ihr Zimmer.

Sannah sah aus dem Fenster und dachte darüber nach, wie ein Leben hier wohl wäre. Immerhin kannte sie schon ein paar Leute und hatte in Hailey eine Freundin gefunden, aber es würde nicht leicht werden. Von dem ganzen Papierkram, den sie dafür erledigen müsste, einmal abgesehen, gab es jetzt auch hier eine Vergangenheit, die sie noch lange nicht verarbeitet hatte. Aber schließlich konnte sie nicht ewig vor allem davonlaufen. Sie musste sich nur entscheiden, wovor sie davonlaufen wollte. Müde schloss sie die Augen und döste wieder ein.

Leise betrat Josh das Zimmer und setzte sich neben ihr Bett. Er sah sie zum ersten Mal, seit er sie auf der Veranda hatte stehen lassen. Sie schlief und wirkte blass und zerbrechlich. Sacht tastete er nach ihrer Hand und strich ihr sanft über die Stirn. Schuldbewusst saß er neben ihr und überlegte fieberhaft, wie er erklären könnte, dass er ein Vollidiot war, der nie gelernt hatte mit Gefühlen umzugehen. Von seiner Berührung geweckt, öffnete Sannah langsam die Augen und glaubte sich wieder in einer medikamentenbedingten Halluzination. Josh war da und hielt ihre Hand. Eindeutig ein Hirngespinst. Aber der grüne Nebel und die Kälte fehlten, dann war es wohl eher ein Traum. Sie schloss die Augen. ‚Zu schön, um wahr zu sein‘, dachte sie.

„Hallo, Kleines", hörte sie ihn mit seiner dunklen Stimme sagen. Entweder war der Traum hartnäckig, oder die Schmerzmittel waren zu hoch dosiert. Gab es auch Halluzinationen in HD-Quality und Dolby-Surround als Nebenwirkung? Er nahm ihre Hand und drückte sie an seine Lippen. Erstaunt blinzelte sie und sah ihn ungläubig an. Er war wirklich da. Mit traurigen Augen hockte er wie ein Häufchen Elend neben ihr und sah sie zerknirscht an. Kein Traum, keine Halluzination, sondern Josh in Fleisch und Blut, inklusive Büßerhemd. Ihr Herz schlug bis zum Hals, und sie kämpfte tapfer gegen die aufsteigenden Tränen. Weglaufen fiel aus, also half nur noch Sarkasmus.
„Du hast die Asche auf dem Haupt vergessen", spottete sie.
Statt wie üblich zu kontern, nickte Josh nur traurig. „Wie geht es dir?"
‚Blöde Frage', dachte sie und schwieg.
„Das ist alles meine Schuld", bekannte er leise. „Wenn ich nicht so ein Idiot gewesen wäre, dann wärst du jetzt nicht hier. Es tut mir so leid. Ich weiß jetzt, dass du nur ein Touristenvisum hast und gehen musst, aber der Gedanke, dich zu verlieren, hat so wehgetan, dass ich nicht mehr klar denken konnte."
Er schwieg, sie auch und starrte aus dem Fenster. Er hatte zwar ein schlechtes Gewissen, allerdings nicht, weil er ihr nicht zugehört hatte, sondern wegen des Streits auf der Veranda. Er hatte es immer noch nicht verstanden, und langsam wurde sie wütend.
„Verzeihst du mir?", fragte er leise.

In Sannahs Kopf brummte es wie in einem Bienenstock. Die Rottenmeier hockte, noch etwas verkatert, mit Limbisia auf dem Bett im Oberstübchen und knetete schniefend ein Taschentuch, während Limbisia die verschmierte Wimperntusche wegwischte. Von den beiden war keine Hilfe zu erwarten. Ihrem Bauch war immer noch leicht übel, und er hatte diesbezüglich auch keine Meinung. Sannah war jetzt hellwach. Energisch tastete sie nach dem Hebel am Bett und richtete sich, gekonnt in Szene gesetzt, wie ein HB-Männchen auf. Wofür ein Krankenhausbett doch so alles gut war. Ihre Augen funkelten zornig, und sie bemerkte mit Genugtuung, wie Josh sich ergeben darauf vorbereitete, ein Donnerwetter über

sich ergehen zu lassen. Sie hatte inzwischen begriffen, dass seine harten Worte auf der Veranda nur wieder einmal Ausdruck seiner Hilflosigkeit gewesen waren. Er hatte sich benommen wie ein bockiger kleiner Junge, der seinen Willen nicht bekommen hatte und verletzend wurde, weil er nicht wusste, wie er mit seiner Enttäuschung umgehen sollte. „Du riesengroßer, dämlicher Elch!", wetterte sie.
„Elch?", fragte er kleinlaut.
„Ja, Elch! Das ist die indianische Version von Hornochse! Und du bist wirklich ein Prachtexemplar davon! Soooo ein Geweih!", zeterte sie und machte dabei die typische, weit ausholende Geste eines Anglers beim Latein. „Wenn dir was nicht passt, mähst du mit deinem riesigen Geweih alles nieder, rennst dir wutschnaubend die dicke Nase an der nächsten Betonwand blutig und verziehst dich dann beleidigt ins Unterholz. Aber du hast nicht genug Arsch in der Hose, um einfach mal zuzuhören oder mich ausreden zu lassen. Du bist wie eine verdammte Wippe auf dem Kinderspielplatz! Es gibt immer nur ganz oben oder ganz unten für dich! Aber wir sind hier nicht im Kindergarten, also benimm dich zur Abwechslung doch mal wie ein erwachsener Mann und nicht wie ein Macho mit zehn Gramm Abtropfgewicht an Hirnmasse!"

Sannah hatte sich in Rage geredet und fluchte wie ein Bierkutscher. Es war unglaublich befreiend, und sie stellte amüsiert fest, dass Josh, nur noch ein Schatten seiner selbst, auf ihren verbalen Todesstoß wartete. Er hatte es immer noch nicht kapiert.
„Ich bin so unglaublich sauer auf dich! Fang endlich an zu denken, du bist doch gar nicht so blöd, wie du gerade tust!"
Josh sah sie völlig entgeistert an und verstand nur noch Bahnhof.
„Ich weiß nicht, was du meinst", stammelte er.
„Ich bin sauer, weil du nie zuhörst; ich bin sauer, weil du mich nicht zu Wort kommen lässt, sondern immer gleich wegrennst, wenn es mal unbequem wird. Aber du bist nicht schuld daran, dass ich hier bin. Das hab ich ganz ohne deine Hilfe verbockt! Ich hätte nicht in Flipflops da rausrennen dürfen; du hattest mich davor gewarnt", erklärte sie versöhnlich.

Josh sah sie fassungslos an und traute seinen Ohren kaum. Er schüttelte den Kopf und wollte gerade anfangen, dagegenzuhalten, als sie ihm mit drohendem Zeigefinger ins Wort fiel.
„Wage es ja nicht, mir zu widersprechen! Ich bin gerade so gut in Fahrt!“, warnte sie ihn.
Erleichtert begann er zu begreifen, was sie meinte. Sie blieb objektiv und hatte ihm seine Kopflosigkeit verziehen. Mitleid, Geduld, Weisheit, Tapferkeit, Bescheidenheit, Großzügigkeit und Respekt. Alle sieben Tugenden waren in ihr vereint. Er sah sie liebevoll an.
„Thechíhila, du dummes Huhn“, sagte er, als er sich an seinen Sermon über Flipflops erinnerte und küsste sie zärtlich.
„Ein dämlicher Elch und ein dummes Huhn, das kann ja heiter werden. Hoffentlich vererbt sich das nicht!“, hielt Sannah dagegen.
Er strahlte sie an. „Heißt das, du wirst wiederkommen?“, fragte er vorsichtig.
Sannah nickte. „Ich hatte nie etwas anderes vor, und wenn du mir zugehört hättest, wüsstest du das schon lange. Aber dank der Klapperschlange habe ich jetzt sogar einen Job“, stellte sie erheitert fest.
Josh sah sie überrascht an. „Hier im Krankenhaus?“, fragte er.
„Genau! Offenbar rekrutieren die hier ihr Personal direkt am Krankenbett, damit man nicht wegläuft“, erläuterte sie die neuesten Entwicklungen. „Aber ich muss in Hamburg erst mal einen riesigen Berg von Formularen abarbeiten, damit das klappt. Du wirst dich also gedulden müssen, und komm ja nicht auf die Idee, wieder eifersüchtig zu werden oder über den Atlantik zu schwimmen vor Wut. Das hilft auch nicht!“, ermahnte sie ihn schmunzelnd.
Josh grinste und nahm sie in die Arme. „Versprochen, wenn du nur zurückkommst“, schwor er glücklich.
„Wie bin ich eigentlich hierher gekommen?“, wechselte sie das Thema. In ihrem Gedächtnis klaffte immer noch ein Loch.
„Mike hat dich an der Straße gefunden und ist mit dir hierher gerast. Ich hatte schon die ganze Ranch nach dir abgesucht, bevor Sam mich erreicht hat. Ich hatte nicht angenommen, dass du zur

Straße gelaufen sein könntest. Zum Glück wollte Mike ganz früh nach Rapid. Du hast uns allen eine Todesangst eingejagt", erzählte Josh mit Schaudern.
Sannah schwieg betroffen, so dramatisch hatte sie sich das alles gar nicht vorgestellt. Er hatte nach ihr gesucht, sich Sorgen und Vorwürfe gemacht, und nun war er hier. Reumütig. Eine unglaubliche Erleichterung machte sich in ihr breit. Sie hatte ihn nicht verloren.
„Jetzt ist ja alles wieder gut", sagte sie nur und konnte wieder strahlen.
Die Schwester kam, brachte Medikamente und Abendessen und erinnerte an das Ende der Besuchszeit. Sannah küsste ihn und sah ihn ernst an. „Ich komme wieder, aber dafür musst du mir vertrauen."
Josh nickte ernsthaft, dann strich er ihr zärtlich über das Haar und sagte das Einzige, was wirklich von Bedeutung war. „Ich liebe dich", flüsterte er und ging.
Sie lächelte ihm hinterher.
‚Irgendwann wirst du wissen, was zu tun ist', hatte Hailey gesagt. Dieser Moment war jetzt. Genau jetzt.

Josh schwebte förmlich aus der Klinik, ein tonnenschwerer Stein war ihm vom Herzen gerollt. Er fuhr nach Hause, um sich wieder mit Feuereifer und neuem Mut an die Arbeit zu machen. Auf der Ranch angekommen, schickte er eine Kurzmitteilung an Jonas und rief bei Sam und Hailey an, um ihnen zu sagen, dass wieder alles in Ordnung war und es Sannah viel besser ging. Er wärmte sich die Reste des Chilis auf und setzte sich auf die Veranda. Seine innere Ruhe war wieder zurückgekehrt – und nicht nur das: Die Gewissheit, dass sie sich entschieden hatte, bei ihm zu bleiben, ließ ihn schwindeln vor Glück. Im Geiste ging er seine „To-do-Liste" durch. Er wollte sie überraschen, alles so schön wie möglich herrichten, damit sie sich hier zu Hause fühlte. Irgendwie war es auch ein Akt der Wiedergutmachung für den Mist, den er verbockt hatte. Josh schob den leeren Teller beiseite und betastete das Holz der Hauswand. Zum Streichen war es noch zu früh, es musste erst gründlich trocknen. Er begann damit, die

Fensterrahmen sorgfältig abzukleben. Nach der Behandlung mit dem Hochdruckreiniger waren diese nun von außen wieder sauber, allerdings von innen nicht. Also putzte er die Fenster, stopfte die wenigen Vorhänge in die Waschmaschine, klopfte Teppiche aus und kehrte das Oberste zu unterst, um klar Schiff zu machen. Nachdem er zu guter Letzt auch die Pferde versorgt und sich anschließend geduscht hatte, holte er Sannahs Bettzeug aus ihrem Zimmer und legte es in sein Bett. Das gab ihm das Gefühl, nicht allein zu sein. Bald wäre sie wieder zu Hause, und der Schmetterling drohte nicht mehr davonzufliegen.

Am Morgen stellte Jonas verschlafen den Weckton seines Handys aus und blickte aufs Display. Eine Nachricht. Sie musste irgendwann in der Nacht angekommen sein. Er blickte lächelnd auf die zerzauste blonde Lockenpracht auf dem Kissen neben ihm. Irgendwann, nach einem langen schönen Abend, war es einfach passiert. Seitdem war Annegret die meiste Zeit bei ihm und fuhr nur noch in ihre Wohnung, um frische Klamotten zu holen. Ein kleines Symbol für ihre weiterhin bestehende Unabhängigkeit. Er amüsierte sich darüber und ließ ihr diese Marotte. Wenn Sannah wieder da war, würde sich der Spieß ohnehin umdrehen, und er würde dann zum Klamottentauschen in seine WG fahren und den Rest der Zeit in Annegrets Wohnung verbringen. Er nannte sie zärtlich „Anne“. Das klang nicht so förmlich wie „Annegret“. Leise schlüpfte er aus dem Bett, um sie nicht zu wecken, und lief in die Küche, um Kaffee zu kochen. Fröhlich pfeifend legte er ein paar Aufbackbrötchen in den Ofen und kramte Butter und Marmelade aus dem Kühlschrank. Oben klappte die Badezimmertür zu; er seufzte, schon wieder war sie beim allmorgendlichen Kampf um die Dusche schneller gewesen.
Jonas öffnete die Nachricht auf seinem Handy und lächelte zufrieden. Sannah ging es besser. Er antwortete kurz und informierte Josh, dass sie nicht freinehmen konnten und dementsprechend nicht kommen würden. Er goss sich einen Kaffee ein und verzog sich damit in den Garten. Bis Anne aus dem Bad kam, konnte es noch dauern. Wenig später nahm er die Brötchen aus dem Ofen und legte sie zum Abkühlen auf einen Teller. Dann enterte er un-

ter Annes Gezeter das Bad und begann sich die Zähne zu putzen.
„Kannst du nicht warten, bis ich fertig bin?“, tönte es aus der Dusche.
„Nein. Stell dich nicht so an, da ist nichts, was ich nicht schon gesehen hätte“, nuschelte er mit Schaum vor dem Mund. „Außerdem bin ich Arzt.“
„Und ich verklage dich wegen Verletzung der Privatsphäre“, grummelte sie.
„Vergangene Nacht hast du dich nicht darüber beschwert, im Gegenteil, du konntest gar nicht genug davon bekommen“, stellte er anzüglich fest. Dagegen hatte Anne allerdings kein Argument mehr auf Lager. Sie stieg aus der Dusche und hüllte sich in ein Handtuch. Jonas grinste und schlüpfte aus seinem Slip.
„Wurde auch Zeit“, bemerkte er und drückte ihr einen Kuss auf die Schulter bevor er unter der Dusche verschwand.
„Warum duschen wir nicht zusammen?“, fragte er. „Das würde Zeit sparen.“
„Das wage ich zu bezweifeln, dann brauchen wir doppelt so lange.“ Sie kicherte und griff nach ihrer Zahnbürste.
„Damit könntest du recht haben“, gab er schmunzelnd zu.
Später beim Frühstück sagte Anne: „Ich rufe nachher bei diesem White Cloud an, ich will wissen, wie es Sannah geht.“ Sie versuchte, möglichst beiläufig zu klingen, um ihre Neugier zu verbergen, doch Jonas durchkreuzte ihre Spionagepläne.
„Dieser White Cloud heißt Josh und hat sich vergangene Nacht bereits gemeldet. Sannah geht es gut. Er schreibt, sie kann schon wieder meckern“, berichtete Jonas grinsend. Josh war offenbar auch schon auf des Pudels Kern gestoßen.
Anne gelang es nicht ganz, ihre Enttäuschung zu verbergen. Zu gerne hätte sie persönlich mit Sannahs geheimnisvollem Indianer gesprochen. „Dann werde ich ihm mitteilen, dass wir nicht kommen“, erwiderte sie.
Jonas schwenkte kurz sein Handy. „Schon geschehen. Keine Ausrede für deine Neugier mehr übrig.“
Er lachte schadenfroh.
Sie streckte ihm schmollend die Zunge raus und köpfte ihr Frühstücksei. „Du gönnst mir aber auch gar nichts“, stellte sie fest.

„Wie war das mit der Privatsphäre?", fragte er. „Ich glaube, Sannah hat auch ein Recht darauf. Hab doch einfach Geduld, wenn es wirklich was Ernstes ist, wirst du ihn schon noch kennen lernen. Vorausgesetzt, du ringst dich dazu durch, deinen süßen Hintern in die Valla Pampa zu bewegen."
Er erntete einen entsetzten Blick von Anne und biss zufrieden in sein Brötchen.

In den nächsten Tagen nahmen Joshs Renovierungsmaßnahmen immer mehr Gestalt an. Wie besessen arbeitete er nach der üblichen Arbeit auf der Ranch an dem Haus und im Garten. Dank der regelmäßigen Wasserzufuhr hatte sich der Rasen grün gefärbt und sah nun deutlich einladender aus. Die alten Liegestühle hatte er abgeschliffen, geölt und mit neuen Sitzauflagen bestückt. Ebenso die Holzbänke. Im Schuppen hatte er noch ein Paar Blumentöpfe und Pflanzkübel seiner Mutter entdeckt, die nun, frisch bepflanzt, rundum die Veranda dekorierten. Da er noch genug Farbe übrig hatte, machte er sich daran, auch das Stallgebäude und den Zaun um den Reitplatz zu streichen. In einer Truhe hatte er einen Ballen Stoff entdeckt, und Hailey erklärte sich begeistert bereit, einen neuen Bezug für das alte schäbige Sofa zu nähen, inklusiv ein paar neuer Kissen und Vorhänge fürs Wohnzimmer.

Nachmittags fuhr er zu Sannah in die Klinik und brachte ihr frische Wäsche und etwas zum Lesen. Die Kinder hatten von ihrem Unfall gehört und Bilder gemalt, die Josh ihr ebenfalls mitbrachte. Ganz gerührt betrachtete Sannah die Bilder und strahlte. Es ging ihr zunehmend besser, und seit die Schnitte an ihrem Fuß vernäht worden waren, durfte sie mit Krücken wieder durch die Gegend humpeln. Auch Sam und Hailey besuchten sie, und so wurde ihr die Zeit nicht lang.
Wenn Josh nach Hause kam, arbeitete er weiter, hörte erst auf, wenn es dunkel wurde, und fiel dann todmüde ins Bett. Aber die ganze Plackerei hatte sich gelohnt. Zu guter Letzt hatte er den einzelnen Flipflop wie eine Warnung an den Pfosten der Veranda genagelt, damit sie nie wieder mit diesen Dingern vor die Tür ging. Er war mit allem, was er sich vorgenommen hatte, fertig-

geworden und freute sich wie ein Kind zu Weihnachten auf das Gesicht, das Sannah machen würde, wenn sie nach Haus kam.

Am Tag ihrer Entlassung saß Sannah auf ihrem Bett, während Dr. Michaels den leichten Verband abwickelte und zufrieden die Nähte betrachtete. Die Schwellung war vollständig abgeklungen, die Naht heilte gut und die Laborwerte waren ebenfalls alle im grünen Bereich. Sannah warf einen kritischen Blick auf die Wunden an ihrem Fuß und war verblüfft. Lediglich zwei feine, glatte Narben waren von den klaffenden Wunden übriggeblieben. In ein oder zwei Jahren würden sie kaum noch zu sehen sein.
„Wow! Das ist eine erstklassige Intracutannaht. Sie gehören in die plastische Chirurgie", lobte sie Michaels.
Der lächelte geschmeichelt. „Sie werden lachen, da komme ich ursprünglich auch her. Aber die Arbeit in L.A. hat mich nicht befriedigt. Ich habe erkannt, dass es wichtigere Dinge als Nasenkorrekturen gibt, und so bin ich hier gelandet. Es ist nicht immer einfach, man kämpft gegen Windmühlen. Mangelndes Material, zu wenige Geräte für die Diagnostik und viele andere Widrigkeiten machen uns hier die Arbeit nicht leicht. Manchmal fühlt man sich wie eine Mischung aus Don Quichotte und MacGyver. Hier ist Improvisationstalent gefragt, Sachverstand und Hingabe und das alles für wenig Geld, aber an Tagen wie diesem fahre ich glücklich und zufrieden nach Haus und weiß wieder einmal, dass es sich lohnt. Haben Sie über mein Angebot nachgedacht?", fragte er vorsichtig und mit wenig Hoffnung.
Sannah lächelte. „Ja, habe ich. Ich denke, ich werde ihr Angebot annehmen, allerdings wird es noch einige Zeit in Anspruch nehmen, um meinen bisherigen Job zu kündigen. Außerdem muss ich eine Zulassung für die USA beantragen. Wenn Sie so lange warten können?"
Hocherfreut schüttelte Michaels ihre Hand. „Das ist großartig! Mit der Zulassung kann ich Ihnen behilflich sein, und wenn Sie noch Fragen haben, können Sie mich hier fast immer erreichen. Wenn es Ihnen wieder besser geht, führe ich Sie auch gern herum und wir können die Einzelheiten besprechen", beendete er seinen begeisterten Redeschwall.

Sie tauschten noch Telefonnummern aus und besprachen die weitere Wundversorgung; dann verließ er ihr Zimmer.

Wenig später erschien Josh, um sie abzuholen. Er hatte große Mühe, sich ein diebisches Grinsen zu verkneifen, zu groß war die Vorfreude auf ihre Reaktion. Er half ihr, die Sachen zu packen, und Sannah durchwühlte die Plastiktüte, in der sich ihre Kleidung vom Unfalltag befand.
„Ich kann meinen zweiten Schuh nicht finden“, murrte sie. Bisher hatte der eine gereicht, da sie an Krücken lief und den verletzten Fuß nicht belastet hatte.
„Der ist zu Hause. Hab ihn an der Straße gefunden“, bemerkte Josh mit einem Schmunzeln und griff in seine Hosentasche, um eine kleine Schachtel rauszuholen. Er setzte sich zu ihr aufs Bett, öffnete vor ihren erstaunten Augen die Schachtel und präsentierte ihr mit einem breiten Grinsen den Inhalt. Auf ein winziges Samtkissen gebettet, lag dort eine feine silberne Halskette mit einem Anhänger. Zwei kleine, filigran gearbeitete Flipflops baumelten an einer silbernen Öse. Josh nahm die Kette und legte sie Sannah um den Hals.
„Das sind die einzigen Flipflops, die du zukünftig tragen darfst und auf der Rückseite steht auch, warum.“
Sprachlos drehte Sannah die kleinen Schuhe um und las die Gravur auf den Sohlen. *Tecíchila Josh.* Freudentränen stiegen ihr in die Augen, und sie ließ sich in seine Arme sinken und küsste ihn innig.
„Das ist wunderschön“, flüsterte sie mit einem dicken Kloß im Hals und kuschelte sich an seine Schulter. „Danke. Aber den einen lässt du mir noch, um zum Auto zu kommen?“, fragte sie und deutete auf ihren einsamen Schuh.
„Aber nur bis zum Auto!“, mahnte er schmunzelnd. Mit einem Rollstuhl brachte er sie bis zum Ausgang, dann hob er sie hoch, trug sie zu seinem Wagen und setzte sie hinein. Flipflop unnötig.
Auf der Fahrt nach Hause plauderten die beiden in ausgelassener Stimmung über die vergangenen Tage. Sannah war begierig darauf, Wakínyan wiederzusehen, und freute sich auf eine entspannende Tasse Tee auf der Veranda.

Als sie auf der Zufahrt zur Ranch die kleine Anhöhe erreichten, von der aus man den ersten Blick auf die Gebäude hatte, stockte ihr der Atem. Der Anblick, der sich ihr bot, glich einem Idyll von Thomas Kinkade. Romantisch verträumt lag die Ranch in der Nachmittagssonne, Haus und Stall leuchteten in einem warmen Dunkelrot, die Balustrade der Veranda, die Fensterrahmen, die Tür und der Zaun vom Reitplatz hoben sich strahlend weiß vom Hintergrund ab. Das Gestrüpp war aus dem verwilderten Garten verschwunden. Der kurze Rasen war sattgrün und umrahmt von unzähligen weißen und cremefarbenen Rosen. Lavendel blühte in zartem Violett. Im Garten standen die alten Liegestühle mit dunkelroten Auflagen, dazwischen ein kleiner Tisch. Kletterrosen rankten nun an einem Spalier an der Südwand und warteten darauf, in den nächsten Jahren das Haus zu erobern. Auf der Veranda standen blühende Kübelpflanzen. Dunkelrote Polster lagen auch auf den Holzbänken neben der Küchentür. Fassungslos schlug sie ihre Hände vor den Mund und starrte mit großen Augen auf das Haus, das nicht mehr wiederzuerkennen war.

Josh hielt vor dem Haus und stieg breit lächelnd aus, um eine völlig sprachlose Sannah aus dem Wagen zu tragen. Er trug sie in den Garten und setzte sie auf einen der Liegestühle.
„Oh mein Gott, ist das schön!“, rief sie hingerissen und wusste gar nicht, wo sie zuerst hinsehen sollte. „Wie viele Wochen war ich im Koma? Das kannst du doch unmöglich alles in so kurzer Zeit geschafft haben.“
Er lächelte geheimnisvoll und verschwand in der Küche, um einen Tee zu kochen. Als er wenig später mit zwei Tassen in den Garten zurückkehrte, saß Sannah auf dem Gras neben einem Blumenbeet und genoss den Duft von Rosen und Lavendel. Er wollte schon anfangen, mit ihr zu schimpfen, weil sie sich schonen sollte, doch die Schelte verrauchte augenblicklich bei ihrem Anblick. Wieder ging die Sonne in ihrem Gesicht auf, und ihre Augen strahlten vor Freude. Er schmolz dahin und war unsagbar glücklich, sie so zu sehen. Seine Überraschung war ihm gelungen. Er setzte sich zu ihr und genoss nun zum ersten Mal selbst den schönen Garten.

„Wie um alles in der Welt hast du dieses kleine Paradies aus dem Boden gestampft?“, fragte sie, immer noch ungläubig, und schlürfte dankbar ihren Tee.
„Lange Geschichte“, meinte er. „Wir brauchten deine Personalien für die Anmeldung. Ich musste zu meiner Schande feststellen, dass ich nichts von dir wusste. Nicht mal deinen Nachnamen. Also fuhr Sam dienstlich hierher und hat deine Sachen durchstöbert, auf der Suche nach deinen Papieren. Später habe ich deine Brieftasche wieder mit nach Hause genommen und deine Adresse gegoogelt. Schon praktisch, dieses Spielzeug.“ Er grinste, klopfte wohlwollend auf sein Handy und fuhr dann fort. „Bei Google Earth konnte ich fast schon die Blüten in deinem Garten erkennen und habe dann beschlossen, hier Ordnung zu schaffen. Dieses Haus wird nie so schön sein wie deines in Hamburg, aber ich möchte, das du dich hier zu Hause fühlst. Also habe ich mich an die Arbeit gemacht, es hat mir geholfen, nicht so viel zu grübeln.“
Sannah sah ihn völlig entgeistert an. Er hatte das alles für sie gemacht, musste Tag und Nacht wie verrückt geschuftet haben, nur damit sie sich hier wohlfühlte. Erst jetzt wurde ihr langsam die ganze Tragweite seines Handelns bewusst. Wie sehr musste er sie lieben! Wie sehr fürchtete er sich davor, dass sie wieder gehen könnte! Wie verzweifelt musste er gewesen sein, als er dachte, sie würde ihn verlassen. Ihre eigene Verzweiflung, die sie in dieser verhängnisvollen Nacht gespürt hatte, stieg in ihr hoch, und sie konnte die Tränen nicht mehr zurückhalten. Doch es waren Freudentränen, die ihr jetzt über das Gesicht liefen. Sie setzte sich rittlings auf seinen Schoß, schloss ihn in ihre Arme und weinte vor Glück. Es war so unfassbar, was er für sie getan hatte, dass sie sich kaum beruhigen konnte.
Josh legte seine Arme um sie, wiegte sie sanft hin und her und strahlte. Er hatte das Gefühl, sein Herz würde jeden Moment explodieren. Sie hatte es verstanden!
„Ich liebe dich so sehr“, flüsterte sie, nachdem sie langsam ihre Fassung zurückgewonnen hatte und wieder fähig war zu sprechen. „Ganz egal, wie und wo du wohnst. Es ist nicht wichtig für mich. Nur du bist mir wichtig. Was nützt mir denn mein schö-

nes Haus, wenn ich dort nur einsam und traurig bin? Hier bin ich glücklich, weil du da bist." Sie löste sich aus seiner Umarmung, wischte sich die Tränen vom Gesicht und sah ihn liebevoll an. „Das alles hier ist das Schönste, was jemals ein Mensch für mich gemacht hat."
Josh lächelte nur und küsste sie.

Sie verbrachten den restlichen Nachmittag im Garten, lagen im Gras, lachten und knutschten wie verliebte Teenager, bis Josh die Pferde holen wollte. Er trug Sannah ins Haus, vorbei an dem festgenagelten Schuh.
„Das ist jetzt nicht dein Ernst!", empörte sie sich lachend.
„Doch!", erwiderte Josh grinsend. „Einigen wir uns darauf, dass die Schuhe schuld sind, und der andere kommt da auch noch hin!"
Er setzte sie mit Schwung auf das frisch bezogene Sofa, das nun aussah wie neu. Hailey hatte sich selbst übertroffen. Mit vielen bunten Kissen bestückt, war es jetzt ein Schmuckstück im Wohnzimmer. Wieder sah sie sich überrascht um und schüttelte lächelnd den Kopf.
„Du bist verrückt", stellte sie fest und strahlte.
„Stimmt! Nach dir!" Er wandte sich in Richtung Tür.
„Bist du so lieb und bringst mir noch die Krücken?", fragte sie. „Dann kümmere ich mich ums Abendessen."
Josh sah sie tadelnd an. „Du sollst den Fuß schonen! Ums Essen kümmere ich mich. Heute gibt es die Spezialität des Hauses." Sannah runzelte die Stirn. Sie wollte nicht untätig herumsitzen.
„Lass mich raten: Tiefkühllasagne? Und was ist, wenn ich mal aufs Klo muss?", murrte sie.
„Dann trage ich dich dahin", konterte er streng.
„Du kannst mich doch nicht den ganzen Tag durch die Gegend tragen! Ich bin auch im Krankenhaus schon kleine Strecken gelaufen."
Josh seufzte. Er ahnte, dass diese Debatte noch ewig dauern würde, wenn er nicht nachgab. Sie war einfach zu stur. „Na gut, aber übertreib es nicht", ermahnte er sie und brachte ihr die Krücken. „Artig sein!"

„Schon gut! Das Unartige spare ich mir für heute Nacht auf. Versprochen!“ Sie schnurrte verführerisch und feixte, weil sie genau wusste, dass ihm das nun keine Ruhe mehr lassen würde.

Mit klopfendem Herzen und einem breiten Grinsen machte er sich auf den Weg zur Weide, um die Pferde zu holen. Sannah humpelte zum Kühlschrank, holte sich eine Cola, befreite die Tiefkühllasagne aus der Pappschachtel und schob sie in den Ofen. Sie griente still vor sich hin. Er würde meckern. Garantiert.

Einige Zeit später kam Josh zurück. Er bemerkte den Duft der Lasagne im Ofen und warf ihr einen missbilligenden Blick zu. Sannah hob die Augenbrauen und versuchte, ein unschuldiges Gesicht zu machen. Ihr Fuß lag demonstrativ auf ein paar Kissen. Seufzend fischte Josh ein Fotoalbum aus dem Regal und setzte sich zu ihr. Er nahm sie in den Arm, und Sannah kuschelte sich an ihn.

„Wir wissen beide viel zu wenig voneinander, das müssen wir ändern. Ich habe nicht allzu viele Fotos von meiner Familie. Hier drin sind alle, die ich finden konnte.“

Er öffnete das Album, und auf der ersten Seite erschien eine uralte, vergilbte Schwarzweißfotografie von einer schönen, jungen Frau und einem ebenso jungen, stattlichen Mann. Sie trug ein traditionelles Wildlederkleid mit Stickereien vom Halsausschnitt bis zu den Schultern, Leggins und ebenso reich bestickte Moccasins. Sie stand vor einem neutralen Hintergrund, hielt eine Art Fächer aus Federn in ihren Händen, und ihr Haar war in zwei unglaublich lange und dicke Zöpfe geflochten. Der Mann an ihrer Seite war nicht ganz so traditionell gekleidet. Auch er trug ein besticktes Hemd und Moccasins, aber dazu eine Hose aus Stoff. Als Sannah seine Gesichtszüge genauer betrachtete, konnte sie eine gewisse Ähnlichkeit mit Josh feststellen. Sie schmunzelte, denn diese markanten Züge vererbten sich offensichtlich hartnäckig.

„Das sind meine Großeltern bei ihrer Hochzeit 1939. Granny war sehr stolz auf dieses Foto und hat es immer herumgezeigt. Es ist das einzige von meinem Großvater. Ihr Kleid und sein Hemd hat sie entgegen der Tradition sorgfältig aufbewahrt. Es liegt immer noch in einer Truhe oben in dem leeren Zimmer.“

Sannah lächelte. „Die Granny, die von mir geträumt hat?", fragte sie.
Josh nickte. „Sie war eine außergewöhnliche Frau, jedenfalls nach unseren heutigen Maßstäben. Sie konnte wundervolle, spannende Geschichten erzählen. Sam und ich hingen förmlich an ihren Lippen, als wir noch Kinder waren." Josh lächelte versonnen. „Wenn Ty, hoffentlich bald, hier lebt, werde ich ihm all ihre Geschichten auch erzählen. Ich hoffe, ich bekomme noch alles richtig zusammen."
„Sonst muss Sam dir eben helfen", sagte sie und lächelte.
Er blätterte weiter und zeigte ihr noch mehr Fotos von Granny, nun aber bedeutend älter. Ein weiteres Paar tauchte auf den nächsten Seiten auf.
„Das sind meine Eltern, Joseph und Lilly."
Ja, das war eindeutig Joshs Vater, hünenhaft groß, breit und mit kantigen Zügen, stand er etwas versetzt hinter seiner zierlichen, schmalen Frau, die deutlich jünger war als er. Aber in einem unterschied er sich von seinem Sohn. Joseph wirkte herrisch und unnahbar, blickte streng in die Kamera. Die sanften, schönen Augen, die Sannah an Josh so sehr liebte, hatte er eindeutig von seiner Mutter. Lilly lächelte mit ebendiesen Augen, die genauso verträumt dreinblickten wie die ihres Sohnes.
„Meine Mom war zwanzig Jahre jünger als mein Dad. Vielleicht hat sie es deswegen nicht mehr ausgehalten. Als ich auf die Welt kam, war er schon über vierzig, schwierig und einsilbig. Sie war lebenslustig und fröhlich. Mir ist erst vor kurzem klar geworden, dass sie sehr unglücklich gewesen sein muss. Ich war fünf, als sie uns verließ. Eines Morgens war sie einfach weg. Vielleicht kann ich ihr verzeihen, dass sie sich hier nicht wohlfühlte, aber ich werde ihr nie verzeihen, dass sie mich im Stich gelassen hat. Dad hat bis zu seinem Tod vor drei Jahren so getan, als hätte es sie nie gegeben, und ich musste allein damit klarkommen. Nur Granny hat immer versucht, dieses Loch zu stopfen, so gut es ging."
Josh klang verbittert. Sannah schwieg betroffen, unfähig, die richtigen Worte zu finden. Was sollte man dazu auch sagen?
Sie streichelte zärtlich über sein Gesicht und drückte ihn an sich. Langsam fing sie an zu verstehen, warum er nach ihrem Ge-

spräch so überreagiert hatte. Er hatte nie gelernt, mit Verlust umzugehen. Josh biss die Zähne zusammen, und die Kaumuskeln zeichneten sich deutlich an seinen Wangen ab. Er blätterte weiter und wechselte das Thema. Ein properes Baby mit Pausbacken und dichten schwarzen Haaren, die wild in alle Richtungen vom Kopf abstanden, strahlte in die Kamera und zeigte dabei zwei kleine Zähne in dem sonst zahnlosen Grinsen. In Strampelanzug, Ringelsocken und mit einem Stoffpferd in der Hand lag es auf der Patchworkdecke, die jetzt auf dem Bett in Sannahs Zimmer lag.
„Dieser wonnige kleine Hosenscheißer bin ich." Josh grinste, nur jetzt mit mehr Zähnen und weniger Pausbacken.
Sie schmunzelte beim Anblick des Fotos. Mit diesen Haaren sah er aus wie Struwwelpeter.
„Wann hast du Geburtstag?"
„Am 28. Dezember", antwortete er.
„Bis auf die Bartstoppeln hast du dich gar nicht verändert", meinte sie scherzhaft.
Josh sah sie amüsiert mit funkelnden Augen an. „Unwiderstehlich, nicht wahr? Nur meine Pferde sind mittlerweile größer", konterte er und schubberte mit seinem unrasierten Kinn an ihrem Hals entlang.
Sannah quietschte und zog die Schultern hoch. „Na ja, deine Frisur ist inzwischen auch etwas vorteilhafter", frotzelte sie, damit er aufhörte, sie mit seinen Stoppeln zu kratzen.
„Hey, nicht so frech!", empörte er sich lachend und drückte sie in die Kissen. Ehe sie es sich versah, lag er auf ihr, und das amüsierte Funkeln in seinen Augen hatte sich in ein loderndes Feuer verwandelt. Er drückte ihre Knie auseinander und fixierte ihre Arme über ihrem Kopf. Mit der anderen Hand fuhr er unter ihre Bluse und umfasste verlangend ihre Brust.
Sannah keuchte leise und suchte mit ihren Lippen seinen Mund. „Was wird das?", wisperte sie atemlos, bevor sie ihn küsste. Er antwortete nicht gleich, sondern erwiderte leidenschaftlich ihren Kuss und knetete sanft ihren Busen. Sannah schloss die Augen und genoss die heißen Wogen, die durch ihren Leib brandeten.
„Ein Baby mit unvorteilhafter Frisur", hörte sie ihn sagen, und die Wogen ebbten abrupt zum Ententeich ab. Sie sah ihn verdat-

tert an. Limbisia, die sich gerade eben noch lasziv auf der Satin-Bettwäsche geräkelt hatte, setzte sich entgeistert auf. Fräulein Rottenmeier, nach dem hastigen Genuss einer Packung Aspirin nun wieder restlos ausgenüchtert, läutete energisch und vehement ihr Glöckchen und dem Bauch, eben noch voller Schmetterlinge, wurde etwas flau. Aber nur etwas, als er über die Entfaltungsmöglichkeiten nachdachte. Alle vollständig anwesend, was für ein Glück.

Josh grinste vergnügt und richtete sich auf.

„Du hast es aber eilig!", stellte sie reichlich verblüfft fest.

Er grinste immer noch und zwinkerte ihr zu. „Hab ich nicht. Wollte nur mal sehen, wie du reagierst." Er zog sie aus den Kissen und stand auf, um nach der Lasagne zu sehen.

Sannah war immer noch verwirrt. „Und? Ist meine Reaktion so ausgefallen, wie du es dir vorgestellt hast?", wollte sie wissen.

Josh lächelte und füllte die Lasagne auf Teller. „Du hast zumindest nicht gleich empört ‚Nein' geschrien. Das ist doch schon mal ein Anfang!"

Er brachte die Teller mit Besteck zum Sofa und stellte sie auf den kleinen Couchtisch.

„Ich habe noch nie über Kinder nachgedacht", gab Sannah zu und fing an, die Lasagne in mundgerechte Stücke zu zerteilen. „In erster Linie, weil ich noch nie eine Beziehung hatte, in der das Thema Kind überhaupt mal zur Sprache kam", sagte sie nachdenklich.

„Jetzt hast du eine", stellte er fest und wurde ernst. „Ich habe morgen einen Termin bei meinem Anwalt. Das Gericht hat einen Vaterschaftstest angeordnet. Wenn weiterhin alles gut läuft, habe ich bald ganz offiziell ein Kind, und ich muss wissen, ob das für dich auch in Ordnung ist." Er sah sie ein wenig unsicher an.

Sannah strahlte über diese Neuigkeiten, dann lächelte sie, als sie seine Befürchtung erkannte. „Ich liebe dich so, wie du bist, und du bist Tys Vater. Er gehört zu dir, ist ein Teil von dir. Natürlich ist das für mich in Ordnung! Ich freue mich darüber, er ist so ein lieber Junge."

Erleichtert und glücklich schloss Josh sie in seine Arme. „Ich danke dir, und für das nächste Baby üben wir lieber noch; vielleicht

kriegen wir die Frisur ja besser hin", spöttelte er und machte sich hungrig über das Essen her.
Sannah sah ihn nur erstaunt an und lächelte still in sich hinein.
„Bevor ich dich kannte, hat die irgendwie besser geschmeckt", stellte er ernüchtert fest.
Sannah lachte. „Selber schuld! Ich durfte ja nicht kochen."
„Morgen gibt es Pizza, und dein kleiner süßer Hintern bleibt auf diesem Sofa!", ordnete er resolut an. „Oder im Bett", erweiterte er die Auswahl an Örtlichkeiten und grinste anzüglich.
Sie seufzte und gab klein bei, schließlich meinte er es nur gut.
„Tut der Fuß noch weh?", fragte er.
Sie schüttelte den Kopf. „Wenn ich auftrete, schmerzt es noch, aber das ist nicht so schlimm. In ein paar Tagen ist es verheilt. Die Naht ist kaum zu sehen."
Josh lächelte und strich ihr zärtlich über die Wange. „Ja, Dr. Michaels ist gut. Er hat dafür gesorgt, dass ich nicht aussehe wie Frankensteins Monster", gab er zurück.

Das war die Vorlage, auf die sie schon so lange gewartet hatte. Sannah wollte ihn bislang nicht direkt danach fragen, woher die zahlreichen Narben in seinem Gesicht und auf dem Oberkörper stammten.
„Wie ist das passiert?"
Josh schob seinen leeren Teller weg und atmete tief durch. „An diesem Tag hatte ich meinen Vater beerdigt. Er hatte ein halbes Jahr vorher einen Schlaganfall, siechte vor sich hin und brauchte Pflege rund um die Uhr, nebenbei musste ich aber auch arbeiten, von irgendetwas mussten wir ja schließlich leben. Das belastete mich sehr. Ich machte mir Sorgen um ihn, bekam kaum Schlaf und kroch auf dem Zahnfleisch. Chloe machte keinen Finger krumm, sie wartete nur darauf, dass Dad sterben würde. Das wurde mir aber erst an diesem Tag klar. Kaum waren wir vom Friedhof zurück, verlangte sie von mir, die Ranch zu verkaufen. Sie wollte weg, mein Vater war tot und die Ranch gehörte nun mir. Sie dachte, ich würde mit dem Erlös ihren Traum vom Leben in der Großstadt verwirklichen. Nur deshalb war sie überhaupt so lange bei mir geblieben."

‚Was für ein Biest', dachte Sannah. Gleichzeitig konnte sie aber nicht verstehen, warum sich Josh das überhaupt hatte gefallen lassen. Liebe konnte doch unmöglich so blind machen. Doch dann musste sie sich eingestehen, dass sie selbst genauso blind durch ihr Eheleben gelaufen war.

„Ich bin fast geplatzt vor Wut und Enttäuschung und habe es abgelehnt, auch nur einen einzigen Nagel dieser Ranch zu verkaufen", fuhr Josh fort. „Schlimm genug, dass mein Vater Jahre vorher einen Teil des Landes verkaufen musste, weil das Gesparte nicht fürs Studium gereicht hatte. Chloe ist völlig ausgerastet, und ich wollte zu Sam, bevor ich mich vergessen und ein Unglück geschehen würde. Also raste ich wie ein Irrer mit dem uralten Truck meines Vaters nach Pine Ridge. Das Ding hatte weder Gurte noch Sicherheitsglas, und ich war eigentlich nicht in der Verfassung, um überhaupt zu fahren. Ich trauerte um meinen Vater; mir wurde klar, dass sie mich verlassen würde, und alles, was ich in den vorangegangenen Jahren getan hatte, erschien mir plötzlich völlig sinnlos. Es kam, wie es kommen musste. Ich verlor die Kontrolle über den Wagen, kam von der Straße ab und flog im hohen Bogen durch die Windschutzscheibe. Sam sagte mir später, ich sei relativ weich in einem dichten Gestrüpp gelandet, das wohl Schlimmeres verhindert hat. Aufgewacht bin ich im Krankenhaus, und mein Gesicht sah aus wie Hackfleisch."

Sannah hatte entsetzt zugehört und schlug fassungslos die Hände vor den Mund.

„Du hast das doch nicht etwa absichtlich gemacht?", fragte sie geschockt.

Josh schüttelte den Kopf. „Nein, aber an dem Tag wäre es mir auch egal gewesen, wenn alles vorbei gewesen wäre. Erst recht, wenn ich gewusst hätte, was noch kommen sollte."

„Noch schlimmer geht es doch gar nicht", stellte sie entgeistert fest.

„Doch. Wenn Chloe im Spiel ist, schon. Sie fuhr zu mir ins Krankenhaus; doch anstatt zu fragen, wie es mir geht, und sich vielleicht bereitzuerklären, wenigstens ausnahmsweise die Tiere mit dem Nötigsten zu versorgen, solange ich in der Klinik lag, hat sie nur kalt festgestellt, dass sowohl mein Anblick als auch die Aussicht, mit einem entstellten Monstrum auf einem Misthaufen zu leben, eine Zumutung sei. Sie hätte einfach nur gehen können, aber sie ließ sich die Gelegenheit, mich zu verletzen, nicht entgehen. Ich war wie gelähmt, unfähig noch irgendetwas zu empfinden. Zum Glück war Sam nie so naiv wie ich damals. Er fuhr raus zur Ranch, versorgte die Pferde und brachte meine Ersparnisse vor ihr in Sicherheit. Sam hatte noch nie viel von ihr gehalten und traute ihr nicht über den Weg. Am nächsten Tag hat sie ihn dann wegen Diebstahls angezeigt, und er wurde vom Dienst suspendiert."

„Miststück!", rutschte es Sannah raus.

Josh fing an zu lachen. „Du hast es erfasst! Sie würde gut zu deinem Dreckschwein von Exmann passen."

„Das lässt sich arrangieren", sagte sie mit einem gehässigen Grinsen im Gesicht.

„Daraufhin habe ich den Chef der Polizei rundgemacht und ihn gefragt, warum er so einen Vorwurf überhaupt ernstnehmen würde. Schließlich weiß jeder, dass Sam mein Kola, mein bester Freund, ist. Ich würde ihm mein Leben anvertrauen, also erst recht mein Geld. Er hat sich daraufhin bei Sam entschuldigt und die Anzeige im Papierkorb verschwinden lassen. Chloe hat ihre Sachen gepackt und ist verschwunden. Ohne Dr. Michaels würde ich immer noch wie Quasimodo herumlaufen, und das war zu dem Zeitpunkt auch das Einzige, das mich aufrecht erhalten hat. Er sagte damals, er bekäme das wieder hin, und er hat Wort gehalten. Trotz allem steckte ich danach in einem schwarzen Loch, bis du hier aufgetaucht bist." Er lächelte sie an und strich ihr über die Wange.

„Ich hatte ja keine Ahnung, dass es so schlimm war", sagte sie betroffen und kuschelte sich an ihn.

Er drückte sie an sich und vergrub sein Gesicht in ihrem Haar. „Es ist vorbei und es spielt keine Rolle mehr. Ich habe jetzt dich. Du und Tyler, ihr seid das Schönste, was mir in meinem Leben passiert ist, und alles andere ist Vergangenheit. Aber jetzt weißt du zumindest, warum ich zum Elch mutiert bin. Alle Frauen, die mir je etwas bedeuteten, habe ich verloren. Meine Mutter, Niya, Granny und die Einzige, bei der ich sagen kann „zum Glück",

Chloe. Ich habe nie gelernt, damit klarzukommen. Dich zu verlieren ist eine Horrorvorstellung für mich."
Sannah erwiderte darauf nichts, sondern begann ihn zu küssen. Ihre Hand wanderte unter sein Shirt und streichelte sanft über seine Muskeln. Sie öffnete den Gürtel seiner Jeans, setzte sich auf seinen Schoß und knöpfte vor seinen sie verzehrenden Augen aufreizend langsam ihre Bluse auf.
Ihm wurde heiß. „Wirst du jetzt unartig?", fragte er atemlos und konnte seine Erregung kaum noch beherrschen. Wortlos zog sie ihm sein Shirt über den Kopf und streifte ihre Bluse vom Körper, während ihre Küsse verlangender wurden.
„Bring mich ins Bett!", schnurrte sie verführerisch in sein Ohr, und er wusste nicht, was er lieber getan hätte.

Sanftes Mondlicht schien durchs Fenster auf das Bett. Eng umschlungen lagen sie sich in den Armen. Sannah schlief schon, während Josh noch versuchte, seinen Herzschlag zu beruhigen. Liebevoll betrachtete er sie. Ihr schmales, zartes Gesicht mit den schönen Augen, den vollen Lippen und der kleinen Nase mit den fein geschnittenen Nasenflügeln. Sie war wunderschön, und sie würde bei ihm bleiben. Immer wieder musste er sich diese Tatsache in Erinnerung rufen, weil er sein Glück noch nicht fassen konnte. Sie würde bleiben. Tiefer Friede breitete sich in ihm aus und ließ die dunklen Erinnerungen endgültig verblassen.

Taté Sápa

Die nächsten Tage verliefen harmonisch und friedlich. Für Sannahs Geschmack ein wenig zu friedlich, denn sie langweilte sich zu Tode. In puncto Rekonvaleszenz entwickelte Josh sich zum Despoten, trug sie durch die Gegend und verdammte sie zur Untätigkeit. Die Fertiggerichte hingen ihr mittlerweile zum Halse raus; zum Einkaufen durfte sie nicht mit, und sie hatte nichts, womit sie sich hätte beschäftigen können. Nicht einmal meckern durfte sie, denn er tat all das nur zu ihrem Besten und las ihr jeden Wunsch von den Augen ab. Doch mit dem Status der Prinzessin auf der Erbse konnte sie sich einfach nicht anfreunden.
„Wie geht es dir heute?“, fragte er beim Frühstück auf der Veranda.
„Schlecht“, maulte sie. „Mein Hintern tut weh! Ich habe schon Druckstellen vom ewigen Herumsitzen.“
Josh schmunzelte. „Ehrlich? Ist mir vorhin gar nicht aufgefallen.“
Sannah grinste schief und trank ihren Kaffee aus. „Doch! Druckstellen! Und deswegen werde ich jetzt die Fäden ziehen und dir damit offiziell die Erlaubnis entziehen, mich zu tragen. Ich weiß, du meinst es lieb, aber ich kann laufen und ich will laufen! Wenn es zu viel wird, kann ich ja eine Pause machen.“
Josh wollte protestieren, schluckte seinen Kommentar dann aber runter. Die kleine Klapperschlange war schon gereizt, und er verspürte wenig Lust, sich beißen zu lassen.
„Na gut“, gab er klein bei. „Aber Stallarbeit ist tabu!“
Sannah verdrehte genervt die Augen. „Dann werde ich wenigstens einkaufen, damit endlich mal wieder was Anständiges auf den Tisch kommt.“
„Willst du etwa meine Kochkünste kritisieren?“, echauffierte er sich.
„Würde ich nie wagen! Vor allem deine konsequente Vermeidung von Vitaminen ist geradezu meisterhaft!“, frotzelte sie. „Ich frage mich, wie du es geschafft hast, keinen Skorbut zu bekommen, bevor ich hier anfing, den Kochlöffel zu schwingen“, entgegnete sie boshaft und grinste frech.

Josh amüsierte sich köstlich. Wie hatte er die morgendlichen Wortgefechte vermisst!
„Ich gleiche das mit Konservierungsmitteln und künstlichen Aromen aus. Alles eine Frage der Anpassung", erwiderte er und schaufelte sich den Rest der Rühreier in den Mund.
„Dann wirst du dich jetzt eben an die Zufuhr von Vitaminen anpassen", stellte sie trocken fest.
„Wenn es dich glücklich macht, werde ich sogar Ballaststoffe essen", flötete er versöhnlich.
„Braver Junge!"
Er stand auf und knabberte an ihrem Hals. „Am liebsten würde ich dich fressen", raunte er in ihr Ohr.
Sie quietschte und fing an zu kichern. „Das liegt an der Mangelernährung!"
Josh lachte und brachte das Geschirr in die Küche.
Sannah ging in ihr altes Zimmer, das seit ihrer Rückkehr aus der Klinik verwaist war. Nur noch ihre Klamotten hingen im Schrank. Sie wühlte in ihrer Kulturtasche nach einer Pinzette und der Nagelschere.
„Hast du was zum Desinfizieren?", rief sie die Treppe runter.
Josh kam die Treppe hoch und reichte ihr den Verbandskasten. Sie setzte sich aufs Bett und wickelte den Verband ab, der allerdings nur noch dazu gedient hatte, Schmutz von den Nähten fernzuhalten.
„Willst du nicht lieber ins Krankenhaus dafür?", fragte er mit einer Spur Besorgnis und erntete einen tadelnden Blick von Sannah. „Das ist mein täglich Brot."
Routiniert desinfizierte sie ihren Fuß, die Pinzette und die Schere, zog leicht an dem Faden am Ende der Narbe und durchtrennte ihn vor dem Knoten. Dann zog sie ihn am anderen Ende der Narbe aus der Haut. Das wiederholte sie an der zweiten Narbe und zog sich anschließend eine saubere Socke über den Fuß. Josh hatte mit etwas angespannter Miene zugesehen.
„Das war es schon", meinte sie zufrieden und wackelte mit dem Fuß hin und her. „Jetzt zwickt es auch nicht mehr."
Sie kramte ihre Turnschuhe aus dem Schrank und schlüpfte probehalber hinein.

„Aber bitte nur bei Pinky's einkaufen", mahnte er.
„Ja, Herr Doktor!", kam es murrend zurück. Sannah beschloss, nie wieder krank zu werden. Josh war in seiner Fürsorge um sie absolut nervtötend. Ihr grauste schon davor, eines Tages vielleicht einmal schwanger zu sein. Im Geiste sah sie sich dann schon neun lange Monate in Watte verpackt auf dem Sofa sitzen, während er mit Argusaugen um sie herumschleichen würde, um zu sehen, wie der Bauch wuchs. Plötzlich musste sie schmunzeln. Zum ersten Mal hatte sie von sich aus über ein Kind nachgedacht und war überrascht, denn dieser Gedanke gefiel ihr, auch auf die Gefahr hin, dass sie auf dem Sofa festwachsen würde.

Auf dem Weg zum Tante-Emma-Laden hörte sie wieder Kili Radio. Sie hatte in ihrem Sprachführer nachgeschlagen, Kili bedeutete so viel wie Super. Der Sender war 1982 gegründet worden und die Stimme der Lakota. Von Porcupine aus sendete er zweisprachig etwa achtzehn Stunden am Tag Pop und traditionelle Musik, Geschichts- und Sprachunterricht, informierte über verschiedene Veranstaltungen und leistete Nachbarschaftshilfe. Um die Hörer auf das große Powwow einzustimmen, lief wieder traditionelle Musik. Je öfter sie das hörte, umso mehr Lust verspürte sie, sich das Ganze mal in natura anzusehen. Erst recht, nachdem Hailey ihr von den verschiedenen Tänzen und den bunten Stammestrachten erzählt hatte. Nicht Trachten, verbesserte sie sich. Regalia! Sie kannte diesen Begriff eigentlich nur im Zusammenhang mit den Umhängen bei den Abschlussfeiern altehrwürdiger Universitäten. Die Regalias der Powwow-Tänzer dürften um einiges interessanter aussehen. Sie nahm sich vor, Josh zu überreden, mit ihr dorthin zu gehen, und falls er partout nicht wollte, würde sie eben Sam und Hailey begleiten.

Der Rhythmus der Trommel hatte sie wieder in seinen Bann gezogen, als sie mit dröhnenden Boxen auf dem Parkplatz vor Pinky's hielt. Seit der Hochsommer Einzug gehalten hatte, verkaufte der kleine Laden auch Eis und war so erst recht der Treffpunkt für Einheimische und Touristen. In Junes Tipis waren mittlerweile wohl neue Wannabes eingezogen, denn Sannah kam keiner von den Washíchu bekannt vor. Dafür saß die Plaudertruppe in gewohnter Zusammensetzung auf der Bank. Sie grüßte fröhlich und humpelte in den Laden. Während sie ihre vitamin- und ballaststoffreiche Einkaufsliste abzuarbeiten versuchte – was schwierig war, denn von Vollkornbrot hatte hier noch nie jemand etwas gehört – traf sie auf Tyler – der mit dem üblichen, labberigen Toastbrot beladen – noch billigen Schmelzkäse aus dem Regal fischte.

„Hey, Tyler", grüßte sie ihn.

Er drehte sich zu ihr um und strahlte. „Schön, dass du wieder da bist", rief er erfreut. „Wir haben dich alle vermisst. Josh ganz besonders!", berichtete er mit vielsagendem Blick.

Sannah schmunzelte und dachte daran, dass der Moccasin Telegraph in der letzten Zeit wohl so einiges zu tun gehabt hatte.

„Ich habe euch auch vermisst. Vielen Dank für die Bilder."

Tyler betrachtete ihren Fuß. „Wir haben uns alle ziemliche Sorgen um dich gemacht. Josh hat uns einen Vortrag über falsche Schuhe gehalten. Wir dachten alle, er hört nie wieder auf." Ty verdrehte die Augen.

Sie musste lachen. „Deswegen hat er meine auch an die Veranda genagelt, und ich muss jetzt barfuß im Haus rumlaufen."

Tyler fing auch an zu lachen. „Ich weiß, hab es gesehen! Darf ich nachher mal vorbeikommen?", fragte er.

„Klar! Ich kann dich auch gleich mitnehmen, wenn ich hier fertig bin", bot sie ihm an.

„Super, aber ich muss vorher noch die Sachen nach Hause bringen", sagte er und deutete auf Brot und Käse.

„Kein Problem, ich warte auf dich."

Tyler strahlte und flitzte zur Kasse. Sannah ergänzte ihren Einkauf noch mit Tee und Keksen und durchforstete das spärliche Gemüseangebot.

Egal, sagte sie sich. Alles war besser als Tiefkühllasagne. Als sie das Nötigste beisammen hatte, nahm sie noch drei Tüten Eiscreme aus dem Tiefkühler an der Kasse. Die Kassiererin lächelte ihr wieder freundlich zu, begann aber kein Gespräch. Als sie mit ihren Einkäufen wieder herauskam, wartete Ty schon mit einer Tüte auf der Bank und unterhielt sich mit der Plaudertruppe.

„Ich helfe dir", rief er und sprang auf, um ihr die Einkäufe zum Auto zu tragen.
Sie drückte ihm ein Eis in die Hand. „Wir müssen uns beeilen, bevor das Eis für Josh schmilzt", sagte sie und stieg ein. Zum Glück war es mit dem Auto nicht so weit zur Ranch. Wie eine rollende Buschtrommel fuhr der Wagen zurück. Tyler amüsierte sich köstlich, ließ sich den Fahrtwind um die Nase wehen und genoss sein Eis. So gefielen ihm die Ferien.

Sannah parkte vor dem Haus und drehte die höllisch laute Musik ab. Josh stand an der Tränke und ging auf sie zu.
„Ich glaube, jetzt gibt es einen pädagogisch wertvollen Vortrag über Ohrenschäden", meinte Ty trocken, als er Joshs strengen Gesichtsausdruck sah.
Sannah konnte sich ein Kichern über diese kleine Respektlosigkeit des Jungen nicht verkneifen. „Tyler!", mahnte sie ihn halbherzig.
„Wetten?", fragte er herausfordernd.
Josh hatte seinen Sohn auf dem Beifahrersitz entdeckt und lächelte. „Ich konnte euch schon hören, als ihr bei Pinky's losgefahren seid", übertrieb er dann ein wenig vorwurfsvoll.
Ty warf Sannah einen verschmitzten Blick zu und fing an zu lachen, dann trug er die Tüten ins Haus.
Sie fischte vorher noch das Eis heraus und gab es Josh. „Iss, bevor es wegläuft."
Sie küsste ihn und folgte Ty in die Küche. Er kam gar nicht erst dazu, sich noch weiter über die Musik auszulassen.
„Danke", sagte er und fühlte sich leicht überrumpelt. Er setzte sich auf die Veranda und aß sein Eis. Die anderen beiden gesellten sich dazu.
„Was sagst du zu dem neuen Garten?", fragte Sannah.
„Der ist klasse geworden", bestätigte Ty. „Josh hat zwar erzählt, er hätte bloß ein bisschen Unkraut entfernt, aber ganz Pine Ridge redet darüber, dass er das nur für dich gemacht hat. Ich dachte schon daran, Touristengruppen hier durchzuführen", sagte er augenzwinkernd und grinste frech, diesmal in Joshs Richtung. Sannah kringelte sich vor Lachen.

„Denk nicht mal dran!“, warnte Josh empört.
Ty setzte einen unschuldigen Hundeblick auf. „Ich denke lediglich über alternative Erwerbsmöglichkeiten nach“, verteidigte er sich. „Du bekommst den Eintritt und ich das Trinkgeld“, bot der Junge großzügig an.
„Ich biete dir eine andere Erwerbsmöglichkeit. Antreten jeden Morgen um acht zum Ausmisten! Du bekommst fünf Dollar, Mittag- und Abendessen. Nach dem Ausmisten kannst du reiten, und ich habe ein bisschen Hilfe, solange Sannah ausfällt“, konterte Josh.
Tyler machte große Augen, das Angebot war mehr als verlockend. „Um acht?“, fragte er trotzdem skeptisch.
Josh schmunzelte. Den Langschläfer hatte er seinem Sohn offenbar auch vererbt. Er setzte den gleichen Dackelblick auf und meinte: „Ich dachte nur über alternative Beschäftigungsmöglichkeiten nach, aber wenn dir sechs Uhr lieber ist ...“
„Nein, nein! Acht ist in Ordnung“, stimmte Ty eilig zu. „Pilámaya yeló“, bedankte er sich höflich für das großzügige Angebot und strahlte. Ferienjobs waren hier noch spärlicher gesät als richtige.
Josh lehnte sich zufrieden zurück. Er hatte erreicht, was er wollte. Tyler wäre beschäftigt, käme nicht auf dumme Ideen und bekam zwei Mahlzeiten am Tag. Außerdem gab ihnen das die Möglichkeit, sich ein bisschen besser kennenzulernen.
Sannah lächelte, als sie Josh durchschaut hatte. Ohne Schulessen hätte sich Tyler vermutlich den ganzen Sommer lang nur von Toastbrot und Cornflakes ernährt, und fünf Dollar pro Tag war mehr Geld, als der Junge sonst im ganzen Monat für sich hatte und das, ohne ihm das Gefühl zu geben, er hätte darum bitten müssen.
Sannah bemerkte die Tüte neben Ty. „Was hast du da mitgebracht?“, fragte sie ihn.
„Meine Regalia. Ich würde gerne beim großen Powwow mittanzen, ich war da noch nie, aber sie passt mir nicht mehr. Du hast mein Shirt so gut genäht, da dachte ich, du kannst sie vielleicht ändern?“, fragte er ein wenig schüchtern.
Josh sah ihn erfreut an. „Was tanzt du?“, wollte er wissen.
„Men‘s traditional“, antwortete Ty, wischte sich gründlich die

Hände sauber und nahm die Sachen aus der Tüte. „Mom hat das genäht, aber ich bin ziemlich gewachsen im vergangenen Jahr."
Sannah betrachtete die Leggins und das Hemd. Die Säume waren recht schmal, da konnte man kaum etwas auslassen.
„Ich fürchte, da kann ich nicht viel machen, bestenfalls ein Inch weiter, und länger wird es auch nicht. Da müsste ich unten was dran nähen."
Tyler war sichtlich enttäuscht.
Josh betrachtete ihn einen Moment und klopfte ihm tröstend auf die Schulter. „Ich hab eine Idee, bin gleich wieder da", sagte er und ging ins Haus.
„Tut mir wirklich leid, Ty", sagte Sannah.
„Schon gut", meinte der Junge geknickt. „War klar, dass ich irgendwann rauswachsen würde. Ich hatte nur gehofft, es würde für dieses Mal noch reichen. Das Oglala Nation Powwow in Pine Ridge ist das größte hier in der Gegend. Da wollte ich schon immer hin. Als wir noch in Cheyenne River wohnten, sind wir nie hierher gefahren."
Sannah ahnte, warum, sagte aber nichts. Josh kam mit einem großen Karton zurück und stellte ihn auf den Tisch. Er öffnete ihn und beförderte Berge von Federn ans Tageslicht, dann folgten ein kunstvoll geschnitzter, mit Federn geschmückter Stab, ein bestickter und bemalter Schild mit Armschlaufen, Moccasins und ein Federfächer, ebenfalls mit Perlenstickerei geschmückt. Alles war sorgfältig in Papier eingeschlagen. Diverse, verschieden große Lederstücke, ein stilisierter Lendenschurz, verschwenderisch mit Perlen bestickt und mit langen Fransen versehen. Einen Brustpanzer aus Knochenröhren, dazu passend ein Halsband und sogar Ohrringe. Das Durchbohren der Ohrläppchen war ein uraltes Ritual, und so trugen auch etliche Männer zu festlichen Anlässen wie einem Powwow Ohrringe auf beiden Seiten. Verzierte Manschetten für die Handgelenke und Gurte mit kleinen Glocken für die Fußgelenke. Zu guter Letzt ein Hemd und eine Hose aus weichem, hellem Wildleder. Die aufgestickten, geometrischen Ornamente waren atemberaubend. Alle Perlenstickereien waren in Schwarz, Weiß und Rot gehalten, was die Regalia besonders edel wirken ließ. Die Säume waren mit Pferdehaar ver-

ziert. Früher nahm man dafür auch gerne Menschenhaar, wusste sie aus Büchern. Sannah brauchte keine Fachkenntnisse, um zu erkennen, dass diese handgefertigten Kostbarkeiten schlichtweg unbezahlbar waren. Tyler starrte sprachlos auf die traditionelle Buckskin-Regalia.

„Die habe ich getragen, als ich fünfzehn war, ist dir vielleicht ein kleines bisschen zu groß. Probiere mal Hemd und Hose", meinte Josh und deutete auf die Küchentür.

Andächtig nahm Ty die beiden Kleidungsstücke an sich und verschwand in der Küche. Josh setzte sich lächelnd wieder an den Tisch.

„Tanzt du immer noch?", fragte Sannah.

Josh schüttelte den Kopf. „Nein, als ich den Stimmbruch hinter mir hatte, habe ich angefangen zu singen und ein paar Jahre später war ich dann ein Okchá wichásha. Das hat mir mehr Spaß gemacht. Das ist die letzte Regalia, die Granny für mich gemacht hat. So etwas kannst du nicht einfach im Laden kaufen."

„Das glaube ich gern, sie sieht phantastisch aus", sagte Sannah bewundernd.

Tyler kam wieder auf die Veranda. Hosenbeine und Ärmel waren ein bisschen zu lang, aber Sannah wusste Abhilfe. Mit Teppichklebeband klebte sie den Saum vorsichtig nach innen um, ohne das feine Wildleder mit einer Naht zu durchlöchern.

Tyler strahlte. „Die darf ich mir wirklich ausleihen?", fragte er ungläubig, weil er sein Glück kaum fassen konnte.

„Wenn du mir versprichst, damit vorsichtig umzugehen", sagte Josh. „Das hat meine Granny alles mit der Hand genäht und bestickt."

Tyler konnte nicht ahnen, dass Josh gleichzeitig von seiner Urgroßmutter sprach, und noch durfte er es Ty auch nicht sagen. Aber er betrachtete stolz seinen Sohn und freute sich, dass dieses Erbstück nun von der nächsten Generation getragen wurde.

Ty nickte eifrig. „Versprochen! Keine Cola, keine Hot Dogs und immer saubere Hände!", beteuerte er begeistert.

„Gut. Dann lass uns sehen, wie es komplett aussieht", meinte Josh und erhob sich, um Ty beim Anlegen der übrigen Kleidungsstücke zu helfen.

Der Eagle-bustle, ein runder Reif, an dem mit kunstvollen Flechtungen, dicht an dicht Adlerfedern befestigt waren, die ein strahlenförmiges, großes Rad bildeten, wurde auf Höhe der Taille auf dem Rücken getragen. Zum Schluss flocht Josh seinem Sohn das Haar in zwei Zöpfe und befestigte den Roach, den traditionellen Kopfschmuck aus rot gefärbten Haaren vom Weißwedelhirsch sowie Stachelschweinborsten. Nur hohe Würdenträger trugen die besser bekannten Federhauben. Es dauerte etwas, und Sannah verkniff sich den Kommentar, dass eine Frau für die Abendgarderobe nicht einmal die Hälfte der Zeit gebraucht hätte. Als die Jungs endlich fertig waren, bot Ty einen prachtvollen Anblick. Sannah lief ins Haus, um die Kamera zu holen. Sie schoss etliche Fotos und freute sich auf das bevorstehende Powwow, denn jetzt war klar, dass sie Josh nun nicht mehr dazu überreden musste.

Bis die Regalia von Josh sorgfältig verpackt wieder im Karton landete, war es fast Mittag geworden. Sannah beeilte sich, das Essen zu machen, während Tyler Josh half, den Stall auszumisten. Anschließend stellten sie die trächtigen Stuten in den Laufstall; es konnte nicht mehr lange dauern, bis die Fohlen kommen würden. Josh stapelte noch ein paar Strohballen in einer Ecke des Stalles auf, denn er wollte dort schlafen, wenn es so weit war. Besonders das Fohlen des hoch prämierten Hengstes war kostbar, und er wollte nicht riskieren, dass irgendetwas schiefging. Es würde später einmal seine ganze Zuchtlinie veredeln, und das bedeutete nicht zuletzt auch einen höheren Gewinn für zukünftige Fohlen. Allein schon der Decksprung des Hengstes hatte ein kleines Vermögen gekostet. Josh hatte ein ganzes Jahr dafür sparen müssen, um ihn zu bezahlen. In der Pferdezucht musste man vorausschauend planen und klug investieren. Es blieb trotzdem immer ein Risikogeschäft, und dieses Risiko galt es zu minimieren.
Sannah rief die zwei zum Essen, und so gingen sie ins Haus. Mit großem Appetit machten sie sich über das Essen her, und Josh dachte schon mit Grauen an die Zeit, in der Sannah nicht da sein und die Fertiggerichte wieder Einzug halten würden. ‚Vielleicht sollte er sich doch mal damit beschäftigen, richtig zu kochen',

dachte er bei sich. Erst recht, falls Ty dann schon auf der Ranch leben sollte. Dabei dachte er daran, noch zum Post Office zu fahren. Sein Anwalt hatte ihn darauf aufmerksam gemacht, dass der Umschlag mit dem Testkit für den Vaterschaftstest demnächst ankommen würde. Briefträger gab es hier draußen nicht, ebenso wenig eine Müllabfuhr. Man holte sich seine Post im Post Office ab, und der Müll wurde in einem großen Ölfass verbrannt. Für gewöhnlich tat Josh das einmal die Woche, aber wegen der turbulenten Ereignisse in der letzten Zeit hatte er es schon mindestens zweimal vergessen. Er sah auf seine Uhr.

„Ich fahre gleich noch mal nach Wounded Knee zur Post. Da muss schon ein ganzer Stapel für mich liegen", sagte er etwas abwesend.

„Nimmst du mich mit?", fragte Tyler. „Dann muss ich nicht laufen."

„Klar! Du läufst den ganzen Weg dahin?", fragte Josh empört, weil er wusste, dass Daryl ein Auto hatte.

Tyler nickte. „Nur einmal im Monat. So viel Post bekommen wir ja nicht, aber Tante Sue schreibt mir manchmal", erwiderte er und strahlte.

Josh lächelte und versuchte, immer noch etwas abwesend, sich an Niyas ältere Schwester zu erinnern. Ty begann den Tisch abzuräumen. Josh half ihm, und Sannah folgte den beiden in die Küche, um den Abwasch zu erledigen.

„Du setzt dich hin, das machen wir", sagte Josh und deutete aufs Sofa. „Danach fahren wir zur Post."

Sannah seufzte, aber fügte sich. Abwaschen war nun wirklich nichts, für das es sich zu streiten lohnte. Stattdessen kümmerte sie sich um ihre E-Mails, was sie etwa genauso lang vernachlässigt hatte wie Josh die Post.

Kaum hatte sie ihren Account geöffnet, hagelte es auch schon Dutzende Mails von Annegret. Sannah grinste, Josh hatte ihr von dem Telefonat mit Jonas erzählt, und sie ahnte schon, dass Anne sich sicher nicht nur nach ihrem Befinden erkundigen wollte. Sie war nur froh, dass Josh bei Jonas angerufen hatte, sonst wäre er von Anne einem Verhör unterzogen worden, das der Inquisition alle Ehre gemacht hätte.

Die Jungs waren mit dem Abwasch fertig, und Josh schielte über Sannahs Schulter.
„Deine Freundin Ännigrätt?"
Er sprach ihren Namen auf Englisch aus, und sie musste zwangsläufig grinsen. Es klang einfach zu komisch.
„Ja, sie platzt vor Neugier. Was hast du Jonas eigentlich erzählt?", fragte Sannah, um sicherzugehen, was ihre Freundin wusste. Josh zuckte mit den Schultern. „Nur, dass du im Krankenhaus gewesen bist", meinte er knapp. „Wieso?"
„Nur so, ich muss das erst mal alles lesen", vertröstete sie ihn.
Er küsste sie, nahm seinen Autoschlüssel und verschwand mit Tyler im Schlepptau.
Es war, wie sie erwartet hatte. Anne bombardierte sie mit Fragen über ihr Befinden und noch mehr Fragen über „deinen geheimnisvollen Indianer", wie die Freundin Josh nannte. Sannah musste schmunzeln. Das Geheimnisvolle gründete wohl eher auf Annegrets und Jonas' Spekulationen, denn außer zwei Fotos und einem Anruf hatten die beiden keine näheren oder gar persönlichen Informationen über ihn erhalten und konnten dementsprechend auch nicht wissen, dass er inzwischen sehr viel mehr war als nur ihr Gastgeber. Er war die Liebe ihres Lebens.

Aber Anne vermutete hinter jedem Mann in Sannahs Nähe einen potentiellen Verehrer, weil sie der Meinung war, dass Sannah zu jung war, um ein ewiges Single-Dasein zu fristen. Andererseits fürchtete Anne auch, dass sie wieder an den Falschen geraten könnte, und so versuchte sie stets, alles in Erfahrung zu bringen, um Schlimmeres zu verhindern. So lautete jedenfalls Annegrets Definition. Jonas nannte es Spionage. Das Foto vom See hatte sie offenbar ganz richtig interpretiert. Sannah wusste, dass Anne es nur gut meinte, aber mittlerweile war sogar sie erwachsen geworden, hatte aus den Fehlern der Vergangenheit gelernt und sich für ein Leben mit Josh entschieden. Allerdings war sie sich ziemlich sicher, dass Annegret ihre Entscheidung nicht gutheißen würde. Da sie keine Lust hatte, diese Debatte per E-Mail zu führen – in Hamburg würde noch genug Zeit dafür sein – beschloss sie, nur ausführlich über ihren verletzten Fuß zu referieren und Josh als fürsorglichen Gastgeber und Krankenpfleger zu beschreiben. Er würde sich wahrscheinlich wieder wutschnaubend auf den Heuboden verziehen, wenn er das wüsste, aber schließlich war es nicht gelogen. Sie ließ nur ein paar wichtige Einzelheiten weg, auch wenn sie eigentlich viel lieber von Josh geschwärmt hätte wie ein verliebter Teenager. Ein geringer Preis dafür, dass Anne vorerst nicht Amok lief.

Josh kam allein zurück und hielt einen Stapel Umschläge in der Hand.
„Wo hast du Ty gelassen?", fragte Sannah erstaunt.
Er setzte sich zu ihr aufs Sofa. „Bei ihm zu Hause. Er hat auch den Brief vom Gericht bekommen und wollte ihn gleich Daryl geben, solange der noch nüchtern ist", berichtete Josh mit einer Mischung aus Euphorie und Nervosität.
„Hat er mitbekommen, dass du den gleichen Brief hast?", fragte sie.
Josh schüttelte den Kopf. „Nein, ich habe ihn zwischen den anderen verschwinden lassen."
Er fischte den wichtigen Umschlag aus dem Stapel und öffnete ihn. Nachdem er das Schreiben überflogen hatte, reichte er es wie selbstverständlich an Sannah weiter und betrachtete das beigefügte Testkit. Es enthielt zwei beschriftete und unspektakuläre Röhrchen mit Wattetupfer.
„Weißt du, was ich damit machen muss?", fragte er etwas hilflos.
„Nur in den Mund stecken und an der Wangenschleimhaut reiben, damit du ein paar Epithelzellen auf dem Tupfer hast", antwortete sie, während sie las.
„Machst du das? Ich bin ein bisschen nervös", meinte er und versuchte zu lächeln.
Sannah nahm ihm die Tupfer aus der Hand und schmunzelte. „Ja so ist das, wenn man Vater wird. Im Kreißsaal fallen einige sogar um", bemerkte sie feixend und öffnete die Röhrchen. „Mund auf, Dad!", befahl sie und fuhr mit den Tupfern in seinem Mund herum.
Als sie fertig war, verschloss sie die Röhrchen sorgfältig und strahlte ihn an. „Herzlichen Glückwunsch! Es ist ein Junge,

den Kopf voller Haare, stubenrein, und sprechen kann er auch schon", zählte sie auf und lachte.
Josh sah sie liebevoll an, und seine Nervosität ließ langsam nach.
„Bin ich wirklich so schlimm?", fragte er.
Sannah lächelte und strich ihm über die Wange. „Nein, es ist völlig normal, dass du aufgeregt bist. Wenn das alles gut läuft und Ty erst einmal hier wohnt, wirst du ein wundervoller Vater sein. Das bist du jetzt schon."
Josh nahm sie in die Arme und drückte sie an sich. „Ich hätte gern die Windeln gewechselt", bekannte er ein bisschen wehmütig.
Sannah grinste verschlagen. „Nur weil Nummer eins schon stubenrein ist, heißt das nicht, dass du diese Gelegenheit verpasst hast. Falls irgendwann mal Nummer zwei die Hosen voll hat, erinnere ich dich gern daran."
Josh sah sie überrascht an, und sein Herz quoll über vor Liebe zu ihr. „Das wäre schön", stellte er fest und strahlte.
„Mal sehen, ob du das auch noch sagst, wenn es stinkt", entgegnete sie kichernd.

In den nächsten Tagen blühte Josh in dem etwas zusammengewürfelten Familienleben immer mehr auf. Sannah hatte sich das Recht erstritten, wieder reiten zu dürfen, und war kaum noch aus dem Sattel zu bekommen – und auch Ty genoss seine Ferien in vollen Zügen.
Auch er hatte Sannahs Hilfe für den Test in Anspruch genommen.
„Meinst du, ich lerne meinen richtigen Vater dann auch kennen?", fragte er unsicher, als sie die Röhrchen verschloss und in den Umschlag steckte.
„Was weißt du von ihm?", fragte sie ausweichend, denn auch, wenn sie sich sicher war, wollte sie noch keine Hoffnungen in dem Jungen wecken. Erst musste das Vormundschaftsgericht entscheiden.
„Mom hat nicht viel von ihm erzählt, nur dass sie beide noch sehr jung waren, als ich geboren wurde", sagte er.
„Was sagt Daryl dazu?", forschte Sannah vorsichtig weiter.
„Dem ist das nur recht, wenn mein leiblicher Vater Unterhalt zahlen muss. Aber ich würde gern wissen, wer er ist", meinte Tyler

mit einem Funken Hoffnung in der Stimme. Jedenfalls schien es ihr so.
„Dafür ist dieser Test ja da. Wenn du willst, bringe ich das nachher zur Post", schlug sie vor.

Der Sommer war schön. Wenn die Arbeit erledigt war, machten sie gemeinsam Ausritte, fuhren zum Schwimmen in die Black Hills oder faulenzten im jetzt voll erblühten Garten. Tyler bastelte begeistert am Rasenmäher herum, der immer mal wieder seinen Dienst versagte, trainierte zusammen mit den anderen Kindern ausdauernd in den Reitstunden, die Josh gab und übte für das Powwow. Josh wurde nicht müde, die Trommel zu schlagen, und gab ihm immer wieder Tipps. Gelegentlich floh Sannah dann lachend auf einen Kaffee zu Hailey. Mit der himmlischen Ruhe schien es vorerst vorbei zu sein. Doch so laut, kunterbunt und turbulent die Tage auch waren, in den Nächten gehörte Josh ihr ganz allein. Die Vorstellung, in ein paar Wochen in den Flieger nach Hamburg steigen zu müssen, behagte ihr gar nicht, aber es musste sein. Um die Kündigungsfrist einzuhalten, verfasste sie schon jetzt ein Schreiben an Dr. Schröder, allerdings mit der Bitte, es noch nicht publik zu machen. Sie wollte es Jonas und damit auch Annegret persönlich sagen. Es würde ohnehin schon schwer genug, sich von ihren Freunden zu trennen. Sicher nicht auf ewig, aber doch für eine ganze Weile. Sannah nutzte die Zeit, sich die Klinik in Pine Ridge noch einmal anzusehen – diesmal aus der Perspektive eines Arztes und nicht als Patientin. Dr. Michaels führte sie begeistert herum und freute sich auf die baldige Unterstützung; auch beim Antrag auf die Zulassung für die USA war er behilflich. Nun war zumindest ein Teil des Papierkrams erledigt. Der Rest würde folgen.

Eines Morgens um vier Uhr eilte Josh dann überstürzt aus dem Stall und rannte ins Haus. Er hatte die letzten beiden Nächte im Stall verbracht, um die Stute im Auge zu behalten. Das erste Fohlen war gesund und munter auf die Welt gekommen und sprang schon lebhaft um seine Mutter herum. Ausgerechnet bei dem Fohlen von dem sündhaft teuren Hengst gab es nun Probleme.

Josh rannte hektisch die Treppe aufwärts und rüttelte Sannah aus dem Schlaf. Sie war abrupt hellwach, die Panik in seiner Stimme machte deutlich, wie ernst es war. Binnen kürzester Zeit schlüpfte sie in ihre Sachen und lief Josh hinterher. „Du solltest besser einen Tierarzt rufen, ich weiß nicht, ob ich helfen kann", rief sie ihm auf dem Weg zum Stall zu.
„Der braucht zu lange, bis er aus Rapid hier ist, wenn er überhaupt kommt", rief Josh verzweifelt.
Sie erreichten den Stall. Die Stute lag auf dem Boden im Stroh und war schweißgebadet; die Atmung ging stoßweise. Sannah wurde klar, dass sie nicht mehr lange durchhalten würde.
„Das Fohlen steckt fest", erklärte Josh panisch. „Ich kann den Kopf und ein Vorderbein ertasten, aber ich kriege den anderen Lauf nicht zu fassen; meine Hände sind zu groß, und ich habe fast kein Gefühl mehr in den Fingern."
Erst jetzt sah Sannah im Schein der Stalllaterne, dass seine Hände und Arme blutverschmiert waren. Sie kniete sich hinter das Tier und tastete nach dem Geburtskanal. Josh reichte ihr ein Gleitgel, das auch Tierärzte benutzten. Sie verteilte das Gel auf ihrem Arm und schob ihn tief in den Leib der Stute. Hektisch versuchte diese aufzustehen, doch Josh drückte sie an ihrem Hals wieder runter und versuchte sie zu beruhigen. Sannah schloss die Augen, um sich besser auf ihren Tastsinn zu konzentrieren. Sie war jetzt ruhig und routiniert, auch wenn diese Patientin nicht zu ihrem normalen Arbeitsalltag gehörte. Ihre Hand tastete sich an dem Vorderbein des Fohlens entlang, etwas tiefer konnte sie die Nüstern fühlen. Das Fohlen zuckte. Ein gutes Zeichen, es lebte also noch. Sie schob ihre Hand am Kopf vorbei, um die Schulter und damit auch das festhängende Bein zu finden. Eine Wehe presste den Uterus zusammen, und nun verstand sie, warum Josh kein Gefühl mehr in den Fingern hatte. Ihr Unterarm steckte wie in einem Schraubstock fest, und die Wehe wurde immer stärker. Sannahs Arm wurde gegen den Kopf des Fohlens gedrückt. Sie biss die Zähne zusammen vor Schmerz, morgen würde ihr Arm sicher blau und grün sein.
„Wenn diese Wehe vorbei ist, müssen wir das Fohlen ein Stück zurückschieben, um das andere Bein nach vorne zu bekommen",

sagte sie gepresst. „Ich weiß nicht, ob ich genug Kraft dafür habe. Du musst dich hinter mich setzen, damit ich mich irgendwo abstützen kann, und wenn ich es dir sage, schiebst du mich an der Schulter tiefer rein."
Josh nickte nur fahrig, setzte sich hinter sie und hoffte, dass die Stute liegenbleiben würde. Noch immer presste die Wehe alles zusammen. Als sie nachließ, drückte Sannah ihre Hand auf die Brust des Fohlens und stemmte ihre Knie gegen Joshs Oberschenkel.
„Wenn ich Jetzt sage, schiebst du. Wir haben nicht viel Zeit bis zur nächsten Wehe."
Er machte sich bereit, ohne etwas zu sagen, aber ihre sachlichen Anweisungen hatten ihn etwas beruhigt. Sie behielt die Nerven, und das brachte ihn dazu, sich zusammenzureißen. Die Wehe war vorbei.
„Jetzt!", rief Sannah.
Mit vereinten Kräften drückten sie das Kleine ein Stück zurück in den Leib der Mutter. Sannah stemmte sich immer noch an Josh ab und richtete sich etwas auf, um ihre Hand weiter nach unten zu schieben. An der Schulter entlang tastete sie sich weiter vor, bekam endlich das andere Vorderbein zu fassen und zog es vorsichtig nach vorne.
„Ich hab es!" Sie zog den kleinen Huf am Kopf vorbei.
Josh reichte ihr einen weichen Baumwollstrick mit einer Schlinge.
„Wenn du beide Hufe hast, lege den Strick darum", sagte er und schöpfte ein bisschen Hoffnung.
Es musste jetzt schnell gehen, die Stute war am Ende ihrer Kräfte. Sannah zog ihren Arm heraus, nahm den Strick und schob ihren Arm wieder zurück in den Geburtskanal.
Mittlerweile lief auch ihr der Schweiß über die Stirn. Sie befestigte den Strick an den kleinen Hufen. Das Fohlen zappelte etwas. Gerade noch rechtzeitig vor der nächsten Wehe zog sie die Schlinge zu.
„Du kannst jetzt ziehen, aber vorsichtig und langsam", erklärte sie.
„Ich weiß", erwiderte Josh und wickelte sich das andere Ende des Strickes um die Hand.

„Ich lasse den Arm drin, um den Kopf in die richtige Richtung zu dirigieren“, sagte Sannah und biss wieder die Zähne zusammen, als ihre Hand erneut zusammengequetscht wurde.
„Jetzt!“, wiederholte sie.
Josh zog langsam an, und sie konnte fühlen, wie das Kleine Stück für Stück nach vorne glitt. Der Kopf war jetzt auch im Geburtskanal und drohte nun nicht mehr, sich zu verlagern oder hängen zu bleiben. Josh verstärkte den Zug auf den Strick, und Sannah zog ihren Arm heraus. Ganz langsam erschienen die Hufe und Vorderbeine, die Stute gab einen nicht zu beschreibenden Laut von sich. Dann folgte der Kopf des Fohlens, und Josh griff nach den Vorderbeinen, um die dünnen Fesseln nicht länger mit dem Strick einzuschnüren. Mit der ganzen Kraft seiner Arme zog er das Fohlen ans Licht der Welt, bis es, teilweise noch in die Fruchtblase gehüllt, ins Stroh glitt. Ein Schwall Fruchtwasser, vermischt mit etwas Blut, ergoss sich auf den Boden, und die Stute hob den Kopf. Auch das Kleine rührte sich und strampelte unkoordiniert mit den langen Beinen.
Sannah befreite es von den Resten der Fruchtblase und säuberte die Nüstern. Josh rieb es mit Stroh ab, um den Kreislauf und die Atmung in Schwung zu bringen. Mühsam rappelte sich die Mutter auf die Beine, und durch das Gewicht des Fohlens am Ende der Nabelschnur löste sich nun auch die Plazenta und fiel zu Boden. Die Stute zitterte am ganzen Körper vor Erschöpfung, aber ihr Instinkt trieb sie zu dieser letzten Kraftanstrengung. Sannah stand freudestrahlend auf, Josh atmete tief durch vor Erleichterung. Er riss sie in seine Arme vor Freude und drückte sie an sich.
„Du hast es geschafft!“ Er jubelte vor Freude und küsste sie.

Die Stute hatte sich mittlerweile zu ihrem Neugeborenen umgedreht, schnüffelte an seinem Kopf und stupste es leicht an. Josh rührte einen Becher Melasse in einen Eimer mit Wasser, damit sie schneller wieder zu Kräften kam.
„Sie sollte auch ein Antibiotikum bekommen, um eine Infektion zu verhindern“, schlug Sannah vor.
„Ist in der Sattelkammer, im Karton auf dem Regal“, sagte Josh und konnte sich nicht vom Anblick des Fohlens losreißen. Es war

schwarz wie Klavierlack und hatte eine wunderschöne, gleichmäßig getupfte Schabracke auf der Kruppe. Ansonsten war nicht ein weißes Haar an ihm, weder an den Fesseln noch am Kopf. Das war bei Appaloosas äußerst selten. Es war noch schöner, als er gehofft hatte. All seine Erwartungen waren übertroffen worden. Etwas wackelig hob es seinen kleinen Kopf und roch an seiner Mutter.

Sannah kam mit der aufgezogenen Spritze zurück, stach die Kanüle in den Brustmuskel der Stute und setzte die Spritze auf. Langsam injizierte sie das Antibiotikum und zog die Nadel wieder heraus. Josh kraulte behutsam den Hals der Stute und sprach leise mit ihr, dann warf er einen prüfenden Blick auf ihr Hinterteil. Es blutete kaum noch, nun konnten sie sich beruhigt zurückziehen und den beiden etwas Zeit und Ruhe lassen, sich kennenzulernen und von der schweren Geburt zu erholen. Er legte noch eine Abschwitzdecke über die Mutter und verließ mit Sannah den Stall. Mit dem Wasserschlauch spülten sie sich das Blut von den Armen und gingen ins Haus.

Nachdem sie sich gewaschen und umgezogen hatten, warf Sannah die Kaffeemaschine an und schlug einen Berg Eier mit Speck in die Pfanne. Nach der Aufregung hatten sie sich ein üppiges Frühstück verdient. Josh war schon zurück in den Stall gegangen, um den Nabel zu versorgen und die Tiere im Auge zu behalten. Sannah toastete noch ein paar Scheiben Brot und schlürfte genüsslich die erste Tasse Kaffee. Als das Essen fertig war, balancierte sie alles auf einem Tablett zum Stall und steuerte die Strohballen an, auf denen sich Josh niedergelassen hatte. Er strahlte sie dankbar an und nahm ihr das Tablett ab.

„Du bist ein Schatz!“, stellte er liebevoll fest und ließ sich mit geschlossenen Augen den Kaffee schmecken. Jetzt, da die Anspannung vorbei war, überfiel ihn eine bleierne Müdigkeit, doch der verlockende Duft der Eier hielt ihn wach. Hungrig aßen sie ihr Frühstück und beobachteten dabei, wie das Fohlen die ersten Versuche machte, aufzustehen. Mit wackligen langen Beinen stakste es unbeholfen hin und her und versuchte das Gleichgewicht zu halten. Irgendwann wurde es sicherer und wagte die ersten Schritte. Josh strahlte glücklich über das ganze Gesicht. Das Fohlen war gesund und munter und suchte nun instinktiv die Milchbar seiner Mutter. Jetzt war auch zu erkennen, was es geworden war – ein kleiner Hengst.

„Wie willst du ihn nennen?“, fragte Sannah.

Josh schmunzelte.

„Dein Wakínyan hat mich auf eine Idee gebracht. Die Fohlen dieser Linie bekommen in Zukunft die Namen der mächtigen Himmelswesen. Er heißt Taté sápa, schwarzer Wind“, sagte er feierlich. Ein schmatzendes Geräusch verriet, dass Taté die irdische Milchbar gefunden hatte. Auch seine Mutter hatte sich erholt, das Wasser mit Melasse getrunken und etwas Kraftfutter gefressen. Fürsorglich drehte sie ihren Kopf zu ihrem Kleinen und schnupperte an dessen Hinterteil, dann widmete sie sich wieder ihrem Heu. Sannah lächelte versonnen. Der Zauber des frühen Morgens lag über der Ranch, Ruhe und Frieden wirkten einschläfernd. Josh hatte seinen leeren Teller zurück auf das Tablett gestellt und sich entspannt ausgestreckt. Bevor er einschlummerte, dankte er Wakhán thanká für diese wundervolle Frau an seiner Seite.

Powwow

Schon am frühen Morgen herrschte auf der Ranch hektische Betriebsamkeit. Der Tag des großen Powwows war gekommen. Ty war schon um sechs mit Klamotten zum Wechseln aufgetaucht und mistete den Stall aus. Sannah machte Frühstück, und Josh kümmerte sich um die Herde und die Tränken. Taté sprang inzwischen schon munter auf der Weide um seine Mutter herum, und Josh beobachtete mit wachsamen Augen den ganzen Stolz und künftigen Stammvater seiner Zucht. Schon am Vortag war Sannah mit Tyler zur Arena nach Pine Ridge gefahren, damit Ty sich als Teilnehmer anmelden konnte, und hatte bei der Gelegenheit auch gleich die Eintrittskarten gekauft. Auf den ersten Grand Entry, den Einzug aller Tänzer in die kreisrunde Arena am Abend, hatten sie aus Zeitgründen verzichtet. Es würden noch vier weitere am Wochenende stattfinden. Fasziniert hatte Sannah sich auf dem Festgelände umgesehen, bis Tyler mit der Anmeldung fertig war. Um die Arena herum waren unzählige Händlerstände und Imbissbuden aufgebaut worden, um die Besucher mit Souvenirs, Handwerkskunst, Snacks, Softdrinks und vielem anderen zu versorgen. Außerdem standen Kinderkarussells und eine große Hüpfburg bereit. Am Rand des Geländes stand eine ganze Batterie von mobilen Toiletten, hübsch getrennt nach Männlein und Weiblein, und eine weitere riesengroße Fläche hatte man als Parkplatz und zum Camping ausgewiesen. Das Ganze hatte Volksfestcharakter und musste viel Planung und Logistik erfordert haben.

„Wie viele Besucher kommen denn hierher?“, fragte sie Ty erstaunt, als er mit seiner Startnummer von der Anmeldung zurück kam.

„Insgesamt etwa zehntausend, alle Tage zusammengerechnet“, meinte Ty.

Sannah machte große Augen, mit diesen Ausmaßen hatte sie nicht gerechnet.

Tyler amüsierte sich. „Ich hab doch gesagt, es ist das größte hier in der Gegend, da kommen auch alle aus den umliegenden

Reservaten und aus Rapid. Einige Tänzer und Trommelgruppen reisen sogar aus anderen Bundesstaaten an. Es ist das zweitgrößte Powwow des Landes, deswegen wollte ich ja unbedingt hierher", klärte er sie auf.
Langsam wurde ihr bewusst, dass sie es hier mit der Antwort der Lakota auf das Oktoberfest zu tun hatte, nur ohne Alkohol und halbe Hähnchen. Hier standen die Tradition und die Erhaltung der alten Kultur im Vordergrund. Alkohol und Drogen waren streng verboten, wie sie den vielen Schildern auf dem Gelände entnehmen konnte. Interessanterweise gab es aber auch ein paar Gemeinsamkeiten. Auch hier trugen einige Männer Lederhosen und die Haare von Wildtieren auf dem Kopf. Ob nun Gamsbart oder Weißwedelhirsch spielte für sie kaum eine Rolle. Allerdings fand sie die langen Hosen mit den Fransen deutlich kleidsamer als die Krachledernen in Bayern. Sannah schmunzelte still vor sich hin.
„Am Rodeo hätte ich auch gerne teilgenommen", fügte Ty noch hinzu.
„Warum machst du das nicht?", fragte sie.
„Ich habe doch kein eigenes Pferd", erwiderte er. „Und dafür hätte ich auch vorher trainieren müssen."
Sannah lächelte. „Nächstes Jahr meldest du dich auch für das Rodeo an, Josh gibt dir bestimmt ein Pferd und trainiert mit dir. Mich wundert nur, das er selber nicht mitmacht."
„Hat mich auch zuerst gewundert, aber die anderen Kinder haben erzählt, dass er schon lange nicht mehr auf Powwows geht. Weder zum Singen noch zum Rodeo."
Sannah dachte sich ihren Teil. Von Hailey wusste sie, warum er das nicht getan hatte, aber die Tatsache, dass er Ty und sie am nächsten Tag begleiten wollte, sagte ihr, dass er nun endgültig sein Schneckenhaus verlassen hatte.

Nach getaner Arbeit am Morgen gönnten sie sich in aller Ruhe ein ausgiebiges Frühstück. Danach drückte Josh Tyler ein frisches Handtuch in die Hand und deutete auf die Treppe. „Ab unter die Dusche, junger Mann! Vergiss das Deo nicht, und lass mir heißes Wasser übrig."

Ty nickte und lief die Treppe hoch. Josh goss sich noch einen Kaffee ein und lehnte sich zufrieden zurück, ganz offensichtlich freute er sich auf das bevorstehende Spektakel.
„Warum grinst du so?", fragte Sannah amüsiert.
Er nippte an seinem Kaffee. „Ich freue mich auf Gray Eagles Gesicht, wenn er seinen Enkel in meiner Regalia tanzen sieht", meinte er boshaft.
Sie sah ihn erschrocken an. „Ist das nicht riskant? Was ist, wenn er deine Pläne durchkreuzt?"
Josh schüttelte den Kopf. „Keine Sorge, er würde sich eher die Zunge abbeißen, als auch nur ein Wort darüber zu verlieren. Sonst käme die Familienschande doch ans Tageslicht. Er redet ja nicht mal mit seinem Schwiegersohn", beruhigte er sie.
„Woher weißt du das?", wollte sie wissen.
„Moccasin Telegraph", erklärte er trocken.
„Wusste gar nicht, dass du so bissig sein kannst", stellte sie amüsiert fest.
„Bissig? Gray Eagle hat mir meinen Sohn vorenthalten, und Daryl behandelt ihn schlecht. Am liebsten würde ich mit denen eine ganz andere Sprache sprechen. Ich tue das nur aus Rücksicht auf Tyler nicht", warf er grimmig ein.
Sannah nickte betroffen. So weit hatte sie nicht gedacht.
Er legte seinen Arm um ihre Schulter. „Schon gut, meine Süße. Bald ist das hoffentlich alles vorbei", sagte er lächelnd und küsste sie. Nichts konnte heute seine gute Laune trüben.

Nachdem auch Josh geduscht und anschließend Tyler die traditionellen Zöpfe geflochten hatte, machten sie sich auf den Weg nach Pine Ridge. Unterwegs bekam Sannah noch ein paar Benimmregeln in Sachen Powwow.
„Besucher dürfen den Tanzplatz nicht betreten, es sei denn, der Master of Ceremonies fordert zum Intertribal, zum Tanz für alle, auf", begann Josh mit dem Regelwerk. „Adlerfedern sind heilig, du darfst sie unter keinen Umständen berühren. Sollte jemand eine Feder verlieren, hebe sie nicht auf! Sie darf erst nach einer besonderen Zeremonie wieder aufgehoben werden. Wenn Teppiche oder Decken auf Stühlen oder am Boden liegen, ist das

eine Reservierung. Die Stühle direkt an der Tanzfläche sind nur für die Tänzer. Fotografieren darfst du. Ich habe dir eine Erlaubnis vom Komitee besorgt", erläuterte er weiter und gab ihr einen Aufkleber für ihr Shirt.
Sannah strahlte ihn an. „Das ist schön, danke."
„Bei Einzelpersonen solltest du trotzdem vorher fragen", sagte er, auch wenn er wusste, dass das für sie eine Selbstverständlichkeit war.
Sie nickte und freute sich auf den Rummel. Sie erreichten den Parkplatz des Festgeländes, auf dem schon unzählige Autos abgestellt waren.
Josh suchte einen Platz am Rande, damit sich Tyler später ungestört umziehen konnte. Doch zuerst wollten sie ein bisschen an den ganzen Ständen vorbei bummeln und später noch zu Mittag essen. Der Grand Entry fand um eins statt. Wenn Ty erst einmal die Regalia trug, wollte er nichts mehr essen oder trinken, um sich ja nicht zu bekleckern. Die Tänzer achteten peinlich genau darauf, die Regalia sauberzuhalten, schließlich sollte niemand denken Natives seien schmutzig.

Sie mischten sich unter die immer größer werdende Menschenmenge. Es herrschte emsiges Treiben, viele zogen Koffer hinter sich her, in denen sich die Regalias befanden. Kinder liefen fröhlich lachend zu den Karussells und der Hüpfburg oder standen für Zuckerwatte an. Josh war in Hochstimmung, zum ersten Mal hatte er das Gefühl, eine richtige Familie zu haben. Sannah holte sich eine große, rosarote Portion dieses diabetischen Alptraums, aber wie hieß es so schön: Ein Mal ist kein Mal. Lachend stopfte sie auch Josh und Ty Flocken der Zuckerwatte in den Mund, bis Josh irgendwann abwinkte.
„Ich esse nie wieder etwas, das rosa ist", stellte er fest und verzog das Gesicht.
„Schade! Meine Erdbeertorte ist legendär. Aber wenn du nicht willst ...", flötete sie und tänzelte kichernd mit ihrer Zuckerwatte davon.
Er machte große Augen und beeilte sich hinterherzukommen. „Und das sagst du mir erst jetzt?", empörte er sich, griff nach ihr

und zog sie zu sich heran. „Machst du mir bitte eine Erdbeertorte?“, bettelte er wie ein kleiner Junge und grinste breit.
„Was bekomme ich dafür?“, fragte sie und lächelte verführerisch.
„Einen Kuss“, bot er an und hauchte ihr einen flüchtigen Kuss auf die Wange.
Sie schmollte demonstrativ. „Das war aber nur ein Törtchen!“
Josh schmunzelte, nahm sie kurz in die Arme und hauchte ihr ein „Später“ ins Ohr. Dann ließ er sie wieder los.
Tyler blickte verlegen zu Boden und die umstehenden Leute lächelten amüsiert. Spätestens jetzt wusste die ganze Rez Bescheid.
„Und jetzt?“, flüsterte er.
„Mal sehen ... dreistöckig mit Sahne“, schnurrte sie leise.

Nebeneinander schlenderten Josh und Sannah an den Ständen vorbei, während Ty ihnen begeistert voraus lief. Er war am Ziel seiner Träume, dem großen Oglala Nation Powwow. Mit den dreißig Dollar in der Hosentasche, die Josh ihm bisher für seine Arbeit bezahlt hatte, fühlte er sich geradezu reich. Er beschloss, erst einmal das komplette Angebot der Händler in Augenschein zu nehmen, bevor er sich entschloss, etwas zu kaufen. Er hatte an ein neues T-Shirt gedacht, aber die Auswahl war riesig.

Auch Josh blieb hin und wieder stehen, um die Shirts zu durchforsten.
Sannah wanderte etwas weiter, interessierte sich mehr für die wunderschönen Stickereien an den Kunsthandwerksständen. Sie war auf der Suche nach einem Mitbringsel für Annegret und Jonas.
„Ich empfehle dir den Stand von Hailey Standing Bear“, murmelte jemand hinter ihr.
Sie drehte sich um. „Sam! Schön, dich zu sehen!“ Sie strahlte ihn an, dann bemerkte sie seine Uniform. „Du Armer musst arbeiten?“
„Ich drehe hier meine Runden und sorge ein bisschen für Ordnung. Aber nur bis heute Nachmittag. Hailey sitzt da hinten“, sagte er und deutete auf einen Stand. „Hast du den Eisbären dabei?“

„Josh steht da drüben bei den Shirts", erwiderte sie, doch Josh steuerte bereits auf die beiden zu und begrüßte Sam.
„Hallo, Sam, drückst du dich wieder vor dem Tanzen?", fragte Josh augenzwinkernd.
„Hailey arbeitet auch. Heute Abend ist bestimmt noch Zeit für einen Rabbit Dance", meinte Sam ausweichend.
Josh schüttelte den Kopf.
„Aber du drückst dich heute nicht vor dem Singen!", sagte eine ernste Stimme hinter Josh.
Der drehte sich um und schrumpfte angesichts des älteren Mannes hinter ihm um zehn Zentimeter. „Hallo, Jake", sagte er kleinlaut.
Sam grinste schadenfroh.
„Wurde auch Zeit, dass du endlich wieder auftauchst!", sagte der Ältere missbilligend. „Wir haben seit drei Jahren nicht mehr gewonnen. Eine Schmach auf unserem eigenen Powwow", stellte er fest.
Josh sah etwas betreten auf seine Stiefel. „Waren schwere Zeiten", murmelte er.
„Nun sind diese Zeiten ja wohl vorbei", stellte Jake fest und bedachte Sannah mit einem wohlwollenden Blick. Mit einer Geste forderte er Josh auf, mitzukommen.
Sannah lächelte ihm zu. „Nun geh schon, ich bleibe bei Hailey."
„Wir treffen uns mit Ty um halb zwölf am Burger-Stand. Er zieht mit seinen Freunden herum", sagte Josh und gab ihr einen gehauchten Kuss, bevor er mit Jake verschwand.
Sam lachte zufrieden.
„Wer war das?", fragte Sannah erstaunt.
„Der Chef der Trommelgruppe", erklärte Sam mit einem verschwörerischen Ausdruck im Gesicht. „Jake läuft schon den ganzen Morgen wie ein hungriger Puma über das Gelände, auf der Suche nach Josh."
„Und dass Josh kommen würde, hat ihm wohl ein kleines Vöglein gezwitschert", stellte Sannah verschmitzt fest.
„Natürlich! Unsere Vogelarten hier sind so was von schwatzhaft!", versicherte er ihr bierernst und brachte sie zu Haileys Stand mit Stickereien und anderen Handarbeiten.

Als sie den Stand erreichten, strahlte Hailey übers ganze Gesicht und winkte Sannah zu sich hinter die Tische. „Schön, dass du da bist!" Sie umarmte Sannah. „Wo ist der sture Büffel?", fragte sie und ergänzte damit die Aufzählung der örtlichen Fauna.
„Von einem Trommler entführt", bemerkte Sannah schmunzelnd, weil sie ahnte, dass Hailey dahintersteckte.
Die lächelte nur und bot Sannah einen Stuhl an.
„Ich dachte, es wäre mein Job, ihn wieder zum Singen zu bringen", sagte Sannah und ließ ihren Blick über die Kostbarkeiten schweifen, die Hailey anbot.
Hailey grinste und griff nach ihrem Stickrahmen, auf dem schon ein halbfertiges Ornament aus Perlen zu erkennen war.
„Ich habe Jake nur erzählt, dass sich auf der Ranch so einiges verändert hat, aber er hätte Josh nicht gefunden, wenn du ihn nicht hierher gebracht hättest", bemerkte sie, während sie mit flinken Fingern weiterstickte.
Ein junger Mann kam hinter den Stand und hielt einen Becher Kaffee in der Hand.
„Das ist mein Bruder Robert, und das ist Sannah", stellte Hailey die beiden einander vor.
Robert lächelte freundlich und schüttelte ihr die Hand. „Hab schon viel von dir gehört. Was macht der Fuß?"
„Alles wieder gut", antwortete Sannah und lächelte ebenfalls.
„Hast du das alles selbst hergestellt?", fragte Sannah fasziniert und sah sich genauer um.
„Meine Schwester und meine Mutter arbeiten auch mit – und Robert hilft mir am Stand oder beliefert damit die Souvenirläden in Rapid", antwortete Hailey, ohne von ihrer Arbeit aufzusehen. „Muss das nur schnell fertigmachen", entschuldigte sie sich.
„Ich sehe mich so lange um! Ich brauche noch ein paar Geschenke für Freunde in Hamburg", erwiderte Sannah und betrachtete ein Schlüsseletui genauer.
Hailey sah sie betroffen an und ließ ihre Handarbeit ruhen. „Ist es schon so weit?", fragte sie traurig.
„In zwei Wochen muss ich weg, hilft nichts", bestätigte Sannah. „Jetzt schau mich nicht so an! Ich komme doch wieder. Ich brauche nur ein paar Wochen Zeit, um mein Haus zu verkaufen

und ein Arbeitsvisum zu beantragen. Da ich hier schon einen neuen Job habe, dauert das hoffentlich nicht so lange."
Hailey seufzte. „Ich weiß, trotzdem wirst du uns allen fehlen. Ich hoffe nur, Josh hält das so lange ohne dich aus", meinte sie, klang aber auch ein wenig besorgt.
„Ich denke, er hat langsam begriffen, dass er erwachsen werden muss. Er hat mir jedenfalls versprochen, nicht eifersüchtig nach Europa zu schwimmen!"

Sie war nicht gewillt, Trübsal zu blasen. Schon gar nicht heute. Josh war zur Ruhe gekommen und deutlich ausgeglichener als noch vor ein paar Wochen. Sie war sich sicher, dass auch für ihn die kurze Trennung nicht so dramatisch sein würde. Sie war wild entschlossen, das Powwow zu genießen, freute sich darauf, Ty beim Tanzen und Josh beim Singen zuzusehen. Robert verkaufte indes weiter die vielen Kleinigkeiten, die sie anboten. Auch bunte, bestickte Schals mit langen Fransen fanden reißenden Absatz. Sannah entschied sich für einen schlichteren Schal für Annegret. Er würde gut zu ihren Kostümen passen. Dann fand sie einen Tabaksbeutel für Jonas. Er rauchte hin und wieder mal Pfeife und würde sich über dieses besondere Stück bestimmt freuen. Sie zahlte bei Robert, um Hailey nicht bei der Arbeit zu stören, und setzte sich dann wieder neben ihre Freundin. „Das wäre auch erledigt", stellte sie zufrieden fest. Erst jetzt wurde ihr bewusst, dass die Geschenke mehr als nur Mitbringsel waren. Genaugenommen waren es Abschiedsgeschenke. Nun wurde ihr doch ein bisschen traurig zumute.
Hailey beendete ihre Stickarbeit und legte das fertige Stück beiseite. „Komm, wir holen uns einen Kaffee!"
Robert nickte beiden zu, als sie den Stand verließen, und kümmerte sich weiter ums Geschäft.

Mit einem Kaffee in der Hand bummelten die beiden durchs Gedränge. Die ersten Tänzer in prachtvollen Regalias waren auch schon zu sehen. Allerdings sahen sie so ganz anders aus als die von Josh. Sie waren aus schrill bunten, teilweise sogar neonfarbenen Stoffen, mit langen Fransen und farblich abgestimmten Fea-

ther-bustles, die aber nicht rund, sonder eher U-förmig waren. Einige sahen fast aus wie Flügel. Außerdem trug jeder Tänzer zwei davon auf dem Rücken. Einen auf den Schultern und einen auf Höhe der Taille. Diese Regalias erinnerte Sannah an die Kostüme von Sambatänzern in Rio. Sie waren schlichtweg nicht zu übersehen, so sehr leuchteten sie aus der Menge heraus. „Was tanzen die?“, fragte Sannah erstaunt.
„Men‘s Fancy, das sind die Stars auf jedem Powwow. Der Tanz ist sehr anstrengend und schnell, mit vielen Sprüngen dadurch aber auch sehr spektakulär. Man sagt, dieser Tanz stammt ursprünglich von den Ponca aus Oklahoma und wurde durch die Wild-West-Shows von Buffalo Bill sehr bekannt. Den musst du dir unbedingt ansehen“, erklärte Hailey begeistert.
„Werde ich, aber Men‘s Traditional will ich auch unbedingt sehen“, sagte Sannah.
„Unbedingt!“, bestätigte Hailey ihre Pläne. „Men‘s Traditional ist, wie der Name schon sagt, der älteste und traditionellste der Tänze. Viele Regalias sind auch dort mittlerweile aus Stoff, aber viel hat sich ansonsten nicht geändert. Sie sind noch sehr ursprünglich. Es ist der Tanz der Krieger, so wurde schon getanzt, bevor der weiße Mann kam, vor Kriegszügen oder der großen Jagd auf die Büffel. Deswegen tragen die Männer teilweise auch Bemalung im Gesicht. Wer sich damit auskennt, kann an den Ornamenten und den verwendeten Farben der Stickereien die Stammeszugehörigkeit, den Tióshpaye, den Clan und sogar die einzelne Familie erkennen. Viele Teile der Regalias sind uralt, werden vom Vater auf den Sohn vererbt. Die Adlerfedern erhalten die Tänzer immer von Familienangehörigen, sie symbolisieren die Verbindung zu Wakán tánka. Eine Feder zu verlieren gilt als große Schmach und wird mit Disqualifizierung bestraft.“
Hailey hielt in ihren Ausführungen inne und dachte kurz nach. Sie leerte ihren Kaffeebecher und zog Sannah hinter sich her, zurück zu ihrem Stand.
„Ich habe einen Tanzschal in White Clouds Farben, den musst du unbedingt haben! Schließlich willst du doch den Rabbit Dance mit Josh tanzen. Ich hoffe nur, Robert hat ihn nicht schon verkauft.“

Sie eilte durch die Menschenmenge zurück, Sannah im Schlepptau.
„Wenn du mir jetzt auch noch erzählst, was ein Rabbit Dance ist", sagte Sannah atemlos, als sie ihren Stand erreicht hatten.
Die antwortete nicht gleich, sondern durchforstete einen Stapel mit Schals und fischte erleichtert den „White-Cloud-Schal" heraus.
Sannah hielt fasziniert den Atem an. Er war aus feinem, hellen Wildleder gearbeitet und hatte fast die gleichen Stickereien in Weiß, Schwarz und Rot wie die Regalia von Joshs Granny. Eigentlich war es mehr ein breites Cape, großflächig und geradezu verschwenderisch bestickt und mit langen Fransen versehen, die in das Leder geschnitten waren und fast bis zur Hüfte reichten.
„Er ist eigentlich für Women's Traditional Buckskin gedacht, aber mit den Farben und Ornamenten kannst nur du ihn tragen", erklärte Hailey und strahlte.
Sannah zögerte. „Josh sagte, Besucher dürfen nicht auf die Tanzfläche", gab sie zu bedenken. „Außerdem möchte ich nicht respektlos erscheinen, wenn ich einen Schal trage, der mir als Besucher nicht zusteht."
Hailey lächelte sie wohlwollend an. „Du bist wirklich etwas Besonderes", stellte sie fest. „Aber der Rabbit Dance ist für alle Paare und frisch Verliebten. Der einzige Paartanz. Es wird sogar erwartet, dass Frauen ohne Regalia sich während des Tanzes mit einem Schal bedecken. Wenn du ihn trägst, zeigst du damit, dass du unsere Kultur respektierst und zu wem du gehörst. Niemand wird sich darüber mehr freuen als Josh. Glaub mir!"
Sannah schluckte trocken, dieses Statement erschien ihr eine Nummer zu groß, als würde sie sich mit fremden Federn schmücken. „Was ist, wenn Josh das gar nicht so öffentlich zur Schau stellen will?"
Hailey schüttelte nur den Kopf. „Du hörst dich schon genauso an, wie Josh vor ein paar Wochen. Hör auf zu spinnen!", sagte sie ungewohnt direkt. „Er hätte wohl kaum für dich gesungen, einen Anzug angezogen, die ganze Ranch auf den Kopf gestellt und wäre jetzt auch nicht hier, wenn er das nicht wollte." Sie legte Sannah den Schal um die Schultern. „Ich schenke ihn dir. Er ist

wie für dich gemacht", bekräftigte Hailey verschmitzt und grinste breit.
Sannah saß in der Zwickmühle. Die legendäre Großzügigkeit der Lakota wurde nun auch ihr zuteil. Sie durfte dieses Geschenk nicht ablehnen, es hätte Hailey tief verletzt, aber dieser Schal wäre in den Geschäften von Rapid etliche hundert Dollar wert, und das schlechte Gewissen plagte sie. Sie beschloss, sich bei nächster Gelegenheit gebührend zu revanchieren und umarmte Hailey gerührt. „Er ist wunderschön. Ich danke dir von ganzem Herzen."
Dann erhielt sie noch einen Crashkurs in Sachen Rabbit Dance. Die Tanzschritte waren einfach, zwei vor, einen zurück. Einziger Unterschied war, dass man nebeneinander statt sich gegenüber stehend tanzte und dabei die Hände hielt.

Wenig später eilte Sannah mit ihren Tüten zum Hamburger-Stand. Josh und Tyler warteten schon. Mit ihren Burgern setzten sie sich etwas abseits des Trubels ins Gras, um in Ruhe zu essen. Immer mehr Tänzer liefen über das Gelände. Junge Frauen in bunten Kleidern, die mit kleinen Glöckchen besetzt waren, üblicherweise 365 Stück, und die bei jedem Schritt klimperten. Die nicht zu übersehenen Fancy Dancers, zu denen es auch weibliche Pendants gab, nur ohne Federn, dafür aber mit bunten Schals, deswegen Fancy-Shawl-Dance genannt. Sogar kleine Kinder liefen an der Hand ihrer Eltern in Regalias herum und sahen einfach nur süß aus.
„Wann hast du angefangen zu tanzen?", fragte Sannah Tyler.
„Ich weiß nicht genau, etwa mit drei oder vier. Ich hatte jedenfalls keine Windeln mehr." Er grinste und deutete auf einen kleinen Mini-Krieger, dessen Windel unter dem Lendenschurz hervorblitzte.
Josh lächelte versonnen, er versuchte sich vorzustellen, wie Ty in dem Alter wohl ausgesehen hatte. Überhaupt strahlte er höchst zufrieden vor sich hin. Nach zwei Stunden Probe hatte er das Repertoire der Gesänge wieder verinnerlicht und freute sich auf den Wettkampf, denn auch die Trommelgruppen traten gegeneinander an, und nun galt es die Ehre der Oglala wiederherzustel-

len. Sie würden beim Grand Entry singen, aber erst später zum Contest antreten. Zum Glück nicht, wenn Tyler tanzen würde, denn das wollte Josh um keinen Preis verpassen. Er streckte sich entspannt im Gras aus und genoss den herrlichen Tag. Wie sehr hatte er all das vermisst. Sein Blick fiel auf Sannahs Tüten.
„Was hast du dir gekauft?", fragte er neugierig.
„Nur ein paar Geschenke für Annegret und Jonas", erwiderte sie. „Sollten wir nicht langsam zum Auto?", fragte sie, um ihn von den Tüten abzulenken. Sannah wollte nicht, dass er den prächtigen Schal schon vorher entdeckte.
Josh sah auf die Uhr. „Stimmt! Vorher sollten wir alle die Hände waschen. Fettflecken sieht man auf Wildleder sofort."
Als auch das erledigt war, zog sich Tyler mit wachsender Aufregung am Wagen um. Mit geübtem Griff half Josh ihm, alle Accessoires anzulegen, und Sannah befestigte die Startnummer an seinem Hemd. Fertig.
Sie klebte sich den Aufkleber aufs Shirt und hängte sich die Kamera um den Hals. Die Tüten ließ sie im Auto, bat Josh aber um den Schlüssel, um den Schal später wieder holen zu können.
Mit Tyler gingen sie zur Arena, wo sich bereits ein Großteil der Tänzer eingefunden hatte, gut sortiert in die einzelnen Gruppen der verschiedenen Tänze und Altersklassen. Vorneweg die Häuptlinge, Würdenträger und Veteranen mit verschiedenen Flaggen.
Ty gesellte sich zu seiner Altersgruppe. „Wo finde ich euch nachher?", fragte er.
„Ich bleibe in der Nähe der Trommel", sagte Sannah. „Da habe ich euch beide im Blick."
Tyler nickte.
Josh warf noch einen stolzen Blick auf ihn. „Schön, nach so langer Zeit wieder die Farben meiner Familie auf dem Tanzplatz zu sehen", meinte er zufrieden.
Sannah schmunzelte in sich hinein.
„Was ist eigentlich der Rabbit Dance, den Sam mittanzen will?", fragte sie und spielte die Ahnungslose.
„Von wollen kann nicht die Rede sein. Hailey zieht ihn an den Ohren dahin", meinte er amüsiert. „Ein Tanz für Paare, den

würde ich gern mit dir tanzen", gestand er und strich ihr zärtlich über die Wange.
Sie schenkte ihm ein strahlendes Lächeln. „Aber bitte nicht an den Ohren ziehen", sagte sie kichernd.
„Würde ich nie tun!", versicherte er ihr, dann setzte er sich an die große Trommel zu den anderen seiner Gruppe.
Sannah positionierte sich strategisch günstig am Rand des Tanzplatzes. Da alle Tänzer beim Grand Entry in die Arena gingen – oder besser: tanzten – waren die Stühle unbesetzt, und sie hatte freie Sicht.

Der Master of Ceremonies bat über Lautsprecher um Aufmerksamkeit und begrüßte alle Tänzer und Besucher. Dann ging es los. Erst erklang die Hymne der Lakota, dann der Veterans Song. Die Würdenträger des Stammes, die Veteranen und auch zwei Beamte der Tribal Police betraten würdevoll die Arena. Alle erhoben sich von ihren Plätzen. Sannah stand ohnehin, machte währenddessen aber keine Fotos. Danach erklangen die Trommel und die typischen Powwow Gesänge, die sie in der letzten Zeit so oft im Radio gehört hatte. Im Uhrzeigersinn begannen die Tänzerinnen und Tänzer die Arena zu umrunden. Zu ihrer Überraschung stellte sie fest, dass Josh die jeweils erste Strophe anstimmte. Seine kräftige, voluminöse Stimme hob sich deutlich vom Rhythmus der Trommel ab, die von zehn Männern, Josh eingerechnet, geschlagen wurde. Die anderen stimmten in den Gesang ein, und die Stimmlage schraubte sich langsam tiefer. Sannah bekam eine Gänsehaut. Sie lächelte liebevoll und stolz, als sie ihn so sah. Dieser Mann gehörte ihr, und vor lauter Glück schlug ihr Herz mindestens so laut wie die Trommel. Jetzt hatte sie keine Bedenken mehr, den Schal zu tragen, wenn sie später zusammen tanzen würden.
Auch Jake, der Chef der Gruppe, war offensichtlich glücklich über Joshs Anwesenheit, denn er strahlte selig von einem Ohr zum anderen, während er mit seinem Drumstick ausholte und Extraschläge auf der Trommel schlug. Der Gesang wurde von einem Mikrofon auf die Lautsprecheranlage übertragen, und die ganze Arena schien zu vibrieren. Aber auch ohne Lautsprecher

war der Gesang so laut, dass sich die Sänger manchmal mit der freien Hand ein Ohr zuhielten, weil sie so dicht nebeneinander saßen. Immer mehr Tänzer strömten hinein, während sich der Anfang des Zuges spiralförmig nach innen bewegte. Alle bewegten sich im Rhythmus der Trommel, die einen verhalten und würdevoll, die anderen etwas ausgelassener. Neonfarbene Federn und Fransen wirbelten umher, die unzähligen Glöckchen auf den Kleidern der Frauen klimperten hell, die größeren Glocken, an den Fußgelenken der Männer etwas dunkler. Atemberaubend schöne Regalias wurden hier zur Schau gestellt, ein Feuerwerk für alle Sinne, dessen Faszination man sich nicht entziehen konnte. Wenn man dieses Fest an sich vorbeiziehen sah, konnte man Armut, Elend und Hoffnungslosigkeit vergessen, und so ging es wohl allen Anwesenden. Hier herrschte für vier Tage die pure Lebensfreude. Die Trommel ist der Herzschlag von Mutter Erde, hieß es. Diese Kultur lebte, pulsierte wie ein schlagendes Herz. Stolz, bunt und fröhlich. Still here, still strong. Immer noch da, immer noch stark.

Sannah schoss unzählige Fotos. Manche der Tänzer winkten gutgelaunt, auch Josh wurde ausgiebig von ihr abgelichtet. Endlich kam Tyler in Sicht. Sie zoomte ihn mit dem Objektiv näher heran, um ihn in voller Pracht im Bild festzuhalten. Josh hatte sich mit dem Gesicht zur Tanzfläche hingesetzt, um während des Singens einen Blick auf seinen Sohn erhaschen zu können. Seine Augen begannen zu leuchten, als er ihn entdeckte. Immer enger drehte sich die Spirale aus Tänzern in der Arena. Die Würdenträger hatten inzwischen die Mitte erreicht, deutlich zu erkennen an den Flaggen, die tapfer in die gleißende Mittagssonne gehalten wurden. Dann verstummte die Trommel, und der Grand Entry war vorbei.

Die Tänzer verteilten sich auf die Stühle und im Gelände, der Master of Ceremonies kündigte den nächsten Tanz an und die Sänger verpackten ihre Drumsticks und trugen die große Trommel davon. Die nächste Gruppe wartete schon, samt Trommel, auf ihren Einsatz, denn jetzt begann auch der Wettstreit der Okchá wichásha.

Josh schlängelte sich durch die Menschenmenge zu Sannah, die ihn freudig anstrahlte.
„Ihr wart großartig!", stellte sie fest, und er lächelte erfreut, weil es ihr gefallen hatte.
„Ich brauche jetzt dringend was zu trinken", räusperte er sich.
Hinter ihnen tauchte Tyler auf. Schweiß lief ihm über die Stirn.
„Ich auch. Mann, war das heiß!", stöhnte er und fächelte sich Luft zu.
Sie suchten sich ein paar freie Stühle im Schatten der Tribüne, und Sannah besorgte den Jungs etwas zu trinken – für Ty mit Strohhalm, damit er nicht versehentlich kleckerte. Josh hatte ihm inzwischen den Eagle-bustle abgenommen, damit Ty sich setzen konnte. Genüsslich tranken sie die eisgekühlte Limo und gönnten sich ein wenig Erholung.
„Hast du ein Taschentuch?", fragte Ty.
Sie reichte ihm ihren kleinen Rucksack. „Irgendwo da drin."

Ein älterer Mann, groß, mit kantigen, verwitterten Zügen und langen, dunkelgrauen Haaren beobachtete die drei. Mit einem ernsten Blick musterte er zuerst Ty und die Regalia, dann fixierte er Josh. Josh hatte ihn bemerkt und erhob sich langsam, fast drohend. Er verschränkte die Arme vor der Brust, streckte herausfordernd das Kinn vor und erwiderte den eisigen Blick des Älteren. Wie ein Bollwerk hatte er sich schützend vor Tyler und Sannah aufgebaut. Sannah sah erstaunt hoch zu ihm, dann folgte sie seinem Blick und betrachtete den älteren Mann. Sie ahnte, wer das war, und ihr Magen krampfte sich zusammen. Henry Gray Eagle. Tys Großvater. Der Alte bedachte nun auch sie mit einem kurzen, abschätzenden Blick und verschwand dann in der Menschenmenge. Ty hatte davon nichts mitbekommen, denn er wühlte immer noch in Sannahs Rucksack, auf der Suche nach Taschentüchern. Josh setzte sich wieder. Sannah schluckte nervös und versuchte sich zu beruhigen. Wenn Blicke töten könnten, wäre jetzt einer von beiden umgefallen, und sie war sich nicht sicher, wer.
„Gefunden!", verkündete Tyler siegreich und hielt triumphierend eine Packung Papiertaschentücher hoch. „Wieso schleppt

ihr Frauen immer so viel Zeug mit euch herum?", fragte er frech.
„Weil ihr Männer nie etwas dabei habt, wenn ihr was braucht!", entgegnete Sannah schlagfertig.
Josh lachte, und der bedrohliche Gesichtsausdruck verflüchtigte sich.
„Ich hole mal die Decke aus dem Auto, um diese Plätze zu belegen", sagte sie und eilte mit dem Autoschlüssel zum Parkplatz. Die Plätze füllten sich langsam, und sie wollte den Platz in der Nähe der Trommel und mit der guten Sicht auf den Tanzplatz nicht aufgeben. Schließlich war es hier so üblich, Plätze zu besetzen, und sie war froh, dass Anne jetzt nicht da war, um die „Handtücher" wieder einzusammeln. Sannah schmunzelte, als sie wieder einmal feststellte, dass diese Welt so ganz anders war als zuhause. Hamburg, korrigierte sie sich. Zuhause war jetzt hier. Manchmal wunderte sie sich über sich selbst, aber die Zeit hier hatte sie verändert, die Menschen und vor allem Josh hatten ihre Sichtweise beeinflusst, sie sensibler für die wichtigen Dinge des Lebens werden lassen. Nicht Status und Erfolg zählten, sondern Menschlichkeit und Zusammenhalt. Und diesen Zusammenhalt konnte man nirgends besser spüren als auf einem Powwow. Sie nahm die Decke aus dem Wagen und griff auch nach der Tüte mit dem Tanzschal.

Als sie zurück war, wartete nur noch Tyler auf sie. Josh musste sich fertig machen, denn seine Gruppe sollte als nächste antreten. Auf dem Tanzplatz sprangen gerade die jungen Mädchen mit ihren Glöckchen auf den Kleidern anmutig herum und hoben gelegentlich ihre Federfächer, um die Trommel zu ehren. Auch hier schoss sie wieder ein paar Fotos.
„Bleibst du hier?", fragte Ty. „Ich bin gleich wieder da, will noch was kaufen."
Sie griff in ihre Hosentasche und drückte ihm ein paar Dollars in die Hand. „Bringst du uns Popcorn mit?"
Ty nickte und flitzte los. Kurze Zeit später gesellten sich Sam und Hailey zu ihr.
„Hallo, ihr zwei", rief sie und strahlte. „Hast du nicht bald Feierabend?", fragte sie Sam.

Der nickte. „Ich will gleich nach Hause, um mich umzuziehen, dann komme ich wieder“, antwortete er.
Sam gab Hailey einen Kuss und ging. Hailey schnappte sich noch zwei von den Klappstühlen und stellte sie neben Sannahs.
„Du hast gute Plätze erwischt“, lobte sie.
„Ich will ja schließlich zusehen, wenn Josh singt“, erklärte Sannah. „Hast du jetzt auch Feierabend?“
„Ja, jetzt machen meine Mutter und meine Schwester weiter. Robert holt noch schnell seine Freundin ab, und wenn Sam wieder da ist, wird gefeiert!“, verkündete Hailey gutgelaunt.
Sannah lachte. „Sehr gut! Feiern und tanzen.“
„Tanzen ist mit Sam so eine Sache. Immer wenn für alle zum Tanz aufgerufen wird, verschwindet er spurlos“, klagte Hailey.
„Soll ich ihm mal klarmachen, wie froh er sein kann, dass hier kein Tango gefragt ist?“, bot Sannah an.
Hailey fing an zu lachen. „Gute Idee! Am besten mit einer Rose, die er sich zwischen die Zähne klemmen muss.“

Sie kicherten wie die kleinen Mädchen, als Joshs Gruppe ihre Trommel aufstellte und sich setzte. Josh warf ihr einen Blick zu und lächelte glücklich. Sie strahlte zurück. Hailey grinste verschwörerisch und freute sich schon auf das Gesicht, das Josh machen würde, wenn er Sannah mit dem Schal sah. Trommelschläge dröhnten wieder durch die Owáci, die Tanzarena. Diesmal deutlich schneller. Der Gesang wurde immer wieder von kurzen Schreien begleitet. Es klang sehr wild und ausgelassen. Die neonfarbenen Fancy Dancers zeigten all ihr Können. Es war ein atemberaubendes Spektakel. In ihren Händen hielten sie Tanzstäbe, die am Ende mit Federn an kurzen, dünnen Ketten bestückt waren. Damit wirbelten sie herum, während sie schnelle Pirouetten drehten, auf die Knie fielen und mit einem Satz wieder aufsprangen. Sogar aus einer Art von Spagat sprangen sie wieder auf die Füße. Es erinnerte an den akrobatischen Breakdance und erforderte viel Kondition und Körperbeherrschung. Plötzlich setzte der Takt der Trommel aus, und es war nur noch der Gesang zu hören, was die Sache für die Tänzer noch schwieriger machte, mussten sie jetzt doch den Takt beibehalten, ohne langsamer zu werden. Darin bestand die Schwierigkeit auch bei anderen Tänzen. Die Gesänge waren live, und keiner der Tänzer konnte wissen, wann die Trommel aussetzte oder die Ehrenschläge außerhalb des Taktes geschlagen wurden. Sie mussten schnell reagieren und den Takt umsetzen, je exakter das gelang, desto besser die Wertung. Auch die Regalias wurden bewertet.

Das Publikum johlte begeistert, und die Trommelschläge setzten wieder ein. Hailey hatte nicht zu viel versprochen, das waren wirklich die gefeierten Stars des Powwows. Sannah versuchte, möglichst scharfe Fotos zu machen, was bei dem ständigen Herumwirbeln der Tänzer fast unmöglich war. Es folgten noch zwei weitere Durchgänge, um einen Sieger zu ermitteln. Nach der Siegerehrung folgte ein Intertribal, ein Tanz für alle, danach ging es wieder etwas ruhiger zu.

Tyler kehrte zurück und drückte Sannah einen riesigen Becher Popcorn in die Hand, besser gesagt in den Arm.

„Ging es nicht eine Nummer kleiner?“, fragte sie baff.

„Du hast gesagt, für uns!“, rechtfertigte er verschmitzt die XXL-Portion.

Hailey starrte Tyler an, als hätte sie einen Geist gesehen. Die Regalia, die er trug, kam ihr nur zu bekannt vor, und der Junge, der drinsteckte, sah fast genauso aus wie der Junge, der vor fünfzehn Jahren dringesteckt hatte. Sie hatte ein Déjà-vu, schwieg aber und bemühte sich, ihn nicht weiter anzustarren.

Sannah hatte ihren Blick bemerkt, schwieg aber ebenfalls.

„Was hast du dir gekauft?“, fragte sie Ty.

„Schminke. Bemalst du mir das Gesicht? Ich würde es selber machen, aber ohne Spiegel wird das nichts“, sagte er und gab ihr einen Pinsel und zwei kleine Döschen mit Theaterschminke in Rot und Schwarz.

„Klar! Wie soll es denn aussehen?“, fragte sie.

„Die Stirn rot und ein breiter Steifen in Schwarz über die Augenpartie bis zur Schläfe“, erklärte er ihr.

Sie begann ihr Werk, während Hailey an ihrer Neugier fast erstickte. Als Sannah fertig war, reichte sie Tyler grinsend einen kleinen Spiegel aus ihrem Rucksack.

„Wieso hast du nichts gesagt?“, forschte er.
„Du hast nicht gefragt“, erwiderte sie amüsiert.
Er betrachtete sich und nickte zufrieden. Dann legte er den Eagle-bustle wieder an.
„Pilámaya“, bedankte er sich. „Ich muss los, nach dem nächsten Tanz bin ich dran.“
Joshs Trommelgruppe war fertig und packte zusammen. Hailey musterte Josh und ließ dann ihren Blick zu Ty schweifen.
Sannah sah ihre Freundin bittend an. „Ich weiß, was du jetzt denkst. Bitte, stell keine Fragen und sprich mit niemandem darüber, auch nicht mit Sam“, beschwor sie Hailey ernst.
Obwohl es sie fasst zerriss, fuhr Hailey sich mit zwei Fingern über die Lippen.
„Danke!“, sagte Sannah erleichtert und drückte ihre Hand.
Kurze Zeit später erschien Josh mit einem Eistee in der Hand und Sam im Schlepptau.
„Hab ihn erwischt, als er sich hinter dem Hot-Dog-Stand verstecken wollte“, berichtete er feixend, übergab Sam in die Obhut seiner Frau und schnappte sich den Popcorn-Eimer.
Sam verzog das Gesicht zu einem schiefen Grinsen. „Und so was nennt sich Freund.“
„Wer hat mir beim Football eine Predigt gehalten?“, fragte Josh und knuffte ihn in die Rippen. „Du hast eine wunderbare Frau. Sei gefälligst glücklich und tanze mit ihr!“
„Und sei noch glücklicher, dass es kein Tango ist“, fügte Sannah kichernd hinzu.
Hailey und Josh fingen an zu lachen, Sam ergab sich kopfschüttelnd seinem Schicksal und begann, mit Josh das Popcorn zu vernichten. Dann war es so weit. Tyler und einige andere Jungen betraten den Tanzplatz. Sannah hielt die Kamera bereit, und Joshs Augen begannen wieder zu leuchten.
Wieder erklang die Trommel, eindrucksvoll und kräftig. Die Tänzer duckten sich zu Boden, wie Jäger, die sich an ihre Jagdbeute anschlichen; in gleichmäßigen, stampfenden Schritten erhoben sie sich langsam und imitierten nun die Bewegungen von Tieren. Damit ehrten sie die verschiedenen Tiere, die Jagdbeute, die früher ihr Volk ernährt hatte. Der Eagle-bustle wippte bei jedem

Schritt, wenn sie ihren Schild hoben oder den Tanzstab wie einen Speer zum Himmel hochhielten wie Krieger im Kampf mit dem Feind.

Dieser Tanz war sehr ursprünglich und beschrieb jede Facette ihres damaligen Lebens. Es war getanzte Geschichte. Ty war mit großem Ernst bei der Sache, seine Bewegungen ausdrucksvoll, jeden Extraschlag der Trommel setzte er punktgenau um und beeindruckte damit nicht nur seinen Vater. Josh sah ihm gebannt zu und strahlte über das ganze Gesicht. Sannah bemühte sich möglichst viele schöne Fotos von Ty zu machen und trotzdem noch etwas von dem Tanz mitzubekommen.

„Sag mal, ist das nicht deine Regalia?“, fragte Sam überrascht, als ihm Ty auffiel.

Josh nickte nur und konnte den Blick nicht abwenden. Sam machte ein erstauntes Gesicht, nahm es aber als gegeben hin. Tys Gesicht war unter der Bemalung kaum zu erkennen, und so blieb Sam das Geheimnis seines Freundes verborgen. Hailey ihrerseits beobachtete auch Josh, und ein leises Lächeln huschte über ihr Gesicht, als sie sah, dass sie mit ihrer Ahnung richtig gelegen hatte. Mit dem letzten Trommelschlag erstarrte Ty zu einer Statue. Den Tanzstab mit den Adlerfedern hoch erhoben, wie der Adler selbst, der die Gebete zu Wakán tánka trug. Das Publikum applaudierte begeistert, und Joshs Wangen glühten vor Stolz.

Sannah strahlte ihn an und setzte sich wieder. Die Preisrichter gingen zu drei von den Jungen, darunter auch Tyler, gratulierten ihnen und überreichten ihnen je einen Umschlag mit dem Preisgeld. Tys Ohren wurden so rot wie seine Stirn vor Aufregung. Er hatte tatsächlich den ersten Platz gewonnen.

Es folgte wieder ein Intertribal, und Hailey schnappte sich Sam. „Lass uns was essen, ich habe Hunger“, sagte sie und zog ihn mit sich fort, allerdings nicht ohne Sannah wissend zuzuzwinkern. Von der anderen Seite kam Ty strahlend auf sie zu. Er konnte sein Glück kaum fassen.

„Ich hab gewonnen!“, rief er aufgeregt und hielt fast ungläubig den Umschlag in den Händen. „Zweihundert Dollar. So viel Geld hatte ich noch nie.“ Dann umarmte er Josh.

Josh drückte Ty gerührt an sich. „Du warst großartig!", sagte er.
„Weil du mit mir geübt hast. Danke, dass ihr mich mitgenommen habt", meinte Ty euphorisch und reichte Sannah den Umschlag. „Bewahrst du den für mich auf? Ich will ihn nicht verlieren."
„Klar", sagte sie und schob das Preisgeld in ein Fach ihres Rucksacks.

Nachdem sich Ty das Gesicht gewaschen und umgezogen hatte, war er Freunden begegnet und wollte sich endlich ein T-Shirt kaufen. Alle Auftritte waren beendet, und nun konnten sie entspannt das Fest genießen. Josh und Sannah kehrten zu ihren Plätzen zurück, wo Sam und Hailey hungrig ihr Abendessen verputzten. Auch Mike hatte sich dazugesellt und streckte entspannt die Beine aus.
„Hey, Mike, wo ist June?", begrüßte ihn Josh.
„Die Kleine bekommt Zähne und hat Fieber", erklärte er und machte einen übermüdeten Eindruck.
Sannah begrüßte ihn mit einem warmen Händedruck und einem strahlenden Lächeln. Seit er sie gerettet hatte, pflegte sie einen herzlichen Umgang mit ihren Nachbarn.
„Soll ich mal nach ihr sehen?", bot sie an.
„Ist nicht nötig", sagte Mike. „So schlimm ist es nicht, nur anstrengend", jammerte er lächelnd.
„Warte ab, bis sie in die Pubertät kommt. Dann hört das jahrelang nicht mehr auf!", bemerkte Josh.
Mike bedachte ihn mit einem schiefen Grinsen. „Wie schon gesagt, wir sprechen uns noch!", frotzelte er zurück.
„Jetzt ist erst mal Sam dran", erwiderte Josh.
Sam verschluckte sich fast an seinem Cheeseburger und wiegelte ab. „Dieses Thema werde ich bestimmt nicht mit euch beiden erörtern."
Die drei Männer begannen eine scherzhafte Debatte und bekamen nicht mit, dass zum Rabbit Dance aufgefordert wurde. Sannah und Hailey legten sich ihre Schals um die Schultern und drückten Mike ihre Taschen in die Hand.
Josh drehte sich zu Sannah um und bekam vor Staunen den Mund nicht zu; dann strahlte er und sah sie liebevoll an, bevor er

sie auf die Tanzfläche entführte. Wie ein langsamer Herzschlag erklang die Trommel.

Sannah war nervös, konzentrierte sich auf die Schritte, um nicht unangenehm aufzufallen. Doch mit diesem Schal fiel sie unweigerlich auf. Viele Augen ruhten auf ihr, vor allem die von Josh. Er sah nur noch ihre schlanke Gestalt, die anmutig neben ihm tanzte und für alle sichtbar die Farben seiner Familie trug. Sie hätte ihm kein schöneres Geschenk machen können, als ihm auf diese Art zu zeigen, dass sie zu ihm gehörte. Sie war das Licht in seinem Leben, und während sie miteinander tanzten, reifte in ihm ein Entschluss, vor dem er nun keine Angst mehr hatte. Sein Herz schlug schneller als die Trommel, und er drückte ihre Hand und blieb stehen, als der Tanz vorbei war. Er sah nur noch das Licht in ihren Augen.

„Heirate mich", bat er sie schlicht. Keine Rosen, kein Kerzenlicht, kein hochkarätiger Kohlenstoff-Allotrop, den man in überteuertem französischen Schaumwein zu ertränken versuchte und auch der nervtötende Stehgeiger ließ sich nicht blicken. Nichts. Nur Josh, der ihr gerade sein Herz zu Füßen legte. Ihr schwindelte, und sie versank in seinen dunklen, sanften Augen; doch sie musste nicht darüber nachdenken, denn alles, was sie liebte, stand vor ihr.

„Ja", antwortete sie nur, und diesmal ging die Sonne in seinem Gesicht auf.

Micínkshi

Die Hochzeit, wenn man es überhaupt so nennen wollte, verlief noch unspektakulärer als der Kauf einer Waschmaschine. Am Montagmorgen, nach dem Powwow-Wochenende, fuhren sie zum Oglala Sioux Tribal Court in Pine Ridge. Ganz ohne verlogene Treueschwüre im Prinzessinnen-Kostüm vor dem Altar einer Kirche unterschrieben sie die Heiratslizenz und beurkundeten damit, dass sie ihr Leben miteinander teilen wollten. Die Quintessenz dessen, was ihnen wichtig war. Sannah erhielt noch eine Kopie für das deutsche Standesamt und hieß nun White Cloud. In ihrer ersten Ehe hatte sie ihren Mädchennamen behalten, weil sie keine Lust auf den ganzen Papierkram gehabt hatte. Vielleicht aber auch einer leisen Ahnung folgend, dass sich dieser Papierkram nicht lohnen würde. Joshs Namen wollte sie gern tragen, auch wenn sie dafür noch mehr Papierkram abarbeiten musste.

Als sie das Gebäude nach zwanzig Minuten als Mr. und Mrs. White Cloud verließen, konnte Sannah kaum glauben, dass man sein Leben so unbürokratisch ändern konnte. Kein Aufgebot, kein Papierkram, man leistete nur seine Unterschrift und war verheiratet. Vor der Tür schloss Josh sie freudestrahlend in seine Arme und küsste sie.
„Thecíchila mitáwicu" – Ich liebe dich, meine Ehefrau. Wobei die Übersetzung ins Englische etwas kitschig klingt und nicht die wahre Bedeutung wiedergibt.
Sie kuschelte sich an seine Schulter. „Ich liebe dich auch." Sie strahlte, dann musste sie kichern. „Irgendwie habe ich gerade das Gefühl, ich wäre mit meinem Geliebten durchgebrannt und hätte klammheimlich geheiratet."
Er schmunzelte und strich ihr zärtlich die widerspenstige Strähne aus dem Gesicht. „Genau das hast du gerade getan", stellte er fest. „Hättest du lieber eine große Hochzeit gehabt?"
Sie schüttelte den Kopf. „Nein! So ist es perfekt. Nur du und ich. Heute Abend feiern wir mit einem Ausritt und einem Picknick unter den Pinien", schlug sie vor.

Josh wurde einmal mehr bewusst, warum er gerade sie geheiratet hatte. Sie fuhren wieder nach Hause, wo Tyler schon auf sie wartete. „Wo habt ihr denn gesteckt?“, fragte er.
„In Pine Ridge. Wir haben geheiratet“, antwortete Josh beiläufig und grinste wie ein Honigkuchenpferd.
„Ernsthaft?“, rief Ty freudig überrascht.
„Ernsthaft! Du hast doch gesagt, ich soll mich ranhalten. Jetzt schnappt sie mir keiner mehr weg!“, stellte Josh trocken fest und amüsierte sich köstlich über Tys Gesichtsausdruck.
Sannah lachte. „Was haltet ihr Jungs von Frühstück?“
„Viel, Mrs. White Cloud“, versicherte Ty. „Feiert ihr gar nicht?“, fragte er nach dem Frühstück.
„Das holen wir nach, wenn Sannah wieder da ist“, sagte Josh und erntete einen überraschten Blick von Sannah.
„Tun wir das?“, fragte sie.
„Nur Freunde und Familie“, meinte er lächelnd.
„Dann macht wenigstens ein paar Fotos“, schlug Tyler altklug vor.
Josh strahlte und klopfte ihm auf die Schultern. „Sehr gute Idee!“, lobte er, dann verschwand er im Haus. Mit ihrem Schal, einem Lederhemd, dem Íchalu, dem rituellen Federfächer aus Adlerfedern und ihrer Kamera kam er zurück.
„Was hast du vor?“, wollte sie erstaunt wissen.
„Das ist das Hemd meines Großvaters. Wir machen ein paar Fotos, die genauso aussehen wie das Bild meiner Großeltern; dann kannst du sie später auch herumzeigen, wenn wir mal alt und grau sind“, verkündete er, zog sich um und öffnete seinen Zopf. Sannahs Augen leuchteten bei seinem Anblick. Mit dem reich bestickten Lederhemd und den offenen Haaren sah er atemberaubend aus. Wenn sie ihn nicht vor zwei Stunden geheiratet hätte, würde sie ihn spätestens jetzt vor den Altar zerren. Sie strahlte ihn glücklich an, als er ihr den Schal um die Schultern legte und ihr den Ìchalu in die Hand gab.
„Ich dachte, ich darf Adlerfedern nicht berühren?“, fragte sie unsicher.
„Jetzt schon, denn ich gebe sie jetzt meiner Frau“, stellte Josh fest. Der Schal bedeckte ihren Oberkörper, so dass man ihr Shirt da-

runter nicht erkennen konnte. Die langen Fransen an Schal und Hemd flatterten im Wind. Sannah erklärte Ty die Kamera. Mit der Weide im Hintergrund machte Tyler eine ganze Serie von Bildern. Strahlend hielten sie auf Tys Anweisung Händchen, stellten aber auch das alte Foto nach und blickten ernst und feierlich, auch wenn es schwerfiel.
„Sie dürfen die Braut jetzt küssen", wurde Josh von Tyler aufgefordert. Auch dieser Aufforderung kamen sie gern nach.

Auch an Hochzeitstagen machte sich die Arbeit nicht von allein. Nachdem sie sich wieder umgezogen hatten, saß Josh die nächsten Stunden im Sattel und trainierte die Berittpferde, die er wegen des Powwows das ganze Wochenende über nicht bewegt hatte. Aber es hatte sich gelohnt. Jakes Trommelgruppe hatte gewonnen, jeder hatte einen Teil des Preisgeldes erhalten und Jake war das ganze Powwow hindurch wie ein überdimensionaler, aufgeplusterter Truthahn über das Gelände stolziert.
Ty und Sannah misteten gründlich den Stall aus und stapelten die verbliebenen Heuballen um. Am nächsten Tag sollte eine neue Ladung für den Winter geliefert werden, und sie mussten Platz schaffen. Danach steckte Sannah ihren Fuß in einen Eimer mit kaltem Wasser. Gelegentlich tat er immer noch weh, aber sie vermied, dass Josh etwas davon mitbekam. Sie wollte nicht schon wieder auf dem Sofa versauern.
„Dein Geld ist immer noch in meiner Tasche", sagte sie zu Ty, der mit besorgter Miene neben ihr saß und ihren Fuß betrachtete.
„Ich weiß. Ich würde es vorerst gern hierlassen. Ist sicherer", meinte er.
Sannah fragte ihn nicht, warum, sondern dachte sich ihren Teil.
„Kein Problem, aber ich gebe es Josh, bevor ich nach Hamburg fliege."
„Musst du wirklich weg?", fragte er traurig.
„Ich muss ein paar Dinge regeln, aber danach komme ich wieder zurück", versicherte sie ihm.
„Dann sind aber meine Ferien vorbei", stellte er enttäuscht fest.
„Bist du so nett und kümmerst dich um Wakínyan, während ich fort bin?", fragte sie, um ihn aufzumuntern.

Ihre Rechnung ging auf. Tys Gesicht erhellte sich. „Na klar! Ich werde mich so gut um ihn kümmern, dass er gar nicht merkt, dass du weg bist."
„Ich weiß." Sie strich ihm zärtlich über das Haar.
Nach dem Mittagessen schob Sannah noch einen Kuchen in den Ofen.
„Wird das eine Erdbeertorte?", fragte Josh.
„Wenn du mir verrätst, wo ich hier Erdbeeren bekomme", erwiderte sie.
„Wird schwierig", gab er zu.
„Du könntest doch welche in den Garten pflanzen, dann kannst du nächstes Jahr selber ernten", schlug Tyler vor.
Sannah lächelte. „Keine schlechte Idee, ein bisschen frisches Gemüse und Salat könnten wir auch ziehen."
„Ich glaube nicht, dass die Erdbeeren den Winter überleben. Der Gärtner sagte, ich muss die Rosen alle einpacken, damit sie nicht erfrieren", warf Josh ein und versuchte, seine Zukunft als Gemüsebauer abzuwenden.
„Die packen wir dann auch ein", vereitelte sie seinen Plan. „Und ich erkundige mich mal, welche Obstbäume den Frost hier aushalten", beschloss sie und lehnte sich zufrieden zurück. „Ein paar Hühner wären auch nicht schlecht", fügte sie noch grinsend hinzu.
Josh verdrehte die Augen. „Kaum ein paar Stunden verheiratet, und sie macht aus meiner Ranch eine Old MacDonald's Farm!", beklagte er sich theatralisch, aber seine Augen leuchteten vor Glück.

Nachdem sie Tyler am späten Nachmittag nach Hause gefahren hatten, sattelten sie die Pferde und machten sich mit Packtaschen und Wolldecken auf den Weg zum Pinienhain. Viele der Blumen waren mittlerweile verblüht, aber das tat der Schönheit dieses kleinen Idylls keinen Abbruch. Josh ritt am Bachufer ein paarmal hin und her, um etwaige Schlangen zu vertreiben, dann ließen sie sich auf den Decken nieder und genossen ihr Picknick, während die Pferde in der Nähe grasten. Josh streckte sich auf der Decke aus, zog Sannah mit einem breiten Lächeln zu sich herunter und begann mit den Flitterwochen, wie er es nannte. Später am Abend setzten sie ihre Flitterwochen zu Hause fort.

Es war mitten in der Nacht, als Sannah von einem Geräusch an der Küchentür geweckt wurde. Die Schlafzimmertür stand offen und so drang das Scharren auf der Veranda deutlich nach oben. Einbrecher, schoss es ihr durch den Kopf, und ihr Herz schlug bis zum Hals. Leise weckte sie Josh, was schwierig war, weil er tief und fest schlief. Während sie noch an seiner Schulter rüttelte, hörte sie ein Wimmern. „Josh!“, rief sie nun laut, weil ihr klar wurde, dass Einbrecher nicht an Türen wimmerten.
Josh rührte sich endlich, und Sannah zog sich hastig T-Shirt und Slip an.
„Was ist?“, fragte er benommen.
„Da ist jemand an der Tür und weint“, rief sie und rannte die Treppe hinunter. Josh hastete in seine Jeans und raste hinterher. Sie hatte bereits die Tür aufgeschlossen und starrte entsetzt auf das Bild, das sich ihr bot. Tyler!
Er war blutüberströmt, sein Gesicht geschwollen und schmerzverzerrt und er hielt seinen Arm an den Körper gepresst. Zusammengesunken hockte er an der Tür, und Tränen liefen über sein Gesicht. Sie kniete neben ihm und versuchte ihm hochzuhelfen. Josh schob sich an ihr vorbei, hob seinen Sohn behutsam hoch und trug ihn ins Haus. Er legte ihn aufs Sofa, und Sannah begann ihn zu untersuchen.
„Ich brauche einen Eisbeutel und den Verbandskasten“, sagte sie. Josh lief die Treppe hoch, um den Verbandskasten zu holen. Sannah riss ein sauberes Geschirrtuch aus der Schublade und tupfte Ty vorsichtig das Blut aus dem Gesicht, um zu sehen, wie schlimm die Verletzungen waren. Josh brachte den Kasten und holte eine Tüte mit Tiefkühlerbsen aus dem Gefrierfach.
„Geht das auch?“, fragte er besorgt.
„Hauptsache kalt“, sagte sie und legte Ty die Tüte ins Genick, um die Blutung aus der Nase zu stillen.
Ty schluchzte laut auf. „Das tut so weh!“
„Was genau tut weh, Ty?“
„Mein Arm“, stöhnte er.

Sie betrachtete den Arm. Er war blau und geschwollen, aber nicht verdreht. Höchstwahrscheinlich gebrochen, aber nur einer der beiden Knochen im Unterarm. Sie vermied, den Arm genauer zu untersuchen, um ihm nicht noch mehr Schmerzen zuzufügen. Ein gebrochener Arm war zwar schmerzhaft, aber im Normalfall nicht gefährlich. Sie machte sich mehr Sorgen über seine Verletzungen am Kopf. Das Nasenbluten hatte aufgehört. Sannah gab Josh das Küchentuch. In seinem Gesicht stand die blanke Angst.
„Mach es bitte nass", sagte sie, dann tastete sie behutsam Tylers Nasenrücken, den Rand der Augenhöhlen und die Jochbögen ab und untersuchte die Platzwunde.
„Und ich brauche eine Taschenlampe", ergänzte sie noch, als Josh ihr das nasse Tuch reichte.
Sannah wischte Ty das Gesicht sauber. Fürs Erste hatte sie keine Brüche am Gesichtsschädel feststellen können. Die Platzwunde an der Stirn blutete zwar stark, war aber nicht tief, auch die Lippe war aufgeplatzt, daher das Blut aus dem Mund. Mit der Taschenlampe, die er ihr reichte, prüfte sie die Pupillenreaktion. Alles normal! Sie war nun deutlich beruhigter.
„Ist dir schwindlig oder schlecht?", fragte sie Tyler.
„Nein", flüsterte er mit geschlossenen Augen.
„Wie schlimm ist es?", fragte Josh verzweifelt.
„Zum Glück nicht so schlimm, wie es aussieht", antwortete sie. „Der Arm wird gebrochen sein, aber alles andere ist nicht ganz so ernst."
Josh war erleichtert und entspannte sich etwas. Sannah drückte eine Kompresse auf Tys Stirn, zog behutsam den Beutel mit den Erbsen unter Tylers Genick hervor und legte ihn vorsichtig auf seinen Arm. Er verzog schmerzhaft das Gesicht.
„Wird gleich besser", tröstete sie ihn. „Wir müssen deinen Arm ruhigstellen, bevor wir ins Krankenhaus fahren, damit es bei der Fahrt nicht so wehtut", erklärte sie ihm und streichelte ihm sanft über die Stirn.
„Ich ziehe mich schnell an", sagte Josh und verschwand nach oben.
Tyler hatte sich etwas beruhigt und fröstelte. Sie deckte ihn mit einer Wolldecke zu und wartete, bis Josh wieder unten war, damit

auch sie sich anziehen konnte. Als sie fertig war, richteten sie Ty auf und legten seinen Arm behutsam in ein Tuch, das als Schlinge diente. Josh trug ihn zum Wagen und setzte ihn auf den Rücksitz. Sannah setzte sich zu ihm, nahm ihn in den Arm und deckte ihn wieder mit der Decke zu. Dann machten sie sich auf den Weg in die Klinik. Erst jetzt wurde Sannah klar, dass Ty sich den ganzen Weg zur Ranch geschleppt hatte.

„Wer war das?“, fragte Josh grimmig, obwohl er sich die Antwort schon denken konnte.

„Daryl“, stöhnte Tyler, dem das Rumpeln des Wagens Schmerzen bereitete. „Er hat mitgekriegt, dass ich Geld gewonnen habe, und ist sauer geworden, als er es nicht gefunden hat. Ich muss mit dem Geld zurück, sonst schlägt er mich wieder.“ Er weinte verzweifelt.

Josh konnte sich kaum beherrschen vor Wut und Hass. „Der wird dich nie wieder schlagen, dafür sorge ich!“, schwor er bestimmt, aber mit sanfter Stimme, um Ty nicht noch mehr Angst zu machen.

Sannah stieg Übelkeit hoch vor Entsetzen. Sie drückte Ty an sich und versuchte ihn zu beruhigen, der Junge schluchzte leise vor sich hin und vergrub sein Gesicht an ihrer Schulter.

„Alles wird gut. Wir kümmern uns darum“, murmelte sie beruhigend.

Als sie auf der Hauptstraße waren, nahm Josh sein Handy und verständigte die Polizei.

In der Klinik angekommen wurde Ty in der Notaufnahme versorgt, und Sannah informierte Dr. Michaels, der wieder mal Dienst hatte, über die Verletzungen, die sie hatte feststellen können. Tyler wurde erst einmal zum Röntgen gebracht.

„Lasst mich nicht allein“, bat er verzweifelt.

„Keine Angst, wir warten hier“, versicherte Josh.

Etwas später war auch die Polizei in Form von Sam aufgetaucht.

„Wir haben den Kerl festgenommen, er war stockbesoffen; jetzt brauche ich noch genauere Angaben über das Opfer“, erklärte er. „Wie heißt er, und wie schwer ist der Junge verletzt?“

„Tyler Gray Eagle“, antwortete Sannah ahnungslos.

Sam riss erstaunt die Augen auf, als er den Namen hörte, besann sich dann aber und wurde wieder dienstlich.
„Der Arm ist gebrochen, er hat eine Platzwunde an der Lippe und der Stirn, Blutergüsse im Gesicht und vermutlich auch eine leichte Gehirnerschütterung", zählte Sannah auf.
Dr. Michaels hatte sich dazugesellt. „Ich bestätige die Diagnose meiner Kollegin. Ich möchte ihn zur Beobachtung ein oder zwei Tage hierbehalten, um sicherzugehen, dass seine Kopfverletzungen keine Hirnblutung nach sich ziehen. Schwere Körperverletzung nennt man das wohl", sagte er zornig.
Josh war kurz vor dem Überkochen. Die Angst um Tyler und die Wut auf Daryl bahnten sich ihren Weg an die Oberfläche und explodierten. „Ich bring den Scheißkerl um!", brüllte er und tobte wutentbrannt zum Ausgang.
Sam wusste genau, was jetzt folgen würde, wenn er Josh nicht daran hinderte, und versuchte ihn festzuhalten, doch er hatte Mühe, ihn zu bändigen. Josh riss sich wie ein wildgewordener Büffelbulle wieder los. Es folgte ein kleines Handgemenge.
Sannah ging dazwischen. „Hör auf damit!", schrie sie und brachte Josh halbwegs zur Besinnung. „Du gehst da jetzt rein und kümmerst dich um deinen Sohn!", herrschte sie ihn unmissverständlich an.
Plötzlich war es totenstill. Bei dem Wort „Sohn" entwich die angestaute Wut aus Josh wie aus einem Luftballon. Sam blickte völlig entgeistert von einem zum anderen, und Dr. Michaels schnappte sich Josh, um ihn ins Behandlungszimmer zu bringen. Sannah ließ sich auf einen Stuhl fallen und atmete tief durch.
Sam holte den unvermeidlichen Kaffee aus dem Automaten und drückte ihr einen Becher in die Hand. „Bei euch wird es wohl nie langweilig", stellte er fest und wartete auf eine Erklärung. „Habe ich dich eben richtig verstanden? Sein Sohn?"
Sie nickte verlegen und trank ihren Kaffee. „Sollte eigentlich noch keiner wissen, ist mir so rausgerutscht", sagte sie matt. Dann erzählte sie Sam die ganze Geschichte.
„Ich muss diesen Vorfall der Jugendfürsorge melden", sagte er betreten.
Sannah sah ihn erschrocken an.

„Tyler darf auf gar keinen Fall ins Heim! Es kann nicht mehr lange dauern, bis das Testergebnis da ist", flehte sie verzweifelt.
„Ich kenne Mrs. Ferguson von der Jugendfürsorge ganz gut und rede mit ihr, vielleicht kann ich sie überzeugen, dass er zu euch kommt. Aber versprechen kann ich nichts", meinte Sam, immer noch baff über die ganzen Neuigkeiten. „Ich muss los und meinen Bericht schreiben. Ich melde mich bei euch", sagte er und verschwand.
Einige Zeit später erschien Josh im Wartebereich. „Die Platzwunden wurden genäht. Er hat eine Gipsschiene und Schmerzmittel bekommen und schläft jetzt. Ich habe ihm gesagt, wir kommen heute Nachmittag wieder vorbei."
Sie nickte müde, aber ihre Gedanken rasten durch den Kopf. Die Jugendfürsorge konnte Joshs Pläne zunichte machen, und sie überlegte fieberhaft, ob sie ihm davon erzählen sollte, oder nicht. Sie fürchtete, dass er wieder explodieren würde und damit eventuell alles nur noch schlimmer machte. Josh war ein wenig zur Ruhe gekommen, Tyler war versorgt, in guten Händen und schlief, und genau das sollten sie besser auch tun. Jedenfalls noch ein paar Stunden. Mit einem klaren Kopf ließen sich Entscheidungen besser treffen.

Sam fuhr nach Feierabend nicht nach Hause, sondern nach Rapid City, um den Fall Tyler Gray Eagle persönlich mit der Fürsorgerin zu besprechen. Mit der frisch angelegten Akte unter dem Arm betrat er ihr Büro, kaum dass sie angekommen war. Bei einer Tasse Kaffee, für die Sam ausgesprochen dankbar war, legte er die Fakten dar und versuchte, das Heim für Tyler abzuwenden. Sie kannten sich schon lange, hatten oft zusammengearbeitet, um das Beste für die betroffenen Kinder zu erreichen, denn, dass Kinder plötzlich ohne ein Zuhause dastanden, gehörte im Reservat leider zum traurigen Alltag. Alice Ferguson leitete die Abteilung und brachte mehr Verständnis auf als viele ihrer Mitarbeiter. Deswegen hoffte Sam darauf, dass sie sich Tylers Fall persönlich annehmen würde. Außerdem war sie ihm noch einen Gefallen schuldig. Sie tat ihm diesen Gefallen, und er fuhr zufrieden und völlig übermüdet nach Pine Ridge zurück. Zuhause angekom-

men rief er bei Josh an und war froh, Sannah an der Leitung zu haben.
„Ich habe mit der Jugendfürsorge gesprochen, möglicherweise kommt sie in den nächsten Tagen bei euch vorbei. Sie ist sehr nett und umgänglich, also keine Panik, aber mach dem Jungen noch keine Hoffnung, bevor ihr nicht mit ihr gesprochen habt. Du musst nur dafür sorgen, dass Josh nicht die Beherrschung verliert", ermahnte er Sannah.
Sie stöhnte innerlich, leichter gesagt als getan. „Ich danke dir, Sam. Wenn sich in den nächsten Tagen wieder alles beruhigt hat, seid ihr herzlich zum Essen eingeladen. Wir haben etwas zu feiern, vielleicht ja sogar Tylers neues Zuhause, dank dir."
„Was feiern wir denn?", wollte er wissen.
„Josh und ich haben gestern geheiratet", informierte sie ihn lachend und ließ Hailey schön grüßen. Dann schlurfte sie müde in die Küche und schmiss die Kaffeemaschine an. Während ein mittlerweile reichlich überforderter Sam seiner sprachlosen Frau sämtliche Neuigkeiten berichtete und anschließend ins Bett fiel, saß Sannah nach langer Zeit mal wieder allein auf der Veranda, schlürfte ihren Kaffee, genoss die Ruhe des frühen Morgens und ließ ihren Mann noch ein wenig Schlaf nachholen. Der Tag würde noch anstrengend genug werden.

Und das wurde er auch. Das Heu wurde wie verabredet gebracht, und sie waren bis zum Nachmittag damit beschäftigt, die Ballen auf dem Heuboden einzulagern. Danach fuhren sie in die Klinik zu Ty. „Wenn das so weitergeht, werde ich mir hier ein Zimmer mieten", überlegte Josh, als sie auf den Eingang zugingen.
„Sie werden ihn nicht lange hier behalten. Mit einem gebrochenen Arm kann er bald nach Hause", meinte Sannah.
„Fragt sich nur, wo das sein wird", antwortete er verbittert. Daryl hatte alle Pläne zunichte gemacht.
Sannah hielt ihn am Arm fest und zog ihn zu einer Bank vor der Klinik. „Setz dich, ich muss dir etwas sagen", begann sie und berichtete ihm dann von Sams Anruf.
„Es kommt jetzt darauf an, einen kühlen Kopf zu bewahren und einen guten Eindruck zu machen. Sie wird sicher viele Fragen

stellen, aber du hast ja schließlich nichts zu verbergen. Bleib einfach ruhig, und es wird schon klappen", beschwor sie ihn.
Er sah sie entgeistert an. „Glaubst du wirklich, ich gefährde Tys Zukunft, weil ich mich nicht zusammenreißen kann?", fragte er ungläubig.
„Zumindest deine Zukunft hast du einer Schlange zu verdanken, sonst wäre ich jetzt nicht mehr hier", stellte sie nüchtern fest.
Josh schwieg betroffen, denn er musste ihr recht geben. „Du hast es echt nicht leicht mit mir", meinte er zerknirscht.
Sannah küsste ihn. „Das ist es mir wert."

Tyler saß in seinem Bett und blätterte geistesabwesend in einer Zeitschrift, die ihm die Schwester gebracht hatte. Er langweilte sich und war froh Besuch, zu bekommen. Sein Auge schillerte mittlerweile in Dunkelblau und Lila und war stark geschwollen, ebenso seine Unterlippe. Die Wunde an der Stirn war mit drei Stichen genäht worden. Der Arm ruhte in einer Schlaufe. Er versuchte zu lächeln, als die beiden in sein Zimmer kamen, doch die Lippe tat zu weh. Wieder stieg rasende Wut in Josh hoch, als er seinen Sohn so geschunden sah.
„Hey, Kumpel!", sagte er mitfühlend. „Sind die Schmerzen noch schlimm?"
Ty schüttelte leicht den Kopf und bereute es sofort wieder. „Der Arm tut nicht mehr weh, wenn ich ihn still halte, aber mein Kopf brummt schrecklich", nuschelte er und drückte vorsichtig einen Eisbeutel auf sein Gesicht.
Josh setzte sich zu ihm aufs Bett und legte seinen Arm um Tys Schulter. „In ein paar Tagen ist es besser."
Ty lehnte sich an Josh und schloss traurig die Augen. Er genoss die Nähe und Zuneigung. Zuletzt hatte ihn seine Mutter so in den Arm genommen und getröstet, und das war lange her.
„Was wird denn jetzt aus mir?", fragte er verzweifelt. „Muss ich jetzt in ein Heim oder zu meinem richtigen Vater?"
Josh warf Sannah einen hilflosen Blick zu.
„Wir wissen es auch noch nicht, Ty. Das muss die Jugendfürsorge jetzt entscheiden. Aber wir werden alles versuchen, um das Heim zu verhindern, hörst du? Wir lassen dich nicht im Stich! Verspro-

chen!", versicherte Sannah, aber es half nicht. Tränen liefen über sein Gesicht.
„Bitte nicht ins Heim", schluchzte er und vergrub sein Gesicht in Joshs Arm.
„Wir reden mit der Fürsorgerin", sagte Josh nur und schloss seinen Jungen in die Arme, um ihn zu trösten, ohne sich seine eigene Verzweiflung anmerken zu lassen.
Keiner von ihnen bemerkte die Frau, die an der Tür stand und die Szene beobachtete.

Alice Ferguson hatte genug gesehen und entfernte sich unauffällig. Sie hatte nicht vorgehabt zu lauschen. Sie wollte mit dem Arzt sprechen und sich selbst ein Bild vom Zustand des Jungen machen. Die Informationen, die sie nun per Zufall erhalten hatte, halfen ihr allerdings sehr viel mehr als die nüchternen Fakten des Arztes. Sam Standing Bear hatte den Mund nicht zu voll genommen.
Sie verließ die Klinik und machte sich auf den Weg zu ihrem nächsten Termin, denn bevor sie mit dem mutmaßlich leiblichen Vater sprechen wollte, benötigte sie noch die Zustimmung einer anderen Person. Sie hatte den Vormittag genutzt, um noch mehr Fakten zu sammeln. Sowohl über noch lebende Verwandte des Jungen als auch Auskünfte über den Mann, der behauptete, der leibliche Vater zu sein. Vom Vormundschaftsgericht hatte sie die Bestätigung erhalten, dass tatsächlich ein Vaterschaftstest angeordnet worden war, aber noch kein Ergebnis vorlag. Ohne dieses Ergebnis gab es offiziell keinen Vater, der sorgeberechtigt war. Das bedeutete, wenn sich keine anderen Verwandten finden ließen, die geeignet und bereit waren, den Jungen aufzunehmen, müsste er zu Pflegeeltern oder ins Heim. Pflegeeltern rissen sich für gewöhnlich nicht um dreizehnjährige Jungen. Kleinere Kinder oder Mädchen waren unproblematischer. Ihre Nachforschungen hatten ergeben, dass es noch eine Tante in Green Grass gab. Allerdings weitab jeder Zivilisation: kein Strom und kein fließendes Wasser. Damit waren die Mindestanforderungen nicht erfüllt, und ihr waren die Hände gebunden. Jetzt blieb nur noch eine Adresse auf ihrer Liste übrig. Sie warf einen Blick auf ihr

Navi und bog auf einen kleinen Feldweg ab. „Zivilisierter sieht es hier allerdings auch nicht aus", dachte sie.

Nachdem sie die Besuchszeit bis zum absoluten Limit ausgereizt hatten, machten sich Sannah und Josh auf den Weg nach Hause. Zuerst hatten sie überlegt, Sam und Hailey zu überfallen, sich dann aber entschieden, lieber direkt zurück zur Ranch zu fahren, um erreichbar zu sein. Das hatte, neben Tyler, Priorität. Sannah war damit beschäftigt, das Abendessen zu machen, während Josh die Pferde holte. Gerade die Stuten mit den Fohlen hatte er abends lieber im Stall. Er konnte dann ruhiger schlafen, erst recht, seit Taté da war.

Alice hatte ihren Besuch beendet und fuhr nun auf der Hauptstraße an Wounded Knee vorbei in Richtung Rapid. ‚Feierabend', dachte sie, als sie bemerkte, dass sie direkt bei Joshua White Cloud vorbeifahren würde. Sie sah auf die Uhr und überlegte kurz. Die Aussicht, alles an einem Tag zu schaffen, lockte sie, und sie würde sich eine zweite Fahrt ins Reservat sparen. Kurz entschlossen fuhr sie durch Manderson und hielt nach der Zufahrt zur Ranch Ausschau. Wenig später bereute sie fast ihren Entschluss, als sie über die nicht enden wollende Schlaglochpiste rumpelte. Das war nicht gerade vielversprechend, und sie machte sich auf den gewohnten Anblick halb verfallener Trailer oder anderer Behausungen gefasst. Doch als sie endlich die kleine Anhöhe erreichte, blickte sie fassungslos auf die kleine Ranch, die vor ihr in der Abendsonne lag. Damit hatte sie nicht gerechnet. Die Strommasten hatte sie bereits positiv registriert, aber auf einen blühenden Garten und weiße Zäune war sie nicht vorbereitet gewesen. Sie parkte ihren Wagen neben den anderen beiden Autos. Keine Wracks, notierte sie im Geiste. Josh war gerade damit beschäftigt, die Reste des Heus zusammenzuharken. Sannah sah aus der Küchentür, als sie den Wagen hörte. „Das ist doch mal eine ganz andere Hausnummer", stellte Alice zufrieden fest.
Josh kam auf sie zu, und sie stieg aus ihrem Wagen.
„Ich bin Alice Ferguson von der Jugendfürsorge", stellte sie sich vor und reichte ihm die Hand, etwas beklommen, als sich dieser

Riese mit langen Haaren und schwarzen Augen vor ihr aufbaute. Doch er lächelte freundlich und ergriff ihre Hand. „Josh White Cloud, das ist meine Frau Sannah. Kommen Sie doch bitte herein", sagte er und deutete auf die Tür.
Nachdem man Höflichkeiten ausgetauscht hatte, saßen alle vor einem Glas Eistee, und Alice arbeitete ihren Fragenkatalog ab. „Ich weiß, dass es vielleicht unangenehme Fragen sind, aber ich brauche genaue Auskünfte, um einen Antrag auf die vorläufige Vormundschaft bearbeiten zu können", erklärte sie und begann mit ihrem Verhör, wie Josh es später nannte.
Als sie die Antworten auf ihre Fragen nach Schulabschlüssen und Berufen erhielt, kam sie aus dem Staunen kaum noch heraus. Ein Abschluss in Betriebswirtschaft der Universität Aberdeen und ein Doktortitel der Universität Hamburg, Fachbereich Medizin. Das musste sie erst mal verdauen. Ehrenamtliche Arbeit für drei Spendenprojekte im Reservat, darunter ein Projekt für Kinder und Jugendliche zur Drogenprävention. Es war fast wie das Musterbeispiel des Anforderungskatalogs, der in der Alltagsroutine ihres Jobs für gewöhnlich auf ein Normalmaß und nicht selten auf ein Mindestmaß reduziert wurde. Nun wollte sie sich noch vergewissern, dass auch die räumlichen Bedingungen erfüllt wurden, und bat darum, sich das Haus ansehen zu dürfen. Wohnzimmer und Küche kannte sie bereits. Oben gab es ein Bad mit Dusche und Toilette, nicht besonders groß, aber völlig ausreichend für drei Personen, und der Junge sollte sogar ein eigenes Zimmer erhalten. Sie machte auch in diesem Kästchen einen Haken.
Zurück am Küchentisch zog Alice Bilanz. „Nachdem wir nun alle wichtigen Fragen geklärt haben und Lieutenant Standing Bear ihnen einen guten Leumund bescheinigt hat, bin ich sehr zufrieden", erklärte sie.
Josh und Sannah atmeten erleichtert auf.
„Nachdem der Großvater des Jungen ...", Alice blätterte in ihren Unterlagen nach dem Namen, und Joshs Herz sank in den Staub. Sannahs Magen krampfte sich zusammen.
„... Henry Gray Eagle, sich den Anforderungen, die die Erziehung eines Teenagers mit sich bringt, nicht gewachsen sieht und

eine Unterbringung bei Ihnen befürwortet hat, kann ich Ihnen die erfreuliche Mitteilung machen, dass einer vorläufigen Erteilung des Sorgerechts als Pflegeeltern nichts im Wege steht. Über das endgültige Sorgerecht entscheidet das Vormundschaftsgericht", beendete Alice Ferguson ihren amtlichen Sermon und klappte den Aktendeckel zu.

Josh traute seinen Ohren kaum. Das klang nicht nur zu schön, um wahr zu sein, sondern völlig absurd.
„Gray Eagle hat es befürwortet?", fragte er ungläubig und erntete von Sannah einen unauffälligen Tritt ans Schienbein.
„Ja", antwortete Alice ahnungslos. „Er sagte, ein Sohn gehöre zu seinem Vater. Ob dem nun wirklich so ist, wird das Testergebnis ja sicher bald zeigen. Kommen Sie doch bitte morgen in mein Büro, dann können Sie den Antrag unterzeichnen", schloss sie lächelnd ab.
Solche Tage hätte sie gern öfter erlebt. Als sie sich endgültig auf den Weg nach Hause machte, blickte sie im Rückspiegel noch mal auf die kleine Ranch. ‚Da bekommt Alice im Wunderland eine völlig neue Bedeutung', dachte sie und grinste zufrieden.

Sannah und Josh standen, wie vom Donner gerührt, auf der Veranda und sahen dem Wagen hinterher. Nur langsam machte sich in ihnen die Erkenntnis breit, dass sie es geschafft hatten. Dass Tyler es geschafft hatte. Die Sorgen gehörten der Vergangenheit an. Unbändige Freude brach sich ihren Weg, und mit lautem Freudenschrei riss Josh seine Frau in seine Arme und wirbelte sie herum. Erst bekam er eine Ehefrau und nun noch seinen Sohn. Josh war der Meinung, dass sein Leben nicht besser sein konnte.
„Am liebsten würde ich jetzt in die Klinik fahren und Ty die guten Neuigkeiten erzählen", jubelte er atemlos, als er Sannah wieder auf den Boden gestellt hatte.
„Dafür ist es schon zu spät. Er schläft bestimmt schon, das Schmerzmittel macht müde. Wir fahren morgen früh nach Rapid und stellen den Antrag, um ganz sicher zu sein. Vielleicht können wir ihn am Nachmittag schon abholen", bremste sie ihn aus, obwohl sie selbst gerne in die Klinik gefahren wäre.

„Lass uns was essen, und dann richten wir sein Zimmer noch schön her und beziehen das Bett“, schlug sie vor.
Josh lächelte sie liebevoll an. „Gute Idee.“

Später räumte Sannah ihre restlichen Klamotten aus dem kleinen Schrank und bezog das Bett. Josh hatte Vorhänge aus der Truhe gekramt, um es ein bisschen behaglicher aussehen zu lassen. Dann schleppte er noch ein Poster mit Pferden an.
„Im Ernst?“, fragte Sannah und schmunzelte.
„Warum denn nicht? Die hatte ich auch hier hängen, als ich in Tys Alter war.“
„Das erklärt vieles“, stellte sie feixend fest.
„Was hattest du denn in deinem Zimmer hängen?“, fragte er neugierig.
„Filmstars, vorzugsweise ohne T-Shirt und mit Waschbrettbauch“, erklärte sie kichernd.
„Das erklärt auch vieles! Derartige Poster wären hier sofort in Flammen aufgegangen“, bemerkte er amüsiert.
Sannah sah ihn verständnislos an.
„Mein Vater war streng. Poster von halbnackten Mädchen wären in diesem Haus undenkbar gewesen. Wirklich aufgeklärt hat er mich auch nie, das musste ich selbst herausfinden; deswegen wurde ich wohl auch mit knapp siebzehn schon Vater“, sagte er nachdenklich.
„Mit siebzehn war ich noch Jungfrau und lief völlig verschüchtert in der Uni herum. Wenn mich einer meiner Kommilitonen angesprochen hat, bin ich rot geworden und geflüchtet. Nur den Typen an der Wand konnte ich heimlich anhimmeln. Ich wusste zwar alles über Sex, theoretisch, aber wie man mit einem männlichen Wesen spricht, ohne vor Nervosität in Ohnmacht zu fallen, hat mir niemand erzählt“, erinnerte sie sich amüsiert.
„Schön, dass du mittlerweile sprechen kannst“, sagte er lachend, dann sah er sich um. „Das war früher mein Zimmer. Jetzt bin ich Vater, und mein Sohn wird hier wohnen. Schade, dass mein Dad das nicht mehr erlebt. Er hätte mir zwar lebenslangen Hausarrest verpasst, aber es hätte ihm gefallen.“
„Mich erstaunt nur der Sinneswandel von Gray Eagle“, stell-

te Sannah verwundert fest, als sie sich an den Blick des anderen Großvaters erinnerte.
„Mich auch, vielleicht wird er einfach nur alt und versöhnlich. Jedenfalls bin ich ihm Dank schuldig" Er nahm sie schwungvoll auf den Arm und trug sie ins Schlafzimmer.
„Ab mit dir ins Bett! Das ist vielleicht unsere letzte Nacht ohne Kind im Haus." Er grinste anzüglich und schälte sie genüsslich aus ihren Klamotten.
„Wie schön, dass du jetzt mehr über Mädchen weißt", schnurrte sie.

Gleich am nächsten Morgen fuhren sie nach Rapid, um den Antrag auf Vormundschaft zu unterzeichnen. Das Wort Antrag störte Sannah. Als duldsamer Bundesbürger normgerecht auf die bedächtige Produktivität deutscher Behördenmühlen geeicht, witterte sie einen Haken.
„Wie lange wird es dauern, bis der Antrag bearbeitet ist?", fragte sie, weil sie plötzlich fürchtete, dass Tyler bis dahin doch in ein Heim müsste.
„Einige Wochen; da ich zur Zeit aber keinen Platz zur Verfügung habe, um den Jungen unterzubringen, und Sie geeignete Pflegeeltern sind, darf er direkt zu ihnen. Normalerweise ist das unüblich. Pflegeeltern müssen erst überprüft werden, aber ich mache mal eine Ausnahme. Jungen in dem Alter sind schwer vermittelbar", erklärte Alice Ferguson, als hätte sie Sannahs Gedanken erraten.
Sannah atmete auf, und auch Josh entspannte sich sichtlich.
„Ich werde das Krankenhaus informieren, dass Sie berechtigt sind, Tyler in Ihre Obhut zu nehmen, sobald er entlassen werden kann", beendete Alice den offiziellen Teil und lächelte. „Ich freue mich für Sie und vor allem für Tyler. Diese Geschichten gehen viel zu selten gut aus."

Josh und Sannah nutzten den Aufenthalt in Rapid, um noch einzukaufen. Hier war es deutlich billiger, und die Auswahl an Obst und Gemüse war größer. Sannah lud begeistert frische Erdbeeren in den Einkaufswagen und auch die restlichen Zutaten für eine

Torte. „Zur Feier des Tages!", verkündete sie, und Josh strahlte. Außerdem kaufte sie noch etwas für Hailey.

Zurück auf der Ranch machte sie sich an die Arbeit. Josh rief im Krankenhaus an, um zu fragen, wann Ty entlassen werden würde.

„Heute Nachmittag, er hat einen richtigen Gips bekommen und darf nach Hause!", jubelte er anschließend

„Vorher sollten wir noch seine Sachen aus Daryls Haus holen", meinte sie pragmatisch.

Er nickte und griff wieder zum Telefon. „Ich frag mal Sam, ob wir da einfach so reindürfen."

„Dann lade die beiden auch gleich zu Kaffee und Torte ein", antwortete sie und schob den Biskuitboden in den Ofen.

Am Nachmittag saß Tyler auf seinem Bett und kühlte sein Gesicht mit einem Eisbeutel. Es war sogar noch blauer geworden als am Vortag, aber die Schwellungen waren deutlich abgeklungen, und es fiel ihm leichter, etwas zu essen. Wirklich Hunger hatte er nicht. Die Angst davor, was nun mit ihm geschehen würde, ließ ihn nicht zur Ruhe kommen. Er dachte an seine Tante Sue und an seinen leiblichen Vater, von dem ihm seine Mutter kaum etwas erzählt hatte. Beide waren unerreichbar und er wusste nicht, ob sie ihn überhaupt haben wollten. Blieben nur das Heim oder fremde Leute, zu denen man ihn bringen würde. Er wünschte sich seine Mom zurück, doch sie war nicht mehr da, und er fühlte sich unendlich einsam und verlassen.

Die Schwester kam herein und brachte ihm eine Tüte mit seinen Sachen. „Die Jugendfürsorge hat heute Vormittag angerufen, du wirst gleich abgeholt. Soll ich dir beim Umziehen helfen?", fragte sie und lächelte freundlich.

Tys Magen krampfte sich zusammen.

„Wer holt mich denn ab?", fragte er tonlos.

„Deine Pflegeeltern, soweit ich weiß", erwiderte sie und öffnete das Fliegenhemd an seinem Nacken.

Tyler biss sich auf die Lippen, um nicht im Beisein der Schwester zu weinen, doch er hatte Mühe die Fassung zu bewahren, während sie ihm half, sich anzuziehen. Dann war er wieder allein, und die Tränen liefen über sein Gesicht.

Als Josh und Sannah mit den Entlassungspapieren das Zimmer betraten, fanden sie ein Häufchen Elend vor. Tyler saß in Tränen aufgelöst auf der Bettkante und trug, weil er nichts anderes hatte, sein blutverschmiertes Shirt.
Sannah eilte zu ihm und nahm ihn tröstend in den Arm. „Was ist los, Ty?"
„Ich werde gleich von Pflegeeltern abgeholt", schluchzte er, weil er dachte, dass Josh und Sannah ihn nur besuchen würden.
Josh hockte sich vor seinen Sohn und lächelte. „Wir holen dich ab, Ty!"
Es dauerte einen Moment, bis die Bedeutung dieser Worte durch Tylers Gefühlschaos drang, dann wurden seine Augen groß.
„Ihr?", fragte er ungläubig. „Ich darf zu euch?"
„Ja, du kommst zu uns", bestätigte Sannah strahlend.
Dann fiel Ty den beiden in die Arme. Er konnte sein Glück kaum fassen, das war mehr, als er je zu hoffen gewagt hätte. Wieder liefen Tränen über sein Gesicht, dieses Mal vor Erleichterung. Etwas verschämt wischte er sich mit seiner gesunden Hand über die Augen. „Eigentlich bin ich keine Heulsuse", beteuerte er glücklich.
„Was hältst du von einem sauberen Shirt?", fragte Josh und hielt ihm lächelnd ein neues T-Shirt hin.
Noch einmal zog sich Ty um und warf das alte Shirt in den Mülleimer. Nichts sollte ihn an diese schreckliche Nacht erinnern.

Auf der Fahrt zur Ranch saß Sannah mit Tyler auf der Rückbank und hielt ihn im Arm. Anfangs noch etwas zurückhaltend, dann immer entspannter genoss er die Geborgenheit, die er viel zu lange vermisst hatte, das Gefühl, einfach nur ein Kind sein zu dürfen. Er kuschelte sich an ihre Schulter und freute sich auf sein neues Zuhause. Dort angekommen, brachten sie ihn in sein Zimmer.
„Wir richten es noch anders ein, wenn du möchtest, und deine Sachen hole ich nachher zusammen mit Sam", erklärte Josh.

Ty sah sich mit großen Augen um, für ihn war es perfekt. Er hatte sogar ein eigenes Bett und musste nicht mehr auf einem alten Sofa schlafen. Es war kein Schimmel an den Wänden, und die Fenster waren heil und nicht mit Brettern vernagelt.
„Wer ist Sam?", fragte er.
„Mein bester Freund", antwortete Josh. „Er hat Daryl verhaftet und bei der Jugendfürsorge ein gutes Wort für uns eingelegt."
„Dann ist er jetzt auch mein bester Freund", sagte Ty, doch eine Sache beschäftigte ihn noch. „Was passiert, wenn mein richtiger Vater mich zu sich holen will? Muss ich dann hier wieder weg?", fragte er besorgt.
Er wollte zwar wissen, wer sein leiblicher Vater war, aber Josh und Sannah waren ihm vertraut, er hatte sie gern und fühlte sich wohl bei ihnen.
Josh setzte sich zu ihm aufs Bett und atmete tief durch. Er suchte einen Moment lang nach den richtigen Worten, aber entschied sich dann doch für die direkte Variante.
„Ich bin dein richtiger Vater", gestand er leise.
Ty war sprachlos und sah ihn nur ungläubig an.
„Ich wusste nichts von dir, deine Mom hat es mir nie erzählt, sonst hätte ich mich von Anfang an um dich gekümmert", sagte Josh mit belegter Stimme. „Als du hier im Winter aufgetaucht bist, wurde mir klar, wer du bist. Ich habe Nachforschungen angestellt und einen Anwalt eingeschaltet, um das Sorgerecht für dich zu bekommen ... deswegen auch der Test. Ich wünschte, dass alles schneller gegangen wäre, dann hätte ich dir ersparen können, was Daryl dir angetan hat, aber ohne das Testergebnis konnte ich bisher nichts machen, und offiziell dürfte ich es dir auch noch gar nicht erzählen, aber ich weiß, wie der Test ausfallen wird. Du bist mein Sohn."
Für eine Weile herrschte Stille im Zimmer. Tyler versuchte zu begreifen, dass sein Leben gerade eine große Wendung genommen hatte. „Mom hat mir auch nichts von dir erzählt, nur dass ihr zusammen zur Schule gegangen seid. Warum hat sie das gemacht?", fragte er ratlos.
„Ich weiß es auch nicht, Ty", erwiderte Josh. Er hatte sich selbst schon oft gefragt, warum Niya sich nie wieder gemeldet hatte.

Von dem Streit der Familien wollte er Tyler vorerst nichts erzählen, er hatte auch so schon genug zu verarbeiten. Sanft strich er seinem Jungen über den Kopf und schloss ihn in die Arme.
„Ich weiß, dass ist alles ein bisschen viel auf einmal. Jetzt wirst du erst mal wieder gesund und gewöhnst dich ein bisschen an uns. Aber du musst keine Angst mehr haben. Niemand wird dich hier wegholen. Du bist jetzt zu Hause, Micínkshi." – mein Sohn.

Wenig später fuhren Hailey und Sam auf den Hof.
Hailey drückte Sannah an sich. „Ich freue mich so für euch", sagte sie strahlend und war dann erschüttert von Tylers Anblick. Manchmal fragte sie sich, wie ihr Mann es ertrug, Tag für Tag diese Gewalt miterleben zu müssen. Doch sie kannte die Antwort. Sam war selbst so aufgewachsen und wollte etwas ändern, damit andere, vor allem Kinder, das nicht erleben mussten. Joshs Vater hatte ihn vor dem Schlimmsten bewahrt, und nun hatte Sam dafür gesorgt, dass Tyler Schlimmeres erspart blieb. Nicht nur dafür liebte sie ihn, und das gab ihm Kraft.
„Danke für deine Hilfe, Kola", sagte Josh und klopfte Sam auf die Schulter.
„Keine Ursache", meinte dieser bescheiden. „Ich bin froh, dass Tyler jetzt bei euch ist.
„Ich auch", stellte Ty fest.
Sannah balancierte indes die Torte auf die Veranda – einen Traum aus Erdbeeren, Schokolade und Sahne. Man gönnt sich ja schließlich sonst nichts. „Zur Feier des Tages!", verkündete sie und wuchtete das Ding auf den Tisch.

Als alle genüsslich die Torte verspeist hatten, lehnte sich Sam zurück und lächelte zufrieden. Noch vor ein paar Monaten hatte sein Freund als mürrischer Einsiedler auf dieser Veranda gesessen. Jetzt saß er hier mit seiner Familie und war, genau wie die Veranda selbst, nicht mehr wiederzuerkennen.
„Frau und Kind innerhalb von drei Tagen. Das macht dir so schnell keiner nach, White Cloud!"
„Ohne deinen Tritt in den Hintern hätte ich das wohl nicht geschafft", stellte Josh fest und grinste verschwörerisch.

Sam streckte seinen Fuß hoch und grinste. „Jederzeit wieder!"
Die Männer machten sich, mit Plastiksäcken bewaffnet, auf den Weg, um Tylers Sachen zu holen. Später, Sam und Hailey waren nach Hause gefahren, stellte Josh einen Sack mit Klamotten vor die Waschmaschine.
„Besser, du wäscht das erst mal gründlich durch", raunte er Sannah leise zu, dann brachte er die wenigen Habseligkeiten seines Sohnes in dessen Zimmer und half ihm beim Einräumen. Ty hatte immer noch den Eindruck zu träumen, doch als er seine Schulsachen auf den kleinen Tisch legte und seine Bücher in das Regal stellte, wurde langsam alles realer. Er sah sich in seinem neuen Zimmer um und fühlte sich plötzlich sicher und geborgen. Sein Blick wanderte rüber zu Josh.
Es war ungewohnt, ihn als Dad zu sehen, bisher war er sein Lehrer gewesen und auch ein Freund. Der Begriff Vater hatte für Tyler immer nur Ärger, Alkohol und Schläge bedeutet. Schon früh hatte er gelernt, dass man Daryl besser aus dem Weg ging und zur Not auch im Winter draußen herumlief und fror, um keinen Ärger mit ihm zu bekommen. Auf einmal bedeutete ‚Vater' etwas ganz anderes: Schutz, Verständnis und Wärme – und daran musste er sich erst gewöhnen. Aber er war erleichtert und glücklich. Endlich fühlte er sich nicht mehr verloren, hatte jetzt eine richtige Familie und ein Zuhause, das er sich nicht schöner hätte ausmalen können.
Als er spät am Abend satt, frisch geduscht und in einem von Joshs T-Shirts im Bett lag, dachte er über die vergangenen Wochen nach, erinnerte sich an all die schönen Tage, die er hier schon erlebt hatte, und lächelte. Er löschte das Licht und schlief ein.

Abschiede

Früh am nächsten Morgen schreckten ein schrilles Klingeln und ein Poltern Tyler aus dem Schlaf. Panisch richtete er sich auf und versuchte sich zu orientieren. Es dauerte einen Moment, bis ihm klar wurde, wo er war, und er ließ sich erleichtert zurücksinken. Lächelnd wanderte sein Blick durch den Raum, der von der Morgensonne erleuchtet wurde, und er kuschelte sich in die Kissen. Es duftete nach frischer Wäsche. Er hörte Josh und Sannah leise lachen und auch, dass einer von beiden ins Bad ging. Nichts in diesem Haus erinnerte an das alte, muffige Sofa in dem dunklen Raum und den säuerlichen Geruch von schalem Bier und Schimmel. Er hatte gut geschlafen, ohne Angst, und fühlte sich deutlich besser. Jemand lief die Treppe hinunter, und er beschloss auch aufzustehen. Er schlüpfte in seine Jeans, öffnete die Tür und ging hinunter in die Küche.

Sannah drehte sich um und lächelte. „Hey, so früh schon auf? Wie geht es dir?“

„Besser! Nur die Lippe tut noch weh“, antwortete er. Sie hatte Kaffee aufgesetzt und öffnete den Kühlschrank, um Frühstück zu machen.

Ty setzte sich an den Küchentisch. „Kann ich dir helfen?“, fragte er.

Sie schüttelte den Kopf. „Nein, du machst erst mal gar nichts, bevor dein Arm wieder in Ordnung ist!“

Sie stellte ihm ein Glas Milch vor die Nase. Orangensaft wäre ihm lieber gewesen, aber der brannte auf der Lippe. Die Milch kühlte angenehm, und das leise Pochen hörte auf.

Josh stapfte verschlafen die Treppe herunter und küsste seine Frau, dann strahlte er Ty an. „Hat dich mein Wecker aus dem Schlaf gerissen?“

„Ich bin fast aus dem Bett gefallen vor Schreck“, antwortete Ty und grinste vorsichtig, damit die Wunde nicht wieder schmerzte.

„Ging mir anfangs auch so, man gewöhnt sich dran“, versicherte Sannah und schlug Eier auf, um Pfannkuchen zu machen.

„Jedenfalls kann ich nicht mehr verschlafen, wenn die Schule

wieder anfängt", stellte Ty fest und bekam leuchtende Augen, als er sah, was es zum Frühstück geben würde.
Josh deckte den Tisch und drückte Ty, der helfen wollte, sanft zurück auf den Stuhl. „Sitzen bleiben und gesund werden!", ordnete er an.
„Ja, Dad", sagte Ty und grinste etwas unsicher.
Josh sah ihn erstaunt an, dann wurde sein Blick weich; er lächelte und strich seinem Jungen liebevoll über den Kopf.

In den nächsten Tagen erholte sich Tyler, auch dank Sannahs liebevoller Pflege, zusehends. Die Blutergüsse im Gesicht verblassten zu einem grünlich-gelben Schimmer, die Platzwunden an Stirn und Lippe waren verheilt und hatten nur eine kleine Narbe hinterlassen, und auch die Wunden auf der Kinderseele schlossen sich langsam. Ohne die Angst vor Prügel und das Gefühl, ständig auf der Hut sein zu müssen, blühte er auf.

Sannah hatte eines Abends mit Ty ein langes Gespräch geführt und auch davon erzählt, wie sie verprügelt worden war.
„Menschen, die dir so etwas antun, sind schwach und erbärmlich. Sie haben sich und ihr eigenes Leben nicht im Griff und versuchen deshalb, über das Leben anderer zu bestimmen. Wir sind stark und haben das Richtige getan", sagte sie ernst.
„Ich fühle mich nicht stark. Wenn ich das wäre, hätte ich mich wehren können", erwiderte Ty.
„Du bist viel stärker als du glaubst. Du bist verletzt den ganzen Weg hierher gelaufen und hast damit dafür gesorgt, dass Daryl seine gerechte Strafe erhält. Er hat nur sein eigenes Leben kaputtgemacht, nicht deines. Du warst schon vorher stärker als er. Dir ist Schlimmes passiert, und du hast trotzdem nicht angefangen, Klebstoff zu schnüffeln oder die Schule zu schwänzen. Du hast verbissen weiter gemacht und gekämpft, damit du nicht so endest wie viele andere. Das nennt man mentale Stärke, und darauf kannst du stolz sein!"
Ty lehnte sich an ihre Schulter, und sie schloss ihn in ihre Arme. „Wir sind auch sehr stolz auf dich", betonte sie und drückte ihn an sich.

Ty kuschelte sich an ihre Schulter. Ihm war klar, dass Sannah nicht seine Mom war, und er vermisste seine Mutter immer noch schrecklich, aber wenn er die Augen schloss, fühlte es sich ein bisschen wie Mom an, und das tröstete ihn.

Die letzten Tage vor ihrer Abreise nach Hamburg waren gekommen, und die Stimmung auf der Ranch war bedrückt. Sannah packte nur das Nötigste ein, alles andere ließ sie im Schrank, nicht zuletzt, weil sie Josh damit das Gefühl gab, nicht lange wegzubleiben. Außerdem brauchte sie Platz im Koffer, um ihre Wintersachen mitbringen zu können. Missmutig beobachteten Josh und Tyler, wie sie ihre Vorbereitungen traf. Auch ihr war zum Heulen zumute, aber sie bemühte sich, es zu verbergen.

„Ihr seid doch nicht allein", versuchte sie ihren Jungs Mut zu machen, aber es wirkte nicht. Am liebsten hätte sie die beiden mitgenommen, um allen stolz ihre Familie vorzustellen, aber solange sie nur das vorläufige Sorgerecht hatten und der Gerichtsbeschluss in absehbarer Zeit zu erwarten war, ging das nicht. Außerdem mussten die Pferde versorgt werden.

Sie fuhr zu Hailey und Sam, um sich zu verabschieden, und brachte ihrer Freundin ein Abschiedsgeschenk mit. Eine Nähmaschine mit allen technischen Raffinessen. Die Idee dazu war ihr eines Nachmittags gekommen, als sie Hailey besucht hatte und das antiquierte Modell mit Pedalantrieb in ihrem Wohnzimmer gesehen hatte. Es war zwar wunderschön nostalgisch, aber für gewerbliche Zwecke kaum geeignet. Hailey schlug fassungslos ihre Hände vor den Mund, drückte Sannah an sich und studierte begeistert die Gebrauchsanleitung. Auch von June und Mike verabschiedete sie sich und hielt hingerissen Tashina auf dem Arm, die laut kreischend versuchte, Sannahs Kette mit den Flipflops zu erhaschen.

Dann war es so weit. Der letzte gemeinsame Abend war gekommen. Sie hatten beschlossen, es sich gemütlich zu machen, spielten Spiele und erzählten sich, aneinandergekuschelt auf dem Sofa, Geschichten. Sannah schrieb noch ein paar einfache Rezepte auf, damit die Tiefkühllasagne keine Chance mehr bekam, und

brachte einen traurigen Ty ins Bett. „Wenn ich wieder da bin, bist du den Gips los, und wir machen zusammen einen Ausritt“, tröstete sie ihn.
Spät in der Nacht lagen Josh und Sannah eng umschlungen in ihrem Bett und lauschten dem langsam abebbenden Herzschlag des jeweils anderen. Sie hatten sich bis zur völligen Erschöpfung geliebt, und doch war keiner bereit, den anderen loszulassen.
„Wir skypen jeden Tag, und du kommst so schnell wie möglich wieder zurück“, bat er sie leise, während er sein Gesicht in ihren Haaren vergrub.
„Versprochen“, flüsterte sie und kuschelte sich an seine breite Brust. Nirgendwo würde sie sich jemals geborgener fühlen als hier.

Am nächsten Morgen drückte sie Wakínyan einen wehmütigen Kuss auf die samtweichen Nüstern und kraulte ihm den Hals. „Ich werde dich vermissen, mein Schöner“, sagte sie, dann ging sie zum Auto.
Josh hatte ihr Gepäck schon in den Kofferraum gestellt. Sie wollten sich hier verabschieden, und Sannah würde allein zum Flughafen fahren, so wie sie damals gekommen war. Wegen des Mietwagens war es auch nicht anders möglich. Außerdem hasste sie lange Abschiedszeremonien vor fremden Leuten. Tyler umarmte sie und konnte nicht verhindern, dass ihm die Tränen in die Augen stiegen.
Sie drückte ihn an sich und gab ihm einen Kuss auf die Wange. „Céye schni ye“ – Nicht weinen, sagte sie und wischte ihm die Tränen vom Gesicht.
Dann küsste sie Josh innig und versank in seinen starken Armen, die sie nicht wieder loslassen wollten. Sie mussten loslassen, der Flieger würde nicht warten, doch es schnürte ihr die Brust ein. Es tat so weh, dass sie keine Luft mehr bekam. „Nur ein paar Wochen“, redete sie sich ein. Nur ein paar Wochen, und sie wäre wieder hier. Genau hier, in seinen Armen. Nur ein paar Wochen. Sie löste sich schweren Herzens aus seinen Armen und setzte sich ins Auto. Er versuchte zu lächeln, aber es gelang ihm nicht. Sie warf ihm noch einen Kuss zu, dann fuhr sie los.

Auf der Zufahrt schaffte sie es noch, sich zusammenzureißen, aber auf der schnurgeraden Straße durch die Badlands liefen ihr die Tränen über das Gesicht.
Josh und Ty standen auf dem Hof und sahen ihr nach, bis sie aus ihrem Sichtfeld verschwunden war. „Was nun?“, schniefte Tyler.
„Arbeiten. Das hilft immer“, sagte Josh leise.
In der Küche dudelte Kili Radio mit einem alten Song von Bill Withers: „Ain't no sunshine when she's gone, it's not warm when she's away, ain't no sunshine when she's gone and she always gone too long, anytime she goes away.“

Am Flughafen Hamburg reckte Anne aufgeregt den Hals und hielt nach Sannah Ausschau. Unzählige Leute strömten ihnen aus der Ankunftshalle entgegen, dann sahen sie sie endlich. Müde lief sie, den großen Koffer im Schlepp, hinter der Menschenmenge her und schulterte ihre Tasche. Jonas strahlte, und mit einem Jubelschrei flog Anne an ihm vorbei, um sich auf Sannah zu stürzen. Sie drückte sie überschwänglich an sich, bevor dann auch Jonas endlich Hallo sagen durfte. Sannah strahlte jetzt auch, sie hatte die zwei vermisst und freute sich darüber, das Wochenende nicht allein verbringen zu müssen. Das hätte sie jetzt nicht ausgehalten.
„Es ist so schön, dass du wieder da bist!“, rief Anne erfreut und hakte ihre Freundin unter. Jonas nahm ihr den Koffer ab und stutzte, als er merkte, dass das Ding fast leer war. Er sah sie überrascht an, sagte aber nichts. Sie warf ihm einen verschwörerischen Blick zu und schmunzelte.
„Erzähl! Wie war es? Was ist mit deinem Indianer?“, löcherte Anne sie mit Fragen.
„Alles zu seiner Zeit. Ich möchte jetzt erst mal was essen und unter die Dusche“, entgegnete Sannah.
Anne lächelte verständnisvoll. „Entschuldige, Süße, wenn wir bei dir sind, duschst du und wir kochen. Ich versuche meine Neugier so lange zu bremsen.“
Sannah sah sie überrascht an. So viel Rücksichtnahme legte Anne sonst nicht an den Tag. Ihr Blick wanderte hinüber zu Jonas. Irgendetwas war anders, aber sie konnte nicht genau feststellen,

was. Es versprach jedenfalls ein interessanter Abend zu werden. Auf der Fahrt durch den Hamburger Berufsverkehr fühlte sich Sannah fast etwas überfordert. Diese Unmengen an Autos war sie nicht mehr gewöhnt, vor allem die Lautstärke machte ihr zu schaffen. Sie schloss die Augen und stellte sich vor, wieder auf der Veranda zu sitzen, frühmorgens, wenn noch alles schlief.
„Mitákuye oyás'in", murmelte sie leise und fühlte die Nähe zu Josh und die Ruhe, die sie mit sich brachte.
Anne sah sie irritiert an, sagte aber nichts. Über Sannahs Gesicht huschte ein feines Lächeln.
Zu Hause angekommen überfiel sie wieder dieses beklemmende Gefühl von Verlust. Sie hatte recht behalten: Die drei Monate Abstand zu ihrer Vergangenheit hatten nichts geändert. Die Geister waren wieder da und jetzt kam auch noch Heimweh hinzu. Sie schloss ihr Handy ans Ladekabel an und gab dem Akku ein paar Minuten, um etwas aufzuladen. In der Zeit ging sie ins Bad, und als ihr Blick auf die Badewanne mit den Löwenpfoten fiel, grinste sie breit und ließ das Wasser ein. Dann rief sie Josh über Skype an, um ihm zu sagen, dass sie gut angekommen war. Anne ging unten an der Treppe vorbei und wollte den Esstisch decken, als sie von oben Stimmen hörte. Sannahs und eine dunkle, sanfte Männerstimme. Allerdings konnte sie nichts verstehen, aber das musste sie auch nicht, der Tonfall sagte alles. Es war etwas Ernstes. Sogar sehr ernst. Doch die Stimme hatte ihr gefallen, sie erinnerte sie an dunklen, herben Honig.

Sannah stieg in die Badewanne und schmolz dahin vor Wonne. Was für ein Luxus. Sie entspannte sich im warmen Wasser und genoss den Duft des Badeöls, das sie etwas verwundert auf dem Wannenrand entdeckt hatte. Seit sie mit Josh gesprochen hatte, ging es ihr wieder besser, und sie atmete erleichtert durch.
Nach dem Bad schlüpfte sie in bequeme Schlabberklamotten und lief die Treppe hinunter. Aus der Küche kam ein verführerischer Duft, und ihr lief das Wasser im Mund zusammen. Zwei Tage mit Flugzeugfraß hatten sie hungrig werden lassen. Draußen zeigte sich das Hamburger Wetter wieder von seiner weniger guten Seite. Es regnete, aber sie fand das Geräusch des Regens

an den Fensterscheiben beruhigend. Sannah stürzte sich begeistert auf das Ergebnis von Annes Kochkünsten und kuschelte sich anschließend in ihren Lieblingssessel. Jonas und Anne saßen wieder zusammen auf dem Sofa, genau wie damals, als sie über Sannahs bevorstehende Reise sprachen. Jetzt allerdings mit einer völlig anderen Körperhaltung. Jonas hatte einen Arm auf die Lehne hinter Anne gelegt, und sie hatte sich ihm zugewandt. Es wirkte sehr vertraut. In Sannah keimte ein Verdacht auf, und sie schmunzelte. So viel zu den Rittern in glänzender Rüstung! Sie fielen einem vor die Füße, wo man es nicht erwartete, und entsprachen auch so gar nicht dem festgelegten Typ. Wer hätte das gedacht?

„Wie war es denn? Hattest du einen schönen Urlaub?“, fragte Anne nun wissbegierig.

Sannah lächelte und atmete tief ein. „Es war wunderschön! Aufregend, bunt, still und noch vieles mehr. Es lässt sich kaum beschreiben“, sagte sie nachdenklich.

„Das ist nicht so ganz das, was Anne wissen wollte“, bemerkte Jonas lachend.

Sannah grinste, als sie Annes Gesicht sah. Sie hielt die Spannung kaum noch aus.

„Jetzt lass dir nicht alle Würmer einzeln aus der Nase ziehen. Was ist mit deinem geheimnisvollen Indianer?“, beschwerte sich Anne.

„Über die Würmer reden wir gleich noch!“, stellte Sannah fest, nahm einen Schluck Wein und ignorierte bewusst Annes Frage. „Aber du kannst wirklich stolz auf mich sein. Ich habe all deine Ratschläge aus den letzten Jahren befolgt. Ich war im Urlaub, habe das Scheppern vor meinen Füßen bemerkt, mir ein Pferd gekauft, mich zum Essen ausführen lassen, geheiratet, war tanzen, habe mir einen Bikini gekauft, eine Klapperschlange überlebt und hatte Sex, und wer weiß – vielleicht bin ich sogar schwanger“, beendete sie etwas provokant ihre rasante Aufzählung, in der Hoffnung, dass Anne das Wort „geheiratet“ nicht mitbekommen hatte und eher über „Sex“ und „schwanger“ stolpern würde. Doch sie hatte Anne unterschätzt. Ihre rasche Auffassungsgabe und das jahrelange Training, sich in einem Prozess nicht das

kleinste Detail entgehen zu lassen, brachten Annes Alarmsystem gewaltig zum Qualmen. Sie starrte Sannah fassungslos an, während Jonas sich kaum noch beherrschen konnte, um nicht laut zu lachen. Er bemühte sich allerdings sehr darum, fürchtete er doch die Konsequenzen, falls nicht.
„Du hast geheiratet?", fischte Anne treffsicher und gleichzeitig entsetzt die Quintessenz von Sannahs kleiner Komödie heraus und schnappte fassungslos nach Luft.
Sannah verdrehte genervt die Augen. „Du hast immer gesagt, ich soll einen netten Kerl kennenlernen und endlich wieder anfangen zu leben. Genau das habe ich getan, und es ist wundervoll!", rechtfertigte sie sich und ärgerte sich gleichzeitig über sich selbst. Schließlich hatte sie es nicht nötig, sich zu rechtfertigen.
Annegret nahm einen großen Schluck Wein und versuchte ruhig zu bleiben. Einen kleinen hysterischen Ausbruch würde ihr Jonas wieder aufs Butterbrot schmieren.

Sannah nutzte die Gelegenheit, um die Geschenke und ihren Laptop aus dem Koffer zu holen. Sie klappte ihn auf und öffnete die Fotodatei. Im Flugzeug hatte sie sich die Zeit damit vertrieben, schon mal die Berge von Fotos zu sortieren. Eine Datei mit Fotos von Josh und Tyler hatte sie als Erstes fertiggestellt. Josh beim Reiten, Bogenschießen, singend an der Trommel, Tyler in voller Regalia auf dem Powwow und schließlich auch ihre Hochzeitsfotos, die Ty ziemlich professionell geschossen hatte.
So konzentriert, aus dem Zusammenhang gerissen, und von der anderen Seite des Atlantiks aus betrachtet, wirkte Josh auf den Fotos sehr indianisch. So hatte sie ihn bisher gar nicht wahrgenommen. Aber schließlich fiel jemand mit blonden Haaren und blauen Augen in Pine Ridge ja auch sofort auf und in Hamburg eher nicht.
„Du brauchst wirklich einen Ohrenarzt – und zwar dringend!", stellte Anne aufgebracht fest und genehmigte sich noch einen Wein.
Sannah saß wieder in ihrem Sessel, mit dem Laptop auf den Knien und wartete einfach ab, bis ihre Freundin ihren Sermon beendet hatte.

„Ich habe dir niemals dazu geraten, dich von einer Schlange beißen zu lassen, und ganz sicher nicht, zu heiraten! Und schon gar nicht wieder so Hals über Kopf. Du kennst ihn doch kaum, er lebt Tausende von Kilometern weit weg! Hast du auch nur eine Sekunde darüber nachgedacht, wie es nun weitergehen soll?", äußerte Anne aufgewühlt ihre Bedenken.
Jonas blieb ruhig. Er kannte die Antwort, seit er Sannahs Koffer an sich genommen hatte, und lächelte, wenn auch ein bisschen traurig. Ermutigt von seiner Reaktion stellte Sannah den Laptop auf den kleinen Tisch vor dem Sofa und startete die Diashow-Funktion.
„Das ist der Mann, den ich liebe. Joshua White Cloud, mein Mann. Ich habe ihn geheiratet, weil er ein Teil von mir ist. Ich kann wieder lachen, kann wieder leben und atmen, weil er mir die Angst davor genommen hat. Durch ihn bin ich endlich zur Ruhe gekommen, er gibt mir Kraft und Mut, und er liebt mich so, wie ich bin. Ich war ein Wrack, als ich hier wegging. Jetzt kann ich wieder aufrecht stehen", erklärte sie ruhig und lächelte, als sie Joshs Bilder sah.
Jonas und Anne blickten gebannt auf den Bildschirm und waren fasziniert von dem charismatischen Mann, der auf sie so fremdartig wirkte. Obwohl es nur Fotos waren, war es Sannah gelungen, Joshs Wesen einzufangen: die Sanftheit in seinen Augen und die Ruhe und Kraft, die er ausstrahlte.

Es wurde still im Raum, als sie die Hochzeitsfotos betrachteten. Nur das Prasseln das Regens war zu hören, und Sannah schloss die Augen und dachte an ihren Mann. Wieder huschte ein sanftes Lächeln über ihr Gesicht. Sie hatte richtig entschieden, und die Gewissheit darüber machte sie glücklich.
Anne seufzte leise. „Wer ist der Junge?"
Sannah öffnete die Augen und strahlte. „Das ist Tyler, mein Stiefsohn", sagte sie. „Aber ich mag diese Bezeichnung nicht, sie ist immer so negativ behaftet", fuhr sie fort und amüsierte sich köstlich über Annes Gesichtsausdruck.
„Er hat ein Kind? So alt sieht er gar nicht aus", stellte Anne verdattert fest.

Sannah lachte. „Ist er auch nicht. Josh war siebzehn, als Ty zur Welt kam."
Dann begann sie die ganze Geschichte zu erzählen. Angefangen vom Eisberg, über das Jobangebot, bis zu den jüngsten dramatischen Ereignissen kurz vor ihrer Abreise.
Jonas und Anne lauschten gespannt und unterbrachen sie nur selten. Als Sannah von dem Rosengarten erzählte, standen Anne Tränen der Rührung in den Augen, und sie revidierte langsam ihre Meinung von der überstürzten Hochzeit.
Jonas stöhnte innerlich, denn es brachte ihn in arge Bedrängnis. Womit sollte er jetzt bitte Anne überzeugen? Die Aktion von Josh war kaum zu toppen. Gleichzeitig lächelte er, überrascht über seinen eigenen Gedankengang.

Als Sannah geendet hatte, gab sie den beiden ihre Geschenke. „Als ich sie kaufte, wurde mir klar, dass es Abschiedsgeschenke sind", sagte sie ein bisschen wehmütig. „Du hast gefragt, ob ich auch nur eine Sekunde darüber nachgedacht habe, wie es weitergeht. Ich habe wochenlang darüber nachgedacht. Hailey, eine Freundin, die auch diese Geschenke gefertigt hat, sagte, ich würde irgendwann wissen, was zu tun ist, und sie hatte recht. Irgendwann wusste ich, dass ich bei ihm bleiben will. Ich werde wieder zu meiner Familie zurückgehen. Dort ist jetzt mein Zuhause, und dort bin ich glücklich. Ich bin nur nach Hamburg gekommen, um den Papierkram zu regeln und euch alles zu erklären. Ich hoffe, ihr versteht mich."
Es brach Sannah fast das Herz, als sie Anne so sah. Sie saß still neben Jonas und strich sacht mit den Fingern über die filigranen Stickereien des Schals, während ihr Tränen über das Gesicht liefen. Jonas streichelte ihr tröstend über den Rücken, auch er wirkte traurig.
Anne atmete tief durch und sammelte sich. „Als es dir damals so schlecht ging, habe ich mir nichts mehr gewünscht, als das du wieder glücklich wirst. Ganz offensichtlich bist du jetzt sogar sehr glücklich, und es gibt niemanden, der sich darüber mehr mit dir freut, als ich. Ich hätte mir nur gewünscht, dass du hier den Richtigen findest und nicht Tausende Kilometer von mir entfernt.

Ich weiß, das klingt egoistisch, aber du wirst mir so schrecklich fehlen, meine Süße."
Sie kam nicht weiter, denn jetzt flog Sannah in ihre Arme und heulte auch. Jonas ließ die beiden allein, setzte Teewasser auf, holte seine heimliche Notration Schokolade aus dem Versteck im Küchenschrank und riss eine Packung Taschentücher auf. Mit drei Tassen Tee und dem Notfallset für kritische Lebenslagen auf dem Tablett balancierte er zurück ins Wohnzimmer. Der Regen prasselte immer noch gegen die Scheiben. ‚Sauwetter', dachte Jonas, aber es passte zur Stimmung. Anne lief die Wimperntusche bis zum Kinn, Sannah lief die Nase und seine Taschentücher fanden reißenden Absatz. Nachdem die Damen sich mit dem Zellstoff ein wenig wiederhergestellt hatten, Tee schlürften und die Schokolade ihre stimmungsaufhellende Wirkung entfaltet hatte, saßen sie nun wieder in ihren Wohlfühlecken und schnieften leise vor sich hin.
Dann holte er seinen Tabak und seine Pfeife, füllte das süßlich riechende Kraut in den neuen Beutel. „Der ist wunderschön!", meinte er begeistert und hob die Pfeife. Auch er brauchte etwas, um die Nerven zu beruhigen. „Darf ich?"
Sannah lächelte. „Klar."
„Schröder wird es gar nicht gefallen, dass du gehen willst", bemerkte er, während er die Pfeife stopfte.
„Er weiß es schon. Er hat seit ein paar Wochen meine Kündigung auf dem Tisch. Die Einzelheiten kläre ich am Montag mit ihm und der Personalabteilung." Bei diesem Wort verzog sie genervt das Gesicht.
„Jansen ist im Urlaub. Wandern im Bergischen Land", beruhigte Jonas.
„Hallelujah!", jubelte Sannah. „Na, hoffentlich verlaufen wir uns nicht."
Jonas lachte und paffte an seiner Pfeife.
„Was wird aus deinem Haus?", fragte Anne, die sich wieder gefasst hatte.
„Es fällt mir nicht leicht, aber ich werde es verkaufen müssen. Am besten samt Einrichtung, denn ich kann nichts davon mitnehmen, so gern ich das auch täte. Zuhause ist nicht genug Platz

für den Flügel und die anderen Sachen hier. Wäre auch irgendwie dekadent", antwortete Sannah und ließ ihren Blick durch den Raum schweifen. „Das wird mich am meisten Zeit kosten. Ich will es nicht an einen X-Beliebigen verkaufen. Es hat jemanden verdient, der es zu schätzen weiß und es nicht nur als Kapitalanlage sieht", ergänzte sie noch.
Jonas grübelte, Anne machte ein trauriges Gesicht.
„Ich kann und will mir nicht vorstellen, dass hier fremde Leute leben werden. Das ist dein Elternhaus", sagte sie schwermütig.
Sannah nickte traurig, aber es gab keine andere Möglichkeit.
„Hier werden keine fremden Leute wohnen!", stellte Jonas entschlossen fest.
Die Frauen sahen ihn überrascht an.
„Ich lebe jetzt seit fünfzehn Jahren in einer WG und ernähre mich von Kantinenfraß und Tiefkühlpizza, teile mir ein Bad mit drei anderen Leuten, die nur selten lange genug dort wohnen, um sie richtig kennenzulernen. Wird Zeit, dass ich erwachsen werde. Ich kaufe dein Haus! Ich fühle mich hier sauwohl, kann nach Nachtdiensten endlich in Ruhe schlafen und du kannst jederzeit dein altes Zuhause besuchen. So bist du auch nicht ganz aus der Welt", erklärte er und paffte zufrieden an seiner Pfeife.
Sannah sah ihn freudig überrascht an. Ein riesiger Stein fiel ihr vom Herzen.
Anne dagegen reagierte völlig unerwartet. Sie strahlte Jonas an, fiel ihm um den Hals und küsste ihn.
„Das ist eine ganz wundervolle Idee!", jubelte sie. Er hatte, ohne es zu ahnen, Anne die größte Freude gemacht und ihr die Angst genommen. Die Angst, dass Sannah völlig verschwinden würde und nichts von ihr blieb. Nun konnte sie jederzeit zurückkommen, sei es zu Besuch oder auch, falls sie doch einen Fehler gemacht hätte. Anne war hauptberuflich misstrauisch, und solange sie Josh nicht kannte, würde sich das auch nicht ändern.
Sannah grinste über das ganze Gesicht. „So viel zu den Würmern in der Nase! Ich habe mich schon gefragt, wie lange ihr noch warten wollt, um es mir zu erzählen!"
„Woher weißt du es?", fragte Jonas.
„Anne war noch nie so friedlich. Sie schnurrt wie ein Kätzchen.

Außerdem steht ihr Badeöl im Bad, und du riechst nach ihrem Parfüm. Ich bin doch nicht blöd!", stellte sie fest.
Jonas lachte, Anne sah sie etwas schuldbewusst an. „Bist du jetzt sauer?", fragte sie.
Sannah schüttelte den Kopf und strahlte die beiden an. „Warum sollte ich sauer sein? Ich freue mich für euch."

Sie schlürfte behaglich ihren Tee, alle erwarteten Widrigkeiten und Gewissensbisse lösten sich peu à peu in Luft auf. Jonas würde ihr Haus kaufen, und Anne blieb nicht mutterseelenallein zurück. Sie beschlossen, die letzten Wochen, die Sannah in Hamburg sein würde, zusammen im Haus zu wohnen. Sannah freute sich sehr darüber, so fiel ihr nicht die Decke auf den Kopf.
„Ich hoffe doch, dass ihr mich auch mal auf der Ranch besucht", stellte sie fest.
„Na klar!", antwortete Jonas spontan. „Anne versucht mich die ganze Zeit davon zu überzeugen, nächsten Sommer in ihre Villa Palma zu fahren. Aber jetzt heißt es ‚Pine Ridge statt Pina Colada'!", erwiderte er herausfordernd.
Anne verschlug es kurzfristig die Sprache. Ihre Vorstellungen von einem Urlaub sahen nach wie vor anders aus. „Wie wäre es denn mit beidem?", schlug sie kompromissbereit vor. Natürlich wollte sie Sannah besuchen, aber das hatte ihrer Meinung nach nichts mit Entspannung am Pool zu tun.
„Kann ich mir nicht leisten, habe gerade ein Haus gekauft", konterte Jonas trocken und war froh, eine handfeste Ausrede für diesen dämlichen Club-Urlaub zu haben.
„Stell dir das doch mal vor", sagte er zu Anne. „Wir zwei reiten über diese endlosen Weiten in den Sonnenuntergang", versuchte er sie zu überzeugen und pflügte dabei ganz tief durch den rosa glitzernden Bodensatz der Kitsch-Kiste.
Sannah kringelte sich vor Lachen in ihrem Sessel.
„Das wird toll!", bekräftigte sie sein Kopfkino.
Anne seufzte nur und fügte sich in ihr Schicksal.

Während des Wochenendes gab es noch viel zu erzählen, unzählige Fotos zu bestaunen, und Sannah freute sich, endlich wieder

Vollkornbrot genießen zu können. Abends und oft auch früh am Morgen telefonierte sie mit Josh und Tyler über Skype. Das gab auch Anne und Jonas kurz die Gelegenheit, sich mit den beiden unterhalten zu können. Anne schmolz dahin wie Butter in der Sonne – und ihre Bedenken ebenso. Nachdem sie Josh nun live und in Farbe zu Gesicht bekommen hatte, konnte sie verstehen, warum sich Sannah seiner nicht hatte erwehren können. Es war nicht allein seine Erscheinung, sondern vor allem seine Ausstrahlung, die sie faszinierte. Seine dunkle Stimme, die Ruhe und Sicherheit, die von ihm ausgingen, und nicht zuletzt sein liebevoller Blick, wenn er mit seiner Frau sprach. In diesen dunklen Augen konnte Anne erkennen, wie sehr er Sannah liebte, und das beruhigte sie ungemein.
Tyler nutzte verschmitzt die Gelegenheit, um sich über Joshs Kochkünste zu beschweren. „Es gibt kein Frybread, außerdem zwingt er mich dazu, Obst zu essen! Und was ist denn bitte an einem Cheeseburger so schlimm?", jammerte er theatralisch, konnte sich aber ein leichtes Grinsen nicht verkneifen.
„Bis auf die Sesamkörner auf dem Brötchen so ziemlich alles!", hielt Sannah dagegen.
Josh saß im Hintergrund und verdrehte leicht genervt die Augen. „In deinem Alter habe ich gegessen, was auf den Tisch kam!", stellte er fest.
„Das war bestimmt kein Obst!", konterte Ty.
Jonas fing an zu lachen. „Diese Diskussion ist wohl überall die gleiche."
„Hört das irgendwann wieder auf?", fragte Josh und drängte seinen Sohn aus dem Bild.
„Für gewöhnlich, wenn sie erwachsen sind und zu Hause ausziehen", tröstete Jonas solidarisch, mit altväterlichem Gesichtsausdruck.
„Oder nie", stellten Sannah und Anne im Chor fest und grinsten ihre Männer nur wohlwissend an, denn den Vorrat an Tiefkühlpizza zu erwähnen, wäre höchst unpädagogisch gewesen.

Am Montagmorgen erledigte Sannah ein paar Behördengänge. Ihr Pass und Personalausweis mussten geändert werden, das

Standesamt musste dafür das Certificate of Marriage Registration anerkennen und eine Heiratsurkunde ausstellen. Ein Arbeitsvisum musste sie nicht mehr beantragen, durch die Heirat mit einem US-Bürger würde sie eine Greencard erhalten.

Nachmittags hatte sie dann ihren Termin mit Dr. Schröder.
„Ich verliere sie wirklich nur ungern, Susannah", bedauerte ihr Chef, nachdem sie ihm ihre Gründe erklärt hatte. „Aber ich freue mich für sie."
Sie plauderten noch kurz, dann verabschiedeten sie sich. Sannah drehte eine letzte Runde durch die Chirurgie und verabschiedete sich von ihren Kollegen und den Schwestern, räumte ihren Spind aus und verließ die Klinik. Dieses Kapitel war nun beendet. Ein bisschen wehmütig dachte sie an die Hightech-Medizin, die sie zurückließ und die ihr in Pine Ridge nicht mehr zur Verfügung stehen würde. Dort waren nun Erfahrung, Können und Instinkt gefragt. Eine echte Herausforderung, aber jetzt fühlte sie sich ihr gewachsen.
Damit war der Papierkram fürs Erste abgearbeitet, und sie musste jetzt nur noch auf ihre neu auszustellenden Papiere warten. Da kamen dann wieder die trägen Behördenmühlen ins Spiel und strapazierten ihre Geduld.
Als sie die Fotos für ihren Vortrag vor dem Verein zusammenstellte, ließ sie die vergangenen Monate noch einmal Revue passieren. Die Zeit, die sie auf der Ranch verbracht hatte, erschien ihr viel länger, als sie tatsächlich gewesen war. Alles, was passiert war, und die Tatsache, dass es ihr komplettes Leben auf den Kopf gestellt hatte, ließ diese drei Monate fast wie Jahre wirken. Sie schrieb ihren Vortrag, wanderte, wenn Anne und Jonas arbeiteten, durch ihr Haus und rief sich ihre Kindheit in Erinnerung. Dann besuchte sie das Grab ihrer Eltern und Großeltern. Lange war sie dazu nicht imstande gewesen, doch jetzt tat es nicht mehr so weh. Sie nahm Abschied von ihrem alten Leben. Ihr neues Leben, ihre Familie wartete in den Great Plains auf sie.

Josh und Tyler waren auf dem Weg nach Rapid, um vor dem Ende der Ferien noch neue Schulsachen und vor allem neue Klamotten

für Ty zu kaufen. Vieles von dem, was er besaß, taugte bestenfalls noch zum Reiten oder war von Josh ganz aussortiert worden, weil es zu klein geworden war. Für Ty war es das erste Mal, dass er nach Rapid kam; sonst hatte ihm seine Mom Kleidung gekauft, wenn genug Geld dafür dagewesen war. Daryl hatte seit ihrem Tod und dem Umzug nach Manderson keinen Gedanken daran verschwendet. Es war Tyler ein bisschen unangenehm, in seinen alten Sachen in einen Laden zu gehen. Im Reservat fiel es nie auf, aber hier in der Stadt kam er sich mit dem verwaschenen Shirt und der zu kurzen Jeans schäbig vor. Josh legte ihm beruhigend die Hand auf die Schulter und steuerte Wally World, wie der Discounter im Reservat spöttisch genannt wurde, an, in dem er selber auch immer einkaufte.
„Neue Schuhe brauchst du auch", stellte Josh mit einem Blick auf die Stiefel, die Sannah Ty geschenkt hatte, fest.
„Aber die Stiefel sind doch gut", entgegnete Ty erstaunt.
„Sind sie", meinte Josh „Aber du brauchst auch noch Turnschuhe und ein paar Stiefel für den Winter. Die sind nicht warm genug, wenn erst einmal Schnee liegt."
Tyler sah seinen Dad sprachlos an, sonst war er auch im Winter mit Turnschuhen herumgelaufen, hatte nur zwei Paar dicke Socken angehabt, die seine Mutter ihm gestrickt hatte. Im vergangenen Winter war er froh gewesen, dass sein Weg zur Schule nicht mehr so weit war und er sich in den kaputten Turnschuhen keine Frostbeulen geholt hatte. Aber nun erkannte er, dass es Josh nicht egal war, ob er im nächsten Winter frieren würde oder nicht. In den vergangenen Wochen hatte sich Tyler immer mehr entspannt, von Josh gab es keinen Ärger oder gar Schläge. Sie hatten sich besser kennengelernt, lachten viel und erzählten sich abends Geschichten aus ihrer Kindheit oder sprachen über seine Mom. Es hatte Ty geholfen, auch damit langsam fertigzuwerden, endlich konnte er sich ausweinen und wurde getröstet. Nicht von irgendjemandem, sondern von seinem Vater. Der einzige Mensch, der verstehen konnte, was er verloren hatte. Gleichzeitig brachte es ihn Josh näher.
Was warme Winterstiefel und Jacken anging, hatten sie allerdings kein Glück; es war noch zu früh dafür, und so blieb es bei

Jeans, Shirts, Turnschuhen und Pullis. Nachdem sie ihre Einkäufe erledigt hatten, wollte Ty noch ein wenig stöbern und sich von seinem Preisgeld einen lang gehegten Wunsch erfüllen. Mit glänzenden Augen stand er in der Elektronik-Abteilung des Discounters, während Josh im Geiste die Augen verdrehte, aber er ließ Ty seinen Willen; schließlich war es dessen Geld.

In Deutschland beendete Sannah ihren Vortrag vor den Mitgliedern und Gästen des Vereins. Sie war auf viele interessierte Zuhörer getroffen, die begeistert die Fortschritte der Kinder verfolgten. Doch vieles von dem, das Sannah berichtete, hatte auch große Betroffenheit ausgelöst. Besonders die Fotos, die von Josh in Daryls Haus aufgenommen worden waren. Niemand hatte mit solch desolaten Lebensbedingungen gerechnet. Sannah hatte diese Bilder ganz bewusst hinzugefügt, denn bei der Durchsicht der Fotos von den Reitstunden und Ausritten war ihr aufgefallen, dass diese allein nur ein geschöntes Bild vermitteln würden: fröhliche Kinder auf gutgenährten Pferden. Sie wollte aber auch die Schattenseiten zeigen, und davon gab es viele im Reservat – zu viele. Sannah hatte auch darauf hingewiesen, dass in den strengen Wintern immer wieder Menschen erfroren, weil sie sich kein Brennholz oder Gas zum Heizen leisten konnten. Sie starben in ihren Häusern, die so schlecht isoliert waren, dass sie nicht viel mehr Schutz boten als ein Campingzelt. Auch dafür sammelte der Verein Spenden, um die Ärmsten der Armen vor dem Erfrierungstod zu bewahren.

Einige Zeit später begann sie damit, ihre persönlichen Sachen zusammenzutragen. Nachdenklich stand sie vor dem kleinen Frachtcontainer im Flur, den sie bei der Fluggesellschaft bestellt hatte. Was nahm man mit, wenn man ein ganzes Leben in einem Kubikmeter Aluminium unterbringen sollte? Fotoalben und Bilder, den Schmuck ihrer Mutter, einige Bücher, vor allem Fachliteratur, ihre CD-Sammlung und ein paar persönliche Dinge ihres Vaters und Großvaters. Sie mistete den Kleiderschrank aus und wollte etliche Klamotten Anne vermachen, doch die lehnte ab. „Lass es einfach hier; wenn du zu Besuch kommst, kannst du dich

in Schale schmeißen, und wir stürmen die nächste Cocktail-Bar."
Anne versuchte zu lachen, doch es klang wenig überzeugend.
Sannah schmunzelte und hängte die schicken Kleider und Kostüme, mit denen sie auf der Ranch nun wirklich nichts anfangen konnte, in einen kleinen Schrank im Gästezimmer. Nur ein paar Sommerkleider und weitere Jeans fanden den Weg in den Koffer, ebenso all ihre Wintersachen. Als sie ihre Daunenjacke in der Hand hielt, hatte sie eine Idee. Die dicken Daunendecken, insgesamt vier, die sie im Winter so liebte, verschwanden ebenfalls im Container, samt Kissen und Bettwäsche. Sie hatte die Nase voll von den Bettlaken mit Wolldecke.
Bei dem Gedanken an Joshs Bett wurde ihr heiß, sie vermisste ihn in jeder Hinsicht und bekam einen verklärten Gesichtsausdruck.
Limbisia beseitigte mit einem Staubwedel gelangweilt die Spinnweben im Oberstübchen und nahm die Dessous von der Wäscheleine, während die Rottenmeier zufrieden Berge von Aktenordnern stapelte. Als Sannah Annegrets Gegenwart bewusst wurde, wurde sie rot.
„Himmel! Was hat er mit dir gemacht?", bohrte Anne, die Lunte gerochen hatte. „So kenne ich dich ja gar nicht."
Sannah lächelte etwas verlegen. „Das werde ich dir ganz bestimmt nicht auf die Nase binden", erklärte sie bestimmt und grinste.
Auf einmal kam sie sich wieder vor wie in ihrer Studienzeit. Damals hatte sie Anne auch nicht verheimlichen können, dass sie sich in einen Kommilitonen verknallt hatte und schließlich in seinem Bett gelandet war. Es dauerte nur wenige Wochen, aber seitdem hatte sie ihre Nervosität verloren. Jedenfalls fast. Wieder musste sie lächeln, als sie daran dachte, wie sie ganz am Anfang nervös vor Josh unter die kalte Dusche geflüchtet war – mit roten Ohren und weichen Knien. Wurde man denn nie erwachsen? Scheinbar nicht, er hatte sich zwischendurch ja auch benommen wie ein übellauniger Teenager mit Hormonstörungen. Sannah kicherte leise vor sich hin und beschloss, ganz früh am Morgen Josh anzurufen. Dann würde sie ihn spät in der Nacht, Mountain Standard Time, erwischen und konnte sich ungestört mit ihm unterhalten. Ihr Herz schlug schneller bei diesem Gedanken.

Anne grinste vielsagend. „Er muss atemberaubend sein, wenn du rot wirst“, vermutete sie.
Sannah lächelte geheimnisvoll. „Ist er! Und mehr werde ich dir nicht verraten!“ Sie war froh, dass sie auf ihrem Bett saß, so bemerkte Anne nicht, wie weich ihre Knie waren.

Eine weitere Woche später war es dann so weit: Ihre Papiere konnten abgeholt werden. Susannah White Cloud stand da, schwarz auf weiß. Irgendwie wurde es damit noch realer. Seit sie in Hamburg war, erschien ihr alles manchmal wie ein Traum, aber nun war es amtlich. Sie buchte die Flüge, diesmal one-way, und sammelte die restlichen Sachen zusammen. Der Transportcontainer war vor ein paar Tagen abgeholt worden und befand sich schon auf dem Weg nach Rapid City. Dann teilte sie einem freudestrahlenden Josh mit, wann sie in Rapid ankommen würde, und die gleiche Aufregung wie beim ersten Mal machte sich wieder breit. Diesmal war auch Josh aufgeregt und begann die Tage zu zählen.
Für Anne waren es nur noch Stunden bis zum Abschied, und sie rang sichtlich um Fassung. Die drei machten sich einen letzten schönen Abend, kochten gemeinsam und saßen nach dem Essen im Garten und gönnten sich einen Wein. Sannah schlenderte barfuß über das Gras und genoss den Duft der Rosen. Der Herbst war mild und gönnte ihnen noch ein paar warme Tage. Viele Erinnerungen holten sie wieder ein, doch sie nahm es nicht so schwer wie am Anfang, als sie noch dachte, sie müsste dem Haus für immer Lebewohl sagen. Dank Jonas konnte sie jederzeit zurückkehren, wenn sie wollte, wenn auch nur für einen Besuch.
„Spielst du noch mal den Flügel für mich?“, bat sie Jonas.
Er tat ihr gern diesen Gefallen und ging ins Wohnzimmer. Als die Melodie durch die Räume schwebte, wanderte sie ein letztes Mal durchs Haus, doch sie war nicht traurig. Eine wohltuende Ruhe machte sich in ihr breit und die Freude auf ihr neues Zuhause. Noch zwei Nächte, und sie konnte Josh und Ty wieder in die Arme schließen, das entschädigte für alles andere. Später gönnte sie sich ein letztes Bad in der Wanne und trank ein weiteres Glas Wein, bevor sie schlafen ging.

Tiwáhe mitáwa

Sannah saß in der kleinen Maschine im Anflug auf Rapid City. In der Ferne konnte sie schon die Stadt erkennen, und ihr Herz schlug höher. Nach dem tränenreichen Abschied von Anne und Jonas, dem schlechten Essen an Bord und einer unruhigen Nacht in Denver hielt es sie kaum noch auf ihrem Sitz. Der Flug war turbulent, starker Wind schüttelte die Propeller-Maschine durch und die Passagiere waren angeschnallt und etwas nervös. Sannah nahm das kaum wahr, sie fieberte dem Wiedersehen mit Josh und Tyler entgegen.

„Sie fliegen diese Strecke wohl öfter?", fragte ihr Sitznachbar, der sich etwas angespannt an der Lehne festkrallte.

Sannah lächelte.

„In letzter Zeit schon. Machen Sie sich keine Sorgen, hier ist es immer windig. Wenn der Wind mal nicht weht, sollte man anfangen in Deckung zu gehen."

„Wohnen Sie in Rapid?", fragte er, um sich mit Smalltalk abzulenken.

„Nein, auf Pine Ridge", antwortete sie leichtfertig und bemerkte nicht den abfälligen Blick, den der Mann ihr zuwarf. Er wendete sich etwas ab und schwieg. Sannah sah weiter aus dem Fenster und zählte die Minuten bis zur Landung, die kurze Zeit später etwas heftig ausfiel.

Die meisten Passagiere waren etwas blass um die Nase, als sie mit ihrem Gepäck dem Ausgang der Halle entgegenstrebten. Sannahs Wangen glühten vor Freude, ihre Schritte wurden schneller und ihr Herz machte einen Sprung, als sie Josh und Tyler entdeckte. Sie überholte ihren Sitznachbarn, und Tyler flog ihr in die Arme. Sie drückte ihn fest an sich, gab ihm einen dicken Kuss auf die Wange und versank in den strahlenden Augen von Josh, der seinem Sohn hinterhergeeilt war. Tyler entließ sie aus seiner Umarmung und räumte das Feld für Josh. Dieser schloss Sannah in die Arme und küsste sie hemmungslos.

„Mitáwicu", murmelte er mit dunkler Stimme. Nie war er glücklicher gewesen. Sie war wieder da, die Liebe seines Lebens, seine

Frau, die er nie wieder loslassen wollte, und genau so hielt er sie auch fest. Tyler grinste verschmitzt und nahm Sannahs Koffer an sich, den sie achtlos hatte stehen lassen, als sie Josh um den Hals gefallen war.

„Ich hab dich so vermisst", flüsterte Sannah atemlos, als er ihr eine Chance zum Luftholen gab. Aus diesem Grund fielen so viele Filmschönheiten in den Liebesschnulzen in Ohnmacht, nicht weil sie von den Gefühlen übermannt wurden, sondern weil ihnen ganz schnöde der Sauerstoff ausging. Diese Tatsache strafte den Spruch ‚nur von Luft und Liebe leben' Lügen. Es müsste heißen von Luft oder Liebe. Sie kicherte. Atmen wird überbewertet, entschied sie und küsste ihn erneut, während die Rottenmeier verhalten bimmelte und die Sauerstoffmaske bereithielt. Limbisia sank willenlos auf die Satin-Bettwäsche.

Mit dem Koffer und dem Inhalt des Transportcontainers auf der Ladefläche des Trucks rumpelten sie zwei Stunden später über die Zufahrt zur Ranch. Beim Anblick der Ranch und der Pferde, die entspannt in der Sonne dösten, wurde es Sannah warm ums Herz. Noch bevor sie anfingen, ihre Habseligkeiten vom Truck zu laden, eilte sie zur kleinen Weide und begrüßte Wakínyan. Ty hatte ihn auf Hochglanz poliert und war froh gewesen, dass sein Gips noch rechtzeitig vor Sannahs Ankunft abgenommen worden war. Sie versenkte ihr Gesicht tief in der Mähne des Tieres und atmete seinen vertrauten Duft.

„Ich hab dir doch gesagt, wir sind unwichtig, wenn sie erst mal ihr Pferd wiedersieht", bemerkte Josh mit einem Grinsen zu Ty.

„Red keinen Blödsinn!", protestierte sie und schloss ihre Jungs in die Arme. „Ihr könnt euch nicht vorstellen, wie sehr ihr mir gefehlt habt."

„Du hast uns mehr gefehlt!", stellte Tyler trocken fest. „Vor allem mittags und abends." Er grinste verschlagen mit einem kleinen Seitenhieb auf Joshs Kochkünste.

„Werde nicht frech! Sonst musst du heute barfuß ins Bett!", mahnte Josh scherzhaft.

Lachend gingen sie zurück zum Wagen und brachten Sannahs Sachen herein. Danach rief sie bei Anne und Jonas an, um ihnen

zu sagen, dass sie gut angekommen war. Sie hatten beschlossen, das Skypen beizubehalten. Sannah musste sich nur einen neuen Internet-Stick in Pine Ridge besorgen; auf dem alten war kein Guthaben mehr, und ein neues Handy brauchte sie wohl auch. Doch das hatte Zeit bis nächste Woche. Jetzt wollte sie nur in vollen Zügen genießen, zu Hause zu sein.
Zu dritt holten sie am Abend die Pferde von der Weide, und sowohl Sannah als auch Tyler freuten sich, endlich wieder im Sattel zu sitzen. Der ewige Wind der Plains begrüßte sie wie ein alter Freund und zerrte an ihren Haaren. Es erinnerte Josh wieder an den Anblick, den Sannah am allerersten Abend geboten hatte. Vom Wind zerzaust, mit glühenden Wangen und leuchtenden Augen saß sie auf ihrem Pferd und strahlte. Nie würde er dieses Bild vergessen. Er warf ihr einen sehnsüchtigen Blick zu und hoffte auf das Ende des Tages.

Nach dem Abendessen saßen sie auf der Veranda. Sannah schlürfte ihren Tee, und sie erzählten sich, was sie in den vergangenen Wochen erlebt hatten. Sannah hatte ihren Jungs warme, handgestrickte Pullis mitgebracht, die sie in einer kleinen Boutique in Blankenese entdeckt hatte. Import aus Schottland, unverwüstlich und aus reiner Wolle.
„Damit ihr es im Winter schön warm habt“, erklärte sie und freute sich über die strahlenden Gesichter.
Tyler hatte Sannah begeistert seinen ganzen Stolz präsentiert: Eine brandneue HiFi-Anlage thronte auf dem Regal neben seinem Schreibtisch, zusammen mit ein paar ebenso neuen CDs.
„Cool!“, stellte Sannah fest.
„Die können wir aber nur voll aufdrehen, wenn Dad außer Hörweite ist“, meinte Ty schelmisch.
Sannah grinste ihn verschwörerisch an. „Wie gut, dass ich meine CDs eingepackt habe!“
Kichernd liefen sie wieder die Treppe hinunter. Irgendwann verzog sich Ty mit einer Auswahl von Sannahs CDs in sein Zimmer.
Sannah kuschelte sich in Joshs Arm und seufzte. „Wie schnell schläft er?“, flüsterte sie, während ihre Hand sich unter sein Shirt schob.

Josh wurde heiß. „Ich habe ihn heute extra früh geweckt", erwiderte er schmunzelnd, bevor er sie in seine Arme zog und sie küsste.
„Gute Idee", wisperte sie und erwiderte seinen verlangenden Kuss.
Langsam knöpfte er ihre Bluse ein Stückchen auf und streichelte ihr Dekolleté, küsste ihren zarten Nacken und knabberte an ihrem Ohr, während ihre Hand weiter zärtlich über die Muskeln seiner Brust strich. Ihr Atem ging schneller, und das so lange aufgestaute Verlangen nacheinander steigerte sich mit jeder Berührung des anderen. Sie fühlte sich wie Scarlett O'Hara, die dramatisch in den Armen von Rhett Butler versank, nur ohne den Mundgeruch von Clark Gable. Nach einer quälend langen Weile voller Liebkosungen und Küsse, die mehr versprachen, schlichen sie sich atemlos ins Schlafzimmer und schlossen leise die Tür hinter sich.
Nun hatte die Zurückhaltung ein Ende. Josh riss sich das Shirt vom Leib und öffnete mit zittrigen Fingern die verbliebenen Knöpfe ihrer Bluse und ihren BH. Seine Hände glitten über ihre warmen Brüste, und sie erschauerte unter seiner Berührung und bog sich ihm entgegen. Sie öffnete seine Jeans und stöhnte vor Lust, als sie die Härte spürte, die sich ihr verheißungsvoll entgegendrückte. Ungeduldig befreite sie ihn von der überflüssigen Kleidung und ließ sich auf das Bett sinken. Feuer loderte wild und heiß in seinen Augen und verzehrte sie mit Haut und Haar, pulsierte wie ein Lavastrom durch seine Adern. Gierig saugte er an ihren Brüsten, während seine Hand ihre Jeans öffnete, dann riss er sie ihr fieberhaft vom Leib. Nackt und verführerisch lag sie vor ihm, lächelte betörend und öffnete einladend ihre Beine. Ihr Anblick ließ ihn den Verstand verlieren, sein Herz raste und er glühte vor Verlangen nach ihr. Sie zog ihn zu sich herunter, schlang ihre Arme um ihn und drängte sich an seinen erhitzten Körper. Bettelte mit fordernden Küssen um die Erlösung, die nur er ihr geben konnte. Heiße Wogen brandeten immer heftiger durch ihren Leib und wurden zum sturmgepeitschten Ozean, als er endlich in ihr versank und sie mit stärker werdenden Stößen ertrinken ließ. Rettungslos, haltlos. Sie drückte ihr Gesicht in das

Kissen, um nicht zu schreien vor Lust, krallte ihre Finger in seinen Rücken und gemeinsam starben sie diesen wundervollen kleinen Tod. Erst spät in der Nacht ließen sie voneinander ab und schliefen erschöpft und eng umschlungen ein. Rhett Butler hatte es inzwischen gerade mal geschafft, das Schnürmieder zu öffnen. Versager!

Der Jetlag setzte, trotz aller Erschöpfung der vergangenen Nacht, zuverlässig und mit deutscher Pünktlichkeit ein. Vier Uhr dreißig, draußen war es noch dunkel, der Herbst schickte seine ersten Schatten voraus. Josh hielt sie fest umschlungen, und sie wollte ihn nicht wecken, also lauschte sie seinen ruhigen Atemzügen, genoss die Wärme seines Körpers und das Gefühl, wunschlos glücklich zu sein. Irgendwann begann es vage zu dämmern. Sie hörte, wie sich Tyler leise aufs Klo schlich, und musste unwillkürlich grinsen, wahrscheinlich hatte er sich spätabends nicht mehr dorthin getraut, und nun war es höchste Eisenbahn. Als die Spülung rauschte, drehte sich Josh im Schlaf um und gab sie frei. Vorsichtig schlich sie sich aus dem Bett und schlüpfte in ihre Klamotten. Dann ging sie leise in die Küche und saß wenig später mit einem Kaffee auf der Veranda und ließ den Zauber der Stille auf sich wirken. Es war mittlerweile empfindlich kalt geworden, und sie fröstelte. Ende September – der Sommer war vorbei, und der Winter würde hier nicht mehr allzu lange auf sich warten lassen. Die Tage auf der Veranda waren gezählt. Sie ging hinein und fischte eine Strickjacke aus ihrem Koffer, der noch im Wohnzimmer stand. Ihre Stiefel standen auch immer noch neben der Küchentür, wo sie sie vor sechs Wochen hatte stehen lassen. Mit Stiefeln und Jacke bewaffnet trotzte sie der Kühle des frühen Morgens und atmete die frische, klare Luft. Nebelschwaden waberten über die Weiden und bedeckten die im Gras liegenden Pferde wie eine Decke. Sie schlenderte durch den Garten und bemerkte den klimatischen Unterschied deutlich. Hier waren die Rosen schon verblüht. Sie musste bald die Erde anhäufen, die Stöcke in ein schützendes Vlies einhüllen und mit Stroh füllen, damit sie dem harten Winter mit bis zu minus dreißig Grad trotzen konnten. Im Geiste suchte sie schon einen passenden Platz für den geplanten Gemüsegarten und die Obstbäume. Doch fürs Erste freute sie sich auf den Winter und weiße Weihnachten, und bis dahin musste sie noch einiges organisieren. Sie füllte die Tränken und ließ anschließend die Pferde auf die Weide. Fast sechs Uhr – Zeit zum Frühstückmachen.

Josh tappte als Erster verschlafen die Treppe herunter und umarmte sie. „Ich hatte mich darauf gefreut, neben dir aufzuwachen", brummte er in ihr Ohr.
„Ich konnte um halb fünf nicht mehr schlafen und wollte dich nicht wecken", sagte sie und küsste ihn zur Entschädigung. „Jetlag!"
Er nickte verständnisvoll und goss sich einen Kaffee ein. Sie stellte die fertigen Pfannkuchen auf den Tisch.
„Jetzt weiß ich wieder, warum ich dich geheiratet habe", neckte er sie mit einem breiten Grinsen.
Sie sah ihn pikiert an. „Ach! Und ich dachte, das wäre dir vergangene Nacht schon eingefallen", empörte sie sich.
Josh lachte und zog sie zu sich auf den Schoß. „Stimmt, da war was! Erinnerst du mich heute Nacht noch mal daran?", raunte er leise in ihr Ohr und küsste ihren Hals.
„Vielleicht!", schmunzelte Sannah.
Oben klappte die Tür, und Ty trabte mit seiner Schultasche die Treppe herunter.
„Aus dem Bett gefallen?", fragte Josh und stapelte ein paar Pfannkuchen auf seinem Teller.
„Für so ein Frühstück lohnt es sich wenigstens", frotzelte Ty scherzhaft zurück und grinste frech.
Sannah fing an zu lachen. Die beiden waren sich unglaublich ähnlich.
„Schön, dass du wieder da bist", sagte Ty, strahlte sie an und setzte sich an den Tisch.

Sannah räumte nach dem Frühstück ihren Koffer aus und sortierte den Inhalt des Containers in Regale und Schränke, während Josh Tyler zur Schule brachte. Anschließend fuhr er noch im Post-Office vorbei und kümmerte sich dann um die Berittpferde. Nicht mehr lange, und sie würden von ihren Besitzern wieder abgeholt werden. Je nachdem, wann der Winter einsetzte. Die Post hatte er nur achtlos auf den Küchentisch gelegt, weil er sie erst nach dem Mittagessen lesen wollte. Sannah goss sich noch einen Kaffee ein und warf einen beiläufigen Blick auf die Umschläge, als ihr ein Absender ins Auge stach. Vormundschaftsgericht. Plötzlich klopfte ihr Herz bis zum Hals. Sie schnappte sich den Umschlag und rannte raus zu Josh. Aufgeregt wedelte sie damit herum und reichte ihm das Schreiben über den Zaun des Reitplatzes. Erst erstaunt, dann in heller Aufruhr riss er den Umschlag auf und überflog die Zeilen. Für einen Moment war es totenstill, dann begannen seine Augen zu leuchten.

„Der Test ist positiv", flüsterte er überwältigt. „Man hat uns das Sorgerecht zugesprochen." Mehr sagte er nicht. Stattdessen sprang er vom Pferd und drückte seine Frau an sich.

Tyler erhielt die frohe Botschaft, als er am Nachmittag aus der Schule kam. Nicht, dass das Ergebnis des Tests überraschend gewesen wäre, aber es jetzt schwarz auf weiß und offiziell in Händen zu halten, beendete das bange Warten auf die Entscheidung der Behörde und die Ungewissheit, ob Ty wirklich bleiben durfte. Mit einem Kloß im Hals umarmte er seinen Vater. Endlich war sie vorbei, die heimliche Angst, dass doch jemand kommen könnte, um ihn wieder abzuholen. „Iyótanchila!" – Ich hab dich lieb, sagte er zu Josh, der seinen Sohn liebevoll im Arm hielt. Dann umarmte Ty auch Sannah. „Und dich auch."

Sie schluckte gerührt und strich ihm über den Kopf.

„Heiße ich jetzt auch White Cloud?", wollte er wissen, als er sich wieder gefasst hatte.

Josh lächelte. „Noch nicht, aber wir können das ändern lassen, wenn du möchtest."

Tyler nickte. „Ja, wir sind jetzt eine Familie, Thiwáhe mitháwa" – meine Familie, sagte er bestimmt und strahlte.

Nach dem Abendessen saßen sie zusammen auf dem Sofa, Sannah in der Mitte, die das Fotoalbum ihrer Familie in den Händen hielt. Auch ihr Album begann mit einer vergilbten Schwarz-Weiß-Aufnahme. Mehr weiß als schwarz, denn es zeigte ihren

Großvater mit seinen Eltern und Geschwistern in Grönland. Vor einer endlos wirkenden Eiswüste standen dort vier vermummte Gestalten mit dunklen Gesichtern, schmalen Augen und markanten Wangenknochen, umrahmt von einer pelzverbrämten Kapuze. In Anoraks aus Robbenfell, Hosen aus Eisbärenfell und hohen Stiefeln, um sich vor der eisigen Kälte zu schützen. Auf dem Rücken, quasi in der überdimensionierten Kapuze der Mutter, saß ein Kleinkind, gut geschützt und warm verpackt sah es mit dunklen Kulleraugen in die Kamera. Ihr Großvater war noch ein Kind von etwa sechs Jahren, und Sannah vermutete, dass es wohl das letzte, wenn nicht sogar das einzige Foto war, das ihren Großvater mit seiner Familie zeigte. Rund zwanzig Schlittenhunde waren im Hintergrund zu erkennen, ansonsten nur Eis und Schnee.
„Großvater erzählte mir, dass einer der Missionare das Foto gemacht hat, kurz bevor sie ihn nach Dänemark gebracht haben. Sein Name war Aperlaaq, das bedeutet ‚frisch gefallener Schnee' auf Kalaallisut."
Tyler betrachtete fasziniert das alte Foto, das eine völlig fremdartige Welt zeigte, und dennoch wirkten die Gesichter irgendwie seltsam vertraut.
„Warst du je dort?", fragte Josh.
Sannah schüttelte den Kopf. „Nein, ich wollte immer so gern mit ihm dahin, aber es ist leider nichts daraus geworden. Jetzt ist wohl niemand mehr da, den ich besuchen könnte." Sie blätterte weiter. Ein Foto zeigte Aperlaaq nun als erwachsenen Mann, eine zierliche, dunkelhaarige Frau stand an seiner Seite und beide strahlten um die Wette. Er im dunklen Anzug, sie im weißen Kleid. Eindeutig ein Hochzeitsfoto. Josh lächelte, als er ihre Großmutter sah.
„Du bist beiden sehr ähnlich", stellte er fest.
„Bis auf das Kleid", warf Tyler unbedarft ein.
Sannah lachte boshaft, als sie an den Kleid gewordenen Albtraum dachte, mit dem ihre erste Ehe begonnen hatte. Damals war sie in den Bergen aus Tüll und Seidentaft fast erstickt. Sie wendete sich wieder dem Foto zu. „Das ist Elisabeth, meine Oma. Sie war eine tolle Frau, arbeitete als Schwester im Hafenkrankenhaus. So haben sich die beiden auch kennengelernt. Er hatte sich an Bord

des Schiffes verletzt und musste ein paar Tage dort behandelt werden. War wohl Liebe auf den ersten Blick“, erzählte Sannah. „Von ihr habe ich auch die Liebe zur Medizin. Sie hat mich dazu gebracht, Ärztin werden zu wollen.“

Die nächsten Bilder zeigten ihre Eltern. „Das ist mein Vater Bent, er war Immobilienmakler, hatte nur wenig Zeit für uns und ständig ein schlechtes Gewissen deswegen. Er hat mich gnadenlos verwöhnt.“ Sie grinste und kuschelte sich in Joshs Arm.

Bent war seinem Vater wie aus dem Gesicht geschnitten, nur die Augen waren etwas größer. Nachdenklich betrachtete Josh seinen Schwiegervater und dachte darüber nach, ob dieser mit der Wahl seiner Tochter wohl einverstanden gewesen wäre.

„Ich hätte ihn gern kennengelernt“, sagte Josh und drückte Sannah liebevoll an sich.

„Er hätte dich sehr gemocht“, versicherte sie ihm, als hätte sie seine Gedanken erraten.

„Das ist meine Mutter Isabel. Sie war sehr viel strenger als mein Vater und ist fast daran verzweifelt, dass sie es in all den Jahren nicht geschafft hat, mir das Klavierspielen beizubringen. Ich bin völlig unmusikalisch“, gestand sie.

Isabel blickte tatsächlich reichlich streng in die Kamera. Auch sie mit dunklen Haaren und dem schmalen Gesicht, das sie ihrer Tochter vererbt hatte, ebenso wie die fein geschnittenen Gesichtszüge. Trotzdem überwog das Erbe von Sannahs Großvater. Sannah war viel dunkler als ihre Mutter, und auch die Augen und Wangenknochen waren ganz anders.

Sie nahm ein anderes Album zur Hand und schlug es auf. „Das bin ich“, sagte sie schlicht.

Beim Anblick ihrer Babybilder schmolz Josh dahin. Das winzige Gesicht auf dem Foto bestand fast nur aus großen, dunklen Augen und einem Schmollmund.

„Süß!“, meinte Ty und flitzte die Treppe hoch.

Josh sah ihm überrascht hinterher. Sannah trank ihren Tee und zeigte Josh noch ein paar Fotos von ihrer Einschulung. Mit endlos langen schwarzen Haaren, einer Zahnlücke und einer Schultüte, die so groß war, dass sie sie kaum halten konnte, strahlte sie stolz in die Kamera.

„Damals fand ich Schule noch klasse", stellte sie fest und war froh, dass die Schulzeit vorbei war.
„Kannst du dir dein Haar nicht wieder so lang wachsen lassen?", fragte Josh mit einem zärtlichen Blick und strich ihr über den Kopf. Sie lächelte und küsste ihn.
„Wenn du möchtest, dann brauche ich aber andere OP-Mützen", erwiderte sie.
Tyler kam mit einer kleinen Pappschachtel in der Hand wieder herunter. „Ich habe auch ein paar Bilder von mir. Wollt ihr mal sehen?"
„Klar!", riefen Josh und Sannah im Chor und nahmen Tyler in ihre Mitte.
Ty holte einen kleinen Stapel Fotos aus der Schachtel und reichte sie weiter. Mit leuchtenden Augen betrachtete Josh seinen Sohn, der, nur wenige Tage alt, in eine dicke Decke gewickelt in einem Korb lag. Sannah lächelte breit, denn dieses Baby kam ihr sehr bekannt vor. Sogar die Haare standen auf die gleiche Art und Weise zu Berge wie bei seinem Vater.
Ty zeigte ihnen alle Fotos, und Josh sagte bekümmert: „Ich habe so viel verpasst. Wie gern hätte ich dich damals schon im Arm gehalten."
Ty lächelte seinen Vater an. „Ich weiß, aber besser jetzt als nie", stellte er altklug fest.
Josh drückte ihn an sich.
Angesichts der Schachtel hatte Sannah eine Idee. „Lass mir die Bilder hier liegen, ich werde alle Fotos von uns und unseren Familien abfotografieren und dann gerahmt hier im Wohnzimmer aufhängen."
Josh strahlte. „Tolle Idee, dann haben wir alle zusammen, wie einen Stammbaum", sagte er, dann küsste er erst seine Frau und dann seinen Sohn auf die Stirn.
„Morgen fahren wir mit den Papieren vom Gericht nach Pine und lassen deinen Namen ändern, aber jetzt ist Zeit zum Schlafen!", verkündete er und schickte Tyler damit ins Bett.

Tage später saß Tyler White Cloud aufgeregt auf der Veranda und wartete auf die Gäste, die Josh zum Give-away eingeladen hatte.

Josh wollte diese alte Tradition pflegen und sich damit für alles bedanken, was ihm dieses Jahr geschenkt worden war, und seine Freude darüber mit anderen teilen – Freunde, Nachbarn und Familie. Ty freute sich besonders auf seine Tante Sue, die aus dem Cheyenne River Reservat kommen würde. Josh hatte bei Mike einen Büffel bestellt, von dem sich die Hälfte in einzelnen Stücken bereits über dem Feuer am Spieß drehte. Das übrige Fleisch wollte er später verschenken. Hailey und Sam waren schon da und halfen tatkräftig mit. Ebenso June und ihr Mann Mike, der am Feuer stand und den Spieß drehte. Die gesamte Trommelgruppe, die Kinder des Horsemanship-Projektes, Dr. Michaels und seine Frau sowie einige Nachbarn fanden sich nach und nach ein und verteilten sich über den Hofplatz. Lachend und schwatzend standen sie in kleinen Grüppchen herum oder stellten Salate und Frybread auf den Veranda-Tisch, während die Okchá wicásha auf mitgebrachten Klappstühlen begannen, die Trommel zu schlagen. Klein Tashina wurde von Arm zu Arm weitergereicht, und sie kreischte vergnügt, weil es immer wieder neue Dinge gab, an denen sie ziehen konnte. Zwei kleine weiße Zähnchen blitzten dabei in ihrem Mund. Die Kinder liefen aufgeregt herum und freuten sich für Tyler. Sannah und Josh versorgten alle mit Getränken und sogar das Wetter spielte erfreulicherweise mit.

Dann fuhr ein Wagen langsam auf den Hof und parkte am Rande der Zufahrt.
„Inála!" – Tante, rief Ty begeistert und lief der Schwester seiner Mom in die Arme.
„Ty! Ich freu mich so, dich wiederzusehen!" Sue strahlte und drückte ihn an sich.
Noch jemand stieg aus dem Wagen: Henry Gray Eagle. Es wurde still. Hailey stand neben Sannah und hielt hörbar die Luft an, als Josh auf Tys Großvater zuging.
Für einen kurzen Moment sahen sich die beiden Männer schweigend an, dann hielt Josh dem älteren die Hand hin und sagte: „Tanyán yahi yelo." – Es freut mich, dass du gekommen bist. Gray Eagle musterte ihn aus dunklen Augen, dann ergriff er Joshs Hand.

„Hé washté yelo“ – Es ist gut, erwiderte er nur. Damit war die Vergangenheit vom Tisch. Henry hatte den ersten Schritt getan, und mehr gab es nicht zu sagen. Jedenfalls jetzt nicht.
„Ty, das ist dein Großvater“, sagte Sue behutsam und deutete auf ihren Vater. Ty schluckte trocken angesichts des ehrfurchtgebietenden Alten. Er hatte seinen Großvater nie kennengelernt, wusste nur von seiner Mutter, dass er sehr streng und traditionell war. Er ging etwas zögernd auf ihn zu.
„Hau Tunkáshila, tanyán átaciye lo“ – Hallo Großvater, freut mich, dich kennenzulernen, sagte er schüchtern.
Ein Lächeln huschte über Henrys verwitterte Züge. „Hau, misch éya“ – Ja, mich auch, erwiderte er, legte seine Hand auf Tys Schulter und ging mit ihm zu den Baumstämmen, die um den Feuerplatz lagen.
Josh sah ihnen wohlwollend hinterher. Wieder erklang die Trommel, und die Sänger stimmten ein neues Lied an.
„Es geschehen noch Zeichen und Wunder“, murmelte Hailey, und Sam machte ein erstauntes Gesicht.
„Noch vor einem halben Jahr wäre das undenkbar gewesen“, sagte er leise.
„Menschen ändern sich“, stellte Sannah fest und lächelte.
Sam sah sie ernst an. „Ja! Du änderst sie!“, erklärte er. „Langsam glaube ich, dass Granny dich deswegen gesehen hat. Sie muss geahnt haben, dass du alles zum Guten wendest.“

Sannah lief wieder ein Schauer über den Rücken. Es fiel ihr immer noch schwer, hinter diesem Traum mehr zu sehen als einen Zufall, aber die anderen glaubten daran, und so stellte sie es nicht in Frage.
Josh setzte sich an die Trommel und sang mit. Sannah begrüßte Henry und Sue, versorgte die neuen Gäste mit Getränken und plauderte dann ein wenig mit den Michaels. Schließlich verkündete Mike, dass der Büffel fertig sei. Alle verteilten sich auf den Baumstämmen um das Feuer, die Sannah mit Decken ausgelegt hatte. Josh und Sannah setzten sich zu Tyler und Gray Eagle, dann erhob sich Josh wieder. „Mitakúyepi, chantéwashteya napéciyusape lo.“ – Meine Freunde, ich begrüße euch frohen

Herzens. Das war ein alter, formeller Gruß, mit dem man Verwandte und Freunde empfing und Josh fand, dass nichts besser ausdrückte, warum heute alle hier waren.
„Ich stehe hier mit meiner Familie an meiner Seite, und das verdanke ich euch. Im letzten Winter begegnete mir Tyler zum ersten Mal, und mir wurde klar, dass ich einen Sohn habe. Im Frühjahr kam Sannah hierher, und ich war so sehr damit beschäftigt, vor ihr davonzulaufen, dass ich nicht merkte, dass sie mein Herz schon am ersten Abend gestohlen hatte."
Viele fingen an zu lachen, und Sannah strahlte ihn an.
„Im Sommer wurde sie meine Frau, und jetzt, im Herbst, ist Tyler auch endlich offiziell mein Sohn. Ohne eure Hilfe wären sie nicht hier, und dafür bin ich euch dankbar. Ómayakiyapi ca pilawála. Líla wópila tánka héca" – Ich weiß eure Hilfe zu schätzen und danke euch sehr, beendete Josh seine kleine Rede und sah dabei in erster Linie Sam und Mike an, aber auch Gray Eagle.
„Bin gespannt, wer in diesem Winter vor deiner Tür steht, White Cloud", rief Sam.
„Ich wüsste da was!", erwiderte Mike augenzwinkernd, hielt Tashina hoch und erntete Gelächter.
Sannah und Josh begannen, das Essen zu verteilen, und nach kurzer Zeit saßen alle um das wärmende Feuer und ließen sich das Festmahl schmecken.

Steve Michaels genoss sichtlich das zarte Fleisch. „Ich bin nun schon ein paar Jahre hier und habe noch nie Büffel gegessen, schmeckt großartig!", bemerkte er begeistert, und auch seine Frau Caren taute immer mehr auf. Sie war bisher noch nie im Reservat gewesen. Zwar unterstützte sie ihren Mann bei seiner Entscheidung, seinen lukrativen Job in Los Angeles gegen die Stelle in Pine Ridge eingetauscht zu haben, aber sie kannte hier niemanden und fühlte sich fremd und fehl am Platz. Doch dieser herzlichen Gastfreundschaft und dem Zusammenhalt der Menschen konnte sie sich nicht entziehen. Sie war beeindruckt von dieser Geste, alle zu beschenken, um seine Dankbarkeit auszudrücken. Langsam begann sie zu verstehen, warum sich ihr Mann hier so viel wohler fühlte als in der oberflächlichen Welt von LA.

Nach einem schönen langen Abend verabschiedeten sich immer mehr Gäste, und Josh verschenkte das restliche Fleisch. Für viele seiner Nachbarn war das eine willkommene Abwechslung in ihrem eintönigen Speiseplan, weil sich viele kein Fleisch leisten konnten.

Zum Schluss saßen noch Gray Eagle mit seiner Tochter, Hailey und Sam sowie Josh mit Sannah am Feuer. Mike und June hatten sich verabschiedet, um Tashina ins Bett zu bringen, und auch Ty war schlafen gegangen.

Josh brannte darauf zu erfahren, was Henry zum Umdenken bewogen hatte, doch er schwieg aus Höflichkeit und starrte in die Flammen.

Gray Eagle spürte, was in Josh vorging, und beschloss zu reden. „Das war ein schönes Fest. Es ist gut, die alten Traditionen zu pflegen", begann er.

Josh nickte nur und wartete geduldig ab, bis der Ältere weitersprach. „Ich werde langsam alt, und im Alter wird einem manchmal ein wenig Weisheit zuteil. Man beginnt, seine Fehler zu erkennen. Manche davon kann man nicht wiedergutmachen, und man muss mit ihnen leben; andere kann man wiedergutmachen, und das habe ich versucht." Er legte eine Pause ein und sah Josh an, der ihm aufmerksam zuhörte.

„Ich habe damals erwartet, dass ihr euch verantwortungsvoll verhaltet, doch ihr wart Kinder, und es wäre an mir und deinem Vater gewesen, das zu erkennen. Wir hätten mit euch reden müssen, statt zu streiten und Verbote auszusprechen. Als sie dann dein Kind erwartete, habe ich Niyas Wunsch respektiert, das Baby zu behalten und dir und deinem Vater nichts davon zu erzählen, auch wenn ich damit nicht einverstanden war. Sie wollte ihre Unabhängigkeit, wollte deiner Zukunft nicht im Wege stehen und fürchtete noch mehr Streit zwischen den Familien um das Kind."

Josh sah Henry erschüttert an. Niemals wäre er auf die Idee gekommen, dass es Niya gewesen war, die diese Entscheidung getroffen hatte. Bislang war er immer davon ausgegangen, Henry hätte dafür gesorgt, dass er nichts von seinem Sohn erfahren hatte. Er brauchte einen Moment, um zu begreifen, was wirklich da-

mals passiert war. Erst nach dem Streit hatten sie sich heimlich getroffen, und Ty war entstanden. Betroffen musste er erkennen, dass er Gray Eagle zu Unrecht für Niyas Verschwinden verantwortlich gemacht hatte.
„Ich war verbittert und nicht gut auf dich zu sprechen, denn ich war der Meinung, dass auch du die Verantwortung für dein Verhalten und später auch für Tyler hättest übernehmen sollen, aber sie wollte das nicht und brach den Kontakt zu uns ab", fuhr Henry fort.
„Ich kannte meinen Enkel nur von Fotos, die Sue mir schickte, und als ich ihn in deiner Regalia auf dem Powwow sah, konnte ich es kaum glauben. Ich wusste nicht, dass er in Pine Ridge lebt, musste mich vergewissern, ob er es wirklich wahr und folgte ihm. Dann sah ich dich. Nicht nur, dass du deinen Sohn gefunden hattest, du hast dich auch schützend vor ihn und deine Frau gestellt. Ich erkannte, dass du sehr wohl bereit warst, die Verantwortung für Tyler zu übernehmen, ohne dass dich jemand darum bitten musste. Ich habe mich in dir getäuscht. Aus dir ist ein aufrechter Mann geworden. Die Frau vom Jugendamt gab mir die Chance, diesen Fehler wiedergutzumachen. Ty gehört zu dir. Du bist ihm ein guter Vater, und ich freue mich, endlich meinen Enkel kennenzulernen. Es ist viel geschehen, Gutes und Schlechtes, doch es ist an der Zeit, dass wir die alten Streitigkeiten beilegen und nach vorne sehen. Für Tyler, denn Kinder sind ein Geschenk und die Zukunft unseres Volkes", endete er versöhnlich.
Josh nickte zustimmend und hatte Mühe, den dicken Kloß im Hals herunterzuschlucken. Er reichte Henry die Hand. „Du bist hier jederzeit willkommen", sagte er und fühlte sich befreit von der Last der Familienfehde.
Henry ergriff seine Hand und lächelte. „Ich danke dir", sagte er und erhob sich zum Gehen.
„Nein", sagte Josh. „Ich habe dir zu danken. Für alles", stellte er fest und erhob sich auch.
„Ho, hécetu welo" – Nun, so sei es, erwiderte Gray Eagle mit einer abschließenden Handbewegung, dann wandte er sich an Sannah. „Tyler hat dich sehr gern! Du tust dem Jungen gut. Genaugenommen beiden!" Er lächelte verschmitzt.

„Ich habe die zwei auch sehr gern“, antwortete sie augenzwinkernd.
Er klopfte ihr sacht auf die Schulter, dann ging er mit Sue zum Auto und fuhr nach Hause. Josh atmete tief durch und schloss seine Frau in die Arme. Tiefer Friede erfüllte ihn.

Josh und Sannah setzten sich zurück zu Sam und Hailey ans Feuer. Sam machte sich daran, die Reste des Fleisches zu futtern. Aufregende Geschichten machten ihn immer hungrig.
„Lass mir was übrig!“, beschwerte sich Josh lachend und fischte sich ein Rippchen vom Grillrost.
„Wer hätte gedacht, dass ihr euch wieder versöhnt“, stellte Sam zwischen zwei Bissen fest.
Josh hatte den Mund voll und nickte nur.
„Hast du ihn eingeladen?“, fragte Hailey, die ahnte, dass Henry wohl kaum unaufgefordert auf der Ranch erschienen wäre.
„Ja. Nachdem mir die Jugendfürsorgerin berichtet hatte, dass er damit einverstanden ist, dass Ty bei mir lebt, war ich ihm Dank schuldig. Er hätte auch alles verhindern können, aber das hat er nicht. Ich hatte allerdings auch keine Ahnung davon, dass es Niyas Entscheidung gewesen war, zu gehen und mir nichts zu sagen. Ich verstehe immer noch nicht, warum sie das gemacht hat“, erwiderte Josh etwas betroffen.
Sannah wurde still. Sie war sich nicht sicher, ob Josh den Verlust von Niya bedauerte oder die Tatsache, dass er den größten Teil von Tylers Kindheit verpasst hatte.
„Ich schon“, erklärte Hailey. „Niya war ein Rebell. Sie lehnte sich gegen alles auf: ihren Vater, die Traditionen, die Schule und deinen Vater, der ihr erst recht nichts vorzuschreiben hatte. Ich könnte mir gut vorstellen, dass sie absichtlich schwanger wurde, um alle zu schockieren.“
Josh starrte Hailey fassungslos an. Sein Bild von dem jungen Mädchen, das allein und ohne Hilfe ihr Kind hatte großziehen müssen, bröckelte langsam.
„Ich kann mir nicht vorstellen, dass sie absichtlich so gedankenlos war“, protestierte er, aber nur halbherzig, denn langsam ging auch ihm ein Licht auf. Es war Niya gewesen, die nach dem Ver-

bot, sich zu treffen, darauf gedrängt hatte, es trotzdem zu tun, und die nicht nur Händchen halten wollte. Zugegeben, er hatte sich nicht lange bitten lassen, und das Verbot ihrer Väter machte alles noch viel aufregender, aber ohne ihre Initiative wäre er vielleicht nicht so weit gegangen. Josh grübelte vor sich hin, und Hailey goss bewusst noch mehr Öl ins Feuer.

„Sie hatte damit einen Grund, die Schule zu schmeißen, ihrem Vater vor den Kopf zu stoßen und genaugenommen auch deinem Vater eins auszuwischen, denn nun warst du ja nicht mehr der Unschuldsengel, für den er dich immer gehalten hat, auch wenn er nie davon erfuhr. Sie hatte Tyler ganz für sich allein, und niemand konnte ihr da reinreden, deswegen hat sie dir nie von eurem Sohn erzählt. Du hättest dich eingemischt, und das wusste sie."

Es herrschte Schweigen. Josh brütete in Gedanken vor sich hin. Diese Puzzle-Teile passten besser zusammen als die verklärte Geschichte, die er sich zusammengereimt hatte.

Sam sah seine Frau entgeistert an, und Hailey bekam Zweifel, ob sie vielleicht doch zu weit gegangen war. Aber die Wahrheit musste endlich mal ans Tageslicht, sonst würde sich Josh ewig Vorwürfe machen.

Sannah wagte einen leisen Erklärungsversuch. „Darum hat sie dich auch nicht als Vater in die Geburtsurkunde eintragen lassen. Henry hatte gar keinen Einfluss darauf", stellte sie sachlich fest.

Das klang logisch, musste Josh zugeben. „Ty sollte das besser nicht erfahren. Er hat seine Mom geliebt, und ich bin mir sicher, dass sie ihn auch geliebt hat und nur das ist wichtig. Alles andere bleibt unter uns", erklärte Josh bestimmt.

Die anderen nickten zustimmend, und damit war auch dieses Thema endgültig vom Tisch.

Tyler hatte nun eine neue Familie: seinen Vater, Sannah und auch einen Großvater, der bereit war, für seinen Enkel allen Groll der vergangenen Jahre zu vergessen. Ein neues Kapitel hatte begonnen.

Sam fing leise an zu kichern wie ein Schuljunge. „Unschuldsengel?", gluckste er.

Josh grinste breit und deutete einen Heiligenschein an, und dann fingen auch Hailey und Sannah an zu lachen. Sie ernteten einen empörten Blick des Engelchens.
„Ich bin immer noch der Meinung, geschossener Adler passt besser", bemerkte Sannah lachend und fing an zu quietschen, als Josh ihr zur Strafe in die Rippen kniff.
Tyler schlurfte verschlafen im neuen Pyjama und Stiefeln aus dem Haus. „Bei dem Krach kann ich nicht schlafen!", murrte er und ließ sich neben Josh auf den Baumstamm sinken, während Sannah eine warme Decke um ihn wickelte.
Josh warf noch einen Holzscheit ins Feuer. „Jetzt essen wir die Reste, und morgen früh suchst du dir ein Pferd aus!", eröffnete er lächelnd seinem Sohn und hatte Mühe, Luft zu holen, als Ty ihm samt Decke um den Hals fiel vor Begeisterung.

Spät in der Nacht, nachdem Sam und Hailey nach Haus gefahren waren und Ty todmüde und glücklich in sein Bett gefallen war, kuschelte sich Sannah in Joshs Arm und grübelte noch ein wenig.
„Hättest du Niya geheiratet, wenn sie dir von Tyler erzählt hätte?", fragte sie ihn etwas unsicher.
Sie war nicht direkt eifersüchtig, aber etwas in Joshs Verhalten nagte an ihr. Vielleicht war sie auch einfach nur übersensibel, was die anderen Frauen im Leben ihres Mannes anging.
„Nein", sagte er unumwunden. „Bis ich dich traf, habe ich nie daran gedacht zu heiraten, es passte nicht in meine Lebensplanung. Ich hatte damals hin und wieder mal eine Bettgeschichte, aber nie etwas Ernstes. Ich wollte keine Ehe, die so endet wie die meiner Eltern. Weder mit Niya noch mit Chloe oder einer anderen."
Ein großer Stein fiel Sannah vom Herzen, und sie lächelte.
„Ich hätte mich um Ty und Niya gekümmert, keine Frage, aber zum Heiraten wären wir viel zu jung gewesen – und zu dumm", stellte er lakonisch fest. „Es wäre nicht lange gut gegangen. Hailey hat schon recht, Niya war rebellisch, nur hatte ich das fast verdrängt. Es war damals eine aufregende Zeit – die Heimlichkeiten, das erste Mal. Jeder von uns war zu sehr mit seiner eigenen Unsicherheit beschäftigt, als über irgendwelche Konsequenzen oder die Zukunft nachzudenken. Erinnerung vergoldet mit den Jah-

ren, aber ich bin mir sicher, dass die Verantwortung für ein Baby, das Geschrei und die vollen Windeln schnell dafür gesorgt hätten, dass der rosa Zuckerguss abgeplatzt wäre, und dann hätte die harte Realität Einzug gehalten. Wo hätten wir leben sollen – und wovon? Das hält keine Teenager-Schwärmerei aus und mehr war es nicht. Eine Schwärmerei. Du hast mir klargemacht, dass Liebe sehr viel mehr bedeutet, und ich habe immer noch nicht ganz begreifen können, woher du den Mut genommen hast, alles aufzugeben und bei mir zu bleiben, aber ich bin unendlich glücklich darüber", sagte er und strich ihr liebevoll über die Wange.
„Ich habe nichts aufgegeben", flüsterte sie. „Ich habe eine Familie geschenkt bekommen. Tiwáhe mitáwa, meine Familie."

Frisch gefallener Schnee

Ein paar Wochen später hielt auch endlich der Arbeitsalltag in der Klinik Einzug. Die rosaroten Wattewölkchen konnten schließlich nicht ewig über der Ranch schweben. Sannah hatte die Zulassung erhalten und angefangen zu arbeiten. Zunächst hatte sie Dr. Michaels einige Wochen lang assistiert, um einen Überblick zu bekommen, wo die verschiedenen OPs durch mangelnde Hightech-Medizin an ihre Grenzen stießen. Doch sie hatte festgestellt, dass man auch ohne Computertomographen und andere Dinge auskam. Alles eine Sache der Erfahrung. Sannah dankte im Geiste Dr. Schröder, der in ihrer Assistenzzeit dafür gesorgt hatte, dass sie die unentbehrlichen Grundlagen der Chirurgie nicht aus den Augen verlor. Jetzt konnte sie davon profitieren. Neben vielen Unfällen hatte sie meist mit der chirurgischen Behandlung der Spätfolgen von Diabetes zu tun. Sie kämpfte um jeden Zeh und jeden Fuß, aber manchmal ließ sich eine Amputation leider nicht vermeiden. Es schockierte sie, dass selbst schon Kinder mit Diabetes zu kämpfen hatten und die Armut eine gesunde, kohlehydratarme Ernährung unmöglich machte.

Hier galt leider die Regel: Je ärmer die Menschen, desto dicker waren sie. Gemüse, Fleisch und Obst waren hier einfach zu teuer. Mittlerweile hatte man angefangen, Topinambur zu kultivieren und anzubauen – ein Wurzelgemüse, das zu den Sonnenblumen gehört und besonders viel Inulin enthält und damit besonders für Diabetiker geeignet ist. Auch Vitamin C begünstigte den Heilungsverlauf. Dazu gab es inzwischen einige Studien, die das belegten, und so empfahl sie ihren Patienten auch das Sammeln der hiesigen Wildbeeren, die früher zur traditionellen Nahrung gehört hatten und reich an Vitamin C waren. Nicht nur die Beeren waren gut, sondern auch die Bewegung an der frischen Luft, wenn man sie selbst sammelte.

Von den Assistenzärzten wurde Sannah manchmal belächelt, aber die Patienten respektierten sie immer mehr. Nicht nur wegen ihres Namens, sondern auch, weil sie die Regeln der Höflichkeit beachtete, nicht immer gleich mit der Tür ins Haus fiel und

für die älteren Patienten fleißig Lakota büffelte. Schulmedizin allein half hier nicht. Ein Arzt musste sich auch auf das Seelenleben des Patienten einlassen, und manchmal halfen die Kenntnisse über Tradition und die alte Lebensweise dabei. Eine unerwartet große Hilfe war Henry. Er war ein Wichásha wakhán, ein heiliger Mann – oder auch Medizinmann genannt. Doch seine Kenntnisse beinhalteten nicht nur ein umfangreiches Wissen über Heilkräuter, ihre Verwendung und Zubereitung, sondern vor allem auch das Wissen über alte Rituale und Zeremonien. Er durfte Sannah nicht in die Zeremonien einweihen, aber er konnte ihr Zusammenhänge erklären und lehrte sie mit nicht enden wollender Geduld alles Wissenswerte über Kräuter und Heilpflanzen und erzählte ihr die alten Sagen seines Volkes.
Sannah begann immer mehr zu verstehen, wie tief die alte Kultur noch im Alltag verwurzelt war. Manchmal ohne dass es den Beteiligten bewusst war. Ihre Patienten waren viel eher bereit, die verordneten Medikamente einzunehmen, wenn Sannah gleichzeitig Heilkräuter empfahl, die sie vom Wichásha wakhán bekommen hatte. Dazu gehörte auch, manchmal Salbei zu verbrennen und sich den Rauch zuzufächeln. Es vertrieb die bösen Geister und weckte Vertrauen.

Henry kam regelmäßig zu Besuch. Er blühte auf in seiner Rolle als Großvater, zumal auch seine Tochter Sue mit ihrer Familie zu ihm gezogen war. Gerade noch rechtzeitig vor dem Einbruch des Winters hatten sie die Einöde in Green Grass – ohne Strom und fließendes Wasser – verlassen.
„Du glaubst gar nicht, wie schön eine heiße Dusche sein kann!", meinte Sue, als sie alle zusammen in Henrys Küche saßen und plauderten, während draußen der erste Schnee fiel.
Der Herbst war nur kurz und hatte sich fast übergangslos in einen Winter verwandelt, der in Europa schon als Jahrhundertwinter gehandelt worden wäre. Hier war es lediglich ein Vorspiel auf das, was erst noch kommen würde. Minus dreißig Grad Celsius und Schneestürme hatte es bisher noch nicht gegeben. Auch der Reitunterricht für die Kinder fiel jetzt aus, stattdessen trafen sie sich nun einmal in der Woche und bastelten Bilderrahmen und

Knotenhalfter, oder Josh vermittelte ihnen Wissen über Pferdehaltung von damals und heute.
„Oh doch!“, bestätigte Sannah und dachte dabei an die Badewanne, die sie gerade jetzt im Winter schon manches Mal vermisste. Josh polterte mit einem Arm voll Holz durch die Tür, mit Schneeflocken im Haar und roter Nase.
„Du hast nicht mehr viel Holz, Até.“ – Vater. Vor kurzem hatte Josh angefangen, Henry mit Até anzusprechen. Seinen Vater hatte er immer Dad genannt, und so stand diese Bezeichnung mehr für den wachsenden Respekt, den er für den Großvater seines Sohnes empfand. Thunkánschi, Schwiegervater, wäre korrekt gewesen, aber Josh hielt das für unpassend. Er hatte Sannah geheiratet, nicht Niya, und so blieb es bei Até.
„Wir fahren demnächst in die Black Hills und schlagen Totholz, da kann ich dir welches mitbringen“, bot Josh an.
Henry lächelte dankbar. „Wir können auch alle zusammen Holz schlagen; dann geht es schneller, und wir schaffen mehr.“
„Gute Idee!“, meinte Josh, ließ den Stapel Brennholz in einen Korb neben dem Ofen fallen, setzte sich dann zu Sannah und ließ sich, zufrieden lächelnd, von ihr die Hände wärmen. Tyler und seine Cousins stürzten lachend und voller Schnee ins Haus und entledigten sich ihrer Jacken und Stiefel. Sue verteilte Handtücher, weil die Jungs nach der Schneeballschlacht komplett nass waren.
„Zieht euch was Trockenes an!“, rief Sue der wilden Horde zu. Sannah tastete nach Tylers Pullover. „Wir sollten langsam nach Hause, du bist auch völlig durchnässt.“
Josh nickte.
„Ja, lasst uns losfahren, ich kriege langsam Hunger“, stimmte er zu. Sannah erhob sich müde, eigentlich hatte sie keine Lust mehr zu kochen, sondern wollte nur noch schlafen. Sie verabschiedeten sich und fuhren nach Hause.
„Nächste Woche hab ich einen Tag frei, dann fahren wir nach Rapid und kaufen Ty endlich eine Winterjacke und warme Stiefel“, schlug sie vor.
„Hoffentlich kommt Thompson nicht dazwischen. Der wollte nächste Woche seine Pferde abholen“, gab Josh zu bedenken.

Sannah fing an zu schmunzeln. „Ty und ich könnten auch alleine fahren, dann bist du allerdings Prinzessin Püppi hilflos ausgeliefert." Sie kicherte schadenfroh.
Josh grinste schief. „Herzlichen Dank!"
„Wer ist Prinzessin Püppi?", fragte Tyler irritiert.
„Sag jetzt nichts Falsches!", brummelte Josh seiner Frau zu.
„Die Tochter des Besitzers", klärte sie Ty auf und bemühte sich ernst zu bleiben, auch wenn es schwerfiel.
„Und wieso ist Dad ihr ausgeliefert?", bohrte der Junge neugierig weiter.
Sannah wand sich hin und her, dann prustete sie los. „Sie will ihn mit ihrem Barbiemobil entführen, aber dein Dad ist ein unerschrockener Lakota und wird sich zu wehren wissen, wenn sie nicht gerade wieder ihre furchteinflößende Kriegsbemalung trägt." Sie kringelte sich vor Lachen.
Josh zog eine Grimasse und maulte still vor sich hin.
„Diese Show will ich auf keinen Fall verpassen!", rief Ty lachend.
„Vielleicht kommt das Silikon-Monster ja gar nicht mit. Letztes Mal hat Sannah versucht, sie mit bösen Blicken zu töten", hoffte Josh und bog in die Zufahrt ein.
„Die kommt bestimmt, um zu sehen, ob ich noch da bin", erstickte sie seine Hoffnung im Keim.
„Warst du eifersüchtig?", forschte Ty.
„Klar! Ich lass mir doch nicht von einer Barbie den Mann ausspannen!", sagte Sannah im tiefsten Brustton der Überzeugung.
„Genau das wollte ich hören!", bemerkte Josh zufrieden und parkte vor dem Haus.
Sie liefen durch den Schnee ins Haus. Tyler ging in sein Zimmer, um sich umzuziehen, Sannah stellte das Essen auf den Herd und Josh feuerte den Kamin an.
„Soll kalt werden heute Nacht", stellte er fest.
„Dann könnt ihr beiden mal die Betten neu beziehen", murmelte sie müde, während sie den Eintopf umrührte und sich schon darauf freute, unter den mitgebrachten Daunendecken zu versinken. So etwas wie eine Zentralheizung gab es nicht, und das Haus wurde in erster Linie vom Kamin beheizt. Aber im Gegensatz zu den Trailern war es recht gut isoliert und hielt die Wärme. Josh

hatte einen dicken Vorhang vor die Tür gehängt und die Fliegentür durch eine zweite Holztür ersetzt. Tys Zimmer wurde durch den Schornstein geheizt, und das Bad hatte eine winzige Elektroheizung; nur das leere Zimmer und ihr Schlafzimmer waren kalt. Später, wenn der richtige Winter erst mal da war, würden sie mit einem gasbetriebenen Heizstrahler heizen, doch Sannah traute dem Ding nicht recht über den Weg. Sie fürchtete, es könnte ihr um die Ohren fliegen oder alles in Brand setzen. Im Kamin flackerte munter ein Feuer, und Josh lief die Treppe hinauf, um sich um die Decken zu kümmern.

Als er mit Ty wieder herunterkam, stand das Essen auf dem Tisch und Sannah schlief zusammengesunken auf dem Sofa. Josh weckte sie mit einem sanften Kuss.

„Hey, Kleines. Was ist los mit dir, wirst du krank?", fragte er besorgt und streichelte ihr über die Wange.

Sannah rieb sich die Augen und schüttelte verschlafen den Kopf.

„Nein, ich bin nur so schrecklich müde in letzter Zeit", erwiderte sie. „Keine Sorge! Das geht schon wieder vorbei", beruhigte sie ihn und rappelte sich hoch.

Josh lächelte, doch so ganz überzeugt war er nicht. „Iss was, und dann schläfst du dich mal richtig aus", meinte er, als sie zum Tisch gingen.

Sannah nickte nur und begann ihren Eintopf zu löffeln.

Trotz zwölf Stunden Schlaf verschwand die Müdigkeit nicht, und Sannah schleppte sich durch den Tag. Kaffee half auch nicht, sie bekam davon nur zittrige Hände, die sie im OP nun gar nicht gebrauchen konnte, also biss sie die Zähne zusammen und hoffte auf ein ruhiges Wochenende. Doch daraus wurde nichts. Der Wetterdienst hatte heftige Schneefälle vorausgesagt, und so wurde es langsam Zeit, die Holzvorräte aufzustocken. Josh besaß ein Stück Land in den Black Hills, unwegsames Gelände und zur Bebauung völlig ungeeignet; deshalb war es billig gewesen, aber es reichte, um regelmäßig vor dem Winter umgestürzte oder abgestorbene Bäume zu schlagen und zu Brennholz zu verarbeiten. Henry, Sue und ihr Lebensgefährte Daniel, ihre drei Jungs – alles Teenager – sowie Sam und Hailey und natürlich Josh, Sannah und Ty machten sich am frühen Morgen auf und fuhren in die Black Hills. Draußen war es noch stockfinster. Mit Motorsägen, Benzinkanistern, Äxten, Picknickkörben und ganzen Batterien von Thermoskannen mit heißen Getränken im Gepäck, schlängelten sich die Trucks über die gewundenen Gebirgsstraßen. Josh und Henry hatten ihre Jagdgewehre dabei und hofften auf einen Hirsch, der ihnen, durch den Krach aufgescheucht, vielleicht vor die Flinte laufen würde.

Es dämmerte langsam, als sie die asphaltierte Straße verließen und mit Vierradantrieb über einen schmalen Waldwirtschaftsweg bis zu einer kleinen Lichtung holperten. Ein paar Nebelfetzen hingen zwischen den Bäumen, und die umstehenden Fichten und Kiefern waren schon mit Schnee bedeckt. Von dort aus machten sich Josh, Henry und Daniel auf die Pirsch. Sam blieb bei den Frauen und Kindern.

„Ich laufe jeden Tag mit einer Waffe herum, darauf kann ich am Wochenende gut verzichten", erklärte er und begann stattdessen die Motorsägen vorzubereiten.

„Schießt euch bloß nicht über den Haufen!", rief Sannah mit einem mulmigen Gefühl im Bauch hinter den dreien her.

„Keine Angst, das machen die alle nicht zum ersten Mal", beruhigte sie Hailey. „Jagen liegt ihnen im Blut, da können sie sich mal wieder wie richtige Männer fühlen." Sie kicherte und amüsierte sich köstlich über Sams Gesichtsausdruck.

„Dann bin ich wohl aus der Art geschlagen?", rüffelte er.

„Bei deinem Job musst du niemandem etwas beweisen", sagte Hailey versöhnlich und küsste ihn.

Sam lächelte zufrieden und machte sich an die nächste Motorsäge. Sue hatte sich die Jungs geschnappt und sammelte Feuerholz, damit sich alle später ein wenig aufwärmen konnten. Sannah und Hailey luden die Ausrüstung von den Trucks und brachten das Essen in eine kleine Bretterbude, die ein wenig Schutz vor Schnee und Wind bot und mit einem uralten Kanonenrohrofen aus Eisen ausgestattet war. Bald darauf fielen Schüsse, und Sannah zuckte zusammen.

Die Männer hatten den Hirsch erreicht, und Henry murmelte seinen Dank und verstreute etwas Tabak über dem toten Tier. Als

heiliger Mann bewahrte er die alten Traditionen und bat das Tier auf diese Weise um Verzeihung. Der kapitale Hirsch würde nun ihren Speiseplan bereichern. Sie nahmen das Tier noch an Ort und Stelle aus, damit das Fleisch nicht verdarb. Josh band der Jagdbeute die Beine zusammen, und Daniel brachte einen kleinen Fichtenstamm, um das schwere Tier zu transportieren. Gemeinsam schleppten sie den Hirsch zu der Lichtung, während Henry die Gewehre trug. Eine halbe Stunde später landete der Hirsch auf der Ladefläche eines Trucks.
Sannah drückte ihrem Mann eine Tasse Kaffee zum Aufwärmen in die Hand und strahlte ihn an. „Der Weihnachtsbraten ist gesichert", meinte sie.
Josh nickte freudig mit glühenden Wangen, bedingt durch die Schlepperei und den mittlerweile fast zu warmen Pulli aus Schottland.
„Wir haben schon die passenden Bäume ausgesucht", verkündete Sam und griff sich eine Motorsäge.
Josh trank seinen Kaffee aus und küsste Sannah, dann wandte er sich Sam zu. „Weiter oben sind auch viele umgeknickte Stämme, die noch nicht morsch sind", sagte er voller Tatendrang. Er liebte solche Ausflüge, erst recht mit einer größeren Gruppe. Jeder hatte seine Aufgabe, und alle arbeiteten zusammen. Danach konnte man sich zufrieden über das Essen hermachen, aber jetzt mussten sie erst mal ein paar Bäume fällen.

Die Männer ließen mit den Motorsägen die ersten Stämme fallen und zersägten sie anschließend in handlichere Teile. Die Jungen schleppten diese dann mit Seilen zur Lichtung, wo Henry sie weiter zerteilte. Die drei Frauen beluden die Trucks mit den kleinen Blöcken. Bei dieser Arbeit wurde einem wenigstens nicht kalt. Sannah bückte sich, um den nächsten Klotz aufzuheben, doch beim Aufrichten wurde ihr schwarz vor Augen. Sie ließ das Holz fallen und hielt sich am Auto fest.
„Huh!", stöhnte sie und ging in die Knie.
„Was ist mit dir?", fragte Tyler besorgt, der gerade einen kleinen Stamm zu Henry geschleift hatte und sie nun stützte, damit sie nicht umfiel.

„Mein Kreislauf spinnt, mir war nur etwas schwindelig. Ist gleich wieder gut“, beruhigte sie ihn.
Hailey kam dazu und half ihrer Freundin hoch. „Setz dich ein bisschen hin, ich bring dir einen Kaffee mit viel Zucker, das wird dir guttun“, sagte sie und schob Sannah zu einem Baumstamm. Dann eilte sie zur Bretterbude, um den Kaffee zu holen. Dankbar nahm Sannah den Becher entgegen und fühlte sich nach ein paar Schlucken schon besser.
„Ich hätte wohl mehr frühstücken sollen“, stellte sie lachend fest. „Diese Arbeit bin ich nicht gewöhnt – und dieses Wetter auch nicht“, entschuldigte sie sich.
„Ruh dich aus“, meinte Tyler. „Ich mache weiter, oben sind die sowieso bald fertig.“
Nach und nach füllten sich die Ladeflächen der Trucks, die zum Glück für so viel Gewicht ausgelegt waren. Am frühen Nachmittag saßen alle erschöpft, aber zufrieden in der kleinen Hütte. Der alte Ofen bollerte vor sich hin und wärmte den kleinen Raum. Die Handschuhe klebten vom Harz, und die Luft war erfüllt von dem Geruch von Kiefernnadeln und Waldboden. Sie hockten auf dem Boden und schlürften genüsslich den heißen Kakao, den sie mitgebracht hatten. Die Sandwichs wurden ausgepackt, und sie gönnten sich alle ein verspätetes Mittagessen. Die Jungs blödelten herum und dachten über eine neue Schneeballschlacht nach, die Sue gleich im Keim erstickte, um nicht schon wieder drei nasse Kinder im Auto sitzen zu haben. Tyler schmollte demonstrativ.
„Das könnt ihr morgen machen“, kam Josh Sue zur Hilfe. „Dann haben wir nicht mehr so viel zu tun.“

Die restlichen Stämme hatten die Männer zur Hütte transportiert. Sie blieben für den nächsten Tag liegen und mussten nur noch kleingesägt werden. „Dafür habe ich früher die ganze Woche gebraucht“, sagte Josh und freute sich, dass sie fast alles an einem Tag geschafft hatten.
Der Holzvorrat würde eine ganze Weile reichen, und frisches Wild gab es auch. Ein erfolgreicher Tag. „Wir sollten uns langsam auf den Weg machen“, gab Daniel zu bedenken. „Ich möchte auf der Hauptstraße sein, bevor es dunkel wird.“

Die anderen nickten zustimmend. Es hatte wieder angefangen zu schneien, und der Waldweg war auch bei Tageslicht schon nicht leicht zu befahren, erst recht nicht mit der großen Ladung und bei Schneefall. Sie packten alles zusammen und machten sich auf den Weg.

Es war schon wieder dunkel, als sie die Ranch erreichten. Sannah ging ins Haus, feuerte den Kamin an und begann das Abendessen vorzubereiten, während Josh und Ty sich daranmachten, den Truck zu entladen. Da das Holz ohnehin noch in Scheite gehackt werden musste, reichte es, die Klötze nur von der Ladefläche auf einen Haufen zu werfen. Um den Hirsch wollte sich Henry kümmern, was Josh ganz recht war. Häuten und zerteilen war keine angenehme Arbeit.
„Sannah geht es nicht gut", sagte Tyler zu seinem Vater, als sie auf der Ladefläche standen. „Sie ist heute Mittag fast umgekippt", meinte er besorgt.
Josh sah ihn entsetzt an. „Warum hast du mir nicht gleich Bescheid gesagt?" Beunruhigt sprang er vom Truck.
„Hailey hat ihr einen Kaffee gebracht, und danach ging es ihr besser", antwortete Ty.
Josh ging ins Haus, und Tyler folgte ihm.
„Seid ihr schon fertig?", fragte Sannah erstaunt, als die zwei hereinkamen.
Josh nahm sie in den Arm und strich ihr über die Wange. „Ty sagt, dir ging es heute nicht gut, warum hast du nichts gesagt?", fragte er fast vorwurfsvoll. Langsam begann er sich wirklich Sorgen um sie zu machen. Sie war stiller als sonst, blass und sah müde aus. „Ist die Arbeit zu viel?"
Sannah lehnte sich gegen seine Brust und schloss die Augen. „Nein, das ist es nicht. Ich bin nur müde, und mir wurde vorhin etwas schwindelig. Vielleicht hab ich zu wenig gegessen oder ich bin zu schnell hochgekommen. Ist nichts Ernstes", versicherte sie ihm erneut.
Ty hatte unterdessen den Tisch gedeckt.
„Morgen bleibst du zu Hause und ruhst dich aus, wir schaffen den Rest auch allein", beschloss Josh und küsste sie.

Sie lächelte und kuschelte sich an ihn. „Ist gut", sagte sie widerstandslos.
Josh sah sie mit forschendem Blick an. „Es muss was Ernstes sein, sonst würdest du dich nicht von mir aufs Sofa schicken lassen", stellte er ein wenig belustigt fest.
Sannah sah ihn völlig entgeistert an. Das Wort Sofa hatte sie auf einen Gedanken gebracht.

Sannah wollte gerade unter die Dusche steigen, als Josh sich breit grinsend dazugesellte und seine Klamotten fallen ließ.
„Was wird das denn?", fragte sie schmunzelnd. Nicht, dass sie tatsächlich eine Antwort erwartet hätte. Es war ja offensichtlich, was er beabsichtigte.
„Ich habe keine Lust, noch mal eine Stunde zu warten, bis das Wasser wieder heiß ist, und außerdem wollte ich das schon, seit du das erste Mal nackt in mich reingerannt bist und was von Pizza gefaselt hast", murmelte er in ihr Ohr und zog sie prustend unter den Wasserstrahl.
„Ich war doch gar nicht nackt!", protestierte sie kichernd und genoss die wohligen Schauer, die das heiße Wasser und seine Hände in ihr auslösten. „Ich hatte ein Handtuch an!"
„Ich hatte ein Handtuch an!", äffte er sie lachend nach. „Seit wann ist das Kleidung? Du warst nackt!", stellte er fest und erstickte jeden weiteren Widerspruch mit einem Kuss.
Irgendwann wurde das Wasser kalt, und sie flüchteten, mit einem Handtuch bekleidet, ins Schlafzimmer unter die mollig warmen Daunendecken.
Josh war begeistert von den Dingern. „Kannst du die nicht aneinandernähen? Dann hätten wir eine ganz große für uns zwei." Er grinste anzüglich und tauchte unter den Federbergen ab, um sich auf ihre Seite zu wühlen.
Sannah schloss die Augen und stöhnte leise, als er zu Ende brachte, womit er unter der Dusche angefangen hatte.

Am nächsten Morgen saß Ty mit einem verschmitzten Grinsen am Frühstückstisch. Josh schmunzelte leicht verlegen, offenbar hatten die Kopfhörer der Stereoanlage nicht ganz ausgereicht,

um den Geräuschpegel der vergangenen Nacht zu übertönen.
„Grins nicht so!“, sagte er zu seinem Sohn und schwang drohend den Teelöffel. „So bist du schließlich auch entstanden!“
„So genau wollte ich das jetzt nicht wissen“, stellte Ty in seiner trockenen Art fest.
„Solltest du aber!“, meinte Josh nachdenklich. „Es ist eine Sache, mit siebzehn Vater zu werden, aber ich möchte nicht mit vierunddreißig schon Großvater sein!“, rechnete er Tyler vor. Er seufzte still, als ihm klar wurde, dass er wohl dringend das berühmte klärende Gespräch mit seinem Sohn würde führen müssen.
„Warum denn nicht?“, provozierte Ty ihn breit grinsend. „Wenn wir eine Familientradition daraus machen, bist du mit einundfünfzig Urgroßvater und mit achtundsechzig sogar schon Ururgroßvater“, frotzelte er lachend und wich dem tieffliegenden Küchenschwamm aus.
„Wenigstens kannst du rechnen“, stellte Josh amüsiert fest und nahm sich vor, das Gespräch bald zu führen.
„Und mit fünfundachtzig kommst du als einziger lebender Urururgroßvater ins Guinness-Buch der Rekorde! Dafür müssen andere schwer schuften!“, setzte Ty noch obendrauf und flüchtete lachend in den Stall.
Josh seufzte und schüttelte den Kopf, dann ging er noch mal hoch ins Schlafzimmer und küsste seine schlafende Frau, bevor er sich nach der Stallarbeit mit Ty und den anderen auf den Weg machte, um das restliche Holz zu holen.

Sannah erwachte erst viel später und räkelte sich entspannt und ausgeschlafen in den behaglichen Kissen. Sie zögerte noch, das warme Bett zu verlassen, aber der Ruf der Natur ließ sich irgendwann nicht mehr ignorieren. Fröstelnd schlüpfte sie in ihre Klamotten und dicken Socken, die sie statt Hausschuhen trug, und hechtete eilig ins Bad. Prompt wurde ihr wieder schwindlig – und nicht nur das, auch der Magen rebellierte. Nachdem das Würgen und die Übelkeit nachgelassen und sie ihr Gesicht mit Wasser gekühlt hatte, fiel ihr Blick auf die Packung Tampons im Regal, die sie schon etliche Wochen nicht mehr benötigt hatte. Jetzt erst fiel ihr diese Erkenntnis wie Schuppen von den Augen.

Überwältigt klappte sie den Klodeckel runter und setzte sich. In ihr tobten die Gefühle – ein bisschen Angst und Unsicherheit, aber auch ganz viel Freude. Es dauerte einen Moment, bis sie endgültig begriff, was nun auf sie zukam. „Ein Baby", flüsterte sie und strahlte in sich hinein.

Sie ging in die Küche und goss sich einen Kaffee ein, dann besann sie sich kopfschüttelnd eines Besseren und leerte die Tasse in der Spüle aus. Stattdessen machte sie sich einen Wachpé yatápi, den Pine-Ridge-Tee aus Agastache oder auch Anis-Ysop genannt, der süß und stark nach Anis schmeckte und sicher auch ihren Magen beruhigen würde. Sie schürte das Feuer im Kamin, legte Holz nach und schlürfte, mit einem warmen Glücksgefühl im Bauch, ihren Tee. Sie unterdrückte das spontane Bedürfnis, Josh anzurufen und ihm davon zu erzählen. Erst wollte sie einen Test machen, um ganz sicher zu sein. Doch das musste bis zum nächsten Tag warten, denn den Test bekam sie nur im Drug Store in Rapid City, und Josh war mit dem Wagen unterwegs. Sannah kuschelte sich in die Kissen des Sofas und lauschte in sich hinein. Ihr Bauch kam sich ungeheuer wichtig vor und sonnte sich in der Aufmerksamkeit, die ihm nun geschenkt wurde. Fräulein Rottenmeier hatte ihren Schreibtisch verlassen und strickte versonnen, im Schaukelstuhl sitzend, an einem Strampler, während Limbisia, mit leicht säuerlicher Miene, die hautengen Klamotten in die unterste Schublade des Oberstübchens stopfte. Sie überlegte sich, wie sie es Josh erzählen wollte, und verbummelte den Tag mit Träumen, nähte die Daunendecken zusammen und änderte auch die dazugehörige Bettwäsche. Anschließend durchforstete sie die Vorratskammer nach einem geeigneten Abendessen und schob eine Stunde später einen Hühnchen-Auflauf mit geschmorten Kartoffeln in den Ofen. Tylers Lieblingsessen! Josh aß ohnehin alles.

Als die Jungs am Abend nach Hause kamen und das Holz abgeladen hatten, lächelte Josh seine Frau erleichtert an. Sie hatte rosige Wangen, die Augen leuchteten und sie strahlte über das ganze Gesicht.

„Die Ruhe hat dir sichtlich gutgetan", stellte er zufrieden fest.
‚Wenn du wüsstest!', dachte sie und hielt die Spannung kaum aus, aber sie wollte erst sicher sein und schwieg.
„Morgen habe ich frei. Ich hol dich von der Schule ab, dann fahren wir nach Rapid", sagte sie zu Tyler, der sich begeistert den Auflauf schmecken ließ.
„Morgen Mittag kommt Mark Thompson, um die Pferde zu holen", bemerkte Josh mit einem Hauch Verzweiflung in der Stimme.
„Kann doch nicht so lange dauern, zwei Pferde zu verladen", meinte Ty. „Wenn sie wieder fahren, machen wir uns auf den Weg nach Rapid", plante er und zwinkerte seinem Dad verschmitzt zu.
„Du willst dir ja nur nicht die Show entgehen lassen", vermutete Sannah.
„Ich kann doch nicht zulassen, dass er von Püppi entführt wird. Außerdem will ich deinen bösen Blick sehen", rechtfertigte Tyler seine Neugier.
„Püppi sagst du bitte nicht, wenn sie da sind. Das ist mein bester Kunde!", mahnte Josh.
„Schon klar", meinte Ty. „Und ich bin dein wohlerzogener Sohn."

Später kroch Josh begeistert unter die überdimensionierte Bettdecke. „Himmlisch!", meinte er und ging wieder auf Tauchstation. „Ganz egal, wie ich liege, meine Füße bleiben unter der Decke", stellte er fest, als er am Fußende wieder auftauchte und herum blödelte wie ein Kind.
Sannah sah ihm amüsiert zu, wie er unter der Decke herumwühlte. „Darf ich mitspielen? Mir wird langsam kalt", quengelte sie. Er tauchte auf ihrer Seite auf und zog sie zu sich unter die Decke, nach einem kurzen Kampf um ihre Unterwäsche gab sie auf und versank in seinen Armen.

Sannah hatte Tyler von der Schule abgeholt und fuhr auf den Hofplatz. Der protzige Transporter von Mark Thompson parkte bereits in der Nähe des Stalls. Thompson hatte nicht schlecht gestaunt, als er die frisch renovierte Ranch sah. Nun stand er mit

seiner Tochter und Josh vor dem Stall und bewunderte Taté. Pippa trug diesmal deutlich mehr Kleidung und auch mehr Make-up, obwohl Sannah nicht ganz klar war, wie sie das noch hatte steigern können, ohne dass es selbstständig vom Gesicht fiel. Offenbar hatte Pippa eine Möglichkeit gefunden die Schwerkraft auszutricksen. Da Silikon bei Kälte hart wurde, hielt sie ihre zu eng geratene Jacke geschlossen und hatte sich stattdessen bei Josh eingehakt, um ihm die künstliche Fülle an seinen Oberarm zu drücken. Das Wort Flucht stand deutlich in seinem Gesicht geschrieben, und er wand sich wie eine Maus in der Falle.
Sannah kochte fast vor Wut, und Tyler hatte Mühe, einen Lachkrampf zu unterdrücken. „Lassen wir ihn noch einen Moment zappeln?“, prustete Tyler und erntete einen strafenden Blick von Sannah.
„Nein! Auf in den Kampf!“, verkündete sie entschlossen und stieg aus dem Auto.
Ty folgte ihr und biss sich auf die Zunge, um nicht zu lachen. Allein Sannahs Anblick reichte aus, um Pippas Klammergriff zu lösen. Mit einem strahlenden Lächeln und einem Kuss begrüßte Sannah ihren Mann und wendete sich Mark zu.
„Meine Frau Sannah kennt ihr ja schon“, sagte Josh erleichtert und legte demonstrativ seinem Arm um ihre Schultern. Dann deutete er auf Ty. „Und das ist mein Sohn Tyler.“
Mark reichte mit einem erstaunten Lächeln erst Sannah die Hand, dann Ty. „Unverkennbar! Meinen Glückwunsch. Das sind ja gleich zwei gute Neuigkeiten“, sagte er, während er Tyler in Augenschein nahm. „Aber werden Kinder nicht normalerweise im handlichen Acht-Pfund-Paket geliefert?“, meinte er augenzwinkernd.
„Er hat bis vor einer Weile noch bei seiner Mutter gelebt“, erklärte Josh zurückhaltend.
Pippas Make-up drohte angesichts dieser Neuigkeiten nun doch der Schwerkraft gehorchen zu wollen und kippte, samt darunter liegender Mimik, nach unten.
„Hallo“, begrüßte Sannah mit einem siegreichen Lächeln nun auch Pippa, die ihr nur zögerlich die Hand gab. ‚Lernfähig‘, dachte Sannah boshaft.

Dafür holte Pippa zum nächsten Schlag aus. „Können wir den kaufen, Daddy?“, fragte sie und deutete auf Taté.
„Keine Chance!“, entfuhr es Tyler, und er blitzte Pippa kampfbereit an, doch sie war nicht bereit, klein beizugeben. Sie war gewohnt zu bekommen, was sie wollte. Die Tatsache, dass sie Wakinyan nicht bekommen hatte, weil er Sannah gehörte, machte sie nur noch entschlossener, wenigstens jetzt ihren Kopf durchzusetzen.
„Bitte, Daddy!“, bettelte sie und klimperte mit den künstlichen Wimpern.
Mark warf Josh einen hilfesuchenden Blick zu, doch Josh schüttelte entschieden den Kopf. „Tut mir leid, aber Taté ist unverkäuflich. Ich will in ein paar Jahren mit ihm züchten.“
„Alles hat seinen Preis“, entgegnete Pippa trotzig und erntete dafür einen giftigen Blick von Tyler.
„Du hast Josh gehört!“, beendete Thompson das Gezeter seiner Tochter. „Fang schon mal an, die Pferde zu verladen! Ich habe mit Josh noch Geschäftliches zu besprechen.“
Sie maulte und trollte sich in den Stall. Mark zog einen Umschlag aus seiner Jackentasche und reichte ihn Josh, der ihn etwas verwirrt ansah.
„Du hast doch schon bezahlt“, sagte er.
„Das ist dein Anteil an den Preisgeldern, die mir deine Pferde dieses Jahr eingebracht haben. Dank deiner Ausbildung haben sie alles abgeräumt. Es ist nur fair, wenn du auch einen Teil davon bekommst. Der Name White Cloud spricht sich in der Profi-Liga langsam herum. Nächstes Jahr werden dir immer mehr Leute die Türen einrennen, und ich möchte ein bevorzugter Kunde bleiben“, erklärte Thompson seine nicht ganz uneigennützige Großzügigkeit.
Josh nahm den Umschlag an. Auch er war Geschäftsmann. „Freut mich zu hören. Danke!“ Er steckte den Umschlag ein, ohne ihn zu öffnen.
„Ich verstehe nicht, warum du nicht selbst bei den großen Turnieren startest. Das wäre die beste Werbung für dich. Mit ein paar Pokalen im Regal verkaufen sich deine Pferde doppelt so schnell“, stellte Mark fest.

Josh lächelte. „Mal sehen, jetzt habe ich hier ja Hilfe", erwiderte er schlicht.
„Warum denn nicht?", erkundigte sich Sannah. „Das kriegst du doch auch hin."
Thompson lachte amüsiert. „Der kriegt das nicht nur hin, Lady! Der reitet uns alle in Grund und Boden! Sollte Josh jemals antreten, bleiben für alle anderen nur die Trostpreise übrig. Er ist nur zu bescheiden, um das zuzugeben", stellte er fest und klopfte Josh wohlwollend auf die Schulter. „Stell wenigstens deine Pferde vor, das erhöht auch den Wert von meinen", sagte er abschließend.
Pippa führte das erste Pferd in den Hänger und schmollte immer noch.
„Nächstes Frühjahr bringe ich dir wieder zwei, vielleicht auch drei, zur Ausbildung, und für die ersten Fohlen von dem Kleinen da kannst du mich auch schon vormerken", erklärte Mark und reichte allen die Hand zum Abschied.
Ty half Pippa noch beim Verladen des zweiten Pferdes, dann rollte der Transporter vom Hof.
„Bis zum nächsten Mal!" Sannah winkte Pippa fröhlich zu, um ja keinen Zweifel daran aufkommen zu lassen, dass sie dann immer noch da sein würde. Tyler flüchtete ins Haus, um endlich laut lachen zu können.
In der Küche legte Josh den Umschlag auf den Tisch und genehmigte sich noch einen Kaffee. Er hielt die Kanne hoch. „Du auch?"
Sannah schüttelte den Kopf. „Nein, danke! Mitansehen zu müssen, wie Barbie meinen Mann anbaggert, war Aufregung genug!", bemerkte sie grimmig.
„Ich weiß gar nicht, was ihr habt", mischte sich Ty ein. „Sie ist doch ganz nett ..."
Josh verschluckte sich fast an seinem Kaffee und unterbrach seinen Filius. „Bitte? Das hat sich vorhin aber noch ganz anders angehört!"
„Sie ist doch ganz nett anzusehen. Du hast mich ja nicht ausreden lassen", erwiderte Ty.
Josh fiel die Kinnlade herunter. „Ich habe mich wohl verhört! Du bist dreizehn! Wo hast du denn hingesehen?", fragte er entgeis-

tert, ahnte aber schon, dass Tyler sicher nicht von Pippas Stiefeln sprach.
Der grinste nur unverschämt. „Ich bin fast vierzehn und Single! Da wird man ja wohl mal gucken dürfen!", konterte er und verschwand in seinem Zimmer, um noch ein paar CDs für die Fahrt nach Rapid zu holen. Sannah platzte fast vor Lachen, nicht nur über Tys übliche trockene Art, sondern vor allem über Joshs Gesichtsausdruck. Sie klopfte ihm beruhigend auf die Schulter. „Er ist Single!", versuchte sie ihren Mann zu beschwichtigen und wand sich in Krämpfen, um den drohenden Lachkrampf zu kontrollieren.
Josh konnte den Heiterkeitsausbruch seiner Frau nicht recht nachvollziehen und schüttelte resigniert den Kopf. „Ich fasse es nicht", brummte er, schmunzelte aber insgeheim in sich hinein.
Tyler kam mit seiner Musikauswahl wieder die Treppe herunter.
„Wollen wir los?", fragte Sannah ungeduldig.
„Ich muss leider passen. Die anderen Pferde werden nachher auch abgeholt. Für morgen ist ein Schneesturm angesagt, und bis dahin wollen alle wieder zu Hause sein", sagte Josh.
„Müssen wir auch dabei sein, oder schaffst du das diesmal alleine?", fragte Tyler verschmitzt.
Josh winkte ab. „Fahrt los, sonst wird es zu spät – und bringt mir was Schönes mit."
Sannah gab ihm einen Kuss und blies zum Aufbruch.
„Was ist mit Essen?", fragte Ty entrüstet.
„Burger!", lockte sie. „Ausnahmsweise!", fügte sie noch hinzu, als Tyler begeistert zum Auto flitzte.
Gut gelaunt und breit grinsend schob er eine CD ins Autoradio, als sie außer Hörweite waren.

Frei nach dem Motto: Zeit ist Geld und Bewegung schadet nur, fuhr Sannah in Rapid durch den Drive-in-Schalter einer Burger Kette, um den hungrigen jungen Mann neben sich zum Schweigen zu bringen. Dann ging es weiter zum Shopping Center. Ty stopfte sich noch die letzten Pommes in den Mund, bevor sie ein Schuhgeschäft betraten. Nach einer Stunde – angefüllt mit Anproben, Diskussionen über Modetrends, Zweckmäßigkeiten und

der Erkenntnis, dass Ty größenmäßig in Richtung U-Boot tendierte – einigten sie sich endlich auf ein Paar und verließen den Laden mit einer großen Tüte. Bei den Jacken brauchten sie nicht ganz so lange, und so blieb noch Zeit, um die Lebensmittelvorräte aufzustocken. Sannah wollte die Tiefkühltruhe und die Speisekammer füllen, um nicht auf dem Trockenen zu sitzen, falls sie der Schnee mal von der Außenwelt abschneiden sollte. Außerdem sorgten ihre beiden Heuschrecken ohnehin dafür, dass sich der Vorrat schnell wieder verringerte. Schwer bepackt brachten sie ihre Ausbeute zum Wagen und verstauten alles. „Sind wir fertig?", fragte er.
Sannah sah auf ihre Uhr, denn sie wollte noch in den Drug Store und bekam auch langsam Hunger. „Wir gehen jetzt zum Chinesen", beschloss sie, als sie der Heißhunger auf Rindfleisch in Austernsoße packte.
„Du meinst, in ein Restaurant?", fragte er mit großen Augen.
„Klar, oder willst du mir erzählen, dass du nach einem Cheeseburger schon satt bist?", erkundigte sie sich erstaunt und schob ihn vor sich her.
„Das nicht, aber ich war noch nie in einem Restaurant", gestand Tyler zaghaft.
„Dann wird es aber Zeit. Keine Sorge, das ist kein Nobelladen. Da gehen viele Leute nach dem Einkaufen hin", beruhigte sie ihn. Ty sah sie erleichtert an.
Der Chinese war zwei Straßen weiter, und sie kamen auf der Fahrt dorthin an einem Drug Store vorbei.
„Bin gleich wieder da", sagte sie und ging in den Laden. Als sie wieder herauskam, schlug ihr Herz Purzelbäume vor Aufregung. Morgen früh würde sie es wissen!
Beim Chinesen wurden sie freundlich empfangen. Sie suchten sich einen kleinen Tisch, und wenig später ließ der Duft des Essens Sannah das Wasser im Mund zusammenlaufen.
Misstrauisch beäugte Ty die Stäbchen und suchte vergeblich nach einer Gabel. „Damit kann ich nicht essen", raunte er ihr zu.
„Zeig ich dir", erklärte sie lächelnd.
Es dauerte nicht lange, dann hatte er den Dreh raus und amüsierte sich köstlich. „Das macht Spaß!", stellte er fest und strahlte.

„Finde ich auch, Messer und Gabel sind langweilig. Schmeckt es dir?", wollte sie wissen und bestellte das Gleiche noch mal zum Mitnehmen.
Ty nickte nur mit vollem Mund. „Ist das für Dad?", fragte er, als der Mund wieder halbwegs leer war.
„Ja, dann bekommt er auch was Schönes, und ich muss heute nicht mehr kochen.", sagte sie.
Ty sah sie an und lächelte.
„Dad hat Glück, dass er dich hat", meinte er nachdenklich und zögerte, denn er hatte noch etwas anderes auf dem Herzen. „Und ich auch", fügte er hinzu.
Sannah hielt mit dem Essen inne und hörte ihm zu.
„Als meine Mutter starb, kam ich mir so verlassen vor. Ich hatte niemanden, mit dem ich darüber reden konnte, und ich dachte, das würde immer so bleiben. Aber jetzt ist alles anders. Jetzt habe ich dich und Dad, nur dass ich zu dir nicht Mom sage, und das finde ich nicht richtig. Für mich bist du wie eine Mom." Er stockte und suchte nach den richtigen Worten.
Sannahs Blick wurde weich, und sie lächelte ihn an. Gleichzeitig hatte sie einen Kloß im Hals, den sie nicht hinunterbekam.
Tyler druckste immer noch herum und stocherte in seinem Essen, dann fasste er sich ein Herz. „Wärst du damit einverstanden, wenn ich Mom zu dir sage?", fragte er leise.
Sannah war wie vom Donner gerührt. Niemals hätte sie von sich aus diesen Vorschlag gemacht oder von ihm erwartet, dass er sie so nennt. Sie wollte Niya nicht verdrängen, das stand ihr nicht zu. Doch dass Ty nun danach fragte, freute sie sehr. Damit verschwand dieser für sie so negativ behaftete Begriff der Stiefmutter, die sie nun einmal war.
„Wenn du das wirklich möchtest, würde ich mich sehr freuen, wenn du Mom zu mir sagst", versicherte sie ihm strahlend.
Ty lächelte erleichtert und leerte seine Schüssel mit süß-saurem Schweinefleisch.

Auf dem Weg nach Hause dröhnte wieder die Stereoanlage, und Sannah dachte darüber nach, wie Tyler wohl auf ein Baby reagieren würde. Er war in einem schwierigen Alter und konnte mit

Babys sicher nichts anfangen, dafür war der Altersunterschied einfach zu groß. Sie grübelte noch eine Weile, dann schob sie diesen Gedanken beiseite. Andere Familien bekamen das schließlich auch hin.

Recht spät erreichten sie die Ranch. Unterwegs hatte es angefangen zu schneien, und auch der Wind hatte aufgefrischt, sodass Sannah nicht wie gewohnt das Speed Limit ausreizen konnte, sondern eher auf der Straße schleichen musste, wie Tyler es nannte.

„Ich habe mir schon Sorgen gemacht! Wo wart ihr so lange?", fragte Josh, als er half, die Einkäufe ins Haus zu bringen.

„Beim Chinesen", erklärte Ty und stellte das mitgebrachte Essen für Josh auf den Tisch.

Wenig später schaufelte sich Josh genüsslich die aufgewärmten Frühlingsrollen und die anderen Leckereien in den Mund und war sichtlich zufrieden mit seinem Mitbringsel.

„Mit Stäbchen schmeckt es noch besser", stellte Tyler weltmännisch fest und hielt seinem Vater provokativ die Holzstäbe unter die Nase.

„Dann esse ich morgen früh noch", meinte Josh und beharrte, trotz der Belehrungen seines Sohnes, auf den Gebrauch einer Gabel.

Sannah packte Tys neue Jacke und die Stiefel aus. „Keinen Tag zu früh", sagte sie und war froh, dass der Junge nun warm eingepackt zur Schule gehen würde.

Der Schneefall hatte noch zugenommen, und die Temperatur war schlagartig gefallen. Der eisige Wind, der aus dem arktischen Norden Kanadas kam und ungebremst über die Great Plains fegte, ließ alles erstarren. Josh und Ty zeigten sich von dem Wetter völlig unbeeindruckt. Das heißt, nicht ganz, denn Tyler stellte Hochrechnungen an und prognostizierte freudig einen Schulausfall für den nächsten Tag.

Josh drehte das Radio an, um zu hören, was Kili Radio darüber zu sagen hatte. Der Wetterbericht bestätigte Tys Vermutungen und verkündete für den nächsten Tag Katastrophenalarm, da der Blizzard noch zunehmen würde. Ty jubelte, denn das bedeutete ‚ausschlafen'.

„Dann fahre ich besser eine Stunde früher zur Arbeit“, meinte Sannah naiv.
„Das kannst du vergessen!“, erwiderte Josh trocken. „Wir werden morgen den ganzen Tag brauchen, nur um die Zufahrt frei zu bekommen, von den Straßen fange ich gar nicht erst an.“
Sannah sah ihn irritiert an. Es war Anfang Dezember, der Winter hatte offiziell nicht mal angefangen, und sie konnte sich nicht vorstellen, dass eine Nacht mit Schneefall gleich alles zum Erliegen bringen würde. Später vielleicht, wenn sich die Schneemassen langsam auftürmten, aber jetzt schon?
„Du bist nicht mehr in Hamburg. Hier gibt es keine Räumfahrzeuge“, bemerkte Josh amüsiert.
„In Hamburg bricht schon das Chaos aus, wenn drei Flocken vom Himmel fallen und so dreist sind, liegenzubleiben. Aber ich habe morgen zwei OPs auf dem Plan. Was mache ich denn jetzt?“, fragte sie ratlos.
„Deine Patienten kommen wahrscheinlich auch nicht durch“, versuchte er sie zu beruhigen.
Zur Sicherheit rief sie in der Klinik an.
„Bleib bloß wo du bist!“, sagte ihr Kollege. „Wir schaffen das auch ohne dich, irgendwann wirst du sicher auch mal bei Schneesturm in der Klinik festsitzen, dann gleicht sich das wieder aus.“
‚Gut‘, dachte Sannah. Schnee schippen statt Kreuzband-OP. Sie kochte sich noch einen Wachpé yatápi und machte es sich auf dem Sofa bequem.

Tylers Blick fiel auf den Umschlag, den Josh immer noch nicht geöffnet hatte. „Willst du gar nicht wissen, wie viel drin ist?“, fragte er.
„Nein, aber du!“, stellte Josh fest, riss den Umschlag auf und begann völlig entgeistert zu zählen. „Ich sollte vielleicht wirklich mal beim jährlichen ApHC-Turnier starten“, sagte er baff, als er fertig war.
„Wieso? Wie viel ist denn drin?“, wollte Tyler ungeduldig wissen, und auch Sannah sah fragend vom Sofa herüber.
„Mark muss mächtig abgeräumt haben, denn das sind fünftausend Dollar.“

Ty stand vor Staunen der Mund offen, und auch Josh brauchte einen Moment, um die Fassung wiederzuerlangen.
„Das ist wirklich sehr großzügig", meinte Sannah. „Sind die Turniere so hoch dotiert?"
Josh nickte. „Noch zwei dieser Prämien, und ich hätte genug, um eine Reithalle zu bauen. Dann könnte ich das ganze Jahr hindurch Pferde ausbilden und würde mehr schaffen", dachte er laut über seinen großen Traum nach.
„Oder du investierst einen Teil des Geldes in einen neuen Sattel und zahlst das Startgeld, dann hättest du deine Reithalle schon im nächsten Winter", schlug sie vor.
Josh hatte durchaus gute Sättel für seine Pferde, allerdings machten sie optisch nicht mehr viel her. Für ein Turnier brauchte man eine ordentliche Ausrüstung. Er dachte einen Moment darüber nach. Eigentlich hatte sie recht. Es war zwar ein Risiko, aber ein kalkulierbares.
„Keine schlechte Idee! Aber dann möchte ich mit Wakínyan antreten. Er hat das richtige Alter und ist, abgesehen von Taté, der Beste aus meiner Zucht", machte er zur Bedingung.
„Okay!", stimmte Sannah begeistert zu. Wenn der Test so ausfallen würde, wie sie vermutete, konnte sie im kommenden Jahr ohnehin nicht reiten.
„Wenn du schon dabei bist, kaufe auch gleich ein Show-Halfter für Taté und einen Anzug für Ty. Wenn ihr Taté als Jährling vorstellt und er prämiert wird, bringt später jedes Fohlen und jeder Decksprung doppelt so viel", überlegte sie weiter.
Josh sah sie überrascht an. „Woher kennst du dich so gut damit aus?"
„Ich habe sieben Jahre lang jedes Wochenende auf Turnierplätzen verbracht. Ich kenne jeden Kniff und jeden Trick – vom richtigen Glanzspray bis zum Schummeln beim Spin", versicherte sie.
Josh grinste breit. „Wenn ich dich nicht schon geheiratet hätte, würde ich es jetzt tun!"
„Einen Anzug?", fragte Tyler mit einem unglücklichen Gesichtsausdruck.
Josh nickte. „Samt Weste, Bolo-Tie und Hut", meinte Josh und lächelte zufrieden.

Ty suchte sich noch eine CD aus Sannahs Sammlung und wollte schlafen gehen. „Gute Nacht, Dad. Gute Nacht, Mom“, sagte er grinsend.
Sannah nahm ihn lächelnd in den Arm. „Schlaf schön“, sagte sie.
Josh sah die beiden erstaunt an und strahlte.
Etwas später kuschelte sich Sannah müde an Joshs breite Brust. Er schlang den Arm um sie und zog fürsorglich die Decke über ihre Schulter.
„Ich liebe dich“, flüsterte er ihr ins Ohr, bevor sie einschlief, während draußen der Blizzard ums Haus heulte.

Früh am nächsten Morgen schlich sich Sannah leise mit dem Test ins Bad, um Josh nicht zu wecken, und übergab sich erst einmal. Dann kümmerte sie sich um den Test. Die fünf Minuten Reaktionszeit bis zum Ergebnis erschienen ihr wie Stunden. Aufgeregt saß sie auf dem Klodeckel und starrte auf den Teststreifen, wippte ungeduldig mit den Füßen und kaute auf ihren Fingernägeln. Langsam begann sich das Testfeld zu verfärben. Erst erschien ein rosafarbener Streifen, dann ein zweiter. Sie hielt den Atem an und hörte ihr Herz wie wild schlagen. Positiv. Schwanger. Sie unterdrückte einen lauten Jubelschrei und streichelte sanft über ihren Bauch.
„Hallo, Kleines“, flüsterte sie. „Dein Dad wird sich wahnsinnig über dich freuen!“
Als sich ihr Herzschlag wieder normalisiert hatte, rechnete sie aus, wie weit sie schon war. Etwa siebte oder achte Woche. Kurz vor ihrer Rückkehr hatte sie zuletzt ihre Periode gehabt. Freudestrahlend zog sie sich an, lief die Treppe hinunter, setzte Teewasser auf und sah aus dem Fenster. Draußen war alles dick verschneit, und noch immer herrschte dichtes Schneetreiben, nur der Wind hatte sich etwas gelegt. Begeistert zog sie sich Jacke und Stiefel an und ging vor die Tür. Vor ihr lag eine unberührte Schneedecke, die im Schein der Lichterkette an der Veranda glitzerte. Frisch gefallener Schnee. Aperlaaq. Plötzlich hatte sie das Gefühl, dass ihr Großvater bei ihr wäre – und sie wusste auch, warum. Überglücklich ging sie die Stufen der Veranda hinunter in den Schnee, breitete die Arme aus, ließ sich die Flocken ins Ge-

sicht fallen und lächelte. „Allu aataq! Aggeravit qujanaq!" – Hallo Großvater! Schön, dass du gekommen bist, rief sie auf Kalaallisut ins Schneegestöber, während die Flocken um sie herum tanzten, als wollten sie Sannah begrüßen.

Josh stand wie gebannt auf der Veranda, den Test in der Hand, und beobachtete überwältigt und mit glühenden Wangen seine Frau, die mit den Schneeflocken tanzte. Cach'óthila-win, die Eskimo-Frau. Das war wakhán. Irgendwann drehte sie sich um und bemerkte ihn. Ihr Gesicht leuchtete vor Glück. Er hielt den Test hoch, den sie auf dem Waschbeckenrand vergessen hatte.
„Ist es das, was ich denke?", fragte er aufgeregt.
Sannah nickte nur und strahlte ihn an. Es war der schönste Sonnenaufgang seines Lebens. Er lief zu ihr in den Schnee, schloss sie in seine Arme und drückte sie fest an sich.
„Immer wenn ich denke, ich kann nicht mehr glücklicher werden, kommst du und beweist mir das Gegenteil", jubelte Josh und küsste sie, dann legte er seine Hand auf ihren Bauch. „Wann kommt es?", flüsterte er ergriffen.
„Im Juli, denke ich", sagte sie lächelnd.
Zärtlich nahm er ihr Gesicht zwischen seine Hände und küsste sie erneut, nahm sie auf den Arm und trug sie freudestrahlend ins Haus.
Wenig später saßen sie vor dem Kamin und wärmten sich die Hände. Es roch nach Kaffee und Anis. „Ich hoffe, Tyler freut sich auch", sagte Sannah unsicher.
„Warum sollte er nicht?", gab Josh erstaunt zurück.
„Er hat gerade erst eine neue Familie bekommen. Ich möchte nicht, dass er sich von dem Baby an den Rand gedrängt fühlt", erwiderte sie besorgt.
Josh sah sie an und streichelte ihr über die Wange. „Das wird er nicht. Er ist Lakota, und wir lieben kleine Kinder. Er wird sich freuen – und was noch viel wichtiger ist: Er weiß, dass du ihn liebst wie ein eigenes Kind, sonst würde er nicht Mom zu dir sagen", meinte Josh zuversichtlich.
Sannah nickte und kuschelte sich in seine Arme.
„Kommst du mit, die Pferde füttern?", fragte er nach einer Weile.

Sannah fing an zu lachen.
„Was ist daran so komisch?", wunderte sich Josh.
„Nichts. Aber ich hatte befürchtet, du würdest mich bis zum Sommer auf dem Sofa festbinden, damit ich mich schone. Ich bin froh, dass du es nicht tust."
„Warum sollte ich das tun? Du bist schwanger und nicht krank", stellte er schmunzelnd fest.

Wieder draußen, tollten sie ausgelassen durch die weiße Pracht und bewarfen sich lachend mit Schneebällen, bis sie den Stall erreichten. Die Pferde begrüßten sie mit freudigem Schnauben. Sie hatten Hunger und scharten sich an der Heuraufe zusammen. Es gab hektisches Gedränge und Gerangel, als Josh den ersten Arm voll Heu verteilte. Nach kurzer Zeit war die lange Raufe gefüllt, und die Pferde fraßen zufrieden. Draußen auf dem Paddock stand eine weitere Raufe für Stroh, die unter dem Schnee fast versank. Sannah kämpfte sich durch die Schneemassen, um sie frei zufegen. Der Stall war nur zur Südseite offen, sodass die Tiere den Blizzard gut geschützt überstanden hatten. Die eisigen Temperaturen machten ihnen nichts aus, sie hatten inzwischen alle ein dickes Winterfell und sahen aus wie Teddybären.
„Misten kann ich nachher mit Tyler", sagte Josh, während Sannah noch mit Wakínyan schmuste.
Sie bedauerte ein bisschen, dass sie aufs Reiten verzichten musste, aber sie wollte kein Risiko eingehen, und die Belohnung für diese Enthaltsamkeit war umso schöner. Josh öffnete das Tor zum Paddock, damit die Pferde später rauskonnten, dann stapften sie zurück zum Haus.

Tyler saß in der Küche vor einem Milchkaffee.
„Wolltest du nicht ausschlafen?", fragte Sannah überrascht.
„Wollte ich! Bis ich von dem Lärm einer Schneeballschlacht geweckt wurde. Werdet ihr eigentlich nie erwachsen?", murrte er.
Josh fing an zu lachen. „Wir haben etwas zu feiern!", sagte er mit einem verschwörerischem Grinsen.
Tyler sah interessiert von seiner Tasse auf. „Was denn?"
„Wir bekommen noch so einen Morgenmuffel wie dich und dei-

nen Dad“, verkündete sie und wurde von Josh mit einem vorwurfsvollen Blick gestraft.
Es dauerte einen Moment, bis bei Ty der Groschen fiel, dann lächelte er breit. „Echt jetzt? Wann?“
„Im Sommer“, sagte Josh euphorisch.
„Cool!“, meinte Ty und war schlagartig wach.
„Freust du dich wirklich?“, fragte Sannah.
„Na klar! Als Einzelkind zwei Elternteile zu erziehen, ist verdammt anstrengend. Die Verstärkung wird mich ein wenig entlasten. Wenn das Baby euch die ganze Nacht wachgehalten hat, schlaft ihr morgens vielleicht mal länger“, hielt er dagegen und amüsierte sich köstlich über den Gesichtsausdruck seiner Erziehungsberechtigten.
Sannah entspannte sich etwas. Tyler betrachtete diese Neuigkeit mit seinem üblichen, trockenen Humor, und das beruhigte sie. Draußen schneite es immer noch, und der Wind ließ die Flocken tanzen.

O du fröhliche

Die erste Aufregung um das Baby hatte sich gelegt. Die Müdigkeit war, dank Vitamin-B-Komplex, eingedämmt, und die morgendliche Übelkeit war so selbstverständlich geworden wie Zähneputzen. Plötzlich und unerwartet, wie jedes Jahr, stand Weihnachten vor der Tür, und Sannah wusste nicht mehr, wo ihr der Kopf stand. In der Klinik war viel zu tun. Es gab viele Glätte-Unfälle, sei es zu Fuß oder auch mit dem Auto, und leider auch einige Fälle von Erfrierungen. Erschwerend kam noch hinzu, dass Josh zwei Tage nach Weihnachten Geburtstag hatte, und so gab es neben den Weihnachtvorbereitungen auch noch vieles andere zu organisieren.

Tyler war in Weihnachtsstimmung, erst recht, weil Weihnachten im Jahr davor für ihn ausgefallen war. Daryl hatte es im Suff schlichtweg vergessen. Er hatte Nachholbedarf und wurde nicht müde, mit Sannah darüber zu diskutieren, dass man einen Weihnachtsbaum auch schon lange vor Weihnachten aufstellen konnte, was sie strikt ablehnte.

„Bei uns stellt man den Baum einen Tag vor Heiligabend auf – und ich muss es wissen. Schließlich haben die Deutschen den Weihnachtsbaum erfunden!“ Punkt.

Ty schmollte demonstrativ, weil ihm die Argumente ausgingen, und als ob das alles noch nicht ausreichte, gab Josh sein Debüt als Grinch. Weihnachtsbaum hieß bei ihm per se nur Hallelujah-Strunken – und er sah überhaupt nicht ein, warum man einen Baum, der Jahre zum Wachsen gebraucht hatte, für lumpige drei Tage abholzen sollte.

„Das widerspricht unseren Traditionen!“, lautete sein Argument. Auch wenn über fünfzig Prozent der Bewohner im Reservat katholisch waren und Weihnachten hier genauso selbstverständlich gefeiert wurde wie andernorts auch. Aufgrund der Armut allerdings deutlich weniger konsumorientiert. Also war es wohl eher seine Tradition, aber so unrecht hatte er damit nicht. Sannah umging diesen ökologischen Glaubenskonflikt, indem sie nach Rapid fuhr und einen künstlichen Baum kaufte. Sie hatte ja auch sonst nichts zu tun. Doch das rief Ty wieder auf den Plan. Er war mitgekommen, um die Auswahl des Baumschmucks zu überwachen, und bestand auf kunterbunte Lichterketten mit Blinkfunktion, was Sannah nur Schauer des Entsetzens über den Rücken jagte.

„So etwas kann epileptische Anfälle auslösen!", gab sie erfolglos zu bedenken. Sie hatte den antiken Baumschmuck ihrer Familie nicht in Watte gepackt, damit er die Reise im Frachtcontainer unbeschadet überstand, um ihn jetzt mit der Krönung des Kitsches zu beleuchten. Das war, als würde man Da Vincis Mona Lisa neben die Marilyn von Andy Warhol hängen, was Amerikaner zwar bedenkenlos tun würden, aber sie eben nicht. Ihr schwebten eher Bienenwachskerzen vor, aber die waren hier nicht zu bekommen. Wieder entbrannte eine Diskussion, die mit einem Kompromiss endete. Lichterkette in Kerzenform, warm weiß und ganz ohne Blinken, dafür wurde der Baum zwei Wochen vorher aufgestellt. Dank Joshs Öko-Baum war das sogar ganz ohne Nadelverlust möglich.

Als der ökologisch wertvolle Hallelujah-Strunken – ohne Biozertifikat, mit blinkfreiem Antik-Touch endlich – das hieß für Sannah zwei Wochen zu früh – in voller Pracht im Wohnzimmer stand, machte sie drei Kreuze im Kalender. Die Herren der Schöpfung standen mit verschränkten Armen und kritischem Blick davor und machten: „Hmh!"

O du fröhliche ...

Trotz der unterschiedlichen Befindlichkeiten wurde die restliche Vorweihnachtszeit dann doch noch ruhiger. Mit Tylers Hilfe schaffte sie es sogar, einen Bestand an Zimtsternen zu produzieren, der von Josh wieder so drastisch reduziert wurde, dass sie sich gezwungen sah, die verbliebenen zu verstecken, um wenigstens einen Rest am Heiligabend auf den Tisch stellen zu können. Sie packte kleine Tüten mit selbstgebackenen Keksen, die sie in der Klinik verschenken wollte. Die anderen Geschenke waren längst besorgt, Hirsch und Truthahn ruhten im ewigen Eis der Tiefkühltruhe, in der es wärmer war als draußen vor der Tür. Der Winter zeigte jetzt sein wahres Gesicht. Der Weg zur Klinik war mitunter abenteuerlich. Ohne Handy und zwei Wolldecken im Auto fuhr sie nicht los, zu groß war die Gefahr, unterwegs liegenzubleiben und zu erfrieren. Auch an den gasbetriebenen Heizstrahler im Schlafzimmer hatte sie sich notgedrungen gewöhnt, auch wenn sie dem Ding immer noch nicht über den Weg traute. So vergingen die Tage, bis Santa durch den Kamin rauschte und in den Socken hängen blieb. Mit den amerikanischen Weihnachtsbräuchen musste sie sich erst einmal vertraut machen. Christmas Eve, der Heiligabend, wurde hier eher vernachlässigt, und die Geschenke wurden nur unter den Baum gelegt, aber nicht ausgepackt. Das erledigte man erst am nächsten Morgen stilsicher im Pyjama, und da der Baum schon seit zwei Wochen hell erleuchtet im Wohnzimmer stand, hatte auch er seinen stimmungsvollen Glanz verloren. So ganz wollte sie aber nicht auf deutsche Weihnachten verzichten und hatte deswegen Sam und Hailey am vierundzwanzigsten Dezember zum Essen eingeladen. Unter der Tischdecke und den Kerzen war der alte Küchentisch nicht mehr wiederzuerkennen; der Hirsch schmorte im Ofen, und Sannah saß auf dem Sofa vor dem Kamin und genoss die heimelige Stille im Haus.

Es war das erste Mal, dass sie nach dem Tod ihrer Eltern wieder Weihnachten feierte, doch jetzt war die Trauer vorbei. Sie legte die Hand auf ihren Bauch und lächelte. Nächstes Jahr würden sie schon zu viert sein, und ein kleiner Pampers-Rocker würde dann mit kleinen, pummeligen Fingern versuchen, die Kugeln vom Baum zu pflücken. Sie schmunzelte bei diesem Gedanken und betrachtete die antiken Kugeln aus Bauernsilber, die sie dann wohl gegen Kunststoffkugeln würde austauschen müssen. Sannah legte die Geschenke unter den Baum und sah nach dem Braten. Josh und Ty waren noch im Stall und versorgten die Pferde für die Nacht. Im Schein der Lichterkette auf der Veranda sah sie, wie der Schnee langsam zu Boden fiel, und das brennende Holz knackte im Kamin.

Josh und Tyler stapften durch den Schnee zurück ins Haus und grinsten begeistert, als der verführerische Duft des Essens sie auf der Veranda empfing. Sie klopften sich den Schnee von den Stiefeln und gingen hinein. Tys Augen leuchteten, als er die Geschenke unter dem Baum sah, und Josh entdeckte erfreut die Restbestände der Zimtsterne und strahlte seine Frau an. Sannah lächelte verschwörerisch. Weil Josh noch mit den Keksen beschäftigt war, nutzte Tyler die Gunst der Stunde und flitzte an ihm vorbei, um die Dusche als Erster zu entern.

„Hey!", protestierte Josh zu spät, denn oben klappte schon die Tür vom Bad zu.

Josh ließ sich neben Sannah aufs Sofa fallen und zog sie in seinen Arm. „Danke", flüsterte er. „Du hast alles so schön hergerichtet, dabei wollte ich erst gar nicht feiern."

„Warum?", fragte sie erstaunt.

„Mein Vater hat früher nicht viel Aufhebens darum gemacht. Ich habe ein Geschenk bekommen, und es gab Hühnchen. Das war es auch schon. Aber es war viel mehr, als die meisten meiner Freunde bekamen, und ich fühlte mich schlecht deswegen. Ich wusste, dass Sam hungrig ins Bett musste und sein Vater betrunken auf dem Sofa lag. Er war betrunken, weil er sich schämte, und er schämte sich, weil er kein Geld für Essen und Geschenke hatte, aber komischerweise immer für Alkohol. Wenn ihn der Frust darüber packte, schlug er auf jeden und alles ein. Dann flüchtete Sam zu uns und bekam etwas zu essen. Ich hatte jedes Jahr ein selbstgemachtes Geschenk für ihn, damit er sich für sein Geschenk an mich nicht schämen musste, weil er kein Geld hatte, um etwas zu kaufen. Dieses Scheißspiel haben wir notgedrungen jedes Jahr wieder gespielt. Vor Weihnachten hoffte er, dass diesmal alles anders werden würde, und am Weihnachtstag holte ihn die bittere Erkenntnis ein, dass sich nichts geändert hatte. Ich spielte mit, auch wenn ich es besser wusste. Ich wollte ihm die Hoffnung nicht nehmen, aber Sam verbrachte Weihnachten immer bei uns. Satt, mit einem Geschenk, aber ohne seine Familie. Ich wusste genau, dass er sich nichts sehnlicher wünschte, als ein einziges Mal zu Hause zu feiern. Ohne Alkohol und Schläge und ohne das reumütige Geheul seines Vaters am nächsten Tag. Wir haben uns damals geschworen, niemals Alkohol zu trinken, und Dad hat dafür gesorgt, dass auch Sam seinen Highschool-Abschluss machte, damit er aus dem Elend herauskam. Aber Weihnachten war nie wirklich schön. Wir haben aufgehört zu feiern, als ich nach Aberdeen ging."

Sannah schwieg betroffen und streichelte seine Hand. Tyler hatte das Gleiche mitmachen müssen. Hier waren Armut und Hoffnungslosigkeit die Regel und nicht die Ausnahme.

Josh drückte sie an sich und fuhr fort: „Du hattest so viel zu tun und trotzdem hast du alles verzaubert. Es ist wunderschön, vor allem für Ty." Er lächelte und griff nach dem nächsten Zimtstern.

„Warte, bis du dein Geschenk siehst!" Sie kuschelte sich in seinen Arm.

„Das schönste Geschenk hast du mir schon gemacht", stellte er glücklich fest.

„Das meine ich auch. Ich habe bald einen Termin für die Ultraschalluntersuchung." Sie hielt es kaum noch aus, endlich einen Blick auf das Baby werfen zu können.

Er strahlte über das ganze Gesicht. „Meinst du, wir können dann auch sehen, was es wird?"

„Dafür ist es noch ein bisschen zu früh", antwortete sie lächelnd.

Zwei Stunden später war das Essen fertig, die Jungs hatten geduscht und Sam und Hailey standen vor der Tür.

„Na, ihr zwei, wie geht es euch?", fragte Sam und umarmte Sannah zur Begrüßung.

„Uns geht es prächtig!", antwortete Sannah und schmunzelte, weil sie dieses Wortspiel an Jansen aus der Personalabteilung erinnerte.

„Merry Christmas." Hailey strahlte und drückte Tyler und Josh an sich.

Als das Essen auf dem Tisch stand, wurden Sannahs selbstgemachte Knödel zunächst etwas skeptisch beäugt, dann aber mit großem Appetit vertilgt.

„Isst man das bei euch zu Weihnachten?", wollte Hailey wissen.

Sannah nickte. „Viele essen eine Gans mit Rotkohl und Knödeln, manche aber auch nur Würstchen mit Kartoffelsalat, weil an diesem Tag viel mehr stattfindet als hier. Der Baum wird geschmückt, die Familie kommt zum Essen, einige gehen in die Kirche und die Geschenke werden ausgepackt", erklärte sie.

„Können wir nicht doch deutsche Weihnachten feiern?“, fragte Tyler mit einem verschmitzten Grinsen.
„Nichts da! Der Baum steht schon seit zwei Wochen, jetzt wird der Rest auch amerikanisch gefeiert!“, sagte Sannah bestimmt.
„Wir könnten die Traditionen doch ein bisschen mischen“, schlug Tyler vor.
„Du meinst, die Rosinen rauspicken!“, stellte Hailey fest und gönnte sich noch einen Knödel.
„Ich bin auf jeden Fall für dieses Essen. Daraus machen wir eine neue Tradition“, sagte Josh zufrieden.
Sam kaute mit vollen Backen und nickte nur begeistert.
Nach dem Dessert gab Hailey Sannah ein Geschenk.
„Darf ich es öffnen?“, wollte Sannah mit gespanntem Blick wissen.
Hailey schwieg verlegen, denn es war bei den Lakota nicht üblich, Geschenke sofort zu öffnen.
Sannah bemerkte es nicht und hielt einen Moment später einen kleinen, weißen Strampler in der Hand. Hailey hatte ihn liebevoll mit Garn bestickt, und die Füße sahen aus wie kleine Moccasins.
„O Hailey!“ Sannah strahlte über das ganze Gesicht und hielt den Strampler hoch.
„Ist der süß! Vielen Dank!“, jubelte sie und umarmte ihre Freundin.
Langsam wurde es real: Iin diesem Strampler würde in ein paar Monaten ihr Baby stecken.
„Sind die wirklich so klein?“, fragte Ty mit großen Augen.
„Das hoffe ich doch, sonst platze ich im Sommer!“ Sie lachte und schmiegte sich glücklich an Josh.

Spät am Abend fuhren Hailey und Sam mit ihren Geschenken nach Hause. Sam schwieg und grübelte vor sich hin. Sie wusste, was ihn beschäftigte.
„Warum hast du Josh nichts erzählt?“, fragte sie.
„Ich wollte ihnen nicht die Feiertage verderben. Wenn er diese Neuigkeiten erfährt, regt er sich nur auf. Du kennst ihn doch. Ich erzähle es ihm nach Weihnachten“, gab Sam mürrisch zurück und bog in die Zufahrt seines Hauses ein.

Am nächsten Morgen öffnete Tyler im Schlafanzug und mit leuchtenden Augen seine Geschenke. Jubelnd hielt er eine CD von Frank Waln, einem Sicangu Lakota aus dem Rosebud Reservat in der Hand. Dieser Rap-Musiker war Tys großes Vorbild. Er hatte zuerst Medizin und später Musik studiert, hatte etliche Music Awards gewonnen und engagierte sich für Jugendliche in den Reservaten.
„Super! Vielen Dank!", rief er begeistert und flitzte kurz danach in sein Zimmer, aus dem dann stundenlang der Sprechgesang ertönte.
Henry und seine Familie kamen am Nachmittag zum Truthahnessen vorbei, und zwei Tage später feierten sie dann noch in aller Ruhe Joshs Geburtstag.

Der Termin der Vorsorgeuntersuchung rückte näher. Am frühen Nachmittag hatte Sannah Feierabend gemacht und holte Josh ab, um nach Rapid zu fahren. Da sie kein Stammesmitglied war, konnte sie nicht in der Klinik zur Untersuchung und hatte sich von Caren Michaels eine Kollegin empfehlen lassen. Dort angekommen betraten sie voller Vorfreude die Praxis, doch die gute Stimmung verflog recht schnell, als sie von der Sprechstundenhilfe misstrauisch gemustert wurden. Joshs Kiefermuskulatur arbeitete sichtlich. Sannah hielt ihn am Unterarm beschwichtigend zurück und ignorierte das ablehnende Verhalten der Frau.
„Sannah White Cloud, ich habe einen Termin", sagte sie knapp und bestimmt.
„Mrs. White Cloud, ich denke, sie wissen, dass für Sie der Indian Health Service zuständig ist?", fragte die Sprechstundenhilfe von oben herab.
„Ich denke, wir wären kaum achtzig Meilen hierher gefahren, wenn dem so wäre!", entgegnete Sannah gelassen und hielt dem Blick ihres Gegenübers mühelos stand.
Josh dagegen war kurz davor zu explodieren, und sie drückte ihm unauffällig die Hand.
„Dann füllen Sie die Anmeldung aus", befahl die Frau knapp und reichte Sannah ein Klemmbrett mit einem Formular.
Mit einem kleinen, bösen Lächeln füllte Sannah das Formular

aus und schob es über den Tresen. Der überhebliche Gesichtsausdruck der Helferin änderte sich schlagartig, als sie Sannahs Angaben überflog. Sie schluckte und deutete auf den Wartebereich.
„Nehmen Sie doch bitte einen Moment Platz, Dr. White Cloud", sagte sie kleinlaut und riskierte einen unsicheren Blick auf Josh, der im Geiste Gift und Galle spuckte und die Frau mit seinen finsteren Augen förmlich durchbohrte.
Sannah bugsierte ihre bessere Hälfte zu den Sesseln und setzte sich.
„Wie kannst du dabei so ruhig bleiben?", flüsterte er ihr aufgebracht zu, als er sich neben ihr in einen Sessel fallen ließ.
„Ich lasse mir von solchen Kleingeistern doch nicht die Laune vermiesen, außerdem gefällt mir die Aussicht vom moralisch hohen Ross", sagte sie in hörbarer Lautstärke und lächelte spöttisch.
Josh schüttelte ungläubig den Kopf.

Nach dem üblichen Untersuchungsprocedere, das Sannah ohne Josh absolvierte, bat die Ärztin Josh zum abschließenden Ultraschall und begrüßte ihn freundlich. Aufgeregt betrat er den leicht abgedunkelten Raum und setzte sich zu seiner Frau, die auf einer Liege lag.
„Dann wollen wir doch mal sehen, wie es dem Kleinen geht", meinte Dr. Richards, verteilte etwas Gel auf Sannahs Bauch und ließ den Schallkopf darüber gleiten.
Gespannt blickte Sannah auf den Bildschirm und tastete nach Joshs Hand. Dann war es zu sehen. Ihr Baby. Ganz deutlich erkannte man den großen Kopf mit einer Stupsnase, den vergleichsweise noch kleinen Körper, Arme, Beine, Füße und die kleinen Händchen. Josh hielt ergriffen den Atem an, und seine Augen wurden verräterisch feucht. Das kleine Wesen auf dem Bildschirm zappelte ein wenig, als würde es sich gestört fühlen. Die Ärztin drehte die Lautstärke des Geräts etwas höher und nun wurde der Herzschlag des Babys hörbar. Für einen Moment erklang nur das schnelle, regelmäßige Pochen dieses kleinen Herzens, und Sannah strahlte Josh glücklich an. Er drückte ihre Hand an sein Gesicht und hauchte ihr einen Kuss darauf.
Die Ärztin lächelte und druckte noch zwei Bilder aus, bevor sie

Sannah das Gel vom Bauch wischte. „Das sieht doch gut aus. Ihrem Baby geht es bestens, und es ist normal entwickelt. Wenn Sie keine Beschwerden haben, sehen wir uns in drei Monaten wieder", sagte Dr. Richards freundlich.
Sannah nickte und kletterte von der Liege.

Auf dem Rückweg stand Josh immer noch unter dem Eindruck des Erlebten. „Es hat sogar schon Finger", schwärmte er hingerissen. „Ich hätte nicht gedacht, dass es schon ein richtiger kleiner Mensch ist."
„Und erst der Dickschädel!", ergänzte Sannah kichernd. „Ganz der Papa!"
Josh warf ihr einen empörten Blick zu, während sie ihn verschmitzt angrinste.
„Du bist unmöglich!", stellte er fest. In seiner freudigen Erwartungshaltung glich er sehr seinem Sohn, er strahlte aus allen Knopflöchern und zappelte hinter dem Lenkrad aufgeregt hin und her. Sannah betrachtete ihren Mann mit einem warmen, liebevollen Blick. Er konnte mürrisch und wortkarg sein, wenn er seine Gefühle verbergen wollte oder zu stolz war, um sie zuzugeben. Aber wenn er sich freute, verbarg er es nie. Dann leuchteten seine Augen, und er wurde überschwänglich, als wollte er die ganze Welt umarmen, so wie jetzt gerade.
„Ich kann es gar nicht erwarten, es das erste Mal in den Arm zu nehmen!", sagte er aufgeregt und legte seine Hand auf ihren Bauch.
Sannah legte ihre Hand auf seine und lächelte glücklich. „Ich auch nicht."

Zuhause angekommen zeigten sie die Bilder Tyler, der sie mit großen Augen betrachtete. „Wie groß ist es jetzt?", wollte er wissen.
„Vom Kopf bis zum Po etwa zwei Inches", erklärte Sannah.
„Mehr nicht?", entfuhr es ihm erstaunt.
„Dafür hat es schon Finger!", warf der stolze Vater ein.
Ty grinste Josh an und versuchte, gewisse Einzelheiten zu erkennen.

„Junge oder Mädchen?", fragte er mit der Souveränität eines großen Bruders.
„Wissen wir noch nicht", erwiderte sie, nahm die Bilder an sich und schob sie in einen Rahmen, um sie an die Wand zu den anderen Fotos der Familie zu hängen.
Sannah hatte sie alle aus den Alben abfotografiert, gerahmt und wie einen Stammbaum angeordnet, und nun hing dort auch ein Bild von dem jüngsten Mitglied der Familie. Die Galerie war zum Blickfang im Wohnzimmer geworden. Oft standen Tys Freunde und die Kinder des Horsemanship-Projektes davor und bestaunten die alten Fotografien – vor allem das Foto aus Grönland. Sie waren fasziniert von diesen Menschen, die auf sie so fremdartig wirkten und ihnen gleichzeitig doch so ähnlich waren. Tyler maß die fünf Zentimeter mit seinen Fingern ab und schüttelte den Kopf.
„Ich kann mir gar nicht vorstellen, wie aus diesen zwei Inches mal so ein Riese wie Dad werden soll."
„Guck in den Spiegel, Ty! Dann weißt du es", meinte sie und lachte.
Seit dem Frühjahr war er weiter in die Höhe geschossen und hatte sie mittlerweile eingeholt. Ty baute sich vor ihr auf und grinste frech. „Wie fühlt man sich als Zwerg unter Riesen?", fragte er. Josh nahm seinen Sprössling spielerisch in den Schwitzkasten und raunte ihm zu: „Lieb sein, du Zwerg!"
Dann betrachtete er die Fotos an der Wand und tippte auf das Babybild von Sannah. „Ich glaube, ich wünsche mir eine Ausgabe davon." Er lächelte beseelt.
„Das ist keine Menükarte zum Auswählen, oder sehe ich etwa aus wie ein Lieferservice?", fragte sie mit gespielter Empörung.
„Natürlich nicht", sagte Josh versöhnlich. „Aber wünschen darf man sich alles!"

Am nächsten Nachmittag rief Sannah Annegret über Skype an. Sie wollte ihr die frohen Neuigkeiten mitteilen und ihr die Ultraschallbilder zeigen. Es dauerte eine Weile, bis Annes Gesicht auf dem Bildschirm erschien. Entgegen ihrer sonstigen Gewohnheit war sie in Jeans und Pulli gekleidet, hatte die Haare zusammen-

gebunden und steckte bis zum Hals in Pappkartons.
„Hey, Süße!", begrüßte Anne sie strahlend. „Wie geht es euch?"
„Blendend!", erwiderte Sannah. „Was ist denn bei dir los?", fragte sie, als sie das Chaos im Hintergrund bemerkte.
„Ich ziehe um. Jonas hat mich davon überzeugt, dass es albern ist, meine Unabhängigkeit mit täglichen zehn Kilometern Berufsverkehr aufrechtzuerhalten", erklärte sie schmunzelnd.
Sannah staunte nicht schlecht. „Das ging ja schnell!", stellte sie fest.
„Das musst ausgerechnet du sagen! Ich habe nicht nach drei Monaten geheiratet!", protestierte Anne lachend.
„Wenn du mit einem Mann zusammenziehst, ist das gleichbedeutend mit heiraten", meinte Sannah.
Anne hatte noch nie ihre Wohnung aufgegeben; wenn es schwierig wurde, gab sie lieber den Mann auf. Jedenfalls bisher. Genaugenommen hatte sie noch nie eine wirklich ernstzunehmende Beziehung geführt, bis sie Jonas kennengelernt hatte. Sannah klopfte sich im Geiste zufrieden auf die Schulter. Es wäre ihr zwar nie in den Sinn gekommen, die beiden zu verkuppeln, aber der Zufall hatte ihr in die Hände gespielt, und das verbuchte sie nun auf ihrer Erfolgsliste.
„Ich möchte Trauzeugin sein!", jubelte sie breit grinsend.
Anne schnappte empört nach Luft. „Jetzt bleib mal auf dem Teppich! Von heiraten ist hier nicht die Rede. Ich war schon immer der Meinung, dass die amtliche Beurkundung einer Beziehung der Anfang vom Ende ist. Ich muss es schließlich wissen. Ich lebe davon. Außerdem war ich auch nicht deine Trauzeugin", stellte Anne ein wenig beleidigt fest.
Sannah plagte das schlechte Gewissen. „Bei der Ersten schon", wehrte sie ab.
„Diese Katastrophe zählt nicht", gab Anne zurück.
„Josh hat mich am Samstagabend gefragt, und am Montagmorgen haben wir geheiratet; das hättest du nicht mal mit einer Concorde rechtzeitig geschafft, wenn es die noch geben würde", rechnete Sannah ihrer Freundin vor.
„Valla Pampa!", flötete Anne mit boshaftem Lächeln.
„Trauzeuge!", frotzelte Sannah zurück.

Annegret gab lachend klein bei. „Na gut! Sollte es Hägar der Schreckliche tatsächlich schaffen, mich davon zu überzeugen, bist du mein Trauzeuge. Aber dann müsst ihr alle drei kommen!“, verlangte Anne.
Sannah lächelte geheimnisvoll. „Alle vier“, sagte sie und hielt das Ultraschallbild vor die Kameralinse des Laptop.
Annegret glaubte ihren Augen nicht zu trauen und schlug die Hände vor den Mund. „Ist das da etwa ein kleines Wölkchen?“, fragte sie verdattert und verballhornte damit wieder einmal Sannahs neuen Nachnamen. In Annes Ohren klang White Cloud nach wie vor merkwürdig.
Sannah kicherte. Das klang ausnahmsweise wirklich niedlich. „Ja, wir bekommen ein kleines Wölkchen.“
„Geplant oder Betriebsunfall?“, rutschte es Anne in ihrer direkten Art heraus und erntete einen vorwurfsvollen Blick für ihre Taktlosigkeit.
„Direkt geplant nicht, aber wir haben auch nichts unternommen, um es zu verhindern“, gab Sannah zu. „Ich hatte nur nicht damit gerechnet, so schnell schwanger zu werden.“
„Du warst schon immer von der schnellen Truppe“, stellte Anne sachlich fest. „Wann kommt es denn?“, fragte sie, nun doch mit einem leichten Funkeln in den Augen.
„Anfang Juli, deswegen rufe ich auch an. Was haltet ihr davon, wenn ihr Ende Juli zu uns kommt?“, fragte Sannah erwartungsfroh.
„Klappt bestimmt! Jonas redet von nichts anderem mehr, und wenn er diese Neuigkeiten erfährt, wird er nicht mehr zu halten sein. Er hat sich sogar schon für Reitunterricht angemeldet. Er will unbedingt Cowboy spielen“, erzählte Annegret.
Sannah musste schmunzeln. Jonas gehörte auch zu den Männern, die ein Leben lang große Jungs blieben.
„Aber wird dir das nicht zu viel, so kurz nach der Entbindung?“, gab Anne zu bedenken.
„Ach was! Ich habe doch zwei starke Männer im Haus. Das geht schon“, winkte Sannah ab.
„Du meinst einen Mann und ein Kind!“, erwiderte Anne, weil sie Tyler nur kurz via Skype gesehen hatte.

„Das ‚Kind', wie du ihn nennst, wird nächste Woche vierzehn, kann mir auf den Kopf spucken und schaut Mädchen hinterher. Außerdem klopft er Sprüche wie ein Alter und amüsiert sich köstlich, wenn er im Supermarkt „Mommy" zu mir sagt und die Leute mich dann völlig entgeistert anstarren. Ty ist alles Mögliche, aber kein Kind mehr", stellte Sannah entschieden fest.
„Na gut, wenn wir da sind, kann ich dich wenigstens ein bisschen verhätscheln", meinte Anne. „Und ich bin so gespannt auf deine Jungs und das Wölkchen. Freut sich Josh?", wollte sie wissen.
„Und wie! Er ist ganz aus dem Häuschen", berichtete die werdende Mutter.

Gut gelaunt machte sich Sannah nach dem Gespräch mit Anne bereit für ihren Nachtdienst. Für sie keine große Sache, für Josh ungewohnt. Er tat sich generell schwer mit Veränderungen, aber so langsam gewöhnte er sich an den Beruf seiner Frau und war stolz auf sie. Sie bemühte sich vorbehaltlos um jeden ihrer Patienten, auch wenn diese betrunken um sich schlugen oder ihr vor die Füße kotzten. Dann und wann machte sie auch schon mal einen Hausbesuch und hatte sich die Achtung und das Vertrauen der Leute im Reservat erarbeitet. Nicht zuletzt auch durch Henrys Hilfe. Sannah hatte ein Herbarium angelegt, das sie im Frühjahr und Sommer noch mit den jeweiligen getrockneten Pflanzen ergänzen wollte. Das Wissen über Heilkräuter und Pflanzen und ihre Wirkung und Anwendung war einfach zu umfangreich, um sich alles zu merken. Außerdem wollte sie es für die Nachwelt erhalten. Dieser kulturelle Wissensschatz durfte nicht verloren gehen.
Allerdings hatte sie Henry versprechen müssen, es nie zu veröffentlichen. Es sollte in der Familie bleiben und nicht in falsche Hände geraten. Zu oft war mit den alten Kenntnissen schon Schindluder getrieben worden, weil irgendein Pharmakonzern damit seine eigenen profitgierigen Ziele verfolgt hatte. Auf diese Weise hatten auch die so genannten Geisterbären, weiße Schwarzbären, an der Nordwestküste überlebt. Die dort ansässigen Stämme hatten ihre Existenz geheimgehalten und die Tiere so vor der Ausrottung bewahrt. In den dichten, unwegsamen

Kaltregenwäldern waren sie den weißen Trappern verborgen geblieben.
„Wir müssen unser altes Wissen und unsere Zeremonien schützen, sonst wird uns auch das weggenommen", hatte Henry gesagt, der kein Freund davon war, dass auch Touristen an Schwitzhütten-Zeremonien teilnahmen.
„Ich bin auch weiß", gab Sannah zu bedenken, doch Henry ließ diesen Einwand nicht gelten und schüttelte energisch den Kopf.
„Du hast dein altes Leben für Josh aufgegeben, du ziehst meinen Enkel groß und dein Kind ist ein Lakota. Ein Teil von dir ist Inuit, und jetzt gehörst du zu uns. Mary, Joshs Unci, hätte gewollt, dass ich dieses Wissen an dich weitergebe und damit zurück in eure Familie. Es ist ihr Erbe, denn sie hat mich alles gelehrt, als ich noch jung war."
„Wir sind jetzt eine Familie, Henry", sagte Sannah lächelnd und drückte seine Hand.
Henry lachte gutmütig. „Ja. Und ich freue mich auf ein weiteres Enkelkind."

Sannah parkte vor der Klinik und beeilte sich hineinzukommen. In der Aufnahme herrschte ein wildes Durcheinander. Ein paar junge Männer, fast noch Kinder, hatten sich ein Autorennen geliefert, das gründlich schiefgegangen war. Angetrunken, in schrottreifen Wagen, die jeden deutschen TÜV-Prüfer in den Wahnsinn getrieben hätten, waren sie von der vereisten Straße abgekommen und hatten sich überschlagen. In der Notaufnahme wimmelte es von Polizei, Verletzten und ihren Angehörigen, die alle durcheinanderredeten, während die Schwestern vergeblich versuchten, Ordnung in das Chaos zu bringen.
Sannah hastete in ihren Kittel und kam ihrem Assistenzarzt zur Hilfe, der versuchte, den Bauchraum des Patienten mit Ultraschall zu untersuchen. Der Patient wehrte sich in seinem alkoholgeschwängerten Zustand allerdings mit Händen und Füßen.
„Héchun schni ye!" – Lass das, fauchte sie ihn an und hielt seine verletzte Hand fest. „Sonst tut es noch mehr weh, und wir haben keine Schmerzmittel mehr!", drohte sie ihm mit einem charmanten Lächeln.

Der junge Mann gab auf und hielt still, jedenfalls fast. Statt sich zu wehren, fing er jetzt an, mit seiner „Heldentat" zu prahlen. Sannah überhörte das unzusammenhängende Gebrabbel und konzentrierte sich stattdessen auf das Bild auf dem Monitor.
„Sieht gut aus. Keine freie Flüssigkeit im Bauchraum", stellte sie fest, dann begutachtete sie die verletzte Hand, während eine Schwester den Blutdruck maß.
Nachdem sie die Untersuchungen beendet und festgestellt hatten, dass dem Mann außer ein paar Schnittwunden an der Hand nichts fehlte – Betrunkene und kleine Kinder haben meistens Glück – ließ sie den Patienten zum Ausnüchtern in ein Zimmer bringen. Der Fahrer des anderen Wagens war nicht ganz so glimpflich davongekommen. Er wurde bereits für den OP vorbereitet, und Sannah verbrachte die nächsten Stunden damit, eine gerissene Milz zu entfernen und eine zertrümmerte Kniescheibe zu verdrahten. Nach dem Papierkram, der immer damit verbunden war, nähte sie noch ein paar Platzwunden nach einer Schlägerei und richtete eine gebrochene Nase. Der ganz normale Wahnsinn einer Samstagnacht.

Was ihr jedoch viel mehr zu schaffen machte, war die Gleichgültigkeit einiger Assistenzärzte. Sie arbeiteten hier nicht, weil sie den Menschen helfen wollten, sondern nur, um ihr Studiendarlehen zu tilgen. Nicht nur, dass sie unerfahren waren, manchmal gaben sie sich nicht einmal Mühe, ihre Patienten überhaupt zu untersuchen. Es kam durchaus vor, dass Patienten mit unklaren Schmerzen unverrichteter Dinge einfach nach Haus geschickt wurden und dann starben. Für Sannah war das schon weit entfernt von einem sogenannten Kunstfehler. In ihren Augen war das fahrlässige Tötung, die sie mit allen Mitteln zu verhindern versuchte.

Am nächsten Morgen saß sie im Dienstzimmer, schlürfte ihren Tee und rieb sich die Augen. Sie dachte an den Motorradfahrer, den sie damals nicht hatte retten können. An diesem Tag hatte sich ihr Leben grundlegend verändert. Vielleicht wäre alles anders gekommen, wenn dieser junge Mann ihr nicht unter den

Händen weggestorben wäre. Vielleicht wäre sie dann nicht frustriert nach Hause gekommen und hätte andere Entscheidungen getroffen, aber dann wäre sie jetzt nicht hier und vermutlich immer noch auf der Suche nach dem entscheidenden Wendepunkt in ihrem Leben. Aus dem ursprünglich geplanten Tapetenwechsel war so viel mehr geworden.

Josh hatte seine Arbeit im Stall beendet und stand nun in dem leeren Zimmer, das er für das Baby renovieren wollte. Voller Tatendrang und mit Zollstock und Notizblock bewaffnet machte er sich an die Arbeit. Er schleppte die schweren Truhen mit den Sachen von Granny ins Schlafzimmer, wo es nun etwas eng wurde, nahm Maß und zeichnete einen vorläufigen Plan für die Einrichtung. Er hatte in seiner Werkstatt schon damit begonnen, ein Bett zu bauen, ein Wickeltisch sollte noch folgen. Eigentlich noch viel zu früh, gestand er sich ein, aber er hatte das Gefühl, etwas tun zu müssen, sonst würde er platzen vor Aufregung. Außerdem blieb im Frühjahr keine Zeit dafür. Josh nutzte schon jetzt jeden Tag, an dem nicht so viel Schnee lag, um mit Wakínyan zu arbeiten. Er hatte sich für das große ApHC-Turnier angemeldet, und Mark Thompson hatte ihm angeboten, ihn samt Pferd im Barbiemobil mitzunehmen. Nun, er hoffte inständig darauf, dass Pippa nicht mitkommen würde. Unglücklicherweise sollte das Turnier Ende Juni stattfinden, und so wurde die Terminplanung eng, wenn nicht sogar unmöglich, falls sich das Baby dazu entschließen sollte, gerade dann auf die Welt zu kommen. Außerdem fand Anfang August wieder das Powwow statt. Sein Leben war in den vergangenen Jahren recht ruhig verlaufen, und nun wusste er nicht mehr, wo ihm der Kopf stand. Sannah wirbelte alles durcheinander, aber anders wollte er es auch gar nicht haben, stellte er breit grinsend fest und begann den alten Teppich herauszureißen.

Zukunft

Am Wochenende kehrte Josh mit einer unterirdisch schlechten Laune aus Pine Ridge zurück. Er hatte Tyler zu einem Freund gefahren und anschließend noch bei Sam vorbeigeschaut. Wutentbrannt schlug er die Autotür zu und stampfte mit einer Zornesfalte zwischen den Augen ins Haus.

Sannah lag bis zu diesem Moment entspannt auf dem Sofa und las ein Buch. „Was ist los?", fragte sie entgeistert, klappte das Buch zu und richtete sich auf. So wütend hatte sie ihn bisher noch nicht erlebt.

„Nichts", brummte er einsilbig und schlug auf den Küchentisch.

„Josh!", sagte sie eindringlich und sah ihn auffordernd an. „Wenn nichts ist, hast du auch keinen Grund, die Möbel zu zerschlagen. Also rede mit mir!"

Josh ließ sich auf einen Stuhl fallen und sammelte sich. „Das Land am Creek soll verpachtet werden", knurrte er.

Sannah wusste nicht so recht, wovon er sprach und warum diese Tatsache seine Laune in den Keller getrieben hatte. Sie machte ein ratloses Gesicht, und so rang sich Josh zu einer Erklärung durch.

„Mein Vater hat damals einen Teil unseres Weidelandes verkauft, um mein Studium zu finanzieren. Sein alter Freund Bill hat es gekauft, weil er zurück ins Reservat wollte. Er hatte auf dem Prudhoe Bay Ölfeld in Alaska gearbeitet und sehr gut verdient, doch das Heimweh trieb ihn nach Hause zurück. Er baute sich ein kleines Haus, ließ auf den Weiden ein paar Rinder und Pferde grasen und genoss seinen Lebensabend. Er ist vor kurzem gestorben, und die Erben wollen das Land nun an einen Rancher verpachten, um wenigstens ein bisschen Gewinn herauszuschlagen."

„Von welchem Land sprichst du?", fragte sie nachdenklich.

„Das Grasland vor der Furt, der Pinienhain am Creek und die Weiden, die dahinter liegen. Dort steht auch sein Haus. Es ist nicht viel wert, und da sie nur an Stammesmitglieder verkaufen dürfen, verpachten sie es", schäumte er vor Wut.

„Unseren Pinienhain?", rief sie empört. „Den sollen Rinder

kaputttrampeln?“ Jetzt verstand sie Joshs Wut und begann nun ebenfalls zu kochen.
„Und wenn du es zurückkaufst?“, fragte sie.
„Würde ich ja gerne, aber so viel habe ich nicht, und ich will mich nicht in Schulden stürzen. Erst recht nicht, wenn wir bald ein zweites Kind haben“, gab er zu bedenken.
„Das ist auch nicht nötig. Ich habe mein Haus verkauft, das sollte mehr als genug sein, um das Land zu kaufen“, stellte sie fest.
Er schwieg einfach und sah sie mit einem seltsamen Blick an.
Sie sah darin kein Problem und konnte nicht recht verstehen, warum er zögerte.
Josh schüttelte den Kopf. „Nein, Sannah, es ist dein Geld. Ich bin durchaus in der Lage, unsere Familie zu ernähren und die Ranch zu erhalten“, lehnte er kategorisch ab.
Annegret hatte mal einen Ohrenarzt erwähnt und schien wieder einmal recht behalten zu haben.
Sannah traute ihren Ohren kaum und zog nun eine HNO-Konsultation ernsthaft in Erwägung.
„Ich habe mich wohl verhört“, stellte sie mit einem Hauch von Spott fest. Das konnte er unmöglich so meinen, wie es klang. Ihr Mann, ein verkappter Macho? Der Keule schwingende Typ, der das Essen ranschaffte? Nein! Das wollte sie nicht glauben. „Josh! Denk doch mal weiter! Das ist eine Investition in die Zukunft unserer Kinder. Wir könnten die Zucht weiter ausbauen oder selber Heu machen statt es zu kaufen. Es gibt so viele Möglichkeiten. Das war schließlich mal das Land deiner Familie, und das sollte es auch wieder werden!“, flehte sie in der Hoffnung auf ein Fünkchen Vernunft seinerseits. Doch sie hatte seinen männlichen Stolz gewaltig unterschätzt.
Josh stellte auf stur. „Du hast sicher recht, aber das schaffe ich auch, ohne meine Frau um Geld anzubetteln. Es wird nur ein bisschen länger dauern, und so lange werden nebenan Rinder grasen“, erwiderte er scharf.
Sie zuckte bei dem Ton in seiner Stimme zusammen, und ihr fiel buchstäblich die Kinnlade herunter. Sie hatte sich in ihm getäuscht. Eine riesige Keule lehnte lässig an der Tischkante und grinste sie hölzern an. Ein ganzer Kerl dank Chappi. Scheiße!

Wenn sie eines gelernt hatte, dann, dass man mit Neandertalern nicht diskutieren konnte; trotzdem machte sie ihrem Ärger Luft. „Hast du das Memo nicht bekommen? Wir leben im einundzwanzigsten Jahrhundert, nicht in der Steinzeit! Dann kaufe ich das Land eben ohne deine Hilfe", sagte sie gefährlich leise.
Doch Joshs Antenne war nicht auf Empfang gestellt und registrierte nicht, dass er gerade am Abgrund balancierte.
„Das kannst du nicht. Du bist kein Stammesmitglied", stellte er trotzig fest und brachte damit das Fass zum überlaufen.
Seine Feststellung traf sie bis ins Mark, und sie begann sich zu fragen, ob sie wenigstens ein Mitglied dieser Familie war. Sannah erhob sich wortlos und zog sich an. Sie brauchte frische Luft, bevor dieser Streit noch weiter eskalieren würde, aber Josh vereitelte auch diesen Plan.
„Machst du nichts zum Essen?", fragte er entgeistert.
Jetzt platzte ihr endgültig der Kragen. „Der stolze Krieger will essen? Geh jagen und sammeln!", wetterte sie und knallte die Tür hinter sich zu.

Wutentbrannt stapfte sie durch den Schnee in den Stall und begann Wakínyan zu putzen. Sie vergrub ihr Gesicht in seiner Mähne und suchte Trost. Der erste handfeste Streit seit ihrer Hochzeit, und ihr fehlte das passende Ventil, um ihrem Ärger Luft zu machen. Ihr Blick fiel auf die Sattelkammer, und ihre Wut siegte über die Vernunft. Kurzentschlossen sattelte sie Wakínyan und saß auf. Schrittreiten konnte nicht allzu gefährlich sein, sagte sie sich. Der Schnee schluckte die Geräusche der Hufe, und so bekam Josh nichts davon mit.
Sie schlug den Weg zum Pinienhain ein. Wenn er schon so ein verdammter Hornochse sein wollte und ihr die Hände gebunden waren, wollte sie wenigstens noch einmal an diesen Ort, bevor er von den Rindern zunichte gemacht werden würde. Wakínyan schnaubte unternehmungslustig und pflügte munter durch den Schnee. Es war wie immer. Im Sattel verrauchte die Wut und machte dem Gefühl der Freiheit Platz. Sie ritt am Creek entlang und fühlte sich wie Aschenbrödel im Märchenfilm. Der Schnee glitzerte im blassen Sonnenlicht, die Zweige der Büsche waren

mit zartem Raureif überzogen und die Schneedecke lag unberührt vor ihnen. Es war still, nur das gedämpfte Geräusch von Wakínyans Hufen war zu hören. Langsam beruhigte sie sich und erreichte das freie Grasland. Schnurstracks ritt sie weiter, entschlossen sich eine Lösung einfallen zu lassen.

Josh schob sich eine Pizza in den Ofen und starrte Löcher in die Tür, die Sannah zugeknallt hatte. Er war sauer. Auf seinen Vater, auf Sannah, auf die Erben und vor allem auf sich selbst. Seinetwegen war das Land verkauft worden, seinetwegen wollte seine Frau es nun zurückkaufen, und er fühlte sich wie ein kompletter Versager. So sehr sie auch recht hatte, sein Stolz ließ es nicht zu, dass er ihr Angebot annahmm und auch das hatte sie sofort erkannt. Also war er im Tiefkühler auf die Jagd gegangen und hatte eine Pizza erbeutet. Auch nichts, worauf man stolz sein konnte. Ihm war bewusst, wie lächerlich er sich verhielt, aber nach diesem Streit konnte er nicht über seinen Schatten springen. Er konnte froh sein, wenn sie in den nächsten Tagen überhaupt mit ihm sprechen würde. Josh warf das angebissene Stück Pizza angewidert auf den Teller und zog sich an, um in den Stall zu gehen. Wenn er schon nichts tun konnte, um die Situation zu ändern, wollte er wenigstens gründlich ausmisten.
Auf dem Weg in den Stall bemerkte er die Hufspuren im Schnee. Ihm war sofort klar, was das bedeutete.
„So ein stures Weib!", fluchte er, lief in den Stall und ritt kurze Zeit später hinter ihr her. Er wusste auch ohne ihre Spur, wo sie zu finden war, und hatte Angst, dass ihr oder dem Baby etwas zustoßen könnte.

Während sich ihr Göttergatte, giftig wie eine Natter, auf den Weg zum Pinienhain machte, saß Sannah schon mittendrin und blickte wehmütig über das kleine verzauberte Tal, das ihr so viel bedeutete. Der Schnee hatte den Pinien weiße Kappen aufgesetzt, und ihre Zweige bogen sich unter der Last. Der kleine Bach plätscherte über vereiste Steine und hatte bizarre Eisformationen am Ufer gebildet. Alles lag, friedlich schlafend, unter einer Decke aus Schnee. Sie wollte um jeden Preis verhindern, dass dieses Stück

Land von Rindern zertrampelt und abgefressen wurde. Josh wollte das auch, das wusste sie. Er war nur zu stolz und zu stur, um die einzige Möglichkeit, das zu verhindern, zu akzeptieren. Wenn sie ihn nicht umstimmen konnte, musste sie einen Weg finden, das Land selbst zu kaufen. Sannah grübelte eine Weile vor sich hin, dann atmete sie tief durch und schloss die Augen.

So fand Josh sie. In Gedanken versunken hockte Sannah unter dem Baum, und ihr Anblick traf ihn bis ins Mark. Nicht anders hatte er seinerzeit unter einem Baum gesessen, wenn ihm alles zu viel wurde und er seine innere Ruhe gesucht hatte. Sie hatte es verstanden, hatte ihn verstanden, und plötzlich wurde ihm bewusst, was sie wirklich miteinander verband und mit diesem Ort. Sie hatte ihn noch nicht bemerkt, und so blieb er auf seinem Pferd sitzen und beobachtete sie einen Moment. Sein Ärger war verflogen, und seinen Stolz schluckte er hinunter. Es war nicht mehr wichtig, nur sie war ihm wichtig. Langsam ritt er ihr entgegen und lächelte etwas unsicher. Entweder würde sie zurücklächeln, oder ihm würde gleich etwas um die Ohren fliegen. Er ließ es darauf ankommen, stieg ab und hockte sich zu ihr. Nichts dergleichen geschah. Sie schwiegen und blickten gemeinsam auf das kleine Tal.
„Ich wollte es noch mal sehen, bevor es das alles nicht mehr gibt“, sagte sie leise. „Hier hast du mir erklärt, wie man mit dem Wind spricht und Ruhe findet. Hier ist mir klargeworden, wo ich zu Hause bin und dass ich bei dir bleiben will. Hier waren wir nach unserer Hochzeit. Dieser Ort ist wakhán, zumindest für mich. Ich wünschte, ich könnte diesen Ort für unsere Kinder erhalten, damit sie später auch Zwiesprache halten können und wissen, wo sie zu Hause sind. Ich bin kein Stammesmitglied, aber ich bin ein Teil dieser Familie. Soll ich von meinem Geld Designerklamotten kaufen? Die braucht kein Mensch, und hier schon gar nicht. Ich könnte auch eine Reithalle bauen lassen, aber stur wie du bist, würdest du sie dann nicht benutzen“, stichelte sie mit einem leichten Schmunzeln.
„Wer ist hier stur?“, empörte sich Josh, doch im Stillen gab er ihr recht.

„Ich lasse keine Halle bauen, weil ich weiß, dass du das früher oder später selbst machen wirst. Aber für dieses Land läuft uns die Zeit davon. Sind die Rinder erst mal da, wird hier nichts mehr so sein, wie es einmal war. Kannst du deinen Stolz nicht überwinden?“, fragte sie mit aufkeimender Hoffnung.
Josh schwieg betreten. Der vorangegangene Streit kam ihm jetzt lächerlich vor. Sie betrachtete es nicht als sein Versagen, sondern hatte nur das Wohl der Familie im Sinn.
„Der Elch brauchte wohl frische Luft“, stellte er mit einem verlegenen Lächeln fest. „Und du machst in Zukunft keine Ausritte mehr, wenn ich nicht dabei bin!“, rüffelte er halbherzig. Ein bisschen meckern musste sein, um das Gesicht zu wahren.
Sannah lächelte und strich ihm über die Wange. „Versprochen!“

Josh wickelte den Kauf des Landes noch vor Tylers Geburtstag ab. Zwar war ihm immer noch nicht wohl dabei, das Geld seiner Frau in Anspruch nehmen zu müssen, aber das war immer noch besser als die Alternative.
„Das ist jetzt dein Land, und du entscheidest, was damit geschieht“, stellte er fest, um sein Gewissen zu beruhigen.
Sannah schnaufte genervt und stellte Tyler das Abendessen vor die Nase. „Jetzt fang nicht schon wieder mit dieser Neandertaler-Nummer an! Wir haben keine Gütertrennung, oder soll ich jetzt in meine Hütte auf meinem Land ziehen?“, giftete sie schlecht gelaunt und lief die Treppe hoch, um sich im Schlafzimmer einzuigeln.
Tyler und Josh sahen ihr entgeistert nach.
„Was ist denn jetzt los? Sind schwangere Frauen immer so schlecht drauf?“, fragte Ty mit großen Augen.
Josh zog ratlos die Schultern hoch. „Keine Ahnung. War in letzter Zeit vielleicht alles ein bisschen viel für sie“, vermutete er.
„Das Baby wird bestimmt ein Mädchen!“, nahm Tyler an und begann sich sein Essen schmecken zu lassen.
„Wie kommst du darauf?“, fragte Josh amüsiert.
„Na, weil sie jetzt für zwei zickt“, entgegnete Tyler trocken und ignorierte den strafenden Blick seines Vaters. „Wenn es kein Mädchen ist, dann sind es die Hormone!“, diagnostizierte Ty weiter.

„Das sagt ja genau der Richtige!“, spottete Josh und ging seiner Frau hinterher.

Sannah hatte sich unter die Decke verkrümelt und schmollte. Josh konnte nur ihr Haar und die Nasenspitze erkennen und musste schmunzeln. Er legte sich zu ihr und zog sie in seine Arme. Sannah sträubte sich und maulte weiter.
„Wir lassen ein Shirt für dich bedrucken“, sagte er und kicherte. „Vorsicht, Zicken-Zone! Ich bin zwei Mädchen! Extra groß, damit später der Bauch reinpasst.“
Sie wollte ihm schon zur Strafe ein Kissen um die Ohren hauen, als sie inne hielt und anfing zu lachen. „Du bekommst auch eins: Vorsicht, Steinzeit! Keule macht Beule!“, konterte sie zweideutig und trommelte mit ihren kleinen Fäusten auf seine Brust, als er begann sie zu küssen.
„Du kleine Zicke!“ Er lachte und wehrte ihre Hände ab. „Was ist denn los mit dir? Du bist doch sonst nicht so empfindlich“, stellte er nun etwas ernster fest.
Sannah gab ihren Widerstand auf und kuschelte sich in seinen Arm. „Wenn du sagst, dass ich kein Stammesmitglied bin oder dass es mein Land sei, gibst du mir das Gefühl, dass ich nicht dazugehöre. Als ob ich nur ein Anhängsel wäre – und das verletzt mich“, gab sie leise zu.
Josh sah sie entsetzt an, dann bettete er ihren Kopf an seine Brust und wiegte sie sacht hin und her. „Wie kommst du denn auf diesen Blödsinn? Ohne dich wären wir keine Familie, und nichts hätte sich geändert. Dann würde hier nur ein verbitterter Vater mit seinem einsamen Sohn leben, genau wie vor zwanzig Jahren. Du bist meine Sonne und erfüllst alles mit Leben, mir fällt es nur manchmal noch schwer, über meinen Schatten zu springen. Ich bin mit alten Traditionen aufgewachsen, in einem Männerhaushalt. Granny hat die Entscheidungen ihres Sohnes nie in Frage gestellt, und meine Mutter ist davor geflüchtet. So war das hier nun mal, und jetzt ist alles anders. Gib mir ein wenig Zeit, mich an diesen Kulturschock zu gewöhnen“, bat er verschmitzt.
Sannah sah ihm lange in die Augen und strich ihm sein Haar aus der Stirn.

„Du hast ein knappes halbes Jahr, dann kommt das Baby auf die Welt, und wenn es tatsächlich ein Mädchen sein sollte, werde ich sie garantiert nicht traditionell erziehen“, stellte Sannah bestimmt fest. „Einen Jungen übrigens auch nicht“, fügte sie noch hinzu.
Josh schwieg dazu. Es war nicht der geeignete Moment, Erziehungsfragen zu erörtern, doch so ganz einverstanden war er mit ihrer Entscheidung nicht. Es war eine Sache, wenn er sich seiner Frau zuliebe überwand und seinen Stolz hinunterschluckte. Aber er war nicht bereit, zuzulassen, dass sein Kind ohne den Halt der Sitten und Traditionen seines Volkes aufwuchs. Denn genau das hielt er für die Wurzel allen Übels: Identitätsverlust.
Sannah spürte den inneren Zwiespalt ihres Mannes und lächelte. Sie rechnete es ihm hoch an, dass er keine erneute Debatte anfing, sondern seine Meinung für sich behielt.
„Versteh mich nicht falsch“, sagte sie versöhnlich. „Natürlich soll dieses Baby als Lakota aufwachsen, die Sprache und Traditionen lernen und später genauso stolz darauf sein können wie du und Ty. Aber ich möchte auch, dass es selbstbewusst seine Entscheidungen fällt und dafür kämpft. Erst recht als Mädchen. Ich will nicht, dass sie später die Entscheidungen anderer hinnimmt, nur weil es Männer sind. Und du willst das auch nicht“, stellte sie schmunzelnd fest.
Josh sah sie erstaunt an. Mit dieser Wendung hatte er nicht gerechnet. „Wie kommst du darauf?“, fragte er.
„Ganz einfach. Alle Frauen in deinem Leben haben dich sehr geprägt. Jede auf ihre Art und nicht immer erfreulich für dich. Aber alle, mich inbegriffen, haben eines gemeinsam: ihre Unabhängigkeit. Deine Mutter ist vor den alten Traditionen geflüchtet, nicht vor dir. Niya hat sich ebenfalls davon befreit und hat den Mut gehabt, ihr Leben selbst in die Hand zu nehmen. Selbst Chloe hat beschlossen, ihren eigenen Weg zu gehen. Alle hatten unterschiedliche Beweggründe dafür, und die Konsequenzen waren schmerzhaft, aber sie haben sich entschieden.“
Josh runzelte die Stirn, und sein Magen zog sich zusammen. „Soll das heißen, dass du auch gehst, wenn es schwierig wird?“, fragte er tonlos.

Sannah seufzte leicht genervt. Er wollte es mal wieder nicht verstehen. „Das habe ich doch schon getan! Ich habe alles zurückgelassen, um zu dir zu kommen. Ich hätte nicht den Mut dafür aufbringen können, wenn ich nicht genauso unabhängig wäre wie die anderen. Und genau das liebst du, auch wenn es weh tut. Klapperschlangen! Die Kornnattern, die zu allem Ja und Amen sagen, interessieren dich nicht! Du bist wie ein Mungo, du riskierst es, gebissen zu werden, gibst aber nicht auf, bis du die Giftschlange hast! Und jetzt hast du mich, also lebe damit!", beendete sie ihre kleine Ansprache und lächelte.
Josh war einen Moment sprachlos, als er erkannte, dass sie recht hatte. Auch damit, dass er ihr Kind nicht zu einer Kornnatter erziehen wollte. Harmlos und genauso wehrlos. Nein! Auf keinen Fall! Er drückte sie an sich und küsste sie. „Ja, jetzt habe ich dich, du kleines, Gift spritzendes Biest." Er kniff die Augen zusammen. „Aber jetzt verrate mir doch mal, wer mich verpetzt hat."
Sie grinste breit und biss ihm sanft ins Ohr. „Na, wer wohl? Sam! An dem Tag, als du vor Eifersucht auf Jonas fast geplatzt wärst", offenbarte sie.
„Beruhigend, wenn man gute Freunde hat, auf die man sich verlassen kann", brummte er leicht verärgert, aber mit einem Schmunzeln im Gesicht.
„Heißt das, du mottest deine Keule ein?", fragte sie.
„Ja! Aber das Shirt will ich trotzdem!", wand er sich.
„Welches? Deines oder meins?"
„Beide!", murrte er.

Tylers Geburtstag hatte eher etwas von einem Treffen von Gang-Mitgliedern als von einer Kinderparty. Nach der Schlacht am Buffet verzogen sich die Jungen auf Tys Zimmer, und der monotone Sprechgesang dröhnte in voller Lautstärke durchs Haus. Anfangs hatte sich Josh mit dem Kommentar „Mein Vater hätte so etwas nie zugelassen!" in den Stall geflüchtet, aber später saß er in der Küche, aß ein Stück Torte und fürchtete, sein Sohn könnte in die Drogenszene abrutschen.
Lächelnd legte Sannah ihm die Textsammlung aus der CD-Hülle vor die Nase.

„Lies das! Vielleicht hörst du dann auf, dir Sorgen zu machen", sagte sie und klopfte ihm beschwichtigend auf die Schulter.
Er begann zu lesen, und sein finsterer Gesichtsausdruck hellte sich zunehmend auf. Grundsätzlich assoziierte er Rap-Musik mit Gangs, Drogen und Kriminalität und hatte nicht verstehen können, warum Sannah diesen Mist zu Weihnachten verschenkt hatte. Jetzt wurde er eines Besseren belehrt. Die Texte handelten von dem Leben auf der Rez. Schonungslos beschrieben sie die Armut, die Kriminalität und Gewalt, die Hoffnungslosigkeit, den Drogenmissbrauch und die Selbstmorde von Teenagern. Aber sie forderten dazu auf, sich nicht damit abzufinden und es einfach hinzunehmen, sondern sich dagegen zu wehren. Sie sprachen davon, Wut in Kraft zu verwandeln und dagegen zu kämpfen, nicht nur für sich selbst, sondern auch für andere, die keine Kraft hatten. Sie sprachen davon, etwas zu ändern und nicht aufzugeben, damit es eines Tages besser wird. Nachdenklich legte Josh das Heftchen beiseite und lauschte dem dumpfen Rhythmus, der aus Tys Zimmer drang. Das war nichts anderes als seine Vorträge, die er den Kindern hielt, nur dass die Musik eben viel cooler rüberkam.
Tatsächlich machte er sich völlig umsonst Sorgen, denn in Tys Zimmer gingen keine Drogen herum. Es war eine hitzige Debatte entbrannt, weil einer seiner Freunde beschlossen hatte, im Sommer die Schule abzubrechen und nicht auf die Highschool zu gehen.
„Ihr macht euch alles kaputt!", wetterte Ty. Die Schule ist der einzige Weg hier raus! Hört doch mal hin! Er hat recht! Wenn du mit der Schule aufhörst, bist du abhängig von der Sozialhilfe, fängst an zu saufen und endest im Dreck. Wer will das schon?"
„Du hast leicht reden, du hast gleich zwei Eltern, die dir helfen. Ich habe nicht mal ein eigenes Zimmer. Entweder nerven meine Geschwister, oder Dad feiert mit seinen Saufkumpanen. Ich will da raus – so schnell es geht", erwiderte Steven.
Es war derselbe Steven, der Tyler noch vor einiger Zeit so zugesetzt hatte. Doch dann war er von Tys Statement über Traditionen und Stolz tief beeindruckt gewesen, auch wenn er es nicht gleich zugeben wollte. Seitdem ließ auch er sich die Haare wachsen und

hatte einen Mordsrespekt vor Josh. „Genau das Gleiche hat sich dein Dad auch gesagt, als er so alt war wie wir. Und wo hat es ihn hingebracht?“, ereiferte sich Tyler und machte die anderen damit nachdenklich. „Ohne Schule kein Job, ohne Job kein Geld und ohne Geld bist du für alle nur der letzte Arsch. Schlimm genug, dass uns viele außerhalb der Rez behandeln wie Dreck, willst du von deinen eigenen Leuten auch noch so behandelt werden?“, fragte Ty.

Alle schüttelten den Kopf.

„Wie soll ich die Highschool schaffen, wenn ich nie in Ruhe lernen kann?“, gab Steven zu bedenken.

Jetzt mischte sich Tys Cousin ein. „Als wir alle noch in Cheyenne River lebten, ging es uns auch nicht besser. Erst recht nicht Ty! Und er hat es trotzdem verbissen durchgezogen!“, meinte Matthew anerkennend.

Ty wurde rot und versuchte abzulenken. „Es machen viel mehr Mädchen ihren Highschool-Abschluss als Jungs. Ihr wollt doch nicht zulassen, dass alle denken, Mädchen wären klüger als wir“, provozierte er seine Freunde.

Dieses letzte Argument zog. Das wollte selbstverständlich keiner!

„Wir lernen alle zusammen, und ich weiß auch schon, wo. Garantiert elternfreie Zone. Aber es gibt drei Regeln: keine Party, kein Booze, keine Mädchen. Sonst fliegt uns mein Dad um die Ohren, und der macht garantiert Stichproben, wenn er dahinterkommt!“, mahnte Ty.

Er hatte sie da, wo er sie haben wollte, und keiner von ihnen wollte sich mit Josh anlegen.

„Okay! Wir lernen zusammen. Wann und wo?“, fragte Steven.

„In Bills alter Hütte auf unserem Weideland. Jeden Tag außer sonntags und den Tagen, an denen wir Reitunterricht haben.“

Damit erntete Tyler eine Runde betretener Gesichter.

„Du verlangst verdammt viel, Mann!“, stellte Matthew fest.

„Ist eure Entscheidung und eure Zukunft. Ich will nicht besoffen im Dreck enden“, meinte Ty trocken.

„Gibt es zwischen Penner und Nerd auch einen Mittelweg?“, fragte Steven vorsichtig.

„Nein!“, lautete Tys Antwort.
„Du bist genauso gnadenlos wie dein Dad! Dann also Nerd! Solange ich keine Brille tragen muss“, resignierte Steven.
Tyler klopfte ihm auf die Schulter. „Gute Entscheidung, so schaffen wir es alle aufs College!“, versicherte er und amüsierte sich köstlich über die entsetzten Gesichter seiner Freunde.

Abends saßen sie, befreit von den Gangmitgliedern – nein, Geburtstagsgästen – beim Abendessen, und Josh dröhnten immer noch die Ohren.
„Ich wäre dir sehr dankbar, wenn du die Musik in Zukunft wieder auf ein Normalmaß reduzierst, diesen Lärm hält dein alter Herr nicht aus“, wandte sich Josh an seinen Sohn.
Tyler grinste nur verschlagen. „Die Ausrede mit dem alten Herrn hast du dir mit sechzehn versaut. Aber wenn Nummer zwei ein Mädchen wird und sie dann eines Tages so alt ist wie ich jetzt und so schön wie Mom, empfehle ich dir Herztropfen. Sollte kein Problem sein, du sitzt ja an der Quelle“, bemerkte Ty mit treuem Augenaufschlag und deutete auf Sannah, die wieder übelste Probleme hatte, nicht laut loszulachen. Stattdessen strafte sie Ty mit einem halbherzig strengen Blick, während Josh, noch sprachlos, nach dem Küchenschwamm griff. Tyler lachte und verschwand eilig im Stall, um die Pferde zu füttern.
„Wie macht der Bengel das? Er ist rotzfrech, und trotzdem kann man ihm nicht böse sein“, murrte Josh.
Sannah lächelte nur. „Das ist der White-Cloud-Charme. Dem kann man nicht widerstehen.“
„So, so! Und wann bist du ihm erlegen?“, wollte er wissen.
„Am ersten Abend, gleich nachdem du mich zum ersten Mal angeschnauzt hattest“, bekannte sie und grinste frech.

Der Februar ging ins Land, und Sannahs Bauch begann sich zu wölben. June hatte ihr eine einfache Methode zum Erweitern der herkömmlichen Jeans gezeigt, aber Sannah hatte sich zusätzlich in Rapid noch ein paar simple Latzhosen gekauft, die bequemer waren und die man mit Shirts tragen konnte, die nicht einen halben Meter über den Hintern reichten.

Kleidsam war nichts davon, und sie schmunzelte bei dem Gedanken, dass sie sich immer mehr von Annegrets Ideal der Cocktailkleider und Highheels entfernte und zum Kartoffelsack mutierte. Proportional zu Sannahs wachsendem Bauch und der leicht verstrichenen Taille entwickelte Josh einen gewaltigen Knick in der Pupille und fand, dass seine Frau mit jedem Tag schöner wurde. Wenn man Kartoffelsäcke mochte …

Tylers Augen funktionierten noch einwandfrei, und er konnte mit seiner Meinung nicht hinterm Berg halten. „Jetzt fehlen dir noch ein Strohhut und ein paar Gummistiefel", bemerkte er kritisch, als sie in Latzhose die Treppe herunter kam.

„Tyler!", schimpfte Josh.

„Ist doch wahr! Wenn dich jemand so sieht, denken alle, dass du von Medizin auf Agrarwirtschaft umgesattelt hast. Das ist selbst für die Rez ein No-go, Mom."

Sannah sah an sich herunter und musste ihm recht geben. „Egal. Sollen sie doch denken was sie wollen! Ich werde jeden Tag dicker, und die Hosen sind praktisch und bequem. Basta!"

Josh grinste. „Du wirst nicht dicker! Das Baby wächst, und das ist gut so", meinte er versöhnlich, umschlang sie mit den Armen und legte seine Hände auf ihren Bauch. Dabei schnurrte er wie ein verliebter Kater und knabberte an ihrem Ohr.

Ty suchte sein Heil in der Flucht. Szenen wie diese fand er hochnotpeinlich.

„Ich bin dann mal weg!", rief er, schnappte sich seinen Rucksack und verschwand.

„Findest du das nicht ein bisschen merkwürdig? Er ist fast jeden Nachmittag weg und kommt abends erst nach Hause. Wo treibt er sich herum?", fragte Josh misstrauisch.

„Jeden Nachmittag?", erwiderte Sannah überrascht, weil sie davon nicht viel mitbekam, wenn sie in der Klinik war.

Josh nickte.

„Vielleicht ist er bei Sue?", suchte sie nach einer einfachen Erklärung.

„Nein, ich habe Sue schon gefragt. Sie macht sich die gleichen Sorgen. Ihre Jungs sind auch jeden Tag weg."

Sannah runzelte die Stirn und grübelte. Das war schon eigenartig, allerdings machte sie sich nicht direkt Sorgen.
„Dafür gibt es bestimmt einen harmloseren Grund als du denkst. Drogen und Alkohol können es nicht sein, das wäre mir aufgefallen", versuchte sie ihn zu beruhigen.
„Sicher?", fragte Josh besorgt. „Alkohol habe ich auch noch nicht an ihm gerochen, aber Drogen fallen nicht so schnell auf", gab er zu bedenken.
Sannah schüttelte den Kopf. „Nein, die Symptome sehe ich sofort. Damit habe ich leider oft genug zu tun. Er nimmt nichts", beteuerte sie.

Josh entspannte sich etwas und setzte sich an den Tisch. „Hoffentlich hast du recht, aber ich werde ihm bei Gelegenheit unauffällig folgen. Ich will wissen, was er treibt."
Sie fing an zu kichern. „Und was machst du, wenn du ihn in flagranti mit einem Mädchen erwischst?"
Josh wich das Blut aus dem Gesicht. „Er ist vierzehn! Das kann ich mir nicht vorstellen!", empörte er sich.
„Das können Eltern nie! Frag Henry!", widersprach sie ihm.
„Wenn ich ihn mit einem Mädchen erwische, zerre ich ihn an den Ohren nach Hause", brummte Josh verärgert.
„Super Idee, das hat bei dir ja auch schon so gut funktioniert", stellte sie fest. „Du solltest lieber mit ihm reden und herausfinden, ob er über die Einzelheiten und Konsequenzen Bescheid weiß."
„Kannst du das nicht machen?", flehte Josh hilflos.
„Wenn ich das mache, ist es Ty noch peinlicher. Das ist dein Job, Dad! So von Mann zu Mann", wimmelte sie ihn ab.
Josh seufzte ergeben und fügte sich in sein Schicksal. Sie hatte recht, es war allerhöchste Zeit dafür.

Am nächsten Abend ging Josh mit Kondomen und einer Banane bewaffnet in Tys Zimmer. Allerdings sah er dabei aus, als würde er sich auf dem Weg zum Schafott befinden. Sannah verzog sich grinsend in die Küche und machte Abendessen. Eine halbe Stunde später erschien Josh mit roten Ohren.

„Das nächste Gespräch übernimmst du!", verkündete er. „Ein Mädchen steckt jedenfalls nicht dahinter. So viel ist sicher."

Beim Essen vermied Tyler den Blickkontakt zu seinen Eltern. „Ich esse nie wieder Bananen!", stellte er nur trocken fest.
Trotzdem verschwand Tyler weiterhin jeden Nachmittag, und Josh schlich kurzentschlossen und unauffällig hinter ihm her. Was er dann entdeckte, verschlug ihm allerdings die Sprache, und er schämte sich, dass er seinem Sohn so wenig Vertrauen entgegengebracht hatte.
„Er lernt! Sie lernen alle", berichtete er am Abend seiner Frau. Sannah sah ihn erstaunt an. „Sie sitzen in der Hütte von Bill Kills many und lernen für die Schule. Ty, Sues Jungs, Steven und zwei andere aus Tys Clique. Ich fühle mich richtig mies, weil ich ihm den anderen Mist unterstellt habe."
Sannah fing an zu lachen. „Bill Kills many? Bin ich froh, dass du nicht so heißt, dann hätte ich deinen Namen nicht angenommen!"
Josh sah sie erstaunt an. „Wieso nicht?"
„Ich stell mich doch nicht ans Krankenbett und sage zu meinen Patienten: Guten Morgen, mein Name ist Dr. Kills many, ich werde sie gleich operieren. Klingt nicht sehr Vertrauen erweckend!"
Josh schmunzelte. „Stimmt!" Dann wurde er wieder ernst. „Ich bin froh, dass ich mir völlig unnötig Sorgen gemacht habe. Aber warum machen sie das heimlich?", fragte er verständnislos.
„Lernen ist uncool. Das muss man verheimlichen, damit man nicht zum Gespött der ganzen Schule wird. Das ist zwar dämlich, aber es ist leider so", erklärte sie.

Am nächsten Tag stapfte Josh, beladen mit Feuerholz, in die Hütte, und die Jungs erstarrten zu Salzsäulen. Wortlos machte er ein Feuer in dem alten Ofen und deutete auf das Holz.
„Fackelt die Bude nicht ab!", sagte er nur und ging wieder. Die Jungen ließen die angehaltene Luft entweichen und entspannten sich wieder.
„Dein Dad ist echt cool", stellte Steven fest.
„Solange er keine Bananen dabei hat", erwiderte Ty grinsend.

Nomen est omen

Mitte März hielt der Frühling Einzug, allerdings nicht mit zarten Pastellfarben und idyllischen Osterglocken wie in Deutschland, sondern mit Kawumm, wie alles in den USA. Tagsüber kletterten die Temperaturen schon mal locker auf zwanzig Grad, um dann nachts wieder unter den Gefrierpunkt zu fallen. Zwischen Daunenjacke und T-Shirt lagen oft nur wenige Stunden, und die in Deutschland so beliebte Übergangsjacke war in South Dakota so nötig wie ein Kropf. Der Schnee schmolz wie Butter in der Sonne und verwandelte alles in Matsch und Pfützen. Doch davon ließ Josh sich nicht abhalten und trainierte jetzt jeden Tag mit Wakinyan für das große Turnier im Sommer. Auch Tyler wurde darin eingeweiht, wie man einen Jährling auf einer Show vorzuführen hatte, und übte nun mit Taté. Neue Berittpferde waren noch nicht da, erst musste das Gras auf den Weiden nachwachsen. Und so blieb ihnen genügend Zeit, um die Pferde in Höchstform zu bringen.

Das Zimmer für das Baby war fertig, allerdings nicht so wie ursprünglich gedacht. Tyler hatte zu bedenken gegeben, dass der Heizstrahler für ein kleines Kind zu riskant sei; und zog, breit grinsend, in das frisch renovierte Zimmer. Josh hatte ihm recht gegeben und musste nun ein zweites Mal anfangen, den Pinsel zu schwingen. Mit Sannahs Unterstützung war aber auch das schnell erledigt. Das liebevoll selbstgezimmerte Babybett stand nun unter der Dachschräge mit den Traumfängern, und neben dem gemauerten Schornstein, der das Zimmer im Winter heizte, hatten sie die Wickelkommode aufgebaut. Sannah hatte bei ihrer ehemaligen Patientin ein paar Strampler bestellt, weil sie selbst nicht wirklich stricken konnte, und bereitete auch sonst alles für die Ankunft des Wölkchens vor.

Der Bauch war mittlerweile deutlich erkennbar, und die ersten energischen Tritte aus dem Inneren hatten Josh hingerissen auf die Knie sinken lassen.

„Ich wusste nicht, dass ein Tritt ins Gesicht so schön sein kann!“, meinte er und strahlte, wenn er abends im Bett sein Ohr auf Sannahs Bauch legte und andächtig lauschte. Zu hören war nicht viel, und so begann er, seinem Ungeborenen auf Lakota Geschichten zu erzählen. Sannah liebte diese Stunde vor dem Einschlafen. Sie verstand immer mehr von dem, was er erzählte, und der weiche Singsang dieser Sprache lullte sie ein. ‚So fühlt sich Glück an', dachte Sannah und schlummerte selig in Joshs Armen ein.

Ende März war die zweite und damit letzte Vorsorgeuntersuchung fällig. Im Gegensatz zu den eng gestaffelten deutschen Vorsorgeplänen ließ man hier der Natur ihren Lauf. Da sie ohnehin dafür wieder nach Rapid mussten, wollte Josh bei dieser Gelegenheit auch einen neuen Sattel für Wakínyan kaufen. Die Sattlerei lag einige Meilen nordwestlich von Rapid im Black Hills National Forest.
„Dann kann sich Wakínyan auch gleich an das Fahren im Anhänger gewöhnen", meinte er gelassen, während Sannah große Augen machte.
„Wir nehmen das Pferd mit zum Arzttermin? Wenn du meinst", sagte sie verblüfft.

Aber sie hatte sich an ungewöhnliche Transporte und Aktionen aller Art gewöhnt. Da wurde auch schon mal ein Pickup-Truck derart voll mit Heu beladen, dass er aussah wie ein bereifter Heuhaufen und der Fahrer kaum noch sehen konnte, wohin er fuhr. Oder eine fehlende Autotür wurde mit einer abgesägten Zimmertür aus Holz ersetzt. Not machte erfinderisch. Mit einem Pferd zum Vorsorgetermin zu fahren, war da eher unspektakulär. Auf der Rez lief alles nach dem Motto: Geht nicht gibt's nicht.
„Kann ich mit?", fragte Tyler mit glänzenden Augen.
„Du willst mit zum Ultraschall?", erwiderte Josh erstaunt.
Ty sah ihn entsetzt an. „Nur über meine Leiche! Ich gehe doch nicht zum Frauenarzt! Das ist ja noch schlimmer als Bananen! Ich will den Sattel mit aussuchen", protestierte er empört.
Josh grinste. „Klar! Vielleicht finden wir auch einen Anzug für dich."
Diese Drohung ließ Tyler nun doch grübeln, aber es war zu spät, er saß in der Familienausflugsfalle.

Am nächsten Tag rumpelte dann ein zufrieden vor sich hin grinsender Familienvater mit eineinhalb Kindern, einer Frau und einem Pferd im Gepäck über die Schlaglochpiste in Richtung Rapid City. Fehlte nur die Holztür. Mit der ganzen Familie im Schlepptau fühlte sich Josh erst richtig wohl. Das kam mittlerweile viel zu selten vor. Sannah war den ganzen Tag in der Klinik und Tyler mit seinen Freunden unterwegs. Josh freute sich schon auf die Zeit, wenn Sannah mit dem Baby zuhause sein würde und Tyler Ferien hatte.

Vor der Praxis angekommen blieb Tyler sicherheitshalber im Auto sitzen und wollte auf Wakínyan aufpassen. Er hoffte nur, dass ihn niemand hier sehen würde. Die Sprechstundenhilfe war etwas freundlicher als beim letzten Mal, und nach kurzer Wartezeit lief das gewohnte Untersuchungsprozedere ab. Josh wurde anschließend wieder zum Ultraschall gebeten und war fast noch aufgeregter als beim ersten Mal.

„Ihrem Bauch nach zu urteilen, ist das Kleine schon mächtig gewachsen", sagte Dr. Richards lächelnd und ließ den Schallkopf über Sannahs Leib gleiten. Auf dem Bildschirm erschien zunächst der Kopf, den die Ärztin sorgfältig vermaß. Das ganze Baby passte jetzt nicht mehr auf ein Bild. Auch dem Herzen und der Wirbelsäule des Fötus wurde die volle Aufmerksamkeit geschenkt. Für einen Laien war es nun nicht mehr so leicht zu erkennen, was auf dem Bildschirm zu sehen war, und Dr. Richards erklärte, was sie untersuchte und dass alles in Ordnung sei.

„Möchten Sie wissen, was es wird?", fragte sie.

Sannah hatte es schon lächelnd erkannt und sah in Joshs leuchtende Augen, die wie immer nicht verbergen konnten, wie gespannt er war. Er nickte eifrig und drückte ihre Hand.

„Sie bekommen eine Tochter."

Josh war kaum noch zu halten, strahlte vor Begeisterung über das ganze Gesicht und küsste seine Frau.

„Ein Mädchen!", flüsterte er hingerissen und sah wieder auf den Bildschirm, um einen letzten Blick auf seine kleine Tochter zu erhaschen.

Dr. Richards machte noch zwei schöne Bilder von dem Köpfchen.

„Nuckelt sie am Daumen?", fragte Josh erstaunt.

„Ja“, bestätigte die Ärztin. „Sie übt das Saugen.“
Sannah sah auf den Bildschirm und strahlte. „Ich kann es kaum erwarten, bis sie endlich da ist.“
„Dem Kopfdurchmesser zufolge müssen Sie sich wenigstens noch zwölf bis dreizehn Wochen gedulden, und Babys sind selten pünktlich“, bremste Dr. Richards Sannah aus.
Josh strich seiner Frau zärtlich eine Strähne ihres Haars aus der Stirn. „Bald ist unsere Kleine da!“
Auf dem Weg aus der Praxis konnte er sich nicht mehr beherrschen und nahm Sannah am Empfang mit Schwung auf den Arm. „Ein Mädchen!“, jubelte er und trug sie nach draußen. Über so viel unverhohlene Freude musste nun sogar die Sprechstundenhilfe lächeln.

Tyler staunte nicht schlecht, als er die beiden so aus der Praxis kommen sah, und verdrehte im Geiste die Augen. Manchmal benahmen sie sich echt peinlich. Am Wagen verkündeten sie die Neuigkeit.
„Du bekommst eine Schwester.“ Josh strahlte seinen Sohn an und setzte Sannah wieder ab.
Tyler fing an zu lachen. „Hab ich doch gleich gesagt!“, platzte er heraus und betrachtete die Fotos, die Sannah ihm reichte.
„Sie nuckelt am Daumen“ erklärte sie und deutete auf das Bild.
Tyler schmunzelte. „Habt ihr schon einen Namen für sie?“
„Wie wäre es mit Tylah? Spart Zeit beim Rufen“, schlug Josh scherzhaft vor.
Ty verzog das Gesicht zu einem gequälten Lächeln. „Sehr witzig, ich lach später!“, spottete er und gab Sannah die Fotos von seiner Schwester zurück. „Ich nenne sie Niní, bis sie da ist“, beschloss er.
„Was heißt das?“, fragte Sannah lächelnd.
„Das ist Babysprache und bedeutet ‚stillen‘, aber auch ‚nuckeln‘“, erklärte Josh. „Passt gut, finde ich.“
Sannah sah ihn erstaunt an. „Es gibt Babysprache auf Lakota?“, fragte sie, während sich alle ins Auto setzten.
„Klar! Wir kommen ja auch nicht erwachsen auf die Welt“, stellte Ty trocken fest.
„Was gibt es noch?“, wollte sie begeistert wissen.

‚Amúmula' heißt Puppe oder Püppi", erwiderte Ty mit einem scheelen Seitenblick zu seinem Vater .
Jetzt verzog Josh das Gesicht. „Und Ábu yá yo bedeutet so viel wie Heia machen", meinte Josh und streichelte über den Babybauch. „Ábu yá yo, Niní-win" – Heia machen, Nuckel-Mädchen, flüsterte er zärtlich.

Nach einer idyllischen Fahrt durch den Black Hills National Forest erreichten sie die Sattlerei. Wakínyan hatte sich vorbildlich durch die Gegend kutschieren lassen und nicht ein Mal den Hänger zum Wanken gebracht. Aber man sah ihm deutlich an, dass er froh war, dort herauszukommen und sich die Beine zu vertreten. Josh war schon lange nicht mehr dort gewesen und erfuhr nun mit Bedauern, dass Larry, der alte Chef der kleinen Firma, vor einiger Zeit verstorben war. Aber der Sohn führte das Geschäft weiter, und so dauerte es nicht lange, bis die ersten prachtvollen Sättel auf Wakínyans Rücken lagen. Nach etwa zehn verschiedenen Anproben blieben drei passende Sättel zur engeren Auswahl. Westernsättel ließen sich nicht durch Aufpolstern in der Passform ändern, und daher waren die richtige Kammerweite, Winkelung der Bars, Länge und Schwung des Sattelbaums entscheidend. Der Komfort des Reiters war nur zweitrangig.
„Wofür brauchst du ihn?", fragte der Sattler, um die Entscheidung zu erleichtern.
„ApHC National Championship", gab Josh zurück.
„Und welche Disziplinen?"
„Reining, Working Cow Horse und Nez Perce Stick Race", zählte Josh auf und musterte die Sättel auf Funktionalität.
„Also hohes Tempo und viel Wendigkeit. Dann würde ich diesen empfehlen", sagte der Sattler und deutete auf einen prächtigen rehbraunen Sattel, der mit hellen Rohhautflechtungen besetzt und komplett mit indianischen Punzierungen verziert war. Selbst die lederbezogenen Steigbügel waren punziert. Das Bordertooling war dunkel eingefärbt und bildete einen schönen Kontrast zu der hellen Rohhaut. Der Sitz war mit hellem Leder bezogen und kunstvoll abgesteppt. Ein paar silberne Concha rundeten den WowEffekt ab. Ein echtes Kunstwerk.

„Der ist etwas kürzer und lässt dem Pferd viel Schulter- und Kniefreiheit, außerdem passt er auch gut zu dir, wenn ich das so sagen darf", bemerkte der Sattler.
Josh grinste. „Das sind zwar Navajo Muster, aber ich will mal nicht so sein. Gefällt mir gut, nicht so viel Silber. Mal sehen, wie er sich sitzt", stellte er fest und begann Wakínyan zu satteln.
Sannah wendete sich an den Sattler. „Gibt es für den Sattel auch das passende Zaumzeug?"
„Klar! Hole ich schnell", bekam sie zur Antwort und lächelte zufrieden.
Sie freute sich, dass sie Josh zu Weihnachten ein schlichtes Showpad geschenkt hatte. Josh saß inzwischen auf dem Pferd und zog seine Bahnen auf dem angrenzenden Reitplatz.

Der Sattler kam mit dem Zaumzeug zurück und hängte es über den Zaun.
„Bildschönes Tier!", sagte er bewundernd, als er auf den Reitplatz blickte. „ Braucht ihr sonst noch etwas?"
Sannah warf einen Blick auf Tyler und nickte. „Mein Sohn braucht noch eine Turnierausstattung für die Halter-Klasse. Er wird einen unserer Jährlinge vorstellen, und ein Showhalfter brauchen wir dafür auch", zählte sie auf.
„Ihr habt euch ja viel vorgenommen!", stellte der Sattler fest.
„Wer wagt, gewinnt. Ein Sieg fördert das Geschäft, und das Preisgeld ist auch nicht zu verachten", erklärte sie.
„Na, dann kommt mal mit. Im Laden haben wir ein paar Anzüge mit Gehrock im Südstaatenstil."
„Mom, muss das wirklich sein?", fragte Ty mit einem verzweifelten Gesichtsausdruck und trottete missmutig hinterher.
„Du kannst Taté nicht im T-Shirt vorstellen. Wir putzen ihn doch auch heraus", hielt sie dagegen.
„Ja, aber ein Gehrock? Schlimmer geht's nun wirklich nicht. Außerdem ist das im Sommer scheißheiß!", maulte er.
Der Sattler schmunzelte, während er ihnen den Ständer mit der Turnierkleidung zeigte. „Wie alt bist du?", fragte er Tyler.
„Vierzehn", kam zur Antwort, und der Sattler hob erstaunt die Augenbrauen.

„Ich hätte dich auf sechzehn geschätzt, aber in diesem Fall habe ich eine gute Nachricht für dich: In deinem Alter darf man in Hemd und Weste antreten."
Tyler sah ihn erleichtert an. „Super! Damit kann ich leben."
„Ist euer Jährling auch so schön wie der Wallach da draußen?", wollte der Sattler wissen.
„Der ist noch schöner", sagte Ty stolz. „Lackschwarz mit Schabracke, der gewinnt bestimmt! Dad will später mit ihm züchten."
Sannah durchforstete bereits das Angebot an Westen.

Der Sattler ging wieder nach draußen und sah Josh beim Reiten zu. Was er zu sehen bekam, beeindruckte ihn sehr und brachte ihn auf eine Idee. Als er nochmals den korrekten Sitz des Sattels überprüfte, fasste er sich ein Herz und beschloss, Josh auf den Zahn zu fühlen. „Du bist Josh White Cloud, oder?"
Josh nickte stumm.
„Deine Pferde sprechen sich herum, aber die wenigsten kennen ihren Züchter. Ähnlich wie meine Sättel. Jeder kannte meinen Vater, aber seit er starb musste ich ziemliche Einbußen hinnehmen. Niemand weiß, dass ich das Geschäft weiterführe und auch gute Sättel baue."
Josh sah Craft nachdenklich an. „Hast du diesen Sattel gebaut?"
Craft nickte.
„Er ist sehr gut, liegt perfekt und ist ein echter Eyecatcher", stellte Josh ehrlich fest.
„Deswegen würde ich dir gerne ein Geschäft vorschlagen. Die Nationals werden im Fernsehen übertragen und auf dem Turnier ist alles vertreten, was in der Szene Rang und Namen hat. Ich gebe dir einen satten Rabatt auf alles, was du bei mir kaufst, wenn du Werbung für mich machst", unterbreitete der Sattler sein Angebot. Josh dachte einen Moment darüber nach. Es klang nach einem guten Geschäft, und der Sattel war erstklassig; dafür konnte er ruhigen Gewissens Werbung machen und beide würden davon profitieren.
„Wie soll deine Werbung aussehen?", fragte er sicherheitshalber nach.

„Ich dachte an mein Firmenlogo auf den Ärmeln eurer Hemden und auf dem Sattel“, gab Craft zur Antwort.
„Einverstanden“, stimmte Josh zu und reichte dem Sattler die Hand.
Der lächelte erleichtert. „Dann musst du nur noch gewinnen!“

Sannah und Tyler hatten mittlerweile eine Auswahl getroffen. Hemd, Hose, Weste, Hut und Bolo-Tie, eine Kordel, die von einer verzierten Spange zusammengehalten und von Westernreitern anstatt Krawatte getragen wurde. Sannah legte die Sachen auf den Tresen und sah sich noch ein bisschen um, als Tyler hinter dem Laden eine ganze Meute Hundewelpen entdeckte. Er verschwand, unbemerkt von Sannah, durch die Hintertür und stürzte sich begeistert auf die jungen Hunde. Vor dem Haus hängten die Männer den Sattel über den Zaun und gingen in den Laden, um Josh noch passende Hemden auszusuchen, die dann bestickt werden sollten.
„Seid ihr fündig geworden?“, fragte Josh Sannah.
„Alles bis auf das Showhalfter, das suchst du besser selbst aus. Ich kenne mich mit den Größen nicht aus, und Ty ist spurlos verschwunden“, erwiderte sie ratlos.
Noch bevor sie anfangen konnten, nach Tyler zu suchen, erschien dieser mit einem Welpen auf dem Arm in der Hintertür.
„Das müsst ihr euch ansehen! Die sind so niedlich!“, erzählte er begeistert. Der Welpe leckte ihm, wie zur Bestätigung, quer über das Gesicht.
Craft fing an zu lachen. „Du kannst ihn mitnehmen, wenn du willst. Meine Hündin ist vor einer Weile abgehauen und kam mit dieser Überraschung im Gepäck zurück. Jetzt sind die Kleinen acht Wochen alt und können abgegeben werden: bin froh, wenn ich sie in gute Hände vermitteln kann.“
Tyler machte große Kulleraugen und begann zu betteln. „Mom, Dad! Bitte!“, flehte er.

Eine Stunde später hockte ein überglücklicher Ty, mit seinem Welpen auf dem Schoß, auf dem Rücksitz des Trucks. Josh grinste wieder zufrieden vor sich hin, und Sannah sah sich im Geiste schon damit beschäftigt, Pfützen in der Küche aufzuwischen. Doch Josh hatte seine Spendierhosen an. Den Sattel samt Zubehör hatte er für den halben Preis bekommen, alles andere zum Einkaufspreis. Die Hemden konnten sie in einer Woche, mit dem Logo bestickt, abholen. Aber am meisten freute er sich über seine kleine Tochter, und deswegen hatte er dem Welpen zugestimmt. Er wurde mit einem Strahlen im Gesicht seines Sohnes dafür belohnt.

Zuhause angekommen machte sich Sannah daran, das Abendessen in den Ofen zu schieben. Ty hatte den Welpen gefüttert und war nun mit ihm draußen, damit er sein Geschäft erledigte; und Josh verstaute ihre Einkäufe und zimmerte eine provisorische Kiste, oben offen, für den Hund. Die Kiste legte er mit einer alten Decke aus und stellte sie unter die Treppe. Als sie nach dem Essen noch am Tisch saßen, hob Josh den kleinen Kerl hoch und begutachtete ihn genauer.
„Der wird richtig groß werden, seht euch mal seine Pfoten an. Wie soll er denn heißen?“, fragte er.
Tyler zuckte mit den Schultern. „Mir ist noch nichts Passendes eingefallen.“
Sannah betrachtete die Hundekiste unter der Treppe und schmunzelte. „Wie wäre es mit Potter?“, schlug sie vor.
„Nein, lieber was Cooles. Er wird später sicher mal aussehen wie ein Wolf. Was heißt Wolf auf Grönländisch? Das wäre cool, weil keiner weiß, was es bedeutet.“
Sannah dachte kurz nach. „Amaroq. Laut den alten Sagen der Inuit ist Amaroq ein gigantischer Wolf, der die Jäger, die dumm genug waren, sich zum Jagen allein in die Dunkelheit zu wagen, verfolgte und verschlang“, sagte sie und nahm Josh das kleine Fellbündel ab.
Der Welpe wedelte aufgeregt mit dem Schwanz und leckte ihr die Hände.
„So soll er heißen!“, beschloss Ty begeistert. Er sprach den Namen auf Englisch aus, und so wurde daraus Amaruug.
Sie schmunzelte und knuddelte den kleinen Kerl. „Na, da hat dein Herrchen den Mund aber reichlich vollgenommen!“

Josh lächelte. „Ist das nicht auch eine schöne Idee für unser Mädchen?", überlegte er.
„Und was schwebt dir da vor? Rotkäppchen?", spottete Ty.
Josh strafte ihn mit einem ernsten Blick.
„An dem Morgen, als wir erfahren haben, dass wir ein Baby bekommen, hat Sannah vor Freude im Schneesturm getanzt und etwas gesagt, das ich nicht verstanden habe. Das war wakhán, und deswegen sollte die Kleine einen Namen bekommen, der zu diesem Moment passt", erklärte er bestimmt.
Sannah war gerührt und bekam feuchte Augen. Was für ein schöner Gedanke, fand sie.

„Was heißt Schnee?", fragte Josh und lächelte sie liebevoll an.
„Dafür haben die Inuit unzählige Namen – ich glaube, nur die Schotten haben noch mehr", antwortete sie und versuchte, sich einige davon in Erinnerung zu rufen. So oft hatte ihr Großvater ihr alles darüber erzählt, und langsam kehrten die Erinnerungen daran zurück.
„Aput heißt Schnee auf dem Boden, Iloq bedeutet Eisblume, Qanik große fallende Schneeflocke. Nittaalaq ist fallender Schnee. Aperlaaq, frisch gefallener Schnee, kommt aber nicht in Frage, so hieß Großvater. Anyu ist Inuktitut und bedeutet Schnee für eine besondere Bestimmung", zählte sie weiter auf.
„Anyu gefällt mir", unterbrach Tyler sie.
Josh nickte zustimmend. „Finde ich auch schön. Besonders die Bedeutung. Hast du an dem Morgen mit deinem Großvater gesprochen?", fragte Josh, als wäre es das Selbstverständlichste der Welt, mit seinen Ahnen zu reden.
Sannah nickte nur und lächelte. Andere Leute hätten die beiden jetzt für bekloppt erklärt, aber Sannah war glücklich darüber, dass er erkannte, was sie in diesem Moment gefühlt hatte.
„Was meinst du? Nennen wir unser kleines Mädchen Anyu?", fragte er Sannah.
„Ja", beschloss sie und strahlte. „Das wird uns immer an diesen Morgen im Schnee erinnern."
„Vielleicht war ja genau das seine besondere Bestimmung", meinte Josh.

Der Welpe war mittlerweile, alle viere von sich gestreckt, auf ihrem Schoß eingeschlafen, und sie musste schmunzeln.
„Ich glaube, dein Minimonster muss jetzt ins Bett, Ty."
Er stand auf, nahm ihr behutsam das Fellbündel ab und bettete ihn in die Schlafkiste.
In den nächsten Nächten schlief Tyler auf dem Sofa, um den Welpen nicht allein zu lassen, und kümmerte sich auch sonst hingebungsvoll um seinen vierbeinigen Freund. Es kam nur selten vor, dass jemand Pfützen aufwischen musste. Übermütig wackelte Amaroq Tyler hinterher. Nur wenn Ty in der Schule war, kümmerte sich Josh um den Hund und brachte ihm bei, sich von den Pferden fernzuhalten.
Da Josh sich auch für Working Cow Horse angemeldet hatte, ritt er regelmäßig zu Mike, um Wakínyan in der Arbeit mit Kälbern zu trainieren. Größere Büffelkälber eigneten sich besonders gut dafür, da sie bedeutend schneller und wendiger waren als Hausrinder. Wenn ein Pferd mit Büffeln klarkam, schaffte es die phlegmatischen Hausrinder mit links.

Die Disziplin besteht aus zwei Teilen. „Dry Work" und „Fence Work". Dry Work war nichts anderes als Reining, die ausschließlich im Galopp und mit durchhängenden Zügeln geritten wird und von Reiter und Pferd ein Höchstmaß an Kontrolle und Körperbeherrschung verlangt. Ein großer Zirkel wird dabei in extrem schnellem Galopp, dem sogenannten Canter, geritten, um dann abrupt in einen gemächlichen, langsameren Galopp, den Lope, zu fallen. Der Unterschied in der Geschwindigkeit muss deutlich erkennbar sein. Dazu kommen noch Vollbremsungen aus vollem Tempo, auch „Sliding Stop" genannt, weil die Pferde dabei das Hinterteil absenken und auf den breiten Hufeisen über den weichen Boden rutschen, während die Vorderbeine weiterlaufen. Da können dann schon mal sechs oder sieben Meter Bremsspur zusammenkommen.
Anschließend folgt der „Roll Back", eine 180-Grad-Wendung aus dem Stand, um dann sofort wieder zu galoppieren. Spektakulär ist auch der „Spin", eine Art Pirouette, vier volle Umdrehungen um die Hinterachse in atemberaubendem Tempo, die nach der

letzten Umdrehung abrupt und sauber stoppen soll. Der zweite Teil, die „Fence Work“, sah vor, ein Kalb zunächst kontrolliert an der kurzen Seite der Arena zu halten. Ausbruchsversuche des Kalbes musste das Pferd augenblicklich unterbinden und ihm den Weg abschneiden. Anschließend wird das Kalb an der langen Seite der Arena einmal in jede Richtung getrieben, wobei das Pferd das Kalb im gestreckten Galopp überholen, stoppen und wenden muss, um es dann zurückzutreiben. Zum Schluss wird das Rind gewendet und in der Bahnmitte auf einer Acht gezirkelt. Das Pferd muss sich dabei immer außen, neben dem Rind befinden, um es zu begrenzen. Beim Richtungswechsel, in der Mitte der Acht, muss es dann mit einem fliegenden Galoppwechsel die Seite wechseln und den zweiten Zirkel in die andere Richtung begrenzen. Klingt schwer, ist es auch. Schwerpunkt der Bewertung ist, ob ein Pferd das Kalb kontrollieren kann und dabei selbständig arbeitet.

Wakinyan war ganz in seinem Element. Hohes Tempo im Galopp lag ihm schon von Natur aus im Blut, und das Hakenschlagen gefiel ihm noch mehr, und so machte er schnell Fortschritte. Er entwickelte einen geradezu besessenen Ehrgeiz, dicht am Kalb zu bleiben und es nicht entwischen zu lassen. Josh musste ihm kaum noch Hilfen geben, wenn es darum ging, dem Kalb den Weg abzuschneiden. Mike ließ sich dieses Spektakel nur selten entgehen und saß auf dem Zaun des Paddocks, um die beiden zu beobachten.
„Der hat viel Cow Sence!“, stellte er fest. „Vielleicht solltest du ihn auch zum Cutting melden“, schlug er vor, als die zwei fertig waren.
Josh grinste breit und klopfte Wakínyan den Hals. „Hab ich auch schon überlegt. Mal sehen, ob das noch geht. Cutting hat die höchstdotierten Preisgelder!“ Er band das Pferd am Zaun fest.
„Ich wollte dir ein Geschäft vorschlagen“, sagte Mike. „Du hast doch jetzt noch zusätzliches Weideland am Creek willst du nicht ein paar Büffel züchten?“
Josh machte große Augen. „Damit würde ich dir doch Konkurrenz machen!“

Mike schüttelte den Kopf. „Nein, du würdest uns damit helfen. Ich brauche regelmäßig neue Bullen, um Inzucht zu vermeiden. Wenn du eine Herde hältst, die mit meiner nicht verwandt ist, könntest du mich mit Bullen beliefern und umgekehrt. Wir müssten nur ein wenig Zuchtmanagement betreiben, und damit kennst du dich schließlich am besten aus. Keiner von uns muss dann für teures Geld Bullen von außerhalb kaufen. Damit könnten wir auch das Landnutzungsprojekt ausweiten. Die Behörden legen uns wieder Steine in den Weg. Wir dürfen außerhalb des Reservates kein Land dazupachten, um die Zucht zu erweitern, also können wir jede Weide auf der Rez gebrauchen, wenn sie groß genug ist."
Josh grübelte einen Moment. Dass die Regierung wieder einmal versuchte, die Verbesserung der Lebensumstände im Reservat zu boykottieren, war nichts Neues. Das Fleisch sollte günstig an die Einwohner verkauft werden, um die Ernährung zu verbessern, und der anfallende Überschuss deutlich teurer an die Restaurants außerhalb, um ein wenig Geld zu erwirtschaften und neue Kälber dazuzukaufen. Jedes Kalb kostete rund 500 Dollar und kam aus Kanada, weil es dort mehr Züchter und größere Herden gab. Ohne frisches Blut drohte Inzucht.
Deswegen hatte er damals Tatés Mutter zu einem anderen Hengst gebracht, um frisches Blut in die Zucht zu bringen. Aber das war immer mit hohen Kosten verbunden, und er hatte Glück gehabt, dass Taté ein Hengst geworden war.
„Keine schlechte Idee, macht nicht allzu viel Arbeit, aber ich will das vorher mit Sannah besprechen. Eigentlich gehört das Land ihr", meinte er. „Meinen Hengst hole ich auch in den nächsten Tagen, wird Zeit!"
„Du kannst deine Stuten auch zu mir bringen, macht weniger Ärger", schlug Mike vor. Er meinte damit, dass Joshs eigener Zuchthengst auf seiner Weide mit Wallachen stand, damit er nicht ständig versuchte auszubrechen, um zu den Stuten zu gelangen. Einmal im Jahr war das durchaus erwünscht, aber ein Hengst beschränkte sich eben nur ungern auf einmal. Bei den Wallachen war er ruhig und schlug in seinem Liebeswahn nicht alles kaputt. Amaroq, der kleine Welpe, war währenddessen bei June und

gewöhnte sich an den Umgang mit Kleinkindern. Tashina lernte schnell, dass sie nicht ungestraft an Hundeschwänzen ziehen durfte, obwohl sie doch nichts lieber tat als ziehen. Josh hielt das für eine gute Vorbereitung auf das Baby, weil der Hund dadurch deutlich toleranter werden würde. June hatte ein wachsames Auge auf beide.

Auch Tyler arbeitete fleißig mit Taté, der nicht nur lernen musste stillzustehen und nicht herumzuzappeln, sondern auch Muskeln aufbauen sollte, damit er eindrucksvoller aussah. Zu diesem Zweck ging Ty mit ihm spazieren und nutzte die Hügel im Grasland dazu, bergauf und -ab zu laufen. Der Hund lief begeistert mit.

Josh begutachtete Taté wohlwollend und bemerkte beim Abendessen zu Ty: „Du trainierst ihn gut, er hat schon eine kräftige Muskulatur auf dem Hintern entwickelt."

„Nicht nur er!", gab Ty stöhnend zurück und rieb sich das muskelkatergeplagte Hinterteil.

Ein paar Tage später holte Josh die bestickten Hemden ab. Später als geplant, weil Sannah ihre Gartenplanung noch nicht abgeschlossen hatte und bei der Gelegenheit in der Gärtnerei in Rapid Obstbäume, Erdbeeren und Gemüsesaat kaufen wollte. Josh grinste vergnügt und hatte sich mit Old MacDonalds Farm längst abgefunden. Vergangenes Jahr um diese Zeit hatte es nur ihn und seine Pferde gegeben, und nichts hatte ihn damals auch nur ansatzweise ahnen lassen, dass ein Jahr später eine Frau, zwei Kinder, ein Hund, ein Obst- und Gemüsegarten und vielleicht sogar Büffel sein Leben völlig verändern und bereichern würden. Sannah hatte recht. Fehlten wirklich nur noch die Hühner. ‚Warum eigentlich nicht?', dachte er sich und setzte den Baumarkt auch noch auf seine Liste. Schließlich brauchte das Federvieh einen Stall, der sie vor Kojoten und Füchsen schützte. Und vor dem kleinen Möchtegern-Wolf.

Er trug die Hemden, die Flyer und die großen Magnetfolien, die Craft noch hatte anfertigen lassen, um den Transporter zu verzieren, zum Auto. In großen roten Lettern prangte das gestickte

Logo der Sattlerei auf den Ärmeln der schwarzen und weißen Hemden. Craft war sehr zufrieden, als Josh ihm mitteilte, dass er sich auch zum Cutting nachgemeldet hatte. Mit den Logos konnte er Werbung im Fernsehen machen, für die er im Normalfall ein Vermögen hätte zahlen müssen. Und die Meisterschaften erfreuten sich großer Beliebtheit.
Sannah staunte nicht schlecht, als sie die Stickereien begutachtete. „Wow! Das ist nicht zu übersehen!", stellte sie fest und freute sich, dass Craft die Farbe Rot gewählt hatte, denn sie hatte Tylers Weste zu Hailey gebracht, damit sie diese noch mit den „White Cloud"-Mustern besticken konnte. Ty fand die Idee klasse, denn er wollte die Weste auch zum Powwow-Rodeo tragen. Der Begriff Rodeo stand nicht für das wilde Reiten von Bullen und Wildpferden, sondern ganz allgemein für einen Reitwettbewerb. Er wollte mit Kimimila starten, die er sich ausgesucht hatte, weil er sich mit ihr die größten Chancen ausrechnete. Mittlerweile hatte alle das Turnierfieber gepackt, und Sannah war schon gespannt auf den prächtigen Anblick, den ihre Jungs bieten würden.
„Soll ich deine Hemden auch noch besticken lassen?", bot sie Josh an.
„Keine schlechte Idee, aber nicht zu viel, nur die Kragenecken und die Manschetten", erwiderte Josh und schlug den Weg zurück nach Rapid ein. Vor der Gärtnerei setzte er Sannah ab. Sie konnte in Ruhe ihre Auswahl treffen, während er im Baumarkt Gitterzaun und Bauholz besorgen wollte.
Sannah durchstöberte, voller Vorfreude auf frisches Obst und Gemüse aus dem eigenen Garten, das Angebot an Obstbäumen und entschied sich für Pflaumen und Äpfel. Außerdem lud sie noch einen Apfelbeerenstrauch in den Einkaufswagen und begab sich dann auf die Suche nach Erdbeerpflanzen und Saatgut. Sie wollte Tomaten, Kürbisse, Salat, Mais und Möhren ziehen. Alles wuchs ohne großen Aufwand, sie würde nur Schnecken vom Salat sammeln müssen. Josh hatte derweil alle Baumaterialien in den Truck geladen und fuhr zurück zur Gärtnerei, wo Sannah bereits auf ihn wartete.
„Was hast du denn mit dem Gitterzaun vor?", fragte sie ihn, während Josh ihren botanischen Garten auflud.

„Der ist für deine Hühner, Mrs. MacDonald“, antwortete er und freute sich, als sie ihm begeistert um den Hals fiel.
„Ich bin ein glücklicher Mann! Andere Frauen wollen Diamanten, meine will Hühner“, stellte er fest.
Sannah tänzelte um das Auto und trällerte: „Chickens are the girl's best friend.“

Countdown

Wenig später waren die Bäume gepflanzt, die Beete für das Gemüse vorbereitet und der Hühnerstall mit Freiluftgehege in den alten Schuppen integriert. Familie MacDonald war fünfköpfig eingezogen, gackerte munter vor sich hin und Amaroq freute sich über kostenloses Hundefernsehen, auch wenn es nur einen Hühnerkanal gab.
„Jetzt haben deine Latzhosen wenigstens eine Existenzberechtigung", höhnte Tyler, als Sannah das Federvieh fütterte.
Sie bedachte ihn mit einem giftigen Blick. „Wenn du noch mal lästerst, lasse ich deine Hosen mit Herzchen besticken", drohte sie mit einem gefährlichen Lächeln.
Tyler schluckte trocken, weil er ihr das durchaus zutraute, und warf den Rettungsanker: „Tschuldige, Mom. Hab ich nicht so gemeint", druckste er verlegen und hoffte, die Herzchen abgewendet zu haben. Um auf Nummer sicher zu gehen, ging er in den Schuppen und sammelte die Eier ein.

Mittlerweile war es Mitte April, und die Kinder kamen jetzt wieder zweimal die Woche zum Reiten. Josh nutzte auch das zum Trainieren der Pferde. Wakínyan und Taté sollten sich an lärmende Menschen und Krach jeder Art gewöhnen. Also durften die Kids nach Herzenslust Radau machen, johlen, klatschen und pfeifen, während Josh ritt und Tyler mit Taté einfach nur in der Mitte des Reitplatzes stand. Doch irgendetwas fehlte noch.
Ty hatte die zündende Idee. „Musik! Auf Rodeos wird immer Musik gespielt."
Da musste Josh seinem Sohn zähneknirschend recht geben. Sannah und Ty grinsten unverhohlen. Endlich konnten sie im Haus die Musik mal richtig voll aufdrehen, ohne dass Josh sein Saure-Gurken-Gesicht zog.
Sannah ging in Tys Zimmer, schmiss die Stereoanlage an und öffnete das Fenster, damit draußen noch mehr zu hören war. Die Pferde reagierten ein wenig panisch. Einen derartigen Lärmpegel hatte es noch nie auf der Ranch gegeben. Mit der Zeit gewöhnten

sie sich jedoch daran, und wenn es Sannah an den Wochenenden zu viel wurde, flüchtete sie zu Hailey. Dieses Mal aber, um Tys Weste abzuholen und zu bezahlen. Joshs Hemden hatte sie auch dabei.

Wirklich ruhig war es dort allerdings auch nicht. Die Kinder der Nachbarn spielten laut kreischend hinterm Haus, ein anderer Nachbar werkelte lautstark an seinem Schrottauto herum und irgendwo dudelte Kili Radio im Hintergrund. Die Frauen saßen auf der kleinen Veranda, die Sam in Eigenregie an das Holzhaus gebaut hatte, und plauderten. Hailey hielt wie immer einen Stickrahmen in der Hand und arbeitete emsig an Joshs Hemden.

Plötzlich hielt Sannah inne, lächelte und legte Haileys Hand auf ihren Bauch.

„Fühl mal“, sagte sie. „Da drinnen ist gerade Turnstunde.“

Hailey konnte die kräftigen Tritte deutlich spüren und machte ein trauriges Gesicht. „Ich wünschte, ich könnte das auch mal erleben.“

Sannah sah ihre Freundin betroffen an. „Warum denn nicht?“, fragte sie unbedarft. Hailey zögerte und ließ die Hand sinken.

„Sam will keine Kinder“, sagte sie bedrückt.

Sannah war fassungslos, hatte sie Sam doch als ausgesprochen kinderlieb und engagiert kennengelernt. Doch sie schwieg aus Höflichkeit und auch, weil sie die offensichtliche Wunde ihrer Freundin nicht noch weiter aufreißen wollte. Stattdessen drückte sie ihr tröstend die Hand und wartete, ob Hailey sich noch mehr von der Seele reden wollte.

„Ich hatte mich schon fast damit abgefunden, aber seit euer Baby unterwegs ist, erwische ich mich immer häufiger dabei, dass ich mir auch so ein kleines Wesen wünsche“, erklärte sie leise.

Sannah fühlte sich wie das viel zitierte Kamel, das das Gras heruntergefressen hatte. Da sie jetzt ohnehin mit Anlauf im Fettnapf gelandet war, spielte es keine Rolle mehr, wenn sie nachfragte. „Warum will er keine Kinder? Er mag sie doch offensichtlich.“

Hailey holte tief Luft und begann zu erzählen. „Sam hatte keine schöne Kindheit. Oft lief er genau so herum wie Tyler, als er aus dem Krankenhaus kam. Seine Mutter war zu schwach, um sich zu wehren, sein Vater war schwerer Alkoholiker, genauso wie sein älterer Bruder. Sam bekam das alles ab. Deswegen ist er Polizist geworden, um denen zu helfen, die sich nicht selbst helfen können. Aber er ist der Meinung, dass er kein guter Vater sein kann, weil er nie gelernt hat, wie sich ein liebevoller Vater verhält. Er will das, was er durchmachen musste, nicht seinen eigenen Kindern antun. Bei dem Gedanken an eigene Kinder gerät er in Panik. Ich dachte immer, er würde es sich anders überlegen, wenn er älter ist. Wir sind schon seit der Highschool zusammen, und junge Männer wollen nie Kinder; aber er ist dabei geblieben. Jede Diskussion darüber blockt er ab."

Das musste Sannah erst mal verdauen. Sie wusste zwar von Josh, dass Sams Kindheit alles andere als rosig gewesen war, aber sie konnte sich beim besten Willen nicht vorstellen, dass Sam jemals die Hand gegen Hailey oder zukünftige Kinder erheben würde. Lieber würde er sterben, da war sie sich sicher. Es schmerzte sie sehr, ihre Freundin so unglücklich zu sehen, und so rang sie sich zu einem Vorschlag durch.

„Ich weiß, ich sollte das jetzt nicht sagen, aber was ist, wenn du es wie einen Betriebsunfall aussehen lässt?", schlug sie vorsichtig vor.

Hailey machte große Augen und sah Sannah fast schon entsetzt an. „Ihn hintergehen? Nein, das kann ich nicht!", wehrte sie ab.

„Ich würde das nicht ‚hintergehen' nennen. Du zwingst ihn ein wenig zu seinem Glück. Schließlich kommt das in den besten Familien vor. Ty war ein Betriebsunfall, und diese junge Dame war auch nicht wirklich geplant", stellte sie fest und deutete auf ihren Bauch. „Trotzdem lieben wir unsere Kinder. So etwas passiert einfach. Die Pille versagt, das Kondom war undicht oder die Leidenschaft größer als die Vorsicht. Wenn er sein Kind das erste Mal im Arm hält, wird er schmelzen wie Butter in der Sonne. Und bis es so weit ist, wird ihn mein kleines Mädchen noch tüchtig bearbeiten, dafür sorge ich", meinte Sannah zuversichtlich.

Nun musste auch Hailey ein wenig lächeln. Dem Kind seines besten Freundes würde Sam nicht so leicht aus dem Weg gehen können.

„Er hat Josh in den Hintern getreten und ihn zu seinem Glück gezwungen, nun wird es Zeit, dass ich Sam in den Hintern trete!"

„Ich denke darüber nach", meinte Hailey immer noch zweifelnd. Sannah nahm wieder ihre Hand. „Er liebt dich, er setzt sich für das Wohl anderer Kinder ein und er ist einer der verantwortungsvollsten Menschen, die ich kenne. Er hat nur Angst, und das ist normal. Das haben wir doch alle."
Hailey sah sie verwundert an. „Du auch?", fragte sie.
„Klar. Ich habe schon Angst vor der Geburt, aber da muss ich durch. Ich habe auch Angst vor der Zukunft, schließlich bin ich ganz anders aufgewachsen, und ich weiß nicht, was hier auf mein Kind zukommen wird. Aber ich bin ja nicht allein. Ich habe meine Familie und meine Freunde, und das habt ihr doch auch."
Hailey schloss sie in die Arme. „Ich bin froh, dass du meine Freundin bist." Sie lächelte und hatte ein wenig Hoffnung geschöpft.
Anyu hatte ihre Turnstunde beendet und wurde nun von Schluckauf geplagt. Sannah verdrehte die Augen. Wieder legte sie Haileys Hand auf ihren Bauch.
„Das ist das Einzige, das richtig nervt. Das Kind hat Schluckauf, und du kannst nichts dagegen machen", erklärte sie lachend, und Hailey stimmte mit ein.

Mit dem üblichen großen Auftritt fuhr Mark Thompson am späten Nachmittag auf den Hof, um seine Berittpferde abzuliefern. Pferde von anderen Kunden waren schon da, und die Vermutung, dass nach Marks Turniererfolgen im vergangenen Jahr mehr Kunden nach einem Training oder der Ausbildung ihrer Pferde anfragen würden, hatte sich bewahrheitet. Einige hatte Josh schon vertrösten müssen, weil er so viele einfach nicht schaffen konnte. Nicht ohne Halle.
Dieses Mal kam Mark allein, Püppi hatte den Rückzug angetreten.
‚Eigentlich schade', dachte Sannah, die gerade vom Dienst kam und auf der Veranda die Füße hochgelegt hatte, um bei einer Tasse Tee zu entspannen. Zu gerne hätte sie ihren Bauch präsentiert, aber das war wohl nicht mehr nötig.
‚Schade', dachte auch Ty. Bei diesen Temperaturen hätte Püppi bestimmt keine dicke Jacke getragen. Er war froh, dass sein Va-

ter keine Gedanken lesen konnte, obwohl er sich manchmal nicht so ganz sicher darüber war. Hauptsache, keine Bananenpredigt mehr. Nach diesem peinlichen Abend hatte Ty beschlossen, einen Bogen um Mädchen zu machen, aber einen Blick zu riskieren war schließlich ungefährlich.
Mark kletterte aus seinem Schlachtschiff, und Josh half ihm die Tiere auszuladen. Sannah setzte einen Kaffee auf und zauberte ein paar Cookies aus der Keksdose. Als die Männer fertig waren, setzten sie sich zu ihr auf die Veranda.
„Hallo, kleine Lady. Wie ich sehe, kann ich bald zum nächsten Acht-Pfund-Paket gratulieren", rief Mark und reichte ihr die Hand.
„Sieben reichen auch!", stöhnte sie.
Mark lachte und klopfte Josh jovial auf die Schulter. „Gut gemacht!"
Josh platzte fast vor Stolz.
‚Warum hielten Männer das Schwängern einer Frau immer für eine großartige Leistung', dachte Sannah spöttisch. Sie hatten sich dafür schließlich nicht mehr angestrengt als bei den unzähligen Fehlschüssen vorher. Sie grinste still vor sich hin und schenkte den tollen Hechten Kaffee ein.
Nach dem üblichen Geplauder über den vergangenen Winter kam Mark zur Sache. „Und? Wie sieht es aus? Seid ihr fit fürs Turnier?", wollte er wissen.
Josh hielt sich bedeckt und nickte nur. Dann räusperte er sich. „Ich muss dir allerdings mitteilen, dass ich mich doch dazu entschlossen habe, dir beim Cutting Konkurrenz zu machen", gab er etwas betreten zu, denn ursprünglich hatte er das vermeiden wollen, um seinen besten Kunden nicht zu verärgern.
Mark sah das zum Glück sportlich. „Dann wird es spannend. Du bist der bessere Reiter, dafür haben meine Pferde und ich mehr Wettkampferfahrung. Gleicht sich also wieder aus. Möge der Bessere gewinnen!", verkündete er und langte bei den Cookies kräftig zu.
Josh verschwieg ihm wohlwissend die Büffel. Cutting war die am höchsten dotierte Disziplin; ein Sieg, und die Reithalle wäre bezahlt. Diese Chance wollte er sich nicht entgehen lassen.

„Du nimmst uns also trotzdem mit?“, fragte Josh mit einem Schmunzeln.
„Na klar! Dich, deinen Jungen und zwei Pferde. Richtig? Kommt die kleine Lady auch mit?“, wandte Thompson sich an Sannah. Die lächelte und hielt sich den Bauch. „Nein, die kleinen Ladys bleiben zuhause und versorgen die Pferde.“
Mark strahlte sie an. „Töchter sind großartig! Ich habe drei Stück davon. Pippa, Lizzy und Pam. Eine hübscher als die andere!“

Tyler stellte die Ohren auf. Marks Aufzählung entnahm er, dass die anderen beiden wohl jünger sein mussten.
„Kommen die auch mit?“, fragte er und bemühte sich, möglichst neutral zu klingen, erntete aber trotzdem einen strengen Blick seines Vaters.
„Nein. Die lasse ich zuhause, das wird sonst zu teuer!“, witzelte Mark.
Nun bemühte sich Josh um Neutralität, um seine Erleichterung zu verbergen. Er wechselte das Thema. „Ich werde von einem der örtlichen Sattler gesponsert. Ist es in Ordnung, wenn ich Magnetfolien mit seinem Logo an deinem Transporter anbringe?“
„Ist er gut?“, wollte Mark wissen.
„Sogar ausgezeichnet! Willst du sehen?“, bot Josh an.
Mark nickte. „Immer her damit!“
Josh verschwand im Haus. Als er mit dem Sattel wieder herauskam, machte Mark große Augen.
„Wow! Was für ein Prachtstück! Hat er den extra für dich angefertigt?“, fragte er angesichts der indianischen Punzierungen.
Josh schüttelte den Kopf. „Nein, reiner Zufall. Das sind Navajo-Muster“, klärte er Mark auf.
„Den Unterschied habe ich nie begriffen“, entgegnete Thomson gutmütig.
„Das war schon immer das Problem mit euch Washíchu“, frotzelte Josh scherzhaft.
„Das siehst du falsch. Ich mache einfach keine Unterschiede, weil es mir völlig egal ist, welche Hautfarbe jemand hat. Für mich zählt Charakter und Leistung, und das weißt du auch“, sagte Mark.

„Ja, das weiß ich, mein Freund", erwiderte Josh und klopfte ihm versöhnlich auf die Schulter.
Mark lächelte und nahm den Sattel genauer unter die Lupe. Er entdeckte die silberne Platte mit der Gravur am Cantle des Sattels. „Ich dachte, der alte Larry ist tot?", fragte er verblüfft.
„Ist er auch. Den hat sein Sohn gebaut. Leider weiß das niemand, deswegen ja die Werbung", erklärte Josh.
„Wenn das so ist, machen wir auf alle Fälle Werbung für ihn, und ich werde mal vorbeifahren und vielleicht auch noch einen neuen Sattel kaufen, wenn er was Passendes da hat", beschloss Thompson zufrieden.
Sannah lud Mark noch zum Abendessen ein, danach machte er sich auf den Weg nach Hause.

Als das Gefährt vom Hof gerollte war, stemmte Josh die Hände in die Hüften und äffte seinen Sohn nach.
„Kommen die auch mit?", wiederholte er und sah Tyler anklagend an.
Der hatte jedoch Oberwasser, jedenfalls noch. „Was denn? Sei doch froh, dass ich nachgefragt habe. Du kannst jetzt beruhigt schlafen, weil Püppi nicht dabei sein wird!", erwiderte er mit Unschuldsmiene.
Doch diesmal ließ sich Josh nicht aufs Glatteis führen. „Das ist richtig! Aber meinetwegen hast du diese Frage auch nicht gestellt, oder?" Er grinste wissend.
Er kann doch Gedanken lesen, stellte Ty insgeheim fest und ging mit dem Hund zum Creek.

In den nächsten zwei Wochen brachte Josh die ausgewählten Stuten nach und nach zum Hengst. Wenn alles klappte, wären das im nächsten Jahr sechs Fohlen. Er wollte nicht zu viele züchten und gönnte den anderen Stuten ein Jahr Pause. Wie Mike prophezeit hatte, machte es tatsächlich weniger Ärger, die Stuten zu bringen, als den Hengst auf die Ranch zu holen. So fühlte sich der berufsmäßige Casanova nicht dazu genötigt, vor der ganzen Herde den dicken Max zu markieren und in das gewohnte Imponiergehabe zu verfallen. Es reichte in diesem Falle völlig, der jeweiligen Stute mit stolzgewölbtem Hals und wildem Schnauben zu beweisen, was für ein toller Hecht er doch war. Der Rest war Routine. Nach dieser aufregenden Zeit genoss der Hengst wieder die beschauliche Weidezeit mit seinen entmannten Kumpeln.

Langsam hielt der Sommer Einzug. Die diesjährigen Fohlen waren alle schon auf die Welt gekommen und tobten munter über die Weide. Das Training für das große Turnier lief immer noch auf vollen Touren. Letztes Jahr um diese Zeit war Sannah mit Wakinyan über den Ozean aus Gras gestürmt und hatte die Freiheit in vollen Zügen genossen. Dieses Jahr war sie schon froh, wenn sie es schnell genug vom Wohnzimmer hinauf zum Klo schaffte. Mit fortschreitender Zeit wurde Sannahs Bauch immer größer und jede Tätigkeit beschwerlicher. Von dem Anblick ihrer Füße hatte sie sich schon seit einiger Zeit verabschiedet, und Schuhe anziehen war zu einem Vorhaben geworden, das generalstabsmäßig geplant werden musste. Sie überlegte gelegentlich, was sie sonst noch machen konnte, wenn sie schon mal da unten war. Allerdings ging ihr dabei auch schnell die Luft aus, weil der Bauch alles nach oben drückte.
An den OP-Tisch reichte sie nun auch nicht mehr besonders gut heran, und das lange Stehen bei größeren OPs bereitete ihr zunehmend Probleme, weil mit den steigenden Temperaturen auch ihre Füße anschwollen. Also übernahm sie nur noch kleinere Eingriffe, die Ambulanz, die Post-OP-Versorgung und den anfallenden Papierkram. Ihre Kollegen waren dafür ausgesprochen dankbar. Wer kümmerte sich schon gern um Papierkram?

Einzig die Tatsache, dass sie in Rapid würde entbinden müssen, bereitete ihr Sorgen. Ihre eigene Klinik gehörte zum Indian Health Service und war damit für sie nicht zuständig. Nur in extremen Notfällen, wie damals der Schlangenbiss, behandelte man dort auch Außenstehende. Der Gedanke, dass Josh – nervös und aufgeregt wie er dann sein würde – eineinhalb Stunden mit ihr in die Klinik nach Rapid fahren müsste, ließ sie nicht zur Ruhe kommen. Was würde sein, wenn das Baby es eilig hatte und die Zeit nicht reichte oder etwas schiefging? Doch mit Josh konnte sie darüber nicht reden. Er war schon aufgeregt genug und tat sich ohnehin schwer damit, so kurz vor dem errechneten Termin noch zum Turnier zu fahren und sie allein zu lassen. Deswegen spielte Sannah zu Hause die entspannte werdende Mutter, die nichts aus der Ruhe bringen konnte. Innerlich jedoch befiel sie eine zunehmende Nervosität.

Um sich abzulenken, frönte Sannah ihrem Nestbau-Trieb. Das Kinderbett war mit selbstgenähter Bettwäsche und einer gepolsterten Umrandung ausgestattet, weitere Babyklamotten und einen Kinderwagen hatte sie leihweise von June bekommen, die das alles nicht mehr brauchte, weil Tashina herausgewachsen war. Für die Fenster hatte sie bunte Vorhänge genäht, und eine Auswahl an Plüschtieren wartete in einem Regal auf die kleine Besitzerin. Im Second-Hand-Laden in Rapid hatte sie einen Autositz ergattert. Fehlten nur Windeln und Ähnliches, dann konnte Anyu kommen. Sannah hoffte nur, dass sie warten würde, bis ihr Vater aus Texas zurück war. Noch vier Wochen bis zum Geburtstermin und zwei Wochen bis zum Turnier.

Hailey kam vorbei, um die fertigen Hemden zu bringen. Josh und Tyler waren auf der Weide.

Sannah saß in der Küche vor einem Tee, und Hailey sah ihr deutlich an, dass sie etwas beschäftigte. „Alles in Ordnung?", fragte Hailey.

Sannah nickte, doch dann besann sie sich. „Nicht wirklich. Ich werde langsam nervös", gab sie zu und schenkte Hailey eine Tasse Tee ein. Dann vertraute sie sich ihrer Freundin an und erzählte von ihren Bedenken bezüglich der langen Fahrt und auch, dass sie sich fürchtete, so kurz vor der Geburt allein zu sein. Immerhin dauerte das Turnier ein paar Tage, und die Fahrt nach Texas und zurück brauchte auch Zeit. Hailey hatte dafür vollstes Verständnis, und wieder erwies sie sich als Fels in der Brandung.

„Ist doch gar kein Problem! Wenn die Jungs auf dem Turnier sind, komme ich einfach zu dir, helfe dir bei den Pferden und übernachte in Tylers Zimmer. Dann bist du nicht allein, und falls Josh zu nervös sein sollte, um nach Rapid zu fahren, rufst du mich an und ich fahre euch. Problem gelöst!", sagte sie, pragmatisch wie immer, und lächelte.

Sannah fiel ein Stein vom Herzen, und sie drückte Hailey an sich, so gut das mit dem großen Bauch noch ging.
„Ich danke dir! Das erleichtert mich sehr, ich hatte mich im Geiste schon darauf eingestellt, das Baby ganz allein oder irgendwo in den Badlands zu bekommen. Die Hormone machen mich völlig meschugge!“, stellte Sannah kopfschüttelnd fest, und sie schlürfte nun deutlich entspannter ihren Tee.
Hailey klopfte ihr beruhigend aufs Bein. „Keine Panik! Das wird schon alles klappen, wirst sehen. Und in der Woche, die Josh und Ty weg sind, machen wir es uns gemütlich. Pyjama Party vor dem Fernseher“, schlug sie vor.
„Oh ja!“, stimmte Sannah zu und strahlte.

Kurz vor dem Aufbruch nach Texas fuhren sie gemeinsam nach Rapid, um die Vorräte aufzustocken und die noch fehlenden Dinge für das Baby zu besorgen. Tyler hatte mittlerweile Ferien und, dank der vielen Übungsstunden in Bills alter Hütte, ein ausgezeichnetes Zeugnis. Auch seine Freunde hatten es geschafft, und nun würden sie alle im nächsten Jahr die Highschool besuchen.
Sannah fühlte sich inzwischen so grazil wie ein Nilpferd, und die ersten Übungswehen setzten immer dann ein, wenn sie sie am wenigsten gebrauchen konnte. Doch sie biss die Zähne zusammen und begann die Tage zu zählen.
Bei den Latzhosen ließen sich die seitlichen Knöpfe nicht mehr schließen, und Sannah trug stattdessen weiter geschnittene Shirt-Kleider. Elegant ging anders. Sie beäugte skeptisch ihren Bauch und hatte das Gefühl, demnächst zu platzen. Einfach so, ohne Vorwarnung. Bumm!
Josh platzte auch, aber vor Stolz, und während seine Frau wie eine Ente watschelte, genoss Josh den Bummel mit seiner Familie wie ein Rad schlagender Pfau. Fürsorglich hatte er seinen Arm um Sannahs Schulter gelegt und strahlte aus sämtlichen Knopflöchern.
Kurz vor dem Eingang von Wally World erstarrte sein Lächeln jedoch zu einer eisigen Grimasse. Für einen kleinen Moment hielt er in seiner Bewegung inne und warf der Frau, die vor ihnen stand, einen vernichtenden Blick zu. Sie war groß und schlank,

mit einer beneidenswerten Figur. Ein modischer Stufenschnitt des schwarzen Haars umrahmte ihr schönes Gesicht mit perfektem Make-up. Sie trug ein kurzes Sommerkleid, das die Blicke auf ihre schlanken Beine lenkte. Auch Tyler war die Frau aufgefallen, und er bemerkte Joshs kurzes Zögern.
Doch dann sah er den finsteren Gesichtsausdruck seines Vaters.
„Was ist, Dad?“, fragte er deutlich hörbar, und so wurde auch Sannah auf die Frau aufmerksam.
So, wie Josh reagiert hatte, wurde ihr klar, wer dort vor ihnen stand. Das konnte nur Chloe sein! Sannah schluckte. Model versus Kartoffelsack, schoss es ihr durch den Kopf.
„Nichts!“, erwiderte Josh. „Ich dachte, ich hätte einen Geist gesehen, aber es war nur ein Unkchéchila“ – ein Monster, sagte er verächtlich, legte seinen Arm um Tys Schulter und umschlang mit dem anderen Sannahs Taille und legte seine Hand an ihren Bauch. Dann ging er hoch erhobenen Hauptes an Chloe vorbei, schob seine Familie weiter in Richtung Eingang und strahlte seine Frau an.
„Los, Mrs. White Cloud! Wir brauchen noch Windeln“, erklärte er laut und deutlich, um sicherzustellen, dass Chloe es hörte.
Eins zu null für den Kartoffelsack! Rückspiel nicht vorgesehen. Sannah riskierte noch einen kurzen Blick auf Chloe, die den dreien fassungslos hinterherstarrte, und lehnte ihren Kopf an Joshs Schulter.
‚Meiner‘, dachte sie glücklich.

Im Supermarkt war es angenehm kühl. Gutgelaunt suchten sie Windeln in der richtigen Größe heraus, dazu noch Babyöl und Waschlotion. Tyler hatte Schnuller entdeckt und hielt sie Sannah hin. „Ob es die auch mit Lautstärkeregler gibt?“, fragte er schmunzelnd.
Josh fing an zu lachen. „Seit wann weißt du denn, was ein Lautstärkeregler ist?“, spottete er scherzhaft.
Ty überhörte die Anspielung geflissentlich und legte die Schnuller in den Wagen. „Ich denke, Niní wird sich darüber freuen“, meinte er.
Sannah lächelte ihn liebevoll an. „Bestimmt“, sagte sie.

Als die Einkäufe erledigt waren, machten sie sich auf den Weg nach Hause. Dort verstaute Sannah die Babysachen im Kinderzimmer. Auch einen Vorrat an Damenbinden hatte sie sich zugelegt. So etwas war in Pine Ridge immer schwer zu bekommen. Nur manchmal, wenn man Glück hatte, aber sie wollte sich nicht darauf verlassen. Josh hatte die Lebensmittel weggeräumt, bis auf einige Paletten Wasserflaschen und Cola für die Fahrt nach Texas. Auch andere Dinge, die sie mitnehmen mussten, stapelten sich bereits im Wohnzimmer. Sattel, Pads, Zaumzeug und Putzkästen. Über die Hemden für den Wettkampf hatte Sannah einfach einen großen Plastiksack gezogen, damit sie nicht schmutzig wurden. Nun mussten nur noch die Stiefel gründlich geputzt werden, dann konnte es losgehen. Mark wollte sie am nächsten Morgen, in aller Herrgottsfrühe, abholen.

Sannah stand im Garten und wässerte das Gemüse und die Rosen, die dieses Jahr noch prächtiger blühten. Auch die Kletterrosen hatten ordentlich an Höhe zugelegt und verschönerten nun die Südwand des Hauses. Die Sonne war schon in Richtung Westen gewandert, und Insekten summten emsig um die vielen Blüten. Sie liebte diesen Garten, denn er war das lebende und blühende Symbol dafür, wie sehr Josh sie liebte. Auch der erste Versuch, Gemüse zu ziehen, war recht erfolgreich gewesen, und sie hatten sich bereits Tomaten und Salat schmecken lassen. Kürbisse, Mais, Karotten und ein wenig Obst würden im Herbst ihren Speiseplan bereichern. Die Hühner liefen herum, auf der Suche nach Würmern und Käfern, die im feuchten Boden zu finden waren. Eine zufriedene Ruhe breitete sich in ihr aus, während sie durch den Garten wanderte und den Duft der Rosen genoss. Es war so friedlich und still in ihrem kleinen Paradies, und für einen Moment blieb die Zeit stehen und das einzige Gefühl, das sie empfand, war Dankbarkeit. Ein regelmäßiges Zucken in ihrem Bauch holte sie zurück in die Realität.
Mit dem gleichen untrüglichen Gespür fürs Timing, das schon ihren Vater auszeichnete, riss Anyu ihre Mutter durch den üblichen Schluckauf aus ihren Tagträumen. Sannah drehte das Wasser ab und hielt sich den Bauch.

„Wird Zeit, dass du da rauskommst, junge Dame“, murmelte sie leicht genervt.

Sehr spät am Abend unterhielt sich Sannah noch mit Annegret via Skype.
Anne, noch leicht verschlafen, strahlte in die Kameralinse. „Hey Süße! Wie fühlst du dich?“
Sannah grinste schief.
„Wie ein gut gefüllter Dampfdrucktopf. Ich starre auf meinen Bauchnabel wie auf ein Überdruckventil und warte darauf, dass es Plopp macht.“ Sie lachte und ließ ihren Laptop über den Bauch kreisen. „Noch zwei Wochen, dann ist sie hoffentlich da.“
„Und in vier Wochen sind wir da“, sagte Anne aufgeregt. „Ich kann es gar nicht mehr abwarten, euch alle zu sehen, und Doc Holliday geht mir mit seinen Reitstunden gewaltig auf den Sender“, stellte sie schmunzelnd fest.
„Doc Holliday war ein Revolverheld“, gab Sannah zu bedenken.
„Geritten ist der mit Sicherheit auch, und außerdem passt es wie die Faust aufs Auge. Ein Arzt als Freizeitcowboy“, spottete Anne.
„So etwas nennen wir hier Wannabes“, sagte Sannah lachend und konnte sich lebhaft vorstellen, wie Jonas im Reitunterricht verbissen sein Hinterteil malträtierte. Es war nicht leicht, als Erwachsener noch mit dem Reiten anzufangen, und sie kannte seinen Ehrgeiz.
„Wannewas?“, erwiderte Anne irritiert.
„Wannabes, Slang für: want to be. Möchtegern-Indianer“, erklärte Sannah.
Anne fing an zu lachen. „Das trifft es auch, aber ich bleibe bei Doc Holliday. Seine Haare lässt er immerhin nicht wachsen.“
„Ich könnte euch auch ganz stilecht im Tipi unterbringen“, bot Sannah an und erntete dafür einen strafenden Blick ihrer Freundin.
„Erzähle ihm das bloß nicht! Jonas wäre begeistert, aber ich habe es nicht so mit Camping und Plumpsklo“, jammerte Anne mit wehleidigem Blick.
Sannah feixte. „Du verpasst was! Von den Schlangen und Taranteln im Schlafsack und auf dem Weg zum Plumpsklo fange ich

gar nicht erst an", zählte sie die weiteren vermeintlichen Vorzüge auf.
Annes Blick wechselte von wehleidig zu entsetzt. Erst jetzt wurde ihr wieder klar, worauf sie sich in der Valla Pampa einlassen würde. „Schlangen und Taranteln?", keuchte sie ungläubig.
„Keine Bange! Die haben schon ein Rundschreiben bekommen und packen, weil sie sich vor deinen Stilettos fürchten. Aber mal im Ernst, habt ihr euch anständige Stiefel besorgt? Das ist wirklich wichtig!", hakte Sannah amüsiert nach. „Und Sonnencreme mit hohem Lichtschutzfaktor, damit ihr Bleichgesichter nicht verbrennt. Die bekommst du hier nämlich nicht", ergänzte sie noch die Liste für Anne. Schließlich war die ganze Gegend ein Hochplateau, Pine Ridge lag 988 Meter über dem Meer und die Sonneneinstrahlung war deutlich intensiver als im norddeutschen Flachland.
„Ist alles besorgt, und die Badesachen liegen schon bereit! Keine Panik", beruhigte Annegret. „Der Mietwagen ist auch reserviert. Ich habe an alles gedacht. Jetzt lehne dich zurück, und bekomme in Ruhe dein Baby!", ermahnte sie Sannah.
Die fing an zu lachen. „Das kannst du vergessen! Hier gibt es keinen Mutterschutz. Ich arbeite bis zum letzten Tag, und morgen früh fahren Josh und Ty zu den US-Meisterschaften nach Texas. Ich werde vor dem Fernseher mitfiebern! Ihr könnt euch das Spektakel übrigens im Internet ansehen. Den Link für die Livecam und die Termine schicke ich euch per E-Mail, falls ihr Josh und mein Pferd bewundern möchtet. Außerdem kann Jonas dann sehen, was ihn hier erwartet", meinte Sannah amüsiert, weil ihr klar war, dass Jonas dann wahrscheinlich die Hosen gestrichen voll hätte, wenn er sehen würde, mit welcher irrsinnigen Geschwindigkeit die Manöver geritten wurden. Aber sie war viel zu stolz auf ihre Jungs, Wakínyan inbegriffen, als dass sie nicht ein wenig mit ihnen angeben wollte.

Alles oder nichts

Am nächsten Morgen war es dann so weit. Marks Pferdevilla rollte auf den Hof, und Sannah ging mit deutscher Gründlichkeit die Liste durch, damit die Jungs nichts vergaßen. Josh brachte die Magnetfolien der Sattlerei an den Seiten des Trailers an. Knallrot und riesengroß machten sie Werbung für Craft's Saddlery South Dakota. Als alles verstaut war, unter anderem auch Heu und Kraftfutter für die Pferde, wurden die Vierbeiner verladen. Sannah drückte ihren Jungs noch ein Lunchpaket in die Hand und wünschte ihnen viel Glück, dann winkte sie dem riesigen Trailer hinterher.
Anschließend fuhr sie in die Klinik. Nach Feierabend wollte sie Hailey abholen und mit nach Hause nehmen.
Josh war heilfroh, dass sich Hailey in seiner Abwesenheit um seine Mädchen kümmern würde, ansonsten hätte er es nicht fertiggebracht zu fahren.
Tyler war aufgeregt und freute sich auf die bevorstehende Fahrt. Bislang war er noch nie aus South Dakota herausgekommen. Amaroq hatte er kurzerhand mitgenommen. Der Hund war nun nicht mehr so klein. Er war stubenrein, konnte an der Leine laufen und würde auf der Ranch nicht stundenlang allein sein, wenn Sannah arbeitete. Allerdings hatten sich Tys Hoffnungen, er würde mal wie ein Wolf aussehen, in Luft aufgelöst. Die hängenden Ohrspitzen hingen immer noch, und das Fell wurde deutlich länger, weshalb er jetzt mehr einem explodierten Kissen als einem Wolf glich. Ty war das gleichgültig, er liebte diese Fellnase abgöttisch und wollte sich nicht von ihm trennen. Amaroq sah das ähnlich, schließlich hatte er sich Tyler ausgesucht – und nicht umgekehrt.

Trotz der 950 Meilen, die sie vor sich hatten, waren sie bester Laune. Zwei Tage würden sie für diese Strecke brauchen und drei Bundesstaaten durchqueren: Nebraska, Kansas und Oklahoma, bis sie endlich Fort Worth in Texas erreichen würden. Auf etwa halber Strecke war eine Übernachtung eingeplant, damit die

Pferde aus dem Anhänger herauskamen und sich die Beine vertreten konnten.
Ein Onkel von Mark hatte eine Farm nördlich von Wichita, wo die Tiere über Nacht auf die Weide konnten. Den Menschen bot der Transporter jeden notwendigen Komfort. Vier Betten, ausklappbar, eine Duschkabine mit Toilette und eine Sitzecke mit Tisch. Sie hätten sogar kochen können, aber das hatten die Männer nicht eingeplant. Mark und Josh wechselten sich beim Fahren ab und machten gegen Mittag eine kurze Rast in einem Diner am Straßenrand. Tyler wurde gelegentlich aufgefordert, Kaffee zu kochen oder ein Sandwich anzureichen.
Am frühen Abend erreichten sie die Farm und luden die Pferde aus, die ihre Freiheit mit einem ausgiebigen Galopp über die Weide feierten und danach die Köpfe zum Grasen senkten. Amaroq setzte vor Aufregung erst einmal ein riesiges Häufchen ab. Dann begann er die neue Umgebung zu beschnüffeln. Von Marks Onkel wurden sie freundlich empfangen und zum Abendessen eingeladen.

Sannah hatte nach Feierabend Hailey abgeholt und damit Sam zum Strohwitwer gemacht.
„Dir macht es wirklich nichts aus, wenn ich deine Frau entführe?“, fragte sie ihn.
„Ach was. Ich kann endlich mal in Ruhe Fernsehen gucken, ohne dass sie immer dazwischenredet“, meinte Sam und brachte sich lachend vor einem Knuff in die Rippen in Sicherheit.
„Außerdem würde ich kein Auge zubekommen, wenn ich wüsste, dass du ganz allein da draußen bist“, fügte er noch hinzu, um seine Frau zu besänftigen. Er gab Hailey einen Kuss zum Abschied.
„Ich bringe sie dir morgen früh zurück“, versicherte Sannah und zog mit Hailey ab.

Auf dem Weg zur Ranch freute sich Sannah wie ein Teenager. „Endlich mal wieder ein Mädels-Abend. Ich hatte das schon richtig vermisst“, stellte sie breit grinsend fest.
Hailey lächelte und wartete auf eine nähere Erklärung.

„In Hamburg habe ich mich regelmäßig mit Annegret getroffen. Wir haben was gegessen, gelacht und über die Männer gelästert."
„Als ich noch zur Schule ging, haben wir das auch oft gemacht", erzählte Hailey. „Vor allem, wenn sich die Jungs wie die aufgeblasenen Truthähne benommen haben, hatten wir viel zu lachen. Aber nur hinter vorgehaltener Hand, wenn wir unter uns waren."
„Und wer war der größte Truthahn? Sam oder Josh?", fragte Sannah neugierig. Endlich konnte sie einmal etwas über ihren Mann in Erfahrung bringen, das er ihr wahrscheinlich nicht erzählen würde.
„Weder noch", antwortete Hailey. „In der Highschool war Mike der Schlimmste. Er bastelte immer an irgendwelchen Autos herum und gab mit den aufgemotzten Schrottkarren schrecklich an. Er hielt es für cool, durch das Fenster einzusteigen, aber wir vermuteten immer, dass die Türen einfach abfallen würden, wenn man sie öffnete. Josh und Sam waren eher still. Sam, weil er zuhause schon genug Probleme hatte und froh war, wenn man ihn in Ruhe ließ – und Josh war einfach ein Wesen aus einer anderen Welt. Er sprach nicht viel, und wenn, dann nur mit Sam. Die beiden bildeten eine Art von Symbiose. Josh war damals schon sehr groß und kräftig und hielt Sam den Ärger vom Hals, dafür war Sam Joshs Kontakt zur Außenwelt. Zwischen die beiden passte kein Blatt Papier."
Sannah sah Hailey verblüfft an. „Was meinst du mit Außenwelt?"
„Als Kinder trauten wir uns nur mit unseren Eltern zu den White Clouds. Wir hatten alle Angst vor ihnen. Granny war eine Heilerin, und jeder von uns wusste, dass sie noch mit den Geistern sprach. Dafür sprach sie kein Englisch, und ihr Sohn musste übersetzen. Überhaupt wurde auf der Ranch nur Lakota gesprochen. Der alte Joseph war noch unheimlicher. Er konnte dich mit einem einzigen Blick maßregeln und in den Boden stampfen, ohne auch nur ein Wort zu sagen. Er war älter als unsere Eltern und wirkte auf mich damals immer wie eine graue Eminenz, die alles beherrschte. Wenn wir dorthin fuhren, um Heilkräuter von Granny zu bekommen, war das immer wie eine Zeitreise in die Vergangenheit. Alte Traditionen, die alte Sprache und die Abge-

schiedenheit hier draußen gaben uns immer das Gefühl, nicht mehr in der modernen Welt zu sein. In dieser Blase ist Josh aufgewachsen wie in den alten Zeiten. Damals hätte auch niemand gewagt, mit einem übellaunigen Krieger Streit anzufangen. Genau so war Josh in der Schule. Niemand wagte sich an ihn heran – und wenn doch, hatte er für denjenigen nur eine abfällige Bemerkung auf Lakota übrig, die außer Sam niemand verstand. Viele der Mädchen haben Josh heimlich angehimmelt, aber für ihn waren sie Luft. Sie existierten, aber er sah sie nicht", berichtete Hailey.

Sannah kicherte über ihre Bemerkung, war aber auch sehr nachdenklich geworden.

Sannah parkte vor dem Haus, und sie unterbrachen ihr Gespräch, um die Pferde zu versorgen und die Hühner zu füttern. Nach dem Abendessen machten sie es sich auf dem Sofa bequem.

„Erzähl weiter", bat Sannah ihre Freundin. „Hast du Josh auch angehimmelt?", wollte sie schmunzelnd wissen.

Hailey lächelte versonnen und schüttelte den Kopf. „Nein, ich nicht. Ich hatte schon immer eine Schwäche für Sam", gestand sie. „Ich habe ihn dafür bewundert, dass er, obwohl er es so schwer hatte, nicht auf der schiefen Bahn, oder wie man hier sagt, auf dem schwarzen Weg gelandet ist. Josh hat ihn immer wieder aufgefangen. Leider hat Sam auch so getan, als wäre ich Luft, und so habe ich mir seine Aufmerksamkeit mit Essen erkauft."

Sannah grinste. ‚Mit Speck fängt man Mäuse oder Männer', dachte sie.

„Er hatte nie viel, und da habe ich ihm manchmal heimlich etwas zugesteckt. Als Gegenleistung dafür hat er mich angelächelt. Natürlich auch heimlich. Als Josh dahinterkam, fürchtete ich, dass er mich zum Gespött der ganzen Schule machen würde, aber er hat dichtgehalten und sich dazu herabgelassen, ab und zu auch mit mir zu sprechen. Sogar auf Englisch!"

Sannah kicherte. „Jetzt ist mir auch klar, warum es ihn immer wurmt, wenn ich auf Deutsch schimpfe."

Hailey sah sie verdutzt an und grinste dann breit. „Du schlägst ihn mit seinen eigenen Waffen. Das ist richtig böse", stellte sie amüsiert fest.

Hailey trank einen Schluck Tee und fuhr dann fort: „Aus uns wurde ein gutes Gespann. Sam war manches Mal niedergeschlagen und wollte alles hinschmeißen und abhauen, wenn es wieder Ärger und Schläge zuhause gab. Josh war dann aufbrausend und drohte damit, Sams Vater windelweich zu prügeln, was ihm durchaus jeder zugetraut hätte. Ich habe die beiden wieder zurück auf den Teppich geholt. Immer – bis auf ein Mal."
„Hat Josh jemals zugeschlagen?", fragte Sannah und hatte Mühe, nicht entsetzt zu klingen. So konnte sie sich ihren Mann einfach nicht vorstellen.
Hailey biss sich auf die Lippe und nickte zaghaft. „Hat er. Eines Tages hat er sich Sams Vater zur Brust genommen. Der hatte Sam grün und blau geschlagen, und Josh ist dazwischengegangen. Zuerst hat er Sams Vater nur gedroht, doch der machte den Fehler, eine blöde Frage zu stellen – und dann hat er Josh eine saftige Ohrfeige verpasst. Niemand legt sich ungestraft mit White Cloud an! Josh hat ihm buchstäblich eingebläut, was passiert, wenn doch."
Sannah war für einen Moment sprachlos und starrte Hailey ungläubig an. „Um Himmelswillen, wie alt war er da?"
„Sechzehn."
„Er hat als Teenager einen erwachsenen Mann verprügelt?", entfuhr es Sannah, die immer noch nicht glauben konnte, dass sie gerade von demselben Josh sprachen.
Hailey versuchte es ihr zu erklären. „Sannah, er war vielleicht vom Alter her noch ein halbes Kind, aber ansonsten nicht. Er war mit sechzehn schon ein riesiger Kerl und breit wie ein Schrank von der harten Arbeit auf der Ranch, mit dem Temperament eines schlechtgelaunten Büffels. Außerdem hat er Rot gesehen. Er wollte nur seinen Freund beschützen, und das hat er getan. Sams Vater hat nie wieder gewagt, die Hand gegen jemanden zu erheben."
Sannah nickte nur und wechselte das Thema. „Und wie ging es mit dir und Sam weiter?"
Hailey lächelte verträumt.
„Nachdem er sich an mein Essen gewöhnt hatte, konnte er sich dazu durchringen, auch mal Händchen zu halten. Alles heimlich,

versteht sich. Wenn meine Eltern mitbekommen hätten, dass ich mich mit Sam traf, hätten sie mich angekettet. Sie wissen das bis heute nicht." Sie kicherte übermütig. „Josh war dadurch häufiger mal allein, und weil Sam als Puffer zwischen ihm und der Außenwelt fehlte, geriet er in die Fänge von Niya."

Sannah hörte gebannt zu, futterte Popcorn und meinte nur trocken: „Ihr hattet eine wilde Jugend. Ich habe zu der Zeit gerade mal aufgehört, mit Puppen zu spielen", übertrieb sie spöttisch, als sie an ihre Jugend dachte.

„Und was hast du stattdessen gemacht?", fragte Hailey in der Hoffnung auf eine spannende Geschichte.

„Ich habe meinem Pferd Zöpfe geflochten. Vom Händchenhalten war ich noch Lichtjahre entfernt. Jungs waren für mich ein Grund, die Straßenseite zu wechseln, und ich verbrachte meine Zeit lieber im Stall", erklärte Sannah mit einem treuen Augenaufschlag. „Tut mir leid, ich war ein schrecklich langweiliger Teenager."

„Das hätte Josh besser auch getan", erwiderte Hailey. „Er hatte mit Niya viel gemeinsam. Sie war genauso traditionell erzogen worden wie er, sprach ebenfalls fließend Lakota. Aber sie war nicht gewillt, sich in diese traditionelle Frauenrolle zu fügen. Sie war aufsässig und nicht auf den Mund gefallen. Sie konnte mit ihrer spitzen Zunge jeden an die Wand reden und ließ sich von Joshs wortkarger Art nicht beeindrucken. Erst ignorierte er sie, doch Niya ließ sich nicht wie Luft behandeln. Wenn er sie dann in ihre Schranken weisen wollte, bekam er prompt eine Retourkutsche um die Ohren gepfeffert. Manchmal tat er mir fast schon leid. Jedenfalls haben wir eine ganze Weile gebraucht, bis wir herausbekamen, dass auch Josh Händchen hielt", erzählte sie. „Doch dass die beiden noch viel weitergegangen sind, wurde mir erst fünfzehn Jahre später auf dem Powwow klar. Aber sie hätte ihm das Kind nicht verschweigen dürfen, ganz egal, warum", meinte Hailey vorwurfsvoll.

Sannah fasste es in ein Wort. „Klapperschlange! Jetzt weiß ich, wer Tyler die spitze Zunge vererbt hat", stellte sie amüsiert fest.

„Ganz genau!", bestätigte Hailey. „Klapperschlange Nummer eins!"

Sannah lächelte boshaft, als sie an den Einkauf bei Wally World dachte.
„Nummer zwei sind wir neulich über den Weg gelaufen."
Hailey riss die Augen auf. „Chloe? Nicht dein Ernst! Lebt sie noch?", erkundigte sie sich sicherheitshalber.
„Weiß nicht genau, vielleicht hat sie bei unserem Anblick ja der Schlag getroffen, jedenfalls hat sie so geguckt. Josh nannte sie nach einer Schrecksekunde Unkchéchila und schob Tyler und meinen Babybauch demonstrativ an ihr vorbei. Aber ich glaube, sie war auch überrascht, weil er nach dem Unfall doch nicht aussieht wie ein Monster."
Hailey lächelte schadenfroh. „Sie kann von Glück reden, dass sie nicht mir begegnet ist. Ihretwegen hat Sam fast seinen Job verloren. Ich hätte ihr die Augen ausgekratzt!"

Knapp fünfhundert Meilen weiter südlich versuchte Josh,Schlaf zu finden, aber das Klingeln in seinen Ohren wollte einfach nicht aufhören.
Am nächsten Morgen quälte er sich etwas zerknittert aus der Klappkoje und nickte Mark dankbar zu, als dieser ihm wortlos einen Becher Kaffee in die Hand drückte. Tyler lag noch in einem der oberen Betten und schlief. Josh ließ den Hund zum Pinkeln raus, setzte sich vor den Trailer und versuchte langsam wach zu werden. Mark setzte sich dazu und schlürfte seinen Kaffee. Die Pferde grasten friedlich auf der Koppel. Josh hatte die Augen geschlossen, dachte an Sannah und träumte im Halbschlaf noch ein wenig vor sich hin, bis Tyler ihn aus seinen Gedanken riss.
„Amaroq!", rief der Junge ohne Vorwarnung laut aus der Tür des Trailers.
Josh zuckte zusammen. Kinder sind etwas Wundervolles, redete sich Josh ein, nur nicht am frühen Morgen.
Eine Stunde später waren die Pferde verladen, der Hund eingefangen und der Trailer wieder auf dem Weg nach Süden. Vorbei an nicht enden wollenden Maisfeldern und vereinzelten Kleinstädten mitten im Nirgendwo von Kansas und Oklahoma.
Tyler fand die Fahrt inzwischen nicht mehr spannend und hatte es aufgegeben, aus dem Fenster zu sehen. Er lag stattdessen auf

Joshs Bett und las ein Buch. Der Hund hatte sich darunter zusammengerollt und schlief. Mittags hielten sie wieder an einem Diner, den sie sofort wieder verließen, weil man sich dort weigerte, Ureinwohner zu bedienen.
Mark kochte vor Wut, und drohte den Laden auf dem Rückweg in die Luft zu sprengen.
„Ist den Ärger nicht wert", kommentierte Tyler den Vorfall. „Diese Typen sterben nie aus!"
Josh versuchte ruhig zu bleiben und schlug den Drive-in einer Burger Kette vor. Etwas später saßen sie dann in der Sitzecke des Trailers und ließen sich ihre Burger schmecken.
„Machen wir auf dem Rückweg auch so", erklärte Mark zwischen zwei Bissen. „Wir haben unsere Ruhe, und der Trailer ist auch viel sauberer!", brummte er.
Ty fing leise an zu lachen, dann stimmten Josh und Mark mit ein. Wenn diese Fahrt etwas Gutes hatte, dann, dass Mark zu einem wirklichen Freund geworden war.

Am späten Nachmittag wurden die Maisfelder endlich von Rinderweiden abgelöst, und sie erreichten Texas. Fort Worth war nicht mehr weit. Das Will Rogers Equestrian Center war ein Mekka der Reitsport-Szene. Alle renommierten Zuchtverbände trugen dort ihre Meisterschaften aus, auch Zuchtschauen, Rodeos und andere Events fanden dort statt. Endlich angekommen suchten sie auf dem riesigen Areal ihren reservierten Stellplatz in der Nähe der Ställe, brachten die Pferde in ihre Boxen und schlossen den Trailer an die Wasserversorgung an. Nun konnten sie auch duschen. Josh rief Sannah an, um ihr zu sagen, dass sie gut angekommen waren, während Tyler mit Amaroq das Gelände erkundete und Mark das Abendessen besorgte. Später fielen sie dann satt, vom Reisestaub befreit und müde in ihre Betten.

Gleich am nächsten Tag hatten Tyler und Taté ihren großen Auftritt. Josh hatte Taté nicht nur bei den einjährigen Hengsten angemeldet, sondern, aufgrund seiner besonderen Farbgebung, auch zum Most-Colorful-at-Halter-Wettbewerb – der Wahl des am schönsten gezeichneten Pferdes.

Die ausgiebigen Trainingsstunden bergauf und -ab hatten sich ausgezahlt. Taté war außerordentlich gut bemuskelt, und sein schwarzes Fell glänzte nach einer gründlichen Wäsche und dem Inhalt von Sannahs reich ausgestatteter Trickkiste wie polierter Lack, was die Muskeln noch zusätzlich hervorhob. Eine leicht färbende Spülung hatte dem Fell einen bläulichen Schimmer verliehen und sorgte gleichzeitig dafür, dass die Schabracke auf seinem Hinterteil strahlend weiß erschien. Der schwarze, mit Silber verzierte Show-Halfter betonte Tatés schönen Kopf, und Tyler hatte die Mähne und den Schweif ausgiebig gebürstet. Nachdem das Pferd auf Hochglanz gebracht worden war, warf sich auch Tyler in Schale. Josh warf noch einen prüfenden Blick auf ihn und sammelte ein paar Flusen vom Hemd.
„Sieht gut aus! Bist du nervös?", fragte er seinen Sohn und zog den Bolo-Tie fester zu.
Tyler schüttelte den Kopf. „Im Moment noch nicht."
Josh nickte zufrieden, dann machten sie sich mit Taté auf den Weg zur Arena. Sie stellten sich der Startnummer entsprechend in die Reihe der Teilnehmer und warteten auf den Beginn der Prüfung. Josh setzte sich auf die Tribüne, um Tyler mit der Handykamera zu filmen.
Diese Prüfungen wurden zu Sannahs Bedauern nicht im Fernsehen übertragen. In der großen Halle war nicht viel los. Größere Zuschauermassen gab es in der Regel nur bei den abendlichen Wettbewerben der rasanteren Disziplinen.

Dann ging es los. Taté blieb entspannt und betrachtete interessiert die Reihe von Richtern, an denen sie langsam vorbeitraben mussten. Tyler führte ihn, dank seiner langen Beine, nur mit zügigen Schritten an den Richtern vorbei, während andere Teilnehmer schon laufen mussten, was deutlich hektischer wirkte. An den ohrenbetäubenden Krach auf der Ranch gewöhnt, war Taté die Ruhe selbst und zeigte sich von seiner besten Seite. Aufmerksam und hellwach, aber nicht nervös. Nach dem Spießrutenlauf folgten noch einige Aufgaben im Schritt und Trab. Josh kaute gespannt auf seiner Unterlippe und bannte alles auf Video. Anschließend wurden der Körperbau und die Proportionen, der

Pflegezustand und die Fellzeichnung der Tiere beurteilt. Dazu mussten diese mit exakt nebeneinanderstehenden Hufen ruhig stehen bleiben und durften nicht zappeln. Die Richter gingen um die einzelnen Pferde herum und machten sich Notizen auf ihrem Klemmbrett. Auch hier machte sich die wochenlange Übung bezahlt. Taté erstarrte zum Reiterstandbild ohne Reiter und beachtete die Richter gar nicht. Tyler wechselte regelmäßig die Seiten, damit er den Richtern den Blick nicht verstellte. Genau genommen alles schrecklich langweilig und unspektakulär, aber die Bewertung erhöhte den Wert eines Pferdes für die spätere Zucht ungemein.

Die Richter zogen sich zur Beratung zurück, und kurze Zeit später wurden die Punktzahlen verkündet. Frei nach dem Motto: „Die Letzten werden die Ersten sein" begann die Punktevergabe mit der niedrigsten Wertung. Mit gerade mal 135 Punkten wurde der erste Teilnehmer aufgerufen; langsam stiegen die Punktzahlen, und Tyler war bislang noch nicht dabeigewesen. Josh hielt es vor Spannung kaum noch aus. Er hatte sich bewusst keine großen Hoffnungen gemacht, doch jetzt steigerten sich seine Erwartungen. Der vorletzte Teilnehmer und damit der zweite Platz wurde verkündet, Tyler begann zu jubeln und klopfte Taté begeistert den Hals. Josh sprang von seinem Sitz auf und eilte in die Halle. Der Zweitplatzierte erhielt einen kleinen Pokal, eine Schleife für das Halfter und einen Händedruck des Richters. Nur Ty und Taté waren noch übrig.

„Auf dem ersten Platz, mit 360 Punkten: Taté sápa. Vorgestellt von Tyler White Cloud, Züchter und Besitzer Joshua White Cloud aus South Dakota", dröhnte es über den Lautsprecher. Die Zuschauer applaudierten. Für Taté gab es jetzt nicht nur eine Schleife, sondern auch einen Kranz aus Laub, den man ihm um den Hals legte, was er nicht mehr ganz so gelassen hinnahm. Josh hatte Tyler erreicht und drückte seinen Jungen begeistert an sich. Die Richter gratulierten Ty und Josh, überreichten den Pokal und einen Umschlag mit dem Preisgeld. Dann bauten sich alle um das Pferd herum auf für ein Foto, das später in der Zeitschrift des Zuchtverbandes erscheinen sollte. Taté nutzte die mangelnde Aufmerksamkeit und fing an, den Kranz zu fressen.

Stolz wie Oskar lief Ty mit dem bekränzten Junghengst über das Gelände zurück zum Stall und konnte sein Glück kaum fassen. Joshs Grinsen lief von einem Ohr zum anderen, und er machte für Sannah noch schnell ein paar Fotos mit dem Handy, bevor Taté den Kranz endgültig zerlegen würde. Auch Mark gratulierte überschwänglich.

Für den Rest des Tages hatten die drei keine weiteren Wettbewerbe, und so gingen sie in der Stadt einkaufen und gönnten sich zur Feier des Tages ein paar Steaks vom Elektrogrill. Offenes Feuer war auf dem Gelände nicht gestattet. Während die Steaks vor dem Trailer auf dem Grill brutzelten und die Jungs in Campingstühlen saßen und die Beine ausstreckten, schickte Josh Sannah die Bilder von Tys Sieg.

Sannah fing daraufhin an, vor Begeisterung in der Küche herumzuhüpfen. Hüpfen war vielleicht zu viel gesagt. Sie wippte auf und ab wie ein Medizinball. Jedenfalls formulierte es Hailey so, als sie ihre Glückwünsche per Kurznachricht übermittelte.

„Ist Niní noch drin?“, fragte Ty, respektlos wie immer.

„Ja, ist sie, und da bleibt sie hoffentlich auch noch eine Weile“, gab Josh zurück und tippte noch eine Antwort und einen Gute-Nacht- Kuss für seine Frau.

Am Wochenende wurde es ernst für Josh und Mark. Vormittags stand Masters Reining auf dem Plan, und am Abend, zur besten Sendezeit, fand für Josh noch Working Cow Horse statt. Tyler half dabei, die Pferde fertigzumachen, diesmal nicht ganz so aufwändig. Es reichte, wenn die Tiere sauber waren. Auf Glanzspray verzichteten sie, damit der Sattel nicht ins Rutschen kam. Trotzdem sah Wakínyan prächtig aus mit dem neuen Sattel. Josh hielt sich farblich zurück und war ganz in Schwarz gekleidet, nur das Logo und Haileys Stickerei fielen ins Auge. Er drückte noch den Hut fest auf den Kopf, damit er ihm beim rasanten Galopp nicht davonflog, und machte sich mit Mark auf den Weg zur Arena.

Tyler saß mit dem Hund auf der Tribüne und drückte die Daumen, doch das half leider nichts. Josh wurde nur Fünfter. Angesichts der vielen Teilnehmer immer noch ein passables Ergebnis, aber eben nicht das, was er sich erhofft hatte. Er hatte Wakínyan in den Stall gebracht und hockte nun missmutig vor dem Trailer. Es tröstete ihn nur, dass Mark gewonnen hatte. „Hey, was war denn mit euch los?“, fragte dieser, als er ebenfalls vom Stall zurückkam.

Josh kickte einen Kieselstein beiseite. „Ich habe den Spin verbockt. Wollte möglichst schnell sein und habe nach der dritten Umdrehung nicht rechtzeitig genug das Tempo gedrosselt. Wakínyan hatte zu viel Schwung, konnte nicht sauber stehenbleiben, und er musste beim Stoppen nachtreten, sonst hätte er das Gleichgewicht verloren. Mein Fehler“, erklärte Josh, weil Mark das Desaster nicht gesehen hatte.

„Sah etwas verunglückt aus“, bestätigte Ty, der genauso geknickt war wie sein Vater.

„Das hat mich zu viele Punkte gekostet, die ersten drei lagen dicht beisammen in der Wertung. Aber ich freue mich für dich. Glückwunsch!“, sagte Josh und schüttelte Mark die Hand.

„Lass den Kopf nicht hängen. Aus solchen Fehlern lernt man, das passiert dir bestimmt nicht noch mal. Heute Abend zeigst du allen, was wirklich in euch steckt“, versuchte Mark ihn zu motivieren.

Josh nickte nur und verbuchte den fünften Platz unter Erfahrungen.

In Hamburg fuhr der angehende Cowboy namens Jonas am Abend in die Klinik. Er hatte Nachtdienst und hoffte auf eine ruhige Nacht. Die Übertragung im Internet wollte er sich auf keinen Fall entgehen lassen. Er hatte seinen Laptop dabei und hoffte, sich das Turnier in voller Länge im Dienstzimmer ansehen zu können. In den letzten Tagen hatte es sich in der Chirurgie herumgesprochen, dass Sannahs Mann zu sehen sein würde, und ein paar Kollegen wollten sich das Spektakel ebenfalls ansehen. Nicht, weil sie sich für Reitsport interessierten, sondern aus lauter Neugier. Jeder konnte sich nur zu gut an Markus erinnern, und nun wollten sie Sannahs Neuen mit dem komischen Namen begutachten. In der Klinik angekommen, drehte Jonas seine Runde über die Station, überprüfte die Protokolle der Post-OPs und sah auch noch in der Notaufnahme vorbei. Nichts los: Im Fernsehen lief Fußball, und damit saßen potentielle Kunden vor der Glotze. Durch die Zeitverschiebung fand die Übertragung erst morgens um drei statt, und so blieben noch ein paar Stunden Zeit.

Josh ging mit Wakínyan spazieren. Er hatte am Rande des Geländes eine kleine Wiese entdeckt und ließ das Pferd am Halfter grasen, damit das Tier den Kopf freibekam. Vielleicht auch, damit er selber den Kopf freibekam. Abseits des Rummels genossen beide die Ruhe. Josh setzte sich ins Gras, während Wakínyan es sich schmecken ließ.
„Bald sind wir wieder zu Hause, mein Junge. Aber jetzt reißen wir uns zusammen und zeigen es allen. Was meinst du?", raunte er dem Pferd leise zu.
Der Wallach schnaubte zufrieden, und Josh sah das als Zustimmung. Eine Stunde später gingen die beiden zurück zum Stall, und Josh begann mit den Vorbereitungen.

Jonas wurde auf die Entbindungsstation gerufen, um eine Periduralanästhesie bei einer werdenden Mutter zu legen. Er sah dem werdenden Vater deutlich an, dass dieser lieber Fußball gesehen hätte, und musste schmunzeln. Babys nahmen keine Rücksicht auf das Fernsehprogramm. Das würde auch noch eine ganze Weile so bleiben, also war es besser, der Vater gewöhnte sich gleich daran. Als er fertig war, wünschte er alles Gute und ging ins Dienstzimmer. Noch eine halbe Stunde, dann würde es losgehen. Er schaltete seinen Computer an und gab die Internetadresse ein. Der Link zur Livecam öffnete sich, aber noch war außer einer riesigen leeren Halle nichts zu sehen.
Jonas setzte einen Kaffee auf, fischte seine mitgebrachten Snacks aus seinem Rucksack und kontrollierte noch einmal seinen Pieper. Zwei Kollegen aus der Notaufnahme gesellten sich dazu und auch eine Schwester von der Chirurgie. Dankbar machten sie sich über den frischen Kaffee her und versammelten sich vor dem Bildschirm.
„Hast du mal wieder was von Sannah gehört? Wie geht es ihr?", fragte der Kollege aus der Notaufnahme.

Jonas grinste. „Ihr geht es prima. Mittlerweile ist sie kugelrund und zählt die Tage bis zur Geburt."
„Sie bekommt ein Baby?", fragte die Schwester überrascht.
„In knapp drei Wochen. Ende des Monats fliegen wir rüber. Bin schon ganz gespannt", erzählte Jonas.
„Jetzt verstehe ich auch, weshalb du Reitstunden nimmst", meinte sein Kollege.
Jonas deutete auf den Bildschirm. „Es geht los!"
„Was sehen wir uns da eigentlich an?", fragte die Schwester.
„Die US-Meisterschaften des ApHC. Westernreiten", erklärte Jonas. „Sannahs Mann Josh reitet da mit."

Josh saß im Sattel und machte in der benachbarten Halle Wakinyan für die bevorstehende Prüfung warm. Der erste Teilnehmer war bereits am Start. Man konnte deutlich die Lautsprecheransage, die den Reiter ankündigte, und den Applaus des Publikums hören. Josh trainierte noch mal den Spin, nahm nach dreieinhalb Umdrehungen ein bisschen Tempo raus und stoppte nach der vierten. Es klappte gut, und nun war er deutlich beruhigter. Er ritt noch ein paar lockere Runden und blickte auf die große Anzeigetafel, die den Reitern zeigte, wann sie dran waren. Mark und Tyler saßen auf einer der Tribünen und fieberten Joshs Auftritt entgegen.

Im Dienstzimmer blickten alle auf den Bildschirm und hielten die Luft an, als sie sahen, wie der Reiter dem Kalb hinterhersetzte. Jonas wurde ein wenig flau im Magen, als er die schnellen Wendungen sah. Das lernte er im Unterricht nicht.
Sein Kollege warf ihm einen amüsierten Blick zu. „Haben die beiden eine Ranch?", fragte er unschuldig.
Jonas nickte. „Ja, mit etwa dreißig Pferden. Er züchtet diese spezielle Rasse", gab Jonas zur Antwort, ohne seinen Blick vom Bildschirm abzuwenden.
„Und wenn du dort bist, machst du das auch?", bohrte sein Kollege weiter und deutete auf den Reiter.
„Na ja, ein bisschen, hoffe ich", erwiderte Jonas und tappte in die Falle.

Der Chirurg grinste schelmisch und holte zum vernichtenden Schlag aus. „Fliegt dich dann das Rote Kreuz ein, damit wir dich zusammenflicken, oder erledigt Sannah das vor Ort?"
„Sehr witzig!", entgegnete Jonas etwas gequält, weil ihm klar wurde, dass noch erheblich mehr schmerzende Reitstunden vor ihm lagen, bis er so reiten konnte. Der nächste Reiter galoppierte in die Halle, die Kamera an der Richtertribüne machte einen Schwenk und zeigte ihn kurz in Großaufnahme, während der Lautsprecher ihn ankündigte.

Josh blickte auf die Anzeigetafel und ritt hinüber zur großen Halle. Er stieg ab und zog den Sattelgurt noch mal nach, dann saß er wieder auf und wartete. Auch das Kalb wartete in einer Umzäunung auf seinen Einsatz. Jeder Reiter bekam ein frisches Kalb, damit der Stress für die Tiere auf ein Minimum begrenzt wurde. Wakínyan sah kurz zu ihm hinüber und seine Sinne schärften sich. Jetzt wusste er, was von ihm erwartet wurde.
Dann war es so weit. Die Tür zur Arena wurde geöffnet, und Helfer führten das Kalb der Vorgängers zurück zu seinen Artgenossen. Über den Lautsprecher ertönte die vergebene Punktzahl.
„388 Punkte." Der Mitbewerber ritt an Josh vorbei und nickte ihm kurz zu.
Josh rückte seinen Hut zurecht und ritt im Galopp durch die Halle auf die Richtertribüne zu, während der Sprecher ihn ankündigte: „Mit der Startnummer 314 Joshua White Cloud auf Wakínyan, ein fünfjähriger Wallach. Züchter: Joshua White Cloud, Besitzer: Sannah White Cloud aus South Dakota."
Das Publikum applaudierte, und die Kamera schwenkte auf die übliche Großaufnahme. Crafts Logo und der schöne Sattel flimmerten jetzt über tausende Bildschirme.

„Das ist Josh!", rief Jonas aufgeregt.
„Er sieht aus wie ein Indianer", stellte sein Kollege erstaunt fest.
„Ist er auch. Oglala Lakota", sagte Jonas mit einer Spur von Stolz.
Die Schwester bekam leuchtende Augen. Mit dem Hut machte Josh einen verwegenen Eindruck. „Wow!", schwärmte sie. „Für den wäre ich auch ausgewandert!"

Josh nickte den Richtern kurz zu, dann begann er mit dem ersten Teil, der Dry Work. Die Pattern, eine festgelegte Abfolge von Manövern, sah gleich zu Anfang den Spin vor. In atemberaubender Geschwindigkeit drehte Wakínyan auf einem Hinterhuf um die eigene Achse und stoppte sauber. Das Publikum johlte begeistert. Einen kurzen Moment blieb Wakínyan ruhig stehen, dann drehte er vier weitere Umdrehungen in die andere Richtung.
Es klappte wieder perfekt, und auf der Tribüne fiel Mark und Ty ein Stein vom Herzen.

Josh erlaubte sich derartige Gefühle nicht. Es folgte ein entspannter, langsamer Zirkel im Galopp, dann gaben die beiden Gas. In einem irrsinnigen Tempo raste Wakínyan auf dem großen Zirkel durch die riesige Halle. Wieder johlte das Publikum begeistert und feuerte die beiden an. Danach wurde das Pferd wieder langsam und entspannt. Der geforderte Tempowechsel war mehr als deutlich zu sehen. Nach einem fliegenden Galoppwechsel, weiteren Zirkeln und einem Sliding Stop war die Dry Work beendet, und die Fence Work begann.

Josh platzierte sich vor der kurzen Seite der Arena, um das Kalb in Empfang zu nehmen. Wakínyan verwandelte sich in eine gespannte Stahlfeder. Er wusste, was jetzt kommen würde. Wieder öffnete sich die Tür, und das Kalb lief in die Arena. Wakínyan fing es ab und hinderte es an der Flucht. Wie eine Katze kurz vor dem Sprung ging er, mit vorgestrecktem Kopf, förmlich in die Knie und fixierte das Kalb. Er war völlig in seinem Element. Für ihn zählte jetzt nur noch dieses kleine Rindvieh. Nach drei weiteren Fluchtversuchen, die das Pferd prompt im Keim erstickte, trieb Josh das Kalb an die lange Seite der Halle. Es tat, was beabsichtigt war: flüchten.
Josh trieb es mit dem Pferd vor sich her, überholte mit affenartiger Geschwindigkeit, stoppte und wendete das Kalb, um es wieder zurückzutreiben. Wakínyan wich nicht mehr von der Seite des Kalbes und lotste es zielsicher in die Mitte der Halle, um es auf einer sauberen Acht zu zirkeln. Dabei kontrollierte er das Kalb an der Außenseite, als sei er festgeklebt. Jede Minute mit den Büffeln

hatte sich ausgezahlt. Als die Acht beendet war, entließ Josh das Kalb, wendete sich den Richtern zu und nickte erneut. Das Publikum tobte, und Josh fiel Wakínyan begeistert um den Hals und lobte ihn überschwänglich.
„429 Punkte", verkündete der Lautsprecher.
Tyler und Mark jubelten – und daheim fiel Sannah Hailey um den Hals.
„Das ist die beste Wertung bisher!", rief Sannah aufgeregt und hielt die Spannung kaum noch aus. Noch drei weitere Teilnehmer mussten starten, bevor das Ergebnis feststehen würde.

„Sag Sannah, sie soll uns anrufen, wenn sie Hilfe beim Zusammenflicken braucht", frotzelte der Chirurg, war aber dennoch schwer beeindruckt von dem, was er gesehen hatte. Jonas zog eine Grimasse und warf ein Handtuch nach seinem Kollegen.
„Wenn ihn jetzt keiner mehr schlägt, ist er US-Meister!"

Ganz Pine Ridge klebte vor dem Fernseher und dachte das Gleiche. Auch Tyler hielt es vor Aufregung kaum noch auf seinem Sitz.
Josh war wieder in der Nachbarhalle, ritt Wakínyan trocken und starrte wie gebannt auf die Anzeigetafel mit den Ergebnissen. Nach einer quälend langen Viertelstunde stand das Ergebnis fest. Die Teilnehmer wurden in die Halle zur Siegerehrung gebeten. In der üblichen Reihenfolge, die niedrigste Wertung zuerst.
Als Josh an die Reihe kam, tönte es über den Lautsprecher: „Und hier ist er! Der neue Meister im Working Cow Horse, mit 429 Punkten: Joshua White Cloud auf Wakínyan!"
Das Publikum jubelte lautstark, Tyler wühlte sich durch die Sitzreihen, Sannah weinte vor Freude, Jonas klatschte, Pine Ridge fing an zu feiern und Josh strahlte über beide Ohren. Die Richter gratulierten und hängten ihm eine Medaille um den Hals. Zusätzlich erhielt er noch den Scheck über das Preisgeld und einen Pokal.
Jemand befestigte die Schleife an Wakínyans Zaumzeug und legte ihm den Laubkranz des Siegers um den Hals. Er nahm es deutlich gelassener hin als Taté und blieb ruhig stehen.

Anschließend erhoben sich die Zuschauer von den Sitzen, und die Reiter nahmen ihren Hut ab, als die Nationalhymne erklang. Die darauf folgende Ehrenrunde ritt Josh freihändig, weil er die Hände voll hatte.
Tyler hatte sich mittlerweile zur Tür durchgekämpft, gefolgt von Mark, lief in die Halle und fiel seinem Vater um den Hals, als sich dieser aus dem Sattel rutschen ließ. „Du hast es geschafft, Dad!“, rief er, völlig aus dem Häuschen.

In den nächsten Tagen machten Tyler und Taté den zweiten Platz bei den Yearling Colts, einer Bewertung der Jungpferde auf ihr züchterisches Potential. Mark holte sich noch zwei weitere Pokale in anderen Disziplinen, und Josh belegte den zweiten Platz beim Nez Perce Stake Race, einer Art Slalom-Rennen durch eine Reihe von Stangen, benannt nach dem Stamm, auf den die Appaloosa-Zucht zurückging, den Nez Percé. Appaloosa sind die einzig anerkannte Pferderasse, die je von Indianern gezüchtet worden ist, und erfreute sich schon damals, aufgrund der besonderen Fellzeichnung, bei vielen Völkern großer Beliebtheit – sowohl als Beute, als auch als Tauschobjekt. Je lebhafter die Fellzeichnung war, desto größer war der Wert des Pferdes.

Eine Disziplin stand noch aus und war gleichzeitig auch der Höhepunkt der Veranstaltung. Masters Cutting. Joshs Hoffnungen lagen auf diesem letzten Wettbewerb, und er wollte nichts dem Zufall überlassen. Bei dieser Prüfung ging es darum, ein Kalb von der Herde zu isolieren und es an der Flucht zurück zu seinen Artgenossen zu hindern. Innerhalb von zweieinhalb Minuten musste jeder Teilnehmer mindestens mit zwei Kälbern arbeiten. Wenn man Glück hatte, erwischte man nervöse, hektische Kälber, und das Pferd hatte die Gelegenheit zu zeigen, was es konnte. Das gab zusätzliche Punkte. Hatte man aber Pech, so blieb das Kalb recht ruhig, das Pferd musste sich kaum bemühen, es im Zaum zu halten, und konnte so nicht punkten.
Josh wollte sich nicht auf sein Glück verlassen, und deswegen rief er beim Aufwärmen Tyler zu sich und stieg ab. „Reite ihn weiter warm, ich will mir die Kälber ansehen!“

Er lief hinüber in die große Halle und beobachtete zwei seiner Mitbewerber, doch sein Hauptaugenmerk lag auf den Kälbern. Er suchte gezielt nach hektischen, aufgeregten Tieren und versuchte sie sich einzuprägen, um sie später wiedererkennen zu können. Nach zehn Minuten kehrte er in die benachbarte Halle zurück.
„Wurde auch Zeit! Du bist gleich dran!", schimpfte Tyler nervös und stieg vom Pferd.
Josh setzte sich wieder in den Sattel und lächelte zufrieden. Auf Wakínyan konnte er sich verlassen. Hatte der erst mal Blut geleckt, würde er alles geben. Er musste seinem Pferd nur noch die richtigen Kälber aussuchen – und jetzt wusste er, welche.

Sannah und Hailey saßen gebannt vor dem Fernseher. Auch Sam und Henry mit seiner Familie hatten sich dazugesellt und fieberten mit. Vor lauter Aufregung bekam Sannah leichte Wehen und versuchte verzweifelt, sie wegzuatmen.
„Oh nein! Nicht jetzt!", stöhnte sie ängstlich.
„Untersteh dich, dein Baby jetzt zu bekommen", sagte Hailey streng.
Sannah pustete und hielt sich den Bauch. „Ich fürchte, darauf habe ich nicht viel Einfluss!"
Henry setzte sich zu ihr und betastete ihren Bauch. Nach einer Weile kramte er in seiner Tasche, die er immer mit sich herum trug, reichte Hailey ein paar Kräuter und wies sie an, damit einen Tee zu kochen.
„Beruhige dich, es ist noch nicht so weit. Der Tee wird dir helfen", meinte er zuversichtlich und lächelte ihr väterlich zu.
Langsam ließen die Wehen nach. Die Ruhe, die Henry ausstrahlte, beruhigte Sannah etwas, und der Tee entspannte sie. Erleichtert folgte sie wieder dem Geschehen auf der Mattscheibe.
„Dein Dad hat noch was Wichtiges zu tun, also warte, bis er wieder zuhause ist", murmelte sie ihrem Kind zu.

Josh ritt in die Halle und nickte den Richtern zu. Jetzt hieß es ‚alles oder nichts'. Wakínyan hatte die Kälber bereits fest im Visier und schlug aufgeregt mit dem Schweif. Ungeduldig wartete er darauf, dass Josh ihm die Zügel auf den Hals legen würde als Zeichen, dass er loslegen konnte. Josh suchte eilig nach dem ersten der drei Kälber, die er sich ausgesucht hatte, und steuerte darauf zu, als er es entdeckte. Er trieb es von der Herde weg und gab seinem Pferd das Startsignal. Ab jetzt liefen die zweieinhalb Minuten. Das Kalb gab alles, um seinem Häscher zu entkommen, aber Wakínyan gab mehr. Josh durfte nun nicht mehr eingreifen. Das Pferd sollte selbstständig arbeiten. Das Publikum johlte, und die ungewohnte Geräuschkulisse ließ das Kalb noch entschlossener werden, zu seiner Herde zurückzukehren, doch Wakínyan hatte sich in ein wahres Raubtier verwandelt. Bei seinen rasanten Richtungswechseln und seitlichen Ausfallschritten ging er so tief in die Knie, dass Joshs Füße fast den Boden berührten. Durch ein Anheben der Zügel beendete Josh den ersten Durchgang und schnappte sich das zweite der ausgewählten Kälber.

Sannah kaute wieder nervös auf den Fingernägeln und hielt die Spannung kaum noch aus. Es waren die längsten zwei Minuten ihres Lebens. Mark hatte seinen Durchgang schon beendet und lag mit 212 Punkten auf dem ersten Platz. Die anderen Teilnehmer folgten mit 210 und 200 Punkten. Es wurde eng. Josh war der Letzte am Start. Seine Bewertung würde gleich alles entscheiden. Er ließ gerade vom dritten Kalb ab, als ein Signal zum Ende der vorgegebenen Zeit ertönte. Josh hob die Zügel und nickte den Richtern zu. Für einen Moment war es still; dann brach Jubel aus, und die Halle kochte förmlich vor Begeisterung. Auf der Anzeigentafel in der Halle erschien das Ergebnis und der Tumult nahm noch zu, sodass die Lautsprecheransage nicht zu verstehen war.
„Habt ihr verstanden, was er gesagt hat?", fragte Sannah ratlos in die Runde.
Alle schüttelten den Kopf und starrten wie gebannt auf den Fernseher. Dort lobte Josh das Pferd überschwänglich, aber das tat er immer. Der Kommentator der Übertragung machte der Spannung ein Ende.
„Das war ein enges Kopf-an-Kopf-Rennen zwischen dem Vorjahressieger Mark Thompson und dem Newcomer Josh White Cloud, doch gerade in dieser Disziplin braucht man auch immer

ein Quäntchen Glück. Mit 215 Punkten heißt der neue Meister: Joshua White Cloud. Ich habe mich mal erkundigt: Wakínyan bedeutet übrigens Donnervogel. Ich denke,von diesem Pferd werden wir in Zukunft noch mehr hören als donnern ..." Der Rest ging in Jubelschreien unter.

Anyu

Drei Tage später lief Sannah, so gut sie noch konnte, Marks Trailer entgegen, der am Abend auf den Hof rollte. Ihr Herz machte einen Sprung, als sie Joshs breites Grinsen durch die Windschutzscheibe sah. Kaum stand das Gefährt, flog auch schon die Tür auf und Josh eilte zu ihr und schloss sie in seine Arme.
„Ich bin ja so stolz auf euch!“, sagte sie begeistert und küsste ihn innig.
Ty folgte auf dem Fuß. „Aber bitte nicht platzen!“, kommentierte er trocken und betrachtete argwöhnisch ihren Bauch, bevor auch er von ihr umarmt wurde.
Inzwischen war auch Mark aus dem Wagen geklettert, und Sannah begrüßte ihn ebenso herzlich. Amaroq sprang aufgeregt an ihr hoch und freute sich offensichtlich, wieder zuhause zu sein; dann machte er sich schnüffelnd auf den Weg, um sein Revier frisch zu markieren. Tyler begann damit, die Pferde auszuladen.
„Bring Marks Pferde auch auf die Weide!“, rief Sannah ihm zu. Mark wollte protestieren, doch Sannah ließ ihn nicht zu Wort kommen. „Keine Widerrede! Ich habe mit deiner Frau telefoniert. Sie ist beruhigter, wenn du dich morgen früh ausgeschlafen auf den Weg nach Hause machst. Heute wird gefeiert. Hailey und ich haben den ganzen Tag in der Küche gestanden und ein Festessen gezaubert. Die anderen kommen auch gleich“, sagte sie energisch.
Josh stand hinter ihr und legte seine Arme um ihren Bauch. „An deiner Stelle würde ich mich nicht mit ihr anlegen. Sie ist zwei Mädchen und kann gewaltig zicken!“, meinte er zu Mark und grinste unverschämt.
„Würde ich nie wagen! Ich habe vier von der Sorte zu Hause“, erwiderte Mark lachend und half Tyler beim Ausladen.
„Ich bin froh, dass unsere Kleine auf mich gewartet hat“, stellte Josh fest und streichelte über den gewölbten Leib seiner Frau.
„War knapp! Beim Cutting wollte sie sich schon auf den Weg machen, um mitzufeiern, zum Glück konnte Henry sie dazu überreden, es nicht zu tun. Aber jetzt kann es jeden Moment so weit

sein, die Senkwehen kommen immer öfter", erklärte Sannah, unendlich erleichtert darüber, dass Josh jetzt wieder zuhause war.
Er kniete sich vor den Bauch, in dem sein Kind gerade schlief. „Lass mich heute Nacht noch schlafen, Niní-win. Dann kannst du kommen", murmelte er lächelnd und drückte seinen zwei Mädchen einen Kuss auf.
Sam und Hailey kamen freudestrahlend aus dem Haus, um die Heimkehrer zu begrüßen, als auch schon die ersten Gäste auf den Hof fuhren. Henry stieg mit seiner kompletten Familie aus dem ersten Wagen, dicht gefolgt von den Stonefeathers. Nun wurde es turbulent. Zwischen Begrüßung und Glückwünschen von allen Seiten setzte Josh seine Frau in einen der Liegestühle, und Hailey übernahm das Kommando. Die Männer luden Tische und Stühle von den Trucks und bauten alles im Garten auf, die Frauen deckten die Tische und brachten das Essen raus. Alles lief wie eine gut geölte Maschine.
Im Nullkommanichts saßen alle vor Roastbeef vom Büffel mit Röstkartoffeln und frischem Salat.
Josh hob sein Glas mit Eistee und prostete Mark zu. „Vielen Dank, dass du uns mitgenommen hast, und vor allem dafür, dass du uns auch wieder zurückgebracht hast, obwohl ich dir den Pokal weggeschnappt habe."
Mark lachte. „Gern geschehen, mein Freund! Den Pokal hole ich mir nächstes Jahr zurück! Was willst du mit deinem Gewinn anstellen?"
„Wenn ein bisschen Ruhe eingekehrt ist, baue ich im Herbst eine Reithalle; dann kann ich auch im Winter trainieren und ausbilden", erklärte Josh.
Mark nickte anerkennend. „Gute Idee! Es ist immer gut, unabhängig vom Wetter arbeiten zu können, nicht nur im Winter. Aber nun verrate mir doch mal dein Trainings-Geheimnis."
Josh blickte mit einem verschwörerischen Schmunzeln auf seinen Teller. „Das Geheimnis isst du gerade."
Mark sah erst verblüfft auf seine Portion Fleisch und dann rüber zu Josh.
„Büffel?", fragte er entgeistert. „Du trainierst mit Büffeln? Auf so eine verrückte Idee kommt auch nur ein Lakota!"

Das Gelächter schallte über die ganze Ranch. Zum Nachtisch gab es Sannahs Erdbeertorte mit Früchten aus eigener Ernte.
„War eine gute Idee von dir!", lobte Josh seinen Sohn, der vor fast einem Jahr vorgeschlagen hatte, Erdbeeren im Garten zu pflanzen.
„Sieht man!", erwiderte Ty und grinste über die Sahne auf Joshs Oberlippe.
„Der Eisbär mit Sahne ist wieder da", rief Sam quer über den Tisch, und Sannah küsste ihrem Mann die Creme vom Mund.
Spät am Abend kuschelte sich Sannah mit einem glücklichen Seufzen an Joshs Brust.
Er brummte schläfrig und schlang seinen Arm um sie. „Ábu yá yo" – Heia machen, murmelte er, dann schlief er selig ein.

Drei Tage später kam Sannah schon am Vormittag aus der Klinik zurück, begleitet von zwei Schwestern und einem weiteren Wagen.
Mit sorgenvoller Miene stürzte Josh aus dem Stall. „Was ist passiert? Geht es dir nicht gut?"
Sannah bedankte sich bei den Schwestern, die sie nach Hause gefahren hatten.
„Alles Gute!", winkten die beiden fröhlich und fuhren zurück in die Klinik.
Sannah blieb auf dem Beifahrersitz des Trucks sitzen und atmete eine Wehe weg. „Mir geht es gut; du gehst dich jetzt besser duschen und umziehen und bringst, wenn du fertig bist, meine Tasche mit. Es geht los", erklärte sie ihrem verstört dreinblickenden Mann, nachdem sie wieder zu Atem gekommen war.
Mit einem leichten Anflug von Panik sah Josh an sich herab. Er war dreckig und verschwitzt von der Stallarbeit und kam ums Duschen wohl nicht herum. Er rief Tyler und hechtete die Treppe hinauf ins Bad.
Tyler kam aufgeregt zum Auto gelaufen. „Alles okay, Mom?" Sannah nickte. „Kommst du ein paar Stunden alleine klar?", fragte sie.
„Sicher – dass du dafür nicht mehr Zeit brauchst?", gab er altklug zurück. „Ich komme schon klar. Ruft mich an, wenn Niní da ist!"

Sannah gab ihm einen Kuss auf die Wange. „Wenn dein Dad nicht vor lauter Aufregung die Nummer vergisst", sagte sie schmunzelnd.
Einige Minuten später kam Josh aus dem Haus gelaufen, natürlich ohne Tasche.
„Sei so lieb, und hol meine Tasche – und bring mir auch noch zwei Handtücher und eine Flasche Wasser mit", schickte sie Tyler los.
„Bekommst du es im Auto?", fragte Josh mit schreckgeweiteten Augen.
„Nein! Ich will mich da nur draufsetzen, falls die Fruchtblase platzt; und jetzt beruhige dich, sonst bekomme ich das Baby im nächsten Straßengraben!", flehte sie eindringlich und musste wieder tief einatmen, weil die nächste Wehe kam.
Tyler brachte alles und winkte den beiden hinterher.

Josh bemühte sich, ruhig zu bleiben, während er seine kostbare Fracht nach Rapid fuhr. Für eine Weile kamen die Wehen in regelmäßigen Abständen von zehn Minuten, doch als sie die Badlands hinter sich gelassen hatten, stöhnte Sannah deutlich mehr, weil die Wehen jetzt nicht mehr nur durch den gesamten Rücken und Bauch zogen, sondern der Kopf des Babys jetzt auch auf den Beckenring drückte. Das tat richtig weh.
Sie stellte die Rückenlehne flacher und schob sich die Handtücher zwischen die Beine.
Josh gab Gas.
„Langsam!", mahnte sie ihn gequält. „Das kann noch Stunden dauern, es ist nur etwas angenehmer, wenn ich mich zurücklehne."
„Tut es sehr weh?", erkundigte er sich mitfühlend.
Sie nickte. „Langsam wird es schlimmer, aber das schaffe ich schon", meinte sie zuversichtlich und lächelte tapfer, um ihn nicht nervös zu machen.
Er streichelte zärtlich ihre Hand. „Ich wünschte, ich könnte dir das abnehmen."
Sie biss die Zähne zusammen und fing wieder an zu hecheln. „Glaub mir, das wünschst du dir nicht!", stöhnte sie und schloss die Augen.

Vor dem Krankenhaus in Rapid angekommen, machte sich Josh im Geiste schon auf die immer wiederkehrende Diskussion über die Zuständigkeit gefasst. Doch Sannah hatte wohlweislich schon von Pine Ridge aus bei Dr. Richards angerufen und ihr Kommen angekündigt. In den USA lief so etwas über eine Art Belegbetten-System. Der behandelnde Arzt wartete dann schon in der Klinik. Josh parkte den Wagen, nahm die Tasche und half Sannah beim Aussteigen. Etwas steif und breitbeinig watschelte sie zum Eingang. Sie drückte sich die Hand ins Kreuz, und Josh stützte sie. Kurz vor der Tür wurde sie von der nächsten Wehe überrollt, ging in die Knie und schnappte nach Luft.
„Oooooh!", stöhnte sie und verzog das Gesicht.
Josh hob sie hoch und trug sie hinein. Langsam aber sicher wurde ihm angst und bange. Er war froh, nicht mehr im Auto zu sitzen. An der Anmeldung angekommen, brachte man ihnen einen Rollstuhl, und er setzte sie vorsichtig ab.
„Sannah White Cloud", presste sie mühsam hervor.
„Wir möchten zu Dr. Richards", ergänzte Josh, weil Sannah schnaufte wie eine alte Dampflok.
Die Dame an der Anmeldung deutete auf den Fahrstuhl. „Erster Stock und dann zwei Mal rechts. Dr. Richards wartet schon auf Sie", erklärte sie freundlich.
„Danke", sagte Josh und beeilte sich, Sannah zum Fahrstuhl zu schieben. Oben angekommen wurden sie in ein Zimmer gebracht. Dr. Richards begrüßte sie.
Die nächste Wehe nahm Sannah den Atem, doch jetzt war sie in der Klinik und musste nicht mehr auf das Nervenkostüm ihres autofahrenden Mannes Rücksicht nehmen. Sie stöhnte laut, als der Schmerz wieder zu stark wurde. Josh hob sie auf das Bett und half ihr, sich auszuziehen. Als sie das geblümte Fliegenhemd anhatte, ließ sie sich aufs Bett sinken. Nach einer kurzen Untersuchung erklärte die Ärztin: „Alles bestens, jetzt müssen wir nur noch ein wenig Geduld haben." Sie lächelte und drückte Sannahs Hand.
Wir! Hatte sie wirklich eine Krankenversicherung abgeschlossen, um sich, ausgerechnet jetzt, mit der ersten Person Plural herumzuärgern? Die Schmerzen ließen sie ungnädig werden, und sie

richtete sich im Bett auf und hockte sich hin. Irgendwie war diese Stellung angenehmer, und sie hoffte, dass die Schwerkraft helfen würde, die Zeit zu verkürzen.
„Nennen Sie mich einfach Meggy, das macht das Schreien nachher leichter. Ich bin nebenan. Wenn Sie mich brauchen, rufen Sie einfach", sagte Dr. Richards und ließ die beiden allein.
Josh saß neben Sannah und ließ seine Hand sanft über ihren Rücken kreisen. In den nächsten Stunden kamen die Wehen in immer kürzeren Abständen und wurden stärker. Dr. Richards kam regelmäßig, um nach dem Rechten zu sehen. Der Kopf des Kindes schob sich immer tiefer ins Becken, und Sannah hatte das Gefühl, sie würde zerreißen. Nichts hatte sie auf diese Schmerzen vorbereitet. Schon gar nicht diese dusseligen Artikel in den Babyzeitschriften über die ach so schöne natürliche Geburt. Sie war mittlerweile der festen Überzeugung, dass es nur drei Arten von Menschen geben konnte, die so einen Bockmist veröffentlichten: Männer, vertrocknete Jungfern und Masochisten. Sie verfluchte alle und am meisten sich selbst, weil sie diesen Müll geglaubt hatte. Jetzt war es zu spät für eine Periduralanästhesie.

Josh fühlte sich hilflos und versuchte vergeblich, ihr Erleichterung zu verschaffen, aber er wusste selber, dass er ihr nicht helfen konnte. „Aaaaah!", stöhnte sie wieder gequält und ließ den Schmerz einfach raus. Josh hatte sich hinter sie gesetzt, um ihr besser den Rücken massieren zu können, und sie ließ sich erschöpft in seine Arme sinken, als die Wehe nachließ. Er gab ihr etwas zu trinken und kühlte ihre Stirn mit einem feuchten Lappen.
„Ich wünschte, ich könnte mehr für dich tun", murmelte er in ihr Ohr.
„Bleib einfach bei mir, egal, was passiert. Ich brauche deine Kraft, wenn meine mich verlässt", keuchte sie.
Er nickte nur und küsste ihre Stirn. Mühsam rappelte sie sich hoch und hockte sich wieder hin; das schmerzte zwar noch mehr, aber sie konnte deutlich fühlen, wie sich der Kopf des Babys tief nach unten schob. Dann platzte die Fruchtblase. Für einen Moment fühlte sie eine Erleichterung, der Druck hatte etwas nachgelassen; doch dann war es, als würde sie eine riesige Faust zer-

quetschen. Sie schrie zum ersten Mal, versuchte tief einzuatmen, doch der Schmerz wurde nur noch schlimmer. Ihre Hände krallten sich in Joshs Knie, auf denen sie sich abstützte, und sie wollte nur noch, dass es aufhörte.
Dr. Richards kam dazu. „Sie machen das sehr gut!", sagte sie ruhig und entfernte das nasse Laken.
Die Wehe ebbte ab, und Sannah weinte. „Es soll aufhören, es tut so weh!"
Josh warf Meggy einen verzweifelten Blick zu und wiegte seine Frau sanft in seinen Armen.
Dr. Richards untersuchte sie. „Sannah, Sie haben es bald geschafft, ich kann das Köpfchen schon tasten. Diese Phase ist jetzt sehr schmerzhaft, aber danach kommen die Presswehen und dann ist es vorbei. Atmen Sie tief durch. Sie können uns anschreien und verfluchen, so laut wie Sie wollen, ich halte das aus, und ich glaube, Ihr Mann auch. Aber Sie müssen jetzt atmen und weitermachen. Wenn Sie Ihr kleines Mädchen erst im Arm halten, haben Sie alles vergessen. Glauben Sie mir."
Sannah vergrub ihr Gesicht schluchzend an Joshs Hals. „Haben Sie Kinder?", fragte sie Meggy atemlos.
Die Ärztin nickte. „Ja! Zwei wundervolle Jungs", sagte sie lächelnd.
„Dann will ich versuchen, Ihnen zu glauben, aber ich habe solche Angst vor der nächsten Wehe", wimmerte sie.
Diese ließ nicht lange auf sich warten.
„Atmen!", rief Meggy ihr immer wieder zu.
Sannah schrie und kämpfte gegen die Schmerzen. „Ich kann nicht mehr!", heulte sie laut auf.
„Doch, Sie können!", sagte Meggy energisch. „Hecheln Sie! Versuchen Sie sich zu entspannen! Nicht dagegen ankämpfen!"
Doch Sannah war am Ende ihrer Kräfte. Sie sackte in Joshs Arme und überließ sich diesen unerträglichen Schmerzen.
„Sie muss sich entspannen! Wenn sie sich dagegen wehrt, dauert es nur noch länger", erklärte Dr. Richards.
Josh nickte und richtete Sannah etwas auf. Behutsam wischte er ihr den Schweiß von der Stirn und flüsterte in ihr Ohr. „Mitháwichu, hör mir zu. Stell dir vor, wir wären in unserem kleinen Tal.

Es duftet nach Pinien und Salbei, der Creek plätschert leise über die Steine und der Wind streicht über dein Haar. Siehst du es vor dir?" Seine dunkle Stimme lullte sie ein, und sie begann sich zu entspannen.
„Stell dir vor, du sitzt unter der Pinie und spürst ihren starken Stamm in deinem Rücken. Schließe deine Augen und fühle die Ruhe und die Kraft, die der Baum dir gibt. Atme tief ein und spüre den Wind auf deiner Haut. Ich bin der Baum, der dir Kraft gibt weiterzumachen. Lehne dich an mich und sammle die Kraft für Anyu. Gleich ist sie da, nur noch ein bisschen, dann ist unser kleines Mädchen da."

Sie atmete ruhig und tief, spürte wieder die Geborgenheit in seinen Armen. Hier konnte ihr nichts passieren. Josh war da und gab ihr Kraft, wie er es immer tat. Sie lehnte sich an ihn, zog die Beine an und ließ den Schmerz zu. Wehe für Wehe atmete er mit ihr zusammen. Sein Brustkorb hob und senkte sich hinter ihr, und mit jedem Atemzug ging es ein Stück voran.
„Sehr gut! Bald ist es geschafft", lobte Meggy. „Wenn sie gleich pressen muss, nehmen Sie die Beine Ihrer Frau und ziehen sie weit zu sich heran. Gleichzeitig drücken Sie Sannah nach vorn, damit sie mehr Druck aufbauen kann", wies sie Josh an.
Er nickte und legte seine Hände in Sannahs Kniekehlen. Die Schmerzen hatten nachgelassen, und der unbeschreibliche Druck im Beckenboden zwang sie zu pressen.
„Tief Luft holen!"
Sannah atmete ein paarmal tief ein, dann ließ sich der Drang zu pressen nicht mehr unterdrücken.
„Jetzt pressen Sie mit aller Kraft!"
Sannah hielt die Luft an und drückte so gut es ging. Josh zog ihre Beine weiter auseinander und drückte sie nach vorn.
„So ist gut! Noch ein bisschen! Der Kopf ist gleich da!"
Mit letzter Kraft presste Sannah nach unten, dann schnappte sie verzweifelt nach Luft und keuchte schwer.
„Der Kopf ist da! Noch mal tief Luft holen und wieder pressen!"
Noch einmal presste sie, während Josh sie förmlich zusammendrückte. Sie spürte, wie der Druck nachließ und der kleine Kör-

per ihres Kindes herausglitt. Dann war es vorbei. Der Schmerz war vorbei.

Für einen kurzen Moment war alles still, dann hörte sie die empörte Stimme ihrer Tochter, die sich lautstark über den Rauswurf aus ihrer warmen Behausung beschwerte. Sannah lachte und weinte gleichzeitig. Ebenso wie Josh, der mit strahlenden Augen verfolgte, wie seine Tochter auf den Bauch ihrer Mutter gelegt wurde. Instinktiv schloss Sannah ihre Hände um den kleinen verschmierten Körper.

Dr. Richards deckte die beiden zu. „Ist das nicht das schönste Gefühl der Welt? Herzlichen Glückwunsch!"

Sie strahlte die frisch gebackenen Eltern an, die nicht mehr viel davon mitbekamen. Sie hatten nur noch Augen für ihr Baby. Während die Ärztin die Nabelschnur abklemmte und durchtrennte, küsste Josh seine Frau und strich ihr liebevoll die verschwitzten Haare aus dem Gesicht.

„Ich danke dir!", stammelte er überwältigt. Zu mehr Worten war er nicht fähig. Still dankte er auch Wakhán thanká für dieses Wunder und blickte nun zum ersten Mal in die dunklen, feucht schimmernden Augen seiner kleinen Tochter. Anyu. Sie hatte sich beruhigt und blinzelte nun mit gerunzelter Stirn in die ungewohnt helle Umgebung, streckte die kleinen Finger aus und schloss sie wieder zur Faust.

„Hallo, meine Süße!", flüsterte Sannah atemlos. „Da bist du ja endlich!"

Ein paar Minuten später erschien eine Schwester in der Tür und warf einen Blick auf das Klemmbrett.

„Herzlichen Glückwunsch. Kommen Sie, Mr. White Cloud, Sie können jetzt Ihr Kind baden."

Josh kletterte vorsichtig vom Bett, und Sannah wickelte Anyu in das Laken und reichte sie Josh. Dann sank sie erschöpft zurück in die Kissen. Während sich Dr. Richards um Sannah kümmerte, folgte Josh mit seiner Tochter auf dem Arm der Schwester in den hinteren Teil des Zimmers, wo sie ein Becken mit warmem Wasser vorbereitet hatte. Unter einer Wärmelampe befreite sie das Neugeborene aus dem Laken und legte es dem Vater zurück in

den Arm. Andächtig hielt er den Winzling in seinen großen Händen, tauchte sie in das Wasser und begann vorsichtig, sie zu waschen. Anyu schien es zu gefallen, sie gluckste leise und strampelte, noch etwas unkoordiniert, mit ihren Beinchen. Es dauerte etwas, bis Josh die Käseschmiere aus ihrem dichten, schwarzen Haarschopf gewaschen hatte, und während der ganzen Zeit strahlte er sie selig an.
Ein Kinderarzt gesellte sich dazu und wartete geduldig, bis die Kleine gebadet und abgetrocknet war, um sie anschließend zu untersuchen.

Wenig später hatte sich der Trubel gelegt, und die kleine Familie war allein und genoss die Ruhe. Frisch gewaschen und umgezogen lag Sannah im Bett und hielt ihre Tochter im Arm. Vergessen waren die Schmerzen. Sie fühlte nur noch eine tiefe Zufriedenheit und unendliches Glück. Eigentlich war sie sterbensmüde, aber der Anblick des Babys hielt sie wach. Anyus Gesicht war nun nicht mehr so zerknautscht, und Sannah betrachtete es forschend.
„Sie hat deine Augen“, stellte sie lächelnd fest und strahlte ihren Mann an.
„Aber den Schmollmund und die kleine Nase hat sie von dir“, sagte er und streichelte liebevoll über die Wange seiner Frau.
Sannah nahm der Kleinen die Mütze vom Kopf und fing an zu kichern, als sie sanft über den dunklen Schopf ihrer Tochter strich.
„Sie hat auch noch etwas anderes von dir“, bemerkte sie breit grinsend und versuchte, die weichen Haare zu glätten, doch es gelang ihr nicht. Immer wieder richteten sie sich auf und standen in alle Himmelsrichtungen von dem kleinen Köpfchen ab.
„Die unvorteilhafte Frisur“, seufzte Josh schmunzelnd.
„Eine echte White Cloud!“, meinte Sannah.

Josh machte mit seinem Handy etliche Fotos von seinen Mädchen. „Ich rufe schnell zuhause an und erzähle Ty von seiner Schwester.“
Zu diesem Zweck schwebte der frisch gebackene Vater vor die Tür der Klinik, weil er drinnen keinen Empfang hatte. Zuerst rief

er Tyler an. „Glückwunsch, mein Junge! Du bist jetzt ein großer Bruder“, berichtete Josh strahlend.
„Cool!“, kam es zurück. „Geht es den beiden gut? Ich habe mir schon Sorgen gemacht, weil es so lange gedauert hat.“
Josh lächelte. „Es geht beiden sehr gut, deine Schwester ist bildschön, und Sannah ist erschöpft – aber glücklich. Glaub mir, wenn ich sage: Frauen sind so viel stärker als wir Männer. Ich hätte das nicht überstanden. Wirklich nicht!“, beteuerte er.
Ty schwieg am anderen Ende. Er konnte sich nicht vorstellen, was sein Vater da sagte.
„Wann kommt ihr nach Hause?“, fragte Ty, der neugierig darauf war, seine Schwester zu sehen.
„Ich komme nachher. Unsere Mädchen können wir morgen Mittag abholen.“
„Bring was zu essen mit!“, bat Ty, der wusste, dass ein Burger-Laden auf dem Weg lag. „Und, Dad, herzlichen Glückwunsch!“, hängte er noch dran.

Josh verschickte noch einen kurzen Text mit einem Bild von Anyu an alle Freunde, unter anderem auch an Jonas und Anne. Als er ins Zimmer zurückkehrte, war Sannah mit Anyu im Arm eingeschlafen; auch die Kleine schlief. Behutsam nahm er seine winzige Tochter an sich und setzte sich mit ihr in den Sessel neben dem Bett. Im Schlaf gestört, fuchtelte sie kurz unwillig mit den Händchen, dann fand ihr Daumen ganz automatisch den kleinen Schmollmund, und sie fing an zu nuckeln. Die übrigen Finger schlossen sich um die kleine Nase, und sie schlummerte wieder ein. Josh schmolz bei ihrem Anblick dahin und strahlte. Immer noch überwältigt vom Wunder des Lebens, konnte er seinen Blick nicht von ihr abwenden, und sein Herz quoll über vor Liebe.

Knapp drei Stunden später stopfte Tyler sich hungrig die aufgewärmten Burger hinter die Kiemen. Josh hatte seine schon auf der Fahrt gegessen und zeigte seinem Sohn jetzt die Fotos von Anyu. Ty wischte sich die Finger ab und betrachtete mit großen Augen seine Schwester. „Sie ist winzig!“, meinte er überrascht und lächelte.

„Ich glaube, da wird Mom dir widersprechen", gab Josh zurück.
„Kann ich morgen mit, wenn du sie abholst?", fragte Tyler aufgeregt.
„Na klar! Aber Amaroq muss dann hier bleiben."

In Deutschland rannte Anne freudestrahlend mit dem Handy in der Hand die Treppe hinunter und wedelte damit aufgeregt vor Jonas' Nase herum. „Sie ist da!", jubelte sie.
„Wer ist da?", fragte Jonas und schaltete die Kaffeemaschine an.
„Das Wölkchen. Sannahs Baby. Sie heißt Anyu. Sieh doch nur!"
Jonas machte große Augen und lächelt gerührt, als er die Bilder betrachtete.
„Ist die süß!", sagte er und musste schmunzeln beim Anblick der Haare. „Wenn ich es nicht besser wüsste, würde ich sagen: ein Irokese."
„Das haben sie ihr bestimmt hochgebürstet, damit es voller aussieht", mutmaßte Anne und musste auch schmunzeln. „Hoffentlich gehen die zwei Wochen schnell vorbei, ich kann es kaum noch abwarten, bis wir dort sind", stellte sie fest und zählte im Geiste wieder die Tage. Sogar die lange Anreise in die Valla Pampa machte ihr nichts mehr aus.
Kein Gezicke, kein Gejammer, Jonas erkannte seine Freundin fast nicht wieder. Nur die überdimensionierte Fliegenklatsche in dem bereitstehenden Koffer ließ ihn nachdenklich werden.

Sannah saß im Sessel neben dem Bett und stillte Anyu, als ihre beiden Jungs das Zimmer betraten. Tyler sah verschämt weg, während Josh sich dazusetzte und den schönen Anblick genoss. Anyu gluckste angestrengt, und ihre kleinen Fäuste öffneten und schlossen sich, als wollte sie versuchen, ihre Mutter festzuhalten.
„Menschen sind auch nur Säugetiere – kein Grund, rot zu werden, Ty!", witzelte Sannah.
Josh grinste, nahm seine Frau in den Arm und blickte über ihre Schulter auf seine Tochter. Jetzt war ihr Puppengesicht glatt und rosig, die winzigen Fingernägel sahen aus wie frisch manikürt, und unter dem Mützchen lugten einige schwarze Haarsträhnen

hervor. „Sie ist so schön wie ihre Mom", flüsterte er hingerissen und küsste Sannah.
„Na, dann zieh dich schon mal warm an, Dad!", warnte Ty seinen Vater vor und riskierte nun doch einen Blick, weil er es vor Neugier nicht mehr aushielt.
Anyu war satt, und Sannah nahm sie vorsichtig hoch, legte sie an ihre Schulter und klopfte ihr leicht auf den Rücken.
„Darf ich sie mal halten?", fragte Tyler begeistert.
„Gleich darfst du. Sie muss erst noch ein Bäuerchen machen, sonst spuckt sie dich voll."
Ty verzog leicht das Gesicht. „So lange kann ich noch warten", meinte er großzügig.
Anyus Kopf wackelte etwas unbeholfen an Sannahs Schulter, dann gab sie einen deutlichen Rülpser von sich.
„Respekt!", lobte Tyler.
Josh räumte den zweiten Sessel für seinen Sohn, und Sannah legte ihm seine Schwester in die Arme. Etwas unsicher hielt er sie und wagte kaum, sich zu rühren.
„Hey, Niní", flüsterte er beeindruckt. „Das da sind Mom und Dad, die sind für Essen und Windeln zuständig, und ich bin dein Thibló, dein großer Bruder. Von mir lernst du, was man sonst noch so fürs Leben braucht", versicherte er dem Säugling.
Anyu sah ihn mit ihren dunklen Kulleraugen an, fuchtelte mit den Ärmchen und strampelte ein wenig. Ty lächelte verzückt und bestaunte seine kleine Schwester. Er streichelte ihr vorsichtig über die Wange und gab ihr einen Kuss. Anyu zog die Beine an, verzog angestrengt das Gesicht und bekam einen hochroten Kopf.
„Was hat sie?", fragte er erschrocken. „Hab ich was falsch gemacht?"
Sannah fing an zu lachen. „Nein, alles ist gut. Sie macht nur gerade die Hose voll."
„Na toll!", erwiderte Ty desillusioniert. „So hab ich das nicht gemeint."

Eine halbe Stunde später, Josh hatte zum ersten Mal seine Tochter gewickelt, ging Anyu zum nächsten Programmpunkt über.

Schlafen. Sie lag in ihrem Autositz und verschlief die gesamte Fahrt nach Hause. Dort angekommen legte Josh die Kleine in ihr Bett und deckte sie zu.
„Tanyán yahí, Micúnkci" – willkommen, meine Tochter, flüsterte er.
Wenig später machte sich Sannah ans Mittagessen.
„Setzt dich hin, das mache ich", sagte Josh.
„Ich bin zwar noch ein bisschen wackelig auf den Beinen, aber für einen Topf Spaghetti reicht es gerade noch. Das Essen im Krankenhaus war schrecklich. Ich habe einen Bärenhunger!", entgegnete sie und machte unbeirrt weiter.
Josh schüttelte den Kopf. ‚Zäh wie ein alter Büffel', dachte er bei sich, schob sie auf einen Küchenstuhl und übernahm das Kochen.
„Die anderen haben angefragt, ob sie heute Nachmittag kurz vorbei kommen dürfen, um Anyu zu sehen. Bist du fit genug dafür, oder soll ich sie noch ein bisschen vertrösten?", fragte er.
Sannah lächelte. „Wenn du sie bewirtest, schaffe ich das."
Er legte seine Arme um sie und küsste ihren Hals. „Thecíchila."
Am Nachmittag lag Sannah mit Anyu im Liegestuhl auf der Veranda, weil sie sich doch ein bisschen viel zugemutet hatte. Die Kleine war aufgewacht und hatte lautstark die nächste Mahlzeit eingefordert. Josh und Tyler waren noch im Stall, und so war sie die Treppe hoch- und wieder runtergelaufen, hatte das Kind gestillt und gewickelt und merkte nun, wie sich ihre Knie in Pudding verwandelten. Auch die sommerliche Hitze forderte ihren Tribut und ließ ihren Kreislauf verrückt spielen. „Weichei", schalt sie sich und legte die Füße hoch. Anyu lag auf ihr und wurde wieder einmal von Schluckauf geplagt. Sannah massierte sanft das Bäuchlein, aber das Kind hickste weiter vor sich hin, als Henry auf den Hof fuhr. Er stieg aus und lächelte versonnen, als er die beiden auf der Veranda entdeckte.
„Hallo Henry, wo hast du die anderen gelassen?", fragte Sannah und strahlte ihn an.
„Die wollten dir noch ein wenig Ruhe gönnen. Ich habe dir wieder Tee mitgebracht", sagte er und setzte sich zu ihr.
„Das ist lieb, pilámaya ye", erwiderte sie.
Er strich ihr väterlich über das Haar und betrachtete dann Anyu.

Sie war müde und wollte schlafen, doch der Schluckauf ließ sie nicht, und so quengelte sie ungnädig.
„Gib sie mir", sagte Henry und streckte die Arme nach dem kleinen Bündel aus.
Sannah reichte sie ihm, und er nahm sie behutsam auf den Arm. Jetzt quakte sie noch mehr. Henry lächelte und pustete ihr unvermittelt ins Gesicht. Die Kleine zuckte erschrocken zusammen und riss die Arme hoch, nach dieser Schrecksekunde war der Schluckauf vorbei.
Sannah sah die beiden erstaunt an, dann lachte sie. „Lernt man das auch als Medizinmann?", erkundigte sie sich und setzte sich auf.
„Nein, das lernt man als Vater", meinte er und begann Anyu in den Schlaf zu wiegen.
„Sie ist wundervoll. Ein großes Geschenk. Neugeborene sind Wakán Tánka noch ganz nah. Kannst du es sehen, das große Geheimnis?"
Sannah lächelte andächtig und nickte nur. Das war wieder eines der Gespräche jenseits des Rationalen. Doch mittlerweile verstand sie Henry. Sie hatte gelernt, sich auf diese Spiritualität einzulassen, und empfand sie als Bereicherung, es verwurzelte sie immer tiefer in der reichen Kultur dieses Volkes.
„Ja. Wie unberührter Schnee, auf dem noch kein Lebewesen seine Spur hinterlassen hat, nicht einmal die Sonne oder der Wind."
Henry lächelte wohlwollend, weil sie es verstanden hatte. „Was bedeutet Anyu?", fragte er.
„Es ist ein Inuit-Name und bedeutet ‚Schnee für eine besondere Bestimmung'. Als ich wusste, dass ich ein Kind erwarte, habe ich vor Freude im Schnee getanzt. Josh wollte diesen Moment mit ihrem Namen bewahren", erklärte sie.
Er hielt einen Augenblick inne und betrachtete das schlafende Kind in seinem Arm. „Ein guter Name. Er erinnert nicht nur an diesen Moment, sondern auch an die Wurzeln ihrer Mutter und damit auch an Marys Traum. Ihr Name verbindet alles miteinander, so wie dieses kleine Mädchen uns alle miteinander verbindet. Das ist ihre Bestimmung."
Aus dem weisen Medizinmann wurde wieder ein stolzer Groß-

vater. Henry hauchte Anyu einen Kuss auf die Stirn und reichte sie ihrer Mutter zurück. Sannah war sehr glücklich über seine Worte, denn auch Henry war ein großes Geschenk für sie.

Josh und Tyler kamen aus dem Stall, begrüßten Henry und gingen sich waschen. Als sie wieder herauskamen, stürzte sich Ty auf seine Schwester und nahm sie, wie selbstverständlich, auf den Arm.
„Hau, Thunkáshila. Ist sie nicht süß?“ Ty strahlte seinen Großvater an.
Henry lächelte. „Ja, das ist sie, mein Junge.“
Josh setzte einen Kaffee auf, kramte eine Packung Kekse aus dem Schrank und kochte einen Tee für Sannah. Inzwischen waren auch Sam und Hailey eingetroffen, beglückwünschten die Familie und bestaunten das Baby. Josh brachte alles nach draußen, reichte seiner Frau den Tee und setzte sich mit einer Tasse Kaffee auf die Bank. Sein Blick wanderte über die Menschen, die sich auf der Veranda versammelt hatten, und auf einmal wurde ihm bewusst, wie groß seine Familie mittlerweile war. Seine Frau und seine Kinder waren nur ein Teil davon. Henry war wie ein zweiter Vater für ihn geworden, und Sam war schon immer sein Bruder gewesen. Dankbar genoss er diesen Anblick und fühlte sich reich.
Amaroq hatte das Knistern der Kekstüte vernommen und kam fröhlich wedelnd auf die Veranda, um seinen Anteil zu erbetteln. Josh gab ihm stattdessen Hundefutter, und der Hund rollte sich zufrieden zusammen und schlief. Tyler hatte seine kleine Schwester an Hailey abgetreten, die sie jetzt hingerissen in den Armen hielt und sanft über den Kopf des Babys strich.
„Gib es auf, das klappt nicht“, erklärte Sannah. „Das ist die White-Cloud-Frisur.“
Hailey sah sie etwas verständnislos an. Tyler flitzte ins Wohnzimmer, kam mit den Babybildern von ihm und Josh zurück und hielt sie neben seine Schwester.
„Weißt du jetzt, was sie meint?“, fragte er.
Verblüfft blickte Hailey auf die Fotos und fing an zu grinsen. „Ich denke schon!“

Anyu war wieder wach und strampelte ruckartig mit den Beinen. Strahlend wollte Hailey sie ihrem Mann in den Arm legen, doch Sam winkte ab. „Wir haben die Suppe im Auto vergessen", meinte er ausweichend und ging zum Wagen, um den großen Topf zu holen.
Nachdem er das Ding in die Küche geschleppt hatte, zündete er sich draußen eine Zigarette an, um eine weitere Ausrede zu haben. Sannah hatte ihn beobachtet, und ihr waren seine Ausweichmanöver nicht entgangen. Aber auch etwas anderes war ihr aufgefallen. Das geheimnisvolle Lächeln der Mona Lisa, das Haileys Gesicht umspielte. Sie ahnte, was das bedeutete, und wollte sich Gewissheit verschaffen.
„Ich glaube, die junge Dame braucht eine frische Windel. Kommst du mit?", forderte sie ihre Freundin auf und warf Josh einen bedeutungsvollen Blick zu, als dieser sich erheben wollte.
Er verstand zwar nicht, warum, aber er begriff, dass Sannah Hailey allein sprechen wollte, und setzte sich wieder.
„Typisch Frauen! Eine muss aufs Klo, und alle rennen mit", lästerte Ty frech und erntete fröhliches Gelächter.

Im Kinderzimmer angekommen, legte Hailey die kleine Maus auf den Wickeltisch.
„Wickle du sie, das übt", sagte Sannah ermutigend.
Hailey sah sie verblüfft an, dann huschte ein verzweifeltes Lächeln zwischen Hoffen und Bangen über ihr Gesicht.
„Weiß er es schon?", fragte Sannah mitfühlend.
Hailey schüttelte den Kopf und schluchzte: „Noch nicht. Ich weiß nicht, wie ich es ihm beibringen soll. Ich freue mich so sehr, aber ich weiß, dass er sich nicht freuen wird", sagte sie und sank in Sannahs offene Arme.
„Das wird er schon, vertrau mir. Er braucht dafür nur ein bisschen mehr Zeit", tröstete sie ihre Freundin.
„Am besten kochst du ihm sein Lieblingsessen, und wenn er dann satt und zufrieden auf dem Sofa sitzt, bereitest du ihn darauf vor, dass er Vater wird. Im schlimmsten Fall kommt er dann zu uns, um Joshs Rat zu suchen, und du weißt, was der ihm dann erzählen wird."

Hailey lächelte etwas zuversichtlicher. „Ich bin so froh, dass ich mit dir über alles sprechen kann."
„Mach dir keine Sorgen und freue dich. Alles wird gut", machte Sannah ihr Mut.
Zum Wickeln kam sie nicht, denn Anyu hatte schon wieder Hunger. Sannah knöpfte ihre Bluse auf, setzte sich hin und legte ihre Tochter an die Brust. „Ich hoffe, dass die Milch bald richtig kommt, sie wird nicht satt."
„Apropos satt, ich geh mal in die Küche und mache die Suppe warm", sagte Hailey mit neuem Mut und verschwand nach unten.
Nach Haileys Suppe fuhren alle wieder nach Hause, und es kehrte Ruhe ein. Anyu lag in Joshs Arm und schlief, Sannah hatte sich an ihn gekuschelt und trank eine Tasse von dem Tee, den Henry mitgebracht hatte, und Tyler zog mit dem Hund noch eine Runde über die Ranch.
Josh legte zufrieden die Füße auf den Tisch und schmunzelte. „Ich habe ein echtes Problem", meinte er.
Sannah sah ihn fragend an.
„Mit welchem meiner hübschen Mädchen schmuse ich jetzt zuerst?", fragte er verschmitzt.
Tyler und der Hund kamen in die Küche. Amaroq stürzte sich auf seinen Wassernapf und rollte sich anschließend in seiner Schlafkiste zusammen, Tyler ließ sich neben Sannah aufs Sofa fallen. Sie legte ihren Arm um seine Schultern und lächelte.
„Weißt du noch, als wir hier vor einem Jahr gesessen haben und du mir erzählt hast, wie gern du Tys Windeln gewechselt hättest?", erinnerte sie sich.
Josh lächelte mit verklärtem Blick und nickte. „Echt jetzt, Dad?", fragte Ty lachend.
„Oh ja!", antwortete Josh. „Und Sannah hat gesagt, dass sie mich gern daran erinnert, wenn Nummer zwei die Hosen voll hat", erinnerte sich Josh und schmuste verträumt mit dem Baby.
„Na, dann bin ich ja froh, dass wir uns einig sind! Ich wickle Anyu ganz bestimmt nicht, wenn sie stinkt", stellte Tyler klar.
„Meine Kinder stinken nicht!", empörte sich Josh. „Die duften nach Blümchen!"

Sannah saß zwischen ihren Jungs, hielt sich den Bauch und gackerte.
„Sicher!", erwiderte Tyler spöttisch. „Ich sehe es schon lebhaft vor mir. Große Familienfeier, Anyu hat die Hosen voll und alle kippen aus den Latschen und brechen bewusstlos zusammen. Nur Superdad, als einziger Überlebender, hält den kleinen Stinker mit ausgestreckten Armen hoch und nuschelt auf dem Weg zum Wickeltisch: ‚Blümchen! Blümchen'!"
Von dem folgenden Gelächter wurde Anyu wieder wach.

Sannah wachte früh am Morgen vom Gebrüll ihrer Tochter auf. In der Nacht hatte sie sich zweimal unbemerkt von Josh aus dem Bett gequält und die Kleine gestillt. Mit mäßigem Erfolg. Völlig übermüdet richtete sie sich im Bett auf und verzog das Gesicht, weil ihre Brüste spannten und schmerzten. Sie sah an sich herunter und blickte erstaunt auf die prall gefüllten Melonen, die sie vor sich her trug. Anyus Gebrüll hatte den Milchfluss angeregt, der nun das dünne Top durchnässte. Josh tappte verschlafen, mit dem Schreihals auf dem Arm aus dem Kinderzimmer, starrte seiner Frau unverhohlen auf den Busen und machte auch keinen Hehl daraus, wie anregend er ihren Anblick fand. Anyu holte kurz Luft und erhöhte Lautstärke und Frequenz, was ihn wieder auf den Boden der Tatsachen zurückholte.
„Eine Minute", sagte Sannah und verschwand im Bad, um sich die Brust abzuwischen. Danach saß sie oben ohne im Bett, stillte das Baby und seufzte erleichtert, als das Spannungsgefühl nachließ. Jetzt lief die Milch von allein, und Anyu musste nur noch schlucken. Josh setzte sich dazu und genoss es wieder einmal, dabei zuzusehen, wobei er sich nicht ganz sicher war, ob nun als Mann oder als Vater. Er würde sich noch eine Weile in Enthaltsamkeit üben müssen, bis er wieder in den Genuss ihrer weiblichen Reize kam. „Vater", redete er sich seufzend ein und nahm wenig später seine prall gefüllte Tochter in Empfang, um sie zu wickeln und umzuziehen. Sannah verschwand unter der Dusche und sehnte sich lediglich nach einer Tasse Kaffee.
In den nächsten Tagen spielte sich das neu strukturierte Familienleben ein. Was im Klartext bedeutete, dass Anyu das Kommando

übernommen hatte und alle anderen nach ihrer Pfeife tanzten. Im Gegenzug begnügte sie sich damit, ihre Mutter nur noch einmal in der Nacht aus dem Schlaf zu reißen. Die Männer der Familie verfügten über einen ausgesprochen tiefen Schlaf und wachten gar nicht erst auf. Hätte ohnehin nichts genützt.

Vier Tage später war dann der nächste Besichtigungstermin des Wölkchens anberaumt. Zu diesem Anlass machte Sannah zum ersten Mal Frybread, was sie in Tylers Augen nun endgültig in den Rang einer echten Lakota erhob. Sue und Daniel kamen mit ihren Jungs vorbei, und auch die Stonefeathers saßen auf der Veranda und lobten sowohl das hübsche Baby als auch das Frybread.
Sue hatte für Anyu zwei Amulette gefertigt, bestickt mit je einer Schildkröte. „Wenn die Nabelschnur abfällt, legst du sie in eins der Amulette und nähst es zu. Dieses Amulett wird sie beschützen, und das andere lenkt die bösen Geister ab", erklärte Sue, ganz die Tochter ihres Vaters.
Josh lächelte angesichts dieser alten Tradition zufrieden vor sich hin, und Sannah bedankte sich erfreut. Auch von June bekam sie noch ein praktisches Geschenk. Ein Tuch, mit dem man das Kind eingewickelt am Körper tragen konnte.
Mike war wieder voll in seinem Element. „Wenn du mal Tipps im Umgang mit Babys brauchst, wende dich vertrauensvoll an mich", sagte er und klopfte Josh gönnerhaft auf die Schulter.
„Und wenn du dann eines Tages nicht weißt, wie du mit Teenagern umgehen sollst, kommst du zu mir", konterte Josh breit grinsend und nahm Mike damit den Wind aus den Segeln.
Die ganze Truppe war schon im Aufbruch begriffen, als Sam auf den Hof fuhr und bei Mikes Anblick die Augen verdrehte. Er ahnte, dass ihn gleich wieder ein Spruch erwarten würde, und gerade jetzt war er nicht in der Stimmung dafür. Er wurde nicht enttäuscht.
„Hey Sam! Wann dürfen wir endlich dein Baby bewundern?", rief Mike, als Sam aus dem Wagen stieg.
„Ich werde Wakán Tanká um eine Vision bitten", erwiderte Sam knurrig und steuerte die Veranda an, die die anderen schon ver-

lassen hatten. Autotüren klappten, Motoren sprangen an, dann herrschte wieder Ruhe. Sannah stellte Sam wortlos Kaffee und Frybread vor die Nase, was dieser mit einem dankbaren Blick quittierte. Ihr war völlig klar, was jetzt kommen würde, und auch Josh hatte gemerkt, dass etwas in der Luft lag, und wartete geduldig, bis sein Freund damit rausrückte. Doch Sam zögerte und fing an zu essen. Als er fertig war, schob er den Teller beiseite und maulte: „Mike geht mir mit seiner Angeberei langsam auf die Nerven. Damals hat er mit seinen Schrottkarren angegeben und kaum produziert er mal etwas, ohne dass gleich die Türen abfallen, geht es schon wieder los. Hätte er seine Tochter ausbrüten müssen, würde garantiert was abfallen!"
Sannah biss sich auf die Lippe, um nicht zu lachen. Langsam begriff sie, dass Mike, seit June ihn in das Herstellungsverfahren für Nachwuchs eingeweiht hatte, wohl so etwas wie die Ein-Mann-Zweigstelle von Pro Familia auf der Rez war. Auch Josh gegenüber hatte er immer wieder derartige Bemerkungen gemacht. Sie beschloss, Nägel mit Köpfen zu machen, und drückte Sam die Kleine in den Arm. „Halt sie mal, ich muss das Abendessen machen."
Sam war völlig überfordert und wollte das Baby an Josh weiterreichen, doch der hatte die Absichten seiner Frau durchschaut und winkte ab.
„Ich bin dreckig und verschwitzt!", meinte Josh und lehnte sich entspannt zurück.
„Sam! Sie stinkt nicht, wird auch nicht explodieren, und für Fangzähne ist sie noch zu klein", stellte Sannah kategorisch fest und verschwand um die Ecke.
Als hätte Anyu ihre Mutter verstanden, verhielt sie sich ganz still und blickte Sam mit ihren dunklen, verträumten Augen an – Joshs Augen. Sam entspannte sich etwas, betrachtete sie nun aufmerksam, und ein kleines Lächeln stahl sich in sein Gesicht. Sie steckte den Daumen in den Mund, kuschelte sich vertrauensvoll in seinen Arm und schlief ein. Sam erlag ihrem entwaffnenden Charme.
Josh ließ den Charme seiner Tochter noch einen Moment wirken, dann fragte er: Tóka ho?" – Was ist los?

Sam seufzte, betrachtete wieder Anyu und sammelte sich. „Hailey hokshíyuha kte. Tókeshke waécamun kta ho?" – Hailey bekommt ein Baby. Was soll ich tun?
Josh lächelte nur still, weil er Sams Bedenken kannte. „Na, das Gleiche, was du jetzt auch tust", gab er in seiner bestechend einfachen Logik zurück. „Nimm dein Kind in den Arm und beschütze es."
Sam schüttelte den Kopf. „Ich kann das nicht."
„Warum nicht? Du machst das doch gut! Meine Tochter ist offensichtlich der gleichen Meinung", stellte Josh fest.
Sam haderte immer noch mit seinem Schicksal und war nicht so leicht zu überzeugen, also fuhr Josh die größeren Geschütze auf.
„Du bist mein Kola. Nach unseren alten Traditionen bist du damit auch für meine Familie verantwortlich. Glaubst du, ich würde sie dir anvertrauen, wenn ich der Meinung wäre, dass du dazu nicht fähig bist?"
Sam schüttelte nur den Kopf.
„Und ich bin dein Kola und für deine Familie verantwortlich. Glaubst du, ich würde euch im Stich lassen, wenn es schwierig wird?"
Wieder schüttelte Sam den Kopf.
„Warum zweifelst du dann an dir, wenn ich es nicht tue?", fragte Josh lächelnd. „Du wirst ein guter Vater!"
Sam schwieg und grübelte vor sich hin. Vielleicht hatte Josh recht? „Seit wann bist du so erwachsen?", fragte er spöttisch.
„Seit mein Kola mir in den Hintern getreten hat", konterte Josh. „Und diesen Stiefel gebe ich dir heute zurück! Wie hast du das damals so freundlich formuliert? ‚Du Idiot hast mehr Glück als Verstand, und jetzt reiß dich zusammen und mach was!' Das habe ich getan und nun bist du dran. Du kannst dich bei meiner Tochter dafür bedanken, dass ich dich nicht von der Bank schubse!", ermahnte er Sam und grinste hämisch.

Geläutert fuhr Sam nach Hause. Er hatte zwar immer noch die Hosen voll, aber er wusste, dass Josh ihn wieder auffangen würde, wenn nötig. So wie er es damals schon getan hatte. Doch mehr noch als Joshs Worte hatten ihn Anyus Augen beeindruckt. Er begann sich vorzustellen, dass sein Kind ihm vielleicht auch ähneln würde, und diese Vorstellung ließ ihn lächeln. Zuhause schloss er seine weinende Frau in die Arme, trocknete ihre Tränen und sorgte dafür, dass sie von nun an nur noch strahlte. Dann geschah etwas, mit dem er nicht gerechnet hatte: Es fühlte sich gut an.

Die siebte Generation

Anne platzte fast vor Ungeduld, als sie am späten Nachmittag über die Schlaglochpiste rumpelten. „Bist du dir sicher, dass wir hier richtig sind?“, fragte sie Jonas skeptisch.
Der seufzte. „Bin ich! Du hast doch selber das Schild gesehen. Sannah sagte, Josh hat es extra für uns angebracht, damit wir Bleichgesichter den Weg in die Valla Pampa finden“, meinte er und erntete einen missbilligenden Blick von Anne.
„Da stand nur White Cloud, vielleicht heißen hier noch mehr Leute so, ähnlich wie Meyer“, vermutete sie.
„Wenn hier ein Meyer wohnt, fresse ich einen Besen“, entgegnete Jonas breit grinsend.
Etliche Schlaglöcher weiter erreichten sie die Anhöhe. „Kommt dir dieser Garten irgendwie bekannt vor?“, triumphierte er.
Anne kicherte. „Mein bleichgesichtiger Held!“, säuselte sie.
Josh trieb gerade, in seiner üblichen Aufmachung – Jeans, Stiefel, schmuddeliges Unterhemd – die Herde zum Paddock. Beim Anblick der ganzen Pferde bekam Jonas eine Gänsehaut. Genau so hatte er sich das vorgestellt. Er sah sich schon im Geiste auf einem wilden Pferd in den Sonnenuntergang reiten, schluckte und strich das „wild“ ersatzlos. Sah jetzt aber nicht mehr so gut aus.
Josh hatte den Wagen entdeckt und ritt mit Wakínyan auf den Hof. Er schwang sein Bein über den Pferdehals, ließ sich lässig von Wakínyans Rücken gleiten und ging auf die Neuankömmlinge zu.
„Was für ein Bulle!“, rutschte es Anne schwärmerisch bei seinem Anblick raus.
„Mach den Mund zu, es zieht!“, maulte Jonas und parkte den Wagen.

Laut kreischend vor Freude flog Sannah aus dem Haus, dicht gefolgt von Tyler und dem Hund. Amaroq lief laut bellend auf den fremden Wagen zu, um seine Hühner zu verteidigen. Ein Zuruf von Tyler genügte, um ihn auszubremsen. Anne und Jonas stiegen aus und schlossen Sannah in die Arme.

Josh gesellte sich dazu und drückte Jonas die Hand. „Bin ich froh, dass ihr endlich da seid!", gestand er erleichtert. „Sie hat uns wahnsinnig gemacht mit ihrer Aufregung."
„Wie ein aufgescheuchtes Huhn?", erwiderte Jonas grinsend.
„Trifft es ziemlich genau!", stellte Tyler lakonisch fest.
Anne ließ von Sannah ab, drehte sich um und fand sich vor einer Wand aus Feinripp wieder.
Josh hatte sich vor ihr aufgebaut und strahlte sie an. „Hey, Anny! Hast du deine Stiefel dabei?", zog er sie auf.
Anne war für einen Moment sprachlos, als sie zu ihm hoch sah. „Hab ich, aber ich fürchte, die Absätze sind nicht hoch genug", konterte sie, stellte sich auf die Zehenspitzen und umarmte ihn freundschaftlich.
Noch ehe Tyler wusste, wie ihm geschah, schloss sie auch ihn in die Arme. „Das sind also deine großen Jungs – und wo ist das kleine Mädchen?" Sie strahlte Sannah an.
„Sie schläft", meinte Sannah. „Aber bestimmt nicht mehr lange. Jetzt kommt erst mal rein."
Die Männer schleppten die Koffer hoch und Tyler brachte Wakinyan auf die Weide. Josh und Sannah hatten sich bei Anyu einquartiert und überließen Anne und Jonas ihr Schlafzimmer.
Kurz darauf wurde Anyu wach und forderte lautstark eine warme Mahlzeit und die Zuwendung ihrer Mutter. Während Sannah ihre Kleine liebevoll in die Arme schloss und stillte, saß Anne mit einem erstaunten Lächeln im Kinderzimmer und erkannte ihre Freundin fast nicht wieder. Aber sie musste Sannah nicht fragen, ob sie glücklich war. Es war deutlich zu sehen.
Nach dem Wickeln legte Sannah das satte, zufriedene Baby in Annes Arm. Anyu strampelte und gluckste vergnügt.
Auch Anne versuchte unwillkürlich, die wild zu Berge stehende Haarpracht der Kleinen zu glätten. Ohne Erfolg.
Sie fing an zu kichern und küsste die winzigen Hände, die ihre Finger fest umklammerten. „Du bist ja gar kein Wölkchen, sondern ein Monchichi", stellte sie amüsiert fest.
Sannah fing an zu lachen und formte das Haar ihrer Tochter zu einem kleinen Zopf, der aufrecht nach oben stand. „Eine gewisse Ähnlichkeit ist vorhanden", gab sie zu.

Jonas und Josh gesellten sich dazu, und nachdem auch Jonas mit dem Baby geschäkert hatte, nahm Josh seine Tochter behutsam auf den Arm und schmuste hingebungsvoll mit ihr.
Anne schmolz wie Butter in der Sonne, als sie sah, wie zärtlich dieser Riese sein Kind in den Händen hielt. Ihre Bedenken und das letzte bisschen Angst, Sannah könnte wieder den Falschen erwischt haben, lösten sich endgültig in Luft auf. Dieser Mann war gar nicht dazu fähig, Sannah oder den Kindern auch nur ein Haar zu krümmen. Aber sie war sich sicher, dass er jeden, der seiner Familie zu nahe kam, ungespitzt in den Boden rammen würde.
Tyler kam herein, setzte sich neben Sannah und bedachte sie mit einem treuherzigen Augenaufschlag. Sie sah ihn fragend an.
„Lowácin yelo" – Ich habe Hunger, sagte er auf Lakota, weil er vor dem Besuch nicht aufdringlich erscheinen wollte.
Sie lächelte verständnisvoll und stand auf. „Hilfst du mir?", fragte sie ihn.
Ty nickte freudestrahlend und folgte ihr in die Küche.

Wenig später stand das Essen auf dem Tisch, und Jonas, Tyler und Josh machten sich begeistert über Frybread mit Chili her.
„Morgen gibt es aber wieder Gemüse", drohte Sannah und lachte, als die Männer die Augen verdrehten.
Anne aß etwas verhaltener von der Kalorienbombe.
„Augen zu und durch! Wir haben keine Waage!", bemerkte Ty spitzbübisch und kaute mit vollen Backen.
Ebenso begeistert öffnete Ty nach dem Essen das Mitbringsel, das Anne und Jonas in Denver für ihn gekauft hatten. Als er sah, was es war, konnte er sein Glück kaum fassen. Strahlend hielt er ein Notebook in den Händen und bedankte sich überschwänglich bei den beiden.
„Wir haben gedacht, das kannst du bestimmt gut für die Schule brauchen", meinte Jonas und half Tyler dabei, es einzurichten.
Anne half Sannah beim Abwasch, und Josh saß mit Anyu auf dem Sofa und hielt der Kleinen das brandneue Mobile mit kleinen Holzpferdchen vor die Nase. Viel konnte sie damit noch nicht anfangen, aber die Bewegung über ihrem Kopf fand sie spannend und sie ruderte aufgeregt mit ihren Ärmchen. Josh strahlte und

Sannah kicherte leise. „Ich bin mir gerade nicht sicher, wer sich mehr darüber freut – der Vater oder das Kind", sagte sie leise zu Anne.
„Das hab ich gehört!", brummte Josh und grinste verschmitzt.
Der Abend wurde nicht sehr lang. Sie plauderten noch ein wenig, und Josh rezitierte seine berühmte Ode an den Stiefel, wie Ty es nannte; dann verschwanden Anne und Jonas todmüde im Bett. Sannah stellte in weiser Voraussicht noch Filter und Kaffee neben der Maschine bereit, damit sie im Morgengrauen nicht suchen mussten, wenn der Jetlag zugeschlagen hatte.

Am nächsten Morgen schlichen die beiden um kurz nach vier, mit ihren Stiefeln in der Hand, die Treppe runter. Amaroq begrüßte sie freudig und ließ sich ausgiebig kraulen. Jonas setzte Kaffee auf, und wenig später saßen sie mit den Tassen in der Hand im Garten und genossen die himmlische, ungewohnte Ruhe. Der Hund bewachte wieder die Hühner.
„Wie ausgestorben", bemerkte Jonas zufrieden. „Diese Ruhe und Abgeschiedenheit findest du in der Villa Palma nicht", stellte er zur Sicherheit noch mal fest.
Anne seufzte und dachte an den Strand, doch dann fiel ihr die Handtuchmafia wieder ein. ‚Hier besetzte sicherlich niemand mit Handtüchern die besten Plätze', dachte sie bei sich. Damit hatte sie sogar recht, schließlich konnte sie ja nicht ahnen, dass man hier stattdessen auf Decken und Teppiche schwor. Annes Blick wanderte durch den verzauberten Garten. Tau lag auf dem Gras und den Rosen, die ersten Vögel zwitscherten und die Luft war noch frisch und angenehm kühl. „Nein, das gibt es da nicht", sagte sie versöhnlich und streckte entspannt die Beine aus.
Jonas warf ihr einen erstaunten Blick zu.
„Was denn?", fragte sie und kicherte. „Man wird doch wohl seine Meinung ändern dürfen!"
Der Hund kam vorbei, um nach dem Rechten zu sehen, hob sein Bein am Apfelbaum und setzte dann seine Patrouille über die Ranch fort. Eine halbe Stunde später war es dann mit der himmlischen Ruhe vorbei. Ein helles, aber sehr energisches Stimmchen drang aus einem der geöffneten Fenster und erinnerte daran,

dass sie doch nicht allein waren. Um fünf schlurfte Sannah verschlafen auf die Veranda, gönnte sich eine halbe Tasse Kaffee und legte die Füße auf den Tisch. Jonas und Anne hatten sie gehört und verließen den Garten.
„Hey, da seid ihr ja", sagte Sannah leise, um den Rest der Familie nicht zu wecken.
„Wir haben in deinem schönen Garten gesessen", erklärte Jonas.
„Er ist ein Traum, nicht wahr? Aber so früh morgens bevorzuge ich die Veranda, im Garten sind mir zu viele Taranteln unterwegs", stellte sie mit einem diebischen Grinsen fest und weidete sich ein klein wenig an Annes entsetztem Gesichtsausdruck. Jetzt konnte sie nachvollziehen, warum sich Josh damals so amüsiert hatte.
Jonas fing an zu lachen, weil er nun begriff, wofür die große Fliegenklatsche im Koffer bestimmt war. Begeistert half er Sannah dabei, die Pferde zu tränken und auf die Weide zu lassen.
„Warum holt ihr sie überhaupt rein?", fragte er.
„Sie werden sonst zu fett, je nachdem wie viel Gras auf der Weide ist. Diesen Sommer hat es recht viel geregnet, und das Gras steht hoch. Sie würden die ganze Nacht weiterfressen, bis sie rollen statt zu laufen", erklärte sie und ging hinüber zur kleinen Weide, um mit Wakínyan zu schmusen.
„Wo sind Josh und Ty?", fragte Anne, als die beiden zurück auf der Veranda waren.
„Die schlafen noch, und Anyu auch wieder. Um sechs wecke ich Josh, und gegen sieben weckt Anyu dann Tyler", sagte Sannah amüsiert. Seit Anyus Geburt war Joshs Wecker obsolet geworden.

Beim Frühstück bemühte sich Josh vergeblich, den Morgenmuffel zu unterdrücken, und verkündete seine Tagesplanung. „Wenn du Lust hast, kannst du mir bei den Berittpferden helfen", bot er Jonas an, weil er sich sicher war, dass Ty sich nur schwer von seinem Notebook würde trennen können. Außerdem hatte ihm Sannah erzählt, dass Jonas ein halbes Jahr lang Reitunterricht genommen hatte, um den Cowboy zu spielen.
Jonas machte große Augen und nickte begeistert. „Wenn du meinst, dass ich das schaffe", schränkte er ein.

„Sicher schaffst du das, es sind nur ein paar Jungpferde trockenzureiten, dann bin ich schneller fertig und habe noch Zeit für die Proben heute Abend. Außerdem kannst du morgen mit uns ausreiten, die Kinder vom Horsemanship-Projekt sind dann wieder da und schon ganz gespannt darauf, wie sich der Washíchu dabei anstellt", erwähnte Josh.
Jonas schluckte nervös. So hatte er sich sein Debüt als Cowboy nicht vorgestellt.
„Was probst du denn heute Abend?", fragte Anne interessiert und bemühte sich, ein Schmunzeln zu unterdrücken, als sie Jonas' Gesicht sah.
„Nächstes Wochenende ist in Pine Ridge das große Oglala Nation Powwow. Josh singt in einer der Trommelgruppen, und Tyler tanzt beim Men's Traditional mit. Wird euch gefallen, das ist der Höhepunkt des Jahres", erklärte Sannah.
„Heute Abend treffen wir uns hier zum Proben", sagte Josh mit einem fragenden Seitenblick zu seiner Frau.
„Kein Problem, wenn es euch nicht stört, dass Anyu dann mitsingt", gab sie zu bedenken, weil sie nicht wusste, wie ihre Tochter auf den Lärm reagieren würde.
„Wir sind garantiert lauter!", meinte er lachend.
Anyu probte auch schon mal für ihren großen Auftritt am Abend. Laut brüllend wurde sie von ihrem reichlich übernächtigten Bruder die Treppe hinuntergetragen.
„Besser als jeder Wecker", verkündete Sannah. „Die hört erst auf, wenn man aufsteht!"
„Ja, Mom! Habt ihr wirklich toll hingekriegt", bestätigte Ty sarkastisch, lud seine Schwester in Sannahs Armen ab und machte sich einen Milchkaffee.

Auf Sannahs Arm beruhigte sich die Kleine und lehnte, schniefend und mit wackelndem Köpfchen, ihre Wange an die Schulter ihrer Mutter. Frisch aus dem Schlaf erwacht und mit völlig ramponierter Punk-Frisur, schaute sie etwas missmutig in die Runde. Anne fing an zu lächeln. So früh am Morgen trat die Ähnlichkeit der Kinder mit ihrem Vater besonders deutlich zu Tage. Alle drei hockten muffelig am Tisch und versuchten wach zu werden.

„Ich glaube, es wird nicht mehr lange dauern, bis ihr wieder einen Wecker braucht", prophezeite Anne lachend.

Jonas half begeistert bei der Stallarbeit und schlug sich recht tapfer mit den Berittpferden. Am späten Nachmittag war er ganz begierig darauf, die Pferde von der Weide zu holen. Anne stand in der Küche und bereitete das Abendessen vor, und Sannah stillte das Baby, als die Männer sich auf den Weg in den Stall machen wollten. Sannah dachte im letzten Moment noch daran, dass Jonas besser nicht ohne Sattel reiten sollte – bei dem Tempo, das Josh für gewöhnlich anschlug.
„Ak'in iyákashka ye" – Sattle auf, sagte sie zu Josh.
Der nickte ihr grinsend zu und verschwand mit Jonas und Tyler.
„Warum sprichst du mit Josh Lakota?", wollte Anne wissen und schmeckte die Soße ab.
„Damit Jonas es nicht versteht. Josh reitet normalerweise ohne Sattel, ich habe ihm gesagt, dass er das Pferd satteln soll, sonst landet Jonas im Dreck, und das zarte Männer-Ego bekommt einen Knacks!"
„Du rettest meinen Urlaub!" Anne kicherte erheitert. „Seit Jonas Josh beim Turnier gesehen hat, ist er schwer beeindruckt und will unbedingt mithalten. Wahrscheinlich denkt er, er müsste für mich den Helden spielen. Dabei bin ich schon immer froh, wenn er heil von den Reitstunden zurückkommt."
Sannah verdrehte die Augen. „Männer und ihr Stolz! Eigentlich fehlt jetzt noch Hailey, die könnte zu diesem Thema auch noch so einiges beisteuern."

Für Jonas wurde ein Kindheitstraum wahr: Im gestreckten Galopp, an der Seite zweier Lakota über die Prärie jagen. Er fühlte sich wie Kevin Costner und Old Shatterhand zusammen. Erleichtert stellte er fest, dass sich der Unterricht ausgezahlt hatte. Der Wind wehte ihm ins Gesicht, und das Blut rauschte in seinen Ohren. Kein Cluburlaub dieser Welt konnte dieses unvergessliche Erlebnis bieten, das stand für ihn fest. Am liebsten hätte er laut „Yieeha" geschrien, aber das war ihm dann doch zu peinlich vor Zeugen. Sie hatten die Herde erreicht und ritten zurück. Er blieb

einfach an Joshs Seite, dann konnte er nichts falsch machen.
Schließlich bemerkte er eine kleine Hütte weiter hinten. „Ist das euer Nachbar?“
Josh schüttelte den Kopf. „Nein, die gehört uns, auch das ganze Grasland dahinter.“
„Wieso weiden die Pferde nicht auch dort?“, wollte Jonas wissen.
„Da stellen wir in zwei Wochen Büffel hin. Die brauchen mehr Fläche als Pferde, weil sie auch im Winter draußen sind.“
Jonas riss begeistert die Augen auf. „Büffel? Die kenne ich nur aus dem Zoo.“
Josh fing an zu lachen. „Bis ich Sannah kennenlernte, hatte ich nur Pferde, sonst nichts, und das reichte mir völlig. Aber seit sie meine Frau ist, verwandelt sich die Ranch auch langsam in einen Zoo.“
„Frauen können alles ziemlich durcheinanderbringen“, meinte Jonas.
„Oh ja! Das können sie!“, stellte Josh fest. „Willst du mithelfen, wenn die Büffel gebracht werden?“, fragte er Jonas.
Der dachte an den Spott seiner Kollegen und malte sich aus, wie wohl Fotos von ihm, hoch zu Ross neben einem Büffel, wirken würden. Er grinste zufrieden über diese Idee. „Nur zu gern! Ich kann hoffentlich Anne dazu überreden, mitzukommen, um das Ganze zu fotografieren.“
„Das kannst du einfacher haben“, mischte sich Tyler ein.
„Meinst du Misúnkala?“, meinte Josh.
Ty nickte. „Der macht auf Fotos wenigstens was her!“
„Wer ist das?“, fragte Jonas nach.
„Der handzahme Büffelbulle unseres Nachbarn. Wir können gleich rüberreiten, wenn wir hier fertig sind“, bot Tyler an.
Jonas war natürlich sofort Feuer und Flamme.

Als die zwei von ihrem Fotoshooting zurückkehrten, war die Trommelgruppe bereits da und gab ihr Bestes. Der Rhythmus der Trommel und die Gesänge hallten über die ganze Ranch und waren schon von weitem zu hören. Noch ganz aufgewühlt von der Begegnung mit Misúnkala, bekam Jonas eine Gänsehaut. Er hatte die unbändige Kraft des Büffels gespürt, und nun durchdrang der Trommelschlag jede Faser seines Körpers. Er hatte über diese Kultur gelesen – sie zu erleben, war überwältigend.

Ein paar Tage später war der Besuch aus Deutschland gut in den Arbeitsalltag integriert: Jonas half im Stall und bei der Arbeit mit den Pferden, und Anne hatte die Ärmel hochgekrempelt und den Haushalt an sich gerissen, um Sannah zu entlasten. Tyler trainierte für das Rodeo mit Kimimila, und da jetzt vier Leute die Arbeit von zweien erledigten, blieb genug Zeit für einen Ausflug in die Black Hills.

„Heute fahren wir zum Schwimmen!", verkündete Josh gutgelaunt beim Frühstück.

Sannah knuddelte Anyu. „Und wir zwei sehen den anderen dabei zu", sagte sie zu ihrer Tochter.

„Warum gehst du nicht auch schwimmen? Wir können uns doch abwechselnd um Anyu kümmern", meinte Josh enttäuscht.

„Das ist noch ein bisschen früh, so kurz nach der Geburt – und der Bikini passt mir bestimmt auch nicht", erklärte Sannah und blickte auf ihre Oberweite.

Josh nahm mit Kennerblick Maß. „Wenn du die Polster rausnimmst, könnte es passen."

Er grinste anzüglich und ließ seinen Blick über die reizvolle Fülle schweifen.

Sannah hob die Augenbraue und schüttelte den Kopf. „Tut mir leid, die Polster sind festgenäht. Außerdem bringt dich das nur wieder auf dumme Ideen", entgegnete sie lachend.

Tyler verdrehte die Augen und verließ unter Protest den Frühstückstisch. „Ich geh mich mal eine Runde fremdschämen!", bemerkte er und verschwand in der Küche.

Anne und Jonas kicherten amüsiert.

„Wieso ‚wieder'?", hakte Anne neugierig nach.

„Nachdem er mich gezwungen hatte, einen Bikini zu kaufen und anzuziehen, verlor dieser Schwerenöter die Selbstbeherrschung, kaum, dass ich im Wasser war", plauderte Sannah verschmitzt aus dem Nähkästchen.

Josh versuchte, ein unschuldiges Gesicht zu machen. „Konnte doch nicht ahnen, dass du dir so ein atemberaubendes Modell

aussuchst!“, verteidigte er sich.
„Ich wollte einen Badeanzug!“, hielt Sannah dagegen.
„Ich mag Badeanzüge aber nicht!“, stellte er energisch fest.
„Warum nicht? Die können doch auch sehr hübsch aussehen“, warf Jonas ein.
„Da kann Mann aber nicht die Hand unter das Oberteil schieben“, erklärte Sannah und stellte amüsiert fest, dass ihr Schwerenöter rote Ohren bekam.
„Erwischt!“, gab Josh zu und lächelte verschwörerisch.
Sannah sah ihn erstaunt an. „Moment mal! Du hattest das geplant?“, fragte sie und bemühte sich, so zu tun, als sei sie empört.
„Ja natürlich, oder dachtest du etwa, ich hätte diese enge Badeshorts schon vorher besessen? Die habe ich mir an diesem Tag nur deinetwegen gekauft. Das war alles geplant! Hat ja auch funktioniert!“ Er griente zufrieden und hatte die Lacher auf seiner Seite.

Sannah hatte Sam und Hailey angerufen und eingeladen mitzukommen. Als die zwei eintrudelten, verteilten sie sich auf zwei Autos. Anne wollte den Mietwagen fahren und hielt Jonas die Hand hin, um den Zündschlüssel zu bekommen.
„Wie heißt das Zauberwort?“, fragte er.
„Paragraph 985 BGB, Herausgabeanspruch“, erwiderte sie trocken.
Josh klopfte ihm solidarisch auf die Schulter und bekundete seine Anteilnahme: „Meine sagt auch nie ‚bitte‘!“
Zwei Stunden später zogen sie mit Sack und Pack am Ufer entlang und sicherten sich wieder die kleine Bucht an den Felsen. Anne kam aus dem Staunen nicht heraus. In natura war der See noch schöner als auf den Bildern, die sie von Sannah kannte. Sannah suchte sich ein schattiges Plätzchen an den Felsen und schlug mit Wickeltasche und Kindersitz ihr Lager auf. Amaroq lief ans Ufer und begann zu trinken, während die Männer sich mit Gebrüll ins Wasser stürzten. Bis zu diesem Moment hatte Anyu noch selig geschlummert, doch so unsanft aus dem Schlaf gerissen zu werden, gefiel ihr gar nicht, und so protestierte sie lautstark. Ihr Vater bekam davon nichts mit. Josh und Tyler lieferten sich eine

wilde Wasserschlacht mit Jonas und Sam. Der Hund paddelte aufgeregt drumherum.
Anne und Hailey setzten sich zu Sannah. „Brauchst du Hilfe?", fragte Hailey.
Sannah schüttelte den Kopf und versuchte, das Baby zu beruhigen. Anyu drehte instinktiv ihren Kopf zur Milchquelle und ballte wütend die kleinen Fäuste, als sie vom Shirt am Trinken gehindert wurde. Sannah schob ihr Shirt beiseite und legte den kleinen Wutnickel an ihre Brust. Das Geschrei erstarb, und Anyu gluckste zufrieden, nur unterbrochen von kleinen, angestrengten Stoßseufzern.
„Alles gut, noch ist sie in einem Alter, in dem Liebe und ein bisschen warme Milch völlig ausreichen, um den Weltfrieden wiederherzustellen", versicherte sie. „Wollt ihr gar nicht schwimmen? Ihr müsst nicht bei mir hocken. Genießt das herrliche Wasser!", forderte sie ihre Freundinnen auf.
Anne und Hailey wateten ins Wasser und wollten sich langsam abkühlen, doch ihre Männer unterbrachen die Wasserschlacht und zogen sie lachend in die Fluten. Sannah setzte sich mit Anyu auf einen großen Stein direkt am Ufer und ließ die Beine im Wasser baumeln.

Später saßen alle erfrischt auf ihren Handtüchern und ließen sich die Hot Dogs schmecken, die Jonas spendiert hatte.
„Wie gefällt dir die Valla Pampa?", fragte Sannah Anne herausfordernd.
Doch statt empört zu protestieren, strahlte Anne über das ganze Gesicht. „Es ist herrlich! Nicht nur die Landschaft, es gibt überall schöne Ecken auf dieser Welt, aber das alles mit Freunden zu erleben, macht es erst richtig schön. Viel schöner als ein anonymes Hotel."
Jonas und Sannah sahen sich überrascht an. Mit dieser Antwort hatten sie nicht gerechnet.
„Und die braungebrannten Typen in Badehose sehen auch viel besser aus!", stellte Josh überzeugt fest und warf mit Schwung sein Haar über die Schulter. Alle fingen an zu lachen.
„Ich finde, Anny hat recht", meinte Sam. „Es ist ein herrlicher

Tag. Das sollten wir in Zukunft öfter machen."
Hailey lächelte glücklich. „Nächsten Sommer sitze ich mit einem Baby am Ufer", gab sie zu bedenken.
Sam strahlte sie an und legte fürsorglich einen Arm um ihre Schultern.
Sannah grinste verschmitzt und warf Josh einen Seitenblick zu. „Nächsten Sommer kaufen wir Anyu einen Bikini, und dann kann sie auch schon im Wasser planschen."
„Badeanzug!", brummte Josh.

Auf dem Weg zum großen Powwow in Pine Ridge machte Josh mit seinen Gästen und seiner Familie einen Halt in Wounded Knee. Anne und Jonas wollten die Gedenkstätte des Massakers besuchen. Inzwischen hatten auch sie die Armut und Trostlosigkeit des Reservates zu Gesicht bekommen und standen nun erschüttert vor dem Gedenkstein am Massengrab. Josh hatte ihnen von der Flucht der Menschen und ihrem grausamen Tod erzählt – und auch von den Gedenkritten, die jedes Jahr im Winter stattfanden, um die Toten zu ehren.
„Diese Welt ist so ungerecht", sagte Anne wütend. „Generationen von deutschen Schülern lernen in der Schule, welch große Schuld unser Volk auf sich geladen hat. Aber hier hat niemand ein schlechtes Gewissen. Hier regieren Rassismus, Profitgier und Diskriminierung weiterhin – und sie schämen sich nicht einmal dafür, was sie euch angetan haben", sagte sie verbittert.
„So ist das nun einmal, Anny. Die Sieger schreiben die Geschichte!", sagte Josh leise.
Wieder legten sie Tabak und Salbei an die Grabsteine. Dann verließen sie den traurigen Ort und fuhren weiter. Niemand sprach ein Wort, bis sie in Pine Ridge ankamen.

Das Powwow wurde für Anne und Jonas zu einem großen Erlebnis, wenn man mal davon absieht, dass sich Anne ausgesprochen schwer damit tat, die örtlichen Gepflogenheiten in puncto Reservierungen zu akzeptieren. Sie konnten sich gar nicht sattsehen an den Regalias und Tänzen, ließen sich anstecken von dem Rhythmus der Trommel. Sannah trug Anyu im Tragetuch durch die

Menschenmenge und hielt diesmal etwas mehr Abstand, als Josh mit seiner Truppe sang.
Tyler gab alles beim Rodeo und wurde belohnt. Viele Leute gratulierten Josh zu seinem Sieg bei den Meisterschaften und waren ganz versessen darauf, einen Blick auf Anyu zu werfen. Die vier Tage waren schön, aber auch anstrengend. Sogar Anyu schlief zum ersten Mal die Nacht durch und meldete sich erst am frühen Morgen. Der erste Hochzeitstag ging in diesem Tumult ein bisschen unter, aber Josh versäumte es dennoch nicht, seiner Frau Frühstück ans Bett zu bringen. Sein Hochzeitsgeschenk hatte er in der Nacht schon bekommen, und für den Rest des Tages schwebte er mit einem verräterischen Dauergrinsen durch die Gegend.

Dann war es so weit: Die Büffel sollten kommen. Mit vereinten Kräften hatten die Männer Zäune gezogen, die die große Weidefläche bis zum Pinienhain einschlossen. So hatten die Büffel Zugang zum Wasser des Creeks, konnten aber nicht in das kleine verzauberte Tal. Trotzdem blieben noch genug Bäume und Sträucher übrig, unter denen sie Schutz suchen konnten. Für den Winter wollte Josh ihnen noch einen Unterstand bauen. Mit Mikes Hilfe hatte Josh einen etwas weiter entfernten Züchter gefunden, der bereit war, die Büffel mit einem Viehtransporter zu liefern. Für den Anfang einen Bullen und acht Kühe. Eine kleine Herde, verglichen mit der von Mike, aber sie würden sich in den nächsten Jahren vermehren und dann Mike mit frischen Bullen versorgen, und im Gegenzug belieferte Mike Josh mit frischem Fleisch. Mike, June und zwei weitere Nachbarn waren gekommen, um zu helfen. Diesmal war es an Sannah, für alle Frühstück zu machen. Die Kaffeemaschine lief auf Hochtouren, und Anne half nach Kräften mit. Jonas konnte seine Nervosität kaum verbergen, denn diese Büffel waren schließlich nicht handzahm. Doch es beruhigte ihn ein wenig, dass auch Sannah sich dieses Spektakel nicht entgehen lassen und zum ersten Mal nach der Entbindung wieder in den Sattel steigen wollte. Sie war ganz wild darauf, mit Wakínyan Büffel zu treiben. Da es keine Zufahrt zur Büffelweide gab, mussten die Tiere ein gutes Stück über die Weide der Pferde

getrieben werden, bis sie das dahinter liegende Grasland erreichten. Nach dem Frühstück sattelten sie die Pferde und warteten auf den Transporter. Dieser erschien zur verabredeten Zeit, und alle Beteiligten saßen auf. Jonas hatte weiche Knie und zog sich am Sattelhorn hoch.
Tyler warf ihm einen verschmitzten Blick zu. „Keine Sorge!", sagte er in einem beruhigenden Tonfall und grinste breit. „Bei meinem Volk galt es als ehrenhaft, bei der Büffeljagd zu sterben. Ärgerlich, aber ehrenhaft."
„Herzlichen Dank!", erwiderte Jonas mit belegter Stimme. „Das könnt ihr dann auf meinen Grabstein meißeln." Er versuchte zu schlucken, aber sein Mund war staubtrocken.
Sannah gesellte sich dazu und strahlte aus allen Knopflöchern. „Jetzt guck nicht wie Napfsülze! Das macht Spaß!", sagte sie auf Deutsch zu Jonas und ritt mit Wakínyan auf die andere Seite des Tores, um die Büffel in Empfang zu nehmen.
Anne stand am Zaun und hielt die Kamera bereit. Der Transporter setzte noch ein Stück zurück, direkt bis zum Tor, dann stieg der Fahrer aus, begrüßte Josh und Mike und öffnete die Heckklappe.

Jonas hatte erwartet, dass die Tiere panikartig herausstürmen würden, aber nichts dergleichen geschah. Etwas unschlüssig blinzelten die Wildrinder in das ungewohnte Tageslicht und machten keinerlei Anstalten, den Transporter zu verlassen. Der Fahrer klopfte ein paarmal gegen die Metallwand und redete ihnen gut zu. Etwas zögerlich setzte sich die kleine Herde in Bewegung. Diesmal war das Treiben einfach. Immer am Zaun entlang, die Weide hinunter bis zum nächsten Tor. Eingekeilt zwischen Reitern und Zaun trotteten die Büffel voran, und Jonas entspannte sich langsam. Jetzt glich dieses Szenario wieder dem seines Kopfkinos. Büffel, Cowboys und die endlose Prärie vor Augen.

Anne knipste fleißig Beweisfotos. Als der Trupp sich langsam entfernte, schloss der Fahrer die Heckklappe und das Tor und nahm dankbar eine Tasse Kaffee entgegen, die Anne ihm reichte. Danach verabschiedete er sich und machte sich auf den Rückweg.

Auch Anne ging zurück ins Haus und sah nach Anyu. Noch lag die Kleine friedlich schlafend in ihrem Bett und sah aus wie ein kleiner Engel. Anne setzte sich ans Bettchen und betrachtete sie forschend. Die schwarzen Haare umrahmten das kleine Gesicht, ihre Haut hatte bereits eine dunklere Tönung angenommen. Lange dunkle Wimpern umrahmten die Augen. Wenn sie schlief, hatte sie mehr Ähnlichkeit mit Sannah, fand Anne. Dann fielen der volle Schmollmund und die kleine Nase auf. Doch wenn sie wach war, sah man deutlich die innere Augenfalte, die bei Josh ausgeprägter war als bei seiner Frau, und Anyu ähnelte dann deutlich mehr ihrem Vater. Zwei Menschen in einem. Anne lächelte. Bisher hatte sie noch nie ein Neugeborenes im Arm gehalten, und je mehr Zeit sie mit Anyu verbrachte, desto mehr spürte sie, wie es sie veränderte. Ihre gut verborgene mütterliche Ader trat immer mehr in den Vordergrund und verdrängte peu à peu die Karriere-Barbie. Langsam wurde es Zeit, eine Entscheidung zu treffen. Genaugenommen befand sie sich zum ersten Mal in einer Beziehung, in der diese Frage vielleicht einmal relevant werden könnte. Noch vor einem Jahr hätte sie keinen Gedanken daran verschwendet. Ein verräterischer Duft strömte aus dem Bettchen zu ihr herüber, und es dauerte nicht lange, da verlangte die Kleine eine frische Windel.
Begleitet von den Reitern trottete die kleine Herde weiter am Zaun entlang. Eine der Kühe hatte sich bereits einen Namen gemacht, indem sie mehrmals versucht hatte, nach Kimimila zu treten, wenn Tyler ihr zu nahe kam.
„Maká!" – Stinktier, schimpfte er. Ansonsten erreichten sie ohne Zwischenfälle das Tor zum hinteren Grasland. Sie begleiteten die Herde noch bis zum Creek, damit sie erst einmal trinken konnten. Auch die Pferde wurden getränkt. Der Bulle erkundete als Erster sein neues Reich. Nachdem er festgestellt hatte, dass sich kein Nebenbuhler in der Nähe befand, legte er sich hin und wälzte sich ausgiebig. Als er damit fertig war, taten es ihm die Kühe gleich und warfen sich an der gleichen Stelle in den Staub. Danach fingen sie friedlich an zu grasen und brummten leise vor sich hin. Offensichtlich gefiel ihnen die neue Umgebung. Josh saß auf seinem Pferd und sah ihnen nach; sein Blick schweifte in die

Ferne, und er versank in seinen Gedanken.
Die anderen gesellten sich zu ihm, ohne die Stille zu stören. Der ewige Wind der Plains strich über die wogende Graslandschaft, und für einen kurzen Moment blieb die Zeit stehen. Er war ganz weit weg.
Nach einer Weile kehrte Josh aus seinen Gedanken zurück und atmete tief durch. „Seit mehr als hundertfünfzig Jahren grasten hier keine Büffel mehr. Jetzt sind sie wieder da, und auch uns gibt es noch. Thathánka oyáte wichháni'kte ló." – Das Büffelvolk soll leben!
Kaum hatten sie auf dem Rückweg das Tor hinter sich geschlossen und die große Weide der Pferde vor sich, zog ein breites Grinsen über Sannahs Gesicht. Sie ließ Wakínyans Zügel locker und machte ein kurzes Küsschen-Geräusch. Der Wallach spitzte die Ohren und galoppierte los. Immer schneller raste er mit ihr über die Ebene. Seine Hufe donnerten über den Boden, und Sannah begann zu fliegen. Sie jauchzte vor Freude. Wie sehr hatte sie dieses Gefühl vermisst! Tyler und Josh setzten ihr mit wildem Geschrei hinterher. Josh strahlte, als er sie so sah und ihm der Wind ins Gesicht wehte. Wie hatte er nur jemals ohne sie leben können?

Der Urlaub von Anne und Jonas neigte sich langsam dem Ende entgegen. Am vorletzten Abend hatte sich wieder die ganze Familie versammelt. Familie im erweiterten Sinne: Henry, Sue und Daniel mit Tys Cousins, Sam, Hailey, und Tylers mittlerweile bester Freund Steven.
Sie saßen draußen am Feuer, denn so viele Leute hätten ohnehin nicht auf die Veranda gepasst. Anyu lag im Kinderwagen und schlief. Es gab wieder einmal Büffelfleisch, das Josh bei Mike geholt hatte. Gut gelaunt saßen alle um das Feuer, erzählten Geschichten und lachten.
Wohlwollend blickte Henry in die Runde und nickte zufrieden. „Es ist ein bisschen wie in den alten Zeiten, als unser Volk nach der Jagd am Feuer saß und die Ankunft der Büffel feierte. Die Büffel sicherten unser Überleben und wurden sehr verehrt. Jetzt müssen wir ihr Überleben sichern, und trotzdem ist unsere Freude über ihre Ankunft die gleiche. Dieses Gefühl sollten wir be-

wahren, denn darin liegt auch die Wertschätzung für dieses Geschenk und die Erinnerung an unsere Vergangenheit."
Respektvoll lauschten die anderen seinen Worten und nickten zustimmend. Henry aß weiter, und Josh kam auf eine Idee. Er wischte sich die Hände an den Hosenbeinen ab.
„Hilfst du mir?", fragte er Sam und stand auf.
Sam folgte ihm ins Haus. Wenig später schleppten sie gemeinsam eine der großen Truhen aus dem Schlafzimmer nach draußen.
Sannah sah ihren Mann gespannt an, noch nie hatte sie einen Blick in die Truhen geworfen, weil sie wusste, dass er dort alte Erinnerungsstücke seiner Familie aufbewahrte. Sie wollte nicht so respektlos sein und in seinen Sachen herumwühlen.
Josh öffnete die Truhe, und Sam begann zu lächeln, als er sich an die alten Geschichten erinnerte, die mit dem Inhalt verbunden waren. Josh nahm eine Flöte heraus und reichte sie weiter. „Mit dieser Flöte hat mein Ururgroßvater um ein schönes Mädchen geworben, und er musste viel Geduld beweisen, bis sie ihn erhörte und seine Frau wurde."
Er schmunzelte und zwinkerte Sannah zu. „Damals herrschten schon schwere Zeiten, und sein Stamm hatte ein paar Familien der Cheyenne Zuflucht gewährt, unter ihnen auch meine Ururgroßmutter."
Alle betrachteten die Flöte und reichten sie ehrfürchtig weiter. Josh entnahm der Truhe eine alte Decke, sie roch stark nach Mottenkugeln, was sie allerdings auch vor dem Verfall bewahrt hatte. „In diese Decke gehüllt, hockte er monatelang vor ihrem Zelt und spielte die Melodie, die er für sie geträumt hatte", fuhr er fort.
Tyler sah ihn ungläubig an. „So viel Aufwand nur für ein Mädchen?", rutschte es ihm heraus.
Henry bedachte ihn mit einem mahnenden Blick, und Ty verstummte.
„Frauen sind Wakhán Thanká näher als Männer, denn nur sie können neues Leben schenken. Deshalb sollten wir sie ehren und schützen", belehrte er seinen Enkel.
Josh lächelte. „Eines Tages wirst du wissen, was gemeint ist."
Anyu machte sich in ihrem Kinderwagen bemerkbar, und Sannah hob sie heraus und nahm sie in den Arm.

„White Cloud lebte noch als freier Krieger. Er kämpfte gegen die Soldaten und ging auf die Büffeljagd. Er musste seinen künftigen Schwiegereltern beweisen, dass er in der Lage war, ihre Tochter zu beschützen und eine Familie zu ernähren", erzählte Josh weiter.
Er holte Waffen aus der Truhe. Einen Bogen, Köcher und Pfeile, ein Messer und eine Art Beil. Auch diese Gegenstände machten wieder die Runde und wurden andächtig bestaunt. Alle wiesen deutliche Gebrauchsspuren auf. Als die Waffen von Hand zu Hand wanderten, war es, als würde White Cloud wieder lebendig. Jeder, sogar Anne und Jonas, konnten seine Anwesenheit spüren. Sein Geist kehrte zurück, sah nach seiner Familie und verweilte für eine Zeit unter ihnen. Jonas bekam eine Gänsehaut und wagte kaum zu atmen. Die Flammen des Feuers ließen die Schatten tanzen.
Josh hielt ein reich verziertes Hemd aus Leder in den Händen. Es zeugte von vielen Kämpfen und ebenso vielen Siegen. Ein Kriegshemd. Die Säume waren mit Haarsträhnen besetzt, doch diesmal war es kein Pferdehaar, sondern Menschenhaar. Unter den Strähnen befanden sich auch braune und blonde Haare und jedem war klar, was das bedeutete.
„Meine Ururgroßmutter und alle nach ihr hielten dieses Hemd gut verborgen, als sie ins Reservat gepfercht wurden, denn anderenfalls hätte man die Männer dafür aufgeknüpft. Doch damals war dieses Hemd für die Schwiegereltern Beweis genug, dass er ihrer Tochter würdig war." Er faltete das Hemd wieder behutsam zusammen und zeigte ihnen jetzt ein Brautkleid. Die üppigen Perlenstickereien ließen Hailey hingerissen seufzen, doch sie unterschieden sich ein wenig von den streng geometrischen Mustern der Lakota. Die Ärmel waren mit langen Fransen besetzt, die fast bis auf den Boden reichten. Damals musste es fast weiß gewesen sein, mittlerweile war es vergilbt.
„Ist das schön!", hauchte Anne fast tonlos.
„Sie wurde seine Frau und schenkte ihm drei Kinder. Zwei davon kamen nicht mehr in Freiheit auf die Welt, sondern im Reservat. Sie überlebten diese unmenschlichen Bedingungen nicht, nur der älteste Sohn war schon kräftig genug, um Kälte und Hunger

zu trotzen“, sagte Josh verbittert. „Wahrscheinlich war es ihnen nicht möglich, ihre Kinder nach den alten Traditionen zu bestatten, denn sonst hätten sie ihrer kleinen Tochter gewiss ihre Puppe mit auf den Weg zu den Sternen gegeben.“
Er hielt die kleine Puppe aus Leder und Pferdehaar in der Hand und rang sichtlich um Fassung.
Sannah schnürte es schmerzhaft die Kehle zu. Tränen stiegen ihr in die Augen, und sie drückte fast verzweifelt ihre eigene Tochter an sich. Auch alle anderen saßen erschüttert um das Feuer und strichen sanft über die Puppe des kleinen Mädchens.
Josh reichte noch weitere Gegenstände herum und erzählte damit die Geschichte seiner Familie. Sie zeugten von den Entbehrungen, die sie hatten erleiden müssen, aber auch von der Liebe, die sie verbunden hatte. Zuletzt hielt er ein paar Moccasins in den Händen, die seinem Ururgroßvater gehört hatten. Auch sie waren wieder reich bestickt und offenbar oft getragen worden. Henry betrachtete sie sehr genau und lächelte.
„Diese Moccasins erzählen ihre Geschichte selbst. Seht euch den Schnitt an. Die Überschläge an den Fußgelenken und die verzierte Naht an der Ferse sind typisch für die Cheyenne. Die Mocs unseres Volkes hatten das nicht, aber die Muster der Stickerei sind eindeutig die White-Cloud-Muster. Viele dieser Muster wurden von der Mutter an die Tochter vererbt, und das spricht dafür, dass seine Mutter ihre Schwiegertochter sehr geschätzt hat, sonst hätte sie ihr die Muster nicht vererbt. Diese Schuhe sind sehr liebevoll bestickt und wurden öfter geflickt, weil sie viel getragen wurden. Sie erzählen die Geschichte einer großen Liebe. All diese Gegenstände gehörten den letzten sechs Generationen dieser Familie. Jede von ihnen hat sie bewahrt und weitere Dinge hinzugefügt. Es ist wichtig, die alten Dinge zu bewahren, unsere Traditionen, unser Wissen und unsere Sprache, denn nur so können wir als Volk überleben.“
Henry sprach nun direkt zu seinen vier Enkeln und zu Tylers Freund. „Ihr seid die siebte Generation, und damit tragt ihr eine große Verantwortung für unser Volk. Eure Entscheidungen und euer Handeln bestimmen die Zukunft der nächsten sieben Generationen. Darum solltet ihr eure Entscheidungen mit Bedacht

treffen und weise handeln. Denkt nicht nur an euch, denkt an unser Volk. Helft nicht nur euch selbst, sondern allen, die Hilfe benötigen. Dein Vater ist dir ein gutes Vorbild. Er hält an den alten Traditionen fest und lebt dennoch in der modernen Welt. Er benutzt sein Studium nicht nur, um Geld zu verdienen, sondern um anderen zu helfen, in dieser Welt Fuß zu fassen. Auch Sannah hilft unserem Volk und bewahrt jetzt das Wissen deiner Urgroßmutter. Sue und Daniel lehre ich die heiligen Zeremonien. Sam kämpft dafür, dass Kinder nicht ihren Familien entrissen werden, und Hailey hütet die alten Muster und Symbole. All das werden sie an euch weitergeben und ihr wiederum an eure Kinder. So war es schon immer, und so sollte es bleiben!", schloss Henry und stopfte sich eine Pfeife.

Jonas lächelte und tat es ihm gleich. Josh nickte zustimmend. „Wir haben viel verloren, und vieles wurde uns genommen, aber einiges ist auch erhalten geblieben. Wir müssen in beiden Welten leben. Das ist manchmal schwer, und wir werden dafür angefeindet, aber wir müssen dafür kämpfen. Nur dann können wir stolz darauf sein, wer wir sind! Jetzt stehen wieder Büffel auf unserem Land, und sogar unsere Pferde haben die Zeiten überdauert. In North Dakota steht eine Herde Nakotas – die Nachfahren von Sitting Bulls Pferden. Zwei weiße Brüder und ein befreundeter Lakota, Butch Thunderhawk, züchten sie, um die Art zu erhalten. Auch sie werden dafür von den umliegenden Rinderzüchtern angefeindet, aber sie machen unbeirrt weiter. Ihrer Familie ist es zu verdanken, dass es auch unsere Ponys noch gibt, und diese sind genauso zäh und ausdauernd wie wir. Das sollten wir nie vergessen!"

Die Jungs machten große Augen, hörten aufmerksam zu und nickten ernst. Besonders Steven saugte die Worte der beiden ehrfurchtgebietenden Männer auf und verinnerlichte sie sorgfältig. Ein völlig neues Gefühl ergriff ihn und machte ihn stolz. „Wir sind Lakota!", sagte er leise, aber bestimmt.

Sam lächelte, weil er sich sicher war, dass nun ein weiterer Teenager nicht auf den schwarzen Weg geraten würde. White Cloud würde das verhindern. Sie saßen noch eine Weile gemeinsam um das Feuer. Die Schatten der Nacht tanzten um sie herum, und die

Geister stiegen mit dem Rauch wieder hinauf zu den Sternen.
Dann kam der Tag des Abschieds. Nach dem Frühstück drückte Sannah ihre Freunde noch einmal fest an sich und wischte ein paar Tränen weg. Nächsten Sommer würden sie sich wiedersehen. So viel stand fest.
„Ihr müsst aber auch irgendwann einmal kommen", stellte Anne klar.
„Auf jeden Fall", bestätigte Tyler, der ganz versessen darauf war, mal mit einem Schiff zu fahren, vom Fliegen ganz zu schweigen.
„Wenn Anyu ein bisschen größer ist", versicherte Josh und schloss die beiden zum Abschied in die Arme.
Dann stiegen sie ins Auto und machten sich auf den langen Heimweg. „Wer hätte gedacht, dass die Valla Pampa so schön sein kann", stichelte Jonas ein wenig.
Doch Anne protestierte nicht wie üblich. „Es ist nicht nur das", erwiderte sie und warf einen letzten Blick zurück. Dort stand Sannah mit ihrer Familie und winkte ihnen hinterher.
„Seit ich sie kenne, war sie nie so glücklich wie jetzt. Sie gehört hierher, und das macht auch mich glücklich. Ich habe nicht nur viel Neues kennengelernt, sondern ich habe hier auch viel über mich selbst gelernt. Kein anderer Urlaub hat mir je so viel bedeutet wie dieser", sagte sie und strahlte ihn an, denn Jonas war ein großer Bestandteil davon.
Am Nachmittag sattelte Sannah Wakínyan und ritt zum Pinienhain. Sie brauchte einen Moment für sich allein. Dort angekommen ließ sie das Pferd grasen und setzte sich unter die Pinie, atmete den würzigen Duft von Salbei und Harz, lauschte dem Plätschern des Creeks und ließ ihren Blick über das Tal schweifen. Sie spürte wieder die Kraft des Baumes und den tiefen inneren Frieden. Erst jetzt fiel ihr auf, dass sich die Herrschaften im Oberstübchen und der Bauch schon lange nicht mehr zu Wort gemeldet hatten, und ihr wurde auch bewusst warum. Sie war zur Ruhe gekommen, hatte den Ort, an den sie gehörte, gefunden. Genau hier wohnte ihr Herz, und nur das sprach jetzt noch zu ihr. Sie genoss eine Weile die himmlische Ruhe und machte sich dann auf den Rückweg. Auf der Veranda saßen ihr Mann und ihr Sohn und warteten schon auf sie.

Epilog

Früh am Morgen wanderte eine ältere Frau die Zufahrt zur Ranch entlang und blieb im Schatten der Büsche auf der Anhöhe stehen. Sie war zierlich, graue Strähnen durchzogen ihr schwarzes Haar, das sie zu einem lockeren Knoten aufgesteckt hatte. Falten in ihrem immer noch schönen Gesicht erzählten von ihrem Leben, doch ihre verträumten, sanften, fast schwarzen Augen strahlten bei dem Anblick, der sich ihr bot. Schon oft hatte sie hier gestanden und verweilt, zuletzt vor zwei Jahren. Damals war hier noch alles grau und verwittert gewesen, und Josh hatte allein auf der Veranda gesessen und sehr einsam gewirkt. Es hatte ihr wieder einmal das Herz gebrochen, ihn so zu sehen, doch was sie jetzt sah, raubte ihr den Atem. Hingerissen schweifte ihr Blick über die roten Stallgebäude, das Haus und vor allem den blühenden Garten. Auf den Weiden dösten die Pferde in der Morgensonne, und ganz weit hinten konnte sie die Silhouetten einiger Büffel erkennen. Noch lag alles im Schlummer des frühen Morgens, und sie wartete, bis sich auf der Veranda etwas rührte. Eine junge Frau kam aus dem Haus, begleitet von einem zottigen Hund. Im Arm hielt sie ein Baby und wiegte es sanft, als sie in den Garten ging und den Duft der Rosen genoss. Mit einem Blütenblatt strich sie zart über das kleine Gesicht des Kindes und lächelte es liebevoll an. Der Hund sprang ausgelassen um sie herum und hob das Bein an einem jungen Apfelbaum. Josh kam aus dem Haus, und ihr Herz schlug schneller bei seinem Anblick. Er sah die beiden im Garten und ging lächelnd auf sie zu. Behutsam nahm er sein Kind auf den Arm und strahlte, als er erst seine Frau und dann das Baby küsste. Er sah glücklich aus.
Die Frau zog sich noch ein wenig weiter in den Schatten der Büsche zurück, um nicht entdeckt zu werden, als ein großer Junge, fast schon ein junger Mann aus dem Haus lief und sich umsah. Er war Josh wie aus dem Gesicht geschnitten und sie war verwirrt, wusste sie doch nicht, wo sie den Jungen einordnen sollte. Doch einen Moment später wurde das Geheimnis gelüftet.
„Dad, hast du den Hund gesehen?“, rief er laut.

Ein verwundertes Lächeln umspielte die Lippen der Frau, doch dann verstand sie es.
„Er ist hier, Ty“, antwortete Josh mit seiner dunklen Stimme, die sie jetzt zum ersten Mal nach so langer Zeit hörte. Damals war seine Stimme noch nicht dunkel gewesen, sondern hell und fröhlich. Die Stimme eines Kindes. Der Junge lief dem Hund entgegen und kasperte kurz mit dem Baby herum. Josh reichte das Baby vorsichtig seiner Frau zurück und klopfte dem Jungen auf die Schulter. „Hilfst du mir? Dann gibt es schneller Frühstück.“
Gemeinsam gingen sie in den Stall, und die junge Frau pflückte noch ein paar Erdbeeren und verschwand dann mit dem Baby im Haus.

Es war wieder still, und die Frau ließ noch einmal ihren Blick über die Ranch schweifen, bevor sie sich unbemerkt wieder auf den langen Weg zur Hauptstraße machte, wo ihre Tochter im Auto auf sie wartete. Sie lächelte wehmütig und flüsterte: „Hé washté ye.“ – Es ist gut.

Héchegla – Ende

Danksagung

Die Geschichte dieses Buches ist fiktiv, aber das Horsemanship-Spenden-Projekt existiert tatsächlich. Ich bedanke mich bei Andrea Cox und ihrem Bruder Wendell Yellow Bull, die unermüdlich dafür arbeiten, die Lebensbedingungen im Pine Ridge Reservat zu verbessern.
Wópila echiciyapi ye!

Katja Etzkorn

Zur Aussprache der Lakota-Worte:
Wir hielten uns im Groben an die Rechtschreibung des Büchel-Lexikons. „C“ wird immer wie „tsch“ ausgesprochen.

Katja Etzkorn, geboren 1968, lebt mit ihrer Familie in Nordfriesland. Viele Jahre war sie als medizinisch-technische Assistentin im Hafenkrankenhaus tätig. Schon als Kind dem Pferdevirus erlegen, sattelte sie vor zwanzig Jahren auf das Westernreiten um. Sie hat in dieser Zeit drei Pferde nach dem so genannten Horsemanship-Prinzip ausgebildet und widmet sich begeistert dem berittenen Bogenschießen. Ein Teil ihrer Familie lebt in den USA entlang der Ostküste und im Mittleren Westen. Durch ein Buch von Kerstin Groeper auf die Spendenprojekte der Gesellschaft für bedrohte Völker aufmerksam geworden, setzte sie sich mit Andrea Cox in Verbindung, schloss Freundschaft und spendet seitdem für Projekte der Horsemanship. Durch Andrea lernte sie auch Wendell Yellow Bull, den Leiter des Horsemanship-Spendenprojektes in Pine Ridge, kennen.
Betroffen von den erschütternden Lebensumständen im Reservat, beschloss sie, ein Buch zu schreiben, das Menschen darüber informieren soll, unter welchen Bedingungen die Ureinwohner Nordamerikas in einem der reichsten Industriestaaten dieser Welt leben müssen.

Sunka Wakan Na Wakanyeja Awicaglipi Incorporation
Lakota Horsemanship Organisation

>>We are Lakota. We are not Cowboys, we are Horsemen.<<

Die Sioux bzw. Lakota gelten als die besten Reiter sowie Pfeil- und Bogen-Schützen. Beides ist in ihrer Tradition tief verankert. Die Arbeit und das Zusammenleben mit den Pferden sowie das Aufleben alter traditioneller Werte sollen den jungen Indianern zur Wiederfindung ihrer eigenen Identität verhelfen.

Ziel dieser Organisation ist es, Kindern und Jugendlichen durch verschiedene Programme die Rückführung zur eigenen Kultur zu ermöglichen und sie dadurch vor Alkohol- und Drogenmissbrauch zu bewahren.

Jedes Jahr werden verschiedene Workshops mit den Kindern und Jugendlichen durchgeführt sowie mehrtägige Wilderness Camps. Während der Wintermonate werden Workshops gehalten z. B. zum Halfter anfertigen, Bilderrahmen aus Holz basteln u.v.a.

Repräsentantin der SwnWA Inc. in Deutschland:
Andrea Cox, Im Wirbel 65 / 68219 Mannheim /
Tel. 0621 / 80 11 16
E-Mail: info@andreac.de
Weitere Infos unter: www.andreac.de

Spendenkonto in Deutschland:
Förderverein für bedrohte Völker (GfbV)
Postbank Hamburg
WICHTIG: Stichwort „Winterprojekt"
IBAN: DE89 2001 0020 0007 4002 01

Lila Pilámaya – Vielen Dank

www.traumfaenger-verlag.de